鲁迅与20世纪中国研究丛书

鲁迅与20世纪中国
国民信仰建构

谭桂林　杨姿　著

百花洲文艺出版社
BAIHUAZHOU LITERATURE AND ART PRESS

图书在版编目（CIP）数据

鲁迅与20世纪中国国民信仰建构 / 谭桂林, 杨姿著. — 南昌：
百花洲文艺出版社, 2018.3
（鲁迅与20世纪中国研究丛书）
ISBN 978-7-5500-2719-0

Ⅰ.①鲁… Ⅱ.①谭… ②杨… Ⅲ.①鲁迅著作研究
②信仰 – 研究 – 中国 – 20世纪 Ⅳ.①I210.97②B933

中国版本图书馆CIP数据核字（2018）第046114号

鲁迅与20世纪中国国民信仰建构

LUXUN YU 20 SHIJI ZHONGGUO GUOMIN XINYANG JIANGOU

谭桂林　杨姿　著

出 版 人　姚雪雪
策　　划　毛军英
责任编辑　臧利娟　周振明
书籍设计　方　方
制　　作　何　丹
出版发行　百花洲文艺出版社
社　　址　南昌市红谷滩世贸路898号博能中心一期A座20楼
邮　　编　330038
经　　销　全国新华书店
印　　刷　江西华奥印务有限责任公司
开　　本　720mm×1000mm　1/16　印张　24
版　　次　2018年5月第1版第1次印刷
字　　数　365千字
书　　号　ISBN 978-7-5500-2719-0
定　　价　58.00元

赣版权登字　05-2018-111

邮购联系　0791-86895108
网　　址　http://www.bhzwy.com
图书若有印装错误，影响阅读，可向承印厂联系调换。

让鲁迅重新回到民族的现实生存中去

——"鲁迅与20世纪中国研究丛书"代序

谭桂林

　　鲁迅学在中国学界是一门显学，鲁迅与20世纪中国之关系的研究在国内外的中国现当代文学研究中，也都是一个持续热门的话题。成果汗牛充栋，意见纷纭杂陈，尤其是近20年来，国内外鲁迅研究趋势发生了一些重要的变化，归纳起来大致有三种现象比较明显。一是大众娱乐化现象。一些文化明星以鲁迅作商品，在各种大众传媒的平台上宣讲着各种似是而非的有关鲁迅的言论，消费鲁迅，利用鲁迅，其目的并不是宣传鲁迅，而是以鲁迅的牌号来包装自己，使自己的利益最大化；一些江郎才尽的作家则以开涮鲁迅甚至谩骂鲁迅来哗众取宠，迎合后现代文化思潮下社会公众对权威的消解狂欢；一些娱乐媒介甚至把鲁迅与朱安的婚姻、鲁迅兄弟的失和等私人生活事件加以种种的猜测、窥探和渲染，以此娱乐大众。二是价值相对化现象。国内思想文化界有一些学者利用重评20世纪文化论争的平台，或者抬高学术，贬抑启蒙，或者标举胡适，批判鲁迅；不少学者或文化人认为鲁迅的价值和意义在时空上是相对的，鲁迅的意义在于启蒙，在于对旧文化的批判和毁坏，这种批判和毁坏的力量在鲁迅的时代里是必须的，而当下的时代主题是建设，需要的是平和的理性精神，所以鲁迅是过时了的文化英雄，是功能退化乃至错位的文化符号。三是学术的边缘化现象。许多严肃的学者坚守在鲁迅研究领域，但是为了抗衡近20年来鲁迅研究中的浮躁状况，这些严肃的研究越来越学院化、边缘化、琐细化。研究的内容和研究成果的突出成就大多集中在研究史的总结、文本技术的解析、资料的整理考据，等等。这三种现象尽管对鲁迅研究的态度、对鲁迅精神的认知截然不同，但它们有一个倾向却是共同的，这就是从不同的方向把鲁迅这一民族精神的象征同当下民族的生存现实和文化建构疏离开来。正是针对鲁迅研究中的这三种现象，我们撰写了这一套丛书，目的就在于将鲁迅研究与20世纪中国社会的革命现实和民族命运重新联系起来。

我们认为，中国的20世纪是一个改革的世纪，政治制度的更迭变换是改革的外在形式，而整个世纪中有关改革的思想则总是围绕着若干基本问题而展开。鲁迅作为一个文学型的思想家与社会文化批评家，他与20世纪中国社会改革的关系当然是十分密切而深刻的。所以，本丛书以现代中国思想文化的发展为线索，提出了八个20世纪中国社会改革过程中的、鲁迅曾经深度介入的基本问题，从思想史的角度来清点、整理、发掘和重新解读鲁迅这一民族精神象征和文化符号与20世纪中国的联系。丛书不仅全面切实地梳理鲁迅研究界在这些基本问题上所取得的研究成果，深入地解读阐述鲁迅面对和思考这些基本问题时的思路、资源和观点，而且着重分析了鲁迅这一精神象征在20世纪中国历史中建构与形成的内在机制与外在因缘，深度阐释鲁迅这一文化符号在20世纪中国社会改革进程中的能指、所指和功能结构，突出一种从民族精神象征与文化符号的意义上对鲁迅与20世纪中国关系进行综合思考的问题意识和方法观念。我们希望通过这一思想史角度的采用和综合思考的方法观念，使本丛书既容纳又超越过去从文学史角度或者学术史角度进行鲁迅研究总结的局限性，在新世纪的鲁迅研究中，从理论上进一步深化思想、文化与现实融会贯通，多种学科交叉融合的鲁迅研究新思维。

在20世纪的中国，不少先进知识分子向西方寻求真理来解决中国的问题，结果形成了激进主义的文化思潮；也有不少刚正的知识分子固守民族的文化血脉，主张以儒家文化融汇新知来渐进改良，结果形成了保守主义的文化思潮。我们认为，在"五四"一代中国的知识分子中间，也许只有鲁迅的思想真正超越了激进与保守的思维模式，根基的是本民族的经验和当下的个体生命感受。鲁迅的伟大就在于他用熔铸着民族本土经验和个体生命感受的思想为20世纪中国的社会改革与文化发展提供了一种无可取代的精神资源。改革开放初期，针对"左"倾思潮影响下鲁迅研究的机械政治化倾向，鲁迅研究界曾经发出鲁迅研究要"回到鲁迅那里去"的口号。现在30年时间已经过去，针对近年来鲁迅研究的学院化和娱乐化的倾向，我们认为，应该理直气壮地提出"让鲁迅重新回到民族的现实生存中去"的口号。所以，本丛书将通过对鲁迅思想的民族化和个体性特点的发掘与阐述，在民族精神象征和文化符号的基石上，重新建立起鲁迅与20世纪中国社会的密切联系，让鲁迅精神和鲁迅研究重新深度介入中国当下社会改革的民族生存现实中去。

基于这样的立场，在本丛书的写作中，我们强调了三个方面的方法理念。

一是突出问题意识。本丛书在研究思路上，以思想史为线索，以问题意识为切入口，来清点、整理、发掘和解读鲁迅这一象征和符号在中国民族复兴运动中的伟大意义、价值及其局限性。这种问题意识的突出，也许能对目前鲁迅研究界纯粹学术研究的学院传统有所突破。本丛书选择的八个问题经过精心选择，其中国民信仰的重建、政治文化的变迁、民族国家话语的建构等都是我国20世纪精神文化建设中举足轻重的问题，而鲁迅与中国的都市化进程，与20世纪中国的文学教育以及鲁迅在20世纪中外文化交流历史上的符号功能与象征意义等，则是本丛书提出的具有创新性的问题。譬如鲁迅与20世纪中外文化交流的子课题，我们的研究对象不仅是国外对鲁迅的学术性研究，也不仅是鲁迅对外国文学的译介活动，我们的重心是鲁迅在20世纪中国对外文化输出方面所起到的历史和现实作用及所达到的积极效果。其中包括收集整理和分析西方主流媒体的鲁迅报道、西方主流教育中的鲁迅课程开设情况以及西方主流大学中文系与文学系对鲁迅的学习介绍情况，尤其是要运用比较的方法来探讨西方主流教育鲁迅课程开设的特点，为国内鲁迅教育以及国外孔子学院的鲁迅推广提供参考。正是因为本丛书设计的重心不是单纯研究鲁迅在社会文化领域内诸多方面的成就和贡献，而是紧紧扣住20世纪中国社会文化发展的若干基本问题，着重研究鲁迅这一符号和象征在20世纪中国社会文化发展中所起到的作用、所具有的价值和意义，所以这一设计方向可能使本丛书的研究另辟蹊径，可以从鲁迅研究浩如烟海而且程度高深、体系庞大的已有成果中突围出来，建构起自己的原创性。

二是强调民族经验。我们认为，鲁迅作为20世纪中国伟大的文学家、思想家和社会文化批评家，他的伟大之处就在于他对中国现代社会问题的思考具有鲜明的独特性。他同无数现代先进知识分子一样，为了改变民族命运而积极介入中国社会问题的思考。而他与很多现代知识分子不一样的地方在于，他是在中国这块文化土壤里诞生出来的一个思想独行者，他从来就是立足在中国的土地上、立足在"当下"这一时间维度上，以自己对于中国民族生存现实的极其个性化的生命体验为基础，来考量、思索和辨析中国社会存在的问题。所以，鲁迅对于20世纪中国文化史的贡献乃是他提供了一种极其鲜明的、具有民族本土性和生命个体化的关于中国问题的思想。本丛书在设计上一个突出的特点就是在整个课题的论证过程中强调鲁迅思想的民族性，从民族本土经验与个体生命体验相熔铸的观点来阐释鲁迅思想在现代中国思想界不可取代的独特性。这一观念在鲁迅资源与20世纪中国社会改革之关系的研究中具有支撑性的创新意义，同时也能对于国内外近来比较流行的认为中国现代民族国家的历史是想象的历史，民族国家只是存在于知识分子的各种文字记叙中的学术观点给予理论上的回应。

三是解读批判精神。我们认为，鲁迅是20世纪中国伟大的文化巨人，而他的伟大性在于他是一个思想批判型的文化战士，他的特征是民众的立场、人本的理念、积极介入现实的公共情怀、独立思考的精神原则、不惮于做少数派的英雄气度以及信仰的纯粹意义。这种批判不是只问破坏与摧毁式的批判，而是康德的批判哲学中所倡导的在反思中求证、在扬弃中螺旋上升式的主体自由精神。社会建设需要鲁迅这样的具有纯粹信仰的批判型文化战士来承担社会文化批判的任务，来体现知识分子作为社会良知在社会文化发展中的中坚作用，使民族的发展、社会的建设始终保持一种人本的取向、清醒的精神和理性的态度。这一观点，我们认为对鲁迅资源在当代中国社会改革与文化建设的伟大价值的阐释方面，具有十分重要的意义。

在具体的研究方法上，本丛书的写作力图突出两个方面的特色。一是将历史述评与现实透视结合起来。这一研究方法包括两个层面的要求，第一是要求每一个子课题都必须有研究史梳理的论证环节，将研究历史的梳理评述与当下研究现状的透视分析结合起来；第二是要求每一个子课题都必须十分重视鲁迅生前与20世纪中国社会革命，与20世纪中国民族发展的命运的紧密关系的研究，也即重视鲁迅的生命史与中国现代革命史之间的紧密的关联，这是整个丛书研究的历史基础，没有这个基础，也就无法说清楚鲁迅的符号意义与精神象征在当代中国社会发展与民族文明建设上的资源价值所在。二是将社会调查与学理思辨结合：本丛书同时具有基础研究和应用研究这两方面的特质，是一种综合性的研究项目。因而，本丛书在研究方法上坚持学理思辨与社会调查相结合的论证途径。在具体研究中，尤其重视社会调查的环节，合理地设计调查内容，精确地统计与分析调查数据和资料，对鲁迅在公众心目中的形象定位、鲁迅资源在某个现实问题中的社会效应、鲁迅形象在国内外媒体传播中的实际状况、鲁迅资源在国内外文学教育中的功能呈现等等问题进行广泛的社会调查。由上海同济大学承担的国家社科基金特别委托项目"鲁迅社会影响调查报告"在这方面开启了一个先端，但这一项目目前成果侧重在学术与社会物质文化的层面，我们希望本丛书以社会文化问题为中心，将鲁迅的社会影响调查推进到国民精神与心灵现象的层面，从国内影响推进到国际影响的层面，实现在鲁迅社会影响研究方面的进一步补充与深化。

需要说明的是，本丛书是在国家社科基金重大项目"鲁迅与20世纪中国研究"结项成果的基础上编选出版的。2011年底，重大项目"鲁迅与20世纪中国研究"获得全国社科规划立项，这对我们既是一种巨大的鼓励，也是一份沉甸甸的责任。5年来，仰仗课题组各位同人的大力支持与辛勤劳作，这一重大项目取得了显著成就，各个子课题组成员总共发表出版阶段性研究成果120余项，其中著作6部，论文110余篇，论文集2部。不少论文发表在《中国社会科学》《文学评论》《鲁迅研究月刊》《中国现代文学研究丛刊》等国内重要的学术刊物上。最让我们难以忘怀的是课题组分别在2013年和2015年召开了"鲁迅与20世纪中国研究"国际学术研讨会和"从南京走向世界——鲁迅与20世纪中国研究青年学术论坛",这两次会议得到国内外鲁迅研究专家的热情支持,在鲁迅学界产生了热烈的反响。项目于2017年上半年顺利结项,作为项目的首席专家,我要特别感谢朱晓进、杨洪承、郑家建、汪卫东、何言宏、刘克敌、林敏洁、李玮等子课题的负责人,感谢参与此项目研究的各位作者,是你们的通力合作和智慧付出,才保证了此项目的圆满完成,也保证了本丛书的顺利出版。在2017年11月绍兴召开的中国鲁迅研究会年会上,新任会长孙郁在感言中说,研究鲁迅是自己一生的坚持。这句话,朴实而掷地有声,可以说代表了我们每个鲁迅爱好者的心声。能够坚持一生,不仅因为我们热爱鲁迅的作品,而且也是因为鲁迅研究是一个高水准的学术共同体。在这个共同体中,我们不仅能够始终仰望着一个伟岸的、给我们以指引和慰安的身影,而且能够经常性地与一些这个时代的优秀的、高境界的心灵进行对话。在这个共同体中,经常能够爆发出给人以思想震撼力的研究成果,这也是鲁迅研究一代代学人值得骄傲的事情。当然,这套丛书肯定存在许多缺点,我们不敢期待它能有多么杰出的成就,但如果能够为鲁迅研究这一学术共同体提供一点新的具有参考价值的观点与材料,为鲁迅这一民族精神象征重新回到民族现实生存中去起到一点促进的作用,于愿已足。

最后,要诚挚感谢国家出版基金对这套丛书的慷慨资助,感谢百花洲文艺出版社毛军英等领导和编辑们对此丛书出版给予的大力支持和付出的辛勤劳动。

鲁迅与20世纪中国研究丛书

目录

鲁迅与20世纪中国研究丛书

绪论 《新青年》的新文化理念与国民信仰建构

1915年9月，陈独秀在上海创办《青年杂志》。这个中国现代文化史上的一个标志性事件，曾经的当事人和后来的史学家们都试图赋予它各种各样的意义，而对中国现代思想史和文化史上出现的种种现象和种种问题，学者们也总是乐意到这个标志性事件中去寻找它们的渊源。这是必然的，因为《青年杂志》的创刊以及稍后几年的运作，确实像一道凌厉的闪电，划开了千百年来中国封建思想伦理铁幕下的黑暗，闪现出了新思想、新文化的时代曙光。在此之前，陈独秀1903年在上海协助章士钊主编《国民日报》，1904年初在芜湖创办《安徽俗话报》，有过多年的报刊经历，但那时的办刊目的主要在于宣传革命思想，着眼于民族与民主革命的政治运动。辛亥革命成功之后，宪政体制得到确立。但陈独秀痛感当时的中国只有政党政治，没有国民政治，只有政党运动，没有国民运动，所以他这次创办《青年杂志》的目的与宗旨在于发起一场新文化运动，他要在只有政党运动的中国发起一场国民的思想启蒙运动，在国民尤其是青年国民的意识中唤起一场伦理的觉醒。在人类进化历史上，文化从来就是与宗教紧密相连，或者说宗教从来就是文化的核心内容，思想需要资源，当然离不开主义，而伦理的意义根基于价值的评判，伦理的觉悟本质上就是对已有的价值观念的重新估定，没有信仰的基点，重估也就无法实施。所以，文化运动也好，思想启蒙运动也好，伦理的觉悟也好，深入地讨论这些问题，势必牵连上现代国民的信仰问题。五四时代是一个破旧立新的时代，所破的旧无疑也包括旧的信仰，所提倡建立的新当然也包括新的信仰。五四运动高潮时新文化界关于"问题与主义"的争论，20年代也就是新文化运动的头十年里，新文化阵营里爆发过不少思想意识形态方面的论战，如少年中国学会关于宗教问题的讨论，"非基督教运动"、科学与玄学之争等，都多多少少与信仰问题相关，也多多少少能从《新青年》早期的思想启蒙中找到它们的渊源关系。作为新文化运动的具体成果，五四新文学创作中的一些重要人物形象（如"狂人"）、一些众所瞩目的思想主题（如人生意义的问题探寻）等等，也清晰地体现着《新青年》前驱者们的思想逻辑。正是在这一意义上，我们认为，探讨鲁迅与20世纪中国国民信仰的建构关系，也应该从这一历史事件着眼，在这一历史事件中找准它的意义坐标。这不仅是因为鲁迅后来在钱玄同的劝导下参与了这一杂志的编辑工作，而且是因为鲁迅本身就是在这一杂志上重新开始了他期盼已久的思想启蒙工作，他在这一时期发表的文学创作最为深刻地体现了这一杂志的创刊目的与宗旨。

第一节　"精神上别构真实新鲜之信仰"

1906年，章太炎在《革命道德说》一文中大谈革命时代革命者的道德时，曾提出他的四个基点：一是知耻，二是重厚，三是耿介，四是必信。前三者来之于清初学者顾炎武《日知录》中《世风》所言，而"必信"则是章太炎自己加上的。他说："余以为知耻、重厚、耿介三者，皆束身自好之谓，而信复周于世用，虽崔苻聚劫之徒，所以得人死力者，亦惟有信而已。"革命的成功需要信，需要主义，需要有信有主义的人敢于舍生取义，但是，"言必信，行必果，久要不忘平生之言，贯四时而不改柯易叶者，盖有之矣，我未之见也"。"今之习俗，以巧诈为贤能，以贞廉为迂拙，虽歃血苴盟，犹无所益。是故每立一会，每建一事，未闻其有始卒。"①所以，章太炎在知耻、重厚、耿介三者之后，再加一必信，对革命家的道德做出了很高的要求。从论文的演绎逻辑

① 章太炎：《革命道德说》，《章太炎全集》第4卷，上海人民出版社1985年版，第286页。

来看，虽然必信是放在最后，但在章太炎的心目中应该是最为重要的一项。1912年2月，辛亥革命胜利后蔡元培任中华民国第一任教育总长，他到任时发布的关于新教育的意见，其中将教育分为政治之教育与超轶政治之教育二种，军国民主义、实利主义、德育主义为政治之教育，世界观与美育主义为超轶政治之教育。而其所谓世界观教育的内涵"曰：消极方面，使对于现象世界，无厌弃而亦无执着；积极方面，使对于实体世界，非常渴慕而渐进于领悟。循思想自由言论自由之公例，不以一流派之哲学一宗门之教义梏其心，而惟时时悬一无方体无始终之世界观以为鹄"①。这里所谓现象世界可以理解为世俗世界，所谓实体世界可以理解为终极价值，所谓世界观的教育就是一种终极价值也即信仰的教育或培植。教育部成立不久，蔡元培又提议将宗教管理事务由内政部移入教育部，理由有二：一是宪法公例，信仰自由，政府不加干预，自然就不必归于内政部管辖；二是宗教为国民精神界之事，本来就占社会教育之一大部分。而我国国民于宗教之观念，尤为朦混，种种妄诞鄙陋之事，淆杂其间，于宗教之本旨，实相刺谬。所以，"改良内容，别择良楛"，应把宗教事务移归教育部辖理。②从这种政务安排，也可见蔡元培对信仰与教育关系的重视。值得指出的是，不仅对信仰有理论的认知，而且自我躬行、树立榜样，也是辛亥革命时期一帮革命家的人格特点。章太炎三入牢狱，七被追捕，敢于到总统府门前大骂袁世凯包藏祸心。乌目山僧实践自己的诺言，功成不居，革命胜利后即退隐山林，专心事佛。蔡元培曾盛赞革命前驱者杨笃生"表面虽深自隐秘，而激烈之气，往往于无意中流露"，"先生讲授国文，有关民族主义者，常激昂异常。学生课卷有稍合革命主义者，虽文词草率，辄奖励之；有颂扬君后而抬头书写者，必勒抹而痛斥之。出行则戴大笠，骑驴而观书，意者，先生不忍见北京恶浊之社会故耶"。③而蔡元培自己也曾奉素食主义，终身不

---

① 蔡元培：《对于新教育之意见》，《临时政府公报》第13号，1912年2月11日。

② 蔡元培：《提议以内务部之礼教司移入教育部案》，《蔡元培全集》第2卷，中华书局1984年版，第168页。

③ 蔡元培：《杨笃生先生蹈海记》，《蔡元培全集》第2卷，中华书局1984年版，第118页。

渝。以上种种可见，在陈独秀创办《青年杂志》前的一段时期，辛亥革命舆论场域中的领袖人物们已经比较重视国民信仰建构在社会改革运动中的重要性，并且用个性鲜明的自我言行在思想文化领域中形成了重视国民信仰问题的启蒙语境。

可以说，《青年杂志》的创刊也是对这种语境与期待的一种因应。陈独秀发表在《青年杂志》创刊号上的《敬告青年》一文无疑是对该刊创刊宗旨的阐明。文中说："我有手足，自谋温饱，我有口舌，自陈好恶，我有心思，自崇所信，绝不认他人之越俎，亦不应主我而奴他人。盖自认为独立自主之人格，以上一切操行，一切权利，一切信仰，唯有听命各自固有之智能，断无盲从隶属他人之理。非然者，忠孝节义奴隶之道德也。"①这段话是典型的清末民初政论风格，排比句式凸显出作者的论证气势和重要程度，手足、口舌、心思、温饱、好恶、所信，层层递进，步步深入，指向问题的核心，这个核心问题显然就是"自崇所信"，只有"自崇所信"这一必备条件建立了，才会有所谓"独立自主之人格"。此后，《青年杂志》改为《新青年》，不仅有"新"的青年之辨别，而且有"新"青年之愿景与动力。不管是对"新"的青年的要求，还是对"新"青年的启蒙，杂志的编者与撰稿者都对信仰建构问题十分重视。这种重视从两个方面展开，一是从反面着手，批判中国国民的不良信仰状态。中国人有无宗教信仰，这在学术研究上一直是个争议纷纭的问题。陈独秀曾多次谈到这一问题，而且抱持否定与批判的观点。这种观点与他的思想革命理念相联系，无疑更促进了他对国民信仰状态的失望。"吾人无宗教信仰心，有之，则做官耳。殆若欧美人之信耶稣日本人之尊天皇为同一之迷信，大小官吏相次依附，存亡荣辱以此为衡。奴颜婢膝，以为至乐。食力创业，乃至高尚至清洁适于国民实力伸张之美德，而视为天下之至贱，不屑为也。"②痛斥中国历代儒生以做官为信仰，这种针砭对于以实用理性为思想本位，以勤王忠君为行为原则的儒家传统而言，真可谓入骨三分。陈独秀在谈到国人"抵抗力"

---

① 陈独秀：《敬告青年》，《青年杂志》1915年第1卷第1号。
② 陈独秀：《我之爱国主义》，《新青年》1916年第2卷第2号。

的薄弱之原因及救济法时，也曾尖锐地指出病因主要在于"学说之为害"与"专制君主之流毒"，学说上"老尚雌退，儒崇礼让，佛说空无。义侠伟人，称以大盗，贞直之士，谓为粗横。充塞吾民精神界者，无一强梁敢进之思惟，抵抗之力，从根断矣"。而"专制君主之流毒"，则使"全国人民以君主之爱憎为善恶，以君主之教训为良知，生死予夺，惟一人之意是从，人格丧亡，异议杜绝，所谓纲常大义无所逃于天地之间，而民德民志民气扫地尽矣"[①]。"学说之为害"说的是供给国人信仰的主义之弊端，"专制君主之流毒"说的是国人"自崇所信"的条件之恶劣，这两者可以说从根基上对国人的信仰状态做了否定性的判断。

　　清末民初时的中国社会处于转型时期，新与旧，东与西，处于混杂相糅状态。但在这转型时代，人的面目也常常模糊不清，当年新的弄潮儿很快就成了保皇党，而许多旧事物则偷梁换柱、借尸还魂，以"新"的面目招摇过市。这种状况很有迷惑性，也令一些真正有志改革的先觉者不免气馁。他们认为这都是信仰力不够坚定的表现，所以在《青年杂志》上一些撰稿者特别严厉地批判了这种信仰领域中的中庸气与犬儒气。汪叔潜把国内的改革往往不能进步或者进步缓慢的症结归之于无论新旧都不能"各本其自信"。"吾以为国于天地必有兴立，一国之人，苟有一致之趋向，上也。假使不然，则维新固有维新之精神，守旧亦有守旧之精神，人人各本其自信者，锲而不舍，精神之角斗无时或息，终必有正当解决之一日，惟依违其间，唯唯否否，乃至匿怨而友，阴相残贼，而国家之元气，真乃斫丧尽净矣。"所以，"今日之弊，固在新旧之旗帜未能鲜明，而其原因则在新旧观念与界说未能明了"。[②]崇新者遇到阻力往往不能坚持"新"的原则，要么变通，要么妥协，从而使"新"变幻颜色。而守旧者则往往"本领要新，思想要旧"，"用这学来的新，打出外来的新，关上大门，再来守旧"，于是，"新本领旧思想的新人物，驮了旧本领旧思想的旧人物，请他发挥多年经验的老本领"，[③]这种"因时制宜，折衷至当"的新

① 陈独秀：《抵抗力》，《青年杂志》1915年第1卷第3号。

② 汪叔潜：《新旧问题》，《青年杂志》1915年第1卷第1号。

③ 鲁迅：《随感录·四十八》，《鲁迅全集》第1卷，人民文学出版社2005年版，第352页。

旧融合，成了社会转型时代思想观念变革的最大也最无形的阻力。陈独秀对此感受最为痛切，对国人信仰生活中的中庸恶习也最为反感。《新青年》创刊不久，曾有青年给杂志来信指责《新青年》的思想倾向过于扬西抑东，作为主编的陈独秀慨然回信，指出中国学习西方，"兼程日进，尚望其项背，幸勿以扬西抑东为过也"。对民国建立后国家体制与国人思想之间的依违，陈独秀也是从国人信仰的角度予以深刻的认识。在陈独秀的信念中，共和国家，民主体制，信仰的当然应该是人权学说，是民主精神，是自由主义，但是现在中华民国的政治人心，却是这种现象："分明挂了共和招牌，而政府考试文官，居然用'上天下泽，履君子以辨上下定民志'，'百姓足君孰与不足'和'学则三代共之，皆所以明人伦也，人伦明于上，小民亲于下'为题。不知道辨的是什么上下，定的是什么民志，不知道共和国家何以有君，又不知道共和国民是如何小法。"[①]所以，陈独秀同汪叔潜一样，曾在《新青年》杂志上痛心疾首地呼吁国民自崇所信，善始善终："呜呼，不诚之民族，为善不终为恶亦不终。吾见夫国中多乐为恶之人，吾未见有始终为恶之硬汉。诈伪圆滑，人格何存。吾愿爱国之士，无论维新守旧帝制共和皆本诸良心之至诚，慎厥终始，以存国民一线之人格。"[②]

从正面的意义上讨论信仰问题，如果不能说是《新青年》主编一个刻意的筹划，至少可以说是作者们一个比较关注的、具有一定共识的话题。陈独秀在将《青年杂志》更名为《新青年》时，曾专门撰文谈到他心目中20世纪中国青年能够成为"新青年"的条件，这种条件不是生理的、年龄的，而主要是心理的、精神的，其中最为重要的就是"头脑中必斩尽涤绝彼老者壮者及比诸老者壮者腐败堕落诸青年之做官发财思想，精神上别构真实新鲜之信仰，始得谓为新青年"。因为"青年之精神界欲求此除旧布新之大革命，第一当明人生归宿问题。人生数十寒暑耳，乐天者荡，厌世者偷，惟知于此可贵之数十寒暑中量力以求成相当之人物为归宿者得之，准此以行，则不得不内图个性之发展，外

①　陈独秀：《旧思想与国体问题》，《新青年》1917年第3卷第3号。
②　陈独秀：《我之爱国主义》，《新青年》1916年第2卷第2号。

图贡献于其群"。信仰所解决的就是人生归宿问题，有信仰者，也就赋予了自己的人生于吃喝玩乐之外的精神意义。所以陈独秀在文章一开篇就语重心长地警告中国青年"慎勿以年龄在青年时代遂妄自以为取得青年之资格"。[①]胡适在美国留学时曾有去教堂听布道的经历，他曾自述其不知不觉就被牧师的布道和教堂中的氛围感动得热泪盈眶，胡适当时是杜威的信徒，崇拜自由人格，于是对此心生警惕，就不再去教堂。但他对信仰问题还是有自己的公允看法，他曾在《新青年》上发表自己的日记，里面就有现身说法的内容，表达自己对牧师的理解与敬重："有某夫人问余对于耶教徒在中国传道一举，意见何能。答曰：'吾前此颇反对此举，以为人之愚在好为人师，英文所谓Orcselyting者是也。年来颇觉传道之士正亦未可厚非。彼等自信其所信，又以为其所信之足以济人淑世也，故必欲与世人共之，欲令人人皆信其所信，其用心良可敬也。新约之马太传有云，未有燃烛而以斛覆之者也，皆欲插之檠上，令室中人毕受其光耳。且令汝之光照耀人前，俾人人皆知汝之事业，而尊荣汝在天之父。此传道之旨也，顾今日传道之士，未必人人皆知此义耳。'"[②]《新青年》倡导思想革命，倡导自主自信，本来就以宗教迷信为批判的靶子。"宗教之功，胜残劝善，未尝无益于人群，然其迷信神权，蔽塞人智，是所短也。欧人笃信创造世界万物之耶和华，不容有所短长，一若中国之隆重纲常名教也。"[③]这是主编陈独秀对基督教的基本看法，胡适不囿此见，表达对牧师的理解与尊重，这不仅显示出他对信仰本身于人意义的重视，而且体现的恰恰也是《新青年》力倡的"自崇所信"的"新青年"应有的人格精神。

"精神上别构真实新鲜之信仰"，同时能"自崇所信"，这是成为20世纪中国"新青年"的首要条件。前者说的是信仰于人生的必要性，后者说的是信仰应该具有的独立自由方式，这二者在《新青年》同人那里，无疑是一种共识。但是，应该信仰什么，《新青年》同人则似乎各有各的观点，而且他们也十分乐意将自己的观点发布出来。陈独秀就明确表白以"科学"为信仰，他

① 陈独秀：《新青年》，《新青年》1916年第2卷第1号。

② 胡适：《藏晖室札记》，《新青年》1917年第2卷第5号。

③ 陈独秀：《法兰西人与近代文明》，《青年杂志》1915年第1卷第1号。

说："宗教之能使人解脱者，余则以为必先自欺，始克自解，非真解也，真能决疑厥惟科学，故余主张以科学代宗教，开拓吾人真实之信仰，虽缓终达，若迷信宗教以求解脱，直欲速不达而已。"①蔡元培以其资历与思想，可谓《新青年》的导师与护法，他也在杂志上提出了现代文化史上著名的"以美育代宗教"的学说。他认为"知识意志两作用，既皆脱离宗教以外，于是宗教所最有密切关系者，惟有情感作用，即所谓美感"。所以，"莫如舍宗教而易以纯粹之美育，所以陶养吾人之感情，使有高尚纯洁之习惯，而使人我之见、利己损人之思念，以渐消沮者也"。②胡适虽然认为"社会国家是时刻变迁的，所以不能指定哪一种方法是救世的良药"，但他还是向社会推荐了一种"易卜生主义"，这就是"社会国家的健康也全靠社会中有许多永不知足，永不满意，时时与罪恶分子龌龊分子宣战的白血轮，方才有改良进步的希望"。③恽代英曾在《新青年》上撰文专论信仰，他认为"信仰之引人向上，固不可诬之事，且其功用能使怯者勇，弱者强，散漫者精进，躁乱者恬静，历史所载其伟大之成绩，不可尽数"。但他认为信仰有多种，"宗教虽为一种信仰，而除宗教外尚不乏他种之信仰"。在论文中，恽代英阐述了"智与爱"同"信"一样，"为千古不磨之道德原动力"，所以，他反对国内学者和政治家们宣扬狭窄意义上的"信仰"（即宗教信仰），但并不反对宽泛意义上的"信仰"，而宽泛意义上的信仰则可以以"智与爱"为内容。④至于各种人生"主义"，《新青年》上更是杂说纷纭。譬如高一涵以"自利利他"为核心提倡"乐利主义"（《共和国家与青年之自觉》，《青年杂志》第1卷第2号）；李亦民以"为我"（"进于独立自主之途"）与"快乐"（"遂汝欲求意志"）作为青年人生的"大方针"（《人生唯一之目的》，《青年杂志》第1卷第2号）；李大钊提倡"今日主义"，"不仅以今日青春之我追杀今日白首之我，并宜以今日青春之我预杀来日白首之我"（《青春》，《新青年》第2卷第1号）；吴稚晖痛感中

---

① 陈独秀：《再论孔教问题》，《新青年》1917年第2卷第5号。
② 蔡子民：《以美育代宗教说》，《新青年》1917年第3卷第6号。
③ 胡适：《易卜生主义》，《新青年》1918年第4卷第6号。
④ 恽代英：《论信仰》，《新青年》1917年第3卷第5号。

国青年长期所受的儒家教育，为官求仕，鄙夷农工，以致五谷不分，四体不勤，大声向青年呼吁"实业主义"，要求中国青年关注备物、掌握工具（《青年与工具》，《新青年》第2卷第2号）；刘叔雅痛感国家之间弱肉强食的国际环境，直接在杂志上力倡"军国主义"，认为"国于今之世界，苟欲守此疆域，保我子孙黎民，舍军国主义无他道。生于今之世，苟欲免为他人之臣掳，舍持军国主义无他法"，甚至视"军国主义"为"吾青年之觉悟"[①]。如此等等，足以说明两点：第一，从创刊直到五四新文学运动的发生，《新青年》一直是重视人生信仰问题的探讨，并且把这种探讨视为促进"吾青年之觉悟"的重要的启蒙工作；第二，《新青年》是同人杂志，虽有自己鲜明的思想倾向，但在大方向一致的前提下，也真正贯彻与实现了杂志"自崇所信"的主张。

第二节 "信仰共和必非孔教"

值得注意的是，《青年杂志》创刊不久，就曾发起一场现代思想文化领域中最为著名的、影响最为深远而历史评价也最为分歧的战役，这就是对孔子学说的猛烈批判，俗称"打倒孔家店"运动。这次思想战役涉及的内容比较宽泛，其对现代思想发展的意义也十分重要，但从战役的发起、思想批判关注的核心问题以及战役所关涉到的社会政治现实来看，这场思想战役本质上就是一场有关国民信仰的现代思想成果的保卫战，甚至可以说在社会政治的层面上就是一场共和体制下国民信仰自由的保卫战。讨论《新青年》的信仰观念，无疑离不开对这场思想战役的分析与总结。

这场思想战役的直接攻击对象是孔子学说。在中国思想发展史上，孔子无疑是一位伟大的思想家。他生前周游列国，试图宣传自己的思想，实现自己的政治抱负，但除了在鲁国曾有过短暂的得意之外，其他地方是处处碰壁，以致他不得不自我解嘲：道不行，乘桴浮于海。汉代以后，董仲舒建议罢黜百家，独尊儒术，孔子于是成了中国的圣人，而儒家学说也就由诸子百

① 刘叔雅：《军国主义》，《新青年》1916年第2卷第3号。

家中的一家而成为中国封建宗法社会的立国之本，成了世世代代中国国民的精神信仰。①儒家的纲常成为国家礼教的支柱之后，中国思想史上非孔的异端声音时常响起，明清以来对儒学的批判更是不绝于耳，但是儒学作为中国国民的精神信仰，作为封建王朝的立国之本这种基本格局，无论朝代更迭，还是族裔轮替，从来就没有动摇过。这是因为，这些非孔的异端思想还是一种体制内的非孔，要么是揭橥于传统中的非主流因素如佛学、道家等等来反孔，要么是用独尊之前的原始儒家来反对独尊之后的正统儒家。晚清以来，西学东渐，儒家文化才真正遭遇到了强劲理论对手和颠覆力量。这倒不仅仅是因为以平等、自由、民主、博爱为基本原则的西方近代思想与以纲常名教为核心支柱的儒家文化是完全不同质的两种思想体系，而且也是因为，或者说更重要的是因为为了富国图强而大量引进的西方近代科学技术以及科学的思维方式，正在有力地摧毁儒家文化赖以存在的小农经济生产方式和宇宙世界的认知模式。尤其是甲午海战以后，中国引进西方的科学技术人文新知达到高潮，葛兆光曾以此后十余年中日文化交流的逆转情况为例，指出："中国译日本书却达到了958种，内容包括了哲学、法律、历史、地理、文学，也包括了地质、生物、化学、物理，几乎涉及了所有的近代知识，尽管这个时候的翻译还有相当多是假手东洋介绍西洋新知，但是这种逆转已经说明中国知识、思想和信仰世界的大势，已经无法维持它自己的自我更新和自我完足。"②关于这一点，宋育仁早在1895年就已经敏锐地感觉到了，他在《泰西各国采风记》中特别提到，如果接受了西方知识中的一些根本性的预设，则"天为无物，地与五星同为地球，日月星不为三光，五星不配五行，七曜拟于不伦，上祀巫而无理，六经皆虚言，圣人为妄作"。"据此为本，则人身无上下，推之则家无上下，国无上下，从发源处决去天尊地卑，则一切平等，男女均有自主之权，妇不统于夫，子不制于父，种姓无别，

① 关于儒家在中国是否成为宗教，学术界有不同的声音，杜维明就有所谓"儒教"之说。
② 葛兆光：《七世纪至十九世纪中国的知识、思想与信仰世界》，《中国思想史》第二卷，复旦大学出版社2000年版，第685页。

人伦无处立根，举宪天法地、顺阴阳、陈五行诸大义一扫而空。"①科学的发达改变着人们的认知方式，民主国体的建立也势必摧毁君主国体的思想观念，所以，清末民初那些改革派知识精英热衷的还是介绍和输入西方的新文化，他们乐观地认为，既然现在已经是民主共和社会了，那种与封建君主制的政统紧密结合在一起的儒家道统自然也就到了寿终正寝的时候了。《青年杂志》创刊的头一年致力于正面宣示自己的"新"青年主张，致力于介绍西洋文明与思想，也就是出之于这种乐观心态。

从这个意义上看，这场战役的发起，虽说是无可避免，但似乎也多少包含一点戏剧性因素，也就是说《新青年》对孔子学说的猛烈批判，乃是儒家文化的卫道士们自己引发起来的。民国建立之后不久，袁世凯为了给自己复辟帝制制造舆论，已经开始利用手中的政权之力大肆推动尊孔祭孔。袁世凯复辟帝制失败，但尊孔思潮反而愈演愈烈，康有为等当年的维新人士竟趁国会立宪之机，向民国总统总理致以公开信，提出"以儒教为国教"的主张，要求将立儒教为国教写入宪法。正是在这种情势下，当时热衷于输入新思想来"新"青年的启蒙先驱陈独秀等才蓦然警醒，"继今以往，国人所怀疑莫决者，常为伦理问题。此而不能觉悟，则之所谓觉悟者，非彻底之觉悟，盖犹在惝恍迷离之境。吾敢断言曰：伦理的觉悟，为吾人最后觉悟之最后觉悟"②。为了唤醒国人的伦理觉悟，摧毁卫道士们的文化复辟意图，陈独秀等以《新青年》为阵地，对封建君主制度的伦理支柱儒家思想发起了猛烈的抨击。在短短两年多的时间里，陈独秀陆续发表了《驳康有为致总统总理书》《宪法与孔教》《孔子之道与现代生活》《袁世凯复活》《再论孔教问题》《复辟与尊孔》等论文，树立起了新文化运动的倒孔大旗。另外，易白沙的《孔子平议》、高一涵的《一九一七年预想之革命》、吴虞的《家族制度为专制主义之根据论》与《儒家主张阶级制度之害》、蔡元培的《蔡孑民先生在信教自由会之演说》等等，也都是发表在《新青年》上重要的倒孔文章。值得注意的是，从思想体系和历

① 宋育仁：《泰西各国采风记》，见《郭嵩焘等使西记六种》，生活·读书·新知三联书店1998年版，第388页。

② 陈独秀：《吾人最后之觉悟》，《青年杂志》1916年第1卷第6号。

史演变上来看，儒家思想广博精深，源远流长，既有学理思想上的建构，也有礼制法度上的厘定，既有创始者孔子本人的口述，也有后世徒众们的不断的注疏阐论，要想在短兵相接的思想文化战斗中来全面地梳理和评判孔子学说显然是不可能的，对于倒孔者们的目的而言也是不必要的。所以，发表在《新青年》上的倒孔文章几乎都是针对康有为的主张，围绕着孔教能否作为共和政体下中国国民信仰这一中心问题而展开。而在具体的论述中，批判者的思路则集聚在两个递进关系的逻辑层面上，一是共和政体下是否能在宪法中订立一个所谓的"国教"以做全国人民的精神信仰，二是现代社会中儒家学说是否有资格作为全国人民的精神信仰。

在第一个逻辑层面上，倒孔者的态度是非常明确的：共和政体，信仰自由，不能在宪法中订立一个所谓的"国教"以做全国人民的精神信仰。陈独秀首先从中国的宗教状况入手，指出订立所谓"国教"是侵害了公民选择信仰的自由权利。"然通行吾国各宗教，若佛教教律之精严，教理之高深，岂不可贵？又若基督教尊奉一神，宗教意识之明了，信徒制行之清洁，往往远胜于推尊孔教之士大夫。今蔑视他宗，独尊一孔，岂非侵害宗教信仰之自由乎。"然后陈独秀又以宪法本来的属性为依据，指出订立所谓"国教"的荒谬性："盖宪法者全国人民权利之保证书也，绝不可杂以优待一族一教一党一派人之作用，以今世学术思想之发达，无论集硕学若干辈，设会讨论教育大本，究应以何人学说为宗，吾知其未敢轻决而著书宣告于众，况挟堂堂国宪强全国之从同，以阻思想信仰之自由，其无理取闹，宁非奇谈。"[①]高一涵则从国家的职责方面立言，认为"国家唯一之职务在立于万民之后，破除自由之阻力，鼓舞自动之机能，以条理其抵牾，防止其侵越，于国法上公认人民之政治人格，明许人民自由之权利，此为国家唯一之职务，亦即所以存在之真因"。所以，国家权力是保护信仰自由，而不是妨碍信仰自由，更不能以一种信仰来压制别的信仰。"一道同风之说，乃汩没心灵之媒。况一之同之之标本，无能定可定者，欲以谋现世一部分幸福之政治主义，定为谋普遍世界无终极幸福之教育主

① 陈独秀：《宪法与孔教》，《新青年》1916年第2卷第3号。

义，其纰缪更何待言。故不特以孔道为教育大本，无有是处。即于孔道而外，别取佛道耶回之道或他宗学流为教育大本以规定于宪法，亦无有是处。"[1]当然，倒孔者们也进一步地指出，孔子学说就其思想本性而言，不过是一种伦理思想体系，本来就不具备宗教的形态。譬如易白沙就是从学术的角度上指出："不仅创造文字，不必归功孔子，即各家之学，亦无须定尊于一人。孔子之学，只能谓为儒家一家之学，必不可称以中国一国之学。盖孔学与国学，绝然不同，非孔学之小实国学范围之大也。朕即国家之思想，不可施于政治，尤不可施于学术。三代文物，炳然大观，岂一人所能统治。"[2]又如蔡元培，他以自己赴欧考察的经历分析了西方近期宗教的特点，指出孔子的儒家学说无一"足附于宗教之林者"，所以他明确反对立孔教为国教，"孔子是孔子，宗教是宗教，国家是国家，义理各别，勿能强作一谈"。[3]蔡元培是革命元老，民国思想文化界的领袖人物，他的态度无疑是对陈独秀等倒孔者的极大支持，有力地扩大了"打倒孔家店"的理论声势。

对于五四新文化运动的发动者而言，信仰并非只是宗教范畴里面的命题。信仰可以是宗教的，也可以是世俗的，而且世俗人生中的信仰对于人生的意义更其重要。因为向上的人生可以不信宗教，但不可以不给自己的生命赋予一种意义。所以在民国初年知识界关于国民信仰问题的思考中，种种观点尽管开出的单方不一样，但重视国民尤其是青年国民的信仰建构这一出发点无疑是一致的。陈独秀曾说过："青年之精神界欲求此除旧布新之大革命，第一当明人生归宿问题。人生数十寒暑耳，乐天者荡，厌世者偷，惟知于此可贵之数十寒暑中量力以求成相当之人物为归宿者得之，准此以行，则不得不内图个性之发展，外图贡献其群。""倘自认为二十世纪之新青年头脑中必斩尽涤绝彼老者壮者及比诸老者壮者腐败堕落诸青年之做官发财思想，精神上别构真实新鲜之信仰，始得谓为新青年。"[4]这里所谓"人生归宿问题"当然指

① 高一涵：《一九一七年预想之革命》，《新青年》1917年第2卷第5号。

② 易白沙：《孔子平议（下）》，《新青年》1916年第2卷第1号。

③ 蔡元培：《蔡孑民先生在信教自由会之演说》，《新青年》1917年第2卷第5号。

④ 陈独秀：《新青年》，《新青年》1916年第2卷第1号。

的就是人生信仰问题。那么应该帮助青年树立什么样的信仰呢？陈独秀的目光无疑是放在西方近代新思想与新知识上。他在《青年杂志》的创刊号上发表《法兰西人与近代文明》一文指出："近代文明之特征，最足以变古之道，而使人心社会划然一新者，厥有三事，一曰人权说，一曰生物进化论，一曰社会主义是也。"他之所以创办《青年杂志》来"新"青年，目的就在于将这些西方近世文明的新观念、新思想介绍给中国的青年们，使中国的青年们确立起新的人生信仰，从而推动中国的现代化改革。在陈独秀等看来，康有为等鼓吹将孔教立为国教，这不仅是限制人们的思想与信仰自由，而且是与天下大势、时代潮流背道而驰的。所以在第二个逻辑层面上，倒孔者的态度尤为激烈。他们紧紧扣住儒家学说是家族宗法社会的产物，是为封建君主专制服务的思想工具这一点，明确地指出儒家学说没有资格作为共和民主政体下的国民信仰。陈独秀说："孔子生长封建时代，所提倡之道德封建时代之道德也，所垂示之礼教即生活状态，封建时代之礼教封建时代之生活状态也。所主张之政治封建时代之政治也，封建时代之道德礼教生活政治所心营目注其范围不越少数君主贵族之权利与名誉，与多数国民之幸福无与焉。"①吴虞也指出："儒家以孝弟二字为二千年来专制政治家族制度联络之根干，贯彻始终而不可动摇，使宗法社会牵制军国社会不克完全发达，其流毒诚不减于洪水猛兽矣。"他甚至将孔子称为"盗丘"，认为"盗跖之为害在一时，盗丘之遗祸及万世，乡愿之误事仅一隅，国愿之流毒遍天下"。②因为，"孔子主尊卑贵贱之阶级制度，由天尊地卑演而为君尊臣卑父尊子卑夫尊妇卑官尊民卑，尊卑既严贵贱遂别，几无一事不含有阶级之精神意味。故二千年来不能铲除阶级制度，至于有良贱为婚之律，斯可谓至酷已。守孔教之义，故专制之威，愈衍愈烈，苟非五洲大通，耶教之义输入，恐再二千余年，吾人尚不克享宪法上平等自由之幸福，可断言也"③。所以，当时的倒孔者们几乎无一例外地具有这种非此即彼、决不通融的决绝态度："孔教与共和乃绝对两不相容之物，存其一必废其一。"而"其

① 陈独秀：《孔子之道与现代生活》，《新青年》1916年第2卷第4号。
② 吴虞：《家族制度为专制主义之根据论》，《新青年》1917年第2卷第6号。
③ 吴虞：《儒家主张阶级制度之害》，《新青年》1917年第3卷第4号。

提倡孔教，必掊共和，亦犹愚之信仰共和必非孔教。盖以孔子之道治国家，非立君不足以言治"①。

第三节　"只要有主义，就比没主义好"

《新青年》对现代国民信仰建构的重视态度，深深地影响了五四新文学革命运动的发生与发展，这种影响首先表现在此后创刊的一些以"新"为标志的思想文化与文学刊物，几乎无不以现代国民信仰的建构为关注的焦点问题。

《新潮》可以说是《新青年》的子弟刊，它的主要骨干傅斯年、罗家伦就是北京大学的学生，深受其师蔡元培、陈独秀、胡适等人的影响。《新潮》创刊伊始，就充分地体现出了为现代信仰而战的鲜明的思想特色。作为北大校长，对学生刊物的最有力的支持，当然是以作者的身份在刊物上发表文章。蔡元培做到了这一点，而且在表达支持的文章里，清晰地表达了自己对青年学生的信仰建构的希望。他在谈到第一次世界大战给西方带来的思想哲学的动荡与变迁之后，语重心长地说："我们尚不到全体信仰'精神世界'的程度，止可用'各尊所闻'的例罢了。至于'互助'的条件，如孟子说的，'多助之至，天下顺之，寡助之至，亲戚畔之'。……此后就望大家照这主义进行，自不愁不进化了。"②作为主编的傅斯年，对国民的信仰问题有相当深入的思考，他在创刊号上即发表《人生问题发端》一文，对中国人的人生信仰作了深刻而直捷的剖析，指出"中国人物质主义的人生观最可痛恨，弄得中国人到了这步田地，都是被了他的害。这种主义在中国最占势力，也有这个道理。中国从古是专制政治，因而从古以来，这种主义最发达。专制政治，原不许人有精神上的见解，更教导人专在物质上用功夫"③。紧接着在下一期的1卷2号上，傅斯年又发表《心气薄弱之中国人》一文，猛烈批判"中国人心气薄弱，所以'好行

---

① 陈独秀：《复辟与尊孔》，《新青年》1917年第3卷第6号。
② 蔡元培：《大战与哲学》，《新潮》1919年第1卷第1号。
③ 傅斯年：《人生问题发端》，《新潮》1919年第1卷第1号。

小慧'"。所谓"心气薄弱"，就是精神生活的力量薄弱，就是缺乏坚定的信仰和为信仰而献身的意志力。更值得关注的是，这篇文章不仅从正面阐述和强调了"主义"之重要性，指出"人总要有主义的，没主义，便东风来了西倒，西风来了东倒，南风来了北倒，北风来了南倒"。"没主义的不是人，因为人总应有主义的。只有石头、土块、草木、禽兽、半兽的野蛮人，是没有灵性，因而没主义的。""没主义的人不能做事。做一桩事，总要定个目的，有个达目的的路径，没主义的人，已是随风倒，任水飘，如何定这目的？如何找这路径？既没有独立的身格，自然没有独立的事业了。""没主义的人，不配发议论。议论是非，判断取舍，总要照个标准。主义就是他的标准，去掉主义，什么做他的标准呢？既然没有独立的心思，自然没有独立的见解了。"而且，作者将笔锋直指现实，直逼当下社会，他说："我有几个问题要问大家：（1）中国的政治有主义吗？（2）中国一次一次的革命有主义吗？（3）中国的政党是有主义的吗？（4）中国人有主义的有多少？（5）中国人一切新的组织，新结合，有主义的有多少？"这五问从抽象的政治问到具体的人，从少数人的政党问到全体的中国人，可谓层层深入、步步展开，发问者对中国目前信仰状况的失望真是溢于言表。

批判的目的当然是为了建构，《新潮》杂志也注意从正面阐释信仰的内涵与意义。傅斯年曾提出信仰与信条的问题，在精神的层面，信仰当属最高的层次，但一时达不到信仰的高度，人在世间也应该为自己树立一些信条，这可以说是通往信仰的必经之途。那么，这种信条应该是什么样的呢？傅斯年指出："（1）社会上的信条，总当出于人情之自然。（2）这种信条，总要有意识，总要对于社会或个人有利益。（3）信条总应合于现日的社会情形，若是遗传的信条，经过若干年，社会的性质改变了，人生观念不同了，我们反来遵守历史上的信条，岂不同信仰死灵魂崇拜泥菩萨一样？"①江绍原是一位有志宗教研究的学者，他在自己的研究基础上，也阐释了信仰与信条的关系，指出："宗教上有几个根本的信仰，是人灵性的布帛菽粟，高等生活的滋补品。这种

---

① 孟真（傅斯年）：《社会的信条》，《新潮》1919年第1卷第2号。

信仰本是心内的觉悟，不待理性的探讨与证明。可是离开信条，这信仰也不能独立。有了信条，根本的信仰才能有声有色，有貌有像，使人可以思索，可以想象，可以称道，可以赞叹，不致如虚空之不可捉摸，虽有若无。信仰是内，信条是外，信条可改，信仰难移。"①在普泛性的思想文化语境中，信仰当然是属于宗教范畴的一个概念，但在五四新文化运动中，宗教有时则被共名化，成为人生信仰的代名词。罗家伦在一封关于宗教问题的通信中就这样表示："各人对于真理的信仰，就是各人自己的宗教。""至于我对于宗教的界说，是很简单的，就是：'各人的主张（principe）为完成各人自由的发展，增进人类全体的幸福而发的，就是各人的宗教。'"②从《新潮》杂志关于信仰问题的关注中，可以清晰地看到《新青年》的观点、思路与理论逻辑的影响。第一，把信仰问题看作是国民性问题，而不是某一群类、某一层面的问题；第二，既然是国民性的问题，所以就不是枝节的改良可以转变的，必须进行思想革命，"以思想革命，为一切改造的基础"。正如罗家伦所言，"我常常想历来各国的革命都可以革得好，何以中国辛亥以来的革命，愈革愈遭呢？我想这没有别的缘故，乃是因为他国的革命，是大家为主张而战的，而中国的革命，除了几个领袖人物而外，其余的人都是金钱收买得来的，权位引诱得来的。他们原来就没有民主共和的观念，如何可以盼望他们实现民主共和的政体呢？所以各国的学者认为，改造政治社会，都非从改造思想下手不可"③。第三，自崇所信，只要是真有信仰，不管什么信仰都胜于无。所以，傅斯年也曾模仿陈独秀之言说："任凭他是什么主义，只要有主义，就比没主义好。就是他的主义是辜汤生梁巨川张勋，都可以，总比见风倒的好。"④

　　《少年中国》也是在五四新文化运动的精神孕育下创办起来的新思潮刊物，在信仰问题上有着广泛而且颇富意义的讨论，如第1卷第5期里恽震与少年

---

① 江绍原：《最近代基督教义》，《新潮》1919年第1卷第5号。

② 罗家伦（罗志希）：《通信》，《新潮》1919年第2卷第4号。

③ 罗家伦：《一年来我们学生运动底成功失败和将来应取的方针》，《新潮》1919年第2卷第4号。

④ 傅斯年（孟真）：《心气薄弱之中国人》，《新潮》1919年第1卷第2号。

中国学会讨论少年中国学会信条的来往信件。少年中国学会的四个信条是：奋斗、实践、坚忍、俭朴。恽震认为这四个信条德国军人日本军人都能做到，所以还应加上慈爱、诚实，而少年中国学会的回答是，慈爱是做人的前提，学会招收会员的第一标准是纯洁，诚实已包含在纯洁中，故不再特别标出。德国军人能做到这四个信条，但少年中国学会和他们的目的不一样，德国军人是侵略，而少年中国学会是创造新文化。比较而言，《少年中国》上对信仰问题的讨论有着自己突出的思想特点。首先，重信仰，但更重信仰建构环境的改造与养成。刊物的创办人之一王光祈说："我觉得现在中国人的思想行为，无论在什么主义之下，都不能生存。要想中国人有适应各种主义的能力，非先有一番预备功夫不可。换一句话说，就是要实施某种主义，便有某种主义的先决问题。譬如一位不知养息病躯的病夫，住在一间有碍卫生的屋子，请了几位粗知医药的医生，这几位医生略诊脉息，便争论起来，甲说要吃凉药，乙说要吃热药，丙说要吃……药，闹个不休。对于病人的屋子，既不消毒，亦不迁移。对于病人养病防病的方法，亦不讲究。这几位医生的药方，纵是起死回生包医万症的仙丹，亦是没有用处。必得先把病人移在一个适于养病的所在，又细细告诉病人一切养病防病的方法，然后再由几位医生平心静气的斟酌一个药方，这位病人才有痊愈的希望。现在中国人好像病夫，国内的污浊空气——一切不良——好像一间有碍卫生的屋子，中国人之'自甘暴弃'，好像不知养病防病的病夫，一切主义好像药方，一切提倡主义的人，好像粗知医药的医生。我们要想改造中国，这个地方，必先变换这种污浊的空气，铲除这种'自甘暴弃'的劣根性，然后才可以说到实施什么主义。我现在只想做一位打扫病房的小子软语丁宁养病防病方法的看护妇，使这位病人自己愿意养病防病自己愿意吃药造成一个适于卫生的环境，然后才有病愈的希望。换一句话说，我就是要解决一切主义的先决问题。"①其次，十分重视信仰的践履力。《少年中国》的同人都坚定地宣称自己是有信仰的新青年。如王光祈对所谓"少年中国主义"的宣示："以上所说的三种生活——创造的、社会的、科学的——就是我们少

① 王光祈：《少年中国之创造》，《少年中国》1919年第1卷第2期。

年中国学会同志所要极力提倡的，我与他取了一个名字，叫做'少年中国主义'。"①而在"少年中国主义"的大旗下，各个成员自己的具体信仰虽然各不相同，但他们对自己信仰的执行力却是十分看重。所以，王光祈曾说："我们学会会员对于各种主义的态度，极不一致，而且各会员对于他自己所信仰的主义非常坚决，非常彻底，这是有目共睹的。"②

另外一个特色是尤其值得指出的。如果说《新潮》等刊物是从普泛意义上或者说引申意义上讨论信仰问题的，那么，作为五四新文化运动孕育出来的另一家重要刊物，《少年中国》则不仅从普泛的语义上讨论信仰问题，而且也能从信仰的原初意义上也即宗教意义上来关注现代中国人的信仰建构。20年代初期，少年中国学会在北京接连举行了三次的宗教问题讲演大会，第一次是请周作人与王星拱，第二次是请梁漱溟，第三次是请屠孝实、李石曾，预备请的还有罗素。《少年中国》第2卷第8期则办成了宗教问题专号。在这方面，不能不提到后来成为新文学戏剧大师的田汉。田汉是少年中国学会最早的骨干之一，在《少年中国》创刊号上，他发表的《惠特曼的百年祭》引用了惠特曼的一段话："把精神的亚美利加之根底信仰一点不遗的、好好的写出来，是我年来的宏愿，合众国之伟大的发达，不可不为精神的，不可不为英雄的，把这种信念歌咏出来，是我的诸诗一贯的目的，合众国之为物，已经是一篇大诗歌。"③这一引用，可谓精准地把握住了美国诗人惠特曼重视民族信仰的精神特点。后来，在介绍西方"新罗曼主义文学"思潮时，田汉也感叹"我们中国也正在一种古神已死，新神未生的时代，……前昼后夜的时代，我们谁不欲向着光明的方向飞去呢？谁不想'安得有举吾身之双翼，比吾心翼而扶摇'呢？但在这个青黄不接时候，内部生命弱小的，倒没有什么大不满足，内部生命强大的人，其所需生命的粮食也多。感觉饥荒，便大不得了"④。这种"内部生命强大的人"，就是有信仰的人，也就是说，因有信仰，人则内部生命强大，反过来，

① 王光祈：《少年中国之创造》，《少年中国》1919年第1卷第2期。
② 王光祈：《少年中国学会之精神及其进行计画》，《少年中国》1919年第1卷第6期。
③ 田汉：《惠特曼的百年祭》，《少年中国》1919年第1卷第1期。
④ 田汉：《新罗曼主义及其他》，《少年中国》1919年第1卷第12期。

内部生命强大的人就必须要有一种信仰才能完满这种强大，支撑这种强大。在这个意义上，田汉认为"世间上的大艺术家大思想家没有不同时是宗教家的"。所以，当少年中国学会中有人对宗教问题讨论表示反对时，田汉不惜以退会表示抗议，他说："武者小路等所理想的天堂是新村，我们理想的天堂是少年中国。照我不可不都做少年中国的宗教家少年中国主义的信徒。信耶稣基督的人他能体基督的精神，实行少年中国主义而宣传之的时候，宗教信仰到底于少年中国有何害处？""我以为《少年中国》诸少年所差者正是一点宗教的信仰，说起道理来大家都是长篇阔论的，究竟谁肯拿出十年不懈的心力来做？《少年中国》会务之日有落色，都是会员对于《少年中国》这四个字，只感微温而未尝白热，就是只理智的科学的，而不是宗教的信仰的。""宗教譬如一盏引路的灯，像诸兄学问好知识足并且很懂艺术的人在街灯万盏的巴黎街上走，当然可以不必要他。但是像我们这样肤浅幼稚不懂艺术的人，又在这去光明还远的很黑的东方走，叫他把灯丢了去黑摸不很危险吗？而且我看欧洲的人现在正在造一盏新灯呢？"[①]在科学观念流行而鬼神迷信被猛烈批判的五四时代，宗教难免被当作现代思想转型的负面力量。但田汉从信仰的角度为宗教辩护，甚至要倡导宗教精神，这种态度，其实也可以说是从另一种角度对《新青年》的信仰观念的发扬与阐微。当年陈独秀在《新青年》上批判宗教，但批判的是迷信者，而不是宗教的信仰本身。他在给一位责难《青年杂志》非难佛教的青年读者回信时曾明确表示，"愚之非难佛法，有精粗二义"，"佛法为广大精深之哲学，愚所素信不疑者也。弟以为人类进化，犹在中途，未敢驰想未来以薄现在，亦犹之不敢厚古以非今。故于世界一切宗教，悉怀尊敬之心。若夫迷信一端，谓为圆满，不容置议，窒思想之自由，阻人类之进化，则期期以为未可。杨康章梁诸先生，皆吾辈之先觉，然吾辈之信仰，不求诸自心之真知灼见，——盲从诸先生所云，甚非吾辈所以尊诸先生为先觉之意也"。而且他还着力赞扬佛教中真有信仰者，"即号为大师而不腐败堕落者，去不薄世法之

① 田汉：《少年中国与宗教问题》，《少年中国》1920年第2卷第8期。

月霞师外，兹世曾有几人"。①

第四节 "将性命去殉他主义"

五四新文学运动是五四新文化运动的一个核心的组成部分，新文化思想观念的倡导势必要影响到新文学创作本身，而新文学创作从一开始也是以新思想、新观念的载体作为自己担当的时代使命的。《新青年》等杂志对现代国民信仰问题的关注，深深地渗透到了五四时期的新文学创作中。无论艺术形象的塑造，还是主题思想的表现，甚至包括性格特征、环境描写、情节构思等细节上的创造，都可以看到那个时代里《新青年》的信仰讨论打下的思想烙印，都可以听到《新青年》的前驱者们的信仰思想不断传来的世纪回声。

首先当然要以鲁迅为例。鲁迅参与新文化运动，无疑与《新青年》有直接的关系。在《呐喊》的自序中，鲁迅回忆了《新青年》编辑钱玄同来约稿的情况。从鲁迅说话的语气与逻辑中，可以体会到他对《新青年》的宗旨与办刊情况是很熟悉的，也是引为同调的。尤其值得注意的是，《新青年》第2卷第5号发表胡适的《文学改良刍议》的同时，也发表了陈独秀的《再论孔教问题》、高一涵的《一九一七年预想之革命》和蔡元培的《蔡子民先生在信教自由会上之演说》，第2卷第6号上发表陈独秀《文学革命论》的同时发表了吴虞的《家族制度为专制主义之根据论》，这些文章都是当时《新青年》上倒孔运动中最有分量、最有代表性的作品。它们发表在一起，无疑给了鲁迅在思想和精神上以强烈的刺激。它们不仅显示了文学革命运动与"打倒孔家店"之间的必然而内在的逻辑联系，而且勾起了鲁迅对于自身的"毒气""鬼气"的深深的自省与警惕。所以，鲁迅一投入新文学革命运动，并没有从理论上去呼应白话文主张，也没有去批判他特不喜欢的京剧，而是直接对当时的倒孔运动予以积极的呼应。他不仅"暴露家族制度的弊端"，而且将批判的矛头直指儒家学说中的核心价值观念"仁义道德"，这无疑显示出了鲁迅对于文学革命运动的目的与

① 陈独秀：《答李大魁信》，《青年杂志》1915年第1卷第3号。

方式的最为深刻的理解。所以在倒孔的问题上，为了与前驱者取同一的步调，鲁迅对儒家文化的批判也是集中在国民信仰建构这一焦点上。在《狂人日记》中，狂人是有坚定信仰的，这就是"将来的社会是容不得吃人的人"的，而他在密密麻麻写满"仁义道德"的字里行间赫然看出"吃人"二字，更是将封建宗法礼教制度的精神信仰支柱儒家思想宣判了死刑。《长明灯》中"疯子"锲而不舍地要吹灭的那盏"长明灯"，其实也就是封建宗法社会的信仰的象征。在同时期所写的一些随感录和杂感中，鲁迅也是多次将批孔与国民的信仰问题联系在一起。如《随感录·四十六》谈现代国人的信仰："即使所崇拜的仍然是新偶像，也总比中国陈旧的好。与其崇拜孔丘关羽，还不如崇拜达尔文易卜生；与其牺牲于瘟将军五道神，还不如牺牲于Apollo。"[①] 又如《随感录·五十九》谈儒学控制下中国国民的信仰缺失："几位读者怕要生气，说，'中国时常有将性命去殉他主义的人，中华民国以来，也因为主义上死了多少烈士，你何以一笔抹杀？吓！'这话也是真的。我们从旧的外来思想来说罢，六朝的确有许多焚身的和尚，唐朝也有过砍下臂膊布施无赖的和尚；从新的说罢，自然也有过几个人的。然而与中国的历史，仍不相干。因为历史结账，不能像数学一般精密，写下许多小数，却只能学粗人算账的四舍五入法门，记一笔整数。""中国历史的整数里面，实在没有什么思想主义在内。这整数只是两种物质，——是刀与火，'来了'便是他的总名。"[②] 鲁迅在《呐喊·自序》中曾经说过，他最初加入文学革命阵营的"呐喊"是"听将令"的，这所谓的"听将令"，其实不仅包括他对当时"文学革命"运动发起者的乐观精神的支持，也包括他对这些革命前驱者的启蒙策略的理解。

尤其值得注意的是，鲁迅在自己的小说和散文中塑造了一批"慎厥终始"、百折不挠、认真诚实的"精神界之战士"的艺术形象。这种"精神界之战士"无论是"狂人"，是"傻子"，是"复仇者"，还是那个特立独行的思

① 鲁迅：《随感录·四十六》，《鲁迅全集》第1卷，人民文学出版社2005年版，第349页。

② 鲁迅：《随感录·五十九　"圣武"》，《鲁迅全集》第1卷，人民文学出版社2005年版，第371—372页。

想者"我",他们一个共同的性格特征就是恪守自己的信仰,珍重自己的承诺,敢为自己的信仰和承诺而狂热,而献身,决不变通,决不折扣,宁做玉碎,不为瓦全,"All or nothing"①,展示出的就是陈独秀在《新青年》中所期盼的那种"慎厥终始"的人格特征。如《长明灯》中的"狂人",他的信仰就是必须熄了庙里的那盏长明灯,这里才不会再有蝗虫,再有瘟疫。"狂人"对自己信仰的执着,无论那些长明灯的守护老爷们吓唬、哄骗、开导继而囚禁,"狂人"也决不放弃自己的信仰,为了践履自己的信仰,他一次又一次地真上庙里去,真要吹灭那盏长明灯。他不仅要灭灯,而且要"自己熄",不仅要"自己熄",而且要"此刻去熄",当村里人把庙门紧闭不让他接近长明灯时,他就打算来"放火",做出更激烈、更彻底的行动。不容替代,也不容拖延,更不容半途而废的苟且。"狂人"当然是一个象征形象,但是即使不作为象征而是作为一个性格刻画的细节来看,鲁迅赋予"狂人"的也是一种信仰者极其可贵而对中国人来说却是极其稀缺的信仰专注性。中国人对待信仰历来就是一种中庸态度,随遇而安,随机而变,因而做起事来也就缺乏信仰力的引导与激励,经常是虎头蛇尾,差不多就行。而在做事的过程中则是左顾右盼,瞻前顾后,患得患失,只尚清谈,不重实干。可见,鲁迅对"狂人"在信仰上的执着性、践履力和专注性的性格刻画,点点滴滴都是针对中国国民信仰的缺失与弱点而来的,不仅体现出了鲁迅对"精神界之战士"的殷切期盼,体现出了鲁迅对国民信仰问题的深度的思考,也可以说是鲁迅对《新青年》前驱者关于现代国民信仰建构主张的最为积极与响亮的回应。

　　五四新文学运动初期,文学主题与格调始终呈现出一种乐观向上的氛围,即便鲁迅这种深刻而悲观的现实主义者也愿意听从前驱者的将令,不恤用了曲笔给夏瑜的坟上凭空添了花环,只因为那时的主将们不主张悲观,至于那些年轻学生和知识青年的写作,则几乎都散发着蓬勃积极的气息,显现出明亮温情的色彩。诗歌本是抒情,自不必说,郭沫若的诗歌虽然要破坏一切偶像,但他

---

①　鲁迅在《随感录·四十八》中批判中庸思想时说:"'西哲'易卜生盖以为不能,以为不可。所以借了Brand的嘴说:'All or nothing!'"

要做一个偶像破坏者，他将古往今来的东西偶像破坏者当作偶像来歌颂，本身就是一种信仰的表达。沈尹默的《月夜》，"霜风呼呼的吹着，／月光明明的照着，／我和一株顶高的树并立着，／却没有靠着"。胡适的《鸽子》："在空中游戏，／看他们三三两两／回环来往夷犹如意——／忽地里，翻身映日，白羽衬青天，／十分鲜丽！""我"与大树并排立着，并不靠着，鸽子不需要人的喂养，在蓝天里自由地翱翔，这都是个性主义信徒的心声。这时期问题小说盛行，但提出问题的作者无不努力提出自己的药方，虽然空茫，未必能切实际，但敢于提出药方的心理基础恰恰就是这些作家自己有着坚定的信念，或者说想借小说来表达自己的坚定信念。毋庸置疑，冰心的《超人》《最后的安息》，王统照的《微笑》《沉思》，许地山的《命命鸟》《缀网劳蛛》，田汉的《环珴璘与蔷薇》等等，都是那个时代里叙事文学方面探索信仰问题的精品。这些作者中，有的受到过宗教的影响，有的与宗教并没有关系，他们对现代国民信仰问题的关注与思考，充分地显示出《新青年》杂志在当时思想文化领域里造成的巨大影响，也开始在新文学的具体创作中开花结果，显示出由《新青年》同人开创的一个思想传统即"重构现代国民信仰"在新文学创作中已经形成雏形。到20年代末期，中国社会的现代化进程进入一个新的抉择的阶段，新文学以它敏感的神经和充沛的血肉，对这一时代抉择做出了迅捷的反应。被鲁迅称为"东方的微光"的殷夫写出的《别了，哥哥》一诗，具有突出的典型意义。"别了，哥哥，别了，／此后各走前途，／再见的机会是在，／当我们和你隶属着的阶级交了战火。"殷夫如听从哥哥"教导"，就可以"有的是安逸、功业和名号"。但是殷夫"只望向真理的王国进礼"，虽然明知这前途"有的是黑的死，和白的骨"，但殷夫"决心要踏上前去"。曾以中篇小说《少年飘泊者》而声名大震的蒋光慈，他的《写给母亲》也以诗的话语为现代作家在自我信仰的践履方面提供了一个典型的表现模式。母亲在悲哀地诉求："归来罢，我的儿，异乡不可以久留；／什么革命，什么诗篇，我看都可以罢休。／家乡还有薄田几亩聊可以糊口，／你又何必在外边惹一些无谓的闲愁？"儿子却坚定地回答："但是我的母亲阿，我不能够，我不能够！／命运注定了我要尝遍这乱世的忧愁；／我的一颗心，它只是烧，只是烧呀，／任冰

鲁迅与20世纪中国研究丛书

山，阿，任冰山也不能将它冷透。"可以说，殷夫和蒋光慈的这些诗作，是20世纪中国知识分子投身人类正义事业时的一部心灵史与情感史的缩影。诗中所写既是兄弟、母子的对话，也是诗人自己心灵中两种声音的对话，两种力量的交战，诗人最终做出的选择以及这种选择无可回避的命运感，赋予了中国现代新文学以深刻厚重的历史内涵和悲壮与苍凉的美学风格。尤其要指出的是，这是一种生命路向的选择，这一选择里包含着对自我信仰的理解与坚信，焕发着信仰者面对信仰时的无限激情，体现着信仰者的巨大的坚不可摧的践履力。所以，殷夫和蒋光慈其人，可以说正是《新青年》同人所期待的那种"自崇所信""慎阙终始"的信仰者，殷夫和蒋光慈其诗，也可以说鲜明地体现了《新青年》所开创的重构现代国民信仰的思想传统在30年代的延伸与发展。

第一章　鲁迅的信仰观及其思想理路

　　长期以来，鲁迅研究界为了鲁迅的个体信仰问题争论不休，大家比较关注前期鲁迅究竟是一个尼采主义者，还是人道主义者？后期的鲁迅究竟是一个马克思主义者，还是民主主义者？鲁迅逝世已经80余年，迄今似乎也没有盖棺论定，给出一个大家都能接受的结论。不过，不管学术界在探讨前后期鲁迅的思想时怎样分歧，有一个前提或者说共识却是大家都能够接受的，那就是终其一生，鲁迅都是一个有信仰的人。这里的所谓信仰，当然不是指的狭义的宗教信仰，也不是指的宽泛意义上的世界观与人生观，而是指的一种贯注着个人生命体验与情感态度的人生信念。正是因为鲁迅本身是一个有信仰的人，所以他在几十年的文化思考与社会批判中，一直比较关注信仰问题，譬如信仰的由来与效应，国民信仰的历史、现状和特点等等，鲁迅都曾经有过相当深入与透彻的分析与阐述，尤其是关于佛教、道教、基督教等宗教信仰，鬼、神、传说等地方上的民间信仰的论述，鲁迅的杂文中更是信手拈来，俯拾尽是，而且旁征博引，脱口成趣。鲁迅的这些观点和分析，研究者们多有发掘、整理与阐述，但在这些阐述中，鲁迅关于宗教、鬼神、信仰问题的观点，要么被归结为鲁迅的科学意识的建立，要么被归结为鲁迅对民间文化的爱好，如此等等，都只是将这些思想资料看作鲁迅精神世界中的略带些神秘性的个体意识活动。我们认为，鲁迅的这些观点与思想资料，还应该或者说必须从国民信仰建构的角度来思考和发掘它的意义与价值。突出了这一点，也就能够发现鲁迅的这些思想资料与20世纪中国社会改革的密切联系。

鲁迅与20世纪中国研究丛书

第一节　"恃意力以辟生路"

　　如果说鲁迅走异路，逃异地，到南京求学，是困于家计，也是不愿再看S城人的面目，多少还带有被动性质，那么鲁迅去日本学医，后来又弃医从文，这两个重要的人生转折却明显是一种主动的自我选择，具有坚定明晰的信念基础。而当他在东京开始发出他的启蒙之声时，信仰问题就已经进入到他的视野中。在《科学史教篇》《摩罗诗力说》《文化偏至论》《破恶声论》等早期启蒙文论中，无论是破论，还是立论，鲁迅的基本着眼点都是"首在立人"。而为什么要立人，如何立人，要立什么样的人，在阐论这些问题时，鲁迅的思路常常是紧扣着信仰问题而展开。

　　东京时期的鲁迅提出立人观点，无疑根基于他对19世纪以来世界文明发展趋势的一个判断，这就是科学的发达、物质的丰富，阻碍了人的精神生活的发展，民主制度以众暴寡，扼杀了天才个性和独立人格的成长。在《科学史教篇》中，鲁迅概括了西方科学发展给人类带来的福祉，但他同时指出："顾犹有不可忽者，为当防社会入于偏，日趋而之一极，精神渐失，则破灭亦随之。盖使举世惟知识之崇，人生必大归于枯寂，如是既久，则美上之感情漓，明敏之思想失，所谓科学，亦同趣于无有矣。"[①]在《文化偏至论》中，鲁迅大谈尼采，以此批评当代社会的庸众对先知的漠视与不理解。"德人尼佉（Fr.Nietzsche）氏，则假察罗图斯德罗（Zarathustra）之言曰，吾行太远，孑然失其侣，返而观夫今之世，文明之邦国矣，斑斓之社会矣。特为其社会也，无确固之崇信；众庶之于知识也，无作始之性质。邦国如是，奚能淹留？吾见放于父母之邦矣！聊可望者，独苗裔耳。此其深思遐瞩，见近世文明之伪与偏，又无望于今之人，不得已而念来叶者也。"[②]科学能够生产知识，但却不能够生产精神。知识能够告诉人们如何认识世界，如何建造物质，却不能够帮助人们正确地选择善恶，不能帮助人们解决精神的焦虑，使心灵得到依靠，得到慰安。尤其是从佛教的观点看来，知识一方面是事物真实的一种揭示，同时又是事物真实的一种遮蔽，

---

①　鲁迅：《科学史教篇》，《鲁迅全集》第1卷，人民文学出版社2005年版，第35页。

②　鲁迅：《文化偏至论》，《鲁迅全集》第1卷，人民文学出版社2005年版，第50页。

因为事物都是多种因缘和合而成，一种知识也许揭示了事物形成的某一种因缘，但是如果你执着于这种知识，它却会遮蔽其他种因缘。所以知识的丰富除了刺激欲望的发达，并不必然造就具有强大的精神力的个人，也就是鲁迅在这时殷殷期盼的"英哲"和"精神界之战士"。没有这样的"英哲"和"精神界之战士"立之为极，国民精神自然也就成了沙聚之邦。

但是紧接着的问题是怎样立人？鲁迅对这个问题的思考可以说由来已久，后来的变化也有着清晰的线索。当年他在南京街头看到中国的士兵扛着新式的洋枪，但一个个面带菜色，精神萎靡，心里就在想着这样的体魄，这样的精神，即使扛着新式的武器也哪能打得胜仗呢？于是他为了强壮中国人的体魄，为了救治许多像他父亲那样的病者，他前往日本学习西医。而"幻灯片事件"使他受到更大的打击，让他明白了一个国家的国民如果精神上不能强大，体格如何健壮也不过是成为被砍头的材料或者充当无聊的看客。过去鲁迅研究学者注意到了这两个事件对鲁迅从"科学救国"到"改造国民性"这一思想转变过程中所起到的作用，但这种关注还没有真正把握到这两个事件的深层意义。我们认为，鲁迅的这种变化当然是一个思想的过程，但思想的过程乃是一个逻辑推演的过程，逻辑推演的过程有赖于前提的设定，如果前提发生了变化，逻辑推演就会走向完全不同的方向。而有意义的生命瞬间的感受是一种伴随着血肉痉挛的身体震撼，它可能沉积在体验者的生命深处，构成人格生命力的深层固结，不仅影响人的思维活动，而且影响人的意志行为与情绪活动。这种沉积越是持久，越是深刻，对人的影响力也就越是强大。所以，南京街头的萎靡兵士与仙台课堂中的幻灯片不仅是历史事件，而且是伴随着血肉痉挛的生命瞬间，它们的影响不仅指向鲁迅的思想观念，而且指向了鲁迅生命的更深层的意志力与信仰力。这既是鲁迅为什么终生对"国民性改造"的问题锲而不舍的精神渊源，也是鲁迅为什么一开始思想启蒙工作，就对国民的信仰问题投入了极大关注的心理动因。

信仰包括思想，但不止于思想，它浸润着情感，但不止于情感，可以说信仰乃是一种包含思想、情感、心理、意志等等因素在内的一种综合性的精神行为。在人类文明发展历史上，信仰最初是与宗教联系在一起，宗教信徒往

鲁迅与20世纪中国研究丛书

往成为典型的具有信仰的人。但随着人类文明形式的不断发展和丰富，信仰也由狭义的宗教意义上延展开来，成为人类一种精神生活的标示。有信仰的人，就是重视自身的内在的精神生活的人。西方文艺复兴以来，人本主义的蔓延和科学知识的发达联手撕破了中世纪神学统治下的思想黑暗，但同时也加深了人类主体生存方式的分裂。主观与客观，精神与物质，心灵与肉体，智慧与知识，人类的生活方式越来越朝向这二元分裂与对立的方向发展。当然，在这种二元对立的人类生存方式的发展趋势中，肉体的、物质的一面发展得愈是快速，而精神的、心灵的一面的回流也愈是猛烈。而且，这种回流也形成了两个不同方向的浪峰，一方面是基督教势力的复兴，19世纪以来西方基督教神学突破科学时代工具理性的重重包围，重新唤醒人们对于心灵的关注，对于未知世界的敬畏，以致哲学家罗素明确地划分科学与宗教的各自领域，要求把善的领域还给宗教，就是很好的例子。另一方面是反基督教思想的勃兴也从相反的角度猛烈地批判了西方社会科学至上的、物欲主义的世俗化倾向，尼采宣称"上帝已死"，一切价值需要重新估定，但他却给人类开出了一个"超人"信仰作为救世的药方。从查拉图斯特拉的构想来看，这个"超人"的主要标志当然不是他具有什么了不得的神通，而是他具有沉迷在物质生活中的芸芸众生所不具有的强大的精神力。鲁迅对于信仰问题的思考，对于科学至上和物质主义的批判，走的无疑是尼采的路线，其中原因也许不在于鲁迅恰在此时阅读了尼采的著作，而在于鲁迅对于国人精神力的深深失望在尼采的著作中得到了强烈的回响。所以，鲁迅在《文化偏至论》一文中指出："意者文化常进于幽深，人心不安于固定，二十世纪之文明，当必沉邃庄严，至与十九世纪之文明异趣。"但其趣异在何方呢？鲁迅以反问的方式做了回答："新生一作，虚伪道消，内部之生活，其将愈深且强欤？精神生活之光耀，将愈兴起而发扬欤？成然以觉，出客观梦幻之世界，而主观与自觉之生活，将由是而益张欤？"在这里，所谓"内部之生活"，即精神之生活，心灵之生活，信仰之生活，也即是鲁迅在另一篇文章《破恶声论》里详细阐发的"内曜"。"内部之生活强，则人生之意义亦愈邃，个人尊严之旨趣亦愈明，二十世纪之新精神，殆将立狂风怒浪之间，恃意力以辟生路者也。"①意力者，意志之力也，精神之力也，而意志之力与精神之力的核心部分当然非信仰而莫属。

所以，鲁迅在想望他的"英哲"和"精神界之战士"的形象时，"信"成为其一个重要的标识："以是之故，则思虑动作，咸离外物，独往来于自心之天地，确信在是，满足亦在是，谓之渐自省其内曜之成果可也。"②鲁迅不仅抽象地谈论，而且举出了西方文化中的例子来说明："盖裴伦者，自繇主义之人耳，尝有言曰，若为自由故，不必战于宗邦，则当为战于他国。"③又"如尼佉伊勃生诸人，皆据其所信，力抗时俗，示主观倾向之极致；而契开迦尔则谓真理准则，独在主观，惟主观性，即为真理，至凡有道德行为，亦可弗问客观之结果若何，而一任主观之善恶为判断焉"④。无论是拜伦的"自繇主义"，还是尼采易卜生的"据其所信"，还是克尔恺郭尔的主观性即真理，鲁迅所心仪的都是他们对于自己的信仰的坚定明确以及敢于在生命历程中践履自我信仰的强大的"意力"。一直以来，研究者们在分析鲁迅对拜伦的崇拜时多强调拜伦的"欲自强而力抗强者"，在阐论鲁迅与尼采的关系时多强调尼采的"任个人而排众数"，在分析鲁迅对易卜生的理解时多强调易卜生的"力抗时俗"和"不全宁无"的破坏精神，这些固然不错，但"确信在是""据其所信"的"信"，无疑是拜伦、尼采、易卜生这些"英哲"和"精神界之战士"们的种种行为的根本依托，忽略了鲁迅的这一思考，就很难理解鲁迅思想的深刻所在。

第二节　宗教旨在化解"内部生活"的危机

在通常意义上，宗教与信仰是不可分割的，古往今来世界上各种宗教无

①　鲁迅：《文化偏至论》，《鲁迅全集》第1卷，人民文学出版社2005年版，第56—57页。

②　鲁迅：《文化偏至论》，《鲁迅全集》第1卷，人民文学出版社2005年版，第55页。

③　鲁迅：《摩罗诗力说》，《鲁迅全集》第1卷，人民文学出版社2005年版，第82页。

④　鲁迅：《文化偏至论》，《鲁迅全集》第1卷，人民文学出版社2005年版，第55页。

不以信仰作为它的根本性的要素，而宗教徒对所属宗教的信仰程度往往必然地成为这一宗教兴衰成败的最为主要的原因。鲁迅从小熟读中国古代经典，童年生活的坎坷使他对于民间宗教文化有了相当的了解，积淀了丰富的情感记忆，留学期间又阅读了大量的外国文学作品，对基督教文化也具备了比较广泛的知识。尤其是从民国元年到1918年参加《新青年》编辑工作这一段时间，鲁迅曾一度迷恋上了佛学，在共同学佛的一帮朋友们中，鲁迅被许寿裳称之为"用功最猛"的一位。这些个人生活的经历和知识结构的形成，使得鲁迅的文章经常涉及宗教的内容，或者直接谈论宗教，或者从宗教文献中引经据典，或者从宗教生发开去批判社会文化问题，这些议论警辟处切中肯綮，深刻处入木三分，生动处涉笔成趣，许多观点日后都成为人们研究相关问题的重要的思想资料。毫无疑问，鲁迅对宗教问题的涉及面是十分宽泛的，他对宗教问题的谈论也从来不是以专家的身份、以学者的态度来研判，而是从一个社会文化批判者的角度作出自己的观察。所以，这些言论和思考有时难免因事而异，因人而变，甚至前后矛盾，但是，在鲁迅的这些言论和思考中有一条思想的线索却是清晰可见，而且贯彻始终的，这就是对于国民信仰问题的关注，也就是说，"信"的问题始终是鲁迅在研判宗教问题时的一个基本的标尺。

　　早在东京从事思想启蒙工作时，鲁迅写下了一篇很重要的文言文《破恶声论》。这篇文章之所以重要，一方面，这篇论文主体上是批驳当时时论的，说明鲁迅对当时的社会思潮论战的主动参与；另一方面，积极从事思想启蒙的鲁迅在这篇文章里用了不少篇幅为宗教与神话辩护。针对当时一些倡言科学而视宗教为迷信的观点，鲁迅谈到了自己对宗教和神话的看法。这些看法可以归纳如下：其一，宗教之产生乃是人类精神向上发展之必然。"夫人在两间，若知识混沌，思虑简陋，斯无论矣；倘其不安物质之生活，则自必有形上之需求。故吠陀之民，见夫凄风烈雨，黑云如盘，奔电时作，则以为因陀罗与敌斗，为之栗然生虔敬念。希伯来之民，大观天然，怀不思议，则神来之事与接神之术兴，后之宗教，即以萌蘖。"对此，鲁迅针锋相对地指出："虽中国志士谓之迷，而吾则谓此乃向上之民，欲离是有限相对之现世，以趣无限绝对之至上者也。人心必有所冯依，非信无以立，宗教之作，不可已矣。"①其二，从信仰由来的角度，鲁迅也肯定了宗教的神秘性作用，认为宗教之作用在于"充人心向上之需要"，在于使人"顾瞻百昌，审谛万物，若无不有灵觉妙义焉"。鲁迅指出，这种"灵觉妙义"的精神和本源也与艺术、与美相通，"此即诗歌也，即美妙也，今世冥通神閟之士所归也。"神秘性是宗教信仰产生的心理基础，对宗教神秘性的感应愈是强烈深邃，对宗教的信仰力也就愈是坚强牢固。而这种神秘性的获得，则在于个体心灵的丰富而深刻的内曜活动，也就是说来之于鲁迅极力推崇的"内部的生活"。所以鲁迅在论文中肯定宗教的神秘性时，不忘猛烈地批判中国的士夫"精神窒塞，惟肤薄之功利是尚，躯壳虽存，灵觉且失。于是昧人生有趣神閟之事，天物罗列，不关其心，自惟为稻粱折腰；则执己律人，以他人有信仰为大怪，举丧师辱国之罪，悉以归之"。②其三，鲁迅认为世间宗教应是多元的，其信仰可以"一宰"也可以"百昌"。"一宰"是一神教，如西方的基督，"百昌"则是多神教，是"万物有灵"，如中国古代的原始宗教。鲁迅说，"顾吾中国，则夙以普崇万物为文化本根，敬天礼地，实与法式，发育张大，整然不紊。覆载为之首，而次及于万汇，凡一切睿知义理与邦国家族之制，无不据是为始基焉。效果所著，大莫可名，以是而不轻旧乡，以是而不生阶级；他若虽一卉木竹石，视之均函有神閟性灵，玄义在中，不同凡品，其所崇爱之溥博，世未见有其匹也。"所以，鲁迅批评当时的一种"恶声"："设有人，谓中国人之所崇拜者，不在无形而在实体，不在一宰而在百昌，斯其信崇，即为迷妄，则敢问无形一主，何以独为正神？"其四，也是最有意味的一点，鲁迅考察了中国的宗教历史，认为中国的宗教信仰早已消亡，"顾民生多艰，是性日薄，洎夫今，乃仅能见诸古人之记录，与气禀未失之农人，求之于士大夫，戞戞乎难得矣"。"不悟墟社稷毁家庙者，征之历史，正多无信仰之士人，而乡曲小民无与。"③可见，鲁迅将中国宗教信仰消亡的原因，一方面归之于"民生多艰"，也就是生计的艰难使国

① 鲁迅：《破恶声论》，《鲁迅全集》第8卷，人民文学出版社2005年版，第29页。
② 鲁迅：《破恶声论》，《鲁迅全集》第8卷，人民文学出版社2005年版，第30页。
③ 鲁迅：《破恶声论》，《鲁迅全集》第8卷，人民文学出版社2005年版，第29—30页。

民越来越重视稻粱性的实利生活，即孔夫子所言"食色，性也"，而忽略了精神性的"内部的生活"，另一方面就是中国士人过于聪明，多无信仰。由这种宗教观，我们不难体会到，后来鲁迅谈到宗教时，为什么会津津乐道于农人们所热爱的社戏，所扮演的无常女吊，也可以体会到鲁迅为什么终其一生都在用一双多疑而犀利的眼睛打量着读书人的精神世界。

民元以后，鲁迅曾陷入一段比较长时期的精神蛰伏期。做公务，抄古碑，读佛经，成为鲁迅这段时间几乎每日所做的功课。其实，这种刻板的公务员生活并没有使得鲁迅放弃自己的"内部的生活"，只是这种"内部的生活"更加隐秘，更加深邃而已。鲁迅非常用功地去读佛经，而且深深地感悟到佛经解决了自己思想上长期纠缠不清的问题，就是这种内部生活极其紧张的一个有力的证据。过去，我在《20世纪中国文学与佛学》一著中曾指出鲁迅之所以读佛经，与他自己的身体状况有关，这当然是就其个体最为切身的生命体验而言，但从思想渊源上看，喜读佛经自然也与他在东京时期对宗教的作用、特性与目的的认识不无关系。从外部生活来看，鲁迅这时是教育部官员，虽然层级不高，但衣食无忧，生活稳定，在京都也有较高的社会地位，而从"内部的生活"看，鲁迅这时却已处于深深的危机之中。我认为这种"内部生活"的危机主要表现为两个：一是信仰危机，鲁迅此前曾经信仰过科学救国，信仰过进化论和尼采的个性主义，但科学救国的理念在东京办刊物启蒙时就已经破灭，而进化论与尼采学说的呐喊也早已经在寂寞的荒原上消失得无声无息。自己还能够信仰什么，或者说还有什么可以让自己倾心信仰？这是蛰伏期的鲁迅不能不有所思考的问题。二是动力危机。人为什么而活？或者说人应该怎样活着？对于一般人而言，这种终极性问题是从来不会去过问的，但对于鲁迅这种精神力特别强健的人而言，这类问题却时时需要他去回答，去警醒。一旦回避这种问题的存在，人生的动力危机就会爆发。在《破恶声论》中，鲁迅已经认识到宗教乃是人生向上的动力，是向上之民"欲离是有限相对之现世，以趣无限绝对之至上者"的一种力量依托。所以，当鲁迅的"内部的生活"面临信仰和动力危机时，他先前对于宗教的考察和认知就自然地在化解危机上起到了一种引导、指向的作用。只有将鲁迅当时的身体状况这种切身体验与鲁迅几年前对于宗教问题的深层次思考结合起来考察，才能够真正体会到鲁迅为什么会在一段不算太短的时期内，对佛经产生了如此重大兴趣的精神动因。

鲁迅在《破恶声论》里为宗教辩护，有时是将科学与宗教联系起来思考的。他说："有奉科学为圭臬之辈，稍耳物质之说，即曰：'磷，元素之一也；不为鬼火。'略翻生理之书，即曰：'人体，细胞所合成也；安有灵魂？'知识未能周，而辄欲以所拾质力杂说之至浅而多谬者，解释万事。不思事理神闳变化，决不为理科入门一册之所范围，依此攻彼，不亦憬乎。"①鲁迅在南京时学过矿务，当然知道物质的化学生成原理，后来在仙台学医，也熟谙人体解剖学，对于科学精神的了解当然不是那些"稍耳物质之说"者所能望其项背的。但鲁迅并没有从科学走向对宗教信仰的否定，而是认识到"事理神闳变化"并非肤浅的科学知识所能范围，这与西方19世纪末期以梅特林克为代表的新浪漫主义思潮可谓不谋而合，也显然是受到尼采的影响。参加新文化运动以后，积极投身于思想启蒙工作的鲁迅虽然大力地倡导科学精神，但我认为他对于宗教的情感态度和理性认识甚至包括他从国民信仰建构的角度来关注宗教效应这一思考的路向并没有发生本质的变化。这可以从如下两个方面见出：一、20年代中国知识界关于宗教问题曾经有过两次重大的论争，一次是科学与玄学之争，一次是"非基督教运动"，胡适、周作人、李大钊、丁文江等新文化阵营的重要人物都曾投身论争，明确表达自己的态度，但鲁迅作为一个热衷于社会文化批判的批评家，其态度显得有点暧昧。尽管他对上海等地出现的扶乩②、用讲鬼话的方式介绍科学、"社会上充满了妖气"③等等现象进行了犀利的批判，但不管是非宗教（胡适、丁文江等）还是非"非宗教"（周作人

---

① 鲁迅：《破恶声论》，《鲁迅全集》第8卷，人民文学出版社2005年版，第30页。

② 鲁迅在1918年3月10日写给许寿裳的信中曾气愤地说："仆审现在所出书，无不大害青年，其十恶不赦之思想，令人肉颤。沪上一班昏虫又大搞鬼，至于为徐班侯之灵魂照相，其状乃如鼻烟壶。人事不修，群趋鬼道，所谓国将亡听命于神者哉！"见《鲁迅全集》第11卷，人民文学出版社2005年版，第360页。

③ 很有意味的是，鲁迅经常批判社会上的各种"妖"气，不仅在于"妖"恰恰是与宗教的正面力量相对立的，更重要的是在于"妖"的鬼祟、多变、善使小伎俩，以及容易被驯服于权势。鲁迅在《论雷峰塔的倒掉》中对白蛇妖的同情，是个例外，但也并不例外，因为白蛇传里的一个重要的特征就在于它的悲剧性以及白蛇的反抗与决不驯服。

鲁迅与20世纪中国研究丛书

等），鲁迅都没有正面、明确地表达自己的意见。二、鲁迅自己虽然无暇也没有兴趣研究宗教，但他对于宗教研究这一学术行为是给予了充分肯定的。如1926年11月23日鲁迅在致李霁野的信中不仅支持他翻译《圣经》的故事，并从编辑的角度为他设想："'圣经'两字，使人见了易生反感，我想就分作两份，称'旧约'及'新约'的故事，何如？"[①]后来，《莽原》半月刊1927年6月份出版的第2卷第11期上发表了刘半农所译雨果《克洛特格欧的后序》，原作被删节很多，译者在删节处所作按语中曾一再声言说"这里是提倡宗教的话……我实在不愿意译""这仍是'神道设教'的愚民政策，不值得译出"等等，鲁迅对此颇不以为然，在1927年7月17日写给章廷谦的信中就批评刘半农"狄克推多"（英语dictator的音译，独裁的意思）。1927年11月14日，鲁迅在致青年宗教学者江绍原的信中，一边希望江绍原出手翻译一些有关宗教方面的文艺书籍，一边还在批评刘半农在翻译上将相关宗教的话语删除不译的独裁。"今虽讨赤，而对于宗教学，恐仍无人留心。观读书界大势，将来之有人顾问者，殆仍惟文艺之流亚。不知兄有意一试之否？如前回在《语丝》上所谈之《达旖丝》，实是一部好书，倘译成中文，当有读者，且不至于白读也。半农译法国小说，似有择其短者而译之之趋势。我以为不太好。"[②]几天过后，鲁迅又写信给江绍原，信上说："其实，偌大的中国，即使一月出几本关于宗教学的书，那里算多呢。但这些理论，此刻不适用。所以我以为先生所研究的宗教学，恐怕暂时要变成聊以自娱的东西。无论'打倒宗教'或'扶起宗教'，都没有别人会研究。……我不知道先生先前所爱看的是那一些作品，但即以在《语丝》发表过的Thais而论，我以为实在是一部好书。但我的注意并不在飨宴的情形，而在这位修士的内心的苦痛。非法朗士，真是作不出来。这书有历史气。"[③]值得注意的是，这时已是1927年底，中国社会政治情势已经发生了

① 鲁迅：《261123　致李霁野》，《鲁迅全集》第11卷，人民文学出版社2005年版，第630页。

② 鲁迅：《271114　致江绍原》，《鲁迅全集》第12卷，人民文学出版社2005年版，第87—88页。

③ 鲁迅：《271120　致江绍原》，《鲁迅全集》第12卷，人民文学出版社2005年版，第90—91页。

极大的变化，而文化思想斗争中的阶级分化也已经十分明朗，文化的批判与建设显然正在受到政治功利的强力支配，而鲁迅这时也已完成了自己的世界观的转化。所以鲁迅认为研究宗教学的理论"此刻不适用"，也"没有别人会研究"。尽管如此，鲁迅依然肯定宗教学的研究的社会价值，尤其肯定了 *Thais* 这种以宗教心理冲突为底子的文艺著作。

鲁迅于五四时期所写的小说，不少地方涉及了下层百姓与宗教的关系，从这些描写中其实也可以看到鲁迅早期的宗教态度。最典型的是《祝福》中对祥林嫂的捐门槛和"地狱"恐惧的描写，这两个经典细节都被后来的评论家们解读为鲁迅对于封建神权枷锁于妇女的批判与控诉。政权、族权、夫权、神权，中国妇女所面对的这四个枷锁的束缚，乃是毛泽东在分析中国农村社会各阶级的现状时所做出的概括，说鲁迅天才般地用自己的小说创作展示了中国农村社会妇女的这一悲惨命运，与政治家毛泽东的理论不谋而合，这自然是没有问题的。但我们也应该注意到，鲁迅毕竟是一个文学家，他是按照自己对于现实生活的理解来刻画人物的。在《破恶声论》中，鲁迅就认为敬畏鬼神这种宗教意识只是留存在"气禀未失之农人"间，而求之于士大夫而不可得。所以，鲁迅描写祥林嫂"捐门槛"，描写闰土在检点鲁迅留下的物品时不忘带走敬神祭祖用的一副香炉和烛台。而且值得咀嚼的是，鲁迅写祥林嫂捐完门槛后，满心的轻松，"神气很舒畅，眼光也分外有神"。写闰土拿香炉，作者则是特别地提到希望，"我想到希望，忽然害怕起来了。闰土要香炉和烛台的时候，我还暗地里笑他，以为他总是崇拜偶像，什么时候都不忘记。现在我所谓希望，不也是我自己手制的偶像么？只是他的愿望切近，我的愿望茫远罢了"。这些细节，无疑都是在写乡野农人对于鬼神的真正的敬畏，真正的相信。正是有了这份真正的敬畏，真正的相信，这些辗转挣扎在社会的最底层，辛苦恣睢地过日子的农人才能够生活下去，才能够在黑暗的日子里看到一丝丝光明，得到一丝丝慰安。应该说鲁迅在批判下层群众的痼疾时最不留情的是"看客"现象，是麻木神态，鲁迅对于农人由信鬼神敬天地而得到的这点微薄的慰安与希望，则显然是抱着同情与哀悯的态度，在《祝福》中"我"面对祥林嫂"有否灵魂""有否地狱"的期盼与恐惧交错的眼神时张皇失措，《故乡》中"我"在笑完

鲁迅与20世纪中国研究丛书

闰土拿走香炉烛台后的情不自禁的自嘲，都可以说是鲁迅这种同情与哀悯态度的流露，里面显而易见地涌动着鲁迅心灵中的人道主义温情，与那种批判"看客"现象与麻木神态时的冷峻、严厉与决绝是完全不同的格调。在东京时，鲁迅为"朴素之民"敬畏鬼神的宗教信仰而辩护，甚至认为"农人之慰，而志士犯之，则志士之祸，烈于暴主远矣"，[①]1926年写作《无常》时又那么兴致勃勃、情意盎然地记叙农人社戏中对鬼神的扮演，这些都可以说明鲁迅对于宗教的态度，前后期的思想脉络是连贯一致的。

第三节　信仰非必依赖宗教而立

　　鲁迅一度用功学佛，但他最终并没有成为佛教徒。鲁迅在很多的场合里明确地表示过自己不相信有什么地狱和天堂，在他的杂文中经常用嘲弄的口吻谈到宗教徒，譬如，对道教，鲁迅曾说过这样的诛心之语："人往往憎和尚，憎尼姑，憎回教徒，憎耶教徒，而不憎道士。懂得此理者，懂得中国大半。"[②]对佛教，鲁迅也有"一阔脸就变，所砍头渐多。忽而又下野，南无阿弥陀"[③]的讥评，在讽刺某些学者好作青年导师时，鲁迅借题发挥，半开玩笑半当真地拿佛道二教作比方，"说佛法的和尚，卖仙药的道士，将来都与白骨是'一丘之貉'，人们现在却向他听生西的大法，求上升的真传，岂不可笑！"[④]。鲁迅甚至也不止一次地在私下场合里表达过对宗教徒的讨厌心理。如鲁迅在与母亲的信中讨论海婴上学的事时就说过："至于学校，则今年拟不给他去，因为四近实无好小学，有些是骗钱的，教员虽打扮得很时髦，却无学问；有些是教会开的，常要讲教，更为讨厌。"[⑤]在给日本友人山本初枝的回信中鲁迅也说："前次惠函中曾提及天国一事，其实我是讨厌天国的。中国的善人们我大

---

① 鲁迅：《破恶声论》，《鲁迅全集》第8卷，人民文学出版社2005年版，第32页。

② 鲁迅：《小杂感》，《鲁迅全集》第3卷，人民文学出版社2005年版，第556页。

③ 鲁迅：《赠邬其山》，《鲁迅全集》第7卷，人民文学出版社2005年版，第451页。

④ 鲁迅：《导师》，《鲁迅全集》第3卷，人民文学出版社2005年版，第58页。

⑤ 鲁迅：《340613　致母亲》，《鲁迅全集》第13卷，人民文学出版社2005年版，第149页。

抵都厌恶，倘将来朝夕同这样的人相处，真是不堪设想。"①这些私人场合的表达乃是率性而言，毫无掩饰，其流露出的情感态度是十分真实而且鲜明的。不过，这种情感态度与鲁迅对宗教、对信仰的理性认识并不矛盾。这是因为，第一，鲁迅早就认为宗教性在中国是"已于四千载前有之"，但后来被那些"躯壳虽存，灵觉已失"，"惟为稻粱折腰"的读书人所毁坏，到了如今，这种仅仅残存在"气禀未失""厥心纯白"的"朴素之民"身上。所以，鲁迅不太相信能在智识者也就是"士夫"们身上找到宗教情怀，能在读书人中间找到真正的信仰者。第二，由于鲁迅认为"宗教性"和"信仰力"求之于"士夫"是"戛戛乎难得"，而鲁迅所见到的或者说鲁迅所关注的那些宗教徒们恰恰又都是智识者，所以鲁迅不仅不相信他们，甚至有点鄙视他们，总是怀疑他们是"吃教"党，不管是吃洋教的，还是吃土教的，都是利用宗教来谋稻粱。直到晚年鲁迅都没有改变自己的这种"智识者"观，他在给萧军萧红的信中就不无忧心地指出："我看中国有许多智识分子，嘴里用各种学说和道理，来粉饰自己的行为，其实却只顾自己一个的便利和舒服，凡有被他遇见的，都用作生活的材料，一路吃过去，像白蚁一样，而遗留下来的，却只是一条排泄的粪。社会上这样的东西一多，社会是要糟的。"②第三，也是最重要的一点，鲁迅虽然认为宗教"非信无以立"，信仰乃是宗教发生的基础，但鲁迅早期思想中是把宗教与信仰分别开来对待的，也就是说鲁迅认为宗教必以信仰立，而信仰却不必依赖宗教而存在。人类各种主义、各种学说，只要是能够帮助人类精神向上的，能够满足人类的"内部的生活"的，都可以成为人类的信仰。在《破恶声论》中，鲁迅曾把信仰分为"迷信"与"正信"，他在批评那些所谓"志士"时指出："破迷信者，于今为烈，不特时腾沸于士人之口，且哀然成巨帙矣。顾胥不先语人以正信；正信不立，又乌从比校而知其迷妄也。"③迷信

---

① 鲁迅：《350627　致山本初枝》，《鲁迅全集》第14卷，人民文学出版社2005年版，第364页。

② 鲁迅：《350423　致萧军萧红》，《鲁迅全集》第13卷，人民文学出版社2005年版，第445页。

③ 鲁迅：《破恶声论》，《鲁迅全集》第8卷，人民文学出版社2005年版，第29页。

也好，正信也好，都是人的信仰，是"向上之民""离是有限相对之现世，以趣无限绝对之至上者"的精神基础。"朴素之民""劳作终岁，必求一扬其精神。故农则年答大戬于天，自亦蒙麻而大醮，稍息心体，备更服劳"。即使是"迷信"，对于农人的心身慰安也是很必要的。鲁迅曾愤愤地指责晚清所谓披着科学的外衣来"破迷信"的"志士"，"今并此而止之，是使学轭下之牛马也"。①鲁迅将这种"志士"概括为一种"惟酒食是仪，他无执持，而妄欲夺人之崇信者"，认为他们"虽有元素细胞，为之甲胄，顾其违妄而无当于事理，已可弗繁言而解矣"。②清末有些新派人士"以毁伽蓝为专务"，占庙产以兴学校，对此鲁迅也颇不以为然，指出"夫佛教崇高，凡有识者所同可，何怨于震旦，而汲汲灭其法"。可见鲁迅虽然将信仰分为"迷信"与"正信"，但他早期的思想启蒙工作其中心主题在于提振人的"内曜"力，在于发扬人的"内部的生活"，因而他在"迷信"和"正信"之间并没有厚此而薄彼的倾向。尤其是在如何定性"迷信"与"正信"方面，主张"任个人而排众数"的鲁迅特别反对思想的独裁与专制。他不仅指出世间宗教应是多元的，其信仰可以"一宰"也可以"百昌"，而且直接批评了晚清政坛学界一些人士欲定儒教为国教的主张："且今者更将创天下古今未闻之事，定宗教以强中国人信奉矣，心夺于人，信不繇己，然此破迷信之志士，则正敕定正信教宗之健仆哉。"③当然，反对专制与崇奉"正信"之间并不必然矛盾，在鲁迅看来，"信"是"迷"是"正"，并不能由别人来敕定，关键在于此"信"是否出于自己的"内曜"，是否属于自己的"心声"。"盖惟声发自心，朕归于我，而人始自有己，人各有己，而群之大觉近矣。"④鲁迅就是这样在反对思想专制、主张"声发自心"的基础上将他的信仰观念与他的个性启蒙工作联系起来了。

必须指出的是，在《破恶声论》中，鲁迅虽然百般为宗教信仰辩护，但鲁迅自己却不是一个有神论者，他所崇奉的信仰也并非宗教，而是尼采、易卜

①　鲁迅：《破恶声论》，《鲁迅全集》第8卷，人民文学出版社2005年版，第32页。
②　鲁迅：《破恶声论》，《鲁迅全集》第8卷，人民文学出版社2005年版，第31页。
③　鲁迅：《破恶声论》，《鲁迅全集》第8卷，人民文学出版社2005年版，第33页。
④　鲁迅：《破恶声论》，《鲁迅全集》第8卷，人民文学出版社2005年版，第26页。

生等为代表所倡扬的个性主义。19世纪以来，西方哲学与社会科学发展迅速，突破基督宗教的势力影响而以各种思想、主义、学说为信仰者，越来越多，并发展成为各种推进文明发展的社会思潮。鲁迅曾举黑格尔与尼采为例来说明这种人类信仰的转型状况，黑格尔是"别立理性之神祠，以奉十九世纪三位一体之真者。三位云何？诚善美也。顾仍奉行仪式，俾人易知执着现世，而求精进"。至于尼采，则是"刺取达尔文进化之说，掊击景教，别说超人。虽云据科学为根，而宗教与幻想之臭味不脱，则其张主，特为易信仰，而非灭信仰昭然矣"。①黑格尔的"理性说"与尼采的"超人说"，其意义都在于打破了西方文化中基督信仰一统天下的局面，开出人类信仰也就是人类"内部的生活"的一条新途。尤其是尼采，他在西方信仰史上一个绝大的贡献就是宣告了"上帝已死"，一切价值都可以重估，而且必须重估。"上帝已死"的宣示包含着两个层面的意义，一是信仰成了自由的产物，"地平线对于我们仿佛终于重新开拓了，即使它尚不明晰，我们的航船毕竟可以重新出航，冒着任何风险出航了。求知者的任何冒险又重得允许了，海洋，我们的海洋又重新敞开了，也许从来不曾有过如此开阔的海洋"②。这是尼采在宣告"上帝死了"时的热情洋溢的欢呼，他认为这一事件的最为深远的意义就在于人类的信仰由空前的大崩溃中获得了空前的大自由。二是信仰乃是自我体验的精神产物，而不是他人赋予的精神外在物。其实，尽管尼采提出了重估一切价值的口号，但他并非要虚无一切价值，"重估一切价值"就是要求人们对以往的一切评价自由地重新体验过，从正反两方面来体验，然后再决定哪些评价有权得以通过。③鲁迅当时深入阅读过尼采的著作，在论文中不仅对他的"超人说"心仪不已，而且特别指出尼采主张"超人说"是"易信仰，而非灭信仰"，可见鲁迅对于尼采的这种信仰观念也是有所了解的。五四新文化运动开始以后，达尔文进化论和尼采的个性主义学说成了鲁迅的思想根基，成为鲁迅批判旧思想和旧文化的锐利的

---

① 鲁迅：《破恶声论》，《鲁迅全集》第8卷，人民文学出版社1981年版，第29页。

② ［德］尼采：《快乐的知识》第343节，转引自周国平：《尼采：在世纪的转折点上》，上海人民出版社1986年版，第202页。

③ 周国平：《尼采：在世纪的转折点上》，上海人民出版社1986年版，第203页。

思想武器，这无疑是鲁迅在东京时期就已经开始信奉达尔文进化论和尼采"超人说"这一事件的自然发展。

第四节　自由、诚实、践履是信仰的根基

在五四新文化运动中，国民信仰建构曾经一度成为先驱者众所瞩目的热门话题。陈独秀在堪称新文化运动点火之作的《敬告青年》一文中，就大声呼吁青年"我有手足，自谋温饱，我有口舌，自陈好恶，我有心思，自崇所信，绝不认他人之越俎"①。汪叔潜也认为："国于天地必有兴立，一国之人，苟有一致之趋向，上也。假使不然，则维新固有维新之精神，守旧亦有守旧之精神，人人各本其自信者，锲而不舍，精神之角斗无时或息，终必有正当解决之一日，惟依违其间，唯唯否否，乃至匿怨而友，阴相残贼，而国家之元气，真乃斫丧尽净矣。"②胡适在美国留学时曾经去教堂听牧师布道，深受感动，但也颇为警惕，担心自己的信仰会被牧师所操纵，后来就拒绝再去教堂。五四新文化运动中，胡适关于信仰问题的思想发生了变化："年来颇觉传道之士正亦未可厚非。彼等自信其所信，又以为其所信之足以济人淑世也，故必欲与世人共之，欲令人人皆信其所信，其用心良可敬也。"③早期共产主义知识分子恽代英还专门写过《论信仰》的论文，指出："有智识之人，初不须借信仰之力，更不须假借宗教之力，自能竭力实践道德上之义务。虽有时信仰与智识一致，足以增加其人实践道德之力量，然而不幸而不与智识一致，则徒为其勇猛进德之妨碍。""智与爱为千古不磨之道德原动力，信仰二字吾人虽不必十分排斥，亦大可不更加提倡矣。异哉吾国学者，于此日此时，乃欲大倡信仰之说于吾国，宗教也，国教也，纷呶不可辨析，意者自欧风东渐，彼数百年前之宗教史，有足使吾人羡慕者耶。"④陈独秀的"自崇所信"，汪叔潜的"人人各

① 陈独秀：《敬告青年》，《青年杂志》1915年第1卷第1号。
② 汪叔潜：《新旧问题》，《青年杂志》1915年第1卷第1号。
③ 胡适：《藏晖室札记》，《新青年》1917年第2卷第5号。
④ 恽代英：《论信仰》，《新青年》1917年第3卷第5号。

本其自信"，胡适的"自信其所信，又以为其所信之足以济人淑世也，故必欲与世人共之，欲令人人皆信其所信"，这些观念无疑都是五四新文化运动中国民信仰建构问题讨论的关键词。而恽代英此文的"信仰"概念乃是一个狭义的使用，专指宗教信仰，所以他反对"大倡信仰之说"，但他对"智"与"爱"的推崇本身也已是一种广义上的信仰选择。

　　同这些新文化运动的先驱者一样，鲁迅的文化批评活动一如既往地密切关注着国民精神信仰的建构问题。不过，因为鲁迅对这一问题的思考由来已久，而民元到五四这段时期的精神蛰伏，更使鲁迅对相关问题的认识更加透彻与洞明。所以，鲁迅对国民信仰建构问题的思考与阐述，既与时代的精神步调一致，有具有同时期批评家们不可比拟的深刻性。首先，鲁迅特别强调了个人信仰的自由属性，没有自由，不是个体精神的"内曜"，所谓信仰也就失去了依托。鲁迅在五四时期不遗余力地批判孔教，而且在批判孔教时并不孜孜于对儒教理论的辨析和驳斥，而是着眼现在，把对孔教的批判与现实的思想文化斗争紧密地联系起来，其中最主要的原因就在于鲁迅看到了定孔教为国教的保守派们所包藏的祸心，洞烛到了他们借订立国教来进行思想专制、压抑思想自由的险恶用意。鲁迅一生都反对给青年做"导师"，他对青年们说："青年又何须寻那挂着金字招牌的导师呢？不如寻朋友，联合起来，同向着似乎可以生存的方向走。你们所多的是生力，遇见深林，可以劈成平地的，遇见旷野，可以栽种树木的，遇见沙漠，可以开掘井泉的。问什么荆棘塞途的老路，寻什么乌烟瘴气的鸟导师！"①鲁迅在给许广平的信中也这样解剖自己："假使我真有指导青年的本领——无论指导得错不错——我决不藏匿起来，但可惜我连自己也没有指南针，到现在还是乱闯，倘若闯入深坑，自己有自己负责，领着别人又怎么好呢？我之怕上讲台讲空话者就为此。记得有一种小说里攻击牧师，说有一个乡下女人，向牧师历诉困苦的半生，请他救助，牧师听毕答道，'忍着罢，上帝使你在生前受苦，死后定当赐福的。'其实古今的圣贤以及哲人学者

　　① 鲁迅：《导师》，《鲁迅全集》第3卷，人民文学出版社2005年版，第59页。

所说，何尝能比这高明些。"①通常我们认为鲁迅这样的话出之于他对新文化运动中的一些前驱者扬扬自得好为人师的一种嘲讽，对曾经利用他时就将他视为导师，一旦离去就将他视为老病的落伍者的"高长虹"之流们的愤怒，是鲁迅自己在新文化阵营分化后"两间余一卒，荷戟独彷徨"的落寞心态的反映，这固然不错，但其根底里的思想因素还应该追寻到鲁迅当年对"声发自心，朕归于我"的精神界之战士的热情期待以及对"心夺于人，信不繇己"的国民信仰状况的深刻反省。

其次，鲁迅认为国民信仰建构的关键在于诚实度。诚实，这是信仰建构的根本，也是"内曜"与"心声"的标识。但中国国民经常被西人认为是没有信仰的民族，这并非是中国不产信仰，也不是中国缺乏信仰，而是因为中国的"智识者"在对待信仰的态度上是虚伪的。在《破恶声论》中，鲁迅已经将中国古代社会信仰的不健全归咎于智识者，认为正是"智识者"的利用和虚伪毁坏了中国社会的信仰，鲁迅因此鄙夷地称呼这些"智识者"为"伪士"，为"无信仰的士人"。五四以后直到30年代，鲁迅在考察中国国民信仰状况时还一直坚持这一看法，他说："中国人自然有迷信，也有'信'，但好像很少'坚信'。我们先前最尊皇帝，但一面想玩弄他，也尊后妃，但一面又有些想吊她的膀子；畏神明，而又烧纸钱作贿赂，佩服豪杰，却不肯为他作牺牲。崇孔的名儒，一面拜佛，信甲的战士，明天信丁。宗教战争是向来没有的，从北魏到唐末的佛道二教的此仆彼起，是只靠几个人在皇帝耳朵边的甘言蜜语。风水，符咒、拜祷……倘大的'运命'，只要化一批钱或磕几个头，就改换得和注定的一笔大不相同。"②鲁迅甚至将中国的精神上没有特操的"上等人""智识者"称之为"做戏的虚无党"，他说："只是'虚无主义者'或'虚无思想者'却是有的，是都介涅夫（I.Turgeniev）给创立出来的名目，指不信神，不信宗教，否定一切传统和权威，要复归那出于自由意志的生活的人物而言。但是，这样的人物，从中国人看来也就已经可恶了。然而看看中国的一些

① 鲁迅：《250311 致许广平》，《鲁迅全集》第11卷，人民文学出版社2005年版，第460—461页。

② 鲁迅：《运命》，《鲁迅全集》第6卷，人民文学出版社2005年版，第135页。

人，至少是上等人，他们的对于神，宗教，传统的权威，是'信'和'从'呢，还是'怕'和'利用'？只要看他们的善于变化，毫无特操，是什么也不信从的。但总要摆出和内心两样的架子来。要寻虚无党，在中国实在很不少；和俄国的不同的处所，只在他们这么想，便这么说，这么做，我们的却虽然这么想，却是那么说，在后台这么做，到前台又那么做……。将这种特别人物，另称为'做戏的虚无党'或'体面的虚无党'以示区别罢。"①满篇密密麻麻写的是"仁义道德"，可字缝里却赫然地显出"吃人"的狰狞面目，满嘴里说的是礼义廉耻，可肚子里包藏的全是男盗女娼，中国传统儒家思想之所以没有能够真正提升成为一种国民信仰，就在于它的宣扬者口是心非、表里不一。这是鲁迅通过对儒家文化传统的考察所得出的最为痛切的结论。从《破恶声论》开始，鲁迅就在始终不渝地呼唤着诚实，鲁迅希望在这"寂寞为政，天地闭矣"的时代里，能"为人立极"的精神界之战士，不仅要"破黩暗"，而且要"离伪诈"。鲁迅甚至将"迷信"与"伪信"进行比较，认为即使迷信，因其诚实，也比伪信更值得尊重，所以，他不无激愤地指出："伪士当去，迷信可存，今日之急也。"②30年代，鲁迅自己的信仰发生了变化，但鲁迅是极其诚实地对待自己的信仰转变的，因为他知道自己的信仰变化可以找到清晰的生命体验的线索，是青年的血和生命让他明白了昨日之非与今日之是，也是自己偷了别国的火亲手煮着自己的肉，才在刀光血色中看到了东方熹微的晨光。而对上海滩上那些并无真正信仰，却变来变去追赶理论时髦的人，鲁迅则不惜以"流氓"冠之："无论古今，凡是没有一定的理论，或主张的变化并无线索可寻，而随时拿了各种各派的理论来作武器的人，都可以称之为流氓。"③

再次，鲁迅特别强调了信仰的践履力。践履力的核心是认真，如果说诚实乃是信仰建构的基础，而认真践履则是信仰完成的有效保证。中国儒家文化以"中庸"为本，面对任何一种新的主义，新的学说，儒家文化都可以用所谓体用思维，将之化为己有，而老庄学说此亦一是非彼亦一是非，本来就

① 鲁迅：《马上支日记》，《鲁迅全集》第3卷，人民文学出版社2005年版，第346页。

② 鲁迅：《破恶声论》，《鲁迅全集》第8卷，人民文学出版社2005年版，第30页。

③ 鲁迅：《上海文艺之一瞥》，《鲁迅全集》第4卷，人民文学出版社2005年版，第304页。

反对认真地对待某种事物。所以在这种文化传统中浸润着的国民，对于任一种学说、任一种思想，都是敷敷衍衍，模模糊糊，左右逢源，上下通吃。正是洞彻地觉察到了中国国民在信仰践履上的这一痼疾，所以鲁迅在谈论这一问题时，常常引外国文化中的例子来激励国人。譬如，针对保守派"中学为体，西学为用""因时制宜，折衷至当"的论调，鲁迅引易卜生为例子，声称"All or noting！"①。针对"自己一面点电灯，坐火车，吃西餐，一面却骂科学，讲国粹"的这些士大夫的坏处，鲁迅就举印度的圣人甘地为例子来赞赏言出必行，"印度的甘地是反英的，他不但不用英国货，连生起病来，也不用英国药，这才是言行一致"②。针对中国历史上的只有"来了"来了的奇特现象，鲁迅说："看看别国，抗拒这'来了'的便是有主义的人民。他们因为所信的主义，牺牲了别的一切，用骨肉碰钝了锋刃，血液浇灭了烟焰。在刀光火色衰微中，看出一种薄明的天色，便是新世纪的曙光。"③1932年，鲁迅在讽刺"青年援马团"的"堂吉诃德"风时，也情不自禁地赞美起塞万提斯笔下的这个真正的"书呆子"："其实是，这种书呆子，乃是西班牙书呆子，向来爱讲'中庸'的中国，是不会有的。西班牙讲恋爱，就天天到女人窗下去唱歌，信旧教，就烧杀异端，一革命，就捣烂教堂，踢出皇帝。"④确实，忠实于自己信仰的人，不折不扣地认真践履自己信仰的人，往往会被庸众的社会视为"呆子""傻子"，甚至"疯子"。鲁迅不仅在他的各种杂文中大力赞赏这种认真精神，而且用他的文学作品塑造了这类信仰认真者的系列形象。如《长明灯》中的狂人，他深信必须吹熄庙里的长明灯才能给村民带来幸福，所以熄灭长明灯成为他的生存意义。对他来说，熄灭长明灯绝不是喊喊而已，他一次又一次地真上庙里去，真要吹灭那盏长明灯。他不仅要灭灯，而且要"自己

① 鲁迅：《随感录·四十八》，《鲁迅全集》第1卷，人民文学出版社2005年版，第353页。

② 鲁迅：《360215 致阮善先》，《鲁迅全集》第14卷，人民文学出版社2005年版，第27页。

③ 鲁迅：《随感录·五十九 "圣武"》，《鲁迅全集》第1卷，人民文学出版社2005年版，第373页。

④ 鲁迅：《中华民国的新"堂吉诃德"们》，《鲁迅全集》第4卷，人民文学出版社2005年版，第361页。

熄"，而且要"此刻去熄"，当村里人把庙门紧闭不让他接近长明灯时，他就打算来"放火"烧庙，做出更激烈、更彻底的行动。狂人对待自己的信念，不容替代，也不容拖延，更不容半途而废的苟且，村子里的老爷们最害怕的恰恰就是他的这种敢动真格的性格与行为。《聪明人和傻子和奴才》《立论》中也塑造和赞美了认真的"傻子"精神。一个"傻子"特别较真，听到奴才哭诉自己的住房太小太暗，没有窗户，他"动手就砸那泥墙"，要为奴才开出一个光明的窗户来；另一个傻子则不惮忌讳，坚持说出了人总是要死的这一谁都知道但谁都不敢说出的真理。

从《破恶声论》的发表到鲁迅去世的近30年间，中国经历了一个痛苦但又非凡的时代。在这期间，中国民众几度为了自己所信仰的主义，用骨肉去碰钝锋刃，用血液去浇灭烟焰，努力从黑暗中拼杀出一条通往光明的路。"砍头不要紧，只要主义真"，曾经是这个世纪里优秀知识分子发出的时代最强音。鲁迅对此并不是没有感觉的，所以他在谈论辛亥革命时，时常真心地予以赞许："民元的时候，顽固的尽管顽固，改革的尽管改革，这两派相反，只要一派占优势，自然就成功起来。而当时改革的人，个个似乎有匈奴未灭何以家为的一种国尔忘家，公尔忘私的气概，身家且不要，遑说权利思想。所以那时人心容易号召，旗帜比较的鲜明。"[①]到了30年代，鲁迅也写过《中国人失掉自信力了吗》的名文，赞扬中国自古以来就有为民请命的人，埋头苦干的人。但这些人，恰恰都像基督一样，最后成了群众的牺牲。要么如"狂人"，被他深爱的同胞关进牢笼；要么如夏瑜，成为做人血馒头的材料；要么就如"傻子"，被奴才们不客气地轰打出去。在一定程度上，鲁迅所塑造的这些真正的信仰者形象，以他们无可避免的大痛楚，大悲苦与大孤独，显示了中国国民信仰建构的重要意义与艰难程度，较之鲁迅有关国民信仰建构的批判性论述，更具有直观和切身的震撼力。

① 鲁迅：《两地书》，《鲁迅全集》第11卷，人民文学出版社2005年版，第36页。

鲁迅与20世纪中国研究丛书

第二章　鲁迅早期信仰的建构与演变

　　一个人信仰的建立，必须包含两个条件：首先是生命体验的丰富，其次是理论认知的深刻。这两点缺一不可，直接影响着精神结构的成熟与完整程度。所以，观察鲁迅信仰的孕育和发生，通过研究其精神结构的特殊形态，能够把握那既清晰又交错复杂的线索。精神结构是多层次的，起主导作用的是文化层面、心理层面和思想层面，考察鲁迅信仰的参照对象也应从这几个方面入手。

第一节　南京时代：走向世界与走向自己

　　在中国历史上，古都南京是一个有着特殊影响力的场所，不仅六朝人物晚唐诗，烟水风流一直是中国文人的最爱，而且近代以来的政治风云起伏跌宕，对中国社会的影响尤为显著。太平天国的定都，老大帝国的衰落，中华民国的建元，国民革命的策动，无不与之相关。鸦片战争作为帝国主义侵华的肇始，英军将南京作为攻击目标，也源于这里是南北陆路交通枢纽，东南区域经济重心。这里汇聚着南方各种势力，是牵制京师的战略要地。随着中英《南京条约》签订，丧权辱国的命运与维新救国的反抗交织延续了近一个世纪。1898年5月到1902年3月这段时间，鲁迅求学于此，亲历着中华历史上"数千年未有之变局"。这时段，鲁迅从17岁到21岁，正是跨出少年进入青年的人生转换期，也是在成长心理学上通常被视为精神人格初步形成的一个重要阶段。在这四年的时间里，"中体西用""维新变法""民主革命"等等驳杂的社会思潮通过各种方式，不同程度地冲击着他的内心。种种经历和认识都影响到他主观精神结构的发展和变动，这一精神结构的雏形显示着他信仰建立的独特方式。

一、"恶声"中的否定逻辑

根据鲁迅自传可知，他离开绍兴是因为"衰落了的读书人家子弟所常走的两条路"——"幕友或商人"——都不符合他的人生追求，这两种人实际上和鲁迅后来指责的"官的帮忙"与"商的帮闲"如出一辙。"走异路，逃异地"有被动与主动的两种可能，从鲁迅的陈述中，当然可以体味到家道中落、看透世情炎凉的辛酸，但在这种辛酸的背后潜隐着的无疑是鲁迅选择新生的坚毅决心。他的"走异路，逃异地"是一种主动选择，表达了对世家子弟传统沿袭的鄙夷，是对固有文化秩序的一种试验性否定。因此，"南京"作为走出故地的人生第一驿站，其文化意义就非同一般。从科技变革的方面看，"变夷之议，始于言技"的洋务运动，在南京领全国之先：1865年起，李鸿章先后设立了织造局、桑棉局，扩建了金陵机器制造局；1866年，由"内军械所"徐寿研制的斜卧式单冷汽缸往复蒸汽机木壳轮船"黄鹄"号在下关江面试航成功；1868年，清政府又设船厂于燕子矶，制造内河及外海各式水师战船；1884年，刘坤一建成采用机器制造洋火药的第一家专业兵工厂；1886年，为了培养专业水事人才，曾国荃兴办了鱼雷学堂，1890年扩大规模建江南水师学堂。[①]鲁迅正是在这样声势浩大的"器物之变"中进入水师学堂，享受到了洋务运动的成果。然而，在这里鲁迅领教的并非与之相匹配的"新文化"，不仅课程设置单调、刻板，已经让鲁迅颇有点失望，而且，这个被称为"已臻善美""根本既固""足备他日干城之选"[②]的学堂，居然连淹死过学生的游泳池，都要盖上关帝庙镇邪，还要请法师超度，这些现象让鲁迅看到了洋务运动的"乌烟瘴气"，意识到旧有势力可怕的顽固。这种势力形成舆论，渗透进社会的每一个成员的头脑中，类似于德国哲学家尼采所讲的"道德认同"。尤其是鲁迅自己也曾被

---

① 蒋赞初：《南京史话》，南京出版社1995年版，第485页。

② ［英］傅兰雅主编：《格致汇编》，1892年第7卷第4期，上海格致书室发行。

鲁迅与20世纪中国研究丛书

本家叔辈拉去参加会稽的科举县试，这种无力抵抗的参与为他后来结识、认同尼采学说提供了一种前理解。尼采认为人们出于恐惧，害怕遭到社会排斥，而接受他人的价值标准、习惯与传统作为自己的道德实践原则，很难"离开习俗的世界而面向自己固有的世界"①。"习俗世界"所肯定的道德评价体系本质是一种伦理本位，洋务运动从动机上来讲也是为了巩固中国宗法社会儒家礼教这一伦理关系。1898年张之洞所著的《劝学篇》刊行全国，暴露的正是洋务运动倡导者们的这一良苦用心："如其心圣人之心，行圣人之行，以孝悌忠信为德，以尊主庇民为政，虽朝运汽机，夕驰铁路，无害为圣人之徒也。"②事实上，这种"中体西用"式的有保留的变法，目的在于用西方之"用"来强化封建宗法之"体"，强化礼教思想对人心的控制，其根本目标在于"圣人之徒"的培养。鲁迅之所以后来在"打倒孔家店"中表现出九死不悔的勇气和决绝，正是意识到传统对古旧中国强烈的制约力量，以及这种部分改良的弊病，因而才愈加坚定地奉行他的整体化文化变革的启蒙策略。

　　洋务运动的不彻底，加以甲午中日海战中国的惨败，分割危亡的局势大大推进了社会对"需要参政"和"有责任参政"的新认识。1895年至1898年期间，出现了约60种报纸，三年内全国共设立学会72个、学堂131所、报馆9家，其中《时务报》《知新报》《湘报》《湘学报》和《国闻报》五种报纸号称能在大地区之内或在全国范围之内大量发行，新式报纸和新学堂及学会共同为"戊戌变法"创造了思想活跃的激进氛围。鲁迅南京求学，正值维新滥觞。康有为依据"观万国之势，能变则全，不变则亡，全变则强，小变仍亡"，日本和俄国因为"求其时地不远，教俗略同，成效已彰，推移即是"，③倡导大清应推行"日本式"维新；光绪毅然下"明定国是上谕"，宣布变法，一百零三天内先后发布百余道改革诏令，涉及政治、经济、军事、教育等各个方

　　①　［德］萨弗兰斯基：《尼采思想传记》，卫茂平译，华东师范大学出版社2007年版，第213页。

　　②　张之洞：《权经》，马道宗解译，台海出版社2003年版，第282页。

　　③　梁启超：《戊戌政变记》，见沈云龙主编：《近代中国史料丛刊第九十二辑（丁酉重刊）》，（台北）文海出版社1957年版，第21页。

面。作为变法核心要素的"开制度局""选拔人才"的政令，在南京得到了有效的执行。当局"诏行新政废时文改试策论"，"创办高等学校以储才，学堂改为之，在陆师学堂侧"，[1]新政学使翟鸿机仍"奉复时文之论"还遭到罢黜。科举制度实行的最大目的在于按照正统思想培养、输送以及招选人才，在维持皇权思想合法性的同时将其不断复制、传承。戊戌变法对科举的改良，虽不算全盘废除，但已然损害了统治阶层的思想封锁。所以，以慈禧为首的守旧派疯狂反扑时，矛头首先就指向百日维新的新学。南京在1899年将"江南高等学堂罢改为格致书院"，1900年则"以京师乱，停江南庚子科乡试"，[2]旧制恢复，新政消隐，仿佛革命从未发生过一样。南京是受戊戌政变影响最深的城市之一，鲁迅在这里亲身感受了维新的蓬勃兴起和旋即溃败。此事浅层次的影响，让鲁迅在《白光》中安排陈士成溺亡用以昭示科举毒害之烈；而深层次的影响，则是鲁迅看到了当权者对科举制的贯彻或取消，依据的不是科举本身利弊，而是权势倾轧的结果。政策的易变，从本质上来说是因为国家成为当权者满足个人欲望的工具，政见不一，并非阶级观念意识形态的冲突，而是源自等级压迫的利益驱使，是权力操控的欲望使然，无所谓阵营之外或阵营之内的决裂。等级观念不割除，任何阶级内都会存在奴役与压迫。透过百日维新的失败，鲁迅认识到了权势的掌握与维护，一直都是中国社会当权者的唯一考量。这条铁律使得鲁迅日后观察辛亥革命、袁世凯篡权称帝及覆灭、二次革命、张勋复辟及倾覆等一系列大事件时，拥有一种不从俗的冷静，一种看到根底的犀利。

戊戌维新失败之后，清廷加快对思想意识的收紧，陆续毁掉维新号令，并且诏旨"各学臣考官取士，不得好异喜新，一切均以祖法圣道为衡，其略有康、梁遗风，稍涉离经叛道者，立予摒弃"[3]。而八国联军攻陷北京，慈禧挟光绪离京西奔，外逃一年之久，待议和大纲谈判以《辛丑条约》告终，整个统治已是风雨飘摇。为此，刘坤一、张之洞等上书"江楚会奏变法三疏"，朝廷

① ［清］陈作霖：《金陵通纪》（光绪三十三年刊本影印），1907年，第592页。
② ［清］陈作霖：《金陵通纪》（光绪三十三年刊本影印），1907年，第593页。
③ 朱寿朋编纂：《光绪朝东华录》（光绪二十六年）第4卷，1900年，第48页。

1901年再度下诏变法，晚清新政就在一拒一受中频频展开。这种修修补补的工作正如康有为《上清帝第二书》所言"夫使能守祖宗之法，而不能守祖宗之地；与稍变祖宗之法，而能守祖宗之地"，其宗旨在"祖宗"之维护，所有政策纲领和变法运动无异于政治意识的有力工具，难以从源头上解决中国之患。这种缺乏结构性变动的政体改良，是一切政体革命的通病所在。在南京四年的求学生涯中，鲁迅有机会近距离观察清末新政的实施状况、实施效果，以及实施出发点和目的的考量，这些观察所得都成为他青年时代精神人格建构的重要养料，不仅养成了他比较悲观和善于怀疑的看待世事的眼光，而且奠定了他不轻易信任任一学说的思维习惯的基础。这种眼光和思维习惯，鲁迅一生都始终如此，未曾改变过。正是因为对任何一种政治学说都不轻信盲信，所以在新文化运动的后期，即使"两间余一卒，荷戟独彷徨"，他也没有如陈独秀一样转移其信仰，而是坚持其精神进化和人性改造的理念；作为30年代的无产阶级文学运动的旗手，他也没有教条式地奉守马克思主义信仰，而是用一种非政治方式从现实中抽离出本质，开展文化批判与自我批判。"左联"时期的"普罗"作家出于对意识形态斗争的热衷，普遍地将理论看作对现实的绝对涵括，彻头彻尾地将动态发展的主体特质作为绝对不变的权威看待，终止了真理本有的生长性与发展性。鲁迅没有拘泥于阶级论，也没有被"热情"的假象所遮蔽，所以他能见出"革命者"中"激烈得快的，也平和得快，甚至于也颓废得快"的历史规律。[1]作为鲁迅信仰础石的精神结构从来都不是封闭性的，它有着鲜明的文化比较意识，既针对中国文化体系中的内部比较，也指向"西学"和"中学"的外部比较。这种信仰建构的自我更新能力，在南京四年中已经见出端倪。

鲁迅曾用"排满的学说""辫子的罪状"和"文字狱的大略"来概述自己早年于南京的所获，这种说法意味着南京时期的社会认识、文化感受和生命体验为他后来信仰的建立赋予了一种强劲的否定性力量。洋务运动的名实不符，

---

① 鲁迅：《上海文艺之一瞥》，《鲁迅全集》第4卷，人民文学出版社2005年版，第304页。

百日维新的内部动乱，清末新政的局部改良归根结底都是文化外围的突进，没有动摇根深蒂固的基本传统观念。那些五花八门的主张和理念，都不是真正的信仰，鲁迅后来在日本东京开始他的启蒙工作时，统统视其为"恶声"。无论是"破迷信也，崇侵略也，尽义务也"，还是"同文字也，弃祖国也，尚齐一也"，所谓的"救国"时论对于"科学何物，适用何事，进化之状奈何，文明之谊何解"，通通"函胡"不明，甚至"操利矛以自陷"。①青年鲁迅从这一时期社会混乱的思想更迭中，既看到了信仰建构的必要性，也体会到了信仰建构过程中的质疑能力与否定逻辑的重要意义。后来，他之所以认同尼采哲学，并以达尔文的"进化论"为精神的导引，就因为这个信仰杜绝的恰恰就是一切形式上的追捧与盲从，能够在个体的生命层面"崇奉主观""张皇意力""匡纠流俗"，从而实现民族的"进化的螺旋上升"。

二、心理结构集体失衡中的个人意力生成

青年时代精神人格的形成有两种心理因素是极其重要的。一种是儿童时代的创伤性记忆，一种是置身其中的社会群体心理的感染与浸润。这两种心理因素相互作用，形成主体精神结构的内在特征。当然，这两种心理因素的相互作用有顺承的一面，也有逆反的一面。但无论顺承还是逆反，儿童时代的创伤性记忆所起的作用都是决定性的。对鲁迅而言，家道中落和家庭变故的过程中积累下来的创伤性记忆是刻骨铭心的，他在后来写的《〈呐喊〉自序》中对两倍高的当铺柜台和一倍高的药铺柜台的记忆犹新，以及在描写这些记忆时的举重若轻的笔调便是明证。这些儿童时代的创伤性记忆对鲁迅精神人格的影响，莫过于他的敏感气质和锐利的洞察力的形成。南京四年，是鲁迅少年到青年的人格转换期。童年和少年的创伤性记忆在心理层面上转入幕后，而社会群体心理的感染和浸润走向前台，对鲁迅精神人格的形成产生越来越明显的作用。南京时期，鲁迅对政治纷争中作为核心的人的观察、对失败国家和人民的认识、对作为非正义的强势者的分析，都可看出他精神结构中个体心理对社会群体心理

鲁迅与20世纪中国研究丛书

① 鲁迅：《破恶声论》，《鲁迅全集》第8卷，人民文学出版社2005年版，第28页。

的颉颃与抗衡。

水师学堂中，"沈钊"这样的人物之所以能横行欺压，为所欲为地实施打击报复，就因为学堂里面等级风气、门户偏见浓厚，而逆天叛俗的人十分缺乏。在这样的情势下，鲁迅曾经冒着被开除的惩罚也要抗争到底，个人心性对社会从众心理的抗拒，可见一斑。1901年，沙俄侵占吉林、辽阳、盛京，致使整个东北沦陷，并胁迫清政府与之签订和约。国内舆论界对是否签订和约意见不一，当李鸿章奏请画押时，陆师学堂曾有一学生发表文章，力陈拒俄之理，痛述"画押必亡国"的恶果："若中国一旦允俄索，必开各国要求之端。"①同学中有人发出这样特立独行的声音，这也使鲁迅有一种亲切感。他相信"一切新思想，多从他们出来，政治上宗教上道德上的改革，也从他们发端"②。按照进化学说，人处于进化的高级形态，而这种顶端优势正源自人的"能动性"，即个性。缺乏个性会导致人的弱化、退化，鲁迅认为只有通过"个人的自大"来找回进化的主体。这个少年同学类似于鲁迅赞成的"神思宗徒"，能够抵制"合群的爱国的自大"，可以说是鲁迅心目中"尼采超人"的最早模型。

南京四年中有一件事情是特别值得一提的。1900年5月，义和团运动波及南京，拳民张贴揭帖，焚烧教堂，教训帝国主义侵略分子和为虎作伥的教民。这一所谓的"拳乱"想必引起了绍兴家人的关切，5月17日，鲁迅给家人去函："拳匪滋事是实，并无妖术，想系谣传也。"③这一函件说明，鲁迅在南京亲历了义和团带来的社会骚乱，但他对当时的义和团事件则有自己的观察。鲁迅在心中没有像普通民众那样对拳乱之举妄做判断，也没有听信官方的纵容式的评价，虽然在信中称之为"匪"，但也包容性地理解了他们的抗争行为，显示了他对义和团道义上的认可。后来在新文化运动中，鲁迅把打拳和扶乱视

---

① 南京史志馆：《南京文献》第9号，1947年印。

② 鲁迅：《随感录·三十八》，《鲁迅全集》第1卷，人民文学出版社2005年版，第327页。

③ 周作人：《义和拳》，钟叔河编：《周作人散文全集》第13卷，广西师范大学出版社2009年版，第202页。

为一类加以批判，但那时所谓的"打拳"已经不是原初的拳术，而是被利用来作为腐朽的国粹崇拜的变形了。1900年12月21日，留日学生刊物《开智录》评论"人无独立之性，是为奴隶之人；国民无独立之性，是为奴隶之国。余于是更曰：国民无义和团之精神，是为奴隶之民。故余愿义和团之精神，非山东内数千万人之所独有，而愿全中国四万（万）人所共有也"。[1]对于义和团精神的褒扬与倡导，这是当时反帝的民粹思潮的体现。不过，拳民不甘于奴隶命运的反叛行径，也有可能只是成为"主子"之前的"奴隶式"挣扎。虽然不论目的与指导思想，单是这一过程也证明了进化的历史进步性，但国民所从事的旨在改变自身与民族命运的种种运动，就行动者而言并不会对个人有所保留，其结果是别无二致地进入历史的循环。进化的乐观只可能存在于感性的生命体验中，由集体化的群体享用，而在此基础上的进化所导致的历史重复，却加剧了清醒个体的悲观感，体现为理性上的绝望。义和团事件是一种典型的民众的自发斗争，也是一种典型的不幸被统治者利用的民粹运动。在南京对义和团事件的亲历，不免在鲁迅心灵里留下极其深刻的印象，对于民众的自发反抗产生了复杂的心理辨识。此后鲁迅在《阿Q正传》等作品中多次表达了他对中国民众自发的"革命"运动的复杂情绪，当与青年时代的南京遭遇不无关系。

1900年前后一段时间，政局的动荡导致了国内各种社会团体的盛行。1899年3月李玉珏在广州创办道溪团练，10月三合会、哥老会、兴中会合并为兴汉会，1900年2月唐才常在上海组建建国会、自立会、正气会，还成立了正气军。这些组织或者以"勤王"为口号，或者以"保民救国"为主张，他们或者以暗杀施展组织宗旨，或者直接起义，反抗清王朝的统治。前者如兴中会的史坚如，1900年10月28日谋杀两广总督德寿未成，被捕遇害；后者如唐才常，1900年7月28日起事遭告密，砍头后首级悬在武昌汉阳门数日。[2]当年变

---

① 张枏、王忍之：《辛亥革命前十年间时论选集》第1卷（上册），生活·读书·新知三联书店1960年版，第62页。

② 唐才常在狱中尚吟"剩好头颅酬故友，无损面目见群魔"，以"七尺微躯酬故友，一腔热血溅荒丘"赴难。同时期多种刊物均报道此事：《哀唐烈士也》。见《知新报》第129册；《苏报》1900年8月1日。

法失败后，康梁等纷纷流亡海外，而谭嗣同坐等捕者，因为他认为中国改革素无流血者，所以他愿意，"有之，请自嗣同始"。政治事件导致的流血牺牲，可以在最大程度上放大政治事件的意义与影响，从而唤醒国民的认同和参与。东南地域本来就是晚清反清运动的大本营，来之于浙江又置身于南京的鲁迅，作为一个热血的青年学生，对这些牺牲事件的关注肯定是远远超出于一般国民的。这些事件，无疑引发了鲁迅对政治"牺牲"的原初思考。几年后鲁迅留学日本，他曾婉拒光复会派发的暗杀任务，这一事件可以视为鲁迅对政治"牺牲"有所保留的一个证据，说明鲁迅在感情和理智上都不太赞同这种牺牲。因为鲁迅隐隐感觉到感性经验的牺牲固然痛快，但如果这种"牺牲"并非体现为主体意识的决断，或者说"牺牲"显示的恰恰是牺牲者主体性的丧失，那么，这种"牺牲"就有可能只是成为看客们眼中的一幕戏剧，看客们兴奋一下，随之也就忘却。然而，"牺牲"毕竟是值得敬重的，心灵的空间里，血液的不断淤积也会使人透不过气来。这些流血事件，包括后来徐锡麟和秋瑾这两位同乡的被害、请愿学生被北洋政府的滥杀等等，对于鲁迅精神人格结构的形成的影响无疑是极其巨大的。一方面，它从"精神"层面上确立起了鲁迅的"牺牲论"，使鲁迅在新文化运动中担当其"历史中间物"的"肩起黑暗的闸门"的使命："我先前何尝不出于自愿，在生活的路上，将血一滴一滴地滴过去，以饲别人，虽自觉渐渐瘦弱，也以为快活。"[1]另一方面，则奠定了鲁迅对中国国情的判断，即挪动一张椅子也要流血，为他正视信仰实践的艰巨性和持久性作了充分准备。牺牲，从行为导向上来说，是一种意志力的实现；从感情趋向上来说，是一种奉献感的升华；从价值指向上来说，是一种道德化的规训。鲁迅后来一方面不断劝诫革命青年不要赤膊上阵，要学会打"壕堑战"，不做无谓的牺牲，一方面又写下"忍看朋辈成新鬼，怒向刀头觅小诗"，即使在"杀人如草不闻声"的时代也以百折不回的态度践履信仰，甘愿成为"祭旗的牺牲"，他说"革命文学的第一步，必须拿我来开刀，我也敢于咬着牙关

---

[1] 鲁迅：《261216 致许广平》，《鲁迅全集》第11卷，人民文学出版社2005年版，第657页。

忍受……杀不掉，我就退进野草里，自己舐尽了伤口的血痕，决不烦别人傅药"。①可见鲁迅对于"牺牲"的理解，其实从南京时代直到上海时代，始终持有辩证的理性的态度。

　　鲁迅在南京的四年正是新旧世纪转折的四年，这时期满清政府经历了戊戌变法和庚子事变两个政治事件的巨大打击，已经风雨飘摇，日薄西山。封建王权体制的种种弊端在这种危机情势下体现得最为极端，也最容易扭曲为变态的行止。譬如，清廷追捕维新首领无果，竟然授意李鸿章挖康有为、梁启超祖坟；对义和团的态度由"剿抚不定"到"招安"为己所用再至"坚决除掉"；对八国联军妥协到反抗再至忍辱议和，承认列强侵吞领土、经济压榨、军事制约一系列无理要求之外，礼节、尊仪等等也一律放弃，根本谈不上国格的维持；甚至不顾载勋、董福祥护驾之苦，按照各国公使要求几番追加严惩"纵庇拳匪"的罪臣，对其赶尽杀绝。这类事件作为新闻散布在各种报刊之上，其实就是满清政府处理危机的一种病态的人格化表现，一种紧急状态下无意识的流露。也就是说，这些决策或者行为不是来自自强自立的必需，而是统治者长期以来形成的"长者思想""利己思想""权力思想"面对危机时的一种扭曲的自我实现。封建道统的本质就是"畏强凌弱"，为了"绝对的权力"和"威严"无视个体的存在，无视人之为人的需要。等级观念下的奴性、暴虐、无特操、无理性，这既是一个国家政府的本质，也是这个国家国民的根性。如果说，童年和少年时代的家庭变故使得鲁迅亲身体验到了世态炎凉和人情冷暖，而世态炎凉与人情冷暖乃是世情社会的通例与泛相，那么，跨出少年时代的鲁迅在南京所看到的政治乱象，这显然是一种末代王权的特殊表现，更具有一种症候分析的病理学意义。鲁迅后来据此确立了人性进化思想所批判的对象，他借《左传》"天有十日，人有十等"来揭露"中国固有的精神文明"——"对国民如何专横，向外人如何柔媚"，这"差等的遗风"即使在民元之后，也"并未为共和二字所埋没，只有满人已经退席，和先前稍不同"。②

────────────

① 鲁迅：《答杨邨人先生公开信的公开信》，《鲁迅全集》第4卷，人民文学出版社2005年版，第645页。

② 鲁迅：《灯下漫笔》，《鲁迅全集》第1卷，人民文学出版社2005年版，第228页。

鲁迅与20世纪中国研究丛书

夫吾华土之苦于强暴，亦已久矣，未至陈尸，鸷鸟先集，丧地不足，益以金资，而人亦为之寒饿野死。……今志士奈何独不念之，谓自取其殃而加之谤，岂其屡蒙兵火，久匍伏于强暴者之足下，则旧性失，同情漓，灵台之中，满以势利，因迷谬亡识而为此与！①

鲁迅指出：第一，借"救国"满足个人"肉攫"的"自卫"，是"兽性"的酷烈；第二，以所谓"自卫"理论嘲讽鄙夷同样受到强暴的弱势群体，是"人性"的冷漠；第三，"颂美侵略"，以至于在效仿施暴未能得逞的情况下，蹂躏"无辜"，是"奴性"的残忍。许多研究晚清的学者看到大多数"扶清灭洋"积极分子最终走上"反清"道路，往往从政治哲学的立场寻找缘由，而鲁迅的"国民劣根性"理论则更为深刻地从社会心理结构的整体失衡及其自我调适中诠释了满清政府遭致灭亡的人性因素。为了避免国家命运的重蹈覆辙，也为了民族属性从根底上转变，鲁迅说："我想，要中国得救，也不必添什么东西进去，只要青年们将这两种性质的古传用法，反过来一用就够了：对手如凶兽时就如凶兽，对手如羊时就如羊！"②这或许正是鲁迅的精神结构在社会心理结构的整体失衡中进行有目的的自我调适的结果。

从心理学的角度看，作为对抗非理性社会伦理秩序的心理机制，必然以需求性的模式来替代供给性模式，即不是以一种普适性的面貌组建社会精神资源，而是从社会的心理匮乏中建立起个人的思维逻辑和话语体系，建立起个人独特的心志意力。联系鲁迅一生中其信仰的主观结构构成来看，从南京开始，鲁迅就开始了个体意力与社会心理的抗衡历程，他的精神主体的每一次自我调适都是作为一种社会补偿性的精神因素的出现，他的信仰因此也必然地存在"人各有己"和"朕归于我"的精神反叛内容。

① 鲁迅：《破恶声论》，《鲁迅全集》第8卷，人民文学出版社2005年版，第35—36页。
② 鲁迅：《忽然想到》，《鲁迅全集》第3卷，人民文学出版社2005年版，第64页。

三、物质进化与精神进化的思辨

世纪转型期的南京以其历史文化及其政治方面的独特之处，为青春期的鲁迅建构自我人格提供了丰富的、作为文化要素和心理要素的精神资源，同时，也以其经济发展与都市面貌的变迁为鲁迅关于现代文明的思考提供了适宜的物质空间，尤其是在"精神文明"和"物质文明"的逻辑联系的思辨上，南京的求学生活为鲁迅积累了很好的感性经验。正是在南京，鲁迅接触到了严复翻译的赫胥黎的《天演论》，为物种进化的新奇理论而心旷神怡，但也正是在南京，鲁迅在学习科学的同时，开始了对科学自身的思考。这时的鲁迅已经基本具备了这样的思想：科学以物质的形态存在但也必须体现精神的效用，同时，宗教以精神的样式表达也将发挥出物质的能量。

陈独秀于1897年到南京参加江南乡试，在自传中他回忆道："一到南京，看见仪凤门那样高大的城门，真是乡下佬上街，大开眼界，进城一看……城北几条大街道之平阔，诚然比起安庆来在天上。"[①]鲁迅是否与陈独秀有相似的感触，不得而知，但他在南京求学的水师学堂便正好在仪凤门旁。张之洞在南京修建的江宁马路经仪凤门，穿过碑亭巷一路南下，直到通济门，是南京最早的主干道。鲁迅在南京那几年，这条路一直在延长：1899年，"展马路至龙王庙，修石城桥、文德桥，马路旁边栽杨柳以蔽行人"；1900年，"增筑马车路于贡院大工坊内桥"。[②]鲁迅每每至"城南"买书，定会走此大道。另外，1898年12月，法国人盖拉蒂绘制成南京最早的坐标地图，该地图标有南京城的经纬度，以及人口分布图，城郭、道路、山川、湖泊、建筑的具体位置。[③]1899年4月29日，鲁迅发信回家，就寄回了一张自绘的陆师学堂俯视形图。[④]

---

① 陈独秀：《实庵自传》，王开玉、杨森：《安庆史话》，安徽人民出版社1981年版，第141页。

② 南京市下关区文史资料研究委员会编：《下关文史》第1辑，南京出版社1992年版，第89页。

③ 陈安林、陆纪林主编：《南京百年风云（1840～1949）》，南京出版社1997年版，第126页。

④ 笔者在南京师大附中鲁迅纪念馆所见的《鲁迅在南京求学时期活动简表》中有鲁迅自绘的陆师学堂俯视形图。

1900年8月，江南官电局设立官办德律风总汇处，南京进入电话时代。爬梳这些文献，列举南京作为近代城市的这些面貌变迁，可以通过情景的复现来想象性地还原鲁迅最初融入现代物质文明的感受。当然，这些感性体验本身也许不会形成严密的逻辑或准确的结论，然而却营造了一个鲜活的阅读新学、接受新知的生态场域，在这种生态场域中理解和想象以文字为载体的精神文明，其眼界与心态，自然会与那个不得不为着成对的蟋蟀这种特殊药引而四处奔波的"S城"大不一样。

康有为呈给光绪的《日本变政考》和《俄彼得变政记》代表了当时变法的思路，期望通过已被证明成功的革新模式来作为中国图强的目标，1901年《苏州白话报》的创刊号上便登有英国人傅兰雅的《富强起源》和日本人添田寿一原的《对清策》，国人希图通过考察这些新兴国家如何利用先进的文化，从其传统形态走向现代形态实现它们近代的强盛，以资借鉴探寻中国的现代化道路。鲁迅去往日本随身携带的就有《日本新政考》。该书作者是当时的刑部主事顾厚焜，他于1888年考察日本明治维新后，根据调查"新政"的具体确切资料和数字加以分析叙述而完成。书中描绘"海陆军之电扫风驰，枪炮制之日新月异，邮筒万里，借电线以飞驰，地宝五金，赖矿师以辨是，诚法所可用者"[①]。这些记录体现的是典型的洋务观念，首先，它将文明分成了两个板块，西方（统括西洋和东洋）的现代文明和东方的传统文明；其次，这些记录所要显示出来的道理就是"中体西用"，东方的文化是本体的，西方的文化是对象化的，本体为主，对现代文明的接纳要以中国文化基本形态为前提。用梁启超的话来说，便是"日本变法，则先变其本；中国变法，则务其末，是以事虽同而效乃大异也"[②]。鲁迅对这些记录科学与新学的书籍有积极的涉猎，这些涉猎无疑有益于鲁迅世界观的完善，有益于鲁迅对科学与物质进化的全面理解。但是，在对文明接受的态度上，鲁迅显然有自己的个性化思考，鲁迅后来

---

① 中国革命博物馆编：《近代中国报道 1839—1919》，首都师范大学出版社2000年版，第378页。

② 梁启超：《变法通议·论译书》，《饮冰室合集·文集》第1册，中华书局1989年版，第69页。

曾指出这样的文明板块论本质就是一种"静止"的理论。南京时代，鲁迅已深受进化论的刺激，尽管他对东方文化孕育母体的情感牵制使他对东西文化的对比持有保留态度，但他同时承认不同的文明其价值确有先进和落后的对比。进化论作为一种线性的认识论思维，揭示的是文明前后古今的线性发展现象，这种思维方式，使鲁迅成功地将那个时代文化论争中占据主流位置的"中西"之辩转向自我内心的"古今"之争。尽管以物种进化思路来看文明发展，这一"线性进化观"不免有其偏颇，但它确实在一定程度上缓解了鲁迅的民族本位焦虑。

鲁迅求学南京，正是中国文化界的科技翻译出现近代以来的第二次高潮的时候。因传教、洋务、维新、立宪、共和、革命等种种需要，东南沿海各地相继涌现出官方的、教会的、民间的科技翻译机构。1868年建立于上海江南制造局的翻译馆，12年内共译西方科学书籍多达176种。1901年，南京成立江楚编译局，大力翻译东西教学参考书，涉及地文学、地质学、矿物学、植物学、农业学、生理学等多个专业，译书的发行将对象设定在学生群体，对科技普及的范围更广，包括1900年由留日学生刊行的《译书汇编》也有此意义。科技就像强心针注入了古老的中国，知识分子在为振兴民族寻找出路的时候，对这种行之有效且立竿见影的"药方"天然青睐、全面接收，后来奉其为"赛先生"，这也是现代化道路上"科学主义"盛行的原因。在这种历史背景下，从小接受私塾教育的鲁迅开始接触自然科学，学习自然科学，接受自然科学的思维训练，可以说不仅是在知识场域内而且是在思维方式上都给鲁迅打开了一扇全新的窗口。鲁迅的科学功底，鲁迅对科学精神的理解与信奉，无疑是在南京时代所奠定。这时期，他酷爱"天演论"，相信科学改造自然也能改造社会，可以作为救国救民的工具。华蘅芳所译美国人达纳的《矿物学手册》（近代结晶矿物学名著，出版时取名为《金石识别》）首次把西方矿物品体理论与测试手段介绍到中国。[1]鲁迅在矿路学堂学习期间，曾购《金石识别》并仔仔细细作了矿物晶体形态、物理性质、化学性质及分类法的大量批注，后来到日本留学，

---

① 孙宝寅：《科技传播导论》，清华大学出版社1997年版，第168页。

撰写《中国地质略论》与《中国矿物志》，就深受此书的影响。五四新文化运动中，他更是利用自己的科学功底作为反对"讲道学的儒生""讲阴阳五行的道士""静坐炼丹的仙人""打脸打把子的戏子"等封建腐朽思想的武器，批判半殖民地半封建的旧中国守旧、倒退、迷信、昏乱等等"祖传老病""无名肿毒"。科学的信念，在鲁迅一生中从来就没有动摇过。即使是在东京撰写《文化偏至论》《破恶声论》等文章，批判物质主义，倡导"内曜""自繇"时，鲁迅对科学本身依然是持肯定态度。

当然，科技本身就是双刃剑，它让西方列强走上发达之路，但科技的强大却变成了列强侵略他国的资本。根据1858年《天津条约》，南京属于长江沿江开埠通商口岸之一，但受太平天国影响延迟到1899年。下关开埠以后，外轮凭着列强的军事优势，每年强行运来8800公斤鸦片，南京成了鸦片的重要的集散地，而南京城自己更是深受鸦片之害。"金陵城中以及四隅，烟馆林立"[①]，街头因为吸食鸦片倾家荡产沦为乞丐的人比比皆是。生活在南京的鲁迅，不难看到那些烟瘾发作痛苦万分，或长期吸毒形销骨立萎靡困顿的烟民。尤其是南京城里的新兵，扛着的是从西方购来的新式步枪，但一个个面带菜色，精神萎靡。鲁迅甚至怀疑这种体魄、这种精神的士兵，即使拿着世界上最先进的武器，也难以打赢战争。这种感受成了鲁迅后来学医的动因之一，鲁迅产生了强健国民体魄的强烈愿望。这种愿望也促使鲁迅更深层地看待物质与精神的关系，使鲁迅在看待"科学"的时候，得出"精神"是科学发展（文明发生）中最本质的推动力量和目的的结论。"故科学者，必常恬淡，常逊让，有理想，有圣觉"，科学是文明的手段而非目的，反之，"精神渐失，则破灭亦随之。盖使举世惟知识之崇，人生必大归于枯寂"。[②]先进的科学技术或发达的物质文明，一定要以"精神"的进化为核心，这是一切进化的关键。鲁迅曾提到过矿务学堂的总办钱德培，这是一个看《时务报》并自己出题目考汉文的新派人士，他出使德国六年之久，著有《欧游随笔》一书。在此书中，他认为"天生万物，虽有用之不竭、取之不尽之

---

① 储伊宁：《近代江苏鸦片贸易的形成过程及其基本特征》，《江海学刊》2001年第2期。

② 鲁迅：《科学史教篇》，《鲁迅全集》第1卷，人民文学出版社2005年版，第30、35页。

妙，然过于发泄，亦恐无以为继。盖化育之理，非可以年月待。西人竞尚机器，取之太速，造物者不能催促其气候相随而成，所以欧西各处矿产日绌，尝垂涎于东方。……我中国当此强邻四逼，必不能闭关独守，电报、铁路、开矿、制造自不容缓。苟能次第举行，不让人先，仍使天生之物，不速竭其源，则人所无者我独有，人所不足者我有余，富强之势莫可与京，行见统一地球，尽归藩服，亦事之所必有者也"。①在当时，这样的观点在青年学生中是有影响力的。鲁迅一向重视思想启蒙与精神进化，认为社会进化的依靠力量不能停留于物质层面，一旦物质"逾度"，"缘偏颇之恶因，失文明之神旨，先以消耗，终以灭亡，历世精神，不百年而具尽矣"。精神对物质具有创造性作用，物质也制约精神的兴衰，物质和精神不是进化过程中单向的运动，而是不停息的转化与循环。这是鲁迅在南京接受科学训练时的思想特点，也是后来鲁迅思想不同于其他进化论者而显示出自己特色的主要标志。

青年时代是人的思想最活跃、可塑性最强的阶段。鲁迅17岁离开绍兴来到南京，21岁留学东洋，可以说是从南京出发走向了世界。换而言之，这样一种经历是极有象征意味的。从生活场域的层面看，鲁迅在南京感受着这个近代都会所富有的新文明与新气象，同时也关注到了在新变革之中种种旧势力誓与历史共存亡的愚昧和可怜。从知识结构的层面看，鲁迅真正接触到了来自域外的自然科学思想，接受了科学思维的训练，对进化论思想表示出了特别的尊崇，同时在思考人类进化的问题上体现出了推重精神进化的趋向。从社会活动的层面来看，鲁迅不是积极的参与者，但凭借童年经验和个人独有的感知力，他敏感地察觉到了各种斗争背后隐藏的利益关系、政治立场、情感取向，实践了个人信仰形成的前期"试错"。从生存形态的层面来看，鲁迅从身边人物、从掀动历史的革命者身上，体会到了个体意识的重要性，进化历程的曲折性，以及建构自我信仰的紧迫性。这些历练，使得青年鲁迅在精神结构与思维方式上初步体现出这样的特点：第一，对集体中个别的个体人的肯定和对个体所属集体

①　尹德翔：《东海西海之间：晚清使西日记中的文化观察、认证与选择》，北京大学出版社2009年版，第22页。

鲁迅与20世纪中国研究丛书

的否定同时并存；第二，解决社会伦理秩序问题与解决国民心灵结构问题的互补思考；第三，对一切辩证逻辑的接纳又同时倾心于极致、偏至型的表达模式。这些特点虽然还只是雏形，但已大致显示出了后来鲁迅自我信仰建构历史的内容、态度和精神特质。如果说鲁迅从南京出发走向世界，那么也可以说，鲁迅从南京出发开始了走向自己的路途。

第二节　选择危机与留日时期的信仰建构

晚清西学的大传播、大扩散、大普及，唤醒与促进了国人对于科技文化和政治经济发展的强烈需求，形成了19世纪末维新的主流思想。甲午海战失败之后，大多数中国的先进知识分子由科技进步走上制度层面的革新实践。所以，戊戌维新运动其实也是"辛亥革命"的理论储备和思想普及。在这样一种积极革新的思想文化大背景下，鲁迅也更紧密地把个人命运与民族命运结合在一起。南京求学四年，鲁迅形容其为"爬上天空二十丈和钻下地面二十丈"，即使这样，鲁迅认为"结果还是一无所能"。"一无所能"，这当然不是对科学本身的失望，而是说明鲁迅已经越来越看清了自己的所能和所愿能的事情在哪里。所以，鲁迅意识到"所余的还只有一条路"，"到外国去"。[①]积极考取官派留学，这不仅仅是对先进文明的渴求，更是鲁迅信仰力的一种反映。留学日本，作为鲁迅南京求学"一无所能"的一种补偿出现，显示出了鲁迅为自己所能和所愿能的事情所做的努力。在鲁迅人生道路上，由绍兴而至江南水师学堂，由水师学堂而至矿务学堂，再由南京出发走向东洋，他一直在通过自我体验与实践，摸索适合个人理想与国族复兴的生存范式，不停地选择、放弃再尝试，显示出独立的思考和辨识能力，以及对决定的担当意识和执行毅力。然而，尽管具有果敢与魄力，现实留给他的选择范围却并非自由和随性，与其说时代给予了鲁迅选择的权力，莫若说是历史给他留出试错的机会。在日本的七年，鲁迅生命中的一个关键词就是选择，他的精神建构所面临的危机也是如何

---

① 鲁迅：《琐记》，《鲁迅全集》第2卷，人民文学出版社2005年版，第307页。

选择。青年鲁迅在狭窄的可供试验的空间里，不断地追寻自身能够依附和信任的精神力量。

一、生存困境中的信念需求

享有选择权有时并不意味着选择的对象真正符合个体取向，在这个意义上，鲁迅的选择更多地显现出一种"伪选择"的色彩。初到日本，鲁迅所感受到的选择的缺乏，就刻骨铭心地留在他日后的生命感悟和判断中。

与一般的留学生不太一样的是，抵达日本后鲁迅却面临着安置问题。从史料可知，鲁迅一行留学生于1902年3月24日从国内出发时，南京分馆天野主任通过上海总领事馆事务代理岩崎三雄，向陆军方面学校表达了希望接受"江南陆师学堂毕业生二十二名及矿务学生六名"进入相关部门学习的意愿。可4月4日学生已到东京，对方尚未给出接收的答复，直到4月11日清国公使蔡均发函再次催促外务大臣，才得到陆师学堂学生准入成城学校的陆军士官预备学校的许可，而矿务学生因为专业原因被拒，只能"先入弘文学院修日语等课，然后再入其他学校"①。当时，日本国力在亚洲领先，先进的战备武器制造和军事管理知识一直是清朝留学生师法的对象，而且，进入军事学校成为军人是最直接的回国报效途径。但是日本政府惧怕革命派人物通过军校培训丰满其反抗羽翼，清政府也有类似顾虑因而默认并达成协议对军校留学加以限制。一群二十出头的年轻人在陌生的国土上将近十天没有着落，天威不可测的力量延宕着梦想的实现，而阻挡这些青年施展抱负回报祖国的恰是执政者的疑惧和懦弱，那种惶惑与焦虑夹杂的情绪在血性之躯中发酵，化为难以磨灭的记忆。对天性敏感的鲁迅而言，不甘于受人摆布的性格与不得不委身于他人抉择的冲突，强化了他对可资借用和能够利用的对象的甄别和自身生命道路选择的沉思。

留日热潮中，"政治、法律、武备"是首选，但要进入专业化的学习必

鲁迅与20世纪中国研究丛书

---

① 依据北冈正子《鲁迅留日时期关联史料探索》中所示文件"公函第八十二号（明治三十五年三月二十六日收）""第四五四二号（明治35年4月11日收）""第一〇八号（明治35年4月12日起草，明治35年4月12日发送）""第十二号（明治35年4月12日起草,明治33年4月12日发送）"，见《鲁迅研究动态》1989年第11期。

得经过小学校（六年）—中学校（五年）—高等学校（三年）—帝国大学（四年）这样一级一级的学校阶梯。当时留日学生主办的杂志《浙江潮》第七期（1903年10月）上有如下介绍："吾国学师范者，必先入弘文学院，即预备中学校之资格也"；在讲到工科学校时说："有中学校师范学校之程度，试验合格入高等学校，三年。入大学校（即大学），又三年。"鲁迅的弘文学历能够被认可为中学毕业资格，但距离经考试进入高等学校，再进入帝国大学，从所费时间和学生录取比例来看，都存在巨大障碍。1904年整个日本国内还只有东京帝国大学和京都帝国大学两所高等学府，两校每年合招约10000余人，但中学总数高达254所，在学学生达101196人，中学学生人数与高等学校及大学学生人数的悬殊，造成的升学压力显而易见。在20世纪的第一个十年里，日本的大学升学率始终都维持在这样一种较高倍率中。加之从日本文部省到高等学校自身，对中国留学生进入高等学校都持慎重的态度。这样的留学环境，意味着参加并通过多重考试和持有中国驻日公使的推荐信作为进入大学条件，都是自身能力难以主宰的。弘文学院的日本教员江口曾委婉地劝鲁迅他们，说即使驻日公使全力以赴与日本文部省交涉，也不可能让南京来的学生都进到一高，因此建议学生们去专门学校。江口劝说符合实际，因为当时日本高于中学、略低于大学的各类专门学校，尤其是医科，学校数量多，对留学生来说，相对较少限制。鲁迅曾不止一次在文章里谈及在南京学习时了解到日本近代的维新大半发端于西洋医学，并且为了救治像父亲那样被误诊病人的痛苦都促使他决定去学习医学。尽管客观约束没有影响到鲁迅专业学习的构想，而且，他也顺利地以公费的名额进入了仙台医专，但在此过程中，中国留学生不能凭自己的志趣和爱好选择入学的事实，加深了鲁迅的漂浮感。清末赴日的留学生与盛唐时期日本的遣唐使具有主体上的相似性，都扮演着"取经者"的角色，他们承担文化输入的使命，背后印着效仿强国的标记，强弱之势产生的对比与刺激胜于国境内的想象。当时的留日学生一种是耽迷于所学对象，放弃本体属性而臣服于他者，如鲁迅所讥讽的头顶盘着大辫子学跳舞的清国留学生；另一种是忧心于从属地位，时刻警醒自我身份，却不断地遭受强势方有意或无意挑战的尴尬与困窘，鲁迅属于后者。弘文学院的进校和离校对大多数学生来讲是留学生涯的上升期，获取的是走向"成功人士"的资格与希望，鲁迅无法回避的却是"弱国蚁民"的身份，各种选择的缺失滋生着"不由己"的感觉。在矿路学堂读书时，鲁迅是唯一用四个银牌换得一个金牌奖励的学生，他对成绩的要求可以通过自我奋斗而取得，然而初到东京的经历让他看到个体价值实现的艰难与无力。对鲁迅这样敏感而生命力强盛的人而言，现实生活越是弱势，精神生活就越是希望强旺，寻求精神所恃的需要也就更为迫切。可以说，正是仙台学医这种没有选择的主体"选择"，成了促使鲁迅思考个人、族群、国家之间的联系以及弱国和强国之间的关系的触媒。

二、精神成长中的信念游移

1903年俄国企图吞并东三省，留日学生于4月底在东京锦辉馆召开全体大会抗议，决定成立"拒俄义勇军"，并发电报及派员回国向清政府请愿，要求政府出兵抗俄："昔波斯王泽耳士以十万之众，图吞希腊，而留尼达士亲率丁壮数百，扼险拒守，突阵死战，全军歼焉。至今德摩比勒之役，荣名震于列国，泰西三尺之童无不知之。夫以区区半岛之希腊，犹有义不辱国之士，可以吾数百万万里之帝国而无之乎！"（《浙江潮》第四期）留学生们这种救国的激情和抗争的勇气深得鲁迅赞赏，于是借公元前480年希腊守军力拒波斯大军入侵故事完成小说《斯巴达之魂》。研究者一直对该作品属于"翻译"还是"创作"的问题进行探讨，其分歧就在于是否存在合版本的"原著"。[1]事实上，《斯巴达之魂》复现出古希腊历史学家希罗多德（Herodotos）《历史》（《希腊波斯战争史》）中故事的基本内容、人物原型以至一些细节，却不忠实于原文的摹写，并非翻译失当。笔者将这种模糊不清的分野理解为：鲁迅留学时间不长，还未来得及掌握充分的思想资源以应对国民担负国难的有效途径和指导思路，因此在借助传达个人思想的载体时，未能协调好自身表达与论述

---

① 钟敬文于1978年曾致信给松枝茂夫探讨《斯巴达之魂》的源流，见赵京华《日本友人致钟敬文书简（8封）》，《鲁迅研究月刊》2011年第7期；蒋荷贞《〈斯巴达之魂〉是鲁迅创作的第一篇小说》，《鲁迅研究月刊》1992年9期；还有许多学者用"编译""兼有翻译和创作成分""制造"等语词来形容鲁迅的第一篇作品。

对象的合适关系。虽然小说反响被称为"唤醒国人沉睡的灵魂，刺激性相当大"①，可如果将《斯巴达之魂》与后来鲁迅的"呐喊"小说相比，就能发现前者的小说意味不足，也缺乏对造成冲突双方切中肯綮的分析和入木三分的揭示。鲁迅自己解释为"历史的程度并没有这样高，所以大概总是从什么地方偷来的，不过后来无论怎么记，也再也记不起它们的老家"②。为了纾解疾风骤雨般的救国情绪，鲁迅在弘文学院时期"急于寻求的大抵是新知识。除学习日文，准备进专门的学校之外，就赴会馆，跑书店，往集会，听讲演"③。这种努力求学还未能取得相应的"历史的程度"，因此，《斯巴达之魂》的孕育与其说鲁迅早期救国意识的实践，莫若说是回应现实困境而走出的精神化缘的第一步。

鲁迅在南京求学，已经接触到了许多新鲜的科学知识，受到科学思维的训练，也看到了科学技术对社会发展的推动作用。身赴日本后，他更是亲自体会到了科技文化的发达对于国力增强的重大作用，"科学救国"信念再次被激发和深化。鲁迅一面补习日文，一面开始译介有关科学方面的论著，他选择翻译的作品有《月界旅行》《地底旅行》《北极探险记》《造人术》等科幻小说。在《〈月界旅行〉辨言》中，鲁迅指出："我国说部，若言情谈故刺时志怪者，架栋汗牛，而独于科学小说，乃如麟角。智识荒隘，此实一端。故苟欲弥今日译界之缺点，导中国人群以进行，必自科学小说始。"④确实，中国文学历来是诗歌散文为正宗，小说之流一直是被视为茶余饭后消遣的玩意，所以不免以言情、谈故、刺时、志怪为能事。在清末中国，不仅创作小说还是"言情、谈故、刺时、志怪者"居多，而且翻译小说也居然多以言情志怪为主。鲁迅当时对林纾翻译的西方小说还是很感兴趣的，但林译作品中也是言情居多。

① 沈瓞民：《回忆鲁迅早年在弘文学院的片断》，转引自薛绥之：《鲁迅生平史料汇编》第二辑，天津人民出版社1982年版，第42页。

② 鲁迅：《集外集·序言》，《鲁迅全集》第7卷，人民文学出版社2005年版，第4页。

③ 鲁迅：《因太炎先生而想起的二三事》，《鲁迅全集》第6卷，人民文学出版社2005年版，第578页。

④ 鲁迅：《〈月界旅行〉辨言》，《鲁迅译文全集》第1卷，福建教育出版社2008年版，第6页。

鲁迅开始翻译小说就以科幻题材为主,这不仅是在晚清小说翻译中开了一种新风,而且也显示出了鲁迅对科学问题的一种深刻的思考。科学技术只是格物知识,是一种器物或工具,而科技文化则不仅包括知识器物与工具,而且包括与科技相关的价值观与思维方式。在鲁迅看来,社会的发展仅有器物与工具性的科技驱动是不够的,还应该有以科学为基础的价值观与思维方式也就是科技文化的涵润人心。所以,鲁迅翻译科幻小说,以科幻小说的趣味来引起读者对科技文化的重视,这说明,"科学"对留日时期的鲁迅而言不仅仅是传统文化的补充,更是认识世界的一种思维方式。这一文学生涯的前期准备,与鲁迅重视科学,但又时时警惕技术崇拜而导致价值迷失的思想息息相关,显示出鲁迅即使在"科学救国"甚嚣尘上的时代,他也不仅仅停留在"唯科学主义",更不被任何一种物化形式所控制的一种特立独行的思想品格。

1904年9月,鲁迅去了仙台学医。在这期间,亡国灭种的外在危机与个人在异国无从建立自我认同的内在危机同时缠绕着鲁迅,仙台之行倘若解决了二者之一,那么鲁迅的精神取向和人生之路也许就会与后来完全不一样。但是,仙台没有解决这一危机。海内外关于鲁迅"弃医从文"的研究已经十分详尽成熟,无须赘言。笔者拟在此具体考察关于仙台的"离开",对鲁迅的信仰生成构成了怎样的冲击或启示。1904年9月到1906年3月,这是鲁迅在仙台学医的时期,也是日俄战争的顶峰时期。明治三十七年到三十八年(1904—1905)其间在仙台举行了前后五次的市民祝捷大会:(明治三十七年五月八日)祝贺九连城(鸭绿江)一战胜利,地点在川内练兵场,有五千人参加;(明治三十七年九月六日)祝贺占领辽阳,地点在樱冈公园,有七千人参加;(明治三十八年一月五日)祝贺攻克旅顺,地点在仙台停车场前广场,有一万五千余人参加;(明治三十八年三月十五日)祝贺攻克奉天,地点在仙台城本丸迹的昭和碑建设预定地,有五千余人参加;(明治三十八年六月四日)祝贺日本海海战大捷,地点在樱冈公园,有一万五千余人参加。[①]前两次祝捷大会发生在鲁迅到

① [日]吉田富夫:《周树人的选择——"幻灯事件"前后》,李冬木译,《鲁迅研究月刊》2006年第2期。

仙台医专之前，后面三次发生在鲁迅抵达仙台之后。可以想象，一个置身军国主义气焰高涨之中的血性中国人，该有怎样的感受。仙台当地的《河北新报》和《东北新闻》等报纸上发表的随军记者所写的战况报道中，有处死给俄国当侦探的中国人的内容。如《河北新报》明治三十八年（1905）7月28日第二版上"风云儿"的题为《四名俄探被斩首》的通信："看热闹的照例是清人，男女老幼五千余人推推搡搡，拥成一片，蒜臭扑鼻，令人喘不过气来。不一会儿，时候到了，四名定为俄探的支那人五花大绑地被我宪兵像牵羊走进屠宰场一般地带了过来，他们看上去都在四十岁上下。宪兵特意带着他们在人群面前转了几圈示众。此时，这四个人都面色铁青，毫无血色"，"据他们自己招供，俄国人让他们去焚烧第某师团（东北）根据地附近的兵站部仓库。因此得到了动手费数百元，待事成之后，他们还将从某人手里得到事先谈好的另一笔钱……兵站部的某参谋拔出如水之刃，只见刀起头落，斩落其首，干净利落。这可恶的四个人，终于和新战场上的露水一同消失了"。①声势浩大的祝捷与这一充满鄙夷的报道联系在一起，能让人体会到鲁迅在"幻灯片"事件之后的复杂心情。日本明治维新后实施"脱亚入欧"的计划，尤其是甲午之战的完胜大大增强其民族自信，继而策动与大国俄罗斯的战争。《朴次茅斯和约》的签订确保了其对朝鲜的保护权，以及在中国东北部的权益，日本由此迅速走上殖民扩张道路。一方面，作为战胜国的国民那种日益膨胀的自尊自大的优越感，演化为医专同学在所谓"试题泄漏事件"中蔑视"我"的行动；另一方面，中国国民鲜有发自灵魂的"耻感"观念，中国的留学生依然成群结队地陶醉于"上野樱花"，不成器的国民甚至沦为"俄探"无谓牺牲。到仙台一个月之后的1904年10月8日，鲁迅在致蒋抑卮的信中说，"以乐观的思之，黄帝之灵或当不馁欤"，流露出对"震旦青年"的思想行为还抱有希望。一年多之后，面对寄居国的蒸蒸日上，又痛感自属国的麻木困顿，鲁迅终于不得不调整原有的人生设计。这时，在战争影响下，仙台医专有5名教师、1名职员和5名学生奔

---

① ［日］敷波重治郎：《在仙台的鲁迅记录》，平凡社1978年版，第32—33页；周令飞主编：《鲁迅影响故事》，人民文学出版社2011年版，第27页。

赴前线，5名学生中有3名是鲁迅的同班同学。战局不断扩大，更多教师和学生都赶去预备医院帮忙，离学校很近的片平町监狱署则收押着俄军俘虏。与战俘和兵士的近距离接触引发了鲁迅对医生职业定位的思考。在两国交战日益恶化的形势下，军医创造的价值未免式微，原先学医救人的计划已经无法为鲁迅提供一种强大的精神力量来缓解和平衡日渐激化的内部分裂。

三、精神自救中的信仰发现

东洋之行虽然是以留学为目的，但鲁迅最终却选择了退学。这是青年鲁迅做出的又一次重大的人生抉择。在藤野先生的惋惜的眼神中，他把学籍挂在学校，以去旧书店买书看书的方式取代了传统的听课式知识接收。如果说童年时代摇头晃脑背诵自己根本不懂的课文和青年时期由给定的教材和按部就班的培养体系来接受知识，在精神建构中都是一种他律方式，那么，自主买书看书的自学方式无疑体现出一种自律自力的意义。所以，从私塾到新学再到自学，鲁迅开始的是一种让自己来充当选择和判断知识合理性的责任人的精神自救过程。在这一过程中，进化论和尼采思想是他精神自救中的重要发现。

鲁迅在南京读书时已经接触过进化论，虽然后来鲁迅回忆过他当时读到赫胥黎的《天演论》时的兴奋神情，但知识的积累和严复的有意误译等等因素，都造成了鲁迅最初接受进化论时的观念偏颇。1903年所写的《中国地质略论》，鲁迅开篇即谈到，"觇国非难。入其境，搜其市，无一幅自制之精密地形图，非文明国。无一幅自制之精密地质图（并地文土性等图），非文明国。不宁惟是；必殆将化为僵石，供后人摩挲叹息，谥曰绝种Extract Species之祥也"。他将地形地质图作为现代知识的表征，而这一文明符号的缺乏则预示着国土面临僵化绝种的困境，"呜呼，现象如是，虽弱水四环，锁户孤立，犹将汰于天行，以日退化，为猿鸟蜃藻，以至非生物"。① "退化"观是鲁迅最初理解进化论的核心。1906年鲁迅从仙台回到东京，正值丘浅次郎《进化论讲

---

① 鲁迅：《中国地质略论》，《鲁迅全集》第8卷，人民文学出版社2005年版，第5—6页。

话》在知识圈内广泛传播。在鲁迅学习的德语专修学校担任生物课的正好是丘浅次郎，这为鲁迅系统了解进化论创造了条件。1907年，鲁迅写成《人之历史》这篇关于种族发生学简史的文章。同《中国地质略论》相比，前者使用了更为科学和严谨的进化理论术语，列出了生物历代进化的谱系图，梳理了进化论思想的历史发展脉络。中岛长文曾对鲁迅《人之历史》的"材源"作了精密考察，指出鲁迅文章的材料百分之九十以上都来自海格尔的《宇宙之谜》、丘浅次郎的《进化论讲话》和石川千代松的《进化新论》这三种书。当时在日本《宇宙之谜》的德文原版书和日文译本都能买到，日文译本（冈上梁、高桥正熊译，有朋堂，1906年3月）还附有译者的《生物学说沿革史》及《海格尔略传》。譬如，"凡此有生，皆自古代联绵继续而来，起于无官，结构至减，继随地球之转变，渐即于高等，如今日也""凡在地球之上，无间有生无生，决无差别，空间凡有，悉归于一""至新能力之大小强弱，则视使用之久暂有差"（兰马克语），"凡个体发生，实为种族发生之反复"（海克尔语）等等，不一而足。进化论作为一种科学思想体系，阐述自然界演变发展的过程以及生存竞争自然淘汰的规律。社会进步的必然趋势理念能够帮助鲁迅恢复长期受挫的国族想象，依靠理论假说上的"进步"论调，鲁迅也能看到自己民族振兴的可能性（并非绝对超越其他民族，因为"进化论"一样作用于其他民族），看到自己民族在世界性的竞争中所面临的严酷命运。所以尽管现实境遇中，中国一直处于列强之林，屡屡遭受侵袭和压迫，鲁迅却说："许多人所怕的，是'中国人'这名目要消灭；我所怕的，是中国人要从'世界人'中挤出。"[1]在进化的途中，他肯定了发展的必然性，同时又意识到发展中的高下之分，激烈角逐。换句话说，进化论不是"必胜观"，而是"发展观"，因而鲁迅一直不相信"黄金世界"的存在，但又从未停止对"希望"的寻求。

进化论解决的是国家民族发展的方向性问题，但个人得以安身立命的信条在哪里？从个人价值认同的角度来看，人格整合中确立自我的合法性才是关键。在这个意义上，鲁迅在日本与尼采主义的精神相遇，甚至比他在南京与进

① 鲁迅：《随感录·三十六》，《鲁迅全集》第1卷，人民文学出版社2005年版，第323页。

鲁迅与20世纪中国国民信仰建构

化论的相遇更为重要。尼采主义第一次流行于日本是在甲午、日俄两次战争之间，"国民意识的昂扬情绪"主导的"英雄主义思想"与"战后迅速产业化"而表现出的"烦闷的病理特征"，这两种情绪倾向成为日本社会接受尼采的心理基础。井上哲次郎宣扬尼采主义为明治时代的日本带来了"积极的哲学"，姊崎嘲风则把介绍尼采的工作从哲学界引向文坛，他认为尼采能够"热情奋进地断决人生问题，几近于一种宗教倡导"，并且"发挥人的尊严的理想"，"主张依靠坚强的意志努力从生存之罚中得到解脱"。[①]虽然当时尼采主义的引进最初是作为日本宗教界的精神援助，目的在于用来反对基督教对佛教的倾轧，在义理体系上未必是正宗的、纯粹的尼采学说，但这个时期日本知识界尼采思潮的高扬显然引起了鲁迅的关注，并为鲁迅提供了强化主体意志的精神资源。事实上，鲁迅将尼采精神植入他已然形成的进化论思想系统时，他在处理历史纠葛、民族身份与个人危机等问题上，才真正具备完整的思考逻辑和有力的话语体系。

此后在很长的一段时间里，至少包括东京时期和五四时期这两个重要的人生阶段，进化论—尼采主义构成了鲁迅人生信仰的核心支柱，一方面它们成为鲁迅认识社会和民众的思想武器，另一方面也成为他自我确认、自我塑造的价值依据。东京时期，鲁迅的主要精力是放在科技发达、弱肉强食的时代里，危机重重的中国文化如何重新崛起的正面思考上。结合对社会革命的期望，鲁迅认为一个社会即使"进化如飞矢"，也会出现"人类之能"的弱化。究其原因，是这个社会少有"崇奉主观"，"张皇意力"的"神思宗徒"，无力"匡纠流俗"。于是，鲁迅提出的解决方案是："以自有之主观世界为至高之标准"，"生存两间，角逐列国是务，其首在立人，人立而后凡事举；若其道术，乃必尊个性而张精神"。此方案涉及两个原则，"尊个性"和"张精神"。

首先，"尊个性"意味着对社会评价标准的重新审视和制定。为什么对

---

① 《尼采思想的输入与佛教》，转引自伊藤虎丸：《鲁迅早期的尼采观与明治文学》，《文学评论》1990年第1期。

这个社会传统的固有的评价标准持否定态度呢？这是因为社会惯有的道德伦理准绳对社会中的精神个体的束缚和麻痹产生舆论导向，而且这种舆论力量引发的危害远远大于王权、夫权、父权等等一切权力对国民的外在奴役。这种危害表现为社会的每个精神主体从骨子里面认可这种标准，进而主动归附。它并非统治者由外而内的统治结果，而是精神自我由内而外的反映。在这种社会评价标准的导向下，当生存需要膨胀到漠视生命本体需要的时候，奴性也就随之产生。"尊个性"的本质就是要求祛除奴性。为此，鲁迅强调"任个人而排众数"，这是他区别于同时代知识分子的显著特征。此处的"个人"还不是典型的政治学概念，它与文化类型中的心理态度有关。第一，从中国历史境况来看，鲁迅意识到中华民族"国有观念"代替"个体权责"，既抹杀了个人独特性的存在，也无法真正建立公共秩序和集体品德，存在逻辑的缺漏；第二，从域外"个人主义"理念的发展来看，"法朗西大革命以来"，"社会民主之倾向，势亦大张"，启蒙主义宣扬"凡个人者，即社会之一分子"，"平等自由，为凡事首"，"使天下人人归于一致，社会之内，荡无高卑"。鲁迅认为这个过程不过是"为理想诚美矣"，因为"个人殊特之性，视之蔑如，既不加之别分，且欲致之灭绝"。事实上，对当时中国的社会变革而言，倡导"君主立宪"也好，倡导"共和"也好，都不能真正解决中国的问题。这并不是"民主"本身出了问题，而是鲁迅预见到没有实质的"德先生"将无力给中国社会带来进化，只会"托言众治"，借"众数"以陵寡，"况人群之内，明哲非多，伧俗横行，浩不可御，风潮剥蚀，全体以沦于凡庸"。因此，鲁迅越过西方"个人"观念进化程序，改造启蒙主义抽象的"个人"，而认可"极端之主我"。①他不是在权利层面上抹杀个人的意义，而是警惕平等意识对主体自由的忽略和戕害。当然，这个"平等"区别于法律、政治意义上的这个词语，倾向于尼采从心理和精神上诠释的"人人都不一样"。

其次，"张精神"隐含着对立面"物质"抑制。这个"物质"起源于南

鲁迅与20世纪中国国民信仰建构

---

① 鲁迅：《文化偏至论》，《鲁迅全集》第1卷，人民文学出版社2005年版，第50、52、54、56、57页。

73

京时期鲁迅体验和目睹的维新思想所主张的"器物之变"，也来源于在日本体会到的产业化进程中的社会矛盾。前者让鲁迅认识到有限的物质文明进步撼动不了历史延长线上的精神陋习，后者给鲁迅展示了发达的物质财富潜藏着精神渐行渐远的危险。鉴于此，鲁迅在现代中国还处于积贫积弱时期，提出"掊物质而张灵明"，其旨归并非偏于一极，而是忧虑于社会"重其外，放其内，取其质，遗其神，林林众生，物欲来蔽，社会憔悴，进步以停，于是一切诈伪罪恶，蔑弗乘之而萌，使性灵之光，愈益就于黯淡"。为了避免文明不断地被"质化"，必须辩证地看待物质进化与精神的创造性作用。这种精神也是"科学"发展（文明发生）中最本质的推动力量和目的所在，"故科学者，必常恬淡，常逊让，有理想，有圣觉"，如果科学失掉人的精神因素，则"精神渐失，则破灭亦随之。盖使举世惟知识之崇，人生必大归于枯寂"。[1]鲁迅的方案，说清楚了中国文化改造的措施指南、薄弱环节、中心理念以及危机预案，其核心就是从主观上培养出积极的精神界战士，既能保证主体意志上的对抗强权，又能在行动上推进国民性改造的革命实践。

横向上看，世界版图内的进化不均产生了强弱对峙，纵向上看，民族个体的进化不均产生了等级分化。然而，导致战争和剥削的不是进化本身，而是进化过程中的人的主体性的异化，所以，进化的本质应该是精神的进化。为了促成精神的进化，鲁迅在诗人那里找到"撄人心"的动力，因为"凡人之心，无不有诗"，"故文章之于人生，其为用决不次于衣食，宫室，宗教，道德"。在但丁、拜伦、雪莱、歌德、济慈、普希金、裴多菲等诗人作品的阅读体验中，鲁迅认识到沟通人与人的交流、传递代与代的情感，增进个体进化能力，都能以文艺为桥梁。"文章之职与用"，"以能涵养吾人之神思"，[2]鲁迅创办《新生》的宗旨也在于此。可是随着袁文薮之去英国，《新生》的稿件、资金都化为乌有，杂志搁浅了。尽管想要抒发的意见在《河南》等杂志上也一一刊载，但他分明感受到了"新生"的理想在群体中被认可的概率之小和

① 鲁迅：《科学史教篇》，《鲁迅全集》第1卷，人民文学出版社2005年版，第30、35页。

② 鲁迅：《摩罗诗力说》，《鲁迅全集》第1卷，人民文学出版社2005年版，第74页。

难度之大。鲁迅对"新生"的需要，蕴含了个体对生命发展的设想以及在具体历史处境中的应对策略，他关于个体性"新生"带动整体性"新生"的计划却在孕育的过程中流产了，这增加了他对"新生"母体的关联性反思。按照历史发生学观点，社会转型依赖于诸多主义、理论和学说的刺激、启示与鼓动，但鲁迅看到，制度的兴废、政治的改良都无法触动系统的结构性调整，反而可能被固有文化的黑洞所吸纳、同化，无论个人还是社会的整体都难以有革新。尼采思想激发了他对"新的个人"的构想，他办杂志以求"新生"，本质则是欲借助纯文艺载体，通过恢复与唤起个人"心性"来实现基本历史语境中的集体自救的诉求。今天回顾1907年鲁迅所写《人之历史》《科学史教篇》《文化偏至论》《摩罗诗力说》等四篇文言文，可以看到在庞大的史诗性写作中，鲁迅不断深入对社会结构、科技发展、文化选择以及个性生长这些根本问题进行的系统思考。这些本应出现在《新生》上的文字，组成了鲁迅个人化的"新文化运动"。《新生》杂志的挫败原因并非如鲁迅后来轻描淡写的被同学"嘲笑"那么简单，否则，《破恶声论》不会以"未完"的形式出现在《河南》上。从后来鲁迅归国的情形来看，他再也不曾以类似"新生"的气度面对一切文学的革命或革命的文学，所以，当鲁迅秉承信仰而经营以文艺来立人、立国的事业时，"新生"的阴影事实上一直潜伏于暗处。

一个人对某一思想、某一观念的接受，用作自我行动的推动力，这还不能称之为信仰。如果对某一思想观念的实践遭致覆灭性摧毁，但还能不改初衷，九死不悔，方为信仰本色。鲁迅在"新生"未生的沮丧情绪中，是安特莱夫的小说抚慰了他。我们体会一下这种特殊的安抚方式：安特莱夫《默》中的人物不相信与周围世界的交流能带来各自满意的结果，于是选择沉默，神甫家庭处处充满至亲的人之间的隔膜；《谩》中男主人公杀死女友却杀不死谎言，死去的女友带走了真实，美好的"她"成了谎骗欺诳的代名词，整个世界充满着痛苦和凶险。鲁迅没有选择轻柔的、温情的、喁喁而谈的作品舒缓自己的失落与惆怅，反而用了更粗粝、更坚硬的异国文字，坐实自己对人性的判断，强化自己对社会与人生的直面。安特莱夫借助19世纪末俄人心里的烦闷与生活的暗淡，彰显社会生活中普遍存在的"人生的缺陷"——"谩"（虚伪）与"默"

（冷漠）。鲁迅由一己之苦感受到世人对他人心灵、生命、痛苦、习惯、意向、愿望的无视，企图通过这样的揭示，引起民众的重视。当时他与周作人一起，寻找出版商，将兄弟二人翻译的那批东欧弱小国家的小说结集出版。书的销路很差，上册印了一千本，下册印了五百本，但上下册加在一起卖出去的还不到一百本，堆积在寄售处库房里的剩余的书后来还遭了火灾化为灰烬。鲁迅本来的愿望是"异域文术新宗，自此始入华土。使有士卓特，不为常俗所囿，必将犁然有当于心。按邦国时期，籀读其心声，以相度神思之所在，则此虽大涛之微沤与，而性解思惟，实寓于此。中国译界，亦由是无迟莫之感矣"①。然而事与愿违，这种矛盾为我们理解鲁迅信仰和时代的关系提供了一份参照：第一，当时国内外声势浩大的反清革命客观上没有留给鲁迅阐释人类终极关怀和个人存在意义的理解空间，鲁迅属意于革命的主体，试图通过非政治的政治参与到民族救亡工作中，但这一想法不可能在毫无思想基础的民众中实现；第二，鲁迅本人在文学心态上面临着紧张与冲突，1908年3月22日至10月31日，鲁迅师从章太炎学习训诂学知识，授课涵盖了《说文解字》《庄子》《楚辞》《尔雅义疏》和《广雅疏证》等"小学"内容，鲁迅多次坦言章太炎对他的语体影响，《域外小说集》中古奥汉语的采用和朴讷风格的营造对应于极其现代的西方视角，势必形成矛盾，既脱节于主流叙述形态，又脱离于普通读者的能力与经验。翻译者却试图弥合这二者的差异，力求糅合两种异质的文化作为启蒙资源，确实是先天不足后天乏力。周作人曾讲起过这次翻译事件，他说"做这事业，一要学问，二要同志，三要工夫，四要资本，五要读者。第五样逆料不得，上四样在我们却几乎全无"，而鲁迅最为看重的恰恰是这"第五样"，潜在的读者是他呼唤的"超人英哲"的雏形，也是他所信仰的"天才"的"土壤"。可以说，鲁迅的信仰从一开始就注定经受冷遇、误解、质疑甚至否定，但也正是这些客观阻力的存在以及鲁迅在与这些客观阻力的绝望的搏斗中，才生成了鲁迅信仰践履的无与伦比。

① 鲁迅：《域外小说集·序言》，《鲁迅全集》第10卷，人民文学出版社2005年版，第168页。

在民族民主革命运动暗潮汹涌的年代，鲁迅置身于各种治世救国的舆论与思潮之中，但并不盲"信"任何一种未加考究的方案，唯一的策略便是身体力行地尝试和践履自己发心探究过的"处方"。日本上升时期的强势文明启发着鲁迅对文化的想象，但同时更警示他对文明之心的甄别；在留学生社群中，他对自我及他人的严苛审视让他独立的同时又被孤立，客观上，他所体会的孤独主要源于个体对他者的拒绝，由此决定了他无法如大多数留学生一样毫无芥蒂地融入日本社会。民族身份的苦恼与个人价值建构的紧张状态在鲁迅精神中形成双重的精神危机，在这种精神危机的缓解机制中，进化论的发展观给予他重新审视民族关系的历史视角，尼采主义则增强了主体的个人自信，赋予他前所未有的价值判断力和现实洞察力，并且成为他的精神支柱。正是在"进化论—尼采主义"思想动力的驱使下，东京鲁迅启动了自己特有的人性化救世之路。首先，他将改造的对象由社会整体转向组成社会的基本单位——个人，个人同时成为批判和拯救的对象；其次，鲁迅确立了以"撄人心"的文艺根治"无特操"病灶的疗救手段，力求以"精神"的"新生"实现个体的新生；第三，出于同等地位和相似命运的角度，鲁迅对弱小民族寄予了丰富的情感和期望，试图通过对他们的理解和借鉴，获得本民族人民的认知更新；最为直接的信仰实践样式是借助于文学"转移性情""改造社会"的功能，进行杂志创办和译介出书活动。尽管接受者的情感隔膜令发动者领受了信仰践履的孤独与艰难，但这种经历作为真理的反复检验过程，增进了鲁迅对此精神的内化蕴含。对日本时期的鲁迅而言，初步形成"进化论—尼采主义"的精神信仰不是偶然的，但也不是完全成熟的。这种信仰的建立还未完全脱离教义性质的接受，也没能形成一种崭新的独特观念，但可以肯定的是，鲁迅没有将其对待为一种僵化的思想，鲁迅没有像同时期的知识分子那样偏信无政府主义、国家主义等社会学说，也没有像某些知识者那样遁入佛释或基督宗教信仰，这种发展的、动态的信仰观的建设无疑起到了重要的作用。当然，鲁迅信仰的成熟要到北京时期了。正如他在自选集自序中回忆的，"见过辛亥革命，见过二次革命，见过袁世凯称帝，张勋复辟，看来看去，就看得怀疑起来，于是失望，颓唐得很了"。在重重考验中，民族意识与个人意识在相互比照中得到强化，自由和解放的内涵在共同促进中获得明晰与坚定，而鲁迅之所以能持之以恒地否定圆满、破坏和谐、甘做牺牲，成为既定秩序的反抗者，便在于他扬弃了那些复杂的教条而将最简捷的"立人"的核心理念保持下来。

第三节　历史之"毒"与早期信仰的自我矛盾

整个青年时期，鲁迅生命的存在形式处于不断选择、不断放弃的状态，这一尝试性的生命状态，其指导思想的本质是对个人信仰的探寻。在异邦日本，鲁迅基本确立起来的"进化论—尼采主义"信仰，一开始就是作为缓解自我主体的精神危机而出现的产物。然而，这一信仰在处理个人与社会的谐调方面，尚未能有效地发挥实践效应，《新生》的落空同《域外小说集》的滞销就是明证。但鲁迅是从家道中落、世事炎凉中走过来的人，对世界与生命的存在方式有其独到的荒谬性体验，他对现实问题的观察、思考与解决之道的探寻更为强调形而上的反思。信仰本来就是主体应对外在境遇情势变化时的不变的内在精神支柱，但当信仰主体对外界刺激做出反应、回击以及错位的应和时，信仰内部自然会呈现出力的较量，一方面是信仰本身异质于信仰者的精神超越之力，另一方面是信仰者建立信仰的心灵结构固有的历史牵引力。所以，鲁迅1909年回到国内之后，信仰内部的力的较量使得其"进化论—尼采主义"的信仰模式必然会随着现实情势的变化而出现历史榫接、冲突以及一系列调整。

一、行为欲望中的历史感显影

把鲁迅的留学当成一个求知者的梦，那么梦的苏醒是一种未完成的遗憾：既是救国策略实施的收效甚微；另外，东京虽不属己，却是中国民族革命的策动中心，而返回祖国，接纳他和他的抱负之地，竟是他当初费尽心力逃出的故乡。"闭居越中，与新颖气久不相接，未二载遽成村人，不足自悲悼耶。"[1]

---

① 鲁迅：《110731　致许寿裳》，《鲁迅全集》第11卷，人民文学出版社2005年版，第348页。

浙江两级师范学堂的"木瓜之役"让他体会到短暂的胜利感，但像夏震武那样守旧的新学监普遍存在，使他正视撼动黑暗之不易。进化论思想从理性上巩固了分析、探究和拯救弱国弱民的理想主义热情，尼采学说从感性上确立了奋起反抗的强烈意志，但那份受轻蔑、受压迫的痛苦依然存在，走投无路的惶惑并未消失。尽管"所入甚微，不足自养"，"凡关于教务者，竟无片楮，即时间表亦复无有"，鲁迅还是接受绍兴府中学堂校长杜海生的聘请，应承下了这份从福利待遇上没有出路、事业兴趣上不符理想的工作，足见得当时鲁迅可供选择的生存空间本来有限，更不用提精神自救的余裕。事实上，他在到绍兴前已经致信许寿裳，"他处有可容足者不？仆不愿居越中也，留以年杪为度"。① 仔细观察鲁迅回国之初时的处境与心情，可见鲁迅并没有在自我信仰之光的照耀下获得一种俯瞰现实的优越感，反而时时困厄于现实，一次比一次更深刻地领受现实胁迫。重回绍兴才三个月，他就直言"中国今日冀以学术干世，难也"②，并且开始属意于切实的斗争。学生罢课抗议杜海生的风潮让他回忆起在杭州时的罢教、辞职，甚至牵动他早年在弘文学院"挤加纳于清风，责三矢于牛人"③的豪情。这一思想波动为绍兴光复后鲁迅认识辛亥革命提供了参照，他之前不太信任社会革命的历史推动力，但结束封建专制的成果证实其革命价值。随后，鲁迅被委任为绍兴初级师范学校校长，在人生三十岁这一年，他显露出投身政治的可能。

距辛亥革命十五年后，鲁迅言及"（光复后的新城）貌虽如此，内骨子是依旧的"（《范爱农》），满是幻灭与失落，然而在1912年，他却有着积极的姿态与行动。学生王文灏等倡议办《越铎日报》，监督王金发成立的军政分府，鲁迅欣然应允作为发起人之一，并代他们拟发刊词："举文宣意，希冀治化。纾自由之言议，尽个人之天权，促共和之进行，尺政治之得失，发社会之

---

① 鲁迅：《100815 致许寿裳》，《鲁迅全集》第11卷，人民文学出版社2005年版，第333页。

② 鲁迅：《101115 致许寿裳》，《鲁迅全集》第11卷，人民文学出版社2005年版，第335页。

③ 鲁迅：《101221 致许寿裳》，《鲁迅全集》第11卷，人民文学出版社2005年版，第337页。

蒙覆，振勇毅之精神。灌输真知，扬表方物，凡有知是，贡其颛愚，力小愿宏，企于改进。不欲守口，任华土更归寂寞，复自负无量罪恶，以续前尘；庶几闻者戒勉，收效毫厘，而吾人公民之责，亦借以尽其什一。"①文字中显示出他惯有的气宇和魄力，将个人言论与思想自由提到首要处，力陈除旧布新的必要性，配合辛亥革命的精义，宣扬共和、推进民主，还写短文《军界痛言》（《越铎日报》1912年1月16日）、《致张琴孙》（《越铎日报》1912年1月19日）等，为绍兴教育建言献策，提出种种具体方案，针砭时弊，痛斥军政府。这些抨击触及了政要利益，引发了王金发一干人不满，甚而要捣毁报馆、追究责任人。鲁迅却认为拿了校款（学校经费自然也包含资助办报的项目），便有责任对资助人负责，资助人既然是王金发为首的政府，那么谏诤执政理所当然，也是义不容辞。这与他后来拿国民政府的资助，却毫不留情地批评政府，思路是一致的。鲁迅对公众空间的舆论支持，目的在于辅助民主政治的优化长久。总体上看，他对刚刚成立的中华民国抱以肯定的态度。但因为报馆那帮执行少年私拿了王金发的贿赂，有"诈取"之嫌疑，各种流言和恶势力客观上强化了他离开绍兴的选择。

进入教育部任职，直接实现了鲁迅"越铎"之愿，而且南京作为临时政府所在地，新时代气象也更甚于绍兴。鲁迅后来提及"民元的事来，那时确是光明得多，当时我也在南京教育部，觉得中国将来很有希望。自然，那时恶劣分子固然也有的，然而他总失败"②，显然，这时候他对中华民国临时政府的支持与信任不言而喻。随教育部迁到北京后，鲁迅先后写了《致国务院国徽拟图说明书》《儗播布美术意见书》等文章，极力地推动民国的文化建设与教育发展。这种积极参与是由现实的职业身份所决定，当然也有鲁迅的主动选择，但更多的是对历史要求的一种顺应。进化论和尼采主义均是异域文明，真正进入鲁迅的心灵结构，化作鲁迅主体精神的基本元素，势必还要有一番改造。鲁迅在回国初期已经感受到明显的精神不适，之所以没有像查拉图斯特拉那样走

① 鲁迅：《〈越铎〉出世辞》，《鲁迅全集》第8卷，人民文学出版社2005年版，第42页。
② 鲁迅：《250311 致许广平》，《鲁迅全集》第11卷，人民文学出版社2005年版，第469—470页。

向极端反叛，还努力与现实政治合作，调整自己与时代的互动节奏，无疑源于自我内在的"历史感"。在日本的时候，鲁迅精神主体中的这种历史感并未凸显。重归本土，尤其当新的思想潮流尚不能盛行的时候，精神主体中的民族意识、历史意识就会引导个体自觉或不自觉地回望过去，或择优乡贤。从鲁迅写给许寿裳的多封信（1910—1911年之间）可以看到，他倾力于"荟集古逸书数种"，"开拓越学""俾其曼衍"，"拟立一社，集资刊越先正著述，次第流布"，虽然他自许为"此非求学，以代醇酒妇人也"，但对古书的钩沉无不体现他企图从民族和乡土的历史中寻找抚慰或典范的愿望，弥补他远离中心无力获求精神支柱的缺失。辛亥革命爆发以至国民政府的建立，令曾经立志要唤醒祖国与民族"新生"的鲁迅终于有了"新生"的感觉。辛亥革命的划时代意义建立在专制制度的终结和民主制度的建立之上，这种社会制度的更新唤醒了鲁迅无意识中的对过去伟大时刻的认同，对民族历史文化的情感皈依。他对新政权的参与，为新事业的奔走，无不孕育在这一"历史感"中，他越是有行动的欲望，潜在的历史感就会越强。

或许可以这样说，并不是历史感生成了信仰，而是因为有了历史感的存在，反衬出鲁迅的信仰得到另一种历史语境的声援。这个历史语境与信仰对象的原初语境截然不同，前者是鲁迅所不能选择的，在潜移默化中规定了鲁迅的情感心理和情绪记忆，而后者是鲁迅欣赏但并不能完全效法的。前者赋予鲁迅关于"古有的"与"今有的"关系思辨，后者指向"本土的"与"域外的"关系确认，当辛亥革命的成功一定程度上震荡了原初的历史语境，两种语境的国界线得到淡化。所以时间关系渐渐向空间关系转变，在进化历程中，民元的这个历史训练和过去的殊荣不自觉地形成共鸣——类似一种鼓舞性的力量。无论鲁迅在此事件中是否强烈感觉到了他对民族、对个人的预期目标实现的希望，起码前一时期的怀疑和脆弱得到了克服——鲁迅在日后对"民元"具备特殊的"纪念性"的情结，这种纪念性便是历史感的衍发。

二、作为"历史的人"的自觉

武昌起义后，"二次革命"之前，鲁迅疑古和疑今的意识似乎都在不断的淡化，社会转型的进步性印证了信仰中的激进成分。这是一个很奇怪的现象。鲁迅的敏感和多疑在南京求学时已经影响到他对社会的判断，东渡日本时，这一心理特征更变成为他人生道路抉择的重要制约因素。为什么在辛亥革命这个本身充满无数悖论和张力的事件的认知上，鲁迅反而一扫秉性中的负面消极情绪，对其报以热烈的响应呢？回答这一问题，需要再次回到鲁迅信仰的内部结构。进化思想在一般的知识分子那里被理解为一种对未来的确信，对"今不如昔"的否定，但鲁迅没有必胜的观念，只是确立了发展方向；尼采对个性的推崇，对主体生命意识的无条件认同，让鲁迅看到了历史中的被忽略的大多数，被无端牺牲的生命。因此，鲁迅提出历史进化的关键，在于"一，要保存生命；二，要延续这生命；三，要发展这生命"①。我们可以理解为，在行进过程中，鲁迅一直在接受各种挑战，却不断碰壁。辛亥革命的诞生，才以一种现实的社会革命方式切合了鲁迅关于生命的发展观。"进化论—尼采主义"作为信仰是一种形而上的精神指引，而资产阶级的革命是在形而下的现实层面进行，其民主共和思想传播的力度和范围引起鲁迅的重视，他不是以思潮流行与否作为自己接受的标准，而是看到了民国肇生所辐射出来的巨大能量。因此，形而上信条的吸纳性势必对辛亥之役的精神成果做出反馈。我们不能因为鲁迅后来对武昌首义的不彻底做了保留性评价，就忽视鲁迅当时对民国缔造的接受与认同，而且，那种对辛亥革命不彻底性的保留态度本身就是主导他信仰构成及演化过程的重要质素。正是因为制度革新在一定程度上促进了精神自救，鲁迅才倾力以赴，而这种革新的后继乏力，才导致鲁迅对其深入思考，有了所谓的S会馆"蛰伏期"。

以竹内好为代表的日本学者，也包括后来的不少中国学者都将绍兴会馆前后近十年时间的鲁迅精神解读为一种源头性资源，认为这段时间的"无为"

---

① 鲁迅：《我们现在怎样做父亲》，《鲁迅全集》第1卷，人民文学出版社2005年版，第135页。

积淀了鲁迅后期作为精神界战士所需的一切"决定性的东西"。不可否认，鲁迅在这一阶段的确有对历史的反思与否定，自我的怀疑与反省，存在的绝望与拒绝，这些集束起来的"寂寞"如毒蛇般缠住他的"灵魂"，形成了自身与过去的分裂，这种决绝产生了新文化运动中他"打倒孔家店"的不妥协立场。但有一个问题应该解释清楚，鲁迅当时的精神生活主要是抄古碑、看佛经、读墓志，按照周作人的说法，埋头于金石拓本仅仅是为了"远祸全身"，躲避袁党大肆的搜捕与治罪。但是，这些精神活动的载体之所以能吸引他，还令他"用功最猛"，除了外部环境的趋避，是否也深得鲁迅自身的认可？要不然，他后来怎么会一生都保持着收藏、校勘古籍的兴趣？在这段孤灯枯坐的时间里，又出现了困居故里投身古书的影子。鲁迅总是在极度不自由，陷入委顿的时候，返身走向过去的历史——他最熟悉的知识文化——而不是投向那些振奋他意志的外国文明（包括30年代他对明季野史的大量阅读）。过去的遗产成为他舒缓信仰危机的武器，这很吊诡，他致力于摧毁和破坏的东西恰恰是收容他、开释他的精神支撑，真真是"解药亦是毒药"。

因为他用非历史的眼光看待那些孕育自己成长的历史，看到了在进化的锁链上，连着未来的同时，也必然连着过去，所以，那些过量的历史没有将鲁迅信仰埋葬，反而使他突破保守的、崇拜的局限，他所有的建设性策略都以拆除性策略为基础，却从来没有回避生存的真实状态："一个从未变成现在时的未完成时。"当鲁迅指陈沿袭性的劣根性时，他不是仅仅把笔锋刺入昨天以及昨天的人，而是清醒地意识到这是一个连续性的过去，只能借着否定自我、解剖自我才能清理历史性的自我。在规避政治动乱的时期，鲁迅的沉潜背后，一边是过去历史泛滥造成的恶果，一边是过去历史对他的心灵抚慰和思想历练。

这样一个因袭重负的"历史的人"，却有着一个新锐的、前卫的信仰，因而鲁迅置身于新文化运动之外的心理障碍并非仅仅因为"铁屋子"里的人是否能"唤醒"，而且也是他对自己是否真正"苏醒"还有迟疑。由此可以看到，他加入新文化阵营后，首先是一系列的"随感录"展开自我拷问和国民审视，所依据的唯一准绳就是生命自身——来自他信仰最核心的元素。第一，他正视了生命和历史关系："孩子"的双重性，既来自先辈，也将成为父辈，"孩子"作为原因和结果同时存在。"小的时候，不把他当人，大了以后，也做不了人"①，孩子除了具备数目和材料的资格以外，更应作为"人"的萌芽对待。第二，他拟定了评价历史的标准："保存我们，的确是第一义。只要问他有无保存我们的力量，不管他是否国粹。"②这一标准推翻了合于历史的裁判有效性，而以当下的、非古的价值理念为核心。而那些以过去的伟绩作为永恒的丰碑，本意便是固守现成的继承利益，只会是造成死者埋葬生者的一成不变。第三，他首肯了历史叛逆者的合法性：顽固派往往将"经验"作为剿灭理想的利器，以"不敬"作为恭维传统陋习的反证，鲁迅以一种延续性的目光来看待这种抗拒与镇压，他认为斗争不仅仅属于过去或现在，而是杀了"现在"，也便杀了"将来"，因而"旧像愈摧破，人类便愈进步"。他引述尼采《札拉图如是说》中《序言》第三节札拉图对众人所讲的话——"真的，人是一个浊流。应该是海了，能容这浊流使他干净。咄，我教你们超人：这便是海，在他这里，能容下你们的大侮蔑"，来证明承担这个反叛行为是绝对的正义。并且，鲁迅"愿中国青年都摆脱冷气，只是向上走，不必听自暴自弃者流的话。能做事的做事，能发声的发声。有一分热，发一分光，就令萤火一般，也可以在黑暗里发一点光，不必等候炬火"，甚至自称"此后如竟没有炬火：我便是唯一的光"。③第四，他揭穿了"历史的人"的积弊：越是被压榨得厉害的，越是安于奴隶地位，而且深谙奴役的规矩。"从'幸免'里又选出牺牲，供给暴君治下的臣民的渴血的欲望"，其结果造成了想做奴隶主就得保留那奴隶制度，即革命难以彻底的"二重思想"。只有"群"的主义，没有"己"的立场，但却事事以个人利益为先，"单有'我'，单想'取彼'，单要由我喝尽了一切空间时间的酒"，其结果造成了理论上以促进历史进步为先，行动上各个向着自己的方向使力，即社会难以推动的"二重思想"。这

鲁迅与20世纪中国研究丛书

84

---

① 鲁迅：《随感录·二十五》，《鲁迅全集》第1卷，人民文学出版社2005年版，第312页。

② 鲁迅：《随感录·三十五》，《鲁迅全集》第1卷，人民文学出版社2005年版，第322页。

③ 鲁迅：《随感录·四十一》，《鲁迅全集》第1卷，人民文学出版社2005年版，第341页。

"二重思想"就是导致在中国没有尼采所宣扬的"个性"存在的原因，也是鲁迅在目睹辛亥事件之后多年来的思考结果。革命若是"排满"且容易，而革到自己身上的时候，便不肯了，"我们改良点自己，保全些别人；想些互助的方法，收了互害的局面罢"①。所有的这些判断，无疑都来自他深入历史，出离历史，再叫战历史的、紧织密结的、活生生的经验体系，只要是影响生活残损和退化的历史，只要是影响人性畸形和堕落的历史，鲁迅都给予了高度的警惕和分辨，由一种无距离到有距离地审判历史，表明鲁迅在个人信仰的观照下，由找寻引导者逐渐走向自己来做引导者的自觉。

当鲁迅用自己所体会到的过量历史来看待整个民族的历史负担时，他就有一种切骨的紧迫和忧愤，加盟新文化运动阵营后，他所表现出的急先锋品格尤为突出。1918年每期《新青年》刊出之后，他都要封寄给当时在江西做教育厅长的许寿裳，还在信中一一介绍自己做文的心理动机和写作背景，甚至感叹"同胞未能解"，"而今之青年皆比我辈更为顽固，真是无法"，那种冀望文字去瓦解旧思想、治愈旧顽疾的如焚之心力透纸背。他听闻刘师培等人要复刊《国粹学报》和《国粹汇编》，就写信给钱玄同，可说是急不择言："中国国粹、虽然等于放屁、而一群坏种、要刊丛编、却也毫不足怪。该坏种等、不过还想吃人、而竟奉卖过人肉的侦心探龙做祭酒、大有自觉之意……然既将刊之、则听其刊之、且看其刊之、看其如何国法、如何国粹、如何放屁、如何做梦、如何探龙、亦一大快事也。国粹丛编万岁！老小昏虫万岁！！"②这些激烈的言辞在鲁迅当时的书信中比比皆是，借否定他人的历史感来祛除个人历史感的愤激力透纸背。然而，同期的文学创作又表现出铁屋子"万难破毁"的颓丧，从狂人的"早愈"与"候补"，到陈士成的溺亡，一言以蔽之，即如《鸭的喜剧》中的"沙漠"感，无生机、无出路，小说中的灰暗、苦闷的情绪又透露出因为历史感积重难返的低落和无望。一方面是新旧冲突中理性上的绝

① 鲁迅：《随感录·六十四　有无相通》，《鲁迅全集》第1卷，人民文学出版社2005年版，第382页。

② 鲁迅：《180705　致钱玄同》，《鲁迅全集》第11卷，人民文学出版社2005年版，第363—364页。

对崇新，另一方面是历史教化中人的进化不得不屈服于世界进程，这实际上是共时性矛盾和历时性冲突的重叠。在这多重矛盾之中，鲁迅认为："若以人类为着眼点，则中国若改良，固足为人类进步之验（以如此国而尚能改良故）；若其灭亡，亦是人类向上之验，缘如此国人竟不能生存，正是人类进步之故也。"[①]在他的心目中，"人"的进步一定程度上胜于"国家"的进步，如果要以国人的牺牲来换取国家的苟活，这个国家终究是要消亡的，这是具备一致性的两个命题，但关键还是"人类"的进化。在这场文学革命中，要紧的是文化的革新以此来缔造"真的人"，这是一个历史的战场又是一个进化的试验场，国家的生存或灭亡都足以验证"人"的进化性。鲁迅非常清醒地参与到这场进化之战中，所以，五四运动的全面开展，从表象上是对新文化运动的正面回应，但他却说："国内不靖，影响及于学界，纷扰已经一年。世之守旧者，以为此事实为乱源；而维新者则又赞扬甚至。全国学生，或被称为祸萌，或被誉为志士；然由仆观之，则于中国实无何种影响，仅是一时之现象而已；谓之志士故过誉，谓之乱萌，亦甚冤也。"[②]鲁迅的主张一是见惯了晚清以来的社会政治动荡，五四掀起的爱国思潮并无新意；二是处在这种斗争的非常时期，胜负均未见得，不能过早地给出历史的评断。可见他已经日益深入地进到历史的内核中。若是不能站于历史的制高点，给予任何评价都会有失真确。历史的制高点，在鲁迅的信仰之中，应该是对历史迷信的彻底丢弃，个人天性的自然保存。

历史塑造了"从前曾经这样"的信仰，这种信仰培养了所谓的道德意识，即"不应该像（现在）这样"，那么"现在"就应该是对盲目接管的反对。可是以什么作为反对的标杆？新思潮——在外国已是普遍之理的思潮，进入中国因为提倡者思想的不彻底，言行的不一致，每每成为新的流弊。这就是过量历史的力量，它的吸附性和解构性大到普通改革者所不能预料和察觉，改

① 鲁迅：《180820 致许寿裳》，《鲁迅全集》第11卷，人民文学出版社2005年版，第366页。

② 鲁迅：《200504 致宋崇义》，《鲁迅全集》第11卷，人民文学出版社2005年版，第382页。

鲁迅与20世纪中国研究丛书

革者正置身其中，成为被同化、被吞噬的末势。作为"末势"之一，鲁迅唯有两个方式来实现对历史的反抗：其一，否认自己的榜样性。歌德希望人们读《少年维特之烦恼》时，有一种"别学我"的警示，鲁迅则时刻提醒青年不要以他为导师，也不要随意信任所谓的导师。他曾对自己的学生说："如果以我为是，我便发生一种悲哀，怕他要陷入我一类的命运；倘若一见之后，觉得我非其族类，不复再来，我便知道他较我更有希望，十分放心了。"[1]他以极端的方式，促成青年实现思想的自由，戒除将自己所憎恶的"毒气和鬼气"传染给他人，这样一种"反历史"行为，可以说是诛心之论，反映出他害怕历史的统摄性，骨子里那种回避成为历史荫蘖的无能。其二，"造成一座小小的新坟"[2]，这个观念与尼采不谋而合，"不要把他们这一代拉向坟墓，而应该造起一个新坟——这就是一直驱使他们前进的动力"[3]，如果过去意味着新人的死牢，意味着进化的阻遏，那么应该毫不犹豫地割舍过去，然而，历史却紧紧地将过去记入现时代，那么造坟就标志着对当下历史的埋葬和中止，是一种帮助青年挣脱历史锁链的努力。鲁迅不惜与过去同归于尽的气魄，昭示他对历史毒害的悲愤与至死反击。

三、"历史性"自我与"历史之毒"的对抗

这种不留后路的战斗方式与斗争精神，让鲁迅在新文化运动同人分化之后，尽管"两间余一卒"，一个人还在坚持"荷戟"独战。对鲁迅而言，联合阵营的覆散比无人应和还令人气馁，它证明了觉醒着的比昏睡着的更容易受到历史暮气的侵袭，坐实了抵抗过量历史的艰难和持久。日本时期经受的沮丧感在1923年再次出现，只是相较第一次绝望，他在更短的时间内战胜了自己，重新投入精神改造工作，也比以往任何时候更激烈地展开"思想启蒙"运动。为

---

[1] 鲁迅：《240924 致李秉中》，《鲁迅全集》第11卷，人民文学出版社2005年版，第452页。

[2] 鲁迅：《题记》，《鲁迅全集》第1卷，人民文学出版社2005年版，第4页。

[3] ［德］尼采：《历史的用途与滥用》，陈涛、周辉荣译，上海人民出版社2005年版，第72页。

了扶持更年轻一代作家的成长，鲁迅聚集起身边的一帮青年，促成了《莽原》周刊的创刊。他自己在《〈中国新文学大系〉小说二集序》中曾言这是一个"聊以快意"的团体，他的想法是借这个刊物将《新青年》未尽的话说下去，自己还在第一期上发表了《春末闲谈》做示范，希图带动文明批评和社会批评。当然，《莽原》上的杂文创作还是没能实现他的预期，但即使不能再次回到"听将令"而猛烈呐喊的文学革命时期，他也丝毫未改当年对国民病根的发现和攻击。1925年1月8日，他写了《咬文嚼字》的第一节，讽刺翻译界用轻靓艳丽的字样译外国女性的姓氏，以《百家姓》来译介男性作家的现象，引起廖仲潜和潜源的反驳。二人认为像鲁迅那样的"咬嚼"是"无聊""滥调""乏味"，因为用常见的、惯有的接受方式翻译人名有助于区别外国人性别，且是简便、通行之理，而况当时翻译界的问题即使"堕落"，这个方面并不能成为糟糕的把柄，不应费如此大的气力来小题大做。鲁迅针对这些辩解和非难先后写下《咬嚼之余》和《咬嚼未始"乏味"》，文中说，自己提出这个翻译流弊基于"严分男女的国度"，必然有惯性的"传统思想之束缚"，因为"于无须区别的也多加区别者"，即如"缠足穿耳"。①在这场论辩中，廖仲潜和潜源二人从学术理路上看来是有优势的，虽然鲁迅所发议论并不是如他们所说的那样"吹毛求疵"，但是对其批评对象的心理背景和文化渊源，的确有过度阐释的痕迹。可即使有编辑孙伏园公允之断的推波助澜，二人在同鲁迅的交锋中还是节节败退，其根本原因乃是他们不能洗尽自己身上"男女不平等"思想的嫌疑。鲁迅从译名动机中窥见了古人细细把玩鉴赏生理残疾的畸形心态。译书的宗旨在引进域外先进文明来"摆脱传统思想的束缚"，如果进步书籍不除掉这一根性，"新"中夹杂"旧"，反而助长传统的腐朽癖好，则会冲淡革新的效力。他曾屡次撰文痛斥传统的恶俗，"天球河图，金人玉佛，祖传丸散，秘制膏丹"，都是要被他统统踏倒在地的沉滓，这一次对翻译界的力戒，便陈明了他祛除过量历史的思想。然而，廖、潜二人未看清鲁迅"咬嚼"旨意，就"文

---

① 鲁迅：《咬嚼未始"乏味"》，《鲁迅全集》第7卷，人民文学出版社2005年版，第72页。

鲁迅与20世纪中国研究丛书

字"表面意义大谈一番，确实中了"咬文嚼字"的圈套。事实上在短文第二部分，鲁迅就自己第一个观点还有进一步阐释：一、化学名的生造，古怪字既生僻还易混淆，"倘若就用原文，省下造字的功夫来，一定于本职的化学上更其大有成绩"；二、胡同名的谐音，往往"字面虽然改了，涵义还依旧"，"丞相胡同"的"底细"就是"绳匠胡同"，国人总是试图以光鲜的、儒雅的、高贵的假想掩盖腐败的、陋俗的、卑微的内底，他问是否将"奴隶"改为"弩理"或"努礼"，"大家可以永远放心打盹儿"？①联系起来看，对文字的锱铢必较是对文字承载历史的肃清，鲁迅后来在"大众语运动"的时候倡议文字拉丁化，今天看来有许多缺漏，但他的本意也与此一致，便是字字要用新，最好是不沾染半点历史的污泥。这一逻辑在他对人的评价上也一以贯之，有人批评刘半农"浅"，鲁迅就认为"他的浅，却如一条清溪，澄澈见底，纵有多少沉渣和腐草，也不掩其大体的清。倘使装的是烂泥，一时就看不出它的深浅来了；如果是烂泥的深渊呢，那就更不如浅一点的好"②。化学名和胡同名都只是鲁迅的药引，他真正所倡议的是平实朴素科学精神与名实一致的学术风气。对潜源的复信中有一句话："我觉得我若专讲宇宙人生的大话，专刺旧社会给新青年看，希图在若干人们中保存那由误解而来的'信仰'，倒是'欺读者'，而于我是苦痛的。"③鲁迅不愿意用自己"呐喊"的个人表现获得民众的"信仰"，他认为那并不利于民众对旧社会的警醒，而自己"呐喊"以后的更实实在在的修补工作却是有助于革除历史的毒害。

　　沿着这个思路，鲁迅在不久的"青年必读书"事件中走得更远。为扩大新创刊的《京报副刊》在青年人中的影响，在第二十六号（1月4日）上孙伏园发起"一九二五新年本刊之二大征求"："青年必读书十部"与"青年爱读书十部"。"由本刊备券投寄海内外名流学者，询问他们究竟今日的青年有那十部书是非读不可的"，按编辑规定"二月五日截止，二月十日起逐日在本刊上宣布征求结果"，可到1月29日"'青年必读书'仅收到胡适之梁任公

① 鲁迅：《咬文嚼字》，《鲁迅全集》第3卷，人民文学出版社2005年版，第10页。
② 鲁迅：《忆刘半农君》，《鲁迅全集》第6卷，人民文学出版社2005年版，第74页。
③ 鲁迅：《咬嚼之余》，《鲁迅全集》第7卷，人民文学出版社2005年版，第62页。

周作人诸先生等数票",孙伏园又在《启事》中发出呼吁,请各位学者"多多赐稿"。可见,一开始鲁迅并没有参与这个活动,而最终填写"青年必读书"的投票,所填时间正是他写《咬文嚼字》第二节的2月10日,这可以看出两件事的关系。鲁迅没有像其他填票学者一样给出书目,反是在附注中强调了他的观点:"要少——或者竟不——看中国书,多看外国书";"现在的青年要紧的是'行',不是'言'"。这次受到的攻击就大大多过"咬文嚼字"的非议,《京报副刊》刊登了熊以谦《奇哉所谓鲁迅先生的话》、柯柏森《偏见的经验》、Z.M《鲁迅先生的笑话》等异议文章,从学理层面、情绪层面、现实层面公开嘲弄鲁迅的提案。熊以谦用"日本要灭朝鲜,首先就要朝鲜人读日文。英国要灭印度,首先就要印度人读英文。好了,现在外国人都要灭中国,外国人方挟其文字作他们灭中国的利器,唯恐一时生不出急效",质问鲁迅"不过几年,所有青年……不做弱国的百姓,做强国的百姓?!";柯柏森则公开说"卖国贼们,都是留学外国的博士硕士。大概鲁迅先生看了活人的颓唐和厌世的外国书,就与人生接触,想做点……事吗?",在第二轮辩驳时,更直斥鲁迅是"醉心外国文明打洋人马屁的学者";Z.M借鲁迅曾说过"正在和命运恶战的人,顾不到这些,真有实力的胜利者也多不做声"来讽刺他不惜崇洋、只要能"活人"的嘴脸。社会形成了关于鲁迅信奉外国书、外国文化和外国一切的舆论。胡适的调查问卷是1923年给清华学生《一个最低限度的国学书目》的延续,他发起"整理国故"以来,虽然反对声音不绝于耳,像梁启超和吴稚晖都给予了严正批评,但是在一些遗老和不明就里的青年中也获得认同。鲁迅的问卷也可以理解为是对胡适一流的极端反对,而这一关切青年之举却落入误导青年的口实,所以,鲁迅在回应中把攻击者归为类似于胡适的"守旧派"。在《报〈奇哉所谓……〉》里鲁迅再次强调:"满洲人是'读汉文'的,但革命以前,是我们的征服者,以后,即五族共和,和我们共同存在,何尝变了汉人。但正因为'读汉文',传染上了'僵尸的乐观',所以不能如蒙古人那样,来蹂躏一通之后就跑回去,只好和汉人一同恭候别族的进来,使他同化了。"自始至终,鲁迅都围绕着"中国书"的百蔽无一利来苦劝青年们。在《这是这么一个意思》里,还不惜用自己早年纵酒的隐私来做自我剖白,坦言"我知道酒精已经伤害了肠胃，现在有时戒除，有时也还喝，正如还要翻翻中国书一样"，他希望青年们能理解这种隐痛。可是更多的收获是无人理解，连一部分对鲁迅是极为信任的后辈，也只能不得要领地替鲁迅做些申辩，如王铸认为："鲁迅是感受力极强的人，我们住在这样的游惰生活里，惯了，久之神经麻醉着，也就不起什么反应。他是不然，只要外界有了为他感伤的影子，他就都能感到，而且感到的结果，就不免呐喊起来。他为了未来，所以不满足于现在；又因为现在，所以尤其追求着未来，愈是执着的追求，他对现实的失望，也就愈甚，而他的热望，也就愈强。"[1]鲁迅不是因为来自外界的触动而要做不妥协的对峙，而是内在的个性觉醒要求他反对那些束缚着自然性生命力的桎梏。他此前和此后与文坛大大小小的纠葛都是感受到过量历史对人们的麻痹、束缚、毒害而作出的反抗，但这种尼采式的到"大地的深处"调查和发掘"人间"古老坚信之根对人类的迫害，做好随时斩断"根"[2]的斗士行为却是难以取得信任。鲁迅早已知道这份答卷的无人应和结局，因为有他类似想法的人也是极少数，正如他在《聊答"……"》中说，"乃是但以寄几个曾见和未见的或一种改革者，愿他们知道自己并不孤独而已"，同路人的匮乏让他再次饱尝"思想革命"的艰辛。只有个别的青年，尽管对鲁迅行事立场和抱定宗旨读解不够准确，但却从英勇无畏的战士姿态所塑造的信仰践行者那里获得一种新的生长力，"绝无窗户而万难破坏的铁屋子里边的熟睡的人们，已经都从昏睡入死灭了，所余者只有未毁灭的死肉。鲁迅先生的碰壁恐怕也只有碰壁下去，因为碰壁便是今日有灵魂的人们必要的工作"[3]。对碰壁的赞同，对灵魂的认可，代表着知识群体对鲁迅信仰的接受和推行，但也说明了他们与鲁迅不可化约的隔膜。

这个隔阂是什么？鲁迅在征求问卷"附注"上写着"略说自己的经验，以供若干读者的参考"，他所谓的"自己的经验"被奚落为"留洋的""欧化的""美化的"人生，从表面上看，是双方立论出现了误差，鲁迅本意在解剖

---

① 王铸：《鲁迅先生被人误解的原因》，《京报副刊》1925年第5期，第54页。

② ［德］尼采：《朝霞》，田立年译，华东师范大学出版社2007年版，第30页。

③ 尚钺：《鲁迅先生》，《京报副刊》1925年第11期，第200页。

自己所中的"毒"，批判者却故意突出他的媚外倾向；深层地看，青年们在20年代中期更多地感受到"社会革命"的急切，他们逐渐地从"反封建"转移到"反帝"的重心上，现实生活传达给他们更多的是民族危亡的痛苦，而不是刻骨铭心的礼教戕害，所以打倒军阀、推翻帝国主义的紧迫使命让他们无暇顾及"国粹"是好还是坏，他们反感的是"外国"；"中国书"承担的既非胡适式的"学术价值"，也非鲁迅式的"思想价值"，而是"爱国价值"，鲁迅却提出"多看外国书"，这就形成了彼此错位、不可调和的冲突。

"要少——或者竟不——看中国书"，这样的认识来自鲁迅信仰的实践，符合信仰对精神进化的要求，所以鲁迅还提出"青年最要紧的是'行'，不是'言'"。联系上下文语境来看，这个"行"当然不是指"社会革命"的行动，而是指改造国民性的行动，即改造思想的行动比继承僵死的文字更重要。但对当时革命情绪高涨的知识分子读者群而言，这句话却成为"冤枉话""浅薄话"，这表明鲁迅的信仰已经与整个社会的行进出现了裂痕。鲁迅的信仰是从对社会旧势力的极度失望中生长起来的，是在体验过量历史的负重后逐渐成熟和坚定的。民族的旧疾未愈、新病而至，与其说鲁迅尚未计划具体的社会行动，不如说他对民族精神疗救的信念已深入骨髓，难以动摇。可这一时期的青年已经不再像民国初期的青年那样对新文明有着热烈的憧憬与急切的呼唤，他们的冷淡让鲁迅联想起"五代，南宋，明末的事情的，和现今的状况一比较，就当惊心动魄于何其相似之甚，仿佛时间的流驶，独与我们中国无关。现在的中华民国也还是五代，是宋末，是明季"。"以明末例现在，则中国的情形还可以更腐败，更破烂，更凶酷，更残虐，现在还不算达到极点。"[1]这样的推测使鲁迅潜意识里更加抵制过量的历史以及这些被历史腌制出来的后代，在这个被过量历史壅塞的世界里，鲁迅很难如一部分新文化知识分子那样轻而易举地由"思想革命"走向"社会革命"。他读报纸、翻杂志、听新闻，"'反改革'的空气浓厚透顶了，满车的'祖传'，'老例'，'国粹'等等，都想来堆在道路上，将所有的人家完全活埋下去"，从"戊戌变法"过去"二十七年

① 鲁迅：《忽然想到》，《鲁迅全集》第3卷，人民文学出版社2005年版，第17页。

了，还是这样，岂不可怕"。①唯一能够作为对抗武器的就是他所崇信的"思想革命"，但他内心深处有一种不安和失落，这种矛盾在他给许广平的信里有所透露："我对于攻打这些病根的工作，倘有可为，现在还不想放手，但即使有效，也恐很迟，我自己看不见了。由我想来，——这只是如此感到，说不出理由，——目下的压制和黑暗还要增加。"②可是，青年对这种社会的不平和反抗逐渐倾斜到实际行动中，鲁迅对20年代末期的影响出现回落，他自己也感到力不从心。在自己的文稿结集成书刊印时，鲁迅总会写上一段话，以前记、题记、题辞、序言、自序、小引等命名，唯独有一本小册子，他没有附上自己的话，而引述了古人的语言："朝发轫于苍梧兮，夕余至乎县圃；欲少留此灵琐兮，日忽忽其将暮。吾令羲和弭节兮，望崦嵫而勿迫；路漫漫其修远兮，吾将上下而求索。"以屈原《离骚》语句来为自己小说集《彷徨》作序，并非鲁迅词穷，是什么原因导致他放弃自己擅长的文字，而挪借他人？写于1924到1925年间的十一篇小说，是鲁迅自己信仰遭遇顿挫的写照。到1926年出版的时候，他经历了"女师大学潮"，被教育部免职，正面临着被排挤出京、远赴厦门的命途。这是现象上的雷同，更是精神上的相似。当然鲁迅以屈原名句作为题辞，并非以屈原自比，而是觉得所有的表白和辩解都无助于他信仰的价值呈现，但他又不能不对自己的信仰有所附丽，只能借重这个用肉身陨灭兑现自我信仰的诗人所言做自己的支撑与理解。

时代越来越朝向武装者的革命趋近，"女师大风潮"还未平息，和章士钊、陈西滢的笔仗还未结束，就发生了"三·一八"惨案，鲁迅把这一天称为"民国以来最黑暗的一天"，他接二连三地写文章斥骂段祺瑞执政府，同时，深感对女学生的惨遭屠戮却全无救助之力。尤其是在革命策源地广州的"四·一五"大搜捕，他自言被吓得"目瞪口呆"，国民党大规模地捕杀前一天还是同盟者的共产党员，抓去若干无辜的人，从北到南，整个中国就是制造惨剧的工厂。而且，一方面是不饶人的质问："你处在今日的中国，更拿着一

---

① 鲁迅：《通讯》，《鲁迅全集》第3卷，人民文学出版社2005年版，第22页。
② 鲁迅：《250408　致许广平》，《鲁迅全集》第11卷，人民文学出版社2005年版，第475页。

种什么革命的东西在领导着一般青年？"①另一方面是那屠杀者中间，竟也有许多青年人，投书告密，助官捕人，他说："我至今为止，时时有一种乐观，以为压迫、杀戮青年的，大概是老人。……现在我知道不然了，杀戮青年的，似乎倒大概是青年，而且对于别个的不能再造的生命和青春，更无顾惜。"②鲁迅并没有对青年彻底否决，他还是清楚"实弹打出来的却是青年的血。血不但不掩于墨写的谎语，不醉于墨写的挽歌；威力也压它不住，因为它已经骗不过，打不死了"③，但是如何在这个"豺狼横行""飞沙扑面"的时代建立他与青年之间的相互信任，却是一个日益突出的问题，而且症结就集中在他的信仰之上。

他一直坚信，对历史秘密的发现——即过量之毒——能够有目的、有方向地改造社会，从社会思想最基本的组成单位——国民精神着手，帮助他们意识到那些压迫的存在，引发他们反抗的力量，但他却看到民众将自身奴役的负重宁可转嫁给同胞或手足，也不愿意为自身的奴隶身份做丝毫的反省与改革。他越来越"恐惧"历史的阴影，而且历史似乎也深入他骨髓，让他在"咬文嚼字"和"青年必读书"事件中发生过度阐释的嫌疑。更恐惧的是知识分子在拯救民族精神上的优势却面临着"枪"与"火"的挑战，局势一天天的变化，文学"转移性情，改良社会"的功用逐渐让位给政治救国学。他在流亡途中不断反思自己关于"中间物"的认识，在新时代面前，知识分子究竟是被旧势力吞灭，还是被新型政党所取代？或者出现另一种价值？鲁迅的个人矛盾真实地再现了一个民族在转型期的冲突，既无力斩断旧有文化的牵制，又无力抵御新兴文化的冲击。

① 和雅典：《请教鲁迅先生》，薛绥之主编：《鲁迅生平史料汇编》第四辑，天津人民出版社1983年版，第443页。

② 鲁迅：《答有恒先生》，《鲁迅全集》第3卷，人民文学出版社2005年版，第473页。

③ 鲁迅：《无花的蔷薇（之二）》，《鲁迅全集》第3卷，人民文学出版社2005年版，第280页。

第三章　尼采影响：鲁迅信仰建构的特征与深度

五四新文化运动虽然揭起的是民主与科学两面大旗，但这两面大旗不过是新文化运动为那个时代大量向西方引进文化思想提供的保护伞或通行证，其实当时为新文化运动所引进的西方文化思想在其宽泛程度上可以说是斑驳陆离，其中甚至有一些风行的思想还是贬抑科学、质疑民主的理论，尼采在五四时代的大受欢迎就是一个极好的例子。这种现象当然造成了五四新文化运动与西方文化思想关系的错综复杂性，使我们对五四前后一段时期内进入中国的西方思想，无论是对其本身的理论性质、对其进入中国的特殊通道，还是对引进者的诠释方式和取舍策略，都不能笼而统之地来看待，而是应该抱着一种审慎的思辨态度和细致的归类方式来进行分析研究。

第一节　五四思想界的尼采影响

尼采在中国的影响是一个极其复杂的现象，决不能一味肯定，也不能全盘抹杀，有些影响本身既扮演着天使的角色，同时又透露出魔鬼的力量。之所以会是这样，当然与尼采思想的巨大阐释空间、尼采哲学的反体系特征以及尼采思想表述的诗性倾向有关，但其中一个重要的原因无疑是国内译介者对于尼采的理解、对于译介尼采的文化意图各不相同。张钊贻曾把尼采影响大致区分为"温和的"与"强横的"两派，认为："尼采影响中温和与强横两派的区别，除了方法和立场的不同外，也由于他们所关心和着重的问题不同。温和

鲁迅与20世纪中国国民信仰建构

95

派着重道德价值和文化等问题，而强横派崇尚暴力，倾向强权和强人统治，鼓吹种族主义和法西斯主义，则显然更直接介入政治和社会问题。"①张钊贻的分析是针对20世纪国际文化思想界的尼采影响而言，但这观点显然也十分适合五四新文化运动期间的中国的情况。1915年《青年杂志》创刊伊始，就开始大力宣传尼采的思想，而所谓"温和派"与"强横派"的区分也从这个时候已现端倪。"温和派"者如陈独秀等，注重道德文化问题，引用的尼采资源主要是"主人道德"和"奴隶道德"等论述，如陈独秀在《一九一六年》一文中说："一九一六年之青年，其思想动作果何所适从乎？第一，自居征服to conquer地位，勿居被征服be conqued地位。……第二尊重个人独立自主之人格，勿为他人之附属品。……三纲之说为之也，缘此而生金科玉律之道德名词：曰忠，曰孝，曰节，皆非推己及人之主人道德，而为以己属人之奴隶道德也。人间百行皆以自我为中心，此而丧失，他何足言。奴隶道德者，即丧失此中心，一切操行悉非义由己起，附属他人以为功过者也。"所以，陈独秀号召中国青年"自负为一九一六年之男女青年其各奋斗以脱离此附属品之地位，以恢复独立自主之人格"。②这里的奴隶道德直指中国儒家文化的忠孝节等纲常观念，可见陈独秀引用尼采关于两种道德的论述乃是为了民族文化人格的建设。而"强横派"者如刘叔雅等，注重的是国家种族的强弱与生存问题，引用的尼采资源则是强力意志、优胜劣败等观念。如刘叔雅《欧洲战争与青年之觉悟》一文，在分析了欧洲战争的原因与局势之后，就大力鼓吹尼采的强权意志和做征服者的思想："愿吾青年人人以并吞四海为志，席卷八荒为心。改造诸华为世界最好战之民族，国家光荣，庶可永保弗坠。吾青年亦得常享战胜者所独有之和平幸福，否则请于蒿里中求之耳。""大哲尼采有言：'人类纵不德，何至犯一弱字'。弱者，实万种罪恶之首，弱国不惟无可怜悯，且堪痛恨，使进化之说不诬。大好世界，皆将为强者所独有，弱者不当有容身之所。盖弱者栖息于大地，食人之粟，而不能治人之事，不悉歼灭，是为人类进化之大障碍。"③弱

---

① ［澳］张钊贻：《鲁迅：中国"温和"的尼采》，北京大学出版社2011年版，第55页。

① ［澳］张钊贻：《鲁迅：中国"温和"的尼采》，北京大学出版社2011年版，第55页。

② 《青年杂志》1916年第1卷第5号。

③ 《新青年》1916年第2卷第2号。

者为万恶之首，该当歼灭，这种说法将尼采的强力意志做了有意的夸大与延伸，已经与法西斯主义没有什么区别。此后，尼采对现代中国的影响主要是沿着这两种思路发展，"温和派"倾向在五四时期的启蒙文学中发展到极致，而"强横派"倾向则在40年代的"战国策"派那里得到了新的呼应。

在五四时期的启蒙文学家中，不管是否真正阅读过尼采，是否真正喜欢过尼采，说几句尼采的名言，阐述某种尼采的思想，几乎是整整一代人的时尚。[①]不过，透过这种时尚再往深层分析，就可以看到即使大家都在接受尼采的影响，但接受的目的和利用的价值取向是存在区别的。我们认为，从目的论与价值论的意义上看，五四时期启蒙文学家对尼采的接受大致可以分为三种类型。一种是艺术型，即将尼采作为一种新兴艺术思潮的核心人物，从他那里吸取艺术的养料和创作的灵感。《小说月报》12卷8号发表了海镜翻译的日本山岸光宣的题为《近代德国文学的主潮》一文。文章介绍了近代德国文学中象征主义运动的兴起："这种艺术家是自己本位的艺术家，他们的作品只满足了自己便了，同情于人生悲惨的自然主义的时代过去了，现在都来要求满足自己的鉴赏了，都来要由一切时代一切国家的艺术求刺戟，以美化人生。""新时代艺术家的神经是这样病的发达，由他们的眼里看来，凡不是艺术家的人都是俗人，凡是人类者，若不是艺术家，就是俗人，这两者之间没有第三者的存在。从前自然主义所排斥的美、庄严、夸张等等，现在又复活起来，艺术的世界又充满了幽眇的香，弥漫了神秘的光，而且那个美，与其说是线的美，无宁是色彩的美，乃是要求谐和的美。""尼采就是这种艺术的先驱者，把从前为功利主义物质主义的时代思潮所破坏的形式美的要求再恢复起来，作了新艺术的源泉的就是尼采言语，也因他又成了象征的神圣的微妙的，非用指头仔细处理就容易破坏了的。"这篇文章对尼采的评价未必准确，但他将尼采视为近代象

① 如王统照这样以爱与美为主题的作家，在《新俄国游记》一文中也说："德国尼采有几句话道'我爱那自己的德的人，因为德就是希望没落的心，就是射出的箭'。'可是我就此告别。时候到了。黎明和黎明的中坚，我把真理发现了。'我取来写在这里，作这篇文字的结束吧。"见《王统照文集》第6卷，山东人民出版社1984年版，第391页。典型的儒家传统文人叶绍钧在他的长篇小说《倪焕之》中也有这样的描写："一切价值的重新估定，渐渐成为流行的观念。"

征主义艺术的先驱，视为生活艺术化的倡导者，无疑与"五四"时代一批新文学作家们的看法是一致的。关于生活的艺术化，郭沫若等创造社作家大都曾在"五四"时期讨论过这一话题。郭沫若在《生活的艺术化》一文中，认为王尔德的"生活艺术化"偏于外部生活，而郭沫若自己所赞赏的生活艺术化乃是一种内在的艺术化，也就是"要用艺术的精神来美化我们的内在生活，就是说把艺术的精神来做我们的精神生活，我们要养成一个美的灵魂"[①]。在另一篇文章中，郭沫若也谈到艺术的内在化的重要性，他认为"艺术是从内部的自然的发生，他的受精是内部与外部的结合，是灵魂与自然的结合"。自然是已经存在着的，但这种结合是否能够构成伟大的杰作，主要是看艺术家主体的力量。所以，"尼采为什么说内养不充的人不能待，也不能忘，笛卡尔为什么要赞美怠惰？你们就可以加一番绰有余裕的思索了"。郭沫若还将尼采本人作为一个例子来说明"生活艺术化"的重要意义："《查拉图司屈拉》一书正是心血和雅言的著作。尼采的性格是有一种天才崇拜癖的人，爱以一己的理想输入于个体之中，以满足其崇拜的欲望。但一旦失望于已故的叔本华，再失望于其师瓦格纳（Wagner），最后于暂时所认定为后继者之卢女士（Lou Andreas Salome）亦不得不感受失望。系念之情愈殷，则失望之恨愈烈。一生渴求知己，而知己渺不可得。于孤独的悲哀与疾病的困厄中乃凝集其心血于雅言，求知己于离去人类与时代的六千英尺以外。"[②]在郭沫若看来，尼采一生多病，所以他极力推崇生命的强力意志，尼采一生寻求知己而不得，所以他写作了一部留给未来的人阅读的奇书。这就是生活的艺术化的结果，也是生活艺术化的典范。作为创造社的批评家，成仿吾也表示："一个真的艺术家当是一种真的心情的伟力之所有者，而且他如要成为伟大，他也必定要养成伟大的心情。""所以真的艺术家，我们可以简单地说，他是有伟大的心情而能以人生为艺术的人，他是超人，他是人而神。"[③]田汉也曾提出过用艺术来"美化人生"的主张，认为

---

① 郭沫若：《生活的艺术化》，《时事新报·艺术》1925年5月12日。

② 郭沫若：《雅言与自力——告读〈查拉图司屈拉〉的友人》，《创造周报》1923年第30期。

③ 成仿吾：《真的艺术家》，《创造周报》1923年第27期。

艺术有责任"引人入于一种艺术的境界，使生活艺术化"。他特别赞赏德国剧作家霍夫曼的《沉钟》，认为《沉钟》"本是描写一种艺术生活与现实生活之冲突的悲剧，然而我看到末场，……并不觉得有什么悲苦，却和亨利希一样，我们的灵魂化入令人神往的境地去了"，"同时一种神秘的活力也从那时起在我的内部生命的川内流动着"。①霍夫曼是尼采的信徒，《沉钟》一剧就是诠释尼采生命哲学的一个典型作品②，由此也不难看到田汉的"美化人生"主张同尼采思想的关系。尤其值得注意的是，20世纪初日本在引进尼采思想的时候，日本学术界曾经围绕尼采的"美的生活"观念这一主题展开过一次热烈而影响持久的论战。无独有偶，五四时期提倡"生活艺术化"主张的启蒙文学家也大都具有留日学生的身份③，可见这种思路与20世纪初在日本展开的"美的生活"论战有着一定的精神联系。

第二种类型是思想型，即为了自己的思考论说随兴即意地引用尼采的观点。如胡适是一个杜威实验主义的信徒，但是为了为自己的反传统文化和到国故中捉鬼打鬼的行为壮大声威，他经常提到尼采重估一切价值的思想，他认为"他的超人哲学虽然带着一点'过屠门而大嚼'的酸味，但他对于传统的道德宗教，下了很无忌惮的批评，重新估定一切价值，确有很大的破坏功劳"④。徐志摩是一个浪漫主义者，也是一个讲究性灵的"绅士派"诗人，但他声称自己"是一个生命的信徒"，而且在表述自己对生命的崇拜时往往情不自禁地就会表达自己对于尼采的爱好。有一次他曾这样谈到尼采对自己的鼓舞："我决不容忍性灵的颓唐，那是最不可救药的堕落。前几天我觉得异常懊丧的时候无意中翻着尼采的一句话，极简单的几个字却涵有无穷的意义与强悍的力量，正如天上星斗的纵横与山川的经纬，在无声中暗示你人生的奥义，祛除你的迷

---

① 田汉：《给沫若的信》，《母亲的话》，湖南人民出版社1983年版，第124页。

② 希真在《小说月报》第13卷第6号上发表《霍普德曼传》中说："剧中主人翁钟匠亨利希分明是尼采式的超人，努力要战胜现实寻求他最高的理想，即使终于失败也不顾的。"

③ 周作人也是在日本接受尼采的影响，五四时期也曾提出过"生活的艺术化"问题，当然他的思考较之创造社成员的思路要宽阔得多。

④ 胡适：《五十年来之世界哲学》，《胡适文存》第2集，上海亚东图书馆1924年版，第230页。

99

悯，照亮你的思路。他说'受苦的人没有悲观的权利'，我那时感受一种异样的惊心，一种异样的彻悟。"①正是这种触及了灵魂深渊的震撼，使得徐志摩这位以思想之"杂"②而著名的诗人对尼采心仪神往，表示"这位哲学家（尼采）的战略，我现在潜引作我自己的战略"。文学研究会的作家们在思想上大多是人本主义者，在创作方法上则是现实主义者，但这个团体的几位骨干人物也是好谈尼采的。周作人曾经用尼采的贵族精神来辩证地为新文学的性质下定义，他说："平民的精神可以说是叔本华所说的求生意志，贵族的精神便是尼采所说的求胜意志了。前者是要求有限的平凡的存在，后者是要求无限的超越的发展。"周作人说自己并不想判分这两种精神的优劣，也不相信某一时代的某一种倾向可以做文艺上永久的模范，但他相信真正的文学发达的时代必须多少含有贵族的精神。所以，周作人明确地指出："我想文艺当以平民的精神为基调，再加以贵族的洗礼，这才能够造成真正的人的文学。"甚至在这一论述中，周作人还不忘引用尼采超人学说来加深读者的印象："从文艺上说来，最好的事是平民的贵族化，——凡人的超人化，因为凡人如不想化为超人，便要化为末人了。"③另一位主将茅盾不仅自己翻译过尼采的作品，写过长文《尼采的学说》来向国人介绍尼采，而且从摧毁旧道德，建设新道德的意义上充分肯定了尼采重估一切价值的思想。王统照在谈到批评问题时，也引用尼采的思想来阐论自己的批评主张，他说："批评常常含有破坏与创造二义。……尼采告诉我们，凡一切事物，须重新估定价值，这并非夸大的议论，实是人类日日所必须而不可缺少的，旧不去，新不来，便是以有时代精神的表现。即所谓价值，又不是一成不变的永恒无二的，柏格森主张一切流转、变化，即是流转、变化便有所附丽的价值，也正是如此。……所以批评的权威，不仅在破坏旧的，不适用的方面，更须含有创造性的。尼采主张旧价值、旧理想、旧文明

① 徐志摩：《迎上前去》，《晨报副刊》1925年10月5日。

② 卞之琳曾在《徐志摩选集序》一文中说："徐志摩不是思想家，他的思想，杂是有名的，变也是显著的。他师承过梁启超，求教过罗素，景仰过列宁，佩服过罗兰，结识过泰戈尔等等，他搬弄过柏拉图、卢梭、尼采等等，杂而又杂，变来变去，都不足为奇。"《人与诗：忆旧说新》，生活·读书·新知三联书店1984年版，第31页。

③ 周作人：《自己的园地·贵族的与平民的》，岳麓书社1987年版，第16页。

的破坏，即为新价值、新理想、新文明之建设的张本，也就是这个意思。"关于这种类型的尼采资源利用，在"五四"新文学运动中可谓最为广泛，最为普遍，在此没有必要一一例举。它也许没有更多或者更深刻的理论意义，但是它无疑最具体地反映了那个时代里引用尼采思想来支撑自我论说的蔚然风气。

第三种类型是信仰型。将尼采主义作为个人的生命信仰，这是五四时期的鲁迅以及狂飙社的高长虹、向培良等作家的一个共同特征。虽然鲁迅没有自己标榜过对于尼采主义的信仰，但是有很多的证据可以说明鲁迅在五四前后一段时期内确曾是尼采主义的信徒。一是从一些友人的回忆与评述中可以看到，鲁迅在北京大学讲座时说过自己曾想做"超人"，鲁迅的好友刘半农曾送鲁迅"托尼学说"的雅评，鲁迅对此颇为首肯。二是从鲁迅与进化论的关系来看，鲁迅曾说过五四时期信仰进化论，这一信仰是在1925—1927年间才陆续被所经历的现实所轰毁。我认为，鲁迅对进化论的信仰，实际上也包括了他对尼采主义的赞赏。这是因为，一方面自从《新青年》开始介绍尼采主义，无论是在鲁迅自己的思想中（鲁迅认为尼采主义是剌取了进化论的学说），还是在当时的文化语境中（如梁启超认为尼采的"这种怪论就是借达尔文的生物学做个基础，恰好投合当代人的心理"[1]，蔡元培也说尼采的理论"以为进化的例，在于汰弱留强，强的中间有更强的，也被淘汰，逐层淘汰，便能进步"。所以，"尼氏的学说，就是专以互竞为进化条件的"[2]）进化论与尼采主义始终是联系在一起的，经常被相提并论。另一方面，鲁迅最初阅读严复翻译的赫胥黎《天演论》是在南京求学时期，那时他还满怀着科学救国的思想。如果说他最初接受进化论的影响更多的是与他科学救国、医学强种的思想结合在一起，那么，五四时期他的关注重心已转移到对国民性痼疾的解剖，转移到对奴隶道德的批判，鲁迅思想中的进化论信仰无疑更多的是与尼采主义结合在一起，因为恰恰是尼采主义才是批判国民性和奴隶道德的最为有力的也最有针对性的思想武器。三是从鲁迅的个人生命行为以及文学创作上看，鲁迅的思想及其生命

① 梁启超：《欧游心影录》，见郜元宝编：《尼采在中国》，上海三联书店2001年版，第4页。

② 蔡元培：《欧战与哲学》，《新青年》1918年第5卷第5号。

活动确实是一个复杂的存在，但无论是就鲁迅的个人气质、精神趋向、心理特征等生命形态而言，还是从鲁迅文学活动的视线聚焦、意象创造、艺术趣味乃至意象营构、语言使用等等创作形态而言，没有哪一种思想主义的影响在其程度上能够与尼采主义相提并论，这一点可以从散文诗集《野草》中得到证实。鲁迅说他的哲学都在《野草》里面，而这本散文诗集所构成的有关鲁迅个人深层生命的思想旋律中，最为绵长广远的就是愤激跌宕的尼采之声。高长虹、向培良等是鲁迅的学生，他们喜欢尼采，这无疑是他们同鲁迅走到一起的重要原因，同时也可以说是他们最终与鲁迅分道扬镳的一个缘由。之所以说狂飙社这些作家同鲁迅一样是尼采的信徒，是因为在五四新文学运动中，尽管谈论尼采的人很多，但只有他们是自觉地不仅在文学思想上而且在个人的生命意志的表露上也在模仿尼采。高长虹曾经模仿尼采的《查拉图斯特拉如是说》写过不少的散文诗，在这些作品中作者始终隐隐约约地、不断地流露出以中国的尼采自居的心态。向培良曾说自己深受尼采的"永远的轮回"说的影响，"不知道什么时候，我忽然知道了永久的轮回这思想，于是这个便噩梦似捉住了我，我努力想要把思想排遣开去，如顿掉一个附身的毒虫，但是不能够。我奔跑逃避，宿身在最黑暗最狭小的角落里，但是不能够"[1]。尼采标举"超人"，因而憎恶"人类"，高长虹与向培良也以憎恶人类作为其创作中的尼采精神的主要标志。高长虹曾说："只要有一个健足者被家庭绊倒，那我便宁愿看见十万人在我的面前死灭。"[2]向培良也说过："我讨厌那些从鞭子底下享乐着的乡人们，我讨厌那灰黄色的嘴里的笑，我讨厌那些以自己的身体供人们愉乐的孩子们。我对于他们没有同情，也没有怜悯，只剩下深刻的憎恶。""同情是不应该给那些自弃的人们的，只有让他们死灭，而且最好是促成他们的死灭。"[3]对狂飙社作家这种冷峭峻急的尼采主义特征，鲁迅曾经有很知心的评价，他认为狂飙社的"作者的内心是热烈的，倘不热烈，也就不能这么平静的娓娓而谈了。所以他虽然间或休息于过去的'已经失去的童心'中，却终于爱了现在的

①　向培良：《永久的轮回》，《十五年代》，上海支那书店1930年版。

②　高长虹：《游离》，《京报副刊》1926年，第431期。

③　向培良：《十五年代》，上海支那书店1930年版，第146页。

'在强有力的憎恶后面，发现更强有力的爱'的'虚无的反抗者'，向我们绍介了强有力的《我离开十字街头》……在这里听到了尼采声，正是狂飙社的进军的鼓角。尼采教人们准备着'超人'的出现，倘不出现，那准备就是空虚。但尼采却自有其下场之法的：发狂和死。否则，就不免安于空虚，或者反抗这空虚，即使在孤独中毫无'末人'的希求温暖之新，也不过蔑视一切权威，收缩而为虚无主义者"①。鲁迅写这个评价时已是30年代，也是人们通常认为的鲁迅已轰毁了进化论、摆脱了尼采影响的时候。当年的这些弟子早已经叛他而去，而尼采主义在这个时代里好像已经成了落伍的思潮，但鲁迅还是从他们憎恶人类的"尼采声"中看到了他们的"热烈的心"，这似乎暗示着鲁迅对当年自己和一群弟子们的尼采主义信仰的一种自诩的情绪。

从中国新文化的建设来看，这三种类型都是很重要的，但从尼采与中国文化的关系而言，第三种类型的发生也许更有意义，更值得我们去研究。这是因为尼采的哲学不是那种形而上的抽象思辨的哲学，它本身就是一种行动哲学，不仅告诉人类应该怎样去思考、去估衡、去学习做"超人"，而且要求信仰者本身要用全身心去践履自己的哲学，去担当自己的责任。正如宾克莱在谈论尼采的孤独时所说的，"在尼采看来，高尚的人在现代的世界上其任务必然是对个人本身的行为承担全部的责任"，而这个责任就是尼采曾经指出过的，"决不想把我们应尽的义务降低为每个人应尽的义务，不愿把自己的责任委之别人，也不愿别人分担"。②鲁迅与他的狂飙社弟子同另两种类型不一样的是，他们个人的精神气质比较接近尼采，所以不仅喜爱尼采的学说，而且力图在中国的现实土壤上践履尼采的哲学。尽管他们意识到在中国这块思想土壤上，践履"超人"哲学将是一个充满悲剧与危险的生命选择，但他们还是坚决地承负起了自己的命运，而且不愿意让别人来分担。在五四新文化运动中，西方的各种主义思潮纷纷涌入，许多理论观点就像过眼云烟，很快就从这块古老的文

---

① 鲁迅：《〈中国新文学大系〉小说二集序》，《鲁迅全集》第6卷，人民文学出版社2005年版，第262页。

② ［美］L. J. 宾克莱：《理想的冲突——西方社会中变化着的价值观念》，商务印书馆1983年版，第196页。

化土壤中消失了。一种新潮理论是否真正能够留存下来，往往取决于这种理论是否迎合中国现实变革的急切需要，是否有信仰者勇敢地献身去践履。从这个意义上说，鲁迅与他的弟子们对尼采哲学的践履，就像陈独秀与李大钊等对马克思主义、胡适等对实验主义、《少年中国》同人对无政府主义、太虚法师对"人间佛教"运动的推行等等一样，都是对中国现代文化建设道路的一种价值重大的实验与探寻。

第二节　"惟向所信是诣"的"心声"

五四新文化运动可以视为中国文化现代化的一场实验运动，因为新文化运动的主将们开出了民主与科学的文化目标，但怎样达到这个目标（路径），怎样实现这个目标（方式），主将们并没有给出一个既定的答案，各种新思潮都在中国的现实文化土壤上寻找自己的代理人和践履者，检验自己同中国文化发展方向的适应程度。值得注意的是，不管哪一种文化实验，不管哪一种主义出场，大家有一种认识却是共同的，这就是中国文化如要实现其现代化的转型，必须把国民思想从三纲五常、忠孝节义的儒家礼教的禁锢中解放出来，重新建构起国民的信仰体系。五四时期鲁迅与尼采的关系之所以在现代中国文化史上具有独特的价值与意义，就在于鲁迅不仅将尼采主义作为一种个人的信仰来担当践履，而且是将尼采主义提升到现代国民信仰建构的高度上来理解和阐述它的资源价值的，换言之，即五四时期鲁迅对于尼采主义的征引与运用都是紧紧围绕国民精神信仰建构的问题来进行的。

鲁迅对国民信仰的重视由来已久，早在1908年发表的《破恶声论》一文里，鲁迅就比较详细地阐述了自己有关信仰问题的看法。归纳起来，鲁迅的看法共有四点：一、信仰是人的本性所需。"夫人在两间，若知识混沌，思虑简陋，斯无论已。倘其不安物质之生活，则必有形上之需求。"为了说明这一点，鲁迅谈到了宗教的产生与人的本性需求之间的关系，并且以此为宗教辩护，"虽中国志士谓之迷，而吾则谓此乃向上之民，欲离是有限相对之现世，

鲁迅与20世纪中国研究丛书

以趣无限绝对之至上者也。人心必有所冯依，非信无以立，宗教之作，不可已矣"。也许正是由于宗教在人心安置与激励上的特殊作用，鲁迅在论文中对当时一些所谓的新派人士毁伽兰建学校的行为进行了批评。二、何谓信仰？对这个问题，鲁迅的理解是比较宽泛的，他并不认为只有宗教信仰才是信仰，他在论文中用生动的形象说明了他心目中的信仰的形式。"属望止一二士，立之为极，俾众瞻观，则人亦庶乎免沦灭。""立之为极"就是指的为众人树立模范仿效的样板，就是能够带领众人前行的信仰的承载者。这种"极"，可以是宗教，也可以是一种信念，一种主义。而这种能够"立之为极"的士，自己本身不仅是信念和主义的创立者，而且必须是所创立的信念或主义的坚定的信仰者，"惟向所信是诣，举世誉之而不加劝，举世毁之而不加沮。有从者则任其来，假其投以笑骂，使之孤立于世，亦无慑也"。三、建立什么样的信仰？对此，鲁迅借用了佛教的"正信"理念，他认为，要破迷信，必先语人以正信，"正信不立，又乌从比校而知其迷妄也"。那么什么是"正信"呢，鲁迅没有倾向于任何一种中外的宗教，而是提出了"内曜"与"心声"的概念来说明他心目中的"正信"。"内曜者，破黮暗者也，心声者，离诈伪者也。人群有是，乃如雷霆发于孟春，而百卉为之萌动，曙色东作，深夜逝矣！"四、怎样建立国民的信仰？在这一问题上，鲁迅既明确地反对所谓志士对宗教的干涉，但同时也反对"定宗教以强中国人之信奉"，认为信仰定于一尊，则国人"心夺于人，信不繇己"。鲁迅认为建立国民的信仰贵在"人各有己"，"盖惟声发自心，朕归于我，而人始自有己；人各有己，而群之大觉近矣"。所以，鲁迅殷切期望中国能有"不和众嚣，独具我见之士"，"烛幽暗以天光，发国人之内曜，人各有己，不随风波，而中国亦以立"。我认为，这篇文章虽然未能完稿，但它的主体内容是可以与此前一年发表的《文化偏至论》联系起来理解的。如果说在《文化偏至论》中鲁迅着重阐述了他的"立人"主张，要求非物质，重个人，那么在《破恶声论》中，鲁迅其实是进一步阐述了他的如何"立人"的主张。"尊个性"的具体阐释是"人各有己，不随风波"，而"张灵明"的具体措施则要促进国民建立信仰，"离是有限相对之现世，以趣无限绝对之至上者"，使人心有所凭依。

把这两篇论文联系起来解读就可以清晰地看到，鲁迅关于信仰问题的阐述、鲁迅在他的第一次启蒙努力中对国民信仰建设的重视，无不鲜明地体现出了尼采主义的启示与影响。所谓"内曜"，鲁迅的界定是"充实而不可自已"，"以光曜之发于心故也，以波涛之作于脑故也"，这里所强调的都是人的主体的生命力。人的生命力十分充盈，自然地向外迸发流溢，这就是内曜，也就是尼采所提倡的以创造为天职的酒神精神。所以，张钊贻认为鲁迅的"内曜"与尼采的"激情的根"比较相似，这是很有见地的。①但鲁迅的"内曜"说在其思想本源上，未必像尼采的"激情的根"那样来之于弗洛伊德的生命本能说。鲁迅在《摩罗诗力说》中曾指出，"尼佉不恶野人，谓中有新力，言亦确凿不可移"。这里所谓"新力"肯定不仅是弗洛伊德生命本能说的核心观念即"性欲"，而是指在酷烈的生存竞争的丛林原则中不可缺少的生存意志与求胜意志。鲁迅的"内曜"也是在这种进化论语境中提出来的，因而在其生命的本体意义上既包括生理机能，更应该包括人的心智力量，在其功能目的上则不仅对个人而言，而且是对整体的国民而言。所谓"心声"，鲁迅的界定是"离诈伪"，其实也就是要求信仰者在人格上对自己的信仰忠诚信守，而不能口是心非，言行相悖。在这一点上，鲁迅一生都极其钦佩尼采。鲁迅在许多的场合都说过尼采的超人哲学的"渺茫"，也在许多的场合里说过，尼采的出路只有两个，即疯掉和死。但尼采并没有因自己的理想的"渺茫"而放弃，而最终也不惜为了自己的学说而走向疯狂。在鲁迅看来，这就是能够"为人立极"的真正的"精神界之战士"，尼采的哲学就是鲁迅"所贵所望"的"惟向所信是诣"的"心声"。②在《破恶声论》中，鲁迅论到近代以科学为宗教的思潮时特别提到了尼采："至尼佉氏，则剌取达尔文进化之说，掊击景教，别说超人。虽云据科学为根，而宗教与幻想之臭味不脱，则其张主，特为易信仰，而非灭信仰昭然矣。"这段话有两点值得注意，一是认为"超人"说具有宗教与

---

① ［澳］张钊贻：《鲁迅：中国"温和"的尼采》，北京大学出版社2011年版，第192页。

② 尼采曾借查拉图斯特拉的口说："在一切著作中，我只爱作者以他的心血写成的著作，以心血著作，并且你可以觉到心血就是一种精神。"见楚图南译《查拉斯图拉如是说》，湖南人民出版社1987年版，第41页。

幻想意味，也就是说"超人"乃是尼采的宗教，尼采的信仰。二是鲁迅是从建立新信仰的角度来看待尼采的反基督教倾向的，尼采攻击基督教道德是奴隶的道德，弱者的道德，而且宣布上帝死了，现在一切都可以做。一般人都认为尼采是借科学之力反宗教，灭信仰，但鲁迅却看到了尼采超人学说的准宗教意味，看到了尼采企图建立一种新的人类信仰的苦心孤诣，这不能不说是鲁迅的独到之处，也显示出鲁迅在他的第一个启蒙时代就已经密切关注国民信仰建设的思想的深刻性。

　　参加五四新文学运动，是鲁迅第二次投入启蒙工作。从1908年拟办的《新生》杂志流产到1918年参与《新青年》杂志的撰稿与编辑，这10年的时间通常被称为鲁迅的沉默期或者蛰伏期，研究者们对这个十年往往不予重视。我认为鲁迅之所以独特、伟大，其主要原因就在于他的思想不管是来之于他自己的观察，还是来之于对先哲的借鉴与领悟，都无不与他个人独有的生命体验血肉相融。这寂静沉默的十年，鲁迅虽然身处政治文化中心的北京，但精神上却远离政治文化中心的喧嚣。无论身处中心还是精神上的远离中心，恰恰都成就了鲁迅对世界的冷观默察。这十年即是鲁迅对世事的观察期，也是鲁迅自我生命经验的反刍期，鲁迅在五四以后的思想、行为以及他个人对自我生命道路的选择，都与这个时期的观察与反刍的结果紧密联系着，鲁迅五四以后关于国民信仰问题的思考以及他所采取的文化策略也是如此。我认为有几个与信仰相关的问题应该在这个蛰伏期间去寻找答案。一是鲁迅为什么没有将《破恶声论》写完？此文发表在1908年12月在日本出版的《河南》月刊第8期上，文末注明未完。《河南》月刊共出9期，如此文已完稿，是可以在第9期上续完的，而鲁迅在文末注明未完，说明鲁迅在写作此文时确实有一个完整的构思。在已完稿中，鲁迅主要批驳了三种"恶声"，一是所谓"汝为国民""汝为世界人"，二是"伪士"们关于"破迷信"的倡言，三是崇强国、侮胜民的时论。根据题目的先定，未完稿也应该是对时论的批驳。而且可以肯定的是，鲁迅的这些破"恶声"都有其鲜明针对性①，不仅指向梁启超等立宪派的主张，更主要的是针对那些"稍稍耳新学之语，则亦引以为愧，翻然思变，言非同西方之理弗道，事非合西方之术弗行"②的西学家们。所以，在唯新与唯西的中国留学生文化思潮中，鲁迅的主张不啻是戛戛独造，力排众议。鲁迅作为一个慷慨激昂的热血青年，无疑也特别期望能在启蒙时代里"振臂一呼应者云集"的。鲁迅1909年8月结束留日生活回国，在此之前，他有充裕的时间来完成这篇论文，但这篇论文最终还是未完稿，这只能说明鲁迅已经丧失了完成这篇论文的意愿。仔细地阅读鲁迅的《呐喊·自序》，可以找到这个问题的答案。在自序中，鲁迅曾谈到自己为提倡文艺运动同几个志同道合者谋划创办《新生》杂志，鲁迅在《河南》杂志上刊发的这几篇文言论文应该说就是为《新生》刊物写作的，《新生》流产，才转给了《河南》月刊。鲁迅在叙述完《新生》的事情后说："我感到未尝经验的无聊，是自此以后的事。"这就是说，办刊物这一具体的启蒙事务的失败其实并没有对他造成太大的打击，那么，真正给鲁迅以打击的无疑就是几篇重头文章发表后的毫无反响了。"我当初是不知其所以然的，后来想，凡有一人的主张，得了赞和，是促其前进的，得了反对，是促其奋斗的，独有叫喊于生人中，而生人并无反应，既非赞同，也无反对，如置身毫无边际的荒原，无可措手的了，这是怎样的悲哀啊，我于是以我所感到者为寂寞。"尼采曾借查拉图斯特拉的口表示过这种没有听众的寂寞：查拉图斯特拉在对那些末人们说教之后，悲哀地感觉到"他们不理解我，我不是适合于这些耳朵的嘴"，所以他决心离开，"我不做一个牧人，也不做一个掘墓者。我不再同人民讲道。这是我最后一次向死者讲话"。③正如查拉图斯特拉的决然离开一样，既然如此寂寞，鲁迅丧失继续

① 1907年6月，吴稚晖、李石曾等人在巴黎创办《新世纪》周刊，宣扬无政府主义，声称人类将于20世纪开始走向大同，国家、民族和语言界限都将消除，"万国新语"（即世界语）将成为世界唯一的语言。国籍、民族将不再重要，人们都将成为"世界人"。1908年，章太炎等人曾在《民报》上发起对《新世纪》的反击，《新世纪》亦有所回应，鲁迅的《破恶声论》可以说也是这次论战的一部分。

② 鲁迅：《文化偏至论》，《鲁迅全集》第1卷，人民文学出版社2005年版，第45页。

③ 尼采：《查拉斯图拉如是说》，楚图南译，湖南人民出版社1987年版，第13、20页。

鲁迅与20世纪中国研究丛书

完成论文的意愿也就在可料之中了。寂寞，这是一种从生命深渊处生发出来的情绪，这种情绪的生发说明鲁迅与尼采的关系已经超越了思想意识的层次而进入到无意识的血肉生命层次中。所以，如果说在写这几篇论文时，鲁迅只是接受了尼采的学说，引用了尼采的观点，那么在第一次投身启蒙失败后，鲁迅在个体生命上真正开始了尼采式的精神气质的自我塑造。"这寂寞又一天一天的长大起来，如大毒蛇，缠住了我的灵魂。"这所谓的"大毒蛇"，张钊贻曾详细地引述资料，证明它的意象源出于尼采的《查拉图斯特拉如是说》①，这当然是很精彩的论证。但我认为这个意象还可以进一步理解为它是一种象征，尼采式的精神气质的象征。鲁迅关于自我心境的这一经典表述，就是意味着在这十年中，大爱与大憎、热烈与冰冷、渴求与弃绝相互扭结的"尼采式"的精神气质在鲁迅的灵魂与肉体中纠缠，长大，既给了鲁迅以大痛苦，同时也给了鲁迅以大信仰，给了鲁迅以肉搏黑暗与虚空、独自咀嚼人我之间的大悲苦的精神力量。

　　第二个问题是：鲁迅在这十年中尤其是在民元以后曾用功读佛经，而且对好朋友许寿裳由衷地称赞过："释迦牟尼真是大哲，我平常对人生有许多难以解决的问题，而他居然大部分早已明白启示了。真是大哲。"②但他为什么在被寂寞的"毒蛇"纠缠着的时候，在自己的灵魂中尼采式气质"一天一天的长大起来"的时候，鲁迅会为另一种具有信仰意义的宗教思想而"用功最猛"？反之，虽然他确实"用功最猛"，但为什么最终没有像他的好朋友梅光羲、许季上那样成为佛教信徒，也没有像他的弟弟周作人那样"半是儒家半释家"，不断地为自己的信仰问题而苦恼？我认为这也许就得益于鲁迅精神结构中尼采主义信仰的强大的整合力量。尼采对东方文化缺乏深入的研究，对佛教文化似乎也并无特别的兴趣。但他的精神导师叔本华的唯意志论哲学却与佛教思想有很深的渊源。尼采虽然后来反对叔本华哲学，但这种反对只是因为尼采在一些根本的问题上朝前迈进了，而其思想的本源则仍然在叔本华的哲学

---

　　①　［澳］张钊贻：《鲁迅：中国"温和"的尼采》，北京大学出版社2011年版，第368—377页。

　　②　许寿裳：《亡友鲁迅印象记》，人民文学出版社1953年版，第44页。

中。①所以，虽然不能说尼采主义与佛教文化有什么直接关系，但是它们在某些思维方式上确实是十分相似的。譬如，佛教用"业力"与"种性"的概念来解释世界的成住坏空现象，从而提出了"轮回"的理论，尼采在《查拉图斯特拉如是说》中也提出了"永远重现"这一重要的思想，来表达对一个人自我与典型经验的不断重复现象的哲学思考；佛教谈空说无，被人视为虚无主义，但佛教谈空有真俗二谛，小乘佛教以空为有，主张个人出世，丛林清修以往生净土，而大乘佛教以有谈空，主张救世度人行菩萨行，所以大乘佛教可以说是积极的虚无主义。尼采主张重估一切价值，做一个轨道破坏者，被人视为虚无主义，但他的重估和破坏都是为了"超人"的产生，所以他的虚无主义同大乘佛教一样也是积极的虚无主义。佛教哲学是一种唯心哲学，特别重视心识对客观事物的移转改造作用，尼采主义则脱胎于叔本华的唯意志论，强调人的意志力与精神力对人的生命的意义，所以佛教也好，尼采也好，都不约而同地将对愚者（"末人"）的精神启蒙视为第一要务。王国维在比较叔本华与尼采的异同时指出："叔本华说涅槃，尼采则说转灭，一则欲一灭而不复生，一则以灭为生超人之手段。其说之所归虽不同，然其欲破坏旧文化而创造新文化则一也。"这里所谓"涅槃""转灭"都是佛家语。现代佛教界高僧太虚法师在给吴稚晖的信中也曾引用尼采"超人"的概念来说佛法，他说："地球是三百兆年的暂局，人类是六兆年的暂局，六兆年后可有超人的一期，这是先生所信的，如此则可谓近代西洋的科学是人的科学，佛的科学可谓'人到超人'的科学。""故我们要有人生意义，要由人进超人，要由地球暂局演进为无量恒星坏成相续的无始终无边中变化大流，故我们要有近代西洋科学，尤要有佛的科学。"②我们认为，鲁迅接受尼采和接受佛教一样，都是一种人生观的接受，一种精神信仰的探寻，这种接受使他注重从大处着眼，从精神气质着眼，从自己的人生追求着眼，而不会像学者探究学术一样特别去注意阅读的版本，去注

① 王国维：《叔本华与尼采》，见郜元宝编：《尼采在中国》，上海三联书店2001年版，第21页。

② 太虚：《杂藏酬对·致吴稚晖先生书》，《太虚大师全书》影印版，第29卷，宗教文化出版社2004年版，第216页。

鲁迅与20世纪中国研究丛书

意思想之间的细致微妙的区别。可以说，当时已经具有尼采式的精神气质的鲁迅，正是在这些相似之处的认识基础上，将释迦牟尼视为大哲与知音的。尤其是这个阶段里，鲁迅正为疾病所纠缠，所困扰，所以他一方面为在疾病的折磨中而不懈追求生命力的健旺强盛的尼采所感动，一方面也为从肉体的生理病痛进而说生命四谛、发金刚威猛的狮子吼的释迦牟尼而倾倒，这就是很自然的事了。现代哲学家李石岑曾经是造诣很深的佛教哲学的研究者，颇得佛教界的青睐，但20年代初期转而大力介绍尼采哲学，并用尼采哲学猛烈批判中国传统文化，也可作为鲁迅能够兼佛学与尼采主义于一身的一个旁证。

当然，尼采主义和佛教哲学在许多重要问题上，其思想是对立的。譬如佛教讲众生平等，而尼采则讲优生，讲竞争；佛教讲宽恕慈悲，尼采则最反对同情，视同情为奴隶道德。所以，尽管尼采将那些把他与达尔文进化论相提并论的人讥讽为愚笨的饱学之士，中国的尼采信徒或者尼采的反对者无不将尼采主义与进化论捆绑在一起，而尼采主义在中国大为流行的时候，挺身而出旗帜鲜明地加以质疑与反对的恰恰就是现代佛教界的理论家们。如现代"人间佛教"的推动者太虚法师在追问第一次世界大战的思想起因时，就将尼采的超人说与达尔文的进化论统统概括在内："追叔本华主张意志为生存之本，益以达尔文之生存竞争进化说，于是转为尼采之地的超人说，与柏格森之创造进化说之作者我。大抵主张受者我则为享用的、消极的、解脱的之倾向，而主张作者我则生产的、积极的、创造的之倾向。受者我说无扰于人，有利于己，然可使人群事业因而解体。本知者我而成作者我说，则唯我为全知全能，欲自利故，纵我制物，有造于人世亦大扰害于人世，此则足为反自由的专权制度所因之产生存立之原理也。"太虚法师甚至认为："此种唯欲以战争式的军国与资本而自求强富私利之帝国主义，非扑灭不能实现国际之和平共和，然其根本所在，尤非肃清唯我论之思想不可也。此思想之所寄，则在达尔文之生存竞争、优胜劣败说，与尼采之超人主义及柏格森之自我创化主义，而美国之实验主义亦有其含素也。"[①]还有章太炎，他深谙佛学，也喜爱尼采，但他在赞许尼采超

① 太虚：《论藏支论·自由史观》，《太虚大师全书》影印版，第25卷，宗教文化出版社2004年版，第220页。

人"排除生死、旁若无人、布衣麻鞋，径行独往，上无政党猥贱之操，下作懦夫奄矜之气"的大人格、大精神时，也不忘谆谆告诫世人"不可取尼采的贵族之说"①。民元以后，虽然国体改制，共和建立，但国弱民萎的状况并没有得到改善，因而通过改革道德文化来改革中国的呼声日益高涨，而道德文化的改革必然涉及国民信仰建设的问题。而且民国建立后，新闻言论获得了自由，各种思想学说获得了平等言说的权利。佛教、基督教、孔教、无政府主义、尼采主义、社会主义等等各家学说，都是从国民信仰建设的高度活跃在中国的文化思想舞台上的。鲁迅与当时活跃在社会上的一般政治家、实业家、教育家、宗教家们不一样，他的兴趣集聚在文化改革上，而且他对中国的文化特性与国民性特征已经形成了自己独特的见解，有独特的生命体验。尼采主义本来就是一种以破旧立新为目的的文化理论，相反，佛教文化作为中国传统文化中的一部分，它在中国流传已有千余年的历史，对中国国民性的形成也起到了重要的作用。新文化运动的发起者陈独秀在《新青年》的记者答问中曾详细谈到了自己非难佛法的"精粗二义"，指出中国自佛法传入后"生事日毁，民性益偷，由厌世而灰心，由灰心而消极，由消极而堕落腐败。一切向上有为，字曰妄想，出世无期，而世法大坏"②。鲁迅作为《新青年》的读者，不可能不关注到陈独秀的这一批评。因而，从文化救国的理念上鲁迅最终选择了尼采主义而不是佛教作为自己的信仰，也就是很自然的事了。在这段沉默的时期里，鲁迅一方面购买了大量的佛经来阅读，一方面那本从日本带来的德文版的《查拉图斯特拉如是说》也长期保存在他的书橱里，③鲁迅的精神中无疑是被尼采主义和佛法这两种信仰交织纠缠着。按照鲁迅在《呐喊·自序》中的说法，他似乎是有意识地将读佛经来当作消弭尼采主义信仰的"麻醉法"，而且"也似乎已经奏了功"，但透过鲁迅这种宛转自谦的表述，我们能够体味到的恰恰是尼采主义信仰在他灵魂中的执着的存在。因为鲁迅不仅说到自己"坐在槐树下，从密叶缝里看那一点一点的青天"，不仅说到自己"或者也还未能忘怀于当日自己的

① 章太炎：《答铁铮》，《章太炎全集》第4卷，上海人民出版社1985年版，第375页。
② 陈独秀：《答李大魁》，《青年杂志》1915年第1卷第3号。
③ 周遐寿（周作人）：《鲁迅的故家》，上海出版公司1953年版，第390页。

寂寞的悲哀"，而且一旦看见真正的机会到了，立刻就为他渴望已久的新文化运动贡献出了"狂人"这一"精神界之战士"的形象。

第三节 "精神界之战士"的形象创构

在民主和科学的两面大旗下，五四新文化运动成为西方各种新思潮在中国文化土壤上的试验场。但是，在这场文化改革的大实验中，真正产生影响和贡献的文化改革者，恰恰是那些抱有坚定的信仰，锲而不舍、身体力行地践履自己所信奉的理论主张的前驱者。所以，在五四时期，胡适俨然成了中国的杜威，王国维成了中国的叔本华，郭沫若成了中国的歌德，太虚成了中国佛教的马丁·路德，而鲁迅也因其《热风》的杂文集被称之为"中国的尼采"[1]。值得指出的是，五四新文化运动发生前后的十多年间，尼采主义在中国的传播一直是一种处于高端的状态，也就是说当时文化界一批在智力、学问、悟性以及对中西文化理解的穿透力方面都极其优秀的知识分子参与了对尼采主义的传播。在时间方面，王国维的介绍比鲁迅要早了3年，就介绍宣传的范围而言，李石岑、茅盾、谢无量都曾系统地介绍过尼采的学说，尤其是李石岑，他在1920年也就是与鲁迅创作高峰期大致同时，曾在《民铎》杂志发表《尼采思想之批判》的长文，被认为是"代表了20世纪20年代以前中国知识界研究尼采学说的最高水平"[2]。1931年，中国的新文化建设已经转型，五四时期的主要话题已经逐渐被人冷落，李石岑仍然出版了专著《超人哲学浅说》，运用尼采学说从价值观、道德观、艺术观、义理观以及中国人的人性特征等方面对中国文化进行了全面的批判，其批判的深度、广度和尖锐的程度足可以与五四时代的思想文化界媲美。相对而言，鲁迅对尼采的介绍、宣传无论是在时间上还是在广度上都并不特别地超越他的同时代人，但为什么只有鲁迅被人称之为"中国的尼采"并且被学术界所公认呢？我们认为这里面有两个重要的原因，一是鲁

---

① 徐志摩：《关于下面一束通信告读者们》，《晨报副刊》1926年1月30日。
② 黄怀军：《现代中国的尼采阐释与思想启蒙》，知识产权出版社2011年版，第90页。

迅在他的个体生命践履上所体现出的尼采式的精神气质，二是鲁迅作为一个文学家，他向现代社会提供了一系列精彩的艺术形象来诠释和表达尼采式的文化观念，来塑造尼采式的"精神界之战士"的人格。关于鲁迅的尼采式精神气质以及尼采式的精神气质在鲁迅塑造出的艺术形象之间的体现，学术界已经多有论述，本文不予重复。在此笔者拟从信仰建构这一特殊的角度对鲁迅笔下的尼采式的"精神界之战士"的艺术形象进行细致的再解读，以此来探讨鲁迅在国民信仰问题上对尼采资源利用的特征及其思考深度。

鲁迅创造的尼采式"精神界之战士"是一个内涵丰富、造型多样的形象系列，其中有"狂人"、"过客"、"孤独者"、"复仇者"、"傻子"、向形告别的"影"、向"无物之阵"举起投枪的"这样的战士"、"叛逆的猛士"以及那个不断地以不同的角色出现在鲁迅小说和散文中的叙事者"我"。这些人物或者有一个完整的造型，或者只是一些形象断片，但它们组合起来，完全可以从各个不同的角度和层面构成一个鲜明生动的中国的尼采式的"精神界之战士"的形象。这个形象的一个突出特征就是灵魂深处有一种生生不息、涌动不已的生命激情。这种激情有时是一种比较明确的信念：如《狂人日记》中的"狂人"深信"将来容不得吃人的人，活在世上"，相信人类的进化会有不吃人的"真的人"出现；《过客》中的"过客"之所以不愿意驻足，也不惮于前行的经历是墓地还是花园，只是因为他听到前面有一个声音在召唤着自己。有时是一种生命力的不由自主的发露：如《铸剑》中的"宴之敖者"，他出头为眉间尺报仇并不是因为自己与眉间尺父子有什么私谊，也不是因为与国王有什么私仇，①而是因为自己是"怎么的善于报仇"，因为自己的"魂灵上是有这么多的，人我所加的伤，我已经憎恶了我自己"。这种报仇行径其结果当然是为民除害，但黑色人宴之敖者投入这场复仇事件的动机却来之于自我主体的一种隐秘的生命意志，而不是来之于外在力量的托付，它超越了世俗的功利目

---

① 尼采曾经说过："我永不攻击个人，我只把个人看作一面有效的放大镜，藉之而看到了隐秘而不易知、恶而不可见的一切……例如我攻击瓦格纳，更正确地说，我是攻击伪误，攻击以修饰冒充丰富，以颓废的现代文化的谬种冒肖伟大。"转引自周国平《尼采：在世纪的转折点上》，上海人民出版社1986年版，第204页。鲁迅也多次表示过，他一生与人论战，没有私怨，只有公仇。

的，超越了日常人生所理解的冤冤相报，成为一种充盈自恣的、无法遏制的生命激情的奔放，复仇者正是在这种激情的奔放中享受到"生命的极致的飞扬的大欢喜"。不过，鲁迅同尼采一样知道在这个世上还没有适合于自己的耳朵，知道"无物之阵"和"铁屋子"的万难破毁，所以，鲁迅的"精神界之战士"的生命激情有时像笼中困兽，虽然力量充盈却难以迸发，有时像撞上坚堤的洪水，虽然生生不已，却找不到突破奔流的路径。笼中困兽的力量之美在于它蓄势待发的瞬间，洪水的力量之美不在于它的回旋，而在于它挟裹着一切撞向堤坝而被击成粉碎的那一刹那，因而，鲁迅在塑造"精神界之战士"的形象时，也特别注意到他们生命过程中某一瞬间的"巅峰体验"。如《孤独者》中的魏连殳，在祖母的丧礼上，他听任着庸众们的摆布，"就始终没有落过一滴泪，只坐在草荐上，两眼在黑气里闪闪地发光"，不给庸众们一点惠而不费的欢欣。但当这一切凡例都做完了以后，庸众们没有看到他们想看到的好戏，"快快地"想走散了，"忽然，他流下泪来了，接着就失声，立刻又变成长嚎，像一匹受伤的狼，当深夜在旷野中嗥叫，惨伤里夹杂着愤怒和悲哀"。又如《复仇（其二）》中的基督，他在"四面都是敌意，可悲悯的，可诅咒的"情景中，"玩味着可悯的人们的钉杀神之子的和可咒诅的人们要钉杀神之子，而神之子就要被钉杀了的欢喜"。鲁迅先是写他在玩味的过程中"痛得柔和""痛得舒服"，然后"突然间，碎骨的大痛楚透到心髓了"，"遍地都黑暗了"，基督终于在这一生命的瞬间发出了"我的上帝，你为什么离弃我"的绝叫。这种瞬间的"巅峰体验"，知识和理性都无法达到，它必须仰赖于生命的激情冲动，或者说它本身就是生命激情的一种非常态的表达形式。

鲁迅在《破恶声论》中曾分析古代宗教产生于人类不安物质之生活而必有的形上之需求，"吠陁之民，见夫凄风烈雨，黑云如盘，奔电时作，则以为因陁罗与敌斗，为之栗然生虔敬念。希伯来之民，大观天然，怀不思议，则神来之事与接神之术兴，后之宗教，即以萌蘖"。中国远古时代的民族也是如此，"凤以普崇万物为文化本根"，"若虽一卉木竹石，视之均函有神閟性灵，玄义在中，不同凡品"。只是因为后来"民生多艰，是性日薄"，人们越来越注重物质生活，越来越"惟肤薄之功利是尚"，"惟为稻粱折腰"，①士大夫们才变成了没有信仰的人。不安于物质生活而具有的形上需求，无疑体现着一种生命力的充盈自恣，而安于物质生活甚至沉溺于物质生活，唯为稻粱而折腰，则体现着一种生命力的匮乏。所以，在鲁迅看来，信仰的产生来之于生命力的丰足，来之于生命激情的生生不已，涌动不息，或者说信仰本身就是一种生生不已的生命激情。确实，一个人信仰什么，这是没有依据的，也不需要依据，这是论证不了的，也无须论证。能够用逻辑论证清楚和那些为自己寻找依据的信仰，都未必能是真正的信仰，只有信仰本身是生命内在的激情时，个体生命才会为它大欢喜，为它大痛苦，才会为它的存在经受恐惧与战栗。所以，一个民族的生命力与信仰力是紧密联系在一起的。关于中国人的生命力，尼采在《欢乐之学》中曾经有过这样不客气的评论，他认为"中国是这样一个国家，大规模的不满以及做出改变的能力早已在数世纪前绝迹"，中国代表"衰落和生命最后耗竭的表现"。②鲁迅是否看过尼采的这类话语，虽然无从查考，但鲁迅对中国人处于生命的耗竭状态这一看法与尼采是所见略同的。在鲁迅看来，中国人尤其是士大夫们已经有太长的时间缺乏古代人那种生命的激情了，"躯壳虽存，灵觉且失"，自然也就缺乏信仰的力量。而中国社会"墟社稷毁家庙者，征之历史，正多无信仰之士人"。一个民族的文化改革是需要有信仰的知识分子不惮前驱的，但中国的知识者的信仰状况却是如此不堪，这正是鲁迅对中国的社会改革前途十分悲观的一个重要原因。可见，鲁迅之所以在"精神界之战士"的形象塑造中如此注意贯注一种生命的激情，是因为他对信仰有自己深刻的理解，对中国的改革命运有自己的独到的观察。他正是极度失望于中国的士人因丧失生命的激情而缺乏信仰，因而试图创造出尼采式的"精神界之战士"形象，为国人尤其是为中国的知识者"立之为极"。

尼采借查拉图斯特拉对世界上行中庸之道的精神侏儒们进行了辛辣的讽刺："他们在道德上是中庸的，——因为他们想舒服，只有中庸道德与舒服是

---

① 鲁迅：《破恶声论》，《鲁迅全集》第8卷，人民文学出版社2005年版，第30页。

② ［澳］张钊贻：《鲁迅：中国"温和"的尼采》，北京大学出版社2011年版，第209页。

一致的。""真的，他们也知道在他们的路上摆方步，那我名之曰蹒跚——因此他们也成为一切快步前进者的障碍。""他们彼此圆滑，随机，而周到，如同沙粒之对于沙粒。谦逊地怀抱着渺小的幸福，他们自称为乐天安命！但同时又窥伺着另一种新的小幸福。""他们很巧黠，他们的道德有巧黠的手绢。但他们没有拳头，他们的指头不知道怎样捏拳头。""他们的巧慧如是对我说：我们坐在当中，离开决死的角斗者和满足的猪仔一般远。"①中庸之道这是中国儒家文化的核心价值理念，尼采对中庸之道的评论无疑会对当时反传统文化的启蒙主义者以极大的刺激和深刻的启示。不过，尼采对中庸之道的讽刺立足在它的生命风格的平庸上，所以尼采最后的总结是"那是平凡，虽然那被称为中庸"。鲁迅对尼采的这段话是不仅十分熟悉，而且他把这段对平庸的生命风格的讽刺提升到国民信仰的高度来理解，从而在这种中庸之道中看到了中国读书人的"无特操"的精神状态。"中国自南北朝以来，凡有文人学士，道士和尚，大抵以'无特操'为特色的。晋以来的名流，每一个人总有三种小玩意，一是《论语》和《孝经》，二是《老子》，三是《维摩诘经》，不但采作谈资，并且常常做一点注解。唐有三教辩论，后来变成大家打诨；所谓名儒，做几篇伽蓝碑文也不算什么大事。宋儒道貌岸然，而窃取禅师的语录。清呢，去今不远，我们还可以知道儒者的相信《太上感应篇》和《文昌帝君阴骘文》，并且会请和尚到家里来拜忏。"②鲁迅认为，这种无特操的特点是最可怕的，因为它一方面将信仰变成了利益工具，"耶稣教传入中国，教徒自以为信教，而教外的小百姓却都叫他们是'吃教'的。这两个字，真是提出了教徒的'精神'，也可以包括大多数的儒释道教之流的信者，也可以移用于许多'吃革命饭'的老英雄"③。吃教、吃革命就好像读书人将八股文当作敲门砖一样，一旦打开了门，砖也就没有了用处。另一方面，它将信仰变成了虚无。本来信仰是需要执着与坚守的，但是儒士们可以去拜菩萨，僧院中可以供奉关老爷，

① ［德］尼采：《查拉斯图拉如是说》，楚图南译，湖南人民出版社1987年版，第208、209页。

② 鲁迅：《吃教》，《鲁迅全集》第5卷，人民文学出版社2005年版，第328页。

③ 鲁迅：《吃教》，《鲁迅全集》第5卷，人民文学出版社2005年版，第328页。

于是大家都无可无不可，彼一时也此一时也，你中有我我中有你，信仰的内涵也就被抽空成了虚无了。对于中国人的这一毛病，不仅鲁迅深恶痛绝，五四时期深受尼采影响的启蒙者们几乎无不对此感慨良深。如陈独秀在《我之爱国主义》一文中就曾痛批中国人的"为善不终，为恶亦不终"的不诚人格，并亟呼："吾愿爱国之士，无论维新守旧帝党共和皆本诸良心之至诚，慎厥终始，始存国民一线之人格。"①

与五四新文学运动中其他的主将们相比较，鲁迅的贡献和独到之处在于，当创造社异军突起高唱天才与灵会，文学研究会与新潮社诸君热衷于探讨儿童、教育、劳工、妇女等等具体的启蒙问题时，鲁迅却在尼采精神的启示下，塑造了一批"慎厥终始"、百折不挠、认真诚实的"精神界之战士"的艺术形象。譬如，《死后》中的"我"，"影一般死掉了，连仇敌也不使知道，不肯赠给他们一点惠而不费的欢欣"；②还有《死》中的"我"，自知"我的怨敌可谓多矣，倘有新式的人问起我来，怎么回答呢？我想了一想，决定的是：让他们怨恨去，我也一个都不宽恕"。③这些描写展示的都是陈独秀所期盼的那种"慎厥终始"的人格特征。这里要特别提出的是《长明灯》中的狂人，"黄的方脸和蓝布破大衫，只在浓眉底下的大而长的眼睛中，略带些异样的光闪，看人就许多功夫不眨眼，并且总含着悲愤疑惧的神情"。他的信仰就是必须熄了庙里的那盏长明灯，熄了长明灯，这里就不会再有蝗虫，再有瘟疫。这篇小说篇幅不长，情节也并不复杂，但鲁迅对狂人性格的细致的刻画却是用意深长的，值得读者仔细琢磨。首先，鲁迅写到了"狂人"对自己信仰的执着，那些长明灯的守护老爷们吓唬他"要打断他的骨头"，他不惧怕；哄骗他说"我替你吹"，他不上当；继而开导他说"就是吹熄了灯，那些东西不是还在么？"，他也不回头；哪怕最后被囚禁在了厢房里，村里仍然不断地传出他那低沉坚实的呼喊。其次，鲁迅写到了"狂人"对自己信仰的践履力，他要熄灭长明灯绝不是喊喊而已，他一次又一次地真上庙里去，真要吹灭那盏长明灯。

---

① 《新青年》1916年第2卷第2号。

② 鲁迅：《死后》，《鲁迅全集》第2卷，人民文学出版社2005年版，第217—218页。

③ 鲁迅：《死》，《鲁迅全集》第6卷，人民文学出版社2005年版，第635页。

鲁迅与20世纪中国研究丛书

村子里的老爷们最害怕的恰恰就是他的这种动真格的、不克厥敌战则不止的性格与行为。再次,鲁迅写到了"狂人"对自己信仰的专注性,当"狂人"决定了"我放火"以后,鲁迅特地写到了一个细节,"但他似乎并不留心别的事,只闪烁着狂热的眼光,在地上,在空中,在人身上,迅速地搜查,仿佛想要寻火种"。这里当然是一个象征,寻找火种象征着启蒙者在人间寻找呼应,象征着尼采式的"精神界之战士"在天地两间寻找属于自己的"耳朵"。但是即使不作为象征而是作为一个性格刻画的细节来看,鲁迅赋予"狂人"的也是一种信仰者极其可贵而对中国人来说却是极其稀缺的信仰专注性。中国人对待信仰历来就是一种中庸态度,随遇而安,随机而变,因而做起事来也就缺乏信仰力的引导与激励,经常是虎头蛇尾,差不多就行。而在做事的过程中则是左顾右盼,瞻前顾后,患得患失,只尚清谈,不重实干。可见,鲁迅对"狂人"在信仰上的执着性、践履力和专注性的性格刻画,点点滴滴都是针对中国国民信仰的缺失与弱点而来的,不仅体现出了鲁迅对"精神界之战士"的殷切期盼,而且体现出了鲁迅对国民信仰问题的深度的思考。

信仰有宗教性的,有世俗性的,但不管是宗教性的还是世俗性的,信仰的一个共同的本质就是信仰者用自己的生命向所信仰的事物或理念所做的一个承诺。中国人之所以缺乏信仰,并不是他们不知道信仰,也不是他们不谈信仰,而是因为他们并不认真诚实地对待真正的信仰者所必然做出的生命承诺。鲁迅对于中国士人"无特操"的诛心之语,就是因为他最为深刻地看到了这一点。所以,鲁迅在塑造"精神界之战士"的形象时,也突出地赋予他们信守承诺、认真诚实的品格。《铸剑》中的眉间尺,感受到了黑色人的那种热爱复仇的生命激情,毫不犹豫地割下了自己的头颅。担当着这一生命的托付,黑色人最终也是以生命完成了自己的承诺。这个复仇故事取材于古代传说,传说中突出的就是这种重信义重然诺的古代风仪[①],鲁迅在自己的小说中继承了这一传说的主题,同时也加入了自己对改革时代所需要的"精神界之战士"的思考。

---

① 干宝《搜神记》卷十一中记载:"客曰:'闻王购子头千金,将子头与剑来,为子报仇。'儿曰:'幸甚!'即自刎,两手捧头及剑奉之,立僵。客曰:'不负子也。'于是尸乃仆。"

如小说写黑色人和眉间尺合力捕杀国王之后，"黑色人和眉间尺的头也慢慢地住了嘴，离开王头，沿鼎壁游了一匝，看他可是装死还是真死。待到知道了王头确已断气，便四目相视，微微一笑，随即合上眼睛，仰面朝天，沉到水底里去了"。这种认真彻底的精神无疑是鲁迅当时特别景仰和提倡的，所以在复仇事件的结局还不惜笔墨加上这样一段与主要情节关系并非必要的描写来加以强调。

鲁迅在五四时期写了不少的杂文批判中国国民的圆滑和聪明，赞美埋头苦干、认真诚实的"愚人"精神，这些杂文引经据典，透彻犀利，当然是现代思想史上的力作。但我觉得这些议论对中国人的灵魂的冲击程度似乎远远不如鲁迅《聪明人和傻子和奴才》《立论》这两篇散文中所塑造的两个"傻子"形象。一个"傻子"特别较真，听到奴才哭诉自己的住房太小太暗，没有窗户，他"动手就砸那泥墙"，要为奴才开出一个光明的窗户来；另一个傻子不惮忌讳，坚持说出了"人总是要死的"这一谁都知道但谁都不敢说出的真理。鲁迅写这两篇散文的主体当然是为了讽刺"聪明人"和"奴才"们，但他塑造的这两个"傻子"的形象恰恰为五四时期的国民性改造议题提供了一种正面的典型，从而在社会上流行开来，形成自己的广泛影响。确实，就一场思想文化的启蒙效果而言，既需要学理的思辨，更需要文学艺术的形象感染。因为学理的影响主要是在知识层，它要通过知识分子这个中介才能向社会渗透，所以它的影响是缓慢的，逐步的，而艺术形象直接诉诸社会各层面的读者，比较而言其影响则是迅速的，穿透性的，并且在潜移默化中具有持续性的特征。由此可见，正是因为鲁迅精心营构了一系列尼采式的艺术形象，所以他在五四时期进行尼采主义介绍和宣传的效果，乃是同时代的学者和文化批评家们难以比肩而论的，他自己也就理所当然地被称为"中国的尼采"。

第四章　鲁迅倒孔：信仰领域中的攻坚战

"打倒孔家店"，这是五四新文化运动中最为响亮的一个口号，是那个时代里中国思想文化领域内新学与旧学、激进主义与保守主义最为激烈的一次交锋，也可以说是五四新文化运动留给后世争议最大、分歧最多的"成果"[①]之一。在这场文化战役中，倒孔力量大致有三：一是以陈独秀为代表的政治家，一是以吴虞为代表的学问家，一是以鲁迅为代表的文学家。在思想革命之初，是政治家与学问家的联手，成为"打倒孔家店"运动的先驱，而当1918年鲁迅以《狂人日记》的白话小说投身到新文化运动之时，作为先行者的陈独秀其兴趣已经开始转移，这从陈独秀此后在《新青年》杂志上发表的文章更多地关注现实政治问题这一现象上即可见端倪。而吴虞读到《狂人日记》，在很兴奋地写了一篇《吃人与礼教》予以评论之后，似乎也很少再对这一问题发表极有影响力的论文。倒是后起的鲁迅一发而不可收，毕其一生都始终不渝地运用各种形式对孔家店进行着不遗余力的批判。其火力之猛烈，其剖析之深刻，其用语之尖锐，其持续时间之长久，几乎在现代文学史上无与伦比。所以，笔者认为探讨鲁迅与20世纪中国社会文化思想革命的关系，首先就应该关注鲁迅在"打

---

① 之所以给"成果"一词打上引号，是因为"打倒孔家店"虽然一直以来都被学术界认为是五四新文化运动的一项成果，但是，在历史事实的层面上，哪怕就在五四新文化运动前后，北洋政府当局都在大力提倡尊孔读经，孙中山在提出三民主义时，也主张要倡扬忠孝仁爱信义和平的传统文化，国民党建立中央政府以后，蒋介石提倡新生活运动，不仅将忠孝仁爱信义和平视为民族八德，而且将礼义廉耻视为国之四维。1949年以后，孔家店在中国大陆好像是真正关了门，但上个世纪90年代以来，儒家文化得到主流意识形态的大力提倡，孔子也被当作民族文化传统的象征形象，被政府推向了世界。

倒孔家店"这一思想文化战役中的作用与贡献。

第一节　鲁迅倒孔的逻辑起点与问题聚焦

近些年来，尽管鲁迅研究界对于鲁迅的认识与理解日益分歧，而且也有不少论者试图努力阐述鲁迅在对待民族传统文化方面的辩证思维与二难态度，但是在谈到鲁迅与儒家文化的关系上，尤其是谈到鲁迅在"打倒孔家店"的运动中所起到的作用与贡献时，鲁迅研究界的意见还是比较一致的。最有代表性的成果如王得后的《鲁迅与孔子》一著，该著从"比较思想史"的角度将孔子和鲁迅这两个曾被毛泽东称之为"中国圣人"的思想家进行比较，认为"孔子和鲁迅处于中国封建专制历史的首尾两端，分属于两个不同的转型时期。孔子挽狂澜于既倒，维护一种封闭的、僵死的专制等级制度，鲁迅却在极力促使据说是'天经地义'的既成的秩序趋于瓦解。孔子培养奴隶道德，鼓吹苟活，抹杀个性，甚至灭绝人性；鲁迅对民族的奴隶根性深恶痛绝，终其一生，争取自由、平等，人的解放。孔子求'仁'，实际上是辩护'王道'的合法性；但无论对于'王道'还是'霸道'，鲁迅的抨击同样不遗余力，他主张'立人'，以人的生命个体为本位，建立'人国'。鲁迅是一个清醒的现实主义者，他深知，'人'的地位只能从争取中得来"①。尽管把两个不同时代的思想家放在一起，用现代的思想尺度来评价自然会有思虑不够周密之处（这已经有读者撰文予以指出，此不多言），但《鲁迅与孔子》对于鲁迅与孔子的根本性区别的分析无疑是十分到位的。又如王富仁，他在《中国文化的守夜人——鲁迅》一著中指出："中国传统的儒法合流后的儒家文化实际上是一个吃人的文化，它的吃人性不是孔子开创儒家文化的动机和企图，但却是它成为政治统治文化之后的必然结果。它的吃人性是建立在不承认人的个体性，不承认人的独立性，不承认作为一个独立的人的存在和发展的自由权利之上的。""在这种专制主义的社会体制和社会伦理道德体系中，不但历代都有被非人道地杀害了的社会

① 林贤治：《孔子、鲁迅、传统与反传统》，《读书》2010年第9期。

群众和知识分子，而且以其威吓力量窒息着全社会的精神活力和创造精神。正是在这个意义上，鲁迅猛烈地抨击了儒家文化的残酷性和虚伪性，揭露了它的吃人的本质。"王著不仅确切地指出了鲁迅对于儒家批判的精义所在，而且精辟地分析了鲁迅及其同时代的倒孔者之所以倒孔的内在的生命因素。"鲁迅和他同时代的知识分子的人生道路与传统儒家法家知识分子的人生道路发生了根本的变化，他们的社会地位和社会角色也发生了根本的变化，他们对于社会的理解和认识也与传统儒家法家的社会观念有了根本的不同。当他们带着这样的观念重新感受和理解中国传统的儒家文化时，中国传统儒家文化的残酷性才赤裸裸地展现在他们面前。"①这些观点当然体现出了新世纪以来对鲁迅与儒家文化关系研究的深入，不过问题依然存在，或者说恰恰是这些观点为我们启示出了一些新的问题。譬如说，鲁迅对儒家文化的批判仅仅止于其吃人性的揭露吗？是否还会有一些更为细致而深层次的思考呢？当社会地位和社会角色发生变化后，鲁迅和他同时代的知识分子对社会的理解与认识，对周边的社会生活的生命体验及其应对方式是否就真的一致了呢？怎样来理解同样处于社会变化中的鲁迅对于儒家文化的生命感受的独特性与超越性呢？而且，如果要研究在整整一百年的历史上，"孔家店"为什么打而不倒，或者倒而又起的这一复杂的文化现象，恐怕也只有从鲁迅对儒家文化批判的独特洞察中才能够获得一些发人深省的启示。

本书的绪论中已经详细分析过五四新文化运动的发起者《新青年》杂志对儒家文化的猛烈批判。我们注意到，在这场猛烈批判中，发表在《新青年》上的倒孔文章几乎都是针对康有为的主张，围绕着孔教能否作为共和政体下中国国民信仰这一中心问题而展开，而在具体的论述中，批判者的思路则集聚在两个具有递进关系的问题上，一是共和政体下是否能在宪法中订立一个所谓的"国教"以做全国人民的精神信仰，二是现代社会中儒家学说是否有资格作为全国人民的精神信仰。对第一个问题，倒孔者的态度非常明确：共和政体，信仰自由，不能在宪法中订立一个所谓的"国教"以做全国人民的精神信仰。对

① 王富仁：《中国文化的守夜人——鲁迅》，人民文学出版社2010年版，第123、124页。

鲁迅与20世纪中国国民信仰建构

第二个问题，倒孔者的态度更为激烈。他们几乎无一例外地非此即彼、决不通融，指出孔教与共和乃绝对两不相容之物，存其一必废其一，提倡孔教者必掊共和，而信仰共和者必非孔教。这两个问题的回答无疑有一个逻辑前提，就是孔子之道依附于君主专制，如果以孔子之道来治理国家，就非立君不足以言治，如果孔子之道成为国民的信仰，那么国民的精神就只能沉没于奴隶性的黑暗之中。与1907年东京时期的启蒙工作不一样，鲁迅参与《新青年》发起的新文化运动，首先就是以"打倒孔家店"的战士姿态出现的。值得注意的是，鲁迅在投入新文化运动之前，对《新青年》杂志已有比较长时期的阅读经历。当钱玄同来向他约稿时，鲁迅说自己懂得钱玄同的意思，他们正办《新青年》，然而那时仿佛不特没有人来赞成，并且也还没有人来反对。从这些说话的语气与逻辑中，不难看出鲁迅虽然因为自己的个人经验而对陈独秀和胡适提倡的"文学革命"并不怎样感到热情，但他对《新青年》杂志的宗旨与办刊情况以及当时"倒孔"运动的内容，还是很熟悉的，而且是引为同调的。《新青年》杂志第2卷第5号发表胡适的《文学改良刍议》的同时，也发表了陈独秀的《再论孔教问题》、高一涵的《一九一七年预想之革命》和蔡元培的《蔡孑民先生在信教自由会上之演说》，第2卷第6号上发表陈独秀《文学革命论》的同时发表了吴虞的《家族制度为专制主义之根据论》，这些文章都是当时倒孔运动中最有分量、最有代表性的作品。它们发表在一起，并非时间上的偶然，它所说明的恰恰是文学革命运动与"打倒孔家店"之间的必然而内在的逻辑联系。[①]所以，鲁迅一投入新文学革命运动，就对当时的倒孔运动予以积极的呼应，不仅"暴露家族制度的弊端"，而且将批判的矛头直指儒家学说中的核心价值观念"仁义道德"，这无疑显示出了鲁迅对于文学革命运动的目的与方式的最为深刻的理解。所以在倒孔的问题上，为了与前驱者取同一的步调，鲁迅对儒家文化的批判显然也是集中在国民信仰建构这一焦点上。

---

①　很有意味的是，在第2卷第6号上，胡适发表了他进行文学革命的最初"尝试"《白话诗八首》，其中最后一题题名就叫《孔丘》，诗曰："知其不可而为之，亦不知老之将至，认得这个真孔丘，一部《论语》都可废。"这首诗可以看作是作为文学革命主将之一的胡适对当时的"倒孔运动"的一个表态。

在《狂人日记》中，狂人是有坚定信仰的，这就是"将来的社会是容不得吃人的人"的，而他在密密麻麻写满"仁义道德"的字里行间赫然看出"吃人"二字，更是将封建宗法礼教制度的精神信仰支柱儒家思想宣判了死刑。《长明灯》中"疯子"锲而不舍地要吹灭的那盏"长明灯"，其实也就是封建宗法社会的信仰的象征。在同时期鲁迅所写的一些随感录和杂感中，鲁迅也是多次将批孔与国民的信仰问题联系在一起。如《随感录·四十六》谈现代国人的信仰："即使所崇拜的仍然是新偶像，也总比中国陈旧的好。与其崇拜孔丘关羽，还不如崇拜达尔文易卜生；与其牺牲于瘟将军五道神，还不如牺牲于Apollo。"① 又如《随感录·五十九"圣武"》谈儒学控制下中国国民的信仰缺失："几位读者怕要生气，说，'中国时常有将性命去殉他主义的人，中华民国以来，也因为主义上死了多少烈士，你何以一笔抹杀？吓！'这话也是真的。我们从旧的外来思想来说罢，六朝的确有许多焚身的和尚，唐朝也有过砍下臂膊布施无赖的和尚；从新的说罢，自然也有过几个人的。然而与中国的历史，仍不相干。因为历史结账，不能像数学一般精密，写下许多小数，却只能学粗人算帐的四舍五入法门，记一笔整数。""中国历史的整数里面，实在没有什么思想主义在内。这整数只是两种物质，——是刀与火，'来了'便是他的总名。"② 鲁迅在《呐喊·自序》中曾经说过，他最初加入文学革命阵营的"呐喊"是"听将令"的，这所谓的"听将令"，其实不仅包括他对当时"文学革命"运动发起者的乐观精神的支持，也包括他对这些革命前驱者的启蒙策略的理解。美籍华裔学者夏济安过于关注鲁迅作品中的黑暗面的揭示，认为，"如果把五四运动仅仅理解为怀有明确的目的除旧布新的群众运动的话，鲁迅就不能说是五四运动的真正代表"③，这一观点，显然缺乏对《狂人日记》发表时对《新青年》读者的巨大的震撼感的认识，也缺乏对五四时期"打倒孔家

---

① 鲁迅：《随感录·四十六》，《鲁迅全集》第1卷，人民文学出版社2005年版，第349页。

② 鲁迅：《随感录·五十九 "圣武"》，《鲁迅全集》第1卷，人民文学出版社2005年版，第372页。

③ 夏济安：《鲁迅作品的黑暗面》，乐黛云译，见《鲁迅研究年刊（1980）》，陕西人民出版社1984年版，第655页。

店"这一运动其意义的深刻理解。从鲁迅将倒孔运动与新文学革命运动紧密联系起来的"呐喊"以及他同五四新文化运动的发起者一样将倒孔运动的核心问题聚焦在国民精神信仰这一关键点上,我们就可以这样说,即使将五四运动仅仅理解为怀有明确目的的除旧布新的群众运动,鲁迅也可以说是五四运动的真正代表。

第二节 倒孔运动的深层体验与历史感知

在五四新文化运动的倒孔战役中,政治家的力量来之于对现实的敏锐的洞察,学问家的力量来之于丰富的伦理知识与严密的逻辑论证,而文学家的力量无疑来之于自身生命的深层体验。三种力量各有擅长,共同完成了五四时代对中国思想传统中的"孔家店"的拆解。我们认为,关于鲁迅对五四新文化倒孔运动的贡献,仅仅指出他与那些作为政治家和学问家的前驱者步调一致,指出他天才般地将倒孔运动与"文学革命"联系起来的"实绩",还是远远不够的。因为,鲁迅是以文学家的身份参与其中的,他的批孔眼光、方式以及他对儒家学说的理解,无不与他自己本人的深层生命体验以及建立在这种生命体验上的历史感知联系在一起。毫无疑问,五四新文化运动的先驱者对儒家学说的批判,对儒家学说不适宜于共和民主政体下的社会生活的认识,首先来自他们的生命感知。民国建立以后,新的政体形式、新的文化语境、新的社会生活方式都给这个时代的知识分子带来了一种全新的生命感知,正是这种共同性的生命感知构成了这个时代的思想潮流,这个时代的新文化知识共同体。不过,知识共同体共同拥有的这种生命感知只是一种处于生命表面层次的感知,它能够改变观念,形成思想,却不能赋予观念、思想以鲜明的独异性。在五四新文化倒孔者的知识共同体中,似乎只有鲁迅的生命感受超越了一般性的新知层面,直接连接上了自我生命深层结构中的灵魂创伤、情绪纠缠、性格阴影与无意识固结所凝聚起来的生命能量。这种生命深层的能量既来之于家道中落后他在世态炎凉与人间冷暖中的酸辛,来之于他在第一次启蒙经历中得不到赞同也得不到反对的落寞，来之于他在方灭未灭、方生未生的历史虚无中独自咀嚼人我之间的大悲苦的颓唐与绝望，当然也来之于他在现实生活中与各种自命为"正人君子"的读书人交往时的戒备甚至恶心，因而独一无二，具有无可取代的个异性。鲁迅的伟大就在于，他将自己这种独一无二的生命能量贯注在对现实与历史的洞察中，从而为五四新文化运动"打倒孔家店"这一战役提供了一种在这一知识共同体中无与伦比的思想深度。

如果说陈独秀、吴虞等人对儒学的批判着眼在儒学是封建君主制度的支柱，"孔教与帝制，有不可离散之因缘"①，因而没有资格成为共和民主制度下国民的信仰，其思想基础建立在时代进化的基础上，即一方面否认了孔教作为信仰在当今时代的不适性，一方面也承认了孔教在封建君主制度下作为信仰的合法性与适应性，那么，鲁迅的批判显然突破了这种时代进化的思路，采取的是一种"于浩歌狂热之际中寒；于天上看见深渊。于一切眼中看见无所有"②似的更为激进的虚无立场。在他看来，即使在封建君主时代，儒家学说也没有真正成为中国人的信仰，因为两千年来，那些口口声声尊崇孔子的儒教徒中，恰恰没有人真正相信孔子的学说。在中国的历史上，国民大抵都是"无特操"的，都不曾对自己的信仰认真过。佛堂里面供着关圣，而道观里面可拜菩萨的宗教合流现象到处可见。"中国的一些人，至少是上等人，他们的对于神，宗教，传统的权威，是'信'和'从'呢，还是'怕'和'利用'？只要看他们的善于变化，毫无特操，是什么也不信从的，但总要摆出和内心两样的架子来。要寻虚无党，在中国实在很不少；和俄国的不同的处所，只在他们这么想，便这么说，这么做，我们的却虽然这么想，却是那么说，在后台这么做，在前台又那么做……。将这种特别人物，另称为'做戏的虚无党'或'体面的虚无党'以示区别罢，虽然这个形容词和下面的名词万万联不起来。"③这种"无特操"人格在那些读过书的所谓"儒者"身上表现得尤为突出。鲁迅在谈到孙子兵法中的"坚壁清野"时就曾说过，"中国虽说是儒教国，年年祭

---

① 陈独秀：《驳康有为致总统总理书》，《新青年》1916年第2卷第2号。

② 鲁迅：《墓碣文》，《鲁迅全集》第2卷，人民文学出版社2005年版，第207页。

③ 鲁迅：《马上支日记》，《鲁迅全集》第3卷，人民文学出版社2005年版，第346页。

孔；'俎豆之事，则尝闻之矣，军旅之事，丘未之学也。'但上上下下却都使用着这兵法"①。"一面制礼作乐，尊孔读经，'四千年声明文物之邦'，真是火候恰到好处了，而一面又坦然地放火杀人，奸淫掳掠，做着虽蛮人对于同族也还不肯做的事……全个中国，就是这样的一席大宴会！"②古代如此，现代亦然，鲁迅说："我生以前不知道怎样，我生以后，儒教却已经颇'杂'了：'奉母命权作道场'者有之，'神道设教'者有之，佩服《文昌帝君功过格》者又有之，我还记得那功过格，是给'谈人闺阃'者以很大的罚。"③正因为其杂而无信，中国的儒者"要做事的时候可以援引孔丘墨翟，不做事的时候另外有老聃，要被杀的时候我是关龙逢，要杀人的时候他是少正卯，有些力气的时候看看达尔文赫胥黎的书，要人帮忙就有克鲁巴金的《互助论》"④，"早上打拱，晚上握手；上午'声光化电'，下午'子曰诗云'"⑤，"既许信仰自由，却又特别尊孔；既自命'圣朝遗老'，却又在民国挣钱；既说应该革新，却又主张复古"⑥。不仅少有人为所信仰的主义而殉身，甚至也少有人能够将自己的信仰主张贯彻到底，一意孤行。鲁迅认为这种"无特操"的现象，固然是一种人格上的萎弱与卑怯，但也与"圣道广博，无所不包"不无关系，孔子的学说里面本来就包含着许多矛盾，可以供给徒子徒孙们为自己的卑怯与无信制作遮羞布，所以，"天下太平或还能苟安时候，所谓男子者俨然地教贞顺，说幽娴，'内言不出于阃'，'男女授受不亲'。好！都听你，外事就拜托足下罢，但是天下弄得鼎沸，暴力袭来了，足下何以见教呢？曰：做烈妇呀！"⑦。

既然自古至今儒者们并不把孔子的学说认真对待，为什么历代帝王都把

① 鲁迅：《坚壁清野主义》，《鲁迅全集》第1卷，人民文学出版社2005年版，第272页。
② 鲁迅：《马上支日记》，《鲁迅全集》第3卷，人民文学出版社2005年版，第350页。
③ 鲁迅：《寡妇主义》，《鲁迅全集》第1卷，人民文学出版社2005年版，第279页。
④ 鲁迅：《有趣的消息》，《鲁迅全集》第3卷，人民文学出版社2005年版，第212页。
⑤ 鲁迅：《热风·四十八》，《鲁迅全集》第1卷，人民文学出版社2005年版，第353页。
⑥ 鲁迅：《热风·五十四》，《鲁迅全集》第1卷，人民文学出版社2005年版，第361页。
⑦ 鲁迅：《坚壁清野主义》，《鲁迅全集》第1卷，人民文学出版社2005年版，第274页。

孔子高高地供奉在文庙，历代的儒者们都皓首穷经读圣人之书，口口声声以圣道为信仰，以致到了民国，还有人主张祭孔尊孔以孔教为国教呢？鲁迅指出其中有一个大奥秘，这就是无论君主帝王还是儒家徒众，其实都在利用孔子和他的学说。做君主的是利用它来保住自己的天下，因为这"祖传的成法"具有极大的同化力，可以消灭异端，甚至化异端为己有，"凡有读过一点古书的人都有这一种老手段：新起的思想，就是'异端'，必须歼灭的，待到它奋斗之后，自己站住了，这才寻出它原来与'圣教同源'；外来的事物，都要'用夷变夏'，必须排除的，但待到这'夷'入主中夏，却考订出来了，原来连这'夷'也还是黄帝的子孙"①。同时，儒家学说严等级分尊卑，君君臣臣父父子子，夫唱妇随婆慈媳顺，一切恪守本分，于是天下太平。所以，"造化生人，已经非常巧妙，使一个人不会感到别人的肉体上的痛苦了，我们的圣人和圣人之徒却又补了造化之缺，并且使人们不再会感到别人的精神上的痛苦。……现在我们所能听到的不过是几个圣人之徒的意见和道理，为了他们自己；至于百姓却就默默的生长，萎黄，枯死了，像压在大石底下的草一样，已经有四千年"②。孔子学说本来就是干禄之学，君主帝王又将百家罢黜，独尊儒术，所以，读书人则是利用孔子学说来爬官做官。"中国人的官瘾实在深，汉重孝廉而有埋儿刻木，宋重理学而有高帽破靴，清重帖括而有'且夫''然则'，总而言之：那魂灵就在做官，——行官势，摆官腔，打官话。"③正是由于看穿了读书人尊孔背后隐潜着的卑污心理，当20年代中期北洋政府教育总长章士钊等人鼓吹尊孔读经并且要求青年们读经救国时，鲁迅就谆谆告诫青年们："这一类的主张读经者，是明知道读经不足以救国的，也不希望人们都读成他自己那样的；但是，耍些把戏，将人们作笨牛看则有之，'读经'不过是这一回耍把戏偶尔用到的工具。抗议的诸公倘不明乎此，还要正经老实地来评道理，谈利害，那我可不再客气，也要将你们归入诚心诚意主张读经的笨牛类

① 鲁迅：《古书与白话》，《鲁迅全集》第3卷，人民文学出版社2005年版，第227页。
② 鲁迅：《俄文译本〈阿Q正传〉序及著者自叙传略》，《鲁迅全集》第7卷，人民文学出版社2005年版，第83—84页。
③ 鲁迅：《学界的三魂》，《鲁迅全集》第3卷，人民文学出版社2005年版，第220页。

里去了。"①至于普通百姓尊孔，这当然是君主帝王和御用的儒者们教导他们的，但普通百姓也从尊孔中得到了好处，这就是可以用孔子学说麻醉自己，忘却自己的卑微与苦难，在"劳心者治人，劳力者治于人"的天命格局中苟活下来。鲁迅在给一位朋友的回信中曾这样说道："先生的信上说：惰性表现的形式不一，而最普通的，第一就是听天任命，第二就是中庸。我以为这两种态度的根柢，怕不可仅以惰性了之，其实乃是卑怯。遇见强者，不敢反抗，便以'中庸'这些话来粉饰，聊以自慰。所以中国人倘有权力，看见别人奈何他不得，或者有'多数'作他护符的时候，多是凶残横恣，宛然一个暴君，做事并不中庸；待到满口'中庸'时，乃是势力已失，早非'中庸'不可的时候了。"②在鲁迅看来，中国人一向十分自诩的"中庸"思想，说穿了不过是苟活的挡箭牌和遮羞布。当然，鲁迅也指出"苟活就是活不下去的初步，所以到后来，他就活不下去了。意图生存，而太卑怯，结果就得死亡。以中国古训中教人苟活的格言如此之多，而中国人偏多死亡，外族偏多侵入，结果适得其反，可见我们蔑弃古训，是刻不容缓的了。这实在是无可奈何，因为我们要生活，而且不是苟活的缘故"③五四时期，鲁迅曾提出他的"生命主义"三原则：一是生存，二是温饱，三是发展。但鲁迅的"生存"之义绝不是苟活，所以鲁迅才希望青年们刻不容缓地觉醒起来，"蔑弃古训"，所以鲁迅才会在他的各种类型的文学创作中都不遗余力攻击国民在儒教的浸润中所形成的性格中的"卑怯"。

鲁迅在批判儒教方面一个最重要的贡献在于他发现了儒教徒在奉行儒教信仰时的一种生命迹象，这就是巧言令色，包藏祸心，明明想着某件事，却不直截地说和做，而是旁敲侧击，转弯抹角，以致他即使伤害了你，还要使你感觉到他伤害得好，应该伤害，或者说这不是伤害，而是奖掖是保护。鲁迅生动地将这种儒教徒的生命迹象概括为"鬼祟"。这种"鬼祟"，首先就表现在通过儒教两千年的化育，中国国民即使苟活在"吃人"的社会也一个个"无不陶醉

① 鲁迅：《十四年的读经》，《鲁迅全集》第3卷，人民文学出版社2005年版，第138页。
② 鲁迅：《通讯》，《鲁迅全集》第3卷，人民文学出版社2005年版，第27页。
③ 鲁迅：《北京通信》，《鲁迅全集》第3卷，人民文学出版社2005年版，第55页。

而且至于含笑"。"因为古代传来而至今还在的许多差别，使人们各各分离，遂不能再感到别人的痛苦；并且因为自己各有奴使别人，吃掉别人的希望，便也就忘却自己同有被奴使被吃掉的将来。于是大小无数的人肉的筵宴，即从有文明以来一直排到现在，人们就在这会场中吃人、被吃，以凶人的愚妄的欢呼，将悲惨的弱者的呼号遮掩，更不消说女人和小儿。"[1]因为内心里面潜藏着奴使别人和吃掉别人的希望，所以就忘却甚至容忍别人对自己的奴使和自己的被吃，这种包藏祸心、寄意侥幸的"鬼祟"心思无疑就是"做稳了奴隶的时代"的社会心理基础。其次，儒家的"鬼祟"也表现在理和欲的关系上。儒家鼓吹"存天理灭人欲"，但天理是在口上说说，固然好"存"，而人欲却联系着肉体的原始冲动，岂是轻易能够灭却的？于是，"鬼祟"也就由此产生。在谈到儒家的节烈观时，鲁迅指出，在儒家出现之前的社会里，虽然风俗蛮野，但做事却是直截了当，"女子多当做男人的物品，或杀或吃，都无不可；男子死后，和他喜欢的宝贝，日用的兵器，一同殉葬，更无不可。后来殉葬的风气，渐渐改了，守节便也渐渐发生。但大抵因为寡妇是鬼妻，亡魂跟着，所以无人敢娶，并非要他不事二夫"。"直到宋朝，那一班'业儒'的才说出'饿死事小失节事大'的话，看见历史上'重适'两个字，便大惊小怪起来。出于真心，还是故意，现在却无从推测。其时也正是'人心日下，国将不国'的时候，全国士民，多不像样。或者'业儒'的人，想借女人守节的话，来鞭策男子，也不一定。但旁敲侧击，方法本嫌鬼祟，其意也太难分明"，"所以女子身旁，几乎布满了危险，除却他自己的父兄丈夫之外，便都带点诱惑的鬼气"。[2]鬼鬼祟祟，自然也就心思阴暗，神经过敏，易生疑窦，时常猜忌，所以自古以来"中国之所谓道德家"特别地富于联想，"看见一句'意中人'，便即想到《金瓶梅》，看见一个'瞟'字，便即穿凿到别的事情上去。然而一切青年的心，却未必都如此不净；倘竟如此不净，则即使'授受不亲'，后来也就会瞟，以至于瞟以上的等等事，那时便是一部《礼记》，也即等于《金

---

① 鲁迅：《春末闲谈》，《鲁迅全集》第1卷，人民文学出版社2005年版，第229页。

② 鲁迅：《我之节烈观》，《鲁迅全集》第1卷，人民文学出版社2005年版，第125—126、126、128页。

鲁迅与20世纪中国国民信仰建构

131

瓶梅》了，又何有于《蕙的风》？"①。在《狂人日记》中，鲁迅将封建礼教"吃人"的方式概括出三种特点：一是软刀子割人不觉痛，吃者虽然眼里含着恶狠狠的凶光，可脸上却"笑吟吟"地。二是给被吃者预备下一个名目，给力抗流俗的独立思考者预备的是"疯子"，给敢于造反者预备的是"恶人"，给妇女预备的是"失节"，给儿女预备的是"忤逆"，等等。有了这些名目，吃人就容易多了，而且成了善事，"将来吃了，不但太平无事，怕还会有人见情"。三是逼迫被吃者自戕，小说中"我"敏锐地感觉到了，吃人者虽然想吃人，但"直捷杀了，是不肯的，而且也不敢，怕有祸祟。所以他们大家联络，布满了罗网，逼我自戕"，"最好是解下腰带，挂在梁上，自己紧紧勒死；他们没有杀人的罪名，又偿了心愿，自然都欢天喜地的发出一种呜呜咽咽的笑声"。这三种"吃人"方式，鬼鬼祟祟，遮遮掩掩，对吃者而言，是"狮子似的凶心，兔子的怯弱，狐狸的狡猾"，对被吃者而言，是舒服地、正当地、自愿地被引上牺牲的祭坛。鲁迅对儒家礼教"吃人"方式的鬼祟性的揭示，触及了封建宗法制度与礼教的话语方式问题，尤其显出鲁迅对于中国封建儒家文化传统解剖的深刻、透彻与细微。难怪吴虞读了以后情不自禁地赞叹，说鲁迅这篇小说"把吃人的内容和仁义道德的表面看得清清楚楚。那些戴着礼教假面的滑头伎俩，都被他把黑幕揭破了"②。

第三节　情感投入、现实针对和坚韧持续

五四时期的"打倒孔家店"，是新文化运动的一场重要的思想战役。值得注意的是，20世纪上半叶，中国社会中的反孔与尊孔虽然看起来似乎是思想文化领域内的论战，但是它的起因与意义实际上都远远超出于思想文化领域，从袁世凯祭孔尊孔开始，到后来北洋政府官僚主张"读经救国"，甚至直到30年代蒋介石建立一党治国的中央集权政府并提倡新生活运动，尊孔的一方始终

① 鲁迅：《反对含泪的批评家》，《鲁迅全集》第1卷，人民文学出版社2005年版，第425页。
② 吴虞：《吃人与礼教》，《新青年》1919年第6卷第6号。

都是和政治权力结合在一起，都是当政者企图用孔子的儒家学说来统一思想，统一信仰，或者利用儒家学说来帮助政治权力统一思想，统一信仰。因而，从五四新文化运动呼吁打倒"孔家店"开始，尊孔与反孔的思想论战就不局限在纯粹学理上的论争，而是攸关着思想自由、信仰多元的现代民主共和政体的核心价值理念的存废问题。对这一点，鲁迅是有着十分清醒的认识的，也正是因为这一清醒而深刻的认识，使得鲁迅的反孔并不孜孜于学理的辨析，逻辑的推论，而是攻其一点不及其余，鞭辟入里直指心窝，呈现出鲜明的情感投入性、现实针对性和坚韧持续的特点。

在如何看待孔教的问题上，五四时期的倒孔者有着两种不同的态度。一种是把孔子和孔教区分开来，认为孔子本人和孔子的学说都是很伟大的，汉代"罢黜百家独尊儒术"以后，孔子成了教主，孔子学说成了教条，孔教才成为帝王君主统治思想的工具，成为国民性病根的渊薮，成为国民奴隶道德之土壤。现代倒孔运动的发起者陈独秀就持这种态度，他对孔教的弊端以及对新社会的危害批判得最为痛彻，但他在与《新青年》读者的通信中也明确表达了他对孔子本人的崇敬，称赞他同耶稣一样都是历史的伟人。20年代初期周作人在谈论生活的艺术化时，也把孔子的学说分成汉前与汉后，肯定了汉前的原始儒家思想是积极进步的，讲究礼乐的。胡适在《孔丘》的白话诗中也是将孔子分为"真孔子"与"假孔子"的。另一种态度是认为孔子与孔教不能区别开来，孔教后来沦落为封建君主帝王的统驭术，孔子本人和他的学说性质难逃其咎。如易白沙就指出："中国二千余年尊孔之大秘密，既揭破无余，然后推论孔子，以何因缘被彼野心家所利用，甘做之傀儡，是不能不归咎孔子之自身矣。"为此他举了四个例证："一孔子尊君权漫无限制，易演成独夫专制之弊。君主独裁，若无范围限制其行动，势将如虎傅翼，择人而食"；"一孔子讲学不许问难，易演成思想专制之弊"；"一孔子少绝对之主张，易为人所藉口"；"一孔子但重作官，不重谋食，易入民贼牢笼"。[1]鲁迅的态度与他们有所相似，但又有明显不同。首先，鲁迅也同意儒家思想在中国的作用与地位

---

① 易白沙：《孔子平议（上）》，《青年杂志》1916年第1卷第6号。

可分为汉前与汉后，但鲁迅批判得最厉害的是宋以后的儒教，这不仅是因为宋以后儒家更为得势，"汉朝以后，言论的机关，都被'业儒'的垄断了。宋元以来，尤其利害。我们几乎看不见一部非业儒的书，听不到一句非士人的话。除了和尚道士，奉旨可以说话的以外，其余'异端'的声音，绝不能出他卧房一步"①；也不仅是因为宋以后儒家形成了自己的理学，开始宣讲其"饿死事小失节事大"的昏话；而且也是因为汉唐时代，中国人还有一种大国国民的气度，宋以后，蒙古人、满人轮番入主中原，中国人只能以儒教学说自我瞒骗，自我麻醉，来争取做稳了奴隶的地位。于是，中国国民性中的种种痼疾由此而生。所以，鲁迅在批判"读经救国"论时，曾谆谆劝告青年们，"现在正不必埋头来哼线装书。倘其咿唔日久，对于旧书有些上瘾了，那么，倒不如去读史，尤其是宋朝明朝史，而且尤须是野史；或者看杂说"②。因为，"我们这曾经文明过而后来奉迎过蒙古人满洲人大驾了的国度里，古书实在太多，倘不是笨牛，读一点可以知道，怎样敷衍，偷生，献媚，弄权，自私，然而能够假借大义，窃取美名。再进一步，并可以悟出中国人是健忘的，无论怎样言行不符，名实不副，前后矛盾，撒谎造谣，蝇营狗苟，都不要紧，经过若干时候，自然被忘得干干净净；只要留下一点卫道模样的文字，将来仍不失为'正人君子，'"③。

其次，鲁迅虽然认为儒家思想可以分为汉前与汉后，但他对历史上的孔子本人并不表特别的尊崇，对"罢黜百家独尊儒术"之前的原始儒家思想也并无特别的好感。鲁迅在自己的文章里随机提到孔子的地方数不胜数，但只有极个别的地方具有正面肯定的意义，绝大部分对孔子不是批评就是讽刺，如在谈到"轨道破坏者"时，鲁迅就拿孔子做反例，指出"孔丘先生确是伟大，生在巫鬼势力如此旺盛的时代，偏不肯随俗谈鬼神；但可惜太聪明了，'祭如在祭神如神在'，只用他修《春秋》的照例手段以两个'如'字略寓'俏皮刻薄'之意，使人一时莫明其妙，看不出他肚皮里的反对来。他肯对子路赌咒，却不肯

---

① 鲁迅：《我之节烈观》，《鲁迅全集》第1卷，人民文学出版社2005年版，第127页。

② 鲁迅：《读经与读史》，《鲁迅全集》第3卷，人民文学出版社2005年版，第148页。

③ 鲁迅：《十四年的读经》，《鲁迅全集》第3卷，人民文学出版社2005年版，第138页。

鲁迅与20世纪中国研究丛书

对鬼神宣战，因为一宣战就不和平，易犯骂人——虽然不过骂鬼——之罪"。

"孔丘先生是深通世故的老先生，大约除脸子付印问题以外，还有深心，犯不上来做明目张胆的破坏者，所以只是不谈，而决不骂，于是乎俨然成为中国的圣人，道大，无所不包故也。否则，现在供在圣庙里的，也许不姓孔。"①在《杂忆》中谈到中国人与外民族的关系时，鲁迅也顺便拿孔子来说事："孔老先生说过：'毋友不如己者'，其实这样的势利眼睛，现在的世界上还多得很。"②顺手拈来，旁敲侧击，这本来就是鲁迅写杂感时常用的手法，而孔子形象在鲁迅的笔下要么是"世故"，要么是"势利"，可见在鲁迅的心目中，孔子的形象与人格实在不佳。直到30年代，鲁迅写《故事新编》时塑造了一系列正面的古代人物性格，如墨子的实干、大禹的耐劳、黑衣人的信诺与牺牲、后羿的勇猛等等，但《出关》中的孔夫子依然还是一个被嘲讽的对象。之所以会这样，我们认为这主要是因为鲁迅作为一个倚重感性的文学家，与那些政治家、学问家不同，他在对孔子的批判中强烈地倾注了自己的情感，尤其是鲁迅青少年时代自我生命体验中所形成的一些心理固结，与他后来的批孔态度更是息息相关。譬如他在家道中落时所承受的炎凉冷暖，他在祖父死后因分割财产时所遭遇的长辈的威逼，都不免使他从中体验到礼教的虚伪，他幼年时读《二十四孝图》所产生的疑虑，也使他在生命成长的道路上平添了一份担心与恐惧。至于后来他在从事文化批判的各类社会活动中不断地遭遇到一些自命为"正人君子"的智识者的构陷的暗箭和污蔑的流弹，更使他对现实中乃至历史上的所谓"道德家""正人君子""圣徒""贤人"怀有深深的疑忌，不惮以最坏的恶意去揣摩他们的鬼祟心思，用最"不留情面"的犀利尖刀去解剖他们的假象。带着这样的精神固结，怀着这样的情感心理投入到倒孔运动中，鲁迅怎么可能对孔子本人及其原始的儒家学说抱有好感呢？理解了这一点，也就能够真正理解鲁迅所谓"孔孟的书我读得最早，最熟，然而倒似乎和我不相

①　鲁迅：《再论雷峰塔的倒掉》，《鲁迅全集》第1卷，人民文学出版社2005年版，第202—203页。

②　鲁迅：《杂忆》，《鲁迅全集》第1卷，人民文学出版社2005年版，第237页。

干"①一语所包含的深广而愤激的心理情感内容。

鲁迅批孔的现实针对性是极其鲜明的。如果说他写《狂人日记》揭露宗法家族制度的弊端，指斥礼教"吃人"，这是对陈独秀、吴虞他们"打倒孔家店"的呼应，那么他后来在《新青年》上写随感录抨击"现在的屠杀者"，乃是他对于林纾等攻击新文化运动"覆孔孟、铲伦常"的回击，尤其是1925年左右，鲁迅连篇累牍地发表文章批判儒家思想，更是直接针对当时北洋政府提倡"读经救国"的现实事件而发。这种现实针对性固然有其利弊，一方面，它确实使得鲁迅没有余暇乃至兴趣对儒家文化思想做出全面与体系性的研究和解剖，这从现代思想史的角度来看，也许是一个遗憾。但是另一方面，鲁迅以其独到的见解、尖锐的表达以及犀利的解剖，戳穿了尊孔读经背后隐藏的真相，揭露了尊孔读经对中国社会现代化进程的危害，这既显示出了鲁迅对20世纪中国社会革命发展的深切关注，也是鲁迅作为一个思想家对于20世纪中国革命发展做出的杰出贡献。即以鲁迅对1925年左右的"读经救国"论的批判为例，这一思潮是在时任北洋政府教育总长章士钊的赞同与推动下蔓延开来的。《甲寅》月刊1卷9号（1925年9月12日）上曾发表章士钊和孙师郑的通信，孙师郑在信中说："拙著读经救国论，与先生政见，乃多暗合。"而章士钊则在回信中大加赞许，说："读经救国论，略诵一过，取材甚为精当，比附说明，应有尽有，不图今世，犹见斯文。"此后章士钊在多种场合不断地提倡尊孔读经，甚至还利用自己手上的权力，在1925年11月主持了教育部的部务会议，通过了一个行政决定，要求全国小学从初小四年级开始读经，每周一小时，直到高小毕业为止。这一事件看起来似乎只是一个文化教育问题，但深究下去，就能发现这事件背后有着更为复杂的政治因素。早年的章士钊曾是民主制度的鼓吹者，1918年岑春煊在广州取代孙中山成为护法军政府的首脑，邀请章士钊担任护法军政府的秘书长。为了实现自己的政治抱负，章士钊离开北京大学南下广州为护法军政府效力。1920年10月，岑春煊在粤桂战争中失败，宣告下野，章士钊也离开政坛赴欧考察。这第一次的实际的政坛经历使章士钊对自己所信

① 鲁迅：《写在〈坟〉后面》，《鲁迅全集》第1卷，人民文学出版社2005年版，第301页。

奉的民主代议制度产生了怀疑，在欧洲考察时又接触到近代基尔特社会主义创始人潘悌，并且深受其影响。回国以后，章士钊就开始鼓吹"以农立国"的政治主张，认为中国文化是以礼和农为核心的农业文化，西方文化是以利为核心的工业文化，欧战爆发，西方文化的弊端已经暴露，而近代以来中国模仿西方走工业化道路，未得其益，先得其害，也已到了末路。所以，中国应当废弃工业化，回到中国古圣先贤所设立的节欲戒争、重农尚礼的基本立国道路上来。围绕这一理念，章士钊还设计了一个包括经济、政治、伦理道德的系统的以农立国的治国方案。1925年左右，章士钊之所以投靠段祺瑞执政府开始他的第二次政治生涯，实际上也是想借此机会来实践自己的"以农立国"的政治理想。儒家礼教与农耕文明当然是不可分割的，农耕文明是儒教产生的土壤基础，而儒家礼教则为农耕文明提供精神的支柱。所以，章士钊要"以农立国"，就势必要保存礼教，倡扬儒家，他的"读经尊孔"的思想理念与他的"以农立国"的政治主张是紧密联系在一起的，或者说本身就是他的"以农立国"政治实践中的一个步骤与环节。鲁迅其时在教育部供职，对章士钊的政治主张自然是十分了解的。所以，鲁迅不遗余力地批判章士钊的尊孔读经，不仅仅是因为"女师大事件"所结下的公愤，更主要的是因为在关于中国现代社会改革的道路选择上的截然对立。在天演进化、优胜劣败的世界文明格局中，工业化才代表着现代转型的方向，才能够富国强兵，使民族自立于世界之林。鲁迅在批判章士钊时着重提到了"甲午海战"，着重提到了读史尤其是读宋以后的历史的重要性，就是要告诉人们，宋以后理学炽盛，农耕文明和封建礼教似乎是完美地融合在一起了，但是民族遭遇的外侮更其频繁，民族的生命力更其萎弱，所以，农耕文明也好，礼教孔学也好，都不足以保种，不足以御外，更不用说促进民族的发展了。

30年代鲁迅写了一系列的历史小说，涉及了儒、道、墨、侠等诸子人物，其中《采薇》与《出关》是写儒家人物。《出关》中的孔子始终做着恭敬而有礼的样子，其实肚子里是心怀鬼胎的，所以他一旦从老子这里得到了所谓"道"，也就不再来拜会老子了。这种"深于世故"和"势利"，老子都能看得清清楚楚，这说明这时期鲁迅心目中的孔子形象的特质与鲁迅五四时期在杂文中所描写的并无二致。值得关注的是《采薇》，小说的主人公是伯夷与叔齐，伯夷为了不违父意将继承王位的权利让给弟弟叔齐，而叔齐为了不改变传位长子的祖规也放弃了王位的继承，后来武王伐纣，这两兄弟认为武王是"犯上"，"竟全改了文王的规矩"，所以不食周粟，饿死在首阳山上。孔子的学说主要是祖述周礼而来，文王时代乃是儒家最为向往和推崇的时代。伯夷和叔齐可谓是这个时代的灵魂，是恪守周礼忠孝精神的标志性人物。但是，这两个人物的命运却是悲剧性的，悲剧的根源不在于他们性格上的通体矛盾，而是在于他们所恪守的王道观念自身就包含着不可调和的对立、无法解决的悖论。冯光廉在《鲁迅小说研究》中曾经分析道："伯夷不违父意，固然是孝了，叔齐不忍篡兄之位，固然是悌了，但是他们放弃祖业的行为是最大的不孝。""商王变乱旧章，按照先王之道原是应该征伐，躬行天罚的，但武王伐纣是以下犯上，究竟也不合先王之道。"这两兄弟越是要严格地遵守和奉行周礼，越是感到无所适从。所以，冯著指出："作为一个思想家，鲁迅从有关伯夷、叔齐的典籍中洞察到了作为传统文化中的重要部分的封建道德观念自身的对立性，这种对立对封建道德观念的整个体系而言，不仅是外在的形式上的对立，而且是内在的精神的对立，不是后天在发展中所产生的，而是它与生俱来的本体意义上的对立。它是无法克服和调和的，随着封建道德观念的体系的发展，这种对立也在逐渐地加深着裂痕。所以，封建道德观念体系的诞生，就已经预示着自身的必将瓦解、崩溃的命运。"①我们认为这种分析十分精辟地说明了鲁迅在对儒家文化的"刨祖坟"的思想活动中得到的一个新的发现。在20年代，鲁迅不断地批评封建礼教的虚伪，讽刺儒家道学的作假，在《采薇》中，鲁迅终于发现了儒教的道学家们为什么要做假、为什么不由自主地虚伪的深层次的原因。从《狂人日记》到《采薇》《出关》，从《新青年》时代的随感录到鲁迅的后期杂文，短短的十余年中，中国社会改革的历史进程已经跃入了一个新的阶段，时代的思想主潮和文化语境也有了重要的变化，但鲁迅心目中的孔子还是那样地"深于世故"和"势利"，鲁迅对于儒家学说的批判还是那样地不遗

① 冯光廉：《鲁迅小说研究》，天津人民出版社1989年版，第295页。

鲁迅与20世纪中国研究丛书

余力，甚至在思考的深度方面有了更新的发展。这种反孔批儒的持续性与坚韧性在五四时代的倒孔健将们中是无与伦比的，也是鲁迅思想与人格上的一个最为突出的特征。他对孔子儒学的许多论断具有诛心之力，即使在当今儒学回潮、孔子重新成为国家文化传统的象征符号的时代，依然是那样的振聋发聩，启人深省。

第五章　后期鲁迅信仰的思想资源与内在整合

　　鲁迅的信仰建构是一种人生价值的判定，但并非哲学家似的人生意义的纯粹理论性的思考，他建构自我信仰的目的在于为其革命的生命行为提供最直接的参与动力和指导方向。当然，鲁迅的"革命"行为，既包含在现代中国历史的革命进程之中，但同时也显示出他自身的个体意义。鲁迅的"革命"，从根本理念上来看是一种在现代中国此消彼长的社会革命背景下的思想革命，或者说人性革命。从晚清新政，辛亥革命，再到新民主主义革命，这种思想革命的理路和社会政治革命的理路时疏时密，时合时分，最终融入或者说消隐到了社会政治革命的巨大洪流中。鲁迅始终置身于这种时代洪流中，他不是时代潮流转换中的弄潮儿，但他一次次地经历着时代潮流的洗礼，在时代潮流的发展中检验着自我个人信仰的实践性，也不断地对个人信仰进行深刻的反思与坚定的调整。尤其是在新文化运动过后的一段时间里，鲁迅在辗转流徙的生命过程中越来越明晰地意识到过量历史之"毒"对他的人格结构与行为模式的潜在影响。在一定程度上说，这种过量历史之"毒"既赋予鲁迅一种否定逻辑，帮助他通过对自我的否定建立起社会批判的依据，制订"立人"以"立国"的策略，但这种主观结构决定论又使得国民性改造方案停留在问诊的抽象层面上进行，无法增进大众对他的思想革命意图的了解和响应。无法实现借思想问题来解决现实问题、借人性改造来实现社会改造的革命目的，这本来已经让鲁迅沮丧和彷徨，而20年代后期三民主义与社会主义由合作而分裂最终分道扬镳，这一时代危机更加促进了鲁迅对自我思想信仰的一次新的调整。

鲁迅与20世纪中国研究丛书

第一节　三个意象与上海鲁迅的革命实践

一、"蝙蝠"自喻与革命文学的实践

鲁迅后期信仰问题的复杂性与辩证性，作为理解鲁迅完善主体精神结构的特殊方式和具体内容，在鲁迅的自我评价中能够证实一二。"蝙蝠""勃兰特"和"告警者"作为鲁迅自我评价的一种符号化体现，客观上也是鲁迅为文行事的参照与要求。三个意象前后相继地出现，彼此之间存在着互生关系，三个方面共同形成鲁迅关于无产阶级革命理论的个性阐释。

鲁迅曾在多篇文章里提到蝙蝠。早在1919年5月，鲁迅在给傅斯年的信中就以蝙蝠自况。当时，傅斯年称赞鲁迅的小说《狂人日记》，鲁迅表示："《狂人日记》很幼稚，而且太逼促，照艺术上说，是不应该的。来信说好，大约是夜间飞禽都归巢睡觉，单见蝙蝠能干了。"[1]语虽谦虚，但对勤劳的蝙蝠显然是感觉亲近的。30年代初，鲁迅为声援黎烈文而"准风月谈"时，也曾写有专文《谈蝙蝠》，文中说："人们对于夜里出来的动物，总不免有些讨厌他，大约因为他偏不睡觉，和自己的习惯不同，而且在昏夜的沉睡或'微行'中，怕他会窥见什么秘密罢。"[2]后来在《门外文谈》中，鲁迅也说："因为我看古书也看洋书；但有几位却因此反不相信我，说我是蝙蝠。"[3]前者说蝙蝠的"异端"性，后者说蝙蝠的难以"归类"性，从鲁迅的文字距离来看，他倒很乐意蝙蝠的评价，因为他总是不合时代、发出"异声"，批判革命同时又批判革命的对象。"革命文学"的论战中，创造社把重心安排在"光明"和"未来"，本质是典型的社会进化论思想，在此观念下，革命被视为一次性完成的历史任务，成为一种身份象征，因此普罗文学对革命的判断带着理论的、实验的性质。鲁迅在"天演论"时代就摆脱了纯粹科学理性设计的客观进化之

---

① 鲁迅：《对于〈新潮〉一部分的意见》，《鲁迅全集》第7卷，人民文学出版社2005年版，第236页。

② 鲁迅：《谈蝙蝠》，《鲁迅全集》第5卷，人民文学出版社2005年版，第212页。

③ 鲁迅：《门外文谈》，《鲁迅全集》第6卷，人民文学出版社2005年版，第86页。

路，他倾心于以主观意力建立为基础而走向民族解放的路径，即使当他预感到时代即将进入遽变期，也难持革命的片面乐观，而指出"这所谓大，并不一定指可以由此得生，而也可以由此得死"，所以，文艺应该以独有的"重压"①关注这个时代。与之相应，他的"革命文学"逻辑也立足于："揭出黑暗"和"揭出现在"。

"现在"的"黑暗"首先来自统治者，鲁迅披露了一系列"假救国"现象：《沉滓的泛起》里面借抗敌做出卖旧货的广告；《以脚报国》里面留学生粉饰太平，掩盖国内兵、匪、穷、灾各种祸乱；《新的"女将"》里面以军装和武器装点女性，再以"女将"来装点看客的战场；《"非所计也"》里面鼓吹"私人感情"是中日外交解决方案，称"上京请愿"爱国人士"自行失足落水"是"非所计也"；《观斗》里面"军阀们只管自己都争着……也不是自己亲身在斗争，是使兵士们相斗争"，对内忽战忽和，对外"不抵抗"；《航空救国三愿》里面兜售航空奖券，强迫民众缴纳飞机捐，却不知道"炸弹会不会落到手无寸铁的人民头上"。整个社会表面上一派积极向上、团结抗战的风貌，内底里竟是这等腐朽、积弱，鲁迅以"戏场小天地""天地大戏场"总结了那些蒙蔽群众、美化政治、自相矛盾的言行。揭示虚假抗敌，从表面看来是与国民政府为难，如果仅仅把这个当作鲁迅走向无产阶级队伍的佐证，无异于把鲁迅对马克思主义的理解界定为政治斗争。鲁迅之所以提醒国民从各种以救国为幌子的骗局中，看穿那些趁"国难声中"或"和平声中"将利益更多的榨到自己手里的伎俩，目的在于引发国民对革命泥沙俱下情势的识别，这恰恰是鲁迅自身对革命的警惕和甄别。

此外，"现在"的"黑暗"也存在于革命阵营内部。鲁迅还讽刺了一系列"伪文艺"现象：《关于小说题材的通信》里面谈到自称"革命文学"的仅仅是"硬造一个突变式的革命英雄"，一味推崇"在现时代大潮流冲击圈外"的"客观"就是"楼上的冷眼"，同情也不过是"空虚的布施"，于无产者并无补助；《"民族主义文学"的任务和运命》里面揭示《民族主义文艺

---

① 鲁迅：《〈尘影〉题辞》，《鲁迅全集》第3卷，人民文学出版社2005年版，第571页。

运动宣言》是剽窃法国泰纳《艺术哲学》中某些论说，歪曲民族形成史和民族革命史，目的在"为殖民地上的洋大人效劳"，"流尸文学将与流氓政治同在"；《不通两种》里面批判"第三种人"和"民族主义文学"，"上等聪明人不谈这些，就成了'艺术的艺术'家，次等聪明人竭力用种种法，来粉饰这不通，就成了'民族主义文学'者，但两者是都属于自己'不愿通'，即'不肯通'"；他反驳王平陵所讲的"通话"事实就是"官话"，而不为官话代言的写作就如"植物被压在石头底下，只好弯曲的生长"。对革命阵营的划分，鲁迅并不是沿用社会通行的某一政治思想，而是看其是否真正实施革命主义，因此，他既不信任标榜"革命"的执政政府，也不被革命文学派的美丽言说迷惑。

这与鲁迅的革命观察密不可分。单就广州这个"革命策源地"来说，也是顷刻间就变为"反革命"根据地的，鲁迅对此多有反思。在反思中，鲁迅意识到这样几个问题：第一，革命的领导者是否可信？他指出"革命巨子"只看重"自己活着，能永远做指导"，"一有风吹草动，就有洋鬼子造成的铁丝网，将反革命文学的华界隔离"，[1]他们既有着"阴阳脸"，又眷恋着"咖啡店"，仅仅是"检一点吉祥之兆来陶醉自己"，就算"超出了时代"。[2]第二，革命的依靠者是否可信？民众在轰轰烈烈的无产阶级革命运动中被赋予主人翁身份，却唱着显示"小巧的机灵"和"厚重的麻木"的"叫人叫不着，自己顶石坟"太平歌诀，任何一个革命的时代，都有看客，他们的心理和形态如一，看"头"和"女尸"的"脸上都表现着或者正在神往，或者已经满足的神情"。[3]第三，革命的主义是否可信？他看过了"不满于现状，要加以改革"，回顾从"儒"到"侠"而至"强盗"的革命之路，然而这种"不满"从来都不是要做"主人"，而是要做奴隶主或受奴隶主庇佑的"流氓"[4]之流。所以，做"蝙蝠"就意味着鲁迅始终以怀疑的态度来面对革命的领导者、依靠

① 鲁迅：《通信》，《鲁迅全集》第4卷，人民文学出版社2005年版，第99页。

② 鲁迅：《太平歌诀》，《鲁迅全集》第4卷，人民文学出版社2005年版，第104页。

③ 鲁迅：《铲共大观》，《鲁迅全集》第4卷，人民文学出版社2005年版，第107页。

④ 鲁迅：《流氓的变迁》，《鲁迅全集》第4卷，人民文学出版社2005年版，第160页。

者以及革命诸学说，无论是对"无产阶级文学"还是非"无产阶级文学"，鲁迅评判的标准不在于是否挂了革命的"扁"，而在于有没有充分地正视"现实的黑暗"，做真正的反抗。

蝙蝠形象诞生于黑暗之中的明察，鲁迅自谓蝙蝠，更侧重对黑暗的辩证认识，既包括社会革命所抵抗的黑暗统治，也指符合历史潮流意义的革命中的阴影部分，后者强调了革命未完成状态和行进方向。鲁迅也正是从此意义上看到：革命一开始并非所有战士都"意识"正确，而是"每一革命部队的突起，战士大抵不过是反抗现状这一种意思，大略相同，终极目的是极为歧异的"，但只要是进行中，"愈到后来，这队伍也就愈成为纯粹，精锐的队伍"。①鲁迅没有特指正确意识是"无产阶级"意识，但肯定了意识的进化，这种进化不同于外来强力征服而被动改变的发展，而是个体意识的主动性发挥，并集束为一种合力的作用。革命意识不是来源于教条，却实实在在来自革命主体的参与和体验，反过来又促成革命队伍的进化，这是革命的形成过程，也是鲁迅对自己早期进化思想的实践与整合。从文化哲学的层面来看，鲁迅的进化思想建立在个体价值的抽象性上，他认为尊重个性的殊异，就不应该以多数为标准，以英哲来迁就庸众势必引起社会退步。而上海时期的鲁迅，不再把天才和诞生天才的土壤绝对对立，已经承认转化的可能性，使得他不再是简单地复述"文学革命"时代对旧文化、旧传统的抨击，而是在社会层面、行动层面上再来看待这个"思想层面"的积弊。有了阶级思维和辩证逻辑后，鲁迅获得了比先前更自由、更深刻的认识事物方式。因此，当小资产阶级知识分子"左转"以后生硬地使用"艺术的武器"时，鲁迅并没有单一地占有那个理论武器，而是充分地融入个人生命去理解马克思主义与中国现实的关联，从而培养了一种独立的信仰方式和新型的话语系统，既没有将文化使命和价值情怀悬挂起来，也兼顾了群众感知和社会功用。

---

① 鲁迅：《非革命的急进革命论者》，《鲁迅全集》第4卷，人民文学出版社2005年版，第231页。

二、"勃兰特"意识与文艺运动的开展

回忆韦素园的文章里，鲁迅怀念起易卜生的一个人物——勃兰特。勃兰特在易剧中企图用个人力量鼓动人们反抗世俗旧习，他带领一群信徒上山寻找理想。在途中，其他的人难以忍受登山之苦，反而对勃兰特产生怀疑，并将他击倒，最后勃兰特在雪崩中丧生。易卜生的戏剧在新文化运动时期推动过思想革命的发展，大批青年受其感召鼓舞，勇于追求个性解放。勃兰特作为一个悲剧人物，极度真实地演绎了对信仰最彻底的坚守，在被背叛的境地中，成为理想主义的献祭。勃兰特既符合鲁迅早期崇奉的超人英哲标准，同时还具有投身现实社会的实践，所以并不仅仅是"黄金世界"的偶像，而成为韦素园真实人生的一个写照。鲁迅写《忆韦素园君》的时候，心境早已不激昂，"我的记忆好像被刀刮过了的鱼鳞，有些还留在身体上，有些是掉在水里了，将水一搅，有几片还会翻腾，闪烁，然而中间混着血丝"，透露出对旧时的嫉恨与无助，但他却对这种牺牲精神充满激赞。一篇悼文处处能看到鲁迅的夫子自道，一方面，深知为国族前途和个人信念工作会遭遇误解和陷于困境；另一方面，即使"他不是命令过去的人，从新起来，却并无这神力，只将自己埋在崩雪下面"，[1]鲁迅也不以此否定心中的信仰，而是将勃兰特作为自己的影子。

按照鲁迅的理解，从现实革命的角度来讲，勃兰特作为牺牲意象隐含着不计得失的奉献，但又与成仿吾等人机械运用革命理论要求的献身有所区别。鲁迅说"将革命使一般人理解为非常可怕的事，摆着一种极左倾的凶恶的面貌，令人对革命只抱着恐怖"，他认为"其实革命是并非教人死而是教人活的"，但这种活，不是苟活，他自己曾表达过"从别国里窃得火来，本意却在煮自己的肉"的牺牲准备。这种牺牲，一是不问报酬，不以交换为目的，二是不畏树敌，因为"在真的解放之前，是战斗……我只以为应该不自苟安于目前暂时的位置，而不断的为解放思想，经济等等而战斗"[2]。融入牺牲观念的"战斗"

---

① 鲁迅：《忆韦素园君》，《鲁迅全集》第6卷，人民文学出版社2005年版，第65、68页。

② 鲁迅：《关于妇女解放》，《鲁迅全集》第4卷，人民文学出版社2005年版，第615页。

不是左联时期的"飞车集会"，也不是暗杀等激进的革命手段，鲁迅的战斗始终以手里的金不换为工具，落实到翻译和实施大众语的身体力行中。

早在日本留学时期鲁迅就开始从事翻译工作，包括启迪科学的《月界旅行》《地底旅行》等，唤醒灵魂的《默》《谩》等，回到国内后又译弱小民族、被压迫民族的作品作为改良民族性的精神资源。尤其是接触无产阶级革命理论后，鲁迅着手翻译了卢那卡尔斯基《文艺与批评》、蒲力汗诺夫《艺术论》、苏联关于文艺的会议录及决议的《文艺政策》、片上伸《无产阶级文学的理论与实际》等一系列唯物史观著作。而鲁迅的翻译也曾遭受不断的谴骂，从翻译观念、翻译方法、翻译心理等多方面受到文字责难和人身攻击。先有梁实秋、赵景深、杨晋豪等人"顺而不信"的反驳，后有穆木天等人的"围剿"。鲁迅对一些恶意的围攻予以坚定的回击，但对于翻译中的一些问题和乱象，也做出了辩证的分析和理解。譬如，有的论者指出："许多在那儿干硬译乱译工作的人，如果改行来做改头换面的编述工作，是否胜任得了？……听说现在有许多翻译家，连把原作从头到尾瞧一遍的工夫也没有，翻开第一行就译，对于原作的理解，更无从谈起。"[1]有的论者则批评："目前我们的出版界的大部分的译品太糟得令人不敢领教了，无论是那一类译品，往往看了三四页，还是不知所云。"[2]鲁迅分析了造成这种局面的原因，认为原因并非主观上的"硬译"或"乱译"，而是客观环境对译者造成的不好影响。"中国的流行，实在也过去得太快，一种学问或文艺介绍进中国来，多则一年，少则半年，大抵就烟消火灭"，不踏实的学风形成"抢先"[3]的心态，读书界、出版界、批评家都应该重视和反省这种不严谨的态度。鲁迅没有孤立地看待翻译缺失，而是全面地看待这个系统性的问题。鲁迅的这个思维逻辑引起穆木天的反诘，穆木天发表文章指责楼适夷借用"滥下注解"翻译观念形态不同的、反

① 林翼之：《"翻译"与"编述"》，《申报·自由谈》1933年7月31日。

② 大圣：《关于翻译的话》，《申报·自由谈》1933年8月13日。

③ 鲁迅：《为翻译辩护》，《鲁迅全集》第5卷，人民文学出版社2005年版，第274页。

动的作品，他指出革命的翻译家应该翻译革命的、进步的内容。①鲁迅则强调翻译也需要"知己知彼"，并举"砒霜"为例，"欣赏之余，所得的是知道它杀人的力量和结晶的模样：药物学和矿物学上的知识了。可怕的倒在用有限的砒霜，和在食物中间，使青年不知不觉的吞下去"。穆木天这样似是而非的所谓"革命文学"，故作激烈的所谓"唯物史观的批评"②即为证。鲁迅希望批评家"一，指出坏的；二，奖励好的；三，倘没有，则较好的也可以……倘连较好的也没有，则指出坏的译本之后，并且指明其中的那些地方还可以于读者有益处"③，这样才有利于翻译文学事业的发展。可以看出，鲁迅对当时尚未成熟的翻译工作充满怜惜，他甚至以只要没有"穿心烂"的苹果，剜掉烂疤，还可以吃得几处没有烂的，正如"拾荒"一样的譬喻来婉劝批评界对成长中的译者施以鼓励。对穆木天把"间接翻译"称为"投机取巧""滑头办法""避难就易"，鲁迅则说"直接译或间接译，是不必置重的；是否投机，也不必推问"，"要紧的是要看译文的佳良与否"，即能不能"显出前一本的优良"。④而穆木天把鲁迅的"重译"称为"那些阻碍真实的直接翻译本的间接译出的劣货"，并认为鲁迅是"无深解的买办式的翻译"，⑤鲁迅则回应"翻译的路要放宽，批评的工作要着重"。⑥无论哪一种辩解和论述，鲁迅对翻译的态度都是肯定多于否定，支持多于批判，他认为"绍介国外思潮，翻译世界名作"，便是"运输精神的粮食的航路"，急于事功或故意迁怒，只会导致"买空卖空"，精神上的"聋"，文界上的"哑"，如同用秕谷来养青年，决不会壮大，只会出现尼采所描写的"末人"。⑦围绕翻译的种种分析、论争、

---

① 穆木天：《从〈为翻译辩护〉谈到楼译〈二十世纪之欧洲文学〉》，《申报·自由谈》1933年9月9日。

② 鲁迅：《关于翻译（上）》，《鲁迅全集》第5卷，人民文学出版社2005年版，第312页。

③ 鲁迅：《关于翻译（下）》，《鲁迅全集》第5卷，人民文学出版社2005年版，第316页。

④ 鲁迅：《论重译》，《鲁迅全集》第5卷，人民文学出版社2005年版，第532页。

⑤ 穆木天：《论重译及其它（下）》，《申报·自由谈》1934年7月2日。

⑥ 鲁迅：《再论重译》，《鲁迅全集》第5卷，人民文学出版社2005年版，第534页。

⑦ 鲁迅：《由聋而哑》，《鲁迅全集》第5卷，人民文学出版社2005年版，第294页。

呼吁、倡议，反映出鲁迅对事物发展认识的辩证思想，不走结论性套路，更关键的是体现出他在接受无产阶级理论之后自我评价和大众评价的调整：新文化运动时期鲁迅对国民性的批判建立在先觉知识分子的"哀其不幸怒其不争"之上，隐含着不易觉察的精英思维，而从翻译事件来看，对先天不足和后天缺陷都以宽容的态度扶持，并且对意图否定和压制翻译的批评界给予奋力抵抗，没有丝毫的"超拔"姿态，显然是平民化的、初学者的倾向。

　　30年代，鲁迅响应"大众语"运动，大力提倡"书法拉丁化"：像日本文那样留少许汉字，大多数用拉丁拼音写，最后改作横行。今天反观他的建议，有不周全的地方，但回到历史语境会发现鲁迅所谈到的"大众语"不仅仅是语言问题，而是使用者的身份问题。在《门外文谈》中说因为文字是"特权者"的东西，所以它就有了"尊严性"和"神秘性"，士大夫阶层为了要把持文字，故意使文字难以学习，不易普及，于是大众要想取得平等权利，在经济限制之外还多了一条文字难的高门槛。鲁迅把中国文字称为"方块的带病的遗产"，"我们的最大多数人，已经几千年做了文盲来殉难了，中国也弄到这模样，到别国已在人工造雨的时候，我们却还是拜蛇，迎神。如果大家还要活下去，我想：只好请汉字来做我们的牺牲"。[1]汉字的拉丁化既是手段，也是目的，他指出汉字就是"愚民政策的利器"，"中国劳苦大众身上的一个结核，病菌都潜伏在里面，倘不首先除去它，结果只有自己死"。[2]从地方的到全国的语文的大众化，必须依靠汉字的拉丁化，既节约时间又省却纸墨，这是一种和现代文明接轨的意识，同时"把文字交给一切人"，也是废除等级化的第一步。鲁迅认为，阻碍大众语实施，不让百姓享有平等的文字权，等同于"用飞机掷下炸弹去，用机关枪送过子弹去，用刀斧将他们的颈子砍断"这样的苛酷摧残。而由谁来实施？"活的东西——谁来做——觉悟的读书人"，没有受到旧文字污染的"刚健，清新"对应新生活的"彻底，平等"。从"文言时代"进入"白话时代"，这个过渡反映封建思想和民主思想的斗争，而由

①　鲁迅：《汉字和拉丁化》，《鲁迅全集》第5卷，人民文学出版社2005年版，第585页。

②　鲁迅：《关于新文字》，《鲁迅全集》第6卷，人民文学出版社2005年版，第165页。

"白话文"走向"大众语",一方面有文言遗老的反对,另一方面还有白话建功者的诘难。文公直说"帝国主义的灭绝华人的毒气弹,已经制成无数了",鲁迅提倡"语法的欧化"就是投放"文化的毒瓦斯",他甚至疑惑鲁迅是不是"敌国人"。鲁迅对国民最深切、最朴实的体察和爱护,拼尽全力为反抗等级压迫的无产阶级思想被误解为"对全民族的出卖",猜疑成"为西人张目的急先锋(汉奸)",但鲁迅坚持"全照老样"就不能"前进"。他曾以"别一个窃火者"形容自己不可躲避的境遇:"并不是锁他在山巅,却秘密的将他锁在暗黑的地窖子里,不给一个人知道。派来的也不是大鹰,而是蚊子,跳蚤,臭虫,一面吸他的血,一面使他皮肤肿起来。这时还有蝇子们,是最善于寻觅创伤的脚色,嗡嗡的叫,拚命的吸咂,一面又拉许多蝇粪在他的皮肤上,来证明他是怎样地一个不干净的东西。"①这一段自画像里面显示出鲁迅充分地认识到自己的角色和任务:作为一个共产主义战士为着民族更广大群众的"前进"坚定地和一切压迫与残害的现象做斗争。

应该说,这时期鲁迅在牺牲观基础上建立起来的文学实践,已经褪去了早期思想中那种高蹈的,易于产生群众精神隔膜的成分,渐渐转向紧贴大众生活,与国民根本命运相关又往往被革命者忽略的部分。当然,这也符合他一贯的文化革命观的方向。在此牺牲观中,第一,鲁迅明确了牺牲的奉献对象,即中国几千年来受尽文化奴役的底层人民以及在革命运动中缺乏文化支撑的进步青年。这也是首次将文化改造的重要意义纳入到新民主主义革命中,所以鲁迅当之无愧地应当成为文化"反围剿"的"民族魂",并且他还指明了文化改造的现实途径与可见目标,一定程度上可理解为当时并不完备的革命大纲的补充。第二,鲁迅对牺牲主体有了更为准确的引导,为牺牲提供了一种非革命主流的理解:一方面,不"以得到目前的安宁为满足"②,任何主义的革命都应有不满足的彻底性,另一方面,即或是成功后也并非有面包或民众的拥戴。这种祛除名与利的牺牲观斧正了革命的动机和目的。第三,鲁迅就牺牲的方式做

---

① 鲁迅:《别一个窃火者》,《鲁迅全集》第5卷,人民文学出版社2005年版,第234页。
② 鲁迅:《文艺与革命》,《鲁迅全集》第4卷,人民文学出版社2005年版,第78页。

出特殊的辨析：对青年的血感到痛心和震惊，同时，也看到牺牲者难有应者。"革命的先驱者的血，现在已经并不希奇了。单就我自己说罢，七年前为了几个人，就发过不少激昂的空论，后来听惯了电刑，枪毙，斩决，暗杀的故事，神经渐渐麻木，毫不吃惊，也无言说了。我想，就是报上所记的'人山人海'去看枭首示众的头颅的人们，恐怕也未必觉得更兴奋于看赛花灯的罢。"①鲁迅进而以许褚的赤膊上阵白白送死的事例，表达了自己对壕堑战的认同。有保留的牺牲观和差异化的牺牲观，客观上区别了无价值的流血，但从精神道义上来看，鲁迅始终肩负着牺牲的使命意识，并且以牺牲保证其信仰的践履力。

三、"告警者"理论与文化批判力的建立

克尔恺郭尔《非此即彼》的《序幕》有一段启示录："戏场里失了火。丑角站在戏台前，来通知了看客。大家以为这是丑角的笑话，喝采了。丑角又通知说是火灾。但大家越加哄笑，喝采了。我想，人世是要完结在当作笑话的开心的人们的大家欢迎之中的罢。"鲁迅由此联想到"丑角"的"打诨"便是"帮闲者的伎俩"，在《帮闲法发隐》一文中鲁迅说有一个人，"认真的在告警，于凶手当然是有害的，只要大家还没有僵死"，但帮闲者就以丑角身份出现，用打诨和装着鬼脸，"使警告者在大家眼里也化为丑角，使他的警告在大家的耳边都化为笑话"，并且"耸肩装穷，以表现对方之阔，卑躬叹气，以暗示对方之傲；使大家心里想：这告警者原来都是虚伪的。幸而帮闲们还多是男人，否则它简直会说告警者曾经怎样调戏它，当众罗列淫词，然后作自杀以明耻之状也说不定。周围捣着鬼，无论如何严肃的说法也要减少力量的，而不利于凶手的事情却就在这疑心和笑声中完结了。它呢？这回它倒是道德家"。②克尔恺郭尔在19世纪后期西方现代主义思想背景下表达了对理性主义哲学的批判，通过"丑角"与"看客"，刻画了思想家所认识的世界是那么地荒诞和虚无，但鲁迅并没有延续其非理性主义的逻辑，而是回到了民族现实生存环境

① 鲁迅：《〈守常全集〉题记》，《鲁迅全集》第4卷，人民文学出版社2005年版，第539页。

② 鲁迅：《帮闲者发隐》，《鲁迅全集》第5卷，人民文学出版社2005年版，第290页。

中，对"丑角"加以改造，变成了他所倚重的"告警者"。

告警理论与鲁迅早期的"铁屋子"理论相比，后者还仅仅是强调先觉者精神独醒的苦痛，是一种从沉默历史中抽象出的社会本质，告警者则多了一重现实危机感，面临双重困境：其一是不能将真相使大众知道，其二是自身的道德品行受到诬蔑。告警者鲁迅的时代角色更清晰，对帮闲者和民众的心理距离和态度立场均有区别，而非单以"庸众"统称。同样是"面子"问题，鲁迅的剖解思路就呈现出与早期的差异，他说"面子"就是中国人的"精神纲领"，[①]前清时候，洋人霸占中国利益，衙门失了"面子"，临走从边门送洋人，不给他走正门，大官们就"占了上风"。这个"面子"博弈暴露出典型的中国文化心理：第一，"面子"是所谓"脸"，代表一种身价，即一种价值观；第二，价值观受人的社会属性影响，阶级社会里面每个人的社会身份决定社会属性；第三，非正常的外在等级划分成为公认标准，内在的个人主体性就会丧失。因此，"要面子"必须分清究竟是个体本性尊严的需要，还是不平等社会附加的虚荣的欲望？鲁迅讲了"小瘪三"和"四大人"的笑话，一方面讽刺小瘪三主体观念的模糊，另一方面也是谴责不均等社会对价值衡量的畸形引导。这个牵涉到"尊严"的面子问题，本质上是人的平等和自由的体现，然而精神性的痼疾和社会性的时疫共同作用，酿造了中国人"名实观"的颠倒。鲁迅还进一步警告对"名"的过度强调，必然忽视基本的是非判断。针对有人指出"倒提着鸡鸭走过租界"就要"罚钱"，"以为西洋人优待动物，虐待华人，至于比不上鸡鸭"，鲁迅说"人能组织，能反抗，能为奴，也能为主，不肯努力，固然可以永沦为舆台，自由解放，便能够获得彼此的平等，那运命是并不一定终于送进厨房，做成大菜"，与其看重是否和"鸡鸭"同等重要的名声，不如"合群改革"。[②]这样的论调立刻引起了华人不满，林默认为鲁迅不但反对"鸣不平"，而且还说中国人不争气，不同意中国人仇恨西洋人，助长西洋人对中国人的欺压，鲁迅维护他"东家"的"花边文学"简直是"毒汁""妖言"，可

---

① 鲁迅：《说"面子"》，《鲁迅全集》第6卷，人民文学出版社2005年版，第130页。

② 鲁迅：《倒提》，《鲁迅全集》第5卷，人民文学出版社2005年版，第517—518页。

见是称职的"买办"。①告警者看到的是民族生存力应该强化，应该把握自身命运，而不是麻木地接受恩宠或者剥削，宣扬的是抗争，抨击的是顺从，帮闲者们却以民族气节这样的道德判断来检讨鲁迅。由此见出，告警者与帮闲者最大的差异不在于所谓的民族大义，而在于告警者不以表面的是非来衡量事理的正误，这也是告警者始终逆舆论而行的原因。有怎样的阶级理论就会指导怎样的阶级革命，无产阶级革命相比思想革命获得了更大多数的社会力量，这种进步性是这一阶级理论所创造，但止步于革命本身，抑或陷于革命运用的主义则会导致革命的不彻底。换句话说，在鲁迅的思想认识中，社会结构的革命和精神结构的革命并不是两种完全对立的模式，上海时期的社会情势和鲁迅自身的反思更平衡了二者在鲁迅内心的比例。所以，告警必然是兼顾两个方面的失调，如果把鲁迅在30年代坚持的精神进化说理解为是"错位"，那么，就无法看到鲁迅在阶级观视域下个人意识的整合，充当告警者，恰恰是鲁迅以个体生命实践阶级理论的方式。

走上"告警"之路，鲁迅把唤醒沉睡国民的意识进一步转化为实实在在的革命任务，但这一任务与革命的宣传却背道而驰：胡适称赞洋式的"模范监狱"显示人权的进步，鲁迅说国家"至今还是随便拷问，随便杀头"；若谷指摘文人的不良嗜好，鲁迅说更糟糕的是这类"文人无行"的文章造成了文坛的虚滑；《大晚报》上夸耀"大刀队"与满洲军搏杀获胜，鲁迅说"我军"与"敌军"均为华人，正是帝国主义"以华制华"的手段；抵制租界内洋人对国民的欺压和侮辱成为主流时，鲁迅说租界内"推""踢""揩油""爬和撞""冲"才是导致社会落后与混乱的原因；提倡国货，禁用"铅笔和墨水"，鲁迅说真正的爱国当如日本一样"仿造"优品；《如此广州》讥讽迷信的封建和陈腐，鲁迅说花死力来斗争的"认真"足取……告警并非从优越性出发，而是有预见性地从貌似圆满的、正义的、积极的事件中看到被有意弱化或无意忽视的紧要之处。这一辩证思维来自身体力行地进入无产阶级革命战斗实践，同时，又不局限于阶级论的唯物史观。告警者逆求真谛，在于批判立场的介入，

---

① 林默：《论"花边文学"》，《大晚报·火炬》1934年7月3日。

尤其是对同一阶层的警示，知识者参与革命依靠手中的笔，但文人对个人职业和民族事业关系的认识还是容易走到原先的路子上，特别是有了"革命"的幌子后，这种偏离不易察觉。鲁迅指出有些人"自己替别人给自己作序"借以吹捧，以"逃名"标榜自己淡泊，根子在"名"；有些人以广告造势宣传售书，"商定"的文豪，"商贾"的批评，根子在"钱"；更有借从文以"进大学，进衙门"做"文官"；甚或还有"文丐""文氓"。1935年，鲁迅先后写了七篇杂文论"文人相轻"，不断完善自己关于知识分子应该怎样祛除奴性，从事精神建设工作，成为社会良心的认识。

要使告警具备真正的警示作用，首先，告警者不受任何利益驱使，只对真相负责，鲁迅对自己的文字便"不求保护"。一是不需要受到言论检查制度的保护，因为他的文字只能成为投枪和匕首，二是不需要受到历史流逝淘洗的保护，因为社会若是抛弃了恶疾，他的文字就自然死亡，因而鲁迅始终带着人本的理念、民众的立场，独立思考的精神原则面对"荒淫与无耻"，从事"庄严的工作"。其次，告警者要有理性的判断能力，不能为告警而告警，应有相应的目标和策略，答国际文学社问的时候，鲁迅说这种"工作"包含建设和战斗，但现阶段还是"以战斗为主"，为底层人民的基本生存权利而战，为革命文艺的纯粹和进步而战，为社会公共空间的自由和平等而战。其三，鲁迅的告警有着内在的批判动力，即用自由的批判去获求批判的自由，如果以自由为名的革命，仅仅是"向左转"，自由就会成为"保障复辟的自由"，"屠杀大众的自由"，导致"自由"成为一个伪命题。在此逻辑下，鲁迅也指出个人主体性自由的实现必须由"心"来完成，所以反对"心固然要活，但不可过于活"的统治。最后，鲁迅的告警还有终极目的，他多次探讨国民"难行与不信"的问题，说大多数的人有"信"，但很少"坚信"，既相信命运，又想着"买奖券""推背图"这样改变命运的旁门左道，根本上还是"什么都不信"；他说"怀疑"并没错，但是流于"怀疑而已"，却无"明断"，这就是缺陷。从本质上来说，怀疑与崇信并不矛盾，在旧的神话葬送新的神话待建过程中，怀疑是找寻崇信的有效路径，但不能是绝对怀疑，否定一切，而应该是既辩证又唯物地看待进化历程中的阶段性和整体性。这样的告警认识了中国现代社会的发展情状，洞悉了世俗流弊背后的文化逻辑，形成新的文化批判力，与30年代初刻板的无产阶级理论和教条区分开来。

过去往往将鲁迅加入无产阶级革命阵营，理解为阶级论对作家世界观的改造，这个无异于承认在鲁迅的价值取向中发生了单向作用，即外部价值理念作用于主体进而形成主观意识导向。事实上，这种思路仅仅是一种结论意识，无法回答鲁迅接受的阶级观过程以及阶级观的呈现样态。而且，鲁迅对个人信仰的调适和更新对后来人的影响和启示也不能是"是什么"的问题，而应该是"如何是"的问题。从接触苏联文艺论战，到有倾向性地阅读和翻译托洛茨基，从革命文学论战、参与并领导"左联"，到三个自喻意象前后相继出现，鲁迅对无产阶级革命理论进行越来越丰富的个性阐释过程，也是他自身信仰不断整合的过程。这种整合有三个特征：第一，鲁迅不是从理论思想传入后的形态来判断马克思主义，他是在创制并实践理论的那一批人和作品那里获得一种本质化的精神，进而建立起一种源头性认知。同托洛茨基、藏原惟人，包括普列汉诺夫、卢那察尔斯基的精神对话皆是如此，通过这种阅读，鲁迅具备了无产阶级革命论与文化论的完整意识，而不是单纯地从革命行动派的意义上被动接受碎片式的革命指南。这符合鲁迅精神结构中的整体性思辨特征，他后期的文学创作延续了一贯的批判意识也是必然。第二，鲁迅不是以妥协的方式接受异质于自身业已形成的思想、观念，即使马克思主义在革命派那里显得如真理一样具有时代的先进性，鲁迅也没有把"被固定化了的意识形态和作为实体化了的外来权威"作为结果置换自己原有的精神原理。他是把这种异质性视为参照，"作为迫使旧有的人的观念本身发生变革的东西来把握"[①]。这也符合信仰的发生逻辑，无论是宗教式的信仰还是非宗教式的信仰，其产生都应该是双向的，马克思主义作用于鲁迅，也只可能是鲁迅自己辨识、转化的马克思主义。第三，鲁迅不是在一个既成框架内补充和完善马克思主义，他感受以及不断实践的是颠覆型的、抗争型的主义，这种不断革命区别于社会革命的行为实

① ［日］伊藤虎丸：《鲁迅与终末论》，生活·读书·新知三联书店2008年版，第157页。

践，落实到了主体和对象世界的精神自新。包括鲁迅自谓的"蝙蝠的异声"和"丑角的告警"，所依据的都不是阶级论简单对立的评判准绳，而是对阶级论做出反省后的辩证逻辑。所以，鲁迅的信仰整合就不单是一个时代的、社会外力作用的结果。一个人的思想内容往往是在精神结构的表面层次上，与个体的人的社会认识、文化传承、教育习得等等关系密切，而思维方式则处于人的精神结构的深层次中，往往与个人的生命体验等精神结构中的隐秘性内容有关，进化思想、尼采主义、无产阶级革命理论，都与鲁迅生存经验和传统教养相关，并且经由鲁迅内在的精神孕育和反刍，形成独具人格的信仰范式。

当然，这种整合也不能离开历史的具体情势，对照《热风》《坟》和三本"且介亭"杂文集，鲁迅的文字越来越"务实"。他在《"立此存照"（六）》中借罗振常《流寇陷巢记》一段故事，说"《热风》中有《来了》一则，臆测而已，这却是具象的实写；而贼自己也喊'来了'，则为《热风》作者所没有想到的"[1]，从"臆测"到"具象的实写"说明这一转变的存在。为什么会有这个差异？《热风》的写作体验以19世纪末期为主，而《立此存照》的作者已经目睹了20世纪前三十年的历史变化，当压迫、杀戮和麻醉从潜在的预期日益显形，且成为时代的主体事件，世变之亟超过一切的精神虚拟构想。一言以蔽之，生活的残忍已经大大胜于人性的推理假设。早期"臆测"是个体对历史经验的认识以及域外思想资源刺激的反应，而伴随实际斗争的加剧，鲁迅的生命体验中融入了底层百姓的阶级迫害感。他给《草鞋脚》写小引时谈到，"最初，文学革命者的要求是人性的解放，他们以为只要扫荡了旧的成法，剩下来的便是原来的人，好的社会了，于是就遇到保守家们的迫压和陷害。大约十年之后，阶级意识觉醒了起来，前进的作家，就都成了革命文学者，而迫害也更加厉害，禁止出版，烧掉书籍，杀戮作家，有许多青年，竟至于在黑暗中，将生命殉了他的工作了"[2]。战斗的严峻性和持久性，为了增强

① 鲁迅：《"立此存照"（六）》，《鲁迅全集》第6卷，人民文学出版社2005年版，第655页。

② 鲁迅：《〈草鞋脚〉小引》，《鲁迅全集》第6卷，人民文学出版社2005年版，第21页。

战斗力量，他希望通过社会阶级的废除来实现国民精神的进化，同时，又试图以国民心灵结构的改良来促进社会阶级的平等，这也反映出他信仰的某种连续性。他的问题意识和思维逻辑都有着承续和联系，同样是对"吃人"社会的揭示，30年代的"吃人"更实在，指明舆论的自欺欺人，"杀人者在毁坏世界，救人者在修补它，而炮灰资格的诸公，却总在恭维杀人者"，是"变戏法"的现代史，对历史的引导走向生存问题；同样是"救救孩子"，30年代提出了孩子的"玩具"问题、"读物"问题、"连环画"问题等等，对儿童的认识由成人视角转变到儿童本身。他的立足点都回到切切实实的"一要生存，二要温饱，三要发展"。即使他惯用的讽刺也专门说明：要抱有"真实"和"善意"，即使"夸张"，也"不胡闹"，这就决定了鲁迅在上海时期的解剖和疗救都有明确的"治活"意识和"他者"观念，同他前期的精英化思路有所区别。

鲁迅的"革命观"从文学革命期到社会革命期越来越辩证，也越来越具有大众化风格，与他重新接触、认识无产阶级有关，他所信奉的以进化观为基础的尼采主义也发挥着不可忽视的作用。或以为鲁迅只延续进化理论的精神革新，或判断鲁迅以阶级的改造替代国民性的改造，都不能完整地把握鲁迅的变化。无产阶级革命的情感态度和意志倾向并非生根于舶来的理论学说，而应有本土的经验和生命的体验做积淀，在这个层面上说，无论是突出民众感知的阶级立场，正视黑暗、揭露现在，还是对文字工具以及翻译理论的强调，身体力行从事文艺基础工作，或者在革命阵营内外实施文化批判与思想改造，都紧贴着精神进化的伏线，而这也恰好是鲁迅在上海阶段革命观的形成逻辑和推动力量。鲁迅个人精神的内在坚持与重构，作为对在上海这块饱受凌辱与压榨的土地上经历中国最黑暗的"奴隶时代"的不懈抗争，既强化了他的革命观的内部张力，也巩固了其个人信仰力的完成。

鲁迅与20世纪中国研究丛书

第二节　后期鲁迅信仰中的托洛茨基影响

鲁迅后期思想信仰是否属于马克思主义，这在鲁迅学术史上曾经是一个引发争端、论战不息的问题。对这个问题的研究，曾产生过巨大的社会影响，迄今也还存在不同的意见。但从学术界的主流意见来看，无论海内外学者似乎都对此持肯定的看法。在改革开放初期，国内思想界的代表人物如李泽厚就曾指出："（鲁迅）从站在共产党一边到明确与工农结合自觉为无产阶级斗争服务，从初步具备共产主义世界观到成为一个成熟的马克思主义者……起点却应该是一九二七年冬。"[①]海外汉学家的代表人物如李欧梵，他也认为："长篇杂文《"硬译"与"文学的阶级性"》是鲁迅第一次直截了当地用马克思主义的阶级观点理论……1930年前后，鲁迅左转的旅程已经完成。"[②]不过，在这一命题上还存在不少值得怀疑和进一步探讨的空间。其中一个长期被研究者所忽视或者说认为理所当然的问题是，大多数成果在研究中都预设了一个理论前提，这就是在现代革命史上，马克思主义是作为指导中国社会革命的思想体系而存在的，而作为理论参考依据的则是从斯大林式的马克思主义到毛泽东式的马克思主义。研究者们论述鲁迅的马克思主义倾向，甚至检视鲁迅思想"左倾"之后的缺失，[③]都不由自主地把当下主流意识形态的"中国特色马克思主义"或者作为经典形态的马克思主义意识形态作为参照物，这样的思路，本质上基于毛泽东式的马克思主义思想在中国社会解放及其发展道路中的阐释有效性。从思想建设的角度来看，这种"马克思主义的鲁迅"研究具有历时意义，显示出鲁迅思想演变的动态轨迹，但当此类研究进一步深入时，一些深层次的问题就必然会浮现出来。譬如，通常意义上思想学说是以探究、质询的角度去看待未知问题，信仰是以坚信的态度去履行思想中日渐成熟的观念和见解，马

---

① 李泽厚：《略论鲁迅思想的发展》，《鲁迅研究集刊》1979年第1辑。

② ［美］李欧梵：《铁屋中的呐喊》，尹慧珉译，河北教育出版社2000年版，第134、135页。

③ 可参考袁盛勇：《鲁迅思想的遗憾——从他与周扬的根本分歧谈起》，《文艺争鸣》2012年第11期，论文提出"鲁迅只是感受到了左联内部问题存在的严重性，却没能从文化机制的建构方面做出富有远见的思考"。

克思主义在鲁迅那里无疑体现为后者。过去研究中学者们往往关注到作为左翼文学盟主的鲁迅在其观念与见解上对左翼文学的超越性，那么，鲁迅借以超越、能够超越的精神成分是什么？换言之，众多研究都证明了鲁迅思想和30年代中国的马克思主义存在着一定程度的距离与差异，正是这种差异构成了鲁迅后期思想的特色，那么，怎样理解这种合奏中的变调？又如，在马克思主义的历史发展中，理论形态的马克思主义与实践形态的马克思主义从来就处于分中有合、合中有分的胶着状态，因为理论形态的旨归在于保持它的纯粹性，而实践形态的目的则要依据各自身处的情景与环境进行创造性的发展。这样，在理论形态上，马克思主义自身就必然是一个丰富的、动态的系统，其中包含着多种富有自身特征的子系统。后期鲁迅显然是一个思想型的马克思主义者，他虽然没有像同时代大部分左倾知识分子一样最终投身于马克思主义信仰的政治实践，但他对马克思主义的理论并不比一般革命者倾注更少的热忱和信念。所以深究起来，也可以或者说应该继续追问，鲁迅究竟对什么形态的马克思主义理论更感兴趣，更有心得与契合？

尤其值得注意的是，鲁迅信仰中马克思主义的生成，主体资源上并不来自当时实践形态的斯大林式马克思主义的主流传播，他自有自己的获知渠道、认知方式和参照的对象。有研究者把这一接受马克思主义的自主性解说为鲁迅前期"开放的文化观念""科学的怀疑精神"以及"严格的自我批判"①，这些条件自然不可或缺，但若是将此类特质归为孕育马克思主义的"精神燃料"，仍无法解释鲁迅为什么会有思想转型，或者说转型前后那种深刻的区别何在。鲁迅前后期思想有共通之处，但不等于不需要转化便能直接过渡，那样无异于将一切简单地归之于"新主义的宣传"之功，而贬低鲁迅精神的自我改造和更新能力。任何人的精神自新都不能是心造幻象，都需要有资源的重新识别、筛查以及补进与整合，鲁迅也是如此。我们的观点是，尽管鲁迅对当时苏联斯大林式的马克思主义意识形态不乏关注，但真正将鲁迅思想引入马克思主义园地的精神引渡者乃是追

① 程致中：《迎接新世纪的曙光——鲁迅接受马克思主义的主观条件》，《河北学刊》1993年第6期。

随列宁投身革命的思想家托洛茨基，而且托洛茨基的影响自始至终参与到了鲁迅思想转型中马克思主义资源的识别、筛查、补进与整合的全过程。可以说，正是托洛茨基影响的参与，才造成了后期鲁迅在观点、见解上对左翼文学的超越，形成了后期鲁迅马克思主义思想见地的独异性。在这里，我们并非一味强调托洛茨基的某一看法或主张是怎样成为鲁迅思想借助的要素，而是要看到，鲁迅接纳托洛茨基的情感选择、价值立场和思维逻辑，是怎样组合起了鲁迅后期信仰的结构模式。只有正视这一影响，解读鲁迅信仰中的马克思主义才不会陷于普泛性的概念迷障，才有可能跳出依存于政治实践中的主流意识形态对马克思主义历史演变规约的局限。当然，从托洛茨基出发论证鲁迅信仰中或隐或显留存的托氏印迹，有可能走向决定论的偏颇，但我们的假定中，并不把托洛茨基视为鲁迅信仰系统中一个无所不包的原质，因此，对这一主题的所有阐释都尽可能考虑非意识本质的层面，而不以线性因果关系为据。

一、托洛茨基的马克思主义观

把托洛茨基视为鲁迅建立马克思主义信仰的精神引渡者，理所当然需要对托洛茨基的马克思主义观做一个简要的观照和说明。揭示托洛茨基思想体系中被鲁迅所认同的部分质素，以及这些质素与托氏的马克思主义思想构成怎样的关系，将能够回答鲁迅在接受马克思主义时哪些方面被他优先思考、哪些方面被他侧重容纳的问题。

托洛茨基曾提出过一个问题，马克思为何产生在19世纪上半期欧洲较落后的国家——德国？他给出的答案是："我们，马克思主义者，知道历史动力是生产力，如果发展是和缓的、有机的，不大感觉得到的，那么在人脊背后的生产力，就很难印进人的保守的天灵盖里，使之发生政治观念之火花；但如果宗主国的生产力，资本主义模范国家的生产力（譬如英国）侵入较落后的国家了（譬如十九世纪上半期的德国，十九、二十世纪之交的俄国，特别是现在的亚洲），如果革命动力侵入和破坏旧制度了，如果发展不是和缓的，有机的，而为怪异的经济振动，怪异的旧社会层次破坏，那么批评的精神就随着国中理论上必要的先进者而尽量发泄出来。"①在这段话里，托洛茨基试图表达三层意思：第一，社会发展模式形成不同的意识观念，先进的文明在历史的惰性中也有可能造成难以察觉的、习惯性的保守倾向。就像是"资本主义在英国有机的、一步一步的，从手工业按照进化道路，经过手工工场，才发展到当代工业，所以昨日的成见，前日的成见，过去一世纪、二世纪的成见，这些世纪的渣滓，我们都可以在麦克唐纳尔的天灵盖里发现"。这种对旧文化、旧习俗的分析和判断，是托洛茨基在思考革命主体文化构成时的主要特征。第二，政治的、文化的运动只能来自社会关系的矛盾激化，用马克思的话来说，就是到达全盛的资本主义时代，自然爆发无产阶级革命。列宁当时面对的是沙皇统治，俄国并没有成熟的无产阶级诞生，而要造就革命的一代，便只能将革命意识灌输给知识阶级，这也是他写作《怎么办？》（*What is to be done?*）一书的首要目的。这样的理论已经不是最原始的马克思主义理论，因此托洛茨基在后文中指出，那些对列宁理论进一步歪曲的"冒牌的马克思主义者——资产阶级的智识者、学生"，当认识到"马克思主义证明资本主义发达之不可免，于是一些为资本主义去欢迎资本主义的人，都拿马克思主义做招牌。而将马克思主义的革命性抛弃"。托洛茨基辩证地对待马克思主义和进入俄国之后的理论改造，已经预见性地看到当马克思主义用于革命实践时，自身隐藏的危机和悖论，所以强调马克思虽然在其理论中"解释十年和百年的发展步骤，但学说已随后部分的变了态"，需重新整理才能运用。第三，革命对个体的要求不可能是"按部就班"的，而是"突如其来"的，这种革命的"冲动"因为旧制度的深度破坏而客观存在。之所以说是"冲动"，因为不能够完全凭主观心理更易而推翻旧习惯、旧信仰的统治，所以托洛茨基补充说："主观主义者如社会革命党人，以为人的意识，批评的精神以及其他动力能够推动整个历史。这个是不对的。"这意味着托洛茨基既肯定主观意识的能动作用，但并没有陷入唯心主义的怪圈。

---

① ［俄］托洛茨基：《东方革命之意义与东方大学的职任》，郑超麟译，《新青年》1924年第10卷第4号。

其实，在托洛茨基提出这个问题之前，列宁已经指出："帝国主义战争所造成的客观条件使全人类陷于绝境，使全人类要作出抉择：或者再让几百万人丧生，并让整个欧洲文化遭到彻底毁灭；或者在一切文明国家里使政权转到革命无产阶级的手中，实现社会主义的革命。"①并问为什么大多数欧洲国家的人民群众都得出了这个结论，革命却只是在俄国这个欧洲最落后的国家获得了胜利。列宁在自己的日记中做出了回答，即因为俄国是"帝国主义体系中最薄弱的环节"。怎样认识最薄弱环节呢？阿尔都塞解释说"俄国积累了当时可能存在的最大数量的历史矛盾，因为俄国同时是最落后和最先进的国家，这是四分五裂的俄国统治阶级不能避开但又不能解决的巨大矛盾"，而列宁看出了这一"毫无出路"的形势正为俄国革命的客观条件，"锻造共产党这根没有薄弱环节的链条则是准备革命的主观条件"。②对照托洛茨基和列宁两人提出的问题与解答，相同处体现在他们都看到了自发意识的历史作用，不同的则是列宁认为应该确立政党，以建党思想推动革命，这是典型的组织论思路，后来苏联专政政体和威权体制的形成便与之相关；而托洛茨基则意识到主观地干预革命进程，夸大意识形态的功效，无异于臆造历史，这与他非功利的文艺观、"过渡期"的社会理论以及"不断革命"思想都有密切关联。托洛茨基自己也意识到，他的马克思主义体会和认识与同时代人有出入，他这样评价：

"正统的或者合法的马克思主义此时正在经历严重危机。现在，我在活生生的经验中看到，新的社会需求如何肆无忌惮地利用完全是用于其他目的的理论呢料来为自己缝制思想制服。九十年代以前，俄国知识分子大部分热衷于民粹主义，它否定资本主义，把农民村社理想化。现在，资本主义到处敲门，它允诺知识分子未来会获得各种物质利益并扮演重要的政治角色。资产阶级知识分子需要马克思主义的利刃来割断民粹主义的脐带，这根脐带把它与令人厌恶的过去联系在一起。因此，马克思主义在上世纪的最后几年迅速传播，所向披靡。然而，马克思理论刚刚完成这一任务，它就开始让知识分子感受到束缚

---

① 列宁：《给瑞士工人的告别信》，《列宁全集》第29卷，人民出版社1985年版，第90页。

② ［法］路易·阿尔都塞：《保卫马克思》，顾良译，商务印书馆2013年版，第85页。

了。要证明资本主义发展方式的进步性，辩证法很适用。但在资本主义本身开始遭到革命的否定时，辩证法便成了束缚人的东西并被宣布过时了。两个世纪相交之际，正是我坐牢和流放的时候，这时俄国的知识分子从马克思主义那里继承了对资本主义的历史辩护，但抛弃了对它的革命否定。"①

　　这些想法并不是1929年托洛茨基写自传时才流露的，他如实地回顾从1896年对马克思主义的抗拒，到1897年的革命工作，直至第一次流放这一阶段自己的思想变化，坦陈自己和马克思主义的最初接触。这里有两个方面是可以与托洛茨基后期成熟的马克思主义观联系来看的：其一，托洛茨基从一开始就没有把马克思主义作为一种理论工具看待，尽管他后来对这一理论有了自己的心得和补足，但始终是将其作为心理启示和思维方法，所以，在学术兴趣上他也一直排斥规范哲学而力行唯物辩证法；其二，托洛茨基相当清楚地辨识到，在他与一部分知识分子之间，存在着不可调和的分歧，从浅层次上说，是自诩为马克思主义者的人"不会运用马克思的方法"，从深层次上说，是一种"更狭隘的、更个人的、更市井的理想主义"远离了革命的辩证法和革命的终极性。托洛茨基在文中反复提及一个词"庸俗"，他认为庸俗是迥异于马克思主义者的心理类型，"同一个人的心理可以容纳多么不同的东西，而从消极接受体系的某些部分到在心理上把这一体系完整呈现出来，再到用其改造自己，它们之间的距离又是多么遥远"。庸俗的心理类型，卢卡奇用了另外一个词语"物化"，他认为物化是资本主义社会必然出现的问题，但无产阶级能够以内心来反抗这个社会，只要灵魂不被物化，则物化意识、物化现象、物化结构都可以得到克服和解决，不过，若是在精神思维中保留资产阶级分析问题的模式，便难逃物化困境。而资产阶级实证主义模式实质上是唯科学主义，在卢卡奇看来，科学的理性化思维方式与物化思维都会扼杀无产阶级的思维。卢卡奇接受新康德主义对自然科学和社会科学泾渭分明的划界认识，坚持社会科学与自然科学的方法应当有差异，当自然科学物化的思维方式被移入社会科学内，社会

　　① ［俄］托洛茨基：《托洛茨基自传》，张俊翔译，人民文学出版社2013年版，第102页。

科学再以之阐释革命理论，其消极作用则大于积极作用。"经济形式的拜物教性质，人的一切关系的物化，不顾直接生产者的人的能力和可能性而对生产过程作抽象合理分解的分工的不断扩大，这一切改变了社会的现象，同时也改变了理解这些现象的方式。于是出现了'孤立的'事实，'孤立的'事实群，单独的专门学科（经济学、法律等），它的出现本身看来就为这样一种科学研究大大地开辟了道路。因此发现事实本身中所包含的倾向，并把这一活动提高到科学的地位，就显得特别'科学'。"①在此，我们并非是要证实托洛茨基从卢卡奇那里借用了怎样的资源，或者两人思想究竟在何种程度上取得了一致，而是要说明在20世纪初叶，两位优秀的马克思主义者都在自己对马克思主义的继承与弘扬中，获得了对马克思主义的反思。这种自省，在托洛茨基那里显示为比卢卡奇更为激烈的对庸俗的反抗。能不能对马克思主义的"革命性"有所坚持和捍守，这是马克思主义发展过程中必然要出现的问题。这种过程会出现两类人：一类能够彻底地、本能地独立于官方社会舆论，凌驾于命运的偶然性和人为的事务之上。另外一类人，仅仅是靠理论为生，或者机械信奉、或者机狡玩弄，善于制造各种流行的马克思主义理论。"只要把这些公式中的任何一个围绕轴心旋转五度，那么，我们就会为同一个概念赋予完全不同的内容。我们的一致是暂时的、表面的、虚假的。"②托洛茨基无论是讲述自己早年和欧洲运动社会民主党领袖们的交往，还是叙述同列宁的分歧和共事，都是从思维逻辑上剖露自己与对方的最大不同，正如他自己所说："我再次走近列宁比许多人都晚，可我是在思索了革命、反革命和帝国主义战争的经验之后，沿着自己的道路走近列宁的。因此，比起一些'学生'来，我走得更坚定、更认真，他们在列宁生前一直重复导师的话语和手势，但往往并不得当；列宁逝世后，他们就成了束手无策的追随者和敌对力量手中的无意识的工具。"③托洛茨基

①　[匈] 卢卡奇：《历史与阶级意识》，杜章智等译，商务印书馆1992年版，第59页。

②　[俄] 托洛茨基：《托洛茨基自传》，张俊翔译，人民文学出版社2013年版，第167、168页。

③　[俄] 托洛茨基：《托洛茨基自传》，张俊翔译，人民文学出版社2013年版，第131页。

强调的"自己的道路",代表着一种平等理念,既不盲信权威,也不以己凌人,本着对真理的客观态度,追求的是事实的真相。与之相对的"导师的话语和手势",则是托洛茨基力求摒除的虚浮的主观性。

怎样来理解托洛茨基所发扬的马克思主义的"革命性"?或者说,他怎样实践马克思主义的"革命性"?托洛茨基把"革命性"作为马克思主义的理论核心,这种"革命性"具有如下特征:

第一,革命不仅仅发生在社会震荡、与传统和习惯实现决裂的时刻,而应该在所谓的和平时代继续进行。以民主为例,托洛茨基指出"一九一七年十月政变表现为人类史上最大的民主……这是一个本质的民主的事业,为二月革命所未能触及",但是联系"十月革命"之后的变与不变,托洛茨基说"苏维埃的敌人以为苏维埃联邦共和国目前锐进的恐慌是独裁政制必生的环境",然而,"如果政府的恐慌并不是偶然由独裁而起的,则独裁也不是偶然从代替沙皇主义的一九一七年三月的短暂民主制而起的。如果独裁应负压迫及其他罪恶之罪责,那末为什么民主制没有能力保持国家使不陷于独裁——有什么理由可以证明民主制继独裁而起之后有能力使独裁不起"。与其说托洛茨基是对民主政治的怀疑,莫若说是他对形成民主制度背后的革命机制的质疑,一定程度上,托洛茨基认为以民主为目的的革命并不如以革命为目的的革命动机更为纯粹。民主运动的局限性并不是民主本身造成的,而是当民主被"法定之后",成为一个"形式的空壳"所不可避免的结局。拿破仑说"欧洲不是民主,便是哥萨克",托洛茨基借此预构,"在革命的自然发展史上看来,革命达于最高潮以后常有稳健派秩序派执政的阶段,在这个阶段之中或以后,非再趋于急进便趋于官僚主义乃至拿破仑主义"[1]。这种认识,托洛茨基建立在对苏联革命以及整个欧洲革命运动的联系之中,即他没有孤立地对待苏维埃革命的胜利,也没有止步于社会主义国家的建立,所以他既看到"俄国的社会生活是处在西欧的更加发展的社会的与国家的各种关系之继续不断的压迫之下"[2],也

① [俄]托洛茨基:《苏俄之前途:托洛斯基对苏维埃实验之推测》,方岳译,《新生命》1929年第2卷第8期。

② [俄]托洛茨基:《"一九零五年"绪论》,王灵皋译,《读书杂志》1933年第3卷第2期。

明确"一个国家内的社会主义"只会造成"苏维埃官僚的国家保守主义",因为仅仅是以"民众的服从为前提"来保卫苏联,而不是带着"世界革命的信仰"。①如果从社会革命的层面来看,托洛茨基论革命的一时成败并不在于"决定何为最好,或何非最好",如方岳评价,他是"指明何者为近似,即何者是事务发达之客观的逻辑所流生",他曾谈及"俄国无产阶级革命虽不能在一国内保持政权并建立社会主义经济,但他的爆发,可以推动欧洲各国的革命。欧洲各国的主要革命,如果胜利,那末俄国困难亦可随之解决,不然俄国革命就一定要失败"②。也就是说,托洛茨基并没有以苏联无产阶级革命的结果为世界无产阶级运动做定论,而是力图推动更大范围、更长时限内的革命,实现真正的共产主义。如果从革命哲学的层面来看,托洛茨基倾心于事实的过程性和生成性,也就是一种本体论的整体思维形成。"马克思在无数地方从方法论上把'事实'和倾向之间的这一现实差异置于他研究的中心。他的主要著作的方法论的基本思想,即经济对象从事物变回到过程,变回到变化着的具体的人与人的关系,就已是以这一差异为基础的",意味着马克思主义辩证法的观点是事物的过程性和倾向性优先于简单的事实。无产阶级的革命不应当是局部的斗争,或者仅为经济基础,或者仅为政治权利,而是应该在总体上形成批判的理论。那种否定的指向必须是从根本上把社会作为一个不可分解的统一体来对待,才能集聚批判的优势,否则,日常的、具体的事项牵制就易于倾向经验主义,"直接利益和对整个社会影响之间的辩证关系就在无产阶级的自身意识之中"③。无产阶级的阶级意识不能够停留在直接利益上,就需要有最终目标来指引直接目标,才有可能突破固化的反映论意识,校正资产阶级的意识形态,这便是托洛茨基所奉行的以过程性思维为哲学基础的不断革命论。

第二,革命应在极广大范围内进行,但对少数人的立场和观念也需给予

① [俄]托洛茨基:《给法国工人的一封公开信:史达林的背叛与世界革命》,《斗争》1936年第1期。

② 黎平:《俄国革命中之托洛茨基主义》,《新思想月刊》1930年第7期。

③ [匈]卢卡奇:《历史与阶级意识》,杜章智等译,商务印书馆1992年版,第271、142页。

关注，即不应该迷失在大多数的绝对一致性当中。一部分历史文献将托洛茨基提出的"八月联盟"解释为他对孟什维克主义的拥护，而对1917年托洛茨基加入布尔什维克党的变化解释为革命的投机和动摇。这是不够精确的，托洛茨基没有完全地、彻底地站到某一个派别里面。对孟什维克，托洛茨基既捍卫他们在《火星报》的言说权利，支持他们反对"以革命斗争反对专制"，提出"为联合的自由而斗争"，也警惕他们将社会主义和自由主义等同起来的尝试，所以最后和马尔托夫走向分裂。对布尔什维克，托洛茨基也并非作为一种终结的理想状态，在《我们的政治任务》中，他反对以党充当无产阶级代理人的概念，并以法国大革命来观察俄国革命。他说雅各宾主义力求使类似平等主义的短暂革命高潮永远持续下去，而这一革命高潮却与时代的根本潮流是不相容的，这是一个注定要失败的乌托邦。在雅各宾派人那里，救世的立场赋予他们一种"极端的强烈的神秘的使命感"，在所有事项上都要求为这个目的而奋斗，隐含着"单一的目的与人类意志的对立和冲突"。①托洛茨基意识到这种界限形成一种形而上学的看法，"他们对形而上学概念绝对信仰，与此相对应的是，他们绝对不信赖生气勃勃的人民"②，那种对思想不同者的排斥，而导致了"罗佩斯比式的恐怖"。后来托洛茨基还写作了对十月革命的反思，文中反复强调"把苏维埃当作一种'学说'，一种'主义'来接受，所以经常有把苏维埃当作偶像来崇拜的危险，有把苏维埃当作一种革命的独立自在因素的危险"，他指出应该对这些"公式"不断的"充实"。③如果透过这些关于组织问题、政策问题的政治主张而洞悉革命者思想的话，本质上，托洛茨基的这些说法反映出他即或是处在中心的位置，意识也是边缘的。要对这个倾向追溯的话，茨冈人的血统和文化的流徙可以作为一个参照，以流浪为本性的茨冈人在不断的迁徙过程中，一支往西南方直达埃及，另一支经亚美尼亚和高加索山脉

---

① ［以］J. F. 塔尔蒙：《极权主义民主的起源》，孙传钊译，吉林人民出版社2004年版，第85页。

② ［波］伊萨克·多伊彻：《先知三部曲：武装的先知》，王国龙译，中央编译出版社2013年版，第86页。

③ ［俄］托洛茨基：《托洛茨基文选》，郑异凡编，人民出版社2010年版，第190、194页。

往西北去，到达过苏联南部。我们可以大胆地认为在托洛茨基这个犹太血统里边也有茨冈人的遗传，或者说他本人也赞成那种非正统性，所以在西伯利亚流放的那段时间，他创作了大量的文艺批评，阐述了他对异质文化的包容和提议。

第三，革命应体现为一种批判的精神，即不纯粹是"学院派学说"，或者"革命指令的行动"，而必须是主观上经过成熟思考之后的一种判断，而且这种判断意识能保证革命发展的精神目的性不被破坏。尽管托洛茨基说过批判的精神不能作为历史的绝对动力来推动人类的发展，但是在论及革命的行程问题时，托洛茨基对个人的批判立场却极为重视。托洛茨基本人接受布尔什维克主义，但也看到某一部分主义对独裁制的滋养，这是伊罗生在《中国革命悲剧》中所说的，托洛茨基从那热爱中"终于站出来反对全能主义的官僚制度，成为那残存着革命道德的一个象征"。托洛茨基毕生都主张无条件保卫苏联，这种感情也没有使他丧失对批判立场的放弃，他始终对"工人国家"的官僚化和不平等有种种超出于权力的洞察，而且对官僚集团和统治阶级也区别对待，苏联国内出现工人反对官僚集团的革命是允许的，一旦苏联与其他国家发生冲突，则应以前者为重，"无产阶级在保卫苏联时，不是保卫国界线，而是保卫暂时被国界围起来的社会主义专政"[1]。因为即使工人国家出现了蜕化，也仍然保持了革命传统的继承性，所以，托洛茨基把斯大林路线和苏联的无产阶级做了有效区分，他这种逻辑自洽性就来自他辩证的批判法则。托洛茨基对马克思主义在俄国（以及"十月革命"之后的苏联）的继承和运用，从来都不是单向度的输入，他的接受过程是以批判精神为前提的整合。

就是这样一些革命性的特质塑造了托洛茨基这个东方的马克思主义者，在鲁迅的视界里，托洛茨基呈现出来的未必是这么完整的一种面向，但是这种深入骨髓的精神力量一定会以最直观的方式反映成为一定的文字，召唤着另外一个精神结构同样深邃广瀚的人。托洛茨基那种马克思主义的信仰方式，一方面是开放性的，因为从来都将其视为一种未完成的形态，另一方面又是批判性

---

[1]　《托派第四国际资料》第2辑，商务印书馆1963年版，第339页。

的，因为他总是作为少数人发出声音，就这两点来说，鲁迅信仰表现出来的特征也有雷同性。但就信仰的发生和发展，则远远不止于此，而这又是直觉想象和理性认知共同作用的过程，我们需要依靠更多的形象或意象来搜寻那些在鲁迅的信仰构成中起着化合反应作用的托洛茨基因素。

二、在极度的精神"艰难"中鲁迅同托洛茨基相遇

体会一个人对自我信仰的固守或质疑，很难将具体的某个点或事件作为标记，那种坚定性或动摇性往往会衍伸为特殊的情绪或倾向。鲁迅以进化论历史观为基础，从尼采的超人学说中成长为"精神界之战士"（1907年，语出《摩罗诗力说》），尽管《新生》的失败让他反省自己"决不是一个振臂一呼应者云集的英雄"，但并未弃精神革命之初愿，只是那种先觉行为变为"听将令"，虽然是"一发而不可收"，但却已有感于"超人"的太渺茫（1919年，语出《随感录·四十一》）。对鲁迅的思想信仰而言，这是一种以怀疑为动力的发展。1923年前后一段时期，鲁迅似乎经历了一次短于绍兴会馆阶段的沉默。从《彷徨》的第一篇小说《祝福》（1924年2月7日）开始，才又回到了正常且略胜于前的高创期中，有学者认为鲁迅就此获得"生存价值的确认"①。如果观察鲁迅此后的文字工作，就会发现这种"确认"还为时尚早，鲁迅在1924年9月启动了一种新的文字样式，以散文诗的笔调开始《秋夜》《影的告别》的写作，且于当月的22日动手翻译厨川白村的《苦闷的象征》。两种文学体裁，交织着同样一种情感，仿佛在寻找一样未知的载体来回应或承载他内心日益缠绕的冲突与斗争。这种难以言喻的痛苦在1925年的夏季到达一个顶峰，1926年在《马上支日记》中鲁迅记录"而不料那一年暑假过得比别的时候还艰难"，对应上下文可知"那一年暑假"便是1925年的七、八月份。

可以推断，在1925年的七、八月间，鲁迅的心灵遭遇了前所未有的危机侵袭。客观地看，1925年5月12日，鲁迅出席女师大学生自治会召开的师生联席

① 汪卫东：《鲁迅与尼采的相遇》，张钊贻主编：《尼采与华文文学论文集》，八方文化创作室2013年版，第228页。

会议，公开支持学生反对校长杨荫榆的运动，其间作《对于北京女子师范大学风潮宣言》，并参加校务维持会声援学生反抗，8月14日，被教育总长章士钊非法免除教育部佥事职，8月22日向平政院投递控告章士钊的诉状。介入风潮和陷入诉讼，是鲁迅日常社会事务中的新情况，但与此前的《新青年》联盟分裂、兄弟失和相比，应该不是撼动鲁迅强大心智的主要事件。另一个现象是，鲁迅极为珍视的"野草式"（因当时还未结集，所以仅冠以野草式的）创作，在7月22日写完《死后》就搁笔了，直到12月24日才续写《这样的战士》，而且七、八、九月份鲁迅也没有其他的创作，除了《论睁了眼看》（7月22日）和《答KS君》（8月20日）①之外，一百余天里鲁迅更多地是在饱尝那个胜过任何时候的"艰难"。这个艰难的过程或许可以从结束那段空白文字的标志《孤独者》来逐层探究。

《孤独者》的文尾记载"一九二五年十月十七日毕"，意味着文章经过一段时间的酝酿和呈现，这个长度我们姑且可以视为鲁迅未生产作品的那一百余日。《孤独者》由"病""爱""生计""死亡"等话题构成，有研究者认为这几项便是困扰20年代中期鲁迅生活的全部灾难，②也有研究者指出，小说延续了鲁迅"孤独者谱系"："狂人—夏瑜—N先生—疯子—魏连殳"③，这些洞见看到了鲁迅写作的客观环境和整体脉络，但是，《孤独者》的诞生还有它的特殊性，它想表达的困境究竟是什么？这一个"孤独者"与谱系中的其他人又有何不同？

魏连殳的故事讲述了一段生命的铮铮挣扎，无论是主人公还是叙述者"我"从头至尾都在寻求一种摆脱困境的途径，而孤独却一层一层浸染凸显：

首先，魏连殳出外游学后，被寒石山村中人视为"和我们都异样的"，^①从他送殓祖母的方式和处理遗产的方式来看，他在竭力成为"不和众嚣，独具我见之士"（1908年，语出《破恶声论》），此时的孤独来自魏连殳的主动选择；其次，被亲戚屡屡算计，被学校无故辞退，频频受到孩子一代的冷遇，仍坚持"我还得活几天"，这时的孤独来自魏连殳的彻底反抗；再次，魏连殳选择做杜师长顾问，自言"我现在已经'好'了"，类似狂人之"愈"，"赴某地候补"，^②实则从积极的孤独走向消极的孤独；最后，由"我"见证魏连殳的入殓，以"我"的活和魏连殳的死来体现个体对孤独的承当。显然，每一重孤独所产生的主体动力是不一样的，形成的矛盾阻碍也是不一样的。其中，有一处关于孤独的重复值得体味："像一匹受伤的狼，当深夜在旷野中嗥叫，惨伤里夹杂着愤怒和悲哀"，所描写的是孤独者对抗世界的一种表现形式。第一次是魏连殳感受到"我虽然没有分得她的血液，却也许会继承她的运命"，"亲手造成孤独，又放在嘴里去咀嚼人的一生"，情动于中而失声痛哭；第二次重复是"我"在魏连殳惨淡而滑稽的入棺仪式上，因为无以言传的孤独感，而从记忆或心底呼唤出他的哭声，以此来面对死亡或存活的选择。再进一步看，第一次反映出魏连殳和毫无血缘关系的继祖母之间，有一种无形的却又是实在的东西在联系，相对有血缘的亲情，堂兄与侄子反而仅仅是一种遗传工具。魏连殳想要拒绝和否定的虚假情感和伪善文化，挟裹在暧昧不清的传统之中。"殳"取义无刃之兵器，对那种同时饱含着人性的与奴性的文化，难以界限清晰地用惯常的利器取舍，因此，殳是战斗的姿态，而实质却是肉身以搏。第二次反映出在"我"和魏连殳之间，出现了传递或同化。小说发展以我们的见面为推进，但每一次见面，都会出现立场不定的谈话，存在着一些交锋，而长嗥从魏连殳到"我"，标志内心交战的结束，"我"完全地承继了魏连殳，"耳朵中有什么挣扎着，久之，久之，终于挣扎出来了……我的心地就轻松起来，坦然地在潮湿的石路上走，月光底下"。这种身份的最终确立，无非也是"殳"的

① 鲁迅：《孤独者》，《鲁迅全集》第2卷，人民文学出版社2005年版，第88页。
② 鲁迅：《狂人日记》，《鲁迅全集》第1卷，人民文学出版社2005年版，第444页。

命运的再次重复，无法解除与世俗人群的紧张关系，不过是加剧了文化承重对孤独者的倾轧。

尼采把孤独比作人类的"故乡"，而领受孤独的人"在世人当中将永远是个野性难驯的外人"[①]，但这恰恰又是"真的人"构成的首要前提。一定程度上，我们在魏连殳身上看到了"真的人"的影子，魏连殳虽然没有提供"真的人"的精神生成过程，但却展示了"真的人"与世界同处的两个问题。其一，个人意志发扬的问题。"意志本身还是一个囚徒"，"过去是如此——就是意志不能推动的石头"，"意志就这样由于愤怒和不满而推动各种石头而对那种不像它一样觉得愤怒和不满的人进行报复"，这样，"意志，这个解放者，就成为制造痛苦者"，[②]魏连殳的独立意志，似乎就陷在报复的痛苦之中。其二，自新或新民精神资源的问题。魏连殳的信里对"失败"和"胜利"有一些纠缠不清的表述："先前，我自以为是失败者，现在知道那并不，现在才真是失败者了……我已经真的失败，——然而我胜利了。"失败或胜利，借以判断的资源是不一样的，先前自认为"失败"和现在被认为"胜利"借用的是俗常伦理，现在认为"失败"依照的是逆转型的精神观照。事实上，俗常和对俗常的逆转，这两种区分都是以前者为标准的，就是说当肯定逆转型的精神合理性时，也必须承认俗常的合法性。而孤独者试图否认俗常，也就有可能把自身的价值体系毁坏。《孤独者》中，鲁迅不仅运用隐喻、象征或预示的手段来揭示先觉者的命运发展，而且实实在在地演绎着"真的人"不断遭遇的矛盾煎熬。

小说以送殓始，"真的人"尝试着走上历史的中心位置，以送殓终，新的"真的人"又出现。整个过程的延续并没有更为光明的推断，反而让一系列的冲突凸显，归结起来如下：第一，"真的人"如果存在，则赖以形成的资源中势必也包含着"真的人"所不欲的一部分，如何让这两种资源相处？第二，"真的人"的价值在于"人各有己"，但这种精神如果只在对立中存在，那么

[①] ［德］尼采：《查拉图斯特拉如是说》，钱春绮译，生活·读书·新知三联书店2007年版，第212页。

[②] ［德］尼采：《查拉图斯特拉如是说》，钱春绮译，生活·读书·新知三联书店2007年版，第160页。

依然是一种限制，如何让"尊个性"与"化大众"成为同一种力？第三，做"杜师长的顾问"并不会丧命，魏连殳的死是因为内在的"真的人"存活，不断拷问和折磨进而导致肉体灭亡，精神进化之路怎样避免异化的危机？自从鲁迅信奉进化论，崇仰尼采主义之后，这些问题就一直存在，不曾解决，而且随着社会环境的剧烈动荡越演越烈。从这个意义上说，鲁迅的《孤独者》就是他的信仰危机的爆发史叙说。如果说当年《新青年》联盟的分化、兄弟失和给予鲁迅的是一种被背叛的情感上的打击，打击虽然沉重，创伤虽然深刻，但可以通过时间和忘却来慢慢平复。但信仰的危机一旦爆发，却无法回避，也不能等待，用时间和忘却来弥合，因为信仰归根到底是一种实践的力量，是人生存与行动的依据。当这种哲学信念的实践范围和实践渠道都遭遇障碍，鲁迅在最难以克服的精神危机发生的这段时间里，写下了《孤独者》和略晚的《伤逝》。并且，两篇文章在当时都未第一时间发表，而是在1926年8月直接收进了《彷徨》小说集。可以这样说，鲁迅在公开《孤独者》的时候，自认为已经找到了解决内心这一最隐秘的矛盾与危机的途径。寻找的过程，就是鲁迅信仰转型的自我更新历程。而如何开始，我们可以追溯到《孤独者》的孕育和写作，在那个精神世界空前痛苦的阶段，什么思想或什么新的元素参与了鲁迅的精神结构的重生？

1925年8月26日，鲁迅日记记录"往东亚公司买《革命と文学》，一元六角"。当然，《孤独者》写作前后这段时间鲁迅购书、阅读并非限于这一本，但这本书鲁迅却先后三次在不同地方购买收藏或赠人，自己还动手翻译了其中第三章《亚历山大·勃洛克》，并把此书列为他主编的《未名丛刊》之一，扶掖青年李霁野和韦素园着手翻译。关于这本书的内容也多次在不同文章中提及或论述，尤其是在鲁迅后来的思想变化中，该书具有不可忽视的影响。《文学与革命》是鲁迅在极度的精神"艰难"中同托洛茨基的相遇，其内容至少在如下几个方面成就了托洛茨基对鲁迅的最初感召。

（一）对历史的辩证接受态度，以及对传统的"人的评价"立场

托洛茨基的《文学与革命》写于1922至1923年。20年代初期，苏联国内军事稳定，经济略苏，文化建设开始进入苏维埃政府的议程。围绕对旧文学与旧

鲁迅与20世纪中国研究丛书

文人的态度，新文学应有的性质，以及无产阶级政权对文艺的创造活动应否领导与如何领导等等问题，苏共党内乃至一般的文艺工作者中发生了种种意见，进行了激烈争论。托洛茨基深感在一次深度群众革命之后，人类社会的方方面面都面临着深刻变革，其中，文化建设问题成为重中之重。但托洛茨基没有像文艺论争中大部分人的意见那样，将新旧艺术彻底割裂，而是对革命前的文学、作家以及大文化传统给予了充分的辨识和有保留的肯定。

> 这不是因为等待基督降临，即不是因为要把建设生活的目前过程和它的终极目的对立起来，而是相反，因为想不断摸索与试验，以便寻找出建造坚固房屋的最好方法。革命所做的一切，都不过是些素描、习作，是为某一题材所拟的一些粗糙的草案。这些东西已经有过许多，将来还会有许多的。不成功的草案比那些有成功希望的要多得多。但它们全都充满了一个思想，为了一种寻求。①

这个段落里面，托洛茨基用建筑的比方来形容革命。因为在旧派教徒那里常常会问"为什么要造坚固的房屋"，意即基督来临会让一切的房屋重造，但托洛茨基说"革命也不造坚固的房屋，它造的是移动房屋，集中住宅与营房"，并且建筑也不能一蹴而就，可就是因为"一个思想""一种寻求"，就能够赋予革命过程中的"素描""习作"和"草案"以意义。在关于思想革命的思考中，鲁迅潜在地预设了变革的对象，这就是以整个传统为基础的一切社会文化。从操作层面来看，谁能够成为执行这一批判的革命者就成了问题。"真的人"的理想和文化资源形成的身份（出身旧营垒）构成了决然的冲撞，鲁迅信仰中面临的第一重不可化解的矛盾就源于此。虽然依据进化论学说，鲁迅对"过去""现在""将来"有自己的看法，但一直没有落实到他的个人身份界定之上。新文化运动中，文化先驱们在对自我进行身份认证的时候，往往以

---

① ［俄］托洛茨基：《文学与革命》，王凡西（惠泉）译，（香港）信达出版社1971年版，第68页。

"子辈"和"父辈"的对立，来获得革命的有效性，但事实上，这种自命名缺乏辩证的观念，对"反传统"并不能形成有力的筛除标准。尽管鲁迅在《我们现在怎样做父亲》中已经将子辈和父辈做了一定程度的转换，可还是不能建立批判者的合法立场。自从"听将令"投身到新文化运动以后，敏感深邃的鲁迅与明朗自信的胡适们不一样的是，他似乎一直在觅求一个支撑其革命逻辑的原点。托洛茨基对革命进程中各个参与者的判断和认可，可以说为鲁迅的原点猜想提供了参照依据。

1926年11月11日，鲁迅在《写在〈坟〉后面》中首次提出了"中间物"一语，尽管语境中论及的是白话文的使用问题，但实际上，这种"中间物"的表述显现的是他长期以来的思想反省结果。当然，"中间物"的概念是和进化论密切相关的，鲁迅在信奉进化论的高潮时期，强调的都是将来，是青年，是新的一代。而对于"旧的一代"，鲁迅强调的是肩起黑暗的闸门，是结算了四千年的旧账，是欢欢喜喜地死去，并没有给予他们以将来的承诺。而在这时，鲁迅明确地提出"中间物"的概念，指出他们能够发出新声，而且对旧的事物看得分明，易制敌于死命，这就是明确地看到了"旧的一代"的优点，也赋予了他们战斗的使命。虽然也指出他们将与光阴偕亡，不是前途的标本，但毕竟从积极的、正面的意义上肯定了"旧的一代"自身生存的新生的可能性。应该说，这种思路的变化是在鲁迅对托洛茨基关于革命过渡性质的阐释有所了解和接受之后发生的，是鲁迅在托洛茨基的启示下对自身与传统联系的准确表述。后来，随着鲁迅和革命主潮距离的日益接近，他对自己的定位从"中间物"走向了"同路人"，而后者，恰恰正是托洛茨基在《文学与革命》中阐发的重要概念。

（二）对文艺价值的非功利观念，以及对文学的理解角度

托洛茨基1923年7月10日在《真理报》上发表了一篇题名为《生活不仅仅是政治》的短文，此文延续了他一贯的观点，认为"文化原始积累"和工业积累的必要性是一样紧迫。托洛茨基在《文学与革命》中首先表达的便是"艺术发展乃是每一时代的生命力与重要性的最高测验"①，他强调"艺术是间接或直接地，影响那些创造着与经验着事变的人们"，全书一方面对俄国文学史上狂飙突进的时代进行了回顾，另一方面对斯大林体制扼杀艺术创造的趋势做了预见和批评。因为艺术不会对时代的震动漠然置之，所以革命时代的艺术既要有革命的自觉性，更要维护自身的规律性。

> 社会的漩涡不会很快平定下来的。还有数十年的战斗横在我们前面，在欧洲与在美洲。不但是我们一辈代的男人和女人，而且未来一辈代的，都将成为那些战斗的参加者，成为战斗的英雄及其受难者。这个时代的艺术将要完全处于革命的影响之下。这艺术需要一个新的自觉。它首先与神秘主义不兼容，不管这种神秘主义是坦白的，或者蒙上浪漫主义的假面具，因为革命从如下的中心思想出发：那个集体的人一定要成为独一无二的主人，他的权力限度决定于他对自然诸力量的认识以及他利用自然力的能力。②

从革命的长期性以及革命人的思想构成两个方面，托洛茨基肯定了文艺对革命的绝对作用，无论是个人化的革命还是社会化的革命都有一种由内至外的改造作用和推动作用。鲁迅走异路、逃异地以来，逐步走完了由矿务、军事，至医学、文学的救国路径，最终在精神革命的思想中确认了文艺干世的策略。他希望通过"撄人心"的文学唤醒沉睡国民，但从《域外小说集》的滞销到新文化运动的落潮，文学革命的道路被证明不过是"抉心而食"。留日时期，鲁迅没有如他的同乡徐锡麟、秋瑾一样走向体制革命，并拒绝了光复会的刺杀任务。"十月革命"影响到中国之后，鲁迅也没有追随一部分先驱者如李大钊

① ［俄］托洛茨基：《文学与革命》，王凡西（惠泉）译，（香港）信达出版社1971年版，第1页。

② ［俄］托洛茨基：《文学与革命》，王凡西（惠泉）译，（香港）信达出版社1971年版，第7页。

走向社群革命，而独留于"沙漠"，"在散漫的刊物上做文字"①。他所设想的，是用一种非政治的方式来造就社会的变革。然而，鲁迅的文学本体论并没有收到预期效果，这成为他践履信仰过程中最显在的一种遭遇。托洛茨基作为一个无产阶级革命的精神领袖，对文艺的领悟、赞成以及建议，和鲁迅的思想革命理念形成了特殊回应。

其文首先在价值层面上肯定了文艺的革命功用，其次在学理层面上谈到如何发挥这一效能，即"那个集体的人一定要成为独一无二的主人，他的权力限度决定于他对自然诸力量的认识以及他利用自然力的能力"。这个革命的"中心思想"意味着：第一，文艺的创作主体是自主的，既感应着时代，又可以能动地书写时代；第二，这个创作主体的自由应该得到尊重，自由的选择所写对象，自由的认识对象属性；第三，以自主和自由为出发点的文艺，既促成革命的实现，也保障个性的完成。托洛茨基这个逻辑吻合鲁迅心目中关于个人与集体、文艺和革命关系的判断。任个人而排众数，这是鲁迅从事文艺启蒙工作的一贯思路。而在革命文学兴起后，他也一向反对革命只剩下集体的人，而无个体的人，他认为那样的革命人和革命文艺都是无生命的、难持久的，相反，独一无二的人所拥有的认知能力将使革命和文艺有效地缔结。

（三）对民族性形成基础的梳辨，以及民族属性与阶级属性的辩证发现

托洛茨基把国民经历的俄国革命理解为民族自然发展的结果，他认为决裂式的革命证明了革命的民族属性，而同时民族也内含着那种革命精神。他反对"所谓民族的只是代表着进化中那些死的重负，行动的精神已经从它身上飞走了的东西，以及在过去几世纪中业已消化了并抛弃了民族机体的那些东西"，并指出"只有历史的排泄物才是民族的"这一结论有多么虚无和荒诞。事实上，此看法在革命思想构成体系中，将为革命形成的阶级动力找到合适的演化轨迹和所属基础。对一个古旧而庞大的民族而言，潜在属性的探明将为其发展、成熟和更新提供历史合理性。

---

① 鲁迅：《〈自选集〉自序》，《鲁迅全集》第4卷，人民文学出版社2005年版，第469页。

一个民族的生活与运动，是通过了矛盾前进的，而这些矛盾则在阶级、政党与派别中体现出来。如果从动力上看，民族元素与阶级元素两相符合。在其发展的一切紧急时期，就是说，在一切最有干系的时期，民族总被分成两半——凡是哪一半能将人民在经济与文化上提高至较高平面的，它便是民族的。"革命是从民族的'元素'发生出来的，但这意思并非说，革命中只有那些自然元素式的事物才有生命与民族的。"①当民族性既成为革命的口号又成为革命的对象的时候，两种民族性的所指是不一样的。在民族性认识悖论的这个问题上，中国和俄罗斯有着相似的背景，托洛茨基从革命的本质入手，将民族性条分缕析地剥离成与阶级元素一致的质素，这是一个创新性突破。在此前提下，谈阶级性的生成、壮大以及完善都有具体的参照对象和可资借鉴的资源。由族群形成的国家，民族性会逐渐形成为国民性的一个特征，一定程度上民族性构成了国民性的重要部分。鲁迅借思想革命推动国民性改造，来实现"立人"以"立国"的"新声"，在日益高涨的社会革命声音的喧哗中，已渐趋喑哑，阶级性被作为独立于民族性、国民性之外的一种新依据、新指标，胜过了后者的时代势力。

无论是阶级，还是政党，林林总总的革命化语汇派生的母体都是，也只能是民族生活。以这个观念为本，托洛茨基解决了革命发生的源头性问题，即：革命究竟是内部矛盾运动的结果，还是外部冲突运动的结果。托氏的论述显然是以前者为正宗。继之，民族性的旧问题一样会延续和爆发在新革命的浪潮中，托洛茨基的这个预想排解了鲁迅关于思想革命在无产阶级革命时期是否有效的顾虑。从厦门到广州之后，鲁迅所做的讲演仍旧立足于文化批判，他说："中国的文化，都是侍奉主子的文化，是用很多的人的痛苦换来的。无论中国人，外国人，凡是称赞中国文化的，都只是以主子自居的一部份。"②从字面看来，这是在对民族文化进行剖露，深层地看，却是对文化创造者和继承者的

---

① 〔俄〕托洛茨基：《文学与革命》，王凡西（惠泉）译，（香港）信达出版社1971年版，第87页。

② 鲁迅：《老调子已经唱完》，《鲁迅全集》第7卷，人民文学出版社2005年版，第326页。

鲁迅与20世纪中国国民信仰建构

奴性的揭示。在对国民性中根深蒂固的奴性的解剖中，"以主子自居"是鲁迅在思想革命中尤为警醒的一桩，可见，即使在革命策源地，鲁迅也并未放弃其国民性改造的初愿。托洛茨基否定了"革命中只有那些自然元素式的事物才有生命与民族的"，无异于在社会的极端分裂期，把革命和被革命的成分区分出来，本质上就为鲁迅式的思想革命和无产阶级的社会革命找到了共存理由和并行方式。

前文中所谈到的三个方面，从革命的身份确立，依靠手段以及主次任务分别排解了鲁迅关于革命新旧资源、革命和文艺关系以及革命对象的困惑，在情感层面上，托洛茨基以非政治的缘情笔法为陷于信仰危机中的鲁迅展示了无产阶级革命的另一种表达方式。与以往的共产主义原理介绍或宣传的文字相比，托洛茨基没有把无产阶级的解放叙述成为纯经济、纯军事的行为斗争，而是围绕着革命发生的思想、情感、意志、心理等等方面阐析。对鲁迅这样一个以文为业的思想型作家来说，对革命中灵魂的关注远远重于表象的纠缠，而托洛茨基恰好证明了无产阶级革命的学说也能够揭示生命、尊重生命，言说自由、维护自由。

三、鲁迅马克思主义信仰的特点形成与托洛茨基

共产主义信仰在鲁迅身上的体现，未必是学院式的学说结构的转换，也未必是革命行动骨干的养成，但毋庸置疑的是，它是一种信仰引导下的马克思主义思维方式的形成和实用。林贤治在《鲁迅的最后十年》中把鲁迅对人权的捍卫、对书报审查制度的抵抗，甚至鲁迅冒死参加杨杏佛的追悼仪式都归结为共产主义者的转型，这些举动能够反映一个共产主义者的气节，但即使鲁迅没有走向共产主义，也能够有这样的力量与意志进行对专制的抗争。因此，关键问题是在他后期一系列文学事件与社会行为背后的情感逻辑和价值理路，是不是属于马克思主义的？而且，他信奉的马克思主义呈现出的特质如何理解？

托洛茨基在《文学与革命》中强调历史的整一性，建立革命动力体系，同时，也突出历史的动态性，反复多次提出"新的一辈代""新的轴心"等具有

新质的话语。例如：

> 在目前，我们俄国正是一幅挺大的画布：需要巨匠们穷数世纪时间来画成它的。新的艺术，新的观点，感情的新的结合，思想的新的韵律，文学的新的努力，都将从此地，从我们革命山脊的顶峰起始发源。在一百年，二百年或三百年中，人们将怀着伟大的美学的情感，揭露出那被解放了的人类精神的这些泉源。[①]

这样的更新是民族自然元素内部决裂运动的衍生物，"新"一方面标记着革命的孕育与成熟，另一方面代表过去、现在和将来的连续发展关系。只有在进化的历程中，"新"才能够凸显出来，新才具有革命的功能。鲁迅曾寄望过"真的人"，希冀其能够充当进化运动中的先行者，引发进化运动的始端，引领进化运动的方向，但"真的人"从实践层面来说是抽象的，无法参与到可持续的进化历程中。而"新的人"[②]使精神进化和制度进化缔结起来，成为更实体的一种可操作模态。无产阶级革命运动需要的是"新的人"，塑造的也是"新的人"，时代的新和个体的新在"新的人"身上得到了最有机的融合，弥补了"真的人"在处理群体关系问题上的脱节。托洛茨基还以抒情诗为例证，进一步谈到"新的人"的"新"的内涵：

> 一个新的艺术形式，从大的历史见地来看，总是因适应新的要求而诞生的。拿最内心的抒情诗来作例吧，我们可以说在性生理学与情诗之间，存在着一个心理传导机构的复杂体系，其中含有个人的、种族的与社会的

---

① ［俄］托洛茨基：《文学与革命》，王凡西（惠泉）译，（香港）信达出版社1971年版，第46页。

② 王凡西译作"新的人"，鲁迅译作"另外一些人"，见《亚历山大·勃洛克》的翻译，拙文《从〈亚历山大·勃洛克〉三个译本看鲁迅的思想矛盾及整合》有详尽论述。鲁迅之所以用"另外"取代"新"，是在1926年翻译的时候，他还处于一种思想革命和社会革命的冲突焦虑之中，不情愿将二者作为新、旧之别对立起来。但随着个人信仰的日渐明朗，对"新"有了更为辩证的认识，在1928年辅导李霁野、韦素园翻译时，已经接受了"新的人"的译法。

因素。种族的基础，即人的性基础，改变得很缓慢。社会的恋爱形式改变得比较快些。它们影响着爱情之心理的上层建筑，它们产生出新的明暗法，新的升降调，新的精神要求，要求有新的字汇，并因此而对诗提出了新的要求。诗人只能在他的社会环境中才能找到他的艺术素材，经过他自己的艺术意识传达出新的生之冲动。因都市环境而改变了的与变得复杂了的语言，给了诗人以一种新的文字素材，并且暗示出与促成着新的词，藉使新思想与新感情（它们拼命要突破下意识的黑暗之壳）能够形之于诗。如果心理方面不曾因社会环境之改变而有所改变的话，那末艺术中便不会有运动，人们将代代相传，满足于圣经的诗，或古希腊人的诗了。[1]

整个段落里面出现的"新"建立在艺术的自然规律之上，这个规律的本质是"新的生之冲动"，即来自生命的内在要求。正如艺术是生命本体的需要，革命亦是生存变化的需要，那么，革命的艺术必然也应是由内而外诞生的。"新"蕴含着新生的意义，但这种新的形式不是主观臆造、不是无本之木，而是"个人的、种族的与社会的因素"相互作用而成，绝不单单是某一元素的决定作用，并且，这三类因素也处于演变过程中。受尼采影响，在鲁迅的早期进化观中对个人的历史作用极为看重，"而属望一二士，立之为极，俾众瞻观，则人亦庶几免沦没"[2]。对意力的推崇，使得鲁迅更为倾向教化和感化庸众，使之向"真的人"的理想接近。"真的人"唤醒庸众，同时，也必不可免地受到民众影响，鲁迅曾把这种反作用理解为是"无物之阵"的吞噬性，因而还有对"散胙"献祭的说法。可是，力量的作用还不仅仅止于牺牲，因为"真的人"所在的客观环境并非静止不动，鲁迅所说的"大酱缸"是从质上为社会定性，但量上始终存在不息的变化，缸里面起码也包含着微生物的繁殖，所以，革命的各种因子也会集聚在缸内。托洛茨基奠定的"新"理论，正视了"真的人"面对的世界和世界的多重干预力量，把"真的人"的单向革命行为转换成

---

① ［俄］托洛茨基：《文学与革命》，王凡西（惠泉）译，（香港）信达出版社1971年版，第155页。

② 鲁迅：《破恶声论》，《鲁迅全集》第8卷，人民文学出版社2005年版，第25页。

了"新的人"和"新的民族生活"双向作用的革命。"新"便不局限于属性的更改，而扩大为每一种原有位置的自我运动，在这个程度上，新与旧不仅仅是一种对立，也是一种辩证的转化。这样的"新"也带着过渡的性质，更恰当地诠释了进化发生的所有关系。

从文字的表达上，可能会得到鲁迅对"新"有一个由排斥到运用的印象，但如果将其理解为是同一个"新"，而且把这个变化当作鲁迅左转的过程，则未能触及转变的核心。当"真的人"在鲁迅的信仰实践中受挫，而托洛茨基提供的"新"的相关原理又显示出历史感和时代感的相融时，与托洛茨基的精神相遇，必然地在鲁迅的思想结构中，引发了"新"的多重意义的更新和拓进。

首先，"新"的赋予者问题。与创造社、太阳社进行"革命文学"论战时期，鲁迅被讥讽为"老人"，意味其落后于时代，固守旧思想。前者标榜的"新"紧随着时代而动，类似于鲁迅所谓的"扁"。对于这样的招牌，1929年5月22日，鲁迅在燕京大学演讲时便指出："在中国的所谓新文学，所谓革命文学，也是如此。……新的事物，都是从外面侵入的。……创造社有革命文学，时行的文学。不过附和的，创作的很有，研究的却不多，直到现在，还是给几个出题目的人们圈了起来。"①这种清醒的意识，在鲁迅翻译金子筑水《新时代与文艺》就已经有所萌芽，他为《壁下译丛》写小引时，便提及"凡主张的文章都依照着较旧的论据，连《新时代与文艺》这一个新题目，也还是属于这一流。近一年来中国应着'革命文学'呼声而起的许多论文，说还未能啄破这一层老壳"②。由此可知，社会思潮中关于"新"的倡导和"新"的推及，在鲁迅看来，仍不过是依凭了"旧的论据"至外而接植，所以，不能以"时行的"作为新旧评价标准，相反应认清其"老壳"的实质。那么，谁有资格成为"新"，或界定"新"？真正的"新"，"由时代所产生，更进而造出时代来"，"一面以一定的时代精神作为背景而产生，一面又在这时代精神

---

① 鲁迅：《三闲集·现今的新文学的概观》，《鲁迅全集》第4卷，人民文学出版社2005年版，第136—137页。

② 鲁迅：《壁下译丛·小引》，《鲁迅译文全集》第4卷，福建教育出版社2008年版，第5页。

鲁迅与20世纪中国国民信仰建构

181

中，造出新的特殊的倾向和风潮者"，"或者使当时的时代精神更其强更其深罢；或者使之从中产生特殊的倾向罢；或者促其各种的改造和革新罢；或者竟产出和生了自己的时代似乎全然相反的新时代来"。[①]新的赋予者必然来自新事物、新思想的内部能动作用，而非皮相的反叛性可为。"新"只能来自同一逻辑的自然发展，"新"一方面是新时代的产出，另一方面又必须能动地参与和改造这一时代和时代的文化，缺其一而不为新。"革命文学"论战对手们所谓的"新"，仅仅居于前半个命题，这是鲁迅所无法认可的，故而以旧（如"老调子""货色照旧"等等）称之。

其二，"新"的有效性问题。鲁迅认为能够"估量中国的新文艺"，打破那些伪新文艺包围圈的更多依靠"别国的理论和作品"。为什么会有这样的借助？在鲁迅的后期文字工作中，除了具有原创性的杂文写作而外，对翻译工作耗费了很大心力。他对翻译对象的选择，从来不在"世界上已有定评的杰作，附以不朽"，而是从非名作中，获得一定的参考。这些外国火种，蕴蓄着独有的力量，用片上伸谈俄国文学的话说就是"否定之力"。这种否定关涉着"新"的延续和发展，勃洛克不是"十月革命"的领导者，托洛茨基肯定了他对新时代的意义，片上伸也重申了勃洛克"惟从强的否定之间，生出真的肯定来"。在革命文学发生初期，革命文学家大都以无限欣喜的热情等待着无产阶级文学的高潮到来，而且，视其为"徽章"，所以鲁迅才告诫"无论怎样的激烈，'左'，都是容易办到的；然而一碰到实际，便即刻要撞碎了。关在房子里，最容易高谈彻底的主义，然而也最容易'右倾'"[②]。而且，鲁迅指出"无产文学并不厉害，反而他们也来弄无产文学，拿去做装饰"。成为装饰的"无产文学"，无疑是丧失了"否定之力"的空壳形式。20世纪20年代末期至30年代初期，无产阶级革命运动相对于全世界范围内的已经成熟甚至已经问题重重的资本主义具有一种异端属性，而异端的本质就是一贯着的"怀疑的否

---

① 金子筑水：《壁下译丛·新时代与文艺》，《鲁迅译文全集》第4卷，福建教育出版社2008年版，第99、100页。

② 鲁迅：《对于左翼作家联盟的意见》，《鲁迅全集》第4卷，人民文学出版社2005年版，第238页。

鲁迅与20世纪中国研究丛书

定的精神"，因而要保障这一"新"的有效性，则必然持有"现实否定"的思想。即使因为否定而造成"个人和社会的分离"或"个人和国家的分离"，而倍受"良心的激愤和感情的悲伤"，但文学和精神上的"否定之力"，将能够使之转为"生存之力"。也即是说，"新"的思想怎样成长，都不能只是一个抽象的观念，如果用"新"作为结束过去一切桎梏的手段和目标，那么，竭力避免"新"沦为一具新的枷锁，则应该摒除那种以绝对价值来解决历史所有问题的逻辑。所以，"新"仅仅作为一个理想化身而存在，无法具备摧毁和建造的效力。在此，鲁迅揭穿的是"革命文学"新思潮潜在的幻觉性。

其三，"新"的局限性问题。新文艺的建成并不能停留在理论的输入，也需要实实在在的创作和研究。鲁迅不止一次地表示，人不能提起自己的头发，离开地球，文艺再新，也得关注具象的生活和社会。和"多读外国书"相对应的一个倡导，是鲁迅对木刻文艺地方性的强调。前者落实于鲁迅身体力行的翻译工作中，是他对于"新"的参照体系的完整，后者则体现为鲁迅尽力突破新文艺的苍白、无生命感的理论贡献，是对"新"的文化局限的补充。罗清桢自学木刻初期，和鲁迅有许多书信往来，鲁迅在信函中前后多次谈到了地域文化问题："广东的山水，风俗，动植，知道的人并不多，如取作题材，多表现些地方色采，一定更有意思。""我想：先生何不取汕头的风景，动植，风俗等，作为题材试试呢。地方色彩，也能增画的美和力，自己生长其地，看惯了，或者不觉得什么，但在别地方人，看起来是觉得非常开拓眼界，增加知识的。"[①]风情民俗不是新的题材，然而鲜活、有生气，并且相对于整体的民族风格而言，是独特的、别致的，所谓"新"就不再是取法或取材于域外，而是构成和原有格局有所区别的特征，在于从司空见惯中建构起新的价值和意义。比如连环图画这样的传统艺术，鲁迅说："一，材料，要取中国历史上的，人物是大众知道的人物，但事迹却不妨有所更改。旧小说也好，例如《白蛇传》（一名《义妖传》）就很好，但有些地方需加增（如百折不回之勇气），

① 鲁迅：《331026 致罗清桢》《331226 致罗清桢》，《鲁迅全集》第12卷，人民文学出版社2005年版，第467、532页。

鲁迅与20世纪中国国民信仰建构

有些地方需削弱（如报私恩及为自己而水满金山等）。""二，画法，用中国旧法。花纸，旧小说之绣像，吴友如之画报，皆可参考，取其优点而改去其劣点……要毫无观赏艺术的训练的人，也看得懂，而且一目了然……不可堕入知识阶级以为非艺术而大众仍不能懂（因而不要看）的绝路里。"①这话用很具体的事例告诉新文艺的创造者，应该如何从旧历史、旧小说、旧画法中发掘出新时代的人也能接纳并有意味的元素。这种化旧为新，不同于旧瓶装新酒，而代表着新的观念的形成，新的评价标准的成熟。鲁迅之所以推崇和发起木刻艺术，是因为木刻在表现力和表现手段上，更多的不强调一种冲突，而体现为一种文化的自力，"我以为中国新的木刻，可以采用外国的构图和刻法，但也应该参考中国旧木刻的构图模样，一面并竭力使人物显出中国人的特点来，使观者一看便知道这是中国人和中国事，在现在，艺术上是要地方色彩的"。②地方色彩的意义，首先是集合了民间最本质的生命力量，才能够经久如一；其次，地方色彩往往被误认为非革命的、非现代的落后性，这是错解了文化与时间的关系；其三，地方色彩能够记录历史上的大事件，也能反映日常生活的点滴之变，可以对目的论式的艺术设计有所拨正，更能够保证人的精神完整性。也许相较于主流文化系统而言，地方色彩处于不受重视的弱势地位，然而却构成了民族历史进程不可缺失的一个组成部分。鲁迅以地方色彩来补足"新"文化的实践途径，其意义不单单是艺术的技巧、形式和风格的问题，本质上它是鲁迅从前期的毁坏"铁屋子"逻辑走向后期的无产阶级文化建设的表征，体现出鲁迅的个人信仰由思辨性而获得了行动的执行力。

关于"新"的理论，从产生的内部逻辑以及自身的发展趋势而论，托洛茨基不是建立在"十月革命"单一的政治意识形态之上，而是来自个体对历史、对文学以及革命环境中具体而微的人与事的感悟和体验，所以即使谈及激进与保守，他也没有陷于绝对的二元对立："一个党，甚至是最革命的党，也难免

---

① 鲁迅：《330801 致何家骏、陈企霞》，《鲁迅全集》第12卷，人民文学出版社2005年版，第426页。

② 鲁迅：《331219 致何白涛》，《鲁迅全集》第12卷，人民文学出版社2005年版，第518页。

产生自己组织上的保守主义，否则，它就会失掉必要的稳定性。问题的关键在于保守的程度。一个革命的党的极其必要的保守主义成分必须同不墨守成规的充分自由精神、决定方针的主动精神、行动上的勇敢精神相结合。"①这种观念在鲁迅的接受和再生过程中一方面给予了经验的参照性，另一方面保障其道德的合法性。鲁迅翻译岛崎藤村《从浅草来》中有这样的说法："'新生'说说是容易，谁能够得到新生？……以为'新生'尽是光明者，是错误的。许多光景，倒是黑暗而且惨淡。"事实上，从鲁迅留日筹办文艺杂志《新生》开始，他就面临着文化选择与改造的新旧辨识问题，策划《新生》目的是对"真的人"的供奉和呼唤。但那个时候的"新生"还处于抽象的进化思路中，不具备应对文化遗产的辩证立场，所以即使鲁迅注意到它在历史上形成的各种矛盾，也难以从现实生活中超脱于这个矛盾。"真的人"如果具备乌托邦性质，那么抵达理想王国则应该是具体实在的举措。每一个历史阶段都要求有特殊形式的存在，"新的人"的出现，不仅承担了历史遗产属性的转化问题，而且更为重要的是在看待这份遗产并以马克思主义方法修订这一领域的方面，打破了传统的新旧对立，提供了一种超越新旧对立的"内部视角"。鲁迅曾认为青年在进化之路上蕴含更多的"真的人"能量，青年无论作为读者还是作家，都能够承担起文艺先觉的角色，到1933年，鲁迅关于青年有更具体的说明："知识分子以外，现在是不能有作家的，戈理基虽称非知识阶级出身，其实他看的书很不少，中国文字如此之难，工农何从看起，所以新的文学，只能希望于好的青年。"②不再是所有的青年都将走上"真的人"的进化轨道，而是强调"好的青年"，与之相对的是"新的文学"。用有岛武郎在《生艺术的胎》里"真是一个概念"的说法，则"好的青年"即脱离了"真的人"的"概念"。所谓"概念"，意味着主义或恒常的守则。鲁迅以"好的青年"代替了他青年时代对青年的阐述，这个"好的青年"既能够理解青年之优长与不足，更能把握新的文化、新的思想的宗旨，既能保持对艺术至高准则的追求，也能兼顾最大多

---

① ［俄］托洛茨基：《托洛茨基文选》，郑异凡译，人民出版社2010年，第196页。

② 鲁迅：《330618 致曹聚仁》，《鲁迅全集》第12卷，人民文学出版社2005年版，第405页。

数的、底层的艰难生活的国民需要。"好的青年"所创造的"新的文学"包含了从文艺到社会各个层面的翔实要求，这或许可以理解为鲁迅由"真的人"走向"新的人"的一个贴切而精确的注脚。

1940年2月27日托洛茨基在科亚坎留下遗嘱，其中写到："在43年的生活中我始终是一名革命者，其中42年是为马克思主义而奋斗。如果我必须再从头做起，我当然要力求避免这样或那样的错误，但是我生活的大方向是不会改变的。我要作为一个无产阶级革命家、一个马克思主义者、一个辩证唯物主义者，因而也是一个不调和的无神论者而死去。对于人类共产主义前途的信念，我今天不是淡薄了，与青年时代相比，倒是更加坚定了。"托洛茨基对马克思主义的赞成和践履并不是如他所讲，四十二年如一日，而是有着接触、反思、修正、认可的过程，但正是他的不断认识、不断完善的方式更接近和契合了马克思主义以批判为特征的革命精神。尤其是在俄国的革命时期和苏联的建设时期，马克思主义所遭受的篡改和误读非常严峻，既有资本主义的压迫，而无产阶级又处于自身的转型过程中，托洛茨基所坚持的革命性，那种对庸俗社会革命的抵抗、对边缘异质文化的理解，以及饱含否定意志的批判精神无疑对巩固和发展马克思主义提供了非主流的阐释。苏维埃作为全世界范围内第一个实践马克思主义理论的国家，其共产主义工程带着浓厚的试验性质，托洛茨基的思考也是这一试验的有效组成部分。对中国20年代新兴的无产阶级而言，政党的政治生命和国家的政权性质在时代遮变中居于核心位置，因而对苏联经验的输入和吸收，基于政治原则性优先考虑了胜利者的观念和立场。鲁迅在30年代成为中国左翼文学的精神领袖，为了显示鲁迅思想与中国共产党内主流思想系统的一致性，研究者往往以《答托洛斯基派的信》为凭据来论证鲁迅对托洛茨基的否定。[①]论者以为，即使不参考当时的政治环境，仅仅从鲁迅的为文逻辑来

① 关于鲁迅和托洛茨基派的关系，近年来考疏此信和澄清此信的研究较多，围绕着鲁迅的政治立场，或与共产党员的关系，如冯雪峰、瞿秋白等人，做出相应的猜测和推断，以证明鲁迅不是出于本心来否定托派。代表作可参见：陈胜长：《鲁迅·托洛斯基（Trotsky）·革命的"同路人"》，《联合书院学报》1973年第11期；张永泉：《关于鲁迅与〈答托洛斯基派的信〉的关系的疑问》，《鲁迅研究月刊》1999年第3期；田刚：《鲁迅〈答托洛斯基派的信〉考辨》，《东岳论丛》2011年第8期。

看，也当有更完备的解释。鲁迅对"吃教"人的反感胜于对儒教本身，正如他并不反对袁枚，却厌恶所谓的"性灵小品"，他曾写到："袁中郎……在文学史上，是自有他们的价值和地位的。而不幸被一群学者们捧了出来，颂扬，标点，印刷……'借'得他一榻胡涂，正如在中郎脸上，画上花脸……对于中郎的本质，自然是并无关系的……'中郎'总不免招人好笑，大触其霉头。"[①]此说正好可与《答托洛斯基派的信》同构。鲁迅内心对托洛茨基和托洛茨基派有着严格区划，对前者鲁迅有着深切的认同和理解。鲁迅信仰危机爆发以来，我们在他的文字中间常常能够照见托洛茨基的影子，应当说，从"中间物"到"同路人"的自况，解决了"真的人"的理论困境。在鲁迅信仰的重建中，马克思主义更多的是作为一种辩证的思维方式、一种批判的精神力量而存在，而发挥作用，而这，恰恰就是鲁迅在托洛茨基的思想中获得的最核心的价值观和最精微的理论启示，也是20世纪中国马克思主义实践中不可磨灭的一种本土化输入。

第三节　"诗人之死"与后期信仰构成的命运认知

关于后期鲁迅信仰的构成，从瞿秋白的《〈鲁迅杂感选集〉序言》发表之后，鲁迅由一个封建地主阶级的逆子贰臣进而成为一个无产阶级的战士，由一个个性主义者进而成为一个集体主义者，由一个民主主义者进而成为一个马克思主义者，这一种信仰转换尽管表述不一，但其结果几乎成了后来学术界的一个共识。确实，这一个信仰转换的结果应该说是没有太多的疑问的，无论褒者贬者，都不会否认这样一个事实。但是，鲁迅后期信仰的转换过程究竟怎样，什么样的动因促进了鲁迅的这次思想转变，什么样的资源参与了鲁迅后期信仰的化成，对这些问题的研究，成果当然不菲，但过去的研究者们似乎一直喜欢扣住两个关键性动词在做文章。一个是"轰毁"，由轰毁以至断裂，由断裂以至转型，由转型以至新生，"轰毁"一词就概括了鲁迅信仰转变的过程特

---

① 鲁迅：《骂杀与捧杀》，《鲁迅全集》第5卷，人民文学出版社2005年版，第615页。

点。另一个是"煮",在"革命文学"论战中,为了准确地阐发"革命文学"的性质、意义,纠弹创、太两社"革命文学"观念的偏颇,鲁迅读了一些包括普列汉诺夫、托洛茨基、卢那察尔斯基等在内的马克思主义者的文艺论著,用这些理论的"火""煮"自己的肉,在自我解剖与反省中完成了从进化论到阶级论的思想转变。毫无疑问,"轰毁"也好,"煮"也好,这都是鲁迅解读自我转型的原话,恰如春江之水,冷暖自知。"轰毁"与"煮"都是文学性的描写语言,生动地呈现了鲁迅思想与信仰转型过程的形态特点。不过,信仰毕竟是心灵与精神领域中的事情,它的消隐与重构是一个极其复杂与精微的过程,远非肉体的"轰毁"与"煮"那么直截,那么简单,那么明确,有些因缘看似细微,有些资源看似次要,但是由于它与信仰主体精神结构的切合与同调,往往会在信仰主体转型与重构的过程中充当极其重要的角色,起到极其关键的作用。就鲁迅后期信仰构成而言,无产阶级革命时代里"诗人之死"现象的呈现与纠缠就是这样的因缘。可以说,青年残杀青年现象的"轰毁",马克思主义文艺理论书籍的"煮自己的肉",这些原因对鲁迅后期信仰的转换构成固然都是荦荦大者,但是,鲁迅作为一个文学家,在投入到无产阶级革命大潮的过程中,面对"诗人之死"现象时所产生的心灵颤动与精神震撼也是不可忽视的因素,在诗学与精神的意义上,甚至可以说是更值得研究者们关注与剖析的。

一、"诗人之死":"十月革命"后苏联文学界的一种特殊现象

所谓"诗人之死",指的是俄国"十月革命"后苏联文学界出现的一种现象。有些诗人,在革命兴起时,热情洋溢地投向革命,讴歌革命,甚至成为革命的号手,但是在"十月革命"胜利后,无产阶级掌握了政权,国家与民族开始了一个新的时代,而这些曾经为革命欢呼歌唱的诗人们反而对革命的成果深深失望,对自己在革命政权下的生活失去信心与希望,最后或者在"活不下去了"(梭波里)的叹息中,或者在"一点办法都没有"(马雅可夫斯基)的决绝中,用自杀的形式结束自己的肉体生命与诗歌的生命。叶遂宁如此,梭波里如此,后来的马雅可夫斯基也是如此。勃洛克因病死在四十出头的壮年,他

死时已经对自己的生活与曾经的诗歌生涯感到绝望，而那些一向攻击苏俄革命文学的西方媒体也在拿勃洛克的病说事，如Mercvre de France就刊登弥里士考夫斯基的看法，认为"坏血症"是"左党政治下的智识阶级中人的应有病"，似乎暗指勃洛克的致命的"坏血症"不仅是生理上的，而且是精神上的，生理上的"坏血症"剥夺了他的肉体生命，而精神上的"坏血症"则剥夺了他的诗歌生命。如果说，在革命兴起时，勃洛克是"从人文主义变迁的历程感受俄国文化变革和社会制度变革的必然性，可能性，呼唤知识分子投身革命，理解革命"，那么，革命后的勃洛克则是"从理想人文主义角度，质疑、悔恨甚至反对现实中的许多有悖于民族文化建设、破坏人文精神建构的革命行为"①。所以，勃洛克虽然不是死于自杀，但是他在逝世前一段时期的精神绝望，对革命现实中的一些行为的"质疑、悔恨甚至反对"，其实也已经意味着作为革命歌手的诗人已死。

马雅可夫斯基的自杀原因是什么，迄今仍然有争议。诗人死后，苏共中央与"拉普"为了避免马雅可夫斯基的自杀造成不良的政治影响，极力把这次事件淡化为一次纯粹的个人生活中的"失恋"事件。但即使在当时，从"拉普"写给斯大林与莫洛托夫的信中也可看到，苏联文艺界对诗人的自杀之因有不同的看法。这封信中指出："对诗人自杀的原因的解释被敌人利用了，因此出现种种谣言，说'共产党员们藏匿了'马雅可夫斯基的真正的信件（即'第二封'信），说什么诗人对一切都失望了，他被那忌贤妒能的苏维埃政权扼杀了。在青年人之间出现了这样的情绪：如果马雅可夫斯基这位无产阶级革命家的榜样，'同工人阶级保持紧密联系'的诗人都自杀的话，那我们这些平庸的人该怎么办？一些怀恨在心的人则公开宣称：'马雅可夫斯基一生都在撒谎，终于没词儿了，所以就自杀了。'"②这些意见不管是同情的还是攻击的，显然都是在精神与诗学的层面上来解读诗人的自杀，没有把这一事件简单地归

① 林精华：《勃洛克不可缺失的另一半形象》，见勃洛克：《知识分子与革命》，林精华等译，东方出版社2000年版，第3页。

② 芝恩：《关于"拉普"领导人就马雅可夫斯基之死给斯大林的信》，《苏联文学》1989年第1期。

之于诗人的"失恋"。马雅可夫斯基的死在中国文坛也曾引起震动，不论左翼，还是非左翼刊物，都曾报道其自杀消息。《现代文学》杂志1930年第1卷第4期上还曾编辑出版了一个纪念特辑，其中刊发了马雅可夫斯基的新作诗一首，戴望舒翻译的法国A. Habaru作的《玛耶阔夫斯基》、杜衡翻译的梅吉尔（A. B. Magil）作《玛耶阔夫斯基》、毛翰哥翻译的杉木良吉作《玛耶阔夫斯基的葬式》、赵景深翻译的拉莎洛夫（Alexander I Nazarof）作的《玛雅阔夫斯基的自杀》等外国文坛的报道评论，还有谷非作《玛耶阔夫斯基死了以后》、陆立之作《玛耶阔夫斯基底诗》、杨昌溪作《玛耶阔夫斯基论》等论文。很有意味的是，这个专辑中的译文和评论都没有迎合社会读者的兴趣去渲染马雅可夫斯基自杀的"失恋"事件，而是将关注点侧重在挖掘这一"诗人之死"事件背后的诗学意义与精神启示。如A. Habaru说："自从革命底斗争时代一终结，他的诗的兴感就死了，在以后的建设的过程中，他的诗便失去了气势了。当然，玛耶阔夫斯基还写，还写得很多，可是他只给我们一些使他跌到节米扬·白德芮（Demian. Bedny）、或保尔·台鲁莱德（Paul. Delouled）一流的宣传诗了。"杨昌溪的论文则指出马雅可夫斯基死于诗歌实验的失败，他说："他不愿作艺术的说教者，而他把他整个的艺术都呈现给革命驱使。他以自己的人格充满革命的场所，广场和街衢，在或种的限度上打破个性底限制而接近于集团，使集团成为革命的集团。他从旧时代的艺术而到狂放之士底未来派的时代，更由衰落的未来派而到烈夫派（左翼），在十二年来他都在文坛上不绝地实验着他底艺术，这次的自杀就是他以身殉艺术的表征。虽然他不是纯粹的普罗列塔利亚诗人，然而在工人们所加于他底'革命诗人玛雅阔夫斯基'的称号是值得配上的。"尤其值得一提的是赵景深翻译的拉莎洛夫的文章，这是一篇专门探讨诗人自杀原因的文章，作者不仅将叶赛宁、梭波里的自杀和马雅可夫斯基的自杀相提并论，而且专门对所谓"失恋"论进行了驳斥。文章说："爱的解释是不能使人信服的。只要想一想过于傲慢的玛雅阔夫斯基，他的对于恋爱的态度是革命的，他自己也宣言他的放荡，便知道他要是为了一个难近的妇人而自杀，是犹之于一个常态的人为了吞一块不容易消化的食物而自杀是一样的不容易。即使他的'不幸的恋爱'不完全是谣言，人家也知道这决不是自杀的唯一的原因，显然还有政治和群众的原因。"从这些翻译的和自作的文章中，不难看出国内文坛（当然包括左翼文坛在内）对于马雅可夫斯基之死的一般性认知。

　　鲁迅对上述的苏俄诗人及其诗人的命运无疑是熟悉的。1926年，鲁迅为北京大学俄语专修科学生胡斅所译《十二个》校订，并亲自翻译了《亚历山大·勃洛克》放在诗的前面，又作《〈十二个〉后记》加以解释，这是《文学与革命》部分内容在中国最早的翻译。《文学与革命》是一册循序渐进地论述无产阶级文学发生、形成、本质以及方向等问题的著述，第一章谈前革命时期的艺术，第二章介绍"同路人"文学，接下来就专章研究勃洛克。托洛茨基起首便承认勃洛克属于"十月革命"以前的文学，但并未因此降低对勃洛克的评价，反而从勃洛克象征主义的两重性，勃洛克进入革命的方式，书写革命的策略，表现革命的手段等多个方面讨论了勃洛克的时代意义。毫无疑问，托洛茨基把握写作对象的这种平等观念和整体立场唤起了鲁迅的"旧营垒"身份认同，鲁迅在翻译中鲜明地表达了自己对勃洛克的态度。譬如，在译到勃洛克面对十月革命做出对同阶级的评价时，鲁迅是这样翻译的："勃洛克是知道智识谐级的价值的——'无论怎么说，我在血统上也还是和智识阶级连结着，——他说，——但智识阶级总常被放在束缚的纲中'。"①鲁迅《亚历山大·勃洛克》译本外，还有另外两个有代表性的版本可做参照，一是未名社韦素园、李霁野在鲁迅帮助下完成的1928年版本，一是托洛茨基主义研究者王凡西所译1960年版本。对比这三个版本关于"束缚"这一关键词的看法是很有意味的。"勃洛克知道知识阶级底价值：'我也一毫不差是知识阶级底有血统关系的亲属'，他说，'但是知识阶级常常是消极的'。"②（韦、李译）"勃洛克认识知识分子的价值。他说：'我终归还是知识分子的血亲，但知识分子从来总

　　①　［俄］托洛茨基：《亚历山大·勃洛克》，《鲁迅译文全集》第8卷，福建教育出版社2008年版，第158页。

　　②　［俄］托洛茨基：《文学与革命》，韦素园、李霁野译，北新书局1928年版，第154页。

是否定的'。"① （王译）三个译本最大的区别在于"束缚的纲""消极"和"否定"。翻译的年限越往后，可参阅的版本就越多，韦、李和王凡西应该都熟知鲁迅的译文，但却都未使用"束缚的纲"类似词语，反而选取了接近的"消极"与"否定"，后者词性所含贬义色彩，且批判程度强于前者。这句话表达的意思是勃洛克既自知个人所属阵营，同时又对其进行评判。鲁迅所译的勃洛克并没有彻底地抨击这个与自己关系紧密的阶层，而着意指出这个群体先天的不自由。那么，勃洛克究竟看到了智识阶级的哪些桎梏？——"风呀，风呀！／人的脚都站不住……滑呀，难走呀／每个行路的人／都会滑倒"，这是《十二个》里的诗句，对风和雪的感受在同年写作的《俄罗斯和知识分子》中进一步得到阐述："革命，像大旋风，像大飞雪，永远带着新的和出人意外的事物，它残酷地欺骗了许多人，它轻易地在自己的漩涡中损毁了有价值的人，它常常把没有价值的人带到陆地上来而不受到损害。"②勃洛克作为智识阶级的一分子感受着革命，体会到革命巨大的挟裹力，这力既是摧毁朽坏旧物的利器，也是不能商量不可回避的指令，一旦卷进那洪流便只能顺从革命的节奏。智识阶级的先锋性决定了只能受此约束，由诗印证：勃洛克的束缚感即为革命开启之后的直观情绪。在勃洛克的这种类比中，鲁迅想到了自己内心的束缚感。此后，鲁迅的心灵深处诞生了一个生动的勃洛克情结，他常常在自己的文章中提到勃洛克，而且借勃洛克之口说出了智识阶级的处境。

在理论著作上鲁迅不仅曾阅读过托洛茨基的《文学与革命》，而且也读过卢那察尔斯基的《艺术论》、普列汉诺夫的《艺术论》以及其他一些苏俄文学的评论文章，翻译过其中的一些著作与篇什。这些著述对于十月革命前后一段时间的俄罗斯文学都有十分精彩的评论，尤其是对叶赛宁和勃洛克等俄罗斯诗人热情地投身革命但在革命胜利后又失望于革命的现象，这些理论家们给予了深切的关注和深刻的剖析，关注的焦点显然在于旧的诗人如何在新旧时代交替时不仅讴歌新时代而且融入新时代。在无产阶级"革命文学"兴起之时，鲁迅

---

① ［俄］托洛茨基：《文学与革命》，惠泉（王凡西）译，（香港）信达出版社1971年版，第108页。

② 戈宝权：《十二个》，时代出版社1951年版，第71页。

被新兴作家们打上了旧时代作家的代表人物的徽号，对此，鲁迅并不否认，甚至以此自豪。鲁迅所讨厌的是那种"唯我独革"的嘴脸，是那种关起门来"革命"拒绝同路人跟着走走的激进态度。鲁迅深知自己所处的时代是一个新旧转换而新生未生、旧的未去的时代，自己的旧的信仰确实被血淋淋的现实所轰毁，自己愿意追随新的时代前行。但正如鲁迅当年在S会馆里同钱玄同对话时的心态，对于旧的自己的信念是坚定的，但新的属于未来，未来的事物对于每一个前行者而言都是一个未知数。虽然自己不能以自己的确信来折杀了未来，但对甘心情愿追随时代前行的自己的未来将是一个什么状况，这是鲁迅这种所谓"生性多疑"、喜欢刨根究底的人所必要弄明白的。所以，作为一个愿意追随时代前行的旧时代的代表者，鲁迅不能不深切地关注在时代的大潮中那些自愿前行的旧时代代表者的命运，这也许就是在"革命文学"论战中，尽管当时由苏俄传入的理论资源多种多样①，但仅仅托洛茨基和卢那察尔斯基等理论家和叶赛宁、勃洛克等俄罗斯曾经的"革命诗人"特别使鲁迅感兴趣的原因。而且可以说，正是叶赛宁、梭波里、勃洛克以及后来的马雅可夫斯基的死亡这一非常态现象，深深地震撼了鲁迅的心灵，鲁迅曾说："'在一个最大的社会改变的时代，文学家不能做旁观者！'但拉狄克的话，是为了叶遂宁和梭波里的自杀而发的。他那一篇《无家可归的艺术家》译载在一种期刊上时，曾经使我发生过暂时的思索。"②这种表述虽然语气平静，但确实证实了叶遂宁、梭波里的自杀促使信仰转换中的鲁迅对"革命时代"、"革命文学"、革命文学家的历史宿命等问题进行了深入的思考，并得出了自己与众不同但发人深省的结论。

二、革命时代与"诗人之死"的悖论

革命时代是一种大时代，激动人心的时代。伟大的诗人往往有一颗永不安分、永远冒险的灵魂，厌恶平庸、刻板、没有惊涛骇浪的生活。那些旧时代的

---

① 可以参见艾晓明、李今等人关于30年代无产阶级革命文学的论著。

② 鲁迅：《在钟楼上》，《鲁迅全集》第4卷，人民文学出版社2005年版，第36页。

诗人们之所以向往革命，向往的其实就是革命时代的那种剧烈动荡与变化的大气魄，大精神。勃洛克就曾经对"革命"做过这样的定义："改造一切。力图使一切变得崭新起来：使我们那虚伪的、污秽的、苦闷的、不成体统的生活变成公正的、纯洁的、愉快而美丽的生活。""这类想法自古以来就深藏在人类灵魂与人类心灵之中，当它们挣脱束缚自己的桎梏并以汹涌澎湃的洪流摧毁大坝，冲决无用的堤岸时，这就称之为革命。规模较小，程度适中或者层次更低级的现象——被称之为骚乱，造反和变革。但是，这被称之为革命。"①鲁迅也曾用力度的"大"和"小"来划分"革命"的时代。1927年4月8日，鲁迅应邀到广州黄埔军官学校讲演"革命时代的文学"，在谈到"革命"与"文学"的关系时，鲁迅很风趣地用猴子进化到人类的故事做比喻，说明"革命是并不稀奇的，凡是至今还未灭亡的民族，还都天天在努力革命，虽然往往不过是小革命"。至于革命时代的"文学"，鲁迅则明确地指出"革命时代的文学和平时的文学不同，革命来了，文学就变换色彩。但大革命可以变换文学的色彩，小革命却不，因为不算什么革命，所以不能变换文学的色彩"。在鲁迅的心目中，当时广州的"革命"的规模和力度还不是真正的"革命"，至多也只能是"小革命"，因为它并"不能变换文学的色彩"。鲁迅接着直截了当地批评广东的文学形势，指出："广东报纸所讲的文学，都是旧的，新的很少，也可以证明广东社会没有受革命影响；没有对新的讴歌，也没有对旧的挽歌，广东仍然是十年前底广东。不但如此，并且也没有叫苦，没有鸣不平；止看见工会参加游行，但这是政府允许的，不是因压迫而反抗的，也不过是奉旨革命。中国社会没有改变，所以没有怀旧的哀词，也没有崭新的进行曲。"②可见，鲁迅尽管身处国民革命的策源地，又在"革命"骨干力量的培养学校做演讲，但鲁迅并未忌讳言说自己对当时广州已经十分热闹了的所谓"革命"的观感与思考，这种关于革命规模、力度乃至性质的"大"与"小"的思辨，显然是从勃洛克那里得到了启示。

① ［俄］勃洛克：《知识分子与革命》，林精华等译，东方出版社2000年版，第161页。

② 鲁迅：《革命时代的文学》，《鲁迅全集》第3卷，人民文学出版社2005年版，第437、440页。

在这个讲演中，鲁迅表面上谈的是文学，其实对鲁迅思想或者说鲁迅后期信仰转换最有意义的还是透过"革命文学"的诞生所显示出的他对"革命"的理解。鲁迅认为革命与文学有三种关系，三个阶段："大革命"之前，没有"革命文学"，有的是"叫苦鸣不平的文学"；"大革命"之中也没有"革命文学"，因为"到了大革命的时代，文学没有了，没有声音了"，"大家受革命潮流的鼓荡，大家由呼喊而转入行动，大家忙着革命，没有闲空谈文学了"。"大革命"以后才有"革命文学"。"等到大革命成功后，社会底状态缓和了，大家底生活余裕了，这时候又产生文学。这时候的文学有二：一种文学是赞扬革命，称颂革命……另有一种文学是吊旧社会的灭亡——挽歌——也是革命后会有的文学。"①鲁迅关于"革命文学"产生的条件与机缘是否妥当，姑且不论，在此应该关注的是，在鲁迅的心目中，何谓"大革命"？在谈到"大革命"前的"叫苦鸣不平的文学"时，鲁迅指出这种文学有两种发展趋向，一种是叫苦无用就沉默下去，甚至渐渐更加衰颓下去，如埃及、阿拉伯、波斯和印度，一种是那些"富有反抗性，蕴有力量的民族，因为叫苦没用，他便觉悟起来，由哀音而变为怒吼。怒吼的文学一出现，反抗就快到了；他们已经很愤怒，所以与革命爆发时代接近的文学每每带有愤怒之音，他要反抗，他要复仇。苏俄革命将起时，即有些这类的文学"。后来在谈到第三个阶段即"大革命成功后"所产生的那两种文学时，鲁迅更是明确地将中国与苏俄相提并论，"不过中国没有这两种文学——对旧制度挽歌，对新制度讴歌；因为中国革命还没有成功，正是青黄不接，忙于革命的时候"，"中国社会没有改变，所以没有怀旧的哀词，也没有崭新的进行曲"。但是，"苏俄却已产生了这两种文学。他们的旧文学家逃亡外国，所作的文学，多是吊亡挽旧的哀词；新文学则正在努力向前走，伟大的作品虽然还没有，但是新作品已不少，他们已经离开怒吼时期而过渡到讴歌的时期了"②。讲到大革命兴起前的"怒吼的文学"是以苏俄革命前的文学作为例子，谈到大革命成功后的"革命文学"

鲁迅与20世纪中国国民信仰建构

---

① 鲁迅：《革命时代的文学》，《鲁迅全集》第3卷，人民文学出版社2005年版，第438、440页。

② 鲁迅：《革命时代的文学》，《鲁迅全集》第3卷，人民文学出版社2005年版，第440页。

仍然是以苏俄革命后的文学作为例子，可见，在鲁迅的心目中，所谓的"大革命"就是苏俄式的革命，反过来也就是说，只有苏俄式的"革命"才能配称得上是"大革命"。所以，勃洛克曾引用丘特切夫的诗句来欢呼"我们俄罗斯人正在经历一个无与伦比的伟大时代"①，而鲁迅在谈到勃洛克与苏俄革命的关系时，也特别突出的是苏俄革命的规模、力度与性质的"大"，他认为"勃洛克独在革命的俄国中，倾听'咆哮狞猛，吐着长太息的破坏的音乐'。他听到黑夜白雪间的风，老女人的哀怨，教士和富翁和太太的彷徨，会议中的讲嫖钱，复仇的歌和枪声，卡基卡的血。然而他又听到癞皮狗似的旧世界：他向革命这边突进了"。②

　　但是，"大革命"呈现给诗人的不会只是丘特切夫诗歌中所欢呼的"宴会的盛大场面"，"大革命"的声音是"咆哮狞猛"的"破坏的音乐"，是"复仇的歌和枪声"，在这样的大革命时代，每一个与革命发生关系的人，都可能有生与死两种命运。对此，鲁迅是有极其透彻的见地的。1927年12月，他在给黎锦明的中篇小说《尘影》做的序言中开篇就说："在我自己，觉得中国现在是一个进向大时代的时代。但这所谓大，并不一定指可以由此得生，而也可以由此得死。""许多为爱的献身者，已经由此得死。在其先，玩着意中而且意外的血的游戏，以愉快和满意，以及单是好看和热闹，赠给身在局内而旁观的人们；但同时也给若干人以重压。""这重压除去的时候，不是死，就是生。这才是大时代。"③破坏的目的是为了建设，革命的理想当然是为了更好的"生"，但鲁迅在此谈"大革命"时代的生与死，显然意在强调"死"的前景与结局，尤其是那些投身革命的"革命文学"家的"死"的前景与结局。这种思路的发生，一方面当然是因为鲁迅深知，革命文学家的攻击社会，必得攻击革命的对象，而革命的对象是具体的，是有力量的，因而革命诗人就得面临危

---

　　① 见勃洛克《知识分子与革命》，林精华等译，东方出版社2000年版，第160页。丘特切夫的诗句："一个人在关键时刻造访这个世界／他是何等快乐幸福，／他被特别幸运的人们所召唤，／作为一位观临宴会的客人／他们目睹了宴会的盛大场面。"

　　② 鲁迅：《〈十二个〉后记》，《鲁迅全集》第7卷，人民文学出版社2005年版，第312页。

　　③ 鲁迅：《〈尘影〉题辞》，《鲁迅全集》第3卷，人民文学出版社2005年版，第571页。

险。鲁迅在《答有恒先生》的文章中曾说："我先前的攻击社会，其实也是无聊的。社会没有知道我在攻击，倘一知道，我早已死无葬身之所了。试一攻击社会的一分子的陈源之类，看如何？而况四万万也哉？我之得以偷生者，因为他们大多数不识字，不知道，并且我的话也无效力，如一箭之入大海。否则，几条杂感，就可以送命的。"①另一方面，叶赛宁、梭波里的自杀事件以及后来的勃洛克的消沉态度深深地刺激着鲁迅，让鲁迅意识到了像他这类从旧的阶级中投向革命的"革命诗人"们无可回避的一种历史宿命，也就是鲁迅自己所说的："凡有革命以前的幻想或理想的革命诗人，很可有碰死在自己所讴歌希望的现实上的运命；而现实的革命倘不粉碎了这类诗人的幻想或理想，则这革命也还是布告上的空谈。"②

这种命运意识，在苏俄革命爆发时期的俄国诗人中其实是相当普遍而典型的。作为浪漫的诗人，天生地会对革命充满了幻想与激情，因为在"革命这一种打扫的行动中，有一种无限制的前进的趋势，鼓荡着人类要求解放的热情，诗人可于浪潮中听出令人欢畅的音乐，看出革命的心灵""革命是人类历史的道上的胜利日，也是悲剧日，是一篇史诗"③，诗人的激荡不已的心灵恰恰能够在这种胜利日与悲剧日中得到宣泄，获得狂欢。但是，革命必然有破坏，不仅会破坏诗人憎恨的东西，也会破坏诗人心爱的东西，正如勃洛克在《知识分子与革命》中对那些知识分子的诘问："你们曾经考虑过些什么？革命等于田园诗？在革命的道路上创造不会毁坏任何东西？人民是听话的乖孩子吗？""'黑'骨头和'白'骨头、'有文化教养的人'和'没有文化教养的人'之间、知识分子和人民之间由来已久的纷争，这样'没有流血地'和'没有痛苦地'就可以解决吗？"④显然不是，正由于意识到了或者说亲眼见到了这种破

① 鲁迅：《答有恒先生》，《鲁迅全集》第3卷，人民文学出版社2005年版，第477页。

② 鲁迅：《在钟楼上》，《鲁迅全集》第4卷，人民文学出版社2005年版，第36页。

③ 蒋光慈：《十月革命与俄罗斯文学》，见贾植芳、陈思和主编：《中外文学关系资料汇编》下册，广西师范大学出版社2004年版，第834页。

④ ［俄］勃洛克：《知识分子与革命》，《知识分子与革命》，林精华等译，东方出版社2000年版，第166页。

坏，勃洛克"他向前，所以向革命突进了，然而反顾，于是受伤"①。而叶赛宁说："他能领受一切，他可以将灵魂都交给红色的10月和5月，但只有一张亲爱的鸣琴不愿给予任何人的手里，因为他要这张鸣琴仅仅为他歌吟，细腻地歌吟。"②当革命要求他交出这把鸣琴，或者要砸烂他的鸣琴的时候，诗人的心伤就是可想而知的了。更进一步说，革命虽然是狂欢日，但"进化是和平的时日，是无风浪的散文。革命后要渐渐地走到进化的路上，要发展到自身的第二阶段。在此第二阶段，破坏的风浪要让位置于和平的建设，所谓理性和计划登了表面的舞台，而所谓革命的心灵不得不隐藏到自身的深处。到此时，我们的诗人，我们的罗曼蒂克，失去了兴趣，心灵上起了很难过的波纹"。所以，蒋光慈曾将勃洛克的痛苦归因于对感觉中的革命的"停顿"的失望与困惑。"布洛克现在所以发生痛苦的，是因为革命，照着他的感觉，似乎走到半路停下来了，不能满足自己的无限制的态度。"③这种解读确实是切中了问题的实质的。对于诗人投身革命后的这种必然的两难处境，这种历史宿命，勃洛克是有深切预感的，他虽然没有像叶赛宁那样自杀，但他在投身革命的歌唱时就已经宣示了自己的命运："正是那个果戈理把俄罗斯想象成是飞驰的三套车。""我们年复一年越来越清晰地听到的那个音量迅速增大的嘈杂声，就是三套车铃铛那神奇的叮叮当当声。在三套车周围是'阵阵气流发出的呼啸声，而且这气流变成了风'，如果这辆三套车直向我们飞驰而来，那会怎样呢？我们奔向人民，即直接扑向疯狂的三套车的车轮下、直接奔向必然的死亡。"④敢不敢扑向车轮，这是时代对诗人的考验，能不能碾碎诗人的罗曼蒂克幻想，这是历史对革命的考验。鲁迅在勃洛克的诗歌心灵中感知到了这个运命，所以才有投

① 鲁迅：《〈十二个〉后记》，《鲁迅全集》第7卷，人民文学出版社2005年版，第312页。

② 蒋光慈：《十月革命与俄罗斯文学》，见贾植芳、陈思和主编：《中外文学关系资料汇编》下册，广西师范大学出版社2004年版，第849页。

③ 蒋光慈：《十月革命与俄罗斯文学》，见贾植芳、陈思和主编：《中外文学关系资料汇编》下册，广西师范大学出版社2004年版，第835页。

④ ［俄］勃洛克：《人民与知识分子》，《知识分子与革命》，林精华等译，东方出版社2000年版，第62页。

身革命的诗人们很可能有碰死在自己所讴歌希望的现实上的运命，而革命倘不粉碎了这类诗人的幻想则这革命也还是布告上的空谈这一经典的判断。

三、"诗人之死"是信仰事件

在一个风云激荡的大时代里，诗人的自杀，尤其是"革命诗人"的自杀绝不是一个日常事件，而是一个信仰事件。自古以来，多少诗人的自杀不是死于对自己的信仰的幻灭，就是死于对自己的信仰的坚守。诗人不同于常人，常人可以有信仰，同时也可以在日常的生活中或者具体的事功中修正自己的信仰，而诗人不能。诗人是信仰的描摹者、鼓吹者、讴歌者，人们往往不是在政治家的演说中，而是在诗人的吟唱中感受到信仰的美好，感受到信仰的力量。所以那些伟大的诗人在这份使命的鼓舞下，一旦发现自己坚信的理想与自己生存其中的现实是如此地背离时，宁愿自己碰死在自己的信仰上，也绝不会去修正自己的信仰，或者背叛自己的信仰，像一个常人那样苟活下去。鲁迅显然是从信仰的建构这个意义上来看待叶赛宁、梭波里的"诗人之死"的。在这段时间里，鲁迅曾不断地提到"革命人""革命文学""革命文学家"这三个概念。对这三个概念的理解，过去一直比较粗略，仅认为鲁迅在此只是想说明"革命文学"的产生须先有"革命人"的产生，文学家要创作出"革命文学"，须先成其为一个"革命人"。这种解读当然没有问题，鲁迅的"从喷泉里出来的都是水，从血管里出来的都是血"的名言，确实是明确地指向这层意义。但是，如果更深层地来思考，不难发现鲁迅这三个概念的使用还有着更为精微的含义。"革命人"是"革命文学家"（在有的地方鲁迅也称之为"革命诗人"）的基础，"革命人"和"革命文学家"的不同在于，在具体的革命实践中"革命人"无须整天把革命信仰挂在嘴边，"革命人"当然必须是"理想主义者"，但"革命人"往往也表现为一个"现实主义者"，甚至在一些特殊的情境中为了革命的成功，可以修正或者掩盖自己的信仰。而"革命文学家"的革命工作就在于革命信仰的宣传与讴歌，信仰是他们生命的基石与内容。所以，鲁迅在谈到"革命文学家"的概念时，有时是十分敬重的，如他说叶赛宁和梭波里："俄国十月革命时,确曾有许多文人愿为革命尽力。但事实的狂风,终于转得他们手足无措。显明的例是诗人叶遂宁的自杀,还有小说家梭波里,他最后的话是:'活不下去了'。""叶遂宁和梭波里终于不是革命文学家。为什么呢,因为俄国是实在在革命。"又如他说勃洛克:"然而他究竟不是新兴的革命诗人,于是虽然突进,却终于受伤,他在十二个之前,看见了戴着白玫瑰花圈的耶稣基督。""但这正是俄国十月革命'时代的最重要的作品'。"有时说起时则显然是一种嘲讽的口吻,如他对当时创、太两社中那些"革命文学"倡导者的评论:"革命文学家风起云涌的所在,其实是并没有革命的。"①"不远总有一个大时代要到来。现在创造派的革命文学家和无产阶级作家虽然不得已而玩着'艺术的武器',而有着'武器的艺术'的非革命文学家也玩起这玩意儿来了,有几种笑迷迷的期刊便是这。他们自己也不大相信手里的'武器的艺术'了罢。"②敬重的是因为,叶赛宁、梭波里、勃洛克们虽然还不是"革命文学家",他们没有真正地投身革命的实践中去作"革命人",但他们忠诚于自己的信仰,并且在向着革命的潮流"突进",尤其是他们要"突进"的是真正的大时代与大革命;而嘲讽的则是,在中国,真正的大时代,大革命还没有到来,"革命人"还没有尝试去做,自封的"革命文学家"们就急急忙忙地宣称"革命文学"已经到来了。而这种"革命文学"无论是"奉旨革命",还是"赋得革命",就像鲁迅曾经批评过的,要么"是刊物的封面上画一个工人,手捏铁铲或鹤嘴锹,文中有'革命!革命!''打到!打到!'者",要么就是"画一个少年军人拿旗骑在马上,里面'严办!严办!'"③之类。

所以,在与那些自封的"革命文学家"们论战时,鲁迅曾向他们提出了一个相当尖锐的问题。"成仿吾教人克服小资产阶级根性,拉'大众'来作'给与'和'维持'的材料,文章完了,却正留下一个不小的问题:倘若难

---

① 鲁迅:《革命文学》,《鲁迅全集》第3卷,人民文学出版社2005年版,第568页。

② 鲁迅:《"醉眼"中的朦胧》,《鲁迅全集》第4卷,人民文学出版社2005年版,第66页。

③ 鲁迅:《扣丝杂感》,《鲁迅全集》第3卷,人民文学出版社2005年版,第505页。

于'保障最后的胜利'，你去不去呢？"①鲁迅之所以这样提问，是有他的理由的。第一个理由当然是未来的事本来未可预料，所谓"最后的胜利"谁能确切地保障？当时"大革命"尚未到来，前景就更加渺茫，何况革命中间还会有流血，有牺牲。第二个理由更加确切，叶赛宁、梭波里、勃洛克等投身革命的诗人已经碰死在自己所讴歌希望的现实上，而真正的大革命、大时代也确实粉碎了这类诗人的幻想。那些希望一个晚上就能"奥伏赫变"成为无产阶级作家的文学家们是否能有勃洛克们这种气魄，这种真诚，明知道直接扑向疯狂的三套车的车轮下就是直接奔向必然的死亡，但他们还是奔向了人民？是否能够像叶赛宁和梭波里那样，"他们先后给自己唱了挽歌，他们有真实。他们以自己的沉没，证明着革命的前行"②。带着这样的疑问，鲁迅在"革命文学"论战中，思路与其对手们颇有点不同，他不太关心革命文学的内容、性质、对象等理论性的问题，而是关心两个互相连带着的问题。一个问题是作家是否真诚。鲁迅十分赞赏勃洛克，就因为他对"大革命"有"真的神往的心"，"呼唤血与火的，咏叹酒与女人的，赏味幽林和秋月的，都要真的神往的心，否则一样是空洞。人多是'生命之川'之中的一滴，承着过去，向着未来，倘不是真的特出到异乎寻常的，便都不免并含着向前和反顾。诗《十二个》里就可以看见这样的心"。③他批评广东的所谓"革命文学"，想到的也是这"革命文学"是否是"心中流露的东西"。"在这革命地方的文学家，恐怕总喜欢说文学和革命是大有关系的，例如可以用这来宣传，鼓吹，煽动，促进革命和完成革命。不过我想，这样的文章是无力的，因为好的文艺作品，向来多是不受别人命令，不顾利害，自然而然地从心中流露的东西；如果先挂起一个题目，做起文章来，那又何异于八股，在文学中并无价值，更说不到能否感动人了。"④另一个问题则是反对投机。鄙薄与反对投机，这是鲁迅一贯的性格与主张。

① 鲁迅：《"醉眼"中的朦胧》，《鲁迅全集》第4卷，人民文学出版社2005年版，第63页。

② 鲁迅：《在钟楼上》，《鲁迅全集》第4卷，人民文学出版社2005年版，第36页。

③ 鲁迅：《〈十二个〉后记》，《鲁迅全集》第7卷，人民文学出版社2005年版，第312页。

④ 鲁迅：《革命时代的文学》，《鲁迅全集》第3卷，人民文学出版社2005年版，第437页。

在后期信仰的转型与建构中，鲁迅的这一性格和主张体现得更加显著。他在谈到文学家与革命的关系时曾告诫人们，"外国是革命军兴以前，就有被迫出国的卢梭，流放极边的珂罗连珂"①。他在谈到革命中的牺牲时也说："革命被头挂退的事是很少有的，革命的完结，大概只由于投机者的潜入。也就是内里蛀空。这并非指赤化，任何主义的革命都如此。但不是正因为黑暗，正因为没有出路，所以要革命的么？倘必须前面贴着'光明'和'出路'的包票，这才雄赳赳地去革命，那就不但不是革命者，简直连投机家都不如了。虽是投机，成败之数也不能预卜的。"②所以，鲁迅赞美革命家的牺牲，"革命成功的时候，革命家死掉了，却能每年给生存的大家以热闹，甚而至于欢欣鼓舞。惟独革命家，无论他生或死，都能给大家以幸福"。同时也指出："革命无止境，倘使世上真有什么'止于至善'，这人间世便同时变了凝固的东西了。不过，中国经了许多战士的精神和血肉的培养，却的确长出了一点先前所没有的幸福的花果来，也还有逐渐生长的希望。倘若不像有，那是因为继续培养的人们少，而赏玩，攀折这花，摘食这果实的人们倒是太多的缘故。"③这两个问题的中心点其实就是投身革命的动机如何，是听从自己内心的召唤，还是看到了前景的诱惑？

当然，提出这样的问题，鲁迅并非是要与那些自封的"革命文学家"们刻意为难。正如阅读马克思主义的文艺理论是为了"煮自己的肉"一样，鲁迅提出这样的问题，根底里还是为了检测自己的内心，还是要做出自己的回答。鲁迅在自我信仰转型时期，不断地提到叶赛宁、梭波里的死亡，提到勃洛克的"突进"与"受伤"，不断地告诫人们，真正的革命有流血，有污秽，从这些现象上可以看到，鲁迅自己的回答是十分明确的。可以这样说，俄国十月革命的胜利，使得鲁迅看到了"大时代"与"大革命"的即将到来，所以他说："现在则已是大时代，动摇的时代，转换的时代，中国以外，阶级的对立大抵

---

① 鲁迅：《文艺与革命》，《鲁迅全集》第3卷，人民文学出版社2005年版，第583页。

② 鲁迅：《铲共大观》，《鲁迅全集》第4卷，人民文学出版社2005年版，第107页。

③ 鲁迅：《革命时代的文学》，《鲁迅全集》第3卷，人民文学出版社2005年版，第428页。

已经十分锐利化，农工大众日日显得着重，倘要将自己从没落救出，当然应该向他们去了。"[1]而俄国十月革命前后一段时期苏俄文坛上的"诗人之死"现象，也使鲁迅深切地预感到自己这一类知识者的献祭的运命。鲁迅听从自己内心的召唤，选择了献祭，哪怕是要"以自己的沉没，证明着革命的前行"。如果说绍兴会馆里，鲁迅是听从朋友的力劝投入到新文化运动中去，是在绝望中的对绝望的反抗，那么，1927年前后一段时期的鲁迅在轰毁了自己原来的进化论信仰之后，从绅士阶级的逆子贰臣进到无产阶级的战士，从一个个性主义者进到马克思主义者，则显然是一种充满着献祭精神的主体的自我选择。克尔恺郭尔曾经通过亚伯拉罕的故事指出，建立在恐惧之上的信仰才是真正经受得起考验的信仰，那么，像鲁迅这样，建立在献祭精神基础上的信仰，无疑是一种最为纯粹的信仰。没有利益的牵引，也没有得失的考量，有的只是自我牺牲的对运命的承担，这些恰恰也是后期鲁迅信仰转型之后，为什么能在左翼文学阵营中始终保持清醒的批判精神，抱持个人的独立人格的一种重要的条件。

值得注意的是，后期鲁迅信仰转型与重构中的这种特性，虽然来之于俄国十月革命胜利后"诗人之死"现象的直接启示，但它与鲁迅对社会进化过程中的"历史中间物"的使命的思考，对人类精神发展过程中的"过客"的历史宿命的思考不仅息息相关，而且也是一脉相承的。无论是"历史中间物"，还是暮色苍茫中的"过客"，都不是历史的"旁观者"（鲁迅就明确地指出叶赛宁和梭波里"他们到底并不是旁观者"），而是历史的参与者，弄潮者，但"历史中间物"只是自己"肩住黑暗的闸门，放年轻的一代到光明的地方去，幸福合理地度日"，他的运命中没有光明的享受，而是当生命的力量使尽时，就粉身碎骨地死在闸门的重压下。而"过客"的命运也是如此，他的前面也许是坟也许是花园，他听从前面声音的召唤，义无反顾地朝前走去。其实，"过客"的经验已经告诉他前面是坟，他甚至憎恶这花园的温馨美丽，宁愿筋疲力尽地倒在荒郊野外的坟场上。叶赛宁、梭波里、勃洛克等诗人的结局，可以说

---

① 鲁迅：《"醉眼"中的朦胧》，《鲁迅全集》第4卷，人民文学出版社2005年版，第63页。

203

鲁迅与20世纪中国国民信仰建构

是活生生地验证了鲁迅对"历史中间物"和"过客"命运的预感。关于"历史中间物"的思考发生在五四新文化运动时期，关于"过客"的思考发生在1925年，也就是鲁迅的心灵处在"两间余一卒，荷戟独彷徨"的最为寂寞而焦虑的时刻，而对苏俄文坛"诗人之死"现象的兴趣与关注也就在其后的一两年中发生，这时恰恰也是鲁迅的世界观发生极其剧烈的动荡转变的时候。从"历史中间物"到"过客"再到"诗人之死"，我们可以清晰地看到鲁迅作为一个文学家对于精神自省的强烈的自觉性，每在自我精神发生重大状况时，他都会构建起一个鲜明而独特的意象来象征性地宣示自己的生命体验。在这种意义上，或者说从"历史中间物""过客""诗人之死"这三个意象的精神内质的相似性与联系性中，也可断言，鲁迅后期信仰的转换，与其说是一次飞跃，不如说是一种顺承，一种发展。对鲁迅而言，信仰的内容变了，但信仰的方式与信仰所赖以存在的生命激情则依然故我。

第六章　国民信仰中鲁迅符号的建构历史

　　1936年10月19日鲁迅逝世。举国瞩目的葬礼上，一幅印着"民族魂"的白绫覆盖着鲁迅的灵柩。从那个时候起，直到1949年10月中华人民共和国的建立，在长达十三年政治动荡、国土分裂的艰难岁月里，广大民众、进步青年、文化界精英和政治领袖们对鲁迅进行了各种样式的纪念。这些悼念，一方面为抗日民主统一战线的建立、持久战的开展提供了精神支持，增强了民族自信力；另一方面，也在试图解读、总结、规范鲁迅的后世影响，力求将鲁迅的成就之路与历史发展的道路结合起来，把鲁迅的个体信仰与中国现代知识分子的公共信仰联系起来，使其成为现代知识分子信仰发展的一个典范标本。但是，由于个人立场以及思想认识的差异，其引用材料和论证方式也并不一致，因而所怀念和塑造的鲁迅也在怀念者的共同目标下呈现出内在的分歧甚至相悖。建国至今已六十余年，对鲁迅的纪念几乎没有间断过，对鲁迅的学术研究更是得到长足发展。不过，前三十年间，随着时代推进，随着意识形态对文化观念的规训的强化，原有的对鲁迅的各种不同认识逐渐调整、归顺，演变成为整齐划一的评价。直到新时期开始，这种整齐划一的评价才出现裂痕。从上个世纪80年代迄今，在实事求是的思想原则鼓励下，学界一直持续不断地力图还原真实的鲁迅，力图揭开披覆在鲁迅身上的层层迷蒙的面纱，在鲁迅研究的各个方面都取得了深刻而广博的成就，在鲁迅的公共评价上也形成了多样化的格局。不过，从接受美学和现代传播学的角度看，鲁迅逝世之后，鲁迅形象怎样在国家文化层面上构成，已不仅仅是鲁迅自身的文化质素问题，也不仅仅是鲁迅研究界的学术成果的问题。在一定的时代条件下，广大国民对鲁迅的认知以及这种认知的积淀、提升和再创造，对鲁迅形象的符号化和象征化无疑起着更为重要的作用。今天，学界对鲁迅本体的阐释已经十分丰富和深入，而对鲁迅形象的接受群体的再创造活动的研究仍然没有引起足够的重视。鲁迅作为国民精神信仰的象征，其在国民信仰建构过程中的形成历史，值得我们予以细致的梳理和深入的检视。

第一节　1936—1949：祭文中的"民族魂"

鲁迅去世后的30、40年代，接受群体对鲁迅的各种不同形式的纪念，应该说是20世纪中国文化界将鲁迅作为文化符号建构的初步尝试。对这十三年中鲁迅纪念中的种种分歧、争议的梳理分类，将为我们提供鲁迅这一文化符号或者说精神象征在国民信仰中发生、成长状态的全面展示。

一、"民族魂"的接受分歧

"民族魂"作为鲁迅的身后之誉，是一个在能指上无限接近鲁迅精神，在所指上却不断偏离原始意义，不断游离在"成为个体（鲁迅）的鲁迅"和"成为集体（民族）的鲁迅"之间的特殊精神符码。这一精神符码不断在公共传播空间中被延展、改造，最后进入国民信仰层面，成为日益远离鲁迅所生活所思考的年代的国民们想象鲁迅和表达自我的精神纽带。因而在赋予"民族魂"意义的同时，各种想象方式、建构方式都会面临两种潜在的对象：一是自我面临的困境以及危机的解决，二是鲁迅参与该问题的态度和立场。前者具体而现实，后者笼统而虚拟，前者强烈的目的性影响并操控着后者。当然，承认"民族魂"象征的被改造并不难，重要的是洞悉其逐步位移的逻辑，包括想象者的动机和处境，这恰恰是后来学界在使用"民族魂"一语时所忽略或以历史的整体性来模糊的认识盲区。从1936年到1949年，鲁迅悼念中的祭文呈现出越来越明晰的意图化，在其意图背后又投射出激进的精神迫切感，这一现象就是洞悉其中逻辑的一个很贴近的切入口。

鲁迅生前对自己死后的设想有两处重要记录：一是在《忆韦素园君》中，"文人的遭殃，不在生前的被攻击和被冷落，一瞑之后，言行两亡，于是无聊之徒，谬托知己，是非蜂起，既以自衒，又以卖钱，连死尸也成了他们的沽名获利之具，这倒是值得悲哀的"。鲁迅借韦素园谈到生者对死者追悼的不轨，由此表现出对于追悼文字的警惕和戒除。二是《死》中类似遗嘱的七条训诫。前者可看作后者立论的基础。尽管鲁迅透彻地意识到了祭奠有"骸骨的迷恋"之嫌与伤感的无效之用，但他却为刘和珍、柔石、白莽、瞿秋白……甚至内山书店的普通职员镰田诚一写过文章。鲁迅之所以激烈反对将自己作为悼念对象，是他力避个人思想中的积极面受到夸大、歪曲，或是担心自己的消极面误导、有害于后世。正如鲁迅的自我判断，其思想的复杂性确实在他无法阻挡的追悼过程中被肢解、被简化与被附会，但是即使偏离了鲁迅初衷，这些对逝者或毁或誉的文学式追悼在当时的中国社会仍产生了不可预期的影响力。无论是素未谋面的售票员、工人，还是围绕在鲁迅身边的木刻家、文艺工作者，无论是共产党员，还是党外人士、国际友人，面对鲁迅的去世都不能遏制地提起笔来写下其朴素与敬重的悼念之情。这些祭文的传播又在全国引发更多的忧思与追怀，仅仅是1936年，全国悼念鲁迅的特辑、专刊多达九十多种。《中流》杂志面向社会征求"哀悼鲁迅先生专号"稿件，半个月时间不到就收到了一千多篇投稿，在第一卷的五、六、七期里连续刊登了三十八篇，尽管大部分的稿子如今不能够再见，但从已有的和见诸其他刊物的文章可以看到追悼者的情绪、立场和态度。从哀悼的主题和哀悼的角度来看，祭文大致有三个方面：

第一，对鲁迅人格的探讨，主要由正面的歌颂与侧面的辟谣构成。鹿地亘记录了与鲁迅短短的八个月相识，赞其"不屈的苦斗"与"不变的诚实"。[①]王统照称其为"思深行坚的人物""不避艰困的播种者"。[②]吴克刚回忆了八

---

① ［日］鹿地亘：《与鲁迅在一起》，《光明》创刊号"哀悼鲁迅先生特辑"，1936年11月1日。

② 王统照：《噩耗》，《光明》创刊号"哀悼鲁迅先生特辑"，1936年11月1日。

道湾时期"大先生"对底层百姓的平等意识和无微不至的爱①，陈子展说鲁迅"最令他感动的是正义"②，宗珏以为鲁迅体现了"最严肃最公正"的人类精神③，权华将鲁迅比作"扫除污秽垃圾的大扫帚"④，以辈感叹鲁迅一生一世都为民众着想，"刻苦奋斗，鞠躬尽瘁"⑤。与此同时，针对鲁迅生前被人以讹传讹的一些污蔑，一些悼文也试图一一予以澄清。傅东华借鲁迅帮助救治自己儿子害伤寒病的事件，证明鲁迅不是"精神成分里只有'恨'而没有'爱'"的人，也不是"唯恨哲学"者，他"所憎的是他自己那个世代的人，乃至于在他以前的一切世代的人；他所爱的是在他以下的一个世代的人，乃至于未来的一切世代的人"，"他的爱是有主义的"。⑥欧阳凡海强调鲁迅不放松的攻击，并不是计较个人的荣辱，而是"为中华民族底公益而战斗"，"坚信对旧社会的必胜的攻击"，即使是"猜疑"和"执拗"也具有多面性。⑦洪基列举了30年代的一系列鲁迅的"太热情""是非观念太分明"的事例以否定鲁迅所谓的"孤僻"。⑧郑振铎指出"故他不反对袁郎中，却反对提倡袁郎中或学习袁郎中者"，实质是对"有名无实"的反感，解释鲁迅并不"偏狭"。⑨虽然这些说法较多是印象式的、总括性的表述，即或是作为佐证的个

① 吴克刚：《忆鲁迅并及爱罗先珂》，《中流》第1卷第5期"哀悼鲁迅先生专号"，1936年11月5日。

② 陈子展：《我们所以哀悼鲁迅先生》，《中流》第1卷第5期"哀悼鲁迅先生专号"，1936年11月5日。

③ 宗珏：《吊鲁迅先生》，《读书生活》第4卷第12期，1936年10月25日。

④ 权华：《关于鲁迅先生》，《潇湘涟漪》第2卷第8期"哀悼鲁迅先生特辑"，1936年11月号。

⑤ 以辈：《鲁迅先生是为哪个死的？》，《大家看》1936年第1卷第1期。

⑥ 傅东华：《悼鲁迅先生》，《文学》第7卷第5号"鲁迅先生纪念特辑"，1936年11月1日。

⑦ 欧阳凡海：《关于鲁迅的基本认识商榷》，《文学》第7卷第5号"鲁迅先生纪念特辑"，1936年11月1日。

⑧ 洪基：《鲁迅孤僻吗？》，《时报半月刊》第2卷第4期"悼鲁迅先生特辑"，1936年12月1日。

⑨ 郑振铎：《鲁迅先生并不偏狭》，《中流》第1卷第5期"哀悼鲁迅先生专号"，1936年11月5日。

别实例，也并未进行深刻的分析，得到的大抵是普适性结论，但正好是这样一些具备唤起性、感染性强、易于理解的质素，建立起了更为深厚的舆论基础，取得了更为广泛的民众信任，成为构筑"民族魂"的前提条件。

第二，就鲁迅影响的阶层、人群和精神波及范围与程度给予描述。如韦君宜回忆自己曾在北平图书馆读《为了忘却的记念》的故事，她发现书页边有一个读者写下"光明，究竟要在什么时候才到来呵？"，翻过那页就出现另一行字迹："你不知道么？就是明天！"。[1]通过两个陌生读者的问答，显示出鲁迅对国民自信心建立的引导与鼓励。李长之在追悼会上的演说中提出："我们有许多思想，自己觉得仿佛是自己的，但却是受鲁迅思想的影响而得来的"，这是一种"青年气"。[2]这种潜移默化、不易察觉的思想培养，证实了鲁迅对国民精神生活参与的充分与必要。萧乾关注到万国殡仪馆小吊客中的一个跛脚孩子，由此联想到自己做小孩时参加孙中山先生的悼念活动，"并没有摸清死的是什么，只是冥冥中一种超乎孩子胸膛容量的哀戚或尊敬感觉梗塞在我的喉咙间"，"这力量在茫然无识的孩子心灵上时常比成人更深刻更恒久"。[3]售票员高淑英讲述了送葬那天的所见，"花圈队"和"挽联队"都是不知名的群众自发组成，和六千多名凭吊者一同步行去万国公墓，进而呼唤"革命的，忠贞的，为勤劳大众而奋斗的战士们起来吧"。[4]蒋牧良更是直接地说到，"（老太太们——引者加）不会以为参加一个文学家的丧仪是一个什么荣誉，也不是作伪，他们爱敬鲁迅先生的出发点，大概和我差不多"。[5]数以千计的祭文中，类似的文字比比皆是。作者们透露出的是顿失一切的感觉，似乎鲁迅之死使他感到生活无底的空虚，没有了方向和支柱的彷徨，用巴金的话讲，"国籍不同""阶级不同""职业不同""信仰不同"的人却拥有"相同

① 韦君宜：《哀鲁迅》，《清华周刊》第45卷第1期，1936年11月1日。

② 赵俪生：《鲁迅追悼会记》，《清华副刊》1936年第45卷第1期"追悼鲁迅先生特辑"。

③ 萧乾：《朦胧的敬慕——纪念鲁迅先生》，《中流》第1卷第5期"哀悼鲁迅先生专号"，1936年11月5日。

④ 高淑英：《悼我们的导师》，《小说家》第1卷第2期，1936年12月1日。

⑤ 蒋牧良：《悼鲁迅先生》，《中流》第1卷第5期"哀悼鲁迅先生专号"，1936年11月5日。

的悲戚的表情"。①实质上，鲁迅作为文化符号的存在意义恰恰在肉身的陨灭之后空前凸显，他并非充满神秘色彩的偶像，也没有完备教义的召唤结构，就算有复杂的思想体系，那个时候也欠缺系统解读，但他却获得了国民尤其是进步文化界宗教式的膜拜。这是一种跨年龄、超阶级的信仰实践，在鲁迅称之为"沙"化时代的当口，国民却"聚沙成塔"地向着鲁迅这面旗帜靠近、围拢，这种具有自发性的集合，无疑成为后来"民族魂"的接受根基和推广阵营。

第三个方面涉及对鲁迅精神的梳理、概括以及定性，这是将鲁迅作为民族文化符号构建的必经之途。尝试这样做的人无疑有更深一层接触鲁迅心灵世界的企图，但无论承认还是否定鲁迅具有前后期的思想演变历程，其思路大体受到瞿秋白编选鲁迅杂文时所写序言的影响。明确地提到鲁迅思想"转变"的有吴组缃（"在他一九二八年顷转变的时候"），郭沫若（"一九二七——一九二八之交……意识方面……像小孩磨人似的打过嘴架"，成为"转换方向的契机"），刘雪苇虽然没有使用"转变"，但他认为"有些人想将鲁迅先生的伟大意义局限在'文化运动'或'文艺运动'的范围里，而将他对整个革命斗争的思想指导作用忽视，抹杀或轻视他社会政治思想的宝贵内容，及这内容的社会意义，那是决定地错误的"，作者用了一个"迟缓"来形容"一九二八年的论争，并不表示鲁迅先生比不上当时的'革命文学家'们知道有'革命文学'的存在。鲁迅比他们知道得更早……"②室伏高信首先评价了鲁迅所在的大时代，"在中国文坛上也是普罗文学登峰造极的时代。共产主义理论把中国青年的智识分子从头到脚地包裹起来，思想家必定是马克思主义者，作家必定是普罗作家"。由此进而评价鲁迅，"他是普罗作家或者不是普罗作家，对于他在文坛上或是中国文化上的地位和名誉一点关系也没有"。室伏高信认为，鲁迅即使有"普罗作家的意识形态"，也并非"仅被它所拘围，或者是对它倾以热情，我想他的为人毋宁是超越这些而崇高起来"。③《中学生》杂志

---

① 巴金：《一点不能忘却的记忆》，《中流》第1卷第5期"哀悼鲁迅先生专号"，1936年11月5日。

② 雪苇：《导师的丧失》，《中流》第1卷第6期，1936年11月20日。

③ 室伏高信：《论鲁迅》，赫戏译，《现代青年》1936年第5卷第2期。

编者按指出，鲁迅早先"反对儒家的中庸之道和忠恕之道，主张分别仇爱，认清是非"，"民十六以来，他思想激变，实际参加'反帝'组织，应用他的犀利的、深刻的、热烈的文笔，激起我们'反帝'的情绪"。该文还突出了鲁迅的思想转变与"普罗文学"的关系，"几年前他对'普罗列塔利亚文学'的口号尚加以嘲笑，然而不久他察觉不对，就亲自负起倡导的责任来"。① 与之相反，王任叔反驳了郭沫若和刘雪苇的意见，他首先从字面意义上解释了"转变"的内涵，认为"有当于进化论上的'突变'，是自量到质的变化，所为前后判若两人的意思，绝不是进化论上那种渐进的意思。日本把这种'转变'叫做'转向'倒更来得明白确定些"。由此，他认定鲁迅"自从发表《狂人日记》起，一向就是以现实主义者的姿态出现的，而且他始终站在历史的现实主义舞台上，始终随着历史的进化的法则，走着他的路"。② 王任叔还通过对"现实主义"的层层剥离辨析，指出鲁迅的创作方法、艺术境界都在其思想指导之下，具有一致性。比较典型地持有"未变"观点的还有许钦文，他是鲁迅的同乡，又是鲁迅的学生，与鲁迅过从甚密，在1936年内所写的悼文就多达五篇。③ 这些悼念文章表达了他对鲁迅思想的细致观察："时常有人说他'转变'，其实他所转变的只是使用的手段；他的抗暴扶弱的精神是一贯的"（《在对鲁迅先生的哀悼中》）。王仁济反对"许多人把这个时期（即：上海'现实的战场'阶段——引者注）叫做'鲁迅的转变时期'"，他认为"其实鲁迅何尝转变，鲁迅始终是一贯地作为'青年叛徒的领袖'"。针对周作人在1936年10月20日对《世界日报》记者所谈"鲁迅近年思想已渐转变，趋于救亡"，王仁济说："只要看看鲁迅在一九三一年答文艺新闻社，《占领省的意

---

① 《中学生》杂志编者按，1936年第69期，第3页。

② 王任叔：《鲁迅先生的转变》，《中流》第1卷第7期，1936年12月5日。

③ 许钦文因为与鲁迅的特殊关系，在鲁迅逝世后两个月内，先后写了五篇有分量的悼文：《在对鲁迅先生的哀悼中》（《中流》第1卷第5期）、《铁门相见时的鲁迅先生》（《中流》第1卷第6期）、《祝福书》（《中流》第1卷第7期）、《鲁迅先生的肥皂》（《文季月刊》第2卷第1期）、《鲁迅先生与新书业》（《青年界》第10卷第4号）。尤其倡导对鲁迅的悼念不能做空头文章，要淡化情绪性的宣泄，而注重学术运用，以严谨的态度研究鲁迅遗产，学习鲁迅精神。

义》一文，便知道这不是转变，（最低是随着社会的转变，是指导着社会的）而是前进！这不是狭义的'趋'于救亡，而是领导所有'不愿做奴隶的中国千百万群众'做广泛的'世界反法西斯屠户宰割的弱小民族与无产阶级'的必须而迫切的战斗！"王仁济还列举了杂文、翻译、艺术等"各方面发展"，强调鲁迅所做始终是为"打破狭隘思想"，[①]一直在"前进"。章乃器认为五四运动中产生出来的人物，"始终不出卖的"[②]只有鲁迅先生，肯定鲁迅前后期思想的一脉相承，即对"五四"公义的秉承。

从这些字句铿锵、捍卫鲁迅的祭文来看，争辩"变"与"不变"，都是为了衬托鲁迅精神的独特和伟大之处，但仔细斟酌这些文章也会发现，无论是坚持前期的思想指导或是肯定后期的行动指导，其标准并不统一。比如对思想解放的程度、革命本身的内涵等等的言说充满歧义，即使对鲁迅前后期的具体思想的把握，也不够贴切，仅仅是把鲁迅选择性地作为某一主义的代言人，而不是基于对鲁迅的全面评判。这样的逻辑不免使得文章中有时出现似是而非的表述。李蕤试图用鲁迅自己的文字来印证"从进取斗争解放的个性主义进到了战争的改造世界的集体主义，这中间是一个长远的蜕变的过程"，"在晚年他是接受了一种思想，参加了积极的斗争，但我们却不能显明分出他'转变'的界限，我们可以说他自始便是革命者，因为他自始便是攻击黑暗势力对人类的压迫"。[③]此例足以见出，一方面无法回避"变"的历程，另一方面又力求确认其"不变"的行动，这从逻辑上来讲也是不可能的。根本看来，之所以引发这种内在矛盾，是因为作者们对"民族魂"意义的认识上具有偏差。什么样的文化符码、精神象征才能承载起一个民族脊梁的意义，究竟是颠覆几千年伦理纲常、冲破礼教束缚的思想斗士？还是同情与援助最广大底层民众，彻底反对帝国主义的共产主义战士？这一分歧构成了鲁迅逝世之后"民族魂"诠释与定义

① 王仁济：《鲁迅近年思想及其著述》，《时报半月刊》第2年第4期，1936年12月1日。

② 章乃器：《我们应该怎样纪念鲁迅先生》，《多样文艺》1936年第16期"哀悼鲁迅先生特辑"。

③ 李蕤：《悼鲁迅先生——死者倘不埋在活人的心里，那就真真死掉了》，《中流》第1卷第5期"哀悼鲁迅先生专号"，1936年11月5日。

的两种精神导向。从鲁迅身后影响与国民信仰建构的关系而言，鲁迅纪念中第三个方面的现象发生更有意义，更值得我们去研究。

二、"民族魂"的复魅

既是历史的巧合，也是鲁迅命运的必然，对"民族魂"的复魅与现代中国最关键的两次战争密切相关。其一是抗日战争，从抗战的爆发，到相持，到攻坚，每个阶段中的国民精神的鼓舞与高扬，都有鲁迅符号的参与。作为"民族魂"，鲁迅生前的种种言论被直接或间接地运用于民族抗日统一战线的建立、战事的宣传以及对敌的斗争。其二是国内战争，由于国内两大政治力量共产党和国民党最大的对立基于生产资料占有制度和劳动成果分配制度的不同，所以鲁迅对被损害被侮辱的劳动者的天然的同情，对无产阶级未来前景的信赖与认同，必然地成为民众接受的核心价值基础。

对鲁迅生前的救亡主张、革命立场和革命态度的探讨与社会情势变化密切相关。1937年"七七事变"，中国全面展开反法西斯的抗日战争，保卫民族利益与国家尊严成为民族全体成员的首要任务。在这一时代背景下，毛泽东在1937年"陕公"举办的鲁迅周年祭上重述了无产阶级"先锋队"的性质、任务，认为纪念鲁迅最重要的是将他看作"民族解放的急先锋"。毛泽东指出，鲁迅"他并不是共产党的组织上的一人，然而他的思想，行动，著作都是马克思主义化的。尤其在他的晚年，表现了更年轻的力量"。毛泽东还运用他高度的概括能力，将鲁迅"政治的远见""斗争精神""牺牲精神"这"三个特点"归纳为"鲁迅精神"。[①]今天重新客观地来理解这篇讲演稿，其旨意或许并不是像后来许多学者指出的要将鲁迅沦为"政治的工具"。毛泽东评价鲁迅的身份、写作以及生活，目的是结合陕北公学"有真理""讲自由"的环境，要求学习鲁迅，创造"革命先锋队"。应该说，此时此地毛泽东对鲁迅的把握基于个体对个体的心灵契合与精神相同，他所看到的鲁迅三大品质的核心是战争年代最易于感染也最富于塑造的战士精神。他没有细化鲁迅的远见实质、斗

---

① 毛泽东：《论鲁迅》，汪大漠笔录，《七月》1938年第3卷第10期。

争逻辑和辩证的牺牲观，也不需要返回鲁迅一生经历的复杂环境去思索鲁迅的精神成因。因为战争环境下，一切都理所当然地被简化，要么不义，要么正义。扫除掉不义的事物，需要的就是作为正义指称的符号鲁迅。所以这篇祭文不涉及对鲁迅早年思想的评述，也无所谓抹杀鲁迅前期思想的重要性，鲁迅作为祭奠对象承担的是革命行动派的意义。当然，这样一种"厚此薄彼"的印象，一旦成为此后鲁迅作品接受和鲁迅符号诠释的重要的理论依据，随着毛泽东本人地位和威望的改变，关于鲁迅思想发展的研究理路就不可避免地从瞿秋白式的首肯后期而不否定前期，终于走向了为了突出后期而批判前期。

吊诡的是，鲁迅对一个阶级的同情，对一个政党的认可，乃至对一个国家的好感，从来都不是建立在宏观的、表象的特征认知之上，而是以组成社会单元的个人，构成文化品性的个性为依据、为参照的。即使为广大的被损害被侮辱的底层民众揭刺痼疾、争取权利，也不愿意以俨然代表的形式出现，而是把自己融入那个群体之中，从切肤的痛楚中发出个体的呐喊。鲁迅为自己所属的民族提供具有预见性的、超越性的异质话语系统，也绝不是有意去做某一种主义或学说的传声筒、扩音器，而是要用这种主义或者学说来煮自己的肉，早年信仰进化论—尼采主义是这样，后期信仰马克思主义学说也是这样，这才是鲁迅能够成为"民族魂"的关键性的思想品质。而且，民族的精魂本来就和鲁迅早年推崇过的"超人英哲"一样，是一种精神的发现和照耀，不可能演化为传统的伦理道德模范，更不是通常意义上某种美德的化身。所以，在祭文中演绎"民族魂"的第二种精神导向隐含着风险：既要还原鲁迅精神中的引领性一面，同时又要让鲁迅符号适应抗战时代的"大众化"原则。

从抗日战争到解放战争，"民族魂"符号尽管多被用来指代鲁迅，但使用人所意欲充塞进去的内涵却并非一致，鲁迅作为"民族魂"象征，逐渐蕴含了更多的被筛选的意义。逝世二周年纪念的时候，艾思奇提出了"鲁迅主义"，这是对毛泽东所谓"鲁迅精神"的一个追述。作为党内马克思主义哲学的理论工作者，艾思奇这个"鲁迅主义"的提法显然是对马克思主义意识形态要求的回应。"鲁迅主义的基本精神：简单地说，就是：为民族求解放的极热的赤诚，和对工作的细致而认真的努力"，"我们创造一个新名词——鲁迅主义"，"一切就是为了要活"，"努力做一个很好的鲁迅主义者"，"学习鲁迅主义，并不在于做文章，并不在于俏皮和讽刺，而在于不论在什么工作当中，不论在文艺和一般文化当中，或在政治、军事以及一般抗战建国的工作当中，都能够贯注着这种坚决不妥协的，英勇牺牲的精神"。①应该说，艾思奇"创造"的这个"鲁迅主义"，是简单的，但又是极易执行的。没有思想者的复杂性，却有英雄模范的普适性，鲁迅符号成了一种放之四海而皆灵的万应药。但这味药的本性却显得模糊而暧昧，比如在文中作者提到"反对愚昧，反对黑暗，痛恨阿Q主义，这只是他的一面，而这一面，是从他的积极的另一面出发"。鲁迅写作《阿Q正传》在前，接受马克思主义影响在后，这是不容置疑的历史事实，但艾思奇却说对阿Q性的批判根源于无产阶级思想，这不啻是为了证实"主义"的彻底性，对鲁迅的思想构成所做的第一次倒置。天佐以"虽然鲁迅先生自己没有说明他的战略，但是阐明他的战略却正是我们的任务"为宗旨，说明创作样式的多样化与"文艺游击战表现形式的多样性"是一致的，进而强调"政治斗争"的功用，意味着鲁迅的文艺战略和"政治斗争"共享同一手段、同一目的，其功能都是"一方面反映大众如何沿着政治斗争的轨道迈进，一方面指点大众如何走到政治斗争的轨道上来"。②从精神指南到战术分析，来自延安的意识形态已经基本将鲁迅纳入了马克思主义理论的框架，而且散发着浓厚的战时中国的气息。抗日战争的爆发，对一直低迷不振的国族是一次唤醒和集聚，从忍辱负重的命运转入为独立自由而奋斗的时期，有一种脱胎换骨的激进。祭文作者们在这一大前提下，自然而然把鲁迅作为凝聚广大民众积极献身革命、投身抗战的旗帜，因而在抗战初期，"民族魂"符号更多地呈现出政治优先的底色。

进入相持阶段，战争的紧张气氛趋于缓和，一方面从战术上有了非正面冲突的各种迂回战，对"持久战"的强调，造就了以鲁迅的"韧战"精神作为遵奉与学习对象的思想背景；另一方面，从战略上对民族抗日统一战线中的

---

① 艾思奇：《学习鲁迅主义》，《文艺突击》1937年第1卷第1期。
② 天佐：《文艺的游击战》，《文艺》（半月刊）1938年第2卷第2期。

无产阶级领导权的重视，则导致鲁迅所属的阶级阵营的严格区划，鲁迅被进一步归于正义同盟，甚至成为正义准绳。具体来看有如下观点：罗荪针对当时"牺牲救国"的主张，认为那本质上是"妥协主义""奴隶主义"。他借用许广平在《救亡日报》上发表的《鲁迅与抗日战争》一文中所提出的"避实就虚"的"游击战、散兵战"实质是"保存自我，不做无谓牺牲"的观点，指出鲁迅"宁愿战死，莫做奴隶"的精神，"那犀利，猛鸷的攻击，那不妥协的，战到底的韧性战术，使敌人怯步，使小丑落胆"，这种韧性战斗精神才能够体现"鲁迅风"。①郭沫若再次强调鲁迅精神就是"不屈不挠，和恶势力斗争到底"②；邵荃麟也坚持鲁迅思想有一个变化历程，"这个思想的转变完全是适应于历史现实的要求的"，并且将鲁迅个人的思想与国家的发展结合起来，"中国要走欧美资本主义同样的道路，客观上是不可能的。救中国的唯一道路，只有以真正人民为基础"。可以看到，鲁迅的个人道路已经被典型化为一种中国的道路，鲁迅早年"发掘出他们创痕中的毒素"，晚年"更清楚地看到人类生活的远景"，支撑这一道路的便是"对人类伟大的爱，对于中国民族生活深澈的认识，他那坚韧的战斗精神"。③总的说来，对鲁迅"韧性"精神的崇尚与高扬基于抗战局势的改变，即外部环境赋予了鲁迅之"韧"以指导性和实践性，其内在逻辑却不曾深入探讨，即"韧"的多种呈现方式，以及鲁迅的"韧"与对日的"韧"相似和相异之处，为什么同其他理论相比，"韧"的理论更易于让国民接受？但这些问题在全民抗敌热潮中，不是作为思考的重点，而是直接用作精神导引的策略。

　　"鲁迅"符号被引入到阶级的划分，也是这时期鲁迅纪念的一个思想特点。1939年1月，《鲁迅风》由中共上海地下党文委委员王任叔创办，金性尧承担编辑工作。许广平在第一期便指出，杂志的诞生是"志同"，而非"党同"④，实质上表达了她对鲁迅精神继承群体应该是怎样的群体的一种意向，

---

① 罗荪：《谈鲁迅精神》，《读书月报》1939年第1卷第1期。
② 郭沫若：《持久抗战中纪念鲁迅》，《春云月刊》1938年第4卷第6期。
③ 荃麟：《纪念鲁迅先生六十年诞辰》，《现代文艺》1940年第1卷第5期。
④ 景宋：《"鲁迅风"与鲁迅》，《鲁迅风》1939年第1期。

即更广泛的、无界限的、低门槛的设想。作为鲁迅最亲密、最信任的伴侣，这个"志同"的认可应该是接近鲁迅本人的想法，只是许广平个人的声音不久就被淹没在民族性的有目的的御敌宣言中。聂绀弩说："现在的抗日民族革命战争，是为全民族争存的战争，是过去所没有的……变旧中国为新中国，变旧生活为新生活的另外一种样式的生存。"在这个前提下，对道德的标准就有了新的要求。聂绀弩借鲁迅在《答托洛斯基派的信》中"你们违反现在中国人为人的道德"一句话，指明只要"反对抗日战争"就是"违反今日中国人为人的道德"。[①]此文写于1939年10月19日，是一篇不太正规的祭文，但以鲁迅生前言论作为立论的格式已经逐渐普及，这篇文章所具有的号召性和战斗力是毋庸置疑的。内中涉及的道德评判显然非常地粗线条，而且这种评判简化的前提就是对鲁迅符号意义本身的简化。无论鲁迅生前是否被骂作"汉奸"或"买办"，无论鲁迅自己是否有一以贯之的思想，鲁迅符号都已经在民族战争的作用之下变得空前的"革命"一体化。巴人借用鲁迅"谩骂固然冤枉了许多好人，但含含糊糊的扑灭了谩骂却包庇了一切坏种"的著名论断，证明"纵容邪恶便是灭绝正义，放过坏人便是打击好人，对坏种的斗争，应该是每一个爱人类、爱民族，爱自己的青年必须负起的责任"。[②]由此能够得知，简化道德观念，扩大阶级战线，一切都是为了民族战争服务，而鲁迅的"民族魂"符号的意义诠释，也必然地与这一场民族性战争的要求密不可分。

很有意味的是，韧战精神和阶级定性这两个方面大多数时候都是作为结论使用，至于鲁迅对什么进行韧战，鲁迅什么时候站在哪条战线等等，并没有得到仔细的深入的探究。甚至原本在抗战起始阶段纪念者对前后期思想不同点的讨论，也慢慢变得模糊了。刘雪苇以"个性主义"和"个人主义"的区分——"'人'的'个性'解放到一个'人'的完成，曾是资本主义的民主主义的贡献之一。但资本主义却又把'个性解放'的人拉到个人中心的'个人主义'去了……'个人主义'是反对集体，轻视集体，与集体主义是不能相容的"——

---

① 耳耶：《"现在中国人为人的道德"》，《刀与笔》1939年创刊号。

② 巴人：《怎样对坏人斗争》，《文艺阵地》1939年第4卷第1期。

证实鲁迅"从对封建思想的废墟上靠着自己敢于'正视'一切的'现实主义'的精神和方法，沿着历史底最实际行径路线，脚踏实地地一步步通过了'民主主义'思想而走上社会主义思想"。刘雪苇的论述站在无产阶级与资产阶级对立的立场，高度肯定社会主义，否定资本主义，其划分的标准未免存在含混，仅仅以"个人主义"来分辨社会性质也是不准确的，因为"个人主义"的内涵复杂多样。但就是在这个不确切的基础上，刘雪苇得出了鲁迅由"个性解放"思想过渡到"集体主义"思想的结论，指出"他自己的憎与爱就是代表着社会上的憎与爱"。[①]尽管在文中，作者也意识到"启蒙运动的'旧事重提'，在中国是必要的"，但"集体的革命斗争"更为迫切，所以后者更是"最革命思想的新领域"。到了这个时候，抗战的相持期加剧了国民生存处境的痛苦，物质的剥削困窘较之精神的压迫更为实在。自然而然地在人们的感觉中，只有社会革命才是产生"民族魂"的战场，对鲁迅符号的借重也必然着力于鲁迅思想体系中关于无产阶级革命学说的这一面，并且以这样的思想来指导社会革命进程的方方面面。胡蛮在1940年《中国文化》的创刊号上专文谈"中国的革命的文化和艺术运动的问题"，他以为该问题中心在于"怎样接受民族文化和艺术的历史遗产，和怎样创造新的、民族形式的、革命的、大众的文化和艺术"。他借鲁迅的演讲或书信来说明"理论和创作必须和政治联系起来打成一片才能够发展"，指出，"'五四'开发了民族的民主的文化，但是在形式上偏重于吸收'欧化'的文化，在艺术上也是发展了欧化的技巧甚至形成了欧化的作风，那是为了打破封建主义饱受的传统主义，于是，或多或少的矫枉过正的轻视了民族文化历史遗产的一切优秀的成分，甚至忽视了脱离了大众生活的习惯和风尚"。因此"九一八"之后，"大众化"的口号对五四运动的缺点是长足的弥补。这篇文章将鲁迅推到文艺大众化先驱位置上，强调鲁迅身上具备的民族文化优秀遗产，根底上是肯定鲁迅后期的思想路线，确立鲁迅符号对战时以及新中国成立之后文艺与政治关系的指导意义。借对文艺理论的讨论展开对鲁迅文化遗产的评价，其意图更多地体现在将鲁迅置放在政治的战车上，来回应

① 雪苇、汉重：《鲁迅思想认识的断片》，《七月》1940年第6卷第12期。

时代对鲁迅"民族魂"符号的意义构筑的要求。

从战争爆发，到相持、攻坚，每个阶段的国民精神建构都植入了鲁迅精神，鲁迅生前的种种言论被直接或间接地运用于阵营的建立、战事的宣传以及对敌的斗争中，客观地讲，这在相当程度上扩大了鲁迅"民族魂"符号的知名度和社会功能。"民族魂"安抚、鼓舞着国民心灵，尤其是在被阐释的精神同历史进程中大事件、大转折合为一体，具备了国族想象功能之后。一方面，现时经验孕育的国民所深刻体察的必然是战乱的困苦，所迫切需要的是参战的合法性与道义的合理性，至于鲁迅曾在革命文学论战中问及的"倘若难于'保障最后的胜利'，你去不去呢"之类不符合战时大背景的思考，自然就会隐藏到刻意制造的光明背后；另一方面，"民族魂"符号诞生于国民追想，其命名本身就根基于因时就势的逻辑，充满了诠释的多义性，必然会伴随接受环境的变迁而演化，特别是对精神属性的认识往往与认知人的知识结构、心理结构、成长氛围、生活境地等等，都会发生如此这般的关系，所以，将"民族魂"符号导向现实苦难的救赎角色，这与大时代的国民诉求完全一致。

三、"民族魂"的还原

将鲁迅引向"民族魂"符号的众多合力中，最为强大的力量来自国民对外在压迫的痛切感受。压迫倾轧越是惨烈，民众唤起"民族魂"的欲求就愈加强烈，沦陷区民众对鲁迅的特殊感情尤能说明这一问题。鲁迅逝世九周年的时候，有人写到"到一切笔都已经参加跪倒的行列的时候，我们的希望在哪里？这之后，于是有些良心尚未死灭的人便想到鲁迅，他能挺身立在那里看，就在这样的满含愤怒的目光中，我们乃能看见一丝，但是能穿透一切的正义或公道之光"。作者借此问"鲁迅先生的值得信奉之点是什么或在哪里呢？"乃是"彻底的反磕头主义者"，可是转而又问到："信鲁迅，哎哟，这从此刻到现在之后也许不会再引来麻烦吧？"①可见，当黑暗笼罩于国民生活，即使国

---

① 张漫云：《信鲁迅与吃鲁迅》，《光华周报》第1卷第6期"鲁迅先生逝世九周年纪念号"，1945年10月21日。

家权力在阻碍与封杀对鲁迅的宣传，鲁迅依然在国民心中占据着不可替代的位置。"七七炮火在卢沟桥燃烧起来了……我读着他给我们留下的遗产，一遍又一遍，它使我看见了前边的道路，他使我认清了不远的将来，他使我认清了广大的世界"①；"鲁迅比耶稣还伟大，他不借助什么神灵，而且坚强地破除迷信"②。这些发自肺腑的感言，这些努力追寻着鲁迅目光的"良心尚未死灭的人"，他们证实的恰恰就是国民对信仰的渴求与借助。鲁迅的肉体虽已离世，但他的精神仍在，他成了民众信仰中的文化图腾，就如同古代社会中的民族"驱魔人"一样，为民族的生存和发展发挥着作用。值得一提的是，这种所谓的"魔"是否仅仅来自民族外敌？虽然举国重心都在御外侮，但"自身痼疾"的存在也引起过祭文作者的注意。

和"延安鲁迅"的"民族魂"符号解码略有不同的声音也存在于全面抗战八年之中。《中学生》杂志作为教育方面的核心读物，在鲁迅逝世三周年纪念中谈到"从'救救孩子'到'关心青年'，始终不弃的是对'人'的关注"③，强调鲁迅的前期思想对教育心理的贡献。荆有麟回忆1923至1924年间的鲁迅，认为那时其思想以"自由"为特点，"认真"为底色，④已经成为最广大青年接受和学习的源泉。鹿地亘指出鲁迅是"反映时代的巨镜……镜子绝不修改映像。那是刚直之魂的化身"，"镜子不会说谎，它也不会妥协"。⑤应该说，这种抽象化的"民族魂"表述，代表了日本学者对鲁迅的惯有印象和评判逻辑。⑥

① 叶未明：《九年之祭》，《光华周报》第1卷第6期"鲁迅先生逝世九周年纪念号"，1945年10月21日。

② 陈雨：《写给纪念鲁迅的青年》，《光华周报》第1卷第6期"鲁迅先生逝世九周年纪念号"，1945年10月21日。

③ 秉仁：《鲁迅先生逝世三周年纪念》，《中学生》（战时半月刊），1939年第10期。

④ 荆有麟：《莽原时代——研究鲁迅的资料断片》，《抗战文艺》1942年第7卷第6期。

⑤ ［日］鹿地亘：《鲁迅魂》，欧阳凡海译，《文艺生活》1942年第2卷第4期。

⑥ 就像山本实彦说鲁迅"高逸的风格"是"超然存在权力上面"，"他对于现在民族的政治动向，尤为厌恶"，"不愿染上过厚的政治色彩"，"他自己真正的路线"即为"清洁"的精神（山本实彦：《鲁迅的死》，《国闻周报》第13卷第44期，1936年11月9日），也像佐藤春夫说"假若说月光是鲁迅的传统的爱，那末少年便是对于将来的希望与爱"（佐藤春夫：《月光与少年——鲁迅的艺术》，《国闻周报》第13卷第44期，1936年11月9日）。

小田岳夫针对一部分人认为鲁迅参加"左联"是"转向甚至投降了"的观点，解释说这并非由"非革命"转向了"革命"，"他自己丝毫没有转向的意思。虽然他有态度的发展，但却从来不曾转向过……他和革命文学者的斗争，是单单攻击着似是而非的革命文学，绝不是攻击革命文学的本身"。小田岳夫认为鲁迅一直都是"革命"的。①事实上，这种意见分歧来自对"革命"内涵的界定，小田岳夫更为认同鲁迅前期的思想革命。这些接受了鲁迅尼采风格、进化论特征的思想影响的后学，依然坚持以精神革命为主旨来解读鲁迅符号的社会导向意义。尽管他们不一定是拥护资产阶级民主革命的思想，也并非深谙鲁迅对中国民族性痼疾的诊断，却仍然张扬思想革命的旗帜，在那个血与火的战争时代虽成不了大的气候，但也形成了一个始终未曾间断的前期鲁迅思想的支持群体。

　　胡风沿着这一思路进行了更为深刻的阐释。鲁迅逝世三周年纪念时，胡风以鲁迅在介绍世界文化时"同情弱小"和"同情进步"的态度说明鲁迅"彻底地反封建"思想立场。②鲁迅逝世五周年纪念时，胡风说"我怀疑读者也许只把这一'斗争'当做'打仗'解释的"。为了进一步说明"斗争"的含义，他以近代中国的发展为例，"在落后的东方，特别是这落后的中国，启蒙的思想斗争总是在一种'赶路'的过程上面，刚刚负起先锋的任务，同时也就引出了进一步的新的道路。但一个伟大的现实主义的思想战士，得基于现实也针对现实，不能只是急于坐着概念的飞机去抢夺思想锦标底头奖。这样说，并不是看轻了思想发展底重要，而是为了加重地指出，思想底发展只能在基于现实也针对现实的斗争里面真正地达到，而且，只有在相应的程度上把握住了由现在通到未来的历史任务的思想战士，才能够真正地执行基于现实也针对现实的斗争"。胡风认为，鲁迅之所以把握住变革的核心，在历史的多个阶段处于先锋位置，恰恰是在于对现实情况认识的清醒。由此表明，思想斗争在反帝战争中仍然是必要的与迫切的。"鲁迅的一生是为了祖国的解放，祖国人民的

---

①　［日］小田岳夫：《鲁迅的上海生活》，《文艺春秋》1946年第3卷第4期。
②　金堂：《鲁迅逝世三周年纪念在重庆》，《七月》1939年第4集第3期。

自由平等而战斗了过来的。但它无时无刻不在'解放'这个目标旁边同时放着叫做'进步'的目标。在他，没有为进步的努力，解放是不能达到的。在神圣的民族战争期的今天，鲁迅底信念是明白地证实了：他所攻击的黑暗和愚昧是怎样地浪费了民族的力量，怎样地阻碍着抗战怒潮地更广大的发展。为了胜利，我们有努力地向他学习的必要。""四年的时光流过了，……不断的吃苦，受难，以及血的教训，一天又一天地使我们渐渐懂得了所谓解放所谓持久战地意义。"胡风所理解的"持久战"，不仅仅是对帝国主义的反抗，而且是自查自省的逻辑，是对民族进化的认识。他重新提出"解放"的概念，并且做了深度的阐析——即解放不是向外的，对形式上约束的反抗，更应该是对内的，对精神自缚的反思。胡风曾借汪精卫的附逆证实"不要进步的人终于会背叛解放"，说明人类的"进步观"，说明心性解放的重要性，故而胡风说，如果鲁迅活着，"决不会高兴到乌托邦里去寻求'胜利'，把斗争底新的开始当做斗争底终结"。[①]在这里，胡风相当正式和焦虑地说出了自己对如何发扬鲁迅精神这一问题的考辨，即要彻底改革，做国民性的改革，对于光明底下阴影的曝露和抨击是必需的，不能被大局战争的胜负掩盖腐败的真相。即使在建国之初，胡风也一直保持了这种"胜利"面前的"清醒"："战斗胜利了……鲁迅的方向……到此为止了呢？"——针对许多人认为"人民看不懂鲁迅的作品"，因为"那是政治性很小的文艺"，胡风却认为"思想性"是首要的，"当初从湿柴烂草里面把火种吹燃起来的那种经验"是宝贵的。"思想矛盾还原到了物质矛盾底关系，物质改造的力量压迫着对敌思想后退到降服状态，就可能不会理解当物质关系应该改变而不能改变的关头，反映这个应该改变的要求，为了引起或促成这个改变到来的思想斗争所需要的努力和所负担的艰巨。"[②]1949年后，当"政治性"已被潜在地规定和认可为文化的主流标准，尽管胡风所说的"物质关系"是一种无产阶级理论中的"生产关系"的变形说法，是在马克思主义理论体系之中的探索，但他却用五四文化精神一以贯之，

---

① 胡风：《鲁迅如果还活着》，《文学创作》（桂林）1942年第1卷第1期。

② 胡风：《鲁迅还在活着》，《人民文学》1949年第1期。

这种强调和坚持，既源于他自身的理论思考，也源于个人对鲁迅的情感。这种饱含情感的理论思考当然是非外界强加派定的，是自觉的甚至也许有着下意识的作用。这篇文章写于当年的10月14日。胡风指出，"每年的十月十九日，是对于敌人的一个示威，是对于敌方思想阵线的一个突击，而对于人民和革命的文化战线说来，是一个再进军的号召，是一个'要更清醒些！'的警告。到了后来的几年，反动统治越加残暴，人民底革命意志底反映愈加困难的时候，十月十九日的群众集会，不管因为敌人底压迫，它形式上的规模是怎样小，但几乎变成了直接的政治性的行动了……对于战斗者，特别是纯真的年轻战斗者，鲁迅是一个神圣的存在，一个代表了人民革命底庄严的性格的存在，不容许敌人污蔑他，也看不得有谁去轻佻地接近他的"。作为鲁迅精神最忠实的继承者、捍守者和实践者，胡风同其他的祭文作者相比，总是发出异声，他的鲁迅影响总是呈现出一种"源头感"，我们可以将其理解为胡风对"民族魂"的独特的召唤方式，对鲁迅符号价值的独特的评价准则，即民族精神的健全与铸造是鲁迅对国民信仰建构最大的贡献。

从建立的基础看，信仰可以分为宗教的信仰和理性的信仰。前者有着世俗崇拜的模式，一定程度上有可能成为驾驭民众的手段，并且在不同境地可以衍化为各种形而下的偶像或神的替代品。后者包含信众自身对精神的发现，通过自由、理性的思考获得信念，在对象化的信仰建立中赋予个人的独立人格。显然，"民族魂"在国民经受常态战争的状态下，即使不通过政治力量或权力干预塑造成为意识形态的象征，也会因为战事的客观"教育"生长为一个吻合普通民众思维的共识，能够指代不同性质和内容的"信念"与"确信"。而胡风执意接近的"民族魂"是企图从普适性教化中提升的精神意志，他从公共生活中切入，却不停留于公众言论层面的思想探析，在"民族魂"符号的内在意义结构中引入一种主动增殖的能量。可以见出，同为价值的延续，第一种"民族魂"符号的建构倾向于类别化的套用，即从表面现象的趋同性中建立大一统的观念，第二种建构则立足于"民族魂"的原发性，力图确认精神革命的唯一性，而不是通过被同化的方式与时代思潮合作。鲁迅身后符号化的过程体现在不同的"民族魂"意义向度里，不断地被注解为两种理解历史、社会、人性的代表。这种区划，并不是前期或后期思想孰是孰非的分别，即使在貌似对峙的精神立场上，鲁迅也应该是二者的完整结合。但时代并不总是给予对等的机会和空间给各自为阵的思想团体，何况人对真相的固有偏执让一元化思维易于取代共生性思维，所以，祭文的写作思路、传播方向必然会走到一维的场域。

四、"民族魂"的定位

胡风的理论异端性与他的有意坚硬而拗曲的表达方式使得他的"民族魂"解码方式实际上不可能成为40年代主导性的祭文风格，而适合战争时代的阶段性提取出来的鲁迅精神的各种片段也需要整合，所以，经过"反卖国反独裁的人民自卫战争"，无产阶级领导的新民主主义革命正在取得决定性的胜利，进步文化界的意识形态规训工作已经陆续展开，文化界的马克思主义文艺理论体系建构开始成为中国共产党宣传领域中的一项迫切的工作，于是，鲁迅符号的定性、定位的明晰化与标准化也就必然地成为进步文化界关注的理论问题。

林默涵写于1948年10月19日的《怎样学习鲁迅先生》最接近官方和民间的双重判断："鲁迅先生并不是一开始就作为无产阶级的战士而参加社会斗争的。他从单纯的'富国强兵'的思想到相信'进化论'，以至终于成了无产阶级的革命战士，这一方面是囿于中国社会的实际发展所决定的，鲁迅先生所走过来的长远曲折的思想道路，也正反映了近数十年来中国社会思想的发展。""鲁迅先生从反对袁世凯段祺瑞到蒋介石汪精卫，经过中国人民革命的整个阶段"，"他的思想所以能为中国广大青年所接受，成为我们的自我改造和对敌斗争的武器，就因为它所包含的丰富深刻的人民性：他主张文学就是宣传，革命的文艺就是人民的宣传武器，这是真正的人民的功利主义"。[①]林默涵的"人民性"观点具有当时中国的革命特色，指的"是人民武装反对反动武装的斗争"。因为斗争的残酷和不可避免，所以林默涵的论点立足在鲁迅对"斗争"紧要性和持久性的强调，鲁迅的思想武器，被直接简化为武力武器。将林默涵思路更具体化、更翔实地阐析的是冯雪峰，他以"独立的现实主义"

---

① 默涵：《怎样学习鲁迅先生》，《群众》（香港）1948年第2卷第41期。

名目来归纳鲁迅的文艺创作和精神宗旨，而他所谓的"独立的现实主义"体现为"爱国主义"和"对人民的爱"。关于前者，"从思想上说，鲁迅是中国最早的一个彻底的资产阶级民主革命者，远在他的青年时期，他一进更具有我们在'五四'时期才能抱有的那种思想和见解……他的见解比当时任何一个革命领袖或思想界权威都来得彻底和深远……不让自己成为狭隘的爱国主义者，更没有成为头痛医头脚痛医脚的、又近视又迂阔的那样的救国思想家"。关于后者，"是对人民力的探索"——"这其实是鲁迅现实主义的实质和基础"。"可以说，他的现实主义是从他对于历史力，社会力和人民力的一种探索的、追求的努力所凝成的。鲁迅终生都可以说是在探索和追求中，要探索出究竟是一种什么的历史的根本力量在促进或阻碍历史的前进。"[①]一方面揭示鲁迅的爱国不是僵化的、机械的，不仅将鲁迅区别于普通的民族主义，而且追根溯源地挖掘鲁迅的爱国思想成因，这显然是受到鲁迅早期文言论文的影响；另一方面，对人民的爱并非局限于对战争灾难的抚慰，而且体现在鲁迅最早对人民意识的探索，对于"压在国民身上，使国民成为变态和麻木的，精神的和物质的种种沉重的压力"的揭示。但是，因为鲁迅把握到了革命形势的变化，所以"鲁迅不得不把重心放在挖掘和改造社会上面"。"中国革命所需要的是人民群众的力量，鲁迅所探索的也不能不是人民的群众的力量，而不是什么超人。""鲁迅的个性解放的思想，在客观上，一方面是资产阶级民主革命的历史要求的反映，另一方面跟着中国民主革命的现实发展又不能不成为解放人民群众的意思，就是：解放个性的任务在客观上不能不扩大为改革社会而解放人民大众的任务，只有在完成了解放人民大众的任务中才能一并完成了个性解放的任务，鲁迅自己就这样发展过来，从最早的个性解放而达到最后的工农大众的解放的结论的。"在此，冯雪峰否定了"超人意识"，但从反面承认了鲁迅所受到的尼采影响。应该说冯雪峰的推论既维护了鲁迅精神中的个性主义色彩，也坚持了鲁迅的无产阶级革命思想，对"人民性"理论和鲁迅关系的梳

① 冯雪峰：《鲁迅创作的独立特色和他受俄罗斯文学的影响》，《新华周报》1949年第1卷第2期。

理，打通了早期"国民性"问题研究以及后期"无产阶级"的思想认同。"鲁迅思想的中心价值，不在于一般人类问题有什么哲学性的思想上的贡献，而是在：他对于中国的历史和旧社会的空前深刻和精辟的解剖；把重重叠叠压在人民身上的历史的、社会的、思想的黑暗反动势力加以揭发，反复又反复地向人民和青年加以警告和忠告；在他一生的思想斗争中，积蓄了那么多的战斗经验和教训，形成了他特出的——对于中国的革命者是那么重要和宝贵的——战略和战术；眼睛看住人民，发现和培养了人民的力量。他终生对历史的反动力量战斗着，把自己看做人民的一个先驱者，一个前哨的士卒或斥候，从不把自己看成一个思想家。"在一定程度上，冯雪峰认为毛泽东对中国人民的认识——作为依靠力量——与鲁迅"国民性"理论是可以合流的，只有本着鲁迅的思想逻辑，才能解决"中国社会和革命的客观发展上的种种矛盾"。

冯雪峰和林默涵正视了鲁迅思想历程上进化论和阶级论这两种鲜明的质素，但他们都是在无产阶级文化理论的视域内来理解这两种思想，判定二者的非兼容性，认为鲁迅只能两者居其一，而能够成为精神符号的主体应是社会革命的战士。"人民性"从信众阶级属性上规定了"民族魂"符号精神指向的结构和比例，而且马克思主义文艺理论体制内的批评家第一次有意识地为鲁迅符号在当下社会发展中的引导意义做出定性与定位。从"人民性"到"人民力"，瓦解了面目不清的国民群体，意味着此后能够继续享用鲁迅这一精神资源的前提必须是有阶级性限定的"人民"，也预设有碍于"人民力"发挥的精神引导将不再被革命的行为所需要。冯、林二人的祭文暗示着培育"民族魂"的土壤与"民族魂"提供信仰力的对象之间形成了一种具有封闭功能的循环，以此建构起预防鲁迅符号在传播中精神意向发生变异的理论屏障。客观地讲，鲁迅对中国新民主主义革命最大的贡献是"笔"，而非"刀"。正如李芳兰所言，鲁迅"永远站在劳苦大众队里，用一支笔戳穿了几千年积累下来的假慈悲，假道德，假面具"[1]，因此，鲁迅的"民族魂"符号，始终应该是思想的

① 李芳兰：《为什么哀悼鲁迅先生》，《潇湘涟漪》第2卷第8期"哀悼鲁迅先生特辑"，1936年11月号。

深刻与品格的坚贞。但同时，鲁迅逝后其符号化过程对国民信仰的参与又不得不与中国三四十年代的社会政治命运连接。因为践行党派意志的需要，因为服从国家主权的需要，他的革命姿态被理解为单纯的资产阶级民主主义或共产主义。从广大社会群众的接受来看，这种分歧在宏大的革命战争和民族战争背景下，集约为"进步"或"落后"两个标签，战争的紧迫性不允许鲁迅精神复杂性在阐释中不断丰富，而是在先进性的追求中，依靠外部力量将主观意志的多层现象冻结起来。国民一方面作为受体，另一方面也扮演了传播介体，而鲁迅符号则在社会历史的变动中深深地介入到了当下的政治实践中。

公祭大会上，法电工人送了绣着黑字"民族魂"的白绫覆于灵柩，此后，这个称号在大小报刊流布。如果把这个馈赠视为"民族魂"的物化形式，所反映的应是鲁迅与群众的关系属性，即国民在鲁迅那儿获得的是先知与殉道者印象。十余年的祭文大都围绕这一形象进行书写，但"民族魂"从一开始就不是含义准确的概念，它反映的是民众和政党单方面的精神需求。更确切地讲，它是因鲁迅逝世而出现的一种情绪化产物，没有和鲁迅实实在在的"对话"。这个基础决定了"民族魂"会随着命名群体使用意图的更改而发生意义的附加，所谓附加也可能是减法，即遮蔽鲁迅的个性特质，突出某些通行性的元素。鲁迅始终以个人意志关注和探索民族命运，而"民族魂"符号却饰演为集体代言的身份，这之间的巨大裂隙不可避免地造成了"民族魂"符号逐渐脱离鲁迅实体的一种魅化。实际上，信仰的精神功能，很难落实在具体的文学、政治或其他上层建筑的某一范畴内，它只提供困境中的价值选项，不对每一种选择做出结论或审判。但"民族魂"符号被纳入国民信仰体系后，鲁迅精神辐射的不再是一个定义域，而转变为特殊刻度，造成了信仰机制的部分失调。尽管如此，各个阶段的祭文仍旧扩大了鲁迅在国民信仰中的影响，开拓了多种思想集聚的可能性。

第二节　鲁迅符号在国民信仰中的功能与读解

新民主主义革命的胜利，对于革命的依靠对象和领导力量是一次空前的震撼与鼓舞。这场推翻旧政权、摧毁旧制度的大革命成了20世纪中国提供给世界共产主义运动的革命经典，而这一革命的经典化过程无疑也给民族的新文化建设带来一系列的思想认知上的历史价值的新评价。整个社会以不容置疑的姿态肯定了帝国主义、封建主义、官僚资本主义的腐朽性，以毫不犹豫的立场接纳了无产阶级先锋队——中国共产党的政治先进性，以绝不动摇的信念确认了社会主义社会建立将给整个民族带来的理想蓝图和光明前景。历史价值的重估，观念体系的更新，催生出了整体性的民族精神风貌。一方面，当家作主的荣誉和实惠让国民对国家体制的优越性有了切身的体会，另一方面，对当家做主身份来之不易的历史认知以及新兴国家周边生存环境的紧张感也使国民们容易夸大对潜在危机的想象，一旦偶在的对抗性被制造或强化，势必刺激国民的敏感内心。从大众心理学的角度看，这就是建国后为什么一次又一次的政治运动会那么容易发生和席卷蔓延的潜在的民众心理因素。无疑，革命的胜利果实证明了革命的必要性和唯一性，而在阶段性任务完成之后，革命历史所激发出的巨大的政治参与热情，也会强化民众对革命延续性的需要与崇拜，引发民众对他人或自身思想中尚未摒除的非革命质素的警惕，从而展开一次又一次的思想改造运动，不断用主体内部的重建来回应这个革命后的新历史。在这个主体内部的重建中，鲁迅作为民族共有的文化符号，自身的影响力与影响方式也在不断地发生着变化。

一、重建时代的"国家标准"

新中国刚刚建立之际，即使信仰严密坚定的宗教领域，也在争先恐后地向新社会表明自己革命化的决心和实践。1949年的12月25日，也就是建国之后的第三个月，在圣诞这个耶稣降生的特殊日子里，王治心主办的《金陵神学志》出版了"圣诞专号"。这期刊物的一个重要主题就是"人民民主专政下的基督教改造问题"。文章作者以基督的献身来佐证基督精神与新民主主义革命的同一性，宣称"我们基督徒在这革命时代的今日，应本着耶稣的革命精神来从事精神的革命，先求自己精神的解放，然后负起解放社会大众的责任"。①文章在行文和语势上采用了当时流行的革命式的笔调，并且反复引用革命领袖《论联合政府》的经典论断。作者相信"中国教会走进新的阶段"，根底在于"从人民来，到人民去"，耶稣"不满意于阶级制度"，而且"与贫民表示同情"，努力实现"共产制度"，是能够"为劳动界所欢迎的，为无产阶级所欢迎的"。当然，教民的"精神解放"和阶级解放的宗旨是否一致姑且不论，笔者之所以在此例举，是因为这期刊物将耶稣仁慈博爱的传统形象附会性地披上革命的外衣，这一行为确实从一个特殊的层面有力地昭示了建国之初举国上下发自内心的革命激情、改造意欲和将革命神圣化的情感倾向。从宗教界的"自学自养自传"改造运动，到社会文化界各阶层陆续开展的"检讨会""思想检查会"等等，鲁迅这位新民主主义革命中的文化旗手被推到新一轮的思想战场中。

无论是在鲁迅逝世不久爆发的抗日民族战争中，还是在纪念鲁迅逝世十周年时候国内反独裁要民主的战斗中，鲁迅都曾被冠以"民族魂"和"民主之魂"的称号，成为冲锋陷阵的前驱者手中高擎的旗帜，而革命领袖对鲁迅的历史地位与作用的高度评价更是有力的政治身份保障。因而在建国后的新的思想战场中，鲁迅不仅在严格的"人民"筛查系统中必然地首先过关，而且迅速地再次承担起国民精神的导师、公众信仰的符号的社会功能。当然，新的时代精神会有新的要求，新的国家意识形态建设会有新的标准，在鲁迅符号功能的激发与转化中，首先便是唤起鲁迅在新时代的担当，既要对鲁迅原有价值有所认定，又要照应新中国意识形态建设的需求而追加新的"国家标准"。鲁迅的学生兼好友孙伏园所写《哭鲁迅先生》入选开明国文语文课本第二册，后来又改名为《纪念鲁迅先生》被选入人民教育出版社出版的初级中学语文课本第五册。这原本是嫡传弟子最真实的心声，在悼念和哀思中彰显先生的本色。然而，这篇文章却遭到了批驳。陆祁反对孙伏园所写"他（指鲁迅先生）的同情

① 《基督徒在新中国应负的责任》，《金陵神学志》1949年第25卷第2期。

总是在弱者一面"：

> 这样说：难道鲁迅先生的分明的爱与恨，不是从"政治原则"、"阶级立场"出发，而是无原则的"花和尚式"的抑强扶弱吗？
>
> 我们谁也不应该怀疑：假如鲁迅先生还活着，他一定会热忱拥护强大的中华人民共和国，和强大的中国共产党，决不会把他的"同情"和"助力"用到成为"弱者"的台湾蒋匪帮方面去。①

陆祁不承认孙伏园所呈现的那个"鲁迅"，与其说是不认同鲁迅的"同情"，莫若说是更需要鲁迅与革命者的"同情"，需要鲁迅对革命者乘胜追击穷寇的赞成。为实现这个目的：第一，以为鲁迅正名的名义，取得民众的信任，进而以民众对鲁迅传统的承袭警醒国民对困退台湾企图反扑大陆的国民党残余势力予以抵制，捍卫尚在摇篮里的共和国；第二，将国家安危和个人处境的紧密联系突显到极致，顺理成章地遵照"政治原则""阶级立场"进行强弱的辨析，不允许失败了的国民党政权以"弱者"的身份到鲁迅那里政治避难。尽管文章是意图先行，但强烈的危难情势，很难让人有余裕思索政治以外的其他标准。作者指出："他那主张'打落水狗'的坚决、彻底的革命精神，应该是为每个中国人民所熟记不忘的。这种精神，孕育对阶级敌人的本质的深刻了解。"于是，鲁迅的革命精神被简化为阶级斗争的制敌经验，并且不容许人们在认识鲁迅的时候溢出这个范畴，否则就是同情敌人的反革命立场。陆祁对自己的这篇文章还有一个"题案"："要求各语文教师教学，语文课文编选作参考。"这也隐含了他之所以写作的预设读者。作者希望引起教育界对现行教材选编孙伏园那篇祭文的关注，进行校正，将鲁迅"横眉冷对千夫指""痛打落水狗"的形象，普及到更年轻一代的心灵。并且，作者希望借助鲁迅的旗手身份，有意识地划分不同立场的阶级，推导出属于中华人民共和国的鲁迅，乃至属于中国共产党的鲁迅的应有姿态。面对这一批评，孙伏园自始至终都没有为

---

① 陆祁：《鲁迅精神不容歪曲》，《人民教育》1952年3月号，第52页。

自己辩护一句，反而在陆祁文章刊出不久便主动地发表了申明，认同陆祁的批评，心悦诚服改正自己的认识。这是一个很值得深思的案例，从这个案例中我们不难想象50年代初期国内思想文化的评析方法与判断标准的政治化程度，而国民思想意识中与新政权的意识形态要求有所疏离的部分必然遭到剪除，哪怕已经是民族魂和革命旗手，鲁迅形象的符号意义与功能也将迎来改造与再植。

　　将鲁迅作为精神旗帜发挥其引领作用，物化的形式也是必不可少的，最能发挥效应的莫过于以国家名义赋予其崇高神圣的地位，鲁迅墓的迁址重修可以说是鲁迅符号社会功能圣化的一个最为重要的标志。鲁迅逝世后安葬于万国公墓，中华人民共和国成立后，中央政府即着手筹建新的鲁迅墓。1956年1月，国务院决定在鲁迅逝世20周年之际迁墓。6月初，中央批准由设计专家陈植主持的设计，并拨工程费90万元。同年7月19日开工，《解放日报》头版发表《鲁迅先生新墓今晨动工，毛泽东主席亲笔题墓碑》社论，用较大的版块介绍了修墓的具体情况，并配备详图。[①]迁墓和祭奠程序由移柩仪式、迁葬仪式和座像揭幕仪式组成。和1936年的丧仪相比，迁墓仪式相对更为简约，但有三个细节值得关注：其一，1956年的仪式组织更为周详和考究，为参与者制作了请柬。[②]从史料可知，1936年的鲁迅下葬仪式观瞻人数有六七千人，其中多数是群众自发行为，构成了中国近现代史上鲜有的"民众葬"。而迁墓的方方面面均是有计划的安排，单就"请柬"而言，便突出其事项的庄重，一方面是邀请者的郑重态度，另一方面是受邀者的身份拣选。其二，1956年的仪式沿袭了丧仪上用旗帜盖棺的方式。1956年10月14日上午，鲁迅移柩仪式在万国公墓礼堂举行。上海市副市长金仲华代表市人民委员会和上海人民向鲁迅献旗、献花圈。旗是仿制当年鲁迅丧仪时法电工人所献"民族魂"锦旗，所不同处是将30

　　① 《解放日报》1956年7月19日第一版。具体图片为："左上：毛主席的亲笔题字；右上：正在雕塑中的鲁迅像；左下：鲁迅先生新墓模型。"这样的新闻设计，给予了鲁迅建国英雄的地位。

　　② 樊发稼：《我参加了五十五年前的鲁迅迁墓仪式》，文中记录"是时我是上海市青年文学创作组成员。10月12日，我收到上海作家协会同志寄给我一张参加两天后举行的鲁迅迁墓仪式的请柬"。中国作家网http://www.chinawriter.com.cn/yc/2011/2011-05-12/50200.shtml，2011年05月12日。

年代旗帜的白底换成了红底。①白色意味着对鲁迅离世的凄楚哀悼，而红色则象征中国革命的胜利，象征着在新中国红旗下进行的英烈表彰。仪式上，茅盾讲到："今天在场的同志们中间有不少是参加过二十年前的葬仪的。二十年前，我们许多人，都希望把鲁迅坟墓改建得和他的崇高人格相称，现在这希望成为事实了。"②这个"事实"就是，鲁迅不是党员，不能以党旗加身，但这"民族魂"的红色锦旗覆盖，表明这是国家层面的为烈士追功的嘉誉。其三，扶枢者的身份更为政治化，1936年为鲁迅抬棺木的是十四位青年作家，是一批深受鲁迅熏陶或得到鲁迅帮助的青年，他们与鲁迅是师生或同道者的关系；1956年的扶枢人从保存的照片来看，柯庆施在灵枢左前方，柯之后依次是许广平、宋庆龄等，茅盾在灵枢右前方，茅之后是巴金、周扬、章靳以等，所有人在新政府里面都有行政职务，他们代表着新政府对"民族魂"的认同，与鲁迅的关系上升为国家代表和民族英雄的关系。10月14日那天，虹口公园大门入门处至鲁迅新墓地临时铺上了小型铁轨，是为拍摄新闻电影专设的，摄影机安在轨道上随鲁迅灵车和护灵队伍的行进连续拍摄现场情景。与鲁迅逝世时，供职于明星公司的欧阳予倩只身赴施高塔路大陆新村录影之举相比，官方的摄制规格当然更高，相应的，画质与声像效果更好，而且，影片不是作为个体记忆而是存为历史档案，成为可以重复展览和宣讲的"革命教材"③。

从万国公墓到虹口公园，鲁迅的棺材被掘出地表再沉入地下。按照入土为安的传统中国习俗来看，这是对死者的惊扰。但鲁迅的迁葬是以国家的名义来进行的，是对新兴的"无产阶级文化"的弘扬，也是对一个"革命时代"的缅怀。事实上，关于鲁迅墓的迁址，华东文化部也颇费考量，对虹口公园和虹桥公墓两处做了广泛的调查比对，还征用甜爱路西侧海军营房土地，最后才斥资修建。整个过程中，既筹备成立了以陈毅为首的"鲁迅墓迁建委员会"，又有

① 朱嘉栋：《关于鲁迅的棺材》，《鲁迅研究动态》1983年第6期，第22页。

② 《鲁迅先生遗体迁葬虹口公园　宋庆龄茅盾柯庆施金仲华许广平等迎枢　各界人民在先生新墓地前举行隆重仪式》，《解放日报》1956年10月15日第1版。

③ 1961年3月，国务院公布鲁迅墓为全国重点文物保护单位。2001年6月，上海鲁迅纪念馆（包括鲁迅墓、鲁迅故居）被中宣部命名为"全国爱国主义教育示范基地"。包括1956年迁墓在内的类似视频，也纳入到纪念馆的影像室。

人力、物力和财力的大量投入。尤其是新址的选择，充分肯定了鲁迅对国家的解放、民族的独立所做出的贡献。因为如果仅仅是用于拜谒和表达敬意，万国公墓的鲁迅墓足以胜任这一功能，但如果要传达一个国家对历史人物的评价，尤其是要实现将这一历史人物符号化使其在国民信仰建构中发挥重要功能的国家意志，专门为此建立一个公园，则是理所当然的事。我们不能做这样的假设，即如果不迁建鲁迅墓，则难以显示鲁迅的伟大之处，但我们完全可以从几十年来的民众反响中，证实虹口公园的新墓完好地实现了政府的这一构想。当鲁迅从属己的坟茔中移至公园这样的大众空间，就表征着从肉身到精神，鲁迅已经彻彻底底地成为民族公共的所有物了。如同一样是50年代落成的"人民英雄纪念碑"，置身于碑前广场所唤起的是对无数次起义中牺牲的民族英烈的追怀，置身在鲁迅墓前，唤起的鲁迅想象无疑也会是"民族魂"的形象。

二、《鲁迅传》与"真实性"

1956年，社会主义三大改造的完成、社会主义革命在所有制改造方面取得的胜利，为社会主义道路的发展提供了合法保障，革命的理念与政策在更广泛的范围内深入人心，取得国民政治和道义上的支持。"革命以及革命带来的变化成为真实社会变迁的象征，革命现象也发展成近现代知识体系和学术话语的中心议题和关注焦点。"[1]在这样一种新的社会形势下，鲁迅作为革命意象（revolutionary image），在面对民众的时候当然也需要更全面、更完整的注释和说明。继迁墓之后，1961年《鲁迅传》的拍摄便是最具代表性的一次鲁迅形象的具象化筑建。这部剧作的诞生，缘起是"为建党四十周年献礼"。这样的创制动机要求献礼者务必精心包装献出的礼物，务必迎合受献对象的价值取向，即符合中国共产党成为执政党后意识形态建设方面的指导思想和方针政策。由此可知，一部以鲁迅为主体的传记题材的剧本，并非仅仅为逝者作传，它本身还承载着许多传记以外的任务。那么，构筑的传主形象能在多大程度上既符合意识形态建设的需要，又能呈现出历史的真实性，换言之，怎样将新的

---

① ［以］S. N. 艾森斯塔德：《大革命与现代文明》，上海人民出版社2012年版，第3页。

意识形态建设与历史真实性最大程度地融合起来，便是困扰着主创者的严重问题。

从文献史料中可以看到，《鲁迅传》总共发表了三次：分别是陈白尘根据创作组《剧本详细提纲》写作修改的第2稿（见《人民文学》1961年第1—2期），陈白尘在夏衍第4稿基础上再次修改的第5稿（见1961年《电影创作》第6期），以及摄制组解散之后，陈白尘于1962年8月又对剧本的第五稿作了部分修改后由上海文艺出版社1963年3月出版单行本的《鲁迅》。同一内容的作品反复发表，一方面扩大了接受群体，获得了热烈反响，一些高校师生还召开座谈会讨论这一剧本，"这个剧本影响很大，通知里说这是一件大事，在图书馆或公共汽车上，大多数青年，几乎人手一本，都在看这个剧本"（川岛语）[1]；另一方面，再三地改写，目的不只是对文学创作本身的精益求精，而更主要的是面对历史事实进行挑拣、筛除、遮蔽和加工。按照写作步骤的原理，材料的采撷属于"前写作"环节，本该在动笔写作之前就能准备妥当，思考成熟。在"后写作"的阶段进行"前写作"的工作，这样违背写作常识的实践。事件的实质是，由于中宣部、文化部、上海市委等官方机构，以及文联、作协等部门的文化官员和电影界精英知识分子对鲁迅形象塑造的共识一时难以磨合统一，才不得不多次座谈，多次换人修改和重写。

具体来看，由沈雁冰、周建人、许广平、杨之华、巴金、周扬、夏衍、邵荃麟、阳翰笙、陈荒煤等人组成的《鲁迅传》顾问团在1960年4月16日召开讨论剧本提纲草案的会议，针对4月8日创作组会议后完成的设计方案提出指导性意见，这应该是为《鲁迅传》确定写作方向的重要一环。巴金说："有些人物可以取消，如许寿裳作用不大，可以略。凡是合乎鲁迅性格的，可以创造一些不必完全拘泥于事实。对反派人物，可以夸张一下，可以加一些东西进去。有些人物可以集中概括，有些人物，与戏关系不大的，可以不要。"[2]巴金谈的是人物塑造问题，但为什么要省去许寿裳这个角色？在当年几乎没有任

---

[1] 葛涛：《1961年3月6日北京〈鲁迅传〉座谈会记录》，《现代中文学刊》2011年第4期。

[2] 葛涛：《巴金谈电影剧本〈鲁迅传〉佚文考释》，《博览群书》2010年第7期。

何人会质疑这个问题。作为鲁迅的同学和挚友，许寿裳与鲁迅相交相知，一起度过很长一段时期，甚至曹聚仁曾经询求鲁迅何人适合为他做传，鲁迅默认的也是许寿裳。①鲁迅在日本时关于国民性改造的振聋发聩的"世纪三问"，即是与许寿裳对话而产生。这么重要的人物怎么应该略去？巴金还提出"写鲁迅主要是写他的思想发展，私人生活可以精练一点"。可以肯定的是，许寿裳并不属于鲁迅的私人生活，他参与到鲁迅对民族振兴的思考中，也曾对鲁迅择业起到重大作用，巴金却认为甚至于宁可虚构一些人物，而让这个活生生的素材遗失，究竟隐含了怎样的思考？笔者分析，许寿裳与鲁迅探讨的"国民性"改造话题，在建国后的社会主义文化建设中，已然处于弱化位置，甚至可以说是处于消隐的状态。因为革命既然根本性地改变了社会制度，也就必然会改变依附于旧制度存在的种种旧观念、旧思想、旧习气、旧做派。革命后的首要任务是建设与新制度相符合的新观念、新思想、新习惯、新作风。所以，与许寿裳相关的这个"国民性"问题已经不再重要，与鲁迅后期步入无产阶级阵营关系不大，许寿裳从鲁迅的主题剧本中被删除就在所难免了。会上，茅盾赞同巴金建议，并做出补充："鲁迅说：'从俄国文学中看到了有阶级的存在'，话是在后面说的，但思想在以前早就有了，从进化论到阶级论，思想上是过渡的。五四时代和李大钊的关系，也有路子可找。"②为了照顾剧本"分段式"结构，故将塑造对象的思想不得已切断装箱，其目的就在于彰显在中国共产主义实践刚刚开始的时候，鲁迅在思想上已经倾向于马克思主义，已经同情于俄国的社会主义革命，这样的构思才能够体现"献礼"的宗旨。

按照创作组和顾问团共同商议的草纲，陈白尘完成了第二稿。就这一稿的内容，《鲁迅传》的主创和顾问又于1961年3月6日分别在北京和上海召开了座谈会，会议基本延续了"提纲会"的看法。但有两个方面值得注意：第一，拥有创作经验和历史体验的作家们，纷纷谈到"历史真实的细节"，例如，何其芳说"143页，鲁迅说：'张棣华万里寻——未婚夫……'这种玩笑不像鲁迅

---

① 曹聚仁：《鲁迅与我》，见《我与我的世界》，北岳文艺出版社2001年版，第421页。

② 葛涛：《茅盾谈电影剧本〈鲁迅传〉的两则佚文考》，《现代文学研究丛刊》2012年第4期。

的口吻"，曹靖华说"112页，何几仲说：'我是你们的监督……'，恐怕当时不称监督而是称'学监'"。另外，与会者对剧本的小动作、小场景、人物装扮、举手投足等等，都提出了相当细致和谨慎的修正意见。第二，关于第二稿中突出共产党对鲁迅的影响和领导，以至造成了写作逻辑的障碍问题，与会者也有所指出。例如，严文井说"如果写他一开始就什么都达到了，一则不合乎事实，二则后面也没有什么好写的了，因而那真正的高峰就不容易突出"。阳翰笙说"最后一场，鲁迅清算进化论思想，已经成了阶级论者，他的思想是不是真实发展到了这个程度？恐怕不要说得太死，把他的思想的高度搞得准确一点"。包括主笔陈白尘在内，其实都意识到了这个问题，即鲁迅好像从一开始各方面就都定型了，思想变为了完成时态。这两个方面可以综合起来观察，本质上都是在谈论《鲁迅传》写作的"真实性"原则。前者是技术上的"小真实"，后者是内容上的"大真实"，但如果没有"真实的鲁迅"，"大真实"与"小真实"都难以为继。可何谓"真实的鲁迅"，在这个剧本孕育之前，意识形态的要求和时代精神的趋向已早有定见。60年代的作家们大都从新文学中一路走来，并非不知道"真实"为何物，但是，他们能够对生活的点滴做到锱铢必较，而对鲜活的历史人物的内在"真实"，往往自觉地放弃自己的深度思考，这背后有时代视野的局限，也有他们自身政治无意识的制约。所以，严文井和阳翰笙的"发展观"在当时显得尤为可贵。

《鲁迅传》的上部从辛亥讲起，到长征收尾。这样的历史篇幅要展现完整的鲁迅形象，是无论如何也不可能办到的。在这样一个残缺的前提下，后来所追加的一切修补，都不过是让"鲁迅"走得更远。正如陈虹所说：

> 一层层的审查，一遍遍的修改，父亲（指陈白尘——引者注）已没有了自己的思想，写到最后，鲁迅到底是人还是神，连他自己都糊涂了。①

---

① 陈虹：《父亲的故事》（代序），参见陈白尘：《对人世的告别》，生活·读书·新知三联书店1997年版，第11页。

是"人"还是"神",这是鲁迅去世之后,所有关注鲁迅的在世者都会面对的问题。人与神仅仅是抽象的概念,当介入到具体的历史生活中时,才发现鲁迅的时代形象建构遭遇的各种阻力更是无法想象。演员赵丹主动请命饰演鲁迅,他整天关在屋里,反复琢磨、思考、体验、模仿鲁迅的一举一动,不仅在相貌、装束,而且在神态、气质上,都惟妙惟肖,还翻阅了大量有关鲁迅的历史资料、个人专著,并尽可能寻找一切与鲁迅活动相关的东西。黄宗英后来回忆道:当年,赵丹按照史氏表演体系,书写《角色自传》和《角色自我设计》,他曾在笔记本上写着这样一句对角色分析的话:"我无论如何不能抱着主席夸赞鲁迅的几个伟大去创造角色,那就糟了,必须忘掉那几个伟大。"①然而,这样的认识还没有付诸实际,1963年3月初上海市委突然提出了"大写十三年"的要求。剧组下马,赵丹却为了这句话,在后来的文艺界各种大批判运动中受尽了精神摧残和皮肉之苦。电影《鲁迅传》是"红色十七年"中关于鲁迅形象最大规模的一次构建,这个曲折坎坷的历程给后人留下了诸多启示:作为民族的文化符号,能够决定鲁迅形象的早已不是鲁迅自己,也不是某一个人,或某一个集团。它是一种民族共同力的控制,这种力量蕴藉在社会的方方面面,具有极大的传感性。接受者们受到这种力量的传感,会不自觉地为了捍卫这个民族符号的规定形态,而拒绝任何原始的、本来的真相与细节。传染性和不自觉都建立在"革命"这个巨大的磁场中间,鲁迅不是作为一个历史人物,而是作为一个具有规定性的民族精神符号走向银幕,就必须完整地演绎指挥银幕逻辑的政治理念。尽管周恩来曾经指示,"拍摄一部关于鲁迅的故事影片,更好地帮助群众了解和熟悉鲁迅","了解和学习鲁迅"比"超越鲁迅"②更重要。可银幕不是纯粹的公共空间,它是现代社会中意识形态与政治权力的重要传播途径,所以每一个试图关联鲁迅与银幕的人,每一次将鲁迅与银幕舞台联系起来的尝试,都自觉或者不自觉地在无形之中为本色形象涂抹隐

---

① 刘澍:《当银海遭遇冰山——〈武训传〉的消失与〈鲁迅传〉的夭亡》,《同舟共进》2009年第7期。

② 沈鹏年:《巨片〈鲁迅传〉的诞生与夭折》,《行云流水记往》,上海三联书店2009年版,第87页。

在的修饰。

三、革命先知与《庆祝沪宁克复的那一边》

新中国建立之初，共和国的政治形势和意识形态建设在一定程度上受到两种情绪的困扰。一方面，解放了的民众天然地相信革命的强大，因为通过革命摧毁了旧世界，废除了旧制度，消灭了阶级和特权，不同的社会地位趋于平等。另一方面，他们又比任何时代的人都感受到革命的脆弱，因为革命建立的家园，比过往的历史面临更多的挑衅和潜在的危险。台湾方面的威胁既未彻底解除，对外又经历了抗美援朝以及周边国家如印度、苏联的种种刁难，冷战体系日渐严峻。这种既强大又脆弱的感触，会唤起国民对革命的持续需要感。所以，当国家内部遇到障碍时，革命的各种手段和准则就最容易被人们奉为圭臬。1951年开展了"三反""五反"运动，1962年开展了"四清运动"，这些斗争一方面坐实了尚有"阶级敌人"①的推断，另一方面也加剧了国民的不安、恐惧。这些负面情绪催长了政治与文化的激进趋势，而且也不免催长了人性中残忍、暴虐因素的流露。所以当斗争不断扩大化，国民"革命"的目标却更模糊，游离在正义、公平等等革命的原初理想之外。"文化大革命"就是在这样的心理情绪背景下轰轰烈烈展开的，民众"无意识的人格战胜了有意识的人格，开始支配人的感情和行动，而暗示和传染会让这些感情和行动都转为一个方向，倾向于把一些暗示概念立即变为事实"②。共和国成立后出生的年轻一代在意的是革命的紧要性，是革命的浪漫性，是革命中的激情挥霍，而并不清楚革命的真正目的。目的不明地参与革命时，激情的革命者就更需要一个革命的带路人。中国的近现代史上最具有革命禀赋和群众基础的备选人中，作为民族共同享有的精神符号的鲁迅，就是这样成为各路"革命派"青睐的对象。

---

① 毛泽东一再强调"社会主义历史阶段始终存在着阶级、阶级斗争，存在着资本主义复辟的危险性"，"一千年、一万年以后还会有革命"，并指出："有两次革命，一次是反帝、反封建的民主革命。第二次是无产阶级的社会主义革命。"

② ［法］古斯塔夫·勒庞：《乌合之众——大众心理研究》，严雪莉译，凤凰出版社2011年版，第11页。

鲁迅与20世纪中国研究丛书

他俨然成了革命的先知，接受国民的皈依。

"文革"一开始，鲁迅的旗帜就被竖立在保卫领袖的队伍中。许广平写作了《毛泽东思想的阳光照耀着鲁迅》，以最具说服力的身份证明鲁迅执行的是"听取'将领'的行动"，"鲁迅一生所尊奉的命令，是革命人民的命令，是无产阶级的命令，是党和毛主席的命令"。①与此同时，郭沫若还为鲁迅精神创制出一个最具时代性的词语："造反"精神②，以此来鼓舞国民推动"文化大革命"的干劲和信心。鲁迅先后被塑造为"'斗私，批修'的闯将"③，"反潮流的先锋斗士"④，"反孔斗争的伟大战士"⑤，引入到整个民族为之狂热的"文化大革命"运动中。值得提出的问题是，在声势浩大的革命浪潮中被批斗、被否定的一方，套用当时流行的术语即被"斗倒、斗垮、斗臭"的"阶级敌人"，是否真的处在人民的对立面，是否真的是鲁迅曾经反对的对象？上海体育战线革命造反司令部鲁迅兵团东方红战斗队在大字报《我们鲁迅兵团向何处去？》中曾经批判过一种"革命"倾向："把目光和精力全集中在'揪出×××''砸烂×××''罢免×××''打倒×××'上面，错误地理解这次无产阶级文化大革命最终目的单纯只是为了揪出一些反革命修正主义分子，似乎揪出一批，打倒一批，罢免一批，无产阶级文化大革命就取得了'彻底'胜利，中国就不会变颜色了。"他们认为这种"单纯的军事观点"使得鲁迅兵团内部"为'打仗'而'打仗'"，为"'打倒'而'打倒'"⑥。在这里可以清晰地体会到，革命造反派张扬起鲁迅的旗帜，肯定不止于"单纯的军事观点"，在他们的心目中，鲁迅的符号还有更为广远的功能。鲁迅符号的利用在十年"文革"这一特定的历史语境中最终走向一种巅峰状态，似乎能

① 许广平：《毛泽东思想的阳光照耀着鲁迅》，《红旗》1966年第14期，第15页。

② 郭沫若：《纪念鲁迅的造反精神》，《红旗》1966年第14期，第18—20页。

③ 闻赞先：《学习鲁迅，做"斗私，批修"的闯将》，《人民日报》1967年10月19日第4版。

④ 师学文：《辨潮流，反潮流——学习鲁迅的大无畏革命精神》，《人民日报》1973年9月19日第3版。

⑤ 杭宪文：《鲁迅——反孔斗争的伟大战士》，《浙江日报》1973年12月12日第3版。

⑥ 东方红战斗队：《我们鲁迅兵团向何处去？》，《红旗》1967年第4期，第36—43页。

够胜任各种战场，幻化无数招数，能够时刻掌握住革命的话语权，就在于这一符号在一种民族文化灵魂的形式上注入了"革命先知"的意义。在此，可以从《庆祝沪宁克复的那一边》逸文的浮出地表，深入历史现场来还原鲁迅的"革命先知"形象是如何形成，影响如何，以及背后的话语机制特征。

下面分别从这篇文章的出现、接受状况和历史效应来逐一分析。

1975年初，中山大学从1927年5月5日广州《国民新闻》副刊《新书路》第十一号上发现了鲁迅的杂文《庆祝沪宁克复的那一边》，并发表于《中山大学学报》1975年第3期。最初回应的有两篇文章：一篇是发表在《中山大学学报》上的柳迟《学习鲁迅"永远进击"的精神——读〈庆祝沪宁克复的那一边〉杂感二题》一文，作者从"庆祝与革命""革命老手和革命扒手"两个方面解释鲁迅原文，所得大意是"软刀比屠刀更难防患，腐蚀比屠杀更难觉察，它听不见杀伐之声，看不见刀光剑影"，认为应该警惕"'挖'社会主义墙脚"的扒手。[①]另一篇是发表在《天津师院学报》上的薛侃《永远进击，直至最后胜利——读鲁迅杂文〈庆祝沪宁克复的那一边〉》一文，作者考证了鲁迅思想发展的时间以及革命专政问题，指出"社会主义革命的任务还没有完，巩固无产阶级专政的斗争还很艰巨，已被推翻的地主资产阶级人还在，心不死，新的资产阶级分子还会一批批地产生出来"。[②]应该说，两名回应者没有提出新的口号，或超过"文革"中其他的过度阐释，基本上尚属于学院派的一种"鲁迅观"。到1975年底，中央发动"反击右倾翻案风"的运动，这篇文章才再次引起人们的高度关注，许多报刊相继转载，而且在毛泽东发出"读点鲁迅"指令后，收入多种鲁迅著作选本中。各地均以此文章作为"武器"展

① 柳迟：《学习鲁迅"永远进击"的精神——读〈庆祝沪宁克复的那一边〉杂感二题》，《中山大学学报》1975年第5期。

② 薛侃：《永远进击，直至最后胜利——读鲁迅杂文〈庆祝沪宁克复的那一边〉》，《天津师院学报》1975年第4期。

开"批邓""批走资派"的斗争。①由此观之，鲁迅的这篇杂文从历史的掩埋中获得生命，这本是一个学术性的发现，但这一学术事件的现实意义，被"文革"时代的政治需要予以特别地突出与放大，而鲁迅犀利的现象洞察力与泼辣精悍的文笔也使现时的批判具有历史的纵深。不仅仅《庆祝沪宁克复的那一边》是如此，还有许多的鲁迅杂文的意义也被引申出来加以利用。譬如，《在现代中国的孔夫子》《十四年的"读经"》就在"批孔"运动中被反复使用，《华德焚书异同论》《汉文学史纲要》也被说成鲁迅称赞法家的佐证。历史与现实的两种合力交互作用，创制了鲁迅符号的新型功能：既是新民主主义革命的文化主将，又是社会主义革命的理论"先知"。

《庆祝沪宁克复的那一边》重新面世的时候，正好是"文化大革命"进入转折点的关键年代。沉寂在历史缝隙中的短文再现于革命洪流中，在革命者的欣喜目光中，这篇文章从写作内容到写作立场均证明了鲁迅和中国共产党的亲密关系。于是，爱党、爱国和爱鲁迅在某种程度上被划为一个阶级联盟，而当年曾经反对过鲁迅的，或者与鲁迅有过不同意见的人则必然就是"破坏无产阶级的蛀虫"。②而且，学习鲁迅的标语横幅中不断打出"鲁迅是中国文化革命的主将"这样的句子，鲁迅在"新文化运动"中是"听将令"的摇旗"呐喊"者，是五四时期"思想革命"的探路人，这样的历史评价虽然没有谬误，而重新组合成的"文化革命"这一词语的意义却模棱两可了，或者说更像是"文化大革命"这个语素的指代。这种概念自身的意义转化的行为和逻辑，是"文化

① 杨铁山：《发扬"永远进击"精神——读〈庆祝沪宁克复的那一边〉有感》，《新疆日报》1976年2月3日第2版；焦庆胜：《胜利属于"永远进击"的人们——学习鲁迅〈庆祝沪宁克复的那一边〉》，《安徽日报》1976年5月9日第2版；长岭炼油厂检修大队工人理论小组：《胜利时不忘"进击"——读鲁迅〈庆祝沪宁克复的那一边〉有感》，《湖南日报》1976年5月27日第3版；长垣县工农通讯员学习班：《凯歌声中切莫忘却"永远进击"——读鲁迅〈庆祝沪宁克复的那一边〉》，《河南日报》1976年6月22日第2版；司燕中：《"永远进击"——读鲁迅杂文〈庆祝沪宁克复的那一边〉》，《广西日报》1976年7月25日第2版；陈淑瑞：《不停顿地向走资派进攻——读〈庆祝沪宁克复的那一边〉》，《济南日报》1976年8月22日第2版；青岛市工人理论组文史组：《不断地向党内资产阶级进击——读鲁迅杂文〈庆祝沪宁克复的那一边〉》，《大众日报》1976年10月19日第3版。

② 上海师范大学大批判组：《誓同革命营垒里的"蛀虫"斗到底！——读鲁迅后期的书简》，《文汇报》1976年10月19日第3版。

大革命"时代的必然产物。在少数人那里,尚且清楚鲁迅的"革命"理念起于改造国民思想,终于反对阶级的不平等和压迫,贯穿始终的是怀疑精神和批判精神。可这少数人在横扫一切"牛鬼蛇神"的运动中或者早已关入牛棚,或者不得不噤若寒蝉。而大部分的知识者则在"文化大革命"这一特殊的历史情境中,受到时代的简单化、整体化、夸张化情绪的感染。无论是在初期清算周扬为首的修正主义"文艺黑线",还是在后期"批邓"和"反击右倾翻案风"中,鲁迅符号都不幸成为"文化大革命"的尚方宝剑。鲁迅毕生最反对"奴隶性",要求革掉做了主子比奴才还坏的国民劣根性,但在"文革"中,鲁迅成为"文革"的权威,驳倒的却是曾经的自己。"群体的想象力足以改变一切所谓的英雄神话,我们也不必用上数百年的时间来让英雄远离我们,因为往往只需几年,一切就已另当别论了。"①

通过摘录、编排、题解、注释曲解后的文章被广泛地宣传,呈现出来的主要论点大致如下:"不要因胜利而脑筋昏乱,自高自满,从思想上解除向敌人进击的武装","胜利后要从组织上巩固革命的胜利"②,"在激烈复杂的阶级斗争和路线斗争中,时刻注意'将营垒分清',为仇为友,了了分明"③,"一定要学习鲁迅'革命无止境',同党内外资产阶级,一切阶级敌人坚决斗争到底,不获全胜,决不休战,把毛主席亲自开创的无产阶级革命事业进行到底!"④,"善于分清无产阶级和资产阶级两个阶级的营垒,分清马克思主义和修正主义两条路线的营垒。要坚持党的'三要三不要'的基本原则,彻底揭露和批判那些背叛马克思主义、列宁主义、毛泽东思想,篡改毛主席指示

① 〔法〕古斯塔夫·勒庞:《乌合之众——大众心理研究》,严雪莉译,凤凰出版社2011年版,第29页。

② 北京汽车制造厂工人理论研究所鲁迅研究小组:《长期作战永远进击——读〈庆祝沪宁克复的那一边〉》,《北京师范大学学报》1976年第4期。

③ 社论:《学习鲁迅永远进击》,《宁夏日报》1976年10月19日第1版。

④ 北京工艺美术工厂鲁迅学习小组洪广思:《心怀革命大目标永远进击不休战——学习鲁迅为共产主义奋斗终身的革命精神》,《北京日报》1976年10月19日第3版。

的人，同任何搞修正主义、搞分裂、搞阴谋诡计的人作坚决斗争"①。总体看来，这些启示录式的革命语言几乎都围绕着两个核心词展开："路线斗争"与"永远进击"。鲁迅的言论也成为划分阶级界限的重要指南，同时兼具革命永动机的功能。至于鲁迅有没有"路线"意识，"进击"的对象是什么，都被一知半解，或者不求甚解的间接性感情和经验给遮蔽，鲁迅终其一生所坚持的"精神"的"革命"最终被塑造为"革命"的"精神"。

总而言之，鲁迅在"文革"中的"革命先知"形象的建立经历了两个转换过程。第一，鲁迅文章的只言片语在某一历史事件中的发酵，产生的辐射能量进入大众政治生活空间，以印证的姿态迎合了"文革"主导者对革命进程中的现实问题的评价，权力与大众合谋，将鲁迅推向"先知"讲坛；第二，特定时间段内，民间大字报与官方媒体大量的引述、阐释，将鲁迅拉入当下的专项任务中，原先的多义性和完整性被空洞的、单一的词语缩减乃至取消，凝固为片面化的指称。比如鲁迅没有诋毁全部的儒家思想，反对的是"儒教"，但最后的传媒结果是"反孔"，比如《庆祝沪宁克复的那一边》，鲁迅谈到的是革命主体和革命前途的多变性，最后也被归结为"营垒分清""永远进击"。一系列隐蔽的转化之后，"鲁迅"成为词语唤起的"先知"形象。作为"先知"，鲁迅承担的其实是相当虚无的功能，因为这种大而空的限定，留给了"先知"的崇拜者与追随者巨大的"自说自话"的余地。今天谈及鲁迅在"文革"时期的形象与功能问题，学界往往用"工具""标签"这样一些简单化的概念来定义，这样的界定容易将原本隐藏于红旗之下的大众、政府、偶像三者之间的复杂关系模糊化，而这一关系的深入揭示，才是使后人洞悉国民信仰的发生机制、审视操控这一机制的多层因素所必须做的工作。

四、精神旗帜的公共空间物化形式

鲁迅形象进入国民信仰范畴，不是一个简单的被动接受过程。任何精神

---

① 北京卫戍区某部李国祥、任文锁、陈祖山：《爱憎分明　永远进击》，《北京日报》1976年10月20日第3版。

信条，都不可能是强制性地植入，总有一个主观接纳的环节，如同基督宗教言说对耶稣虔敬的三个标准"信、望、爱"，三个层次彼此作用才能构成信仰的浑然与严密。国民信任鲁迅，寄望鲁迅的符号功能为他们的革命事业带来力量，明确方向。毫无疑问，国民信仰的建构与信仰功能的发挥，还必须依赖特定的社会机制。从这个角度看，"文革"十年中有一个群众组织显得相当重要，这就是民间的学习鲁迅小组。我们先看一组数据：到1976年10月为止，"北京市基层单位学习研究鲁迅的小组已发展到一千两百多个，参加人数发展到七千八百多人。多数大、中型企业都建立了一至两个学习研究鲁迅小组，农村和城区街道也有不少单位组织了学习小组"，从八月到十月，"北京市学习研究鲁迅小组共编写学习鲁迅的材料三百五十多篇，编写学习鲁迅的各种小册子二十多本"，"北京石油化工总厂举办学习鲁迅的讲座三十多次"，"北京汽车制造厂编写了五十多份辅导材料，出版了六本书，在厂内外报刊发表了二十二篇文章"。[①]由此可以推测，鲁迅符号对当时国民的集体行为和政治生活的深入范围之广、频率之密、力度之大，经过领袖的"断言"，再辅之以群众的"重复"，进而在国民中"传感"，鲁迅已经成为一个社会公共空间的物化形式，鲁迅符号的形象功能也已经具备了最初所没有的能量。当然，因为群体的判断未必就是理性的，就是经过个体独立思考的，群体的判断逻辑往往以相互之间的传感与共鸣为前提，所以，依据公众心理学的原理，即使群体之间偶尔有"异端"出现，偶尔有人闪过"鲁迅活着会怎样"的念头，偶尔出现保留的意见，而层出不穷的、大大小小的鲁迅纪念活动的举行，也会淡化和缓释那些潜在的质疑。

　　1976年对于现代中国而言，是一个具有独特意义的一年，这一年"四人帮"在10月6日被粉碎，"文化大革命"从此结束。这一年也是鲁迅逝世四十周年纪念。为了纪念伟大的共产主义战士鲁迅，大型彩色文献纪录片《鲁迅战斗的一生》于10月1日起陆续与全国观众见面，《人民日报》还用专版为这一

---

　　① 《学习鲁迅向阶级敌人向修正主义永远进击　本市工农理论队伍积极展开学习研究宣传鲁迅活动》，《北京日报》1976年10月19日第1版。

文献纪录片做宣传。不少电视台也纷纷制作纪念节目，如宁夏电视台就在10月19日晚安排了纪念鲁迅的专题节目：其中包括由宁夏大学教师主讲的电视讲话《鲁迅战斗的一生》，组画《鲁迅——伟大的革命家、思想家、文学家》，在这一晚上，同时还上映了彩色影片革命现代舞剧《沂蒙颂》。《沂蒙颂》的主题是宣扬解放战争中英嫂抢救、护养、掩护伤员的英雄行为。在鲁迅逝世四十周年纪念日同步推出《沂蒙颂》，有意识地将鲁迅和英嫂置于同一屏幕，这种意图显然是在说明鲁迅的无产阶级属性，是在烘托鲁迅的革命意志与革命实践。尤其值得指出的是，国家邮电部决定于1976年10月19日发行《纪念中国文化革命的主将鲁迅》纪念邮票一套①。这套邮票共三枚，面值都是八分。第一枚为《鲁迅》浮雕像。第二枚为《永不休战》。画面是身患重病的鲁迅扶病执笔，继续与阶级敌人进行顽强斗争，反映鲁迅为捍卫毛主席的革命路线，坚决地、勇敢地、毫不妥协地与敌人战斗了一生，把全部力量献给了无产阶级革命事业。第三枚为《学习鲁迅革命精神》，画面上突出了鲁迅的光辉形象和工农兵的战斗姿态。但鲁迅逝世纪念日国家发行的这套纪念邮票，突出赞扬的还是鲁迅在阶级斗争中的革命立场、态度和影响作用。邮票，这个本身具有流动性和固定性、瞬时性和永恒性共存的物体，在大众日常生活和精神生活中都频繁使用，它既具有审美功能，也具有实用功能。鲁迅纪念邮票的发行及这套邮票的彰显主题，显示了"鲁迅"这个符号的精神意义不仅对国民的政治生活，而且对大众的日常生活的巨大的渗透性。

从课本形象到银幕形象，从公共空间进入国民个体精神领域，鲁迅的符号功能自始至终处在革命意识形态和革命运动的再创造再完成中。即使从符号传播过程中的意义耗散规律来看，这种再创造再完成，也势必使得鲁迅符号与历史上的鲁迅本身距离越来越远。历史上的鲁迅真身，面对国民和民族的苦难走上革命之路时，他的"革命"与警惕解除苦难的方式密不可分，但大部分同时代的革命人和后来的追随者要的却只是解除苦难这一目的。这种差异性在鲁

———————————
① "邮电部发行《纪念中国文化革命的主将鲁迅》纪念邮票一套"，1976年10月19日，从中央到地方各级平面媒体均有此报道。

鲁迅与20世纪中国国民信仰建构

迅符号的国民理解和接受过程中是被有意无意地忽略掉了的。建国之后三十年的时间里，大众、权力、媒介形成共识与合力，努力通过不断的革命来培养社会主义新人。在这一教化过程中，鲁迅符号深度介入了国民种种的思想改造和文化革命运动中。对具体历史情境中的人而言，鲁迅是一种激励性的存在。革命过程中发生的政治斗争、社会政治动员几乎在与鲁迅发生诠释关系，经过各种媒介载体的描述、传播，鲁迅的符号形式或者说鲁迅的表象比鲁迅的历史真身对国民的影响更大，更深入，更广泛。这种由"信"到"望"而"爱"的信仰历程说明，真正打动国民群体心灵的，也许并不是那个短暂的更真实的革命人，反而是被新社会的意识形态规定和神化了的符号图腾。

第三节　"人"的返回之路

新时期开始后，改革开放的思潮推动着社会各个层面的拨乱反正，文化领域是"文革"的重灾区，拨乱反正的任务也更艰巨。无论是当年的"胡风反党集团"，是1957年划入另类的"右派"分子，还是"文革"初期被打倒的周扬等"文艺黑线"人物，都在陆陆续续重返文坛，重新获得了话语权乃至话语力量。由于鲁迅符号在"文革"十年中曾经担负的特殊使命，因而鲁迅的命运自然尤其令人关注。文学解冻至今，时间已过去将近四十年，鲁迅的命运实际上一直是从两个方向展开。一方面作为历史的研究对象，鲁迅学作为一个生机勃勃的学术领域，已经成为"文革"后文学研究发展的标志，甚至成为四十年来中国现代文学研究深化与突破的学术引领力量，这是无可置疑的学术共识。另一方面作为民族精神的符号，鲁迅的命运显然就复杂而曲折多了。正如当年的社会巨变不断地造成了鲁迅符号的图腾化、空心化和工具化一样，近四十年来中国社会在政治、经济、文化乃至日常生活方式方面发生的巨大变化也在不断地催生着鲁迅符号自身的裂变与转型。关于学术鲁迅的发展，鲁研界已有很多翔实而深刻的总结成果，本著不拟展开讨论。我们在此所关注的是符号鲁迅也就是大众生活中的鲁迅的命运变迁，并且进而探讨新的文化语境中鲁迅作为民族精神符号在国民信仰建构中可能焕发的新的生命。

一、"政治化"向"人格化"的复归

总体看来，新时期以来鲁迅符号的变化首先是属性的变化，其变化方向是由前三十年的抽象的"政治化"渐渐走向具体的"人格化"。引导这一发展方向的，无疑是80年代初期作为消解文化专制思想的重要思想力量"主体性"理论的出现。这一思想成果推动了80年代"人"的复现，对文学的主体性阐释与强调也推及社会的方方面面，引发了整个社会对人、人性、人道主义的思考。当然，最初对人的话题的热衷讨论，并没有深入触及人的终级价值或命运拷问这一层面，还是在社会政治、文化等层面进行。反映在鲁迅符号的命运上，80年代对鲁迅的认识也仅仅是同政治关系的梳理、收缩与告别，同时，鲁迅作为真实的、历史的"人"的本质甚至被再次遮蔽。90年代以后，伴随文化转型和社会世俗化的加速，鲁迅"人"的身份又被拆解为"恶人"和"庸人"两种取向。当日常精神没有得到健全和深化，当真正的人性的思辨还缺乏应有的理论根基，国民所需要的"人"的鲁迅就始终在返回途中。

客观地说，如何评价"文革"十年，尽管在"文革"结束之后不久，中共中央就形成了自己的政治决议，但在普通国民的思想意识或者心理情结上，人们的观念和情绪还是分歧很大的。曾经身在其中的参与者绝非只有一种感觉。起码，在"文化大革命"浩大声势推向全国的时候，有人感到了"振奋"（甘阳语），继之，有人感到了"无聊"（阿城语），有人感到像"漫长的假期"（韩少功语），日益地重复，即使是挨批斗的人也觉得"无谓"。①在亲历者的体会中，"文革"不单单是针锋相对的路线斗争，也不完全是革命阵营与反革命阵营的殊死较量，国民痛定思痛，不免会有自己的保留感觉。因而，

① 施蛰存回忆"文革"遭遇时谈到"知识分子最大的灾难是1957年（反右）和'文化大革命'，我这一辈子就是旁观，只看不参加。所以总算没有死。要是一参加'文化大革命'，肯定也死了，活不到现在了。中文系同仁都是了解我的，我也从来没有冤家，当时（1957至'文革'）的批判实际上也就是一种做戏，其实每个人对我都有好感，我又没有得罪过人"。（朱健国：《批判过鲁迅的人谈鲁迅》，《文史博览》2004年第8期。）

如何引导人们正确地对待"文革"十年中最牵动国民情感、最受国民关注的事物，就成为新时期伊始思想文化领域中的重要工作。也许正是在这样饱含忧患意识的语境中，鲁迅的形象再次走到社会关注的中心。

首先，"帮化鲁迅"必然受到否定和抨击。各地理论组、文艺组和大批判组纷纷撰文揭露"四人帮"对鲁迅的恶意扭曲和篡改，将"文革"的鲁迅和"真正"的鲁迅区分开来。但由于时代的局限制约了作者们的理论认知力和历史辨析力，这些拨乱反正的文章往往难以掌握"真正"鲁迅的精髓，只能力图证明鲁迅"对毛主席所缔造的中国工农红军和红色革命根据地"有"深厚的无产阶级感情"，"以大无畏的精神，旗帜鲜明地站在毛主席革命路线一边，坚决捍卫毛主席的革命路线"。①鲁迅形象依然流于一种依附性言说，容易随着附属主体的评价失范而架空。值得注意的是，正是在这样的语境中，纪念鲁迅一百周年诞辰的意义就被空前地凸现出来。有关纪念大会的人员部署、级别规定、礼制设计以及对纵向横向要人华诞的比对，已有学者做深入研究和解读，在此不赘。我们只要看看重要报纸配合纪念活动的相应文字，除了关于活动日程和内容的介绍之外，头版或关键版面发表的纪念文章几乎都是对鲁迅认识和评价的表态，从题目便可清晰地感知到作者们对鲁迅形象的关注点：《鲁迅——党的忠诚战士》（周蕙《安徽日报》1981年9月25日第3版）；《纪念鲁迅，学习鲁迅：党的最好的朋友——鲁迅》（荣韦《工人日报》1981年9月26日第4版）；《鲁迅是马克思主义的伟大探求者》（郭琦《陕西日报》1981年9月11日第3版）；《学习鲁迅对马列主义的坚定信仰》（王进《甘肃日报》1981年9月8日第4版）；《"鲁迅的骨头是最硬的"——学习鲁迅的革命坚定性》（杨培明《宁夏日报》1981年10月3日第3版）；《学习鲁迅，挺身而出》（常山《河南日报》1981年10月16日第2版）；《学习鲁迅的彻底革命精神》（章叶频《内蒙古日报》1981年9月21日第2版）；《学习鲁迅甘为他人作嫁衣裳的精神》（王承周《青海日报》1981年10月5日第3版）；《鲁迅是现代作家坚持党的领导的好榜样》（吴奔星《新华日报》1981年9月11日第3版）；《学

---

① 张杰：《学习鲁迅无限热爱伟大领袖和导师毛主席》，《破与立》1976年第6期。

习鲁迅，甘为人民"牛"》（《中国青年报》1981年9月24日第1版）；等等。这些文章，无论是"忠诚的战士"，还是人民的"牛"，对鲁迅形象的定位都落脚在鲁迅与政治的密切关系上，落脚在聚集人民向心力的目标上，与30年代的"民族魂"遥相呼应，基本回到新中国"十七年"的鲁迅阐释系统中。

有两份报纸不约而同地将鲁迅与普罗米修斯联系起来：一则突出了鲁迅与普罗米修斯的异同，认为"普罗米修斯出发点是'同情'，是'给人'，又在无形中给'自己'和'人'画出了一条分明的界限：同情者并不等于自己人。鲁迅从没有把盗火视为他人之事，始终认为是自己的职责。普罗米修斯盗来的是文明之火，使人类从野蛮走向文明；鲁迅盗的却是战斗之火，使奴隶摆脱与文明俱来压迫而走向解放"①。一则将鲁迅"翻译介绍外国的战斗作品"比作"为起义的奴隶运送军火"，所以鲁迅是"在大夜弥天的中国，高举着普罗米修斯火炬的伟大革命先驱"。②应该说两篇评论都抓住了鲁迅的"盗火"形象，但对"火"的内容和属性的界定却又呈现出缩小化的倾向，仅仅把鲁迅"从别国窃得火来"理解为实实在在的战斗武器，而非更广义的"文化"传播者。最典型的是《人民日报》在9月22日头版上，用整幅版面重新登载了毛泽东1937年10月19日的《论鲁迅》。众所周知，这是毛泽东在延安陕北公学纪念会上的发言，从政治远见、斗争精神和牺牲精神三个方面强调了鲁迅的特点，并首次提出了"鲁迅精神"这个划时代的词语。在社会主义建设新阶段，回顾这样的"精神"旨意何在呢？为什么没有用《新民主主义论》中"三家五最"的经典论述来表达深刻的缅怀呢？第一，从文字传播的惯性来讲，"文革"十年大大小小的讨伐文章中，《新民主主义论》的引用频率远远超过《论鲁迅》，出于对"文革"积习的回避，《论鲁迅》更能唤起国民对鲁迅的认同感。第二，从文字对鲁迅形象的直观塑造力来讲，《新民主主义论》中所谈及的方向、主将、旗手都属于抽象概括，不如《论鲁迅》朴素、实在、富于人格魅力，而且谈及的"奴颜和媚骨""殖民地半殖民地"语境和当下的人民当家

---

① 白鸥：《普罗米修斯与鲁迅》，《云南日报》1981年9月20日第4版。

② 孟庆春：《取天火给人类的鲁迅》，《吉林日报》1981年9月20日第4版。

作主的社会主义背景反差太大，无疑会削弱榜样性。第三，也是最根本的一点，《论鲁迅》是专论，毛泽东引用了鲁迅三篇文章：一篇是《论"费厄泼赖"应该缓行》，一篇是写给萧军的信（1934年11月17日），一篇是《答托洛斯基派的信》。而这三篇文章都有一定的代表性，"民主"问题、无产阶级的"党性"问题，以及对革命前途的信念问题，都是"文革"所引发的迫切亟待处置的社会热点问题。因此可以说，鲁迅的形象在新时期一开始就安上了新的注脚：用自身的力量来反对"文革"所歪曲的"身影"，建立符合当代精神文明领路人的身份。当然，这种做法本身在逻辑上也难免悖论：如果鲁迅有确立个人形象的力量，那么又如何会出现偏离的现象？倘若按照"反文革"的思路就找回了鲁迅的"真身"，那么这其中的修正力量来自哪里，会不会又落入以"文革"的逻辑来质疑"文革"的怪圈？

就国家机器的运转而言，任何政权都需要一个能够统领国民思想、维护长治久安的核心价值体系，但"文化大革命"造成的思想恶果之一恰恰就是国民信仰的动摇。有人甚至提出"马克思主义"只能作为"研究对象"，不能作为"信仰对象"，因为一旦作为信仰对象，就会"束缚人们的思想，妨碍对真理的追求"。[①]这样的思想观点显然不利于社会正常秩序的恢复，也不利于国家拨乱反正的改革大业。因此，鲁迅作为从"研究"到"坚信"的成长过程，就是值得学习和推广的典范。鲁迅最初是作为研究者而接近马克思主义的，但最终是马克思主义使其在黑暗中看到了光明，结束了彷徨和苦闷，走上了革命的道路。但是，鲁迅例子本身的说服力究竟有多大呢？在"文革"中鲁迅符号被作为"鞭子""棍子"使用的时候，不是也在运用着同样的推理程序吗？面对诸多无视固有鲁迅形象的言论，李何林发表了著名的《鲁迅和党的关系》。李文不点名地驳斥了曹聚仁、夏志清把鲁迅衷心拥护党诬蔑为"投降"，把鲁迅当作否定一切，对社会、对政治、对革命等等都悲观失望的虚无主义者的"造谣"，语重心长地指出："由于受到怀疑或反对四项基本原则的错误倾向的影

----

① 参见邵泉：《马克思主义只是"研究对象"，不是"信仰对象"吗？》，《北京日报》1981年9月21日第4版。

响，也可能又由于一些外来资产阶级思想文化的影响，我们的少数知识青年也有类似看法"，其实质是"认为马克思主义不灵了，鲁迅成为马克思主义者以后的作品也就不好了"。他希望不要动摇"鲁迅和马克思主义武装起来的中国共产党的关系"，因为这关系到"和这个党领导的中国革命的关系"。①总体看来，这些文章的一个基调就是，党的发生、发展、壮大、成熟的过程奠定了鲁迅自身的发展基础，这不是简单的"神"②的名义，而是赋予了鲁迅一种政治高度，一种凝固的政治样态。从这些文章的描写方式来看，鲁迅与其说是一个与党有密切的精神联系的文学家，毋宁说他更像是文学家中的一种"政治的人格化"存在，换言之也就是革命文学家的"政治化"。当然，李何林的文章强调的是鲁迅与党的关系，但反过来读，其中也透露出了一些背后的信息，说明尽管主流意识形态对鲁迅的马克思主义信仰做了不遗余力的肯定和宣扬，但思想界、学术界的认识已经出现裂痕，一些人认为鲁迅依然伟大，但不是因为是"党的人"才值得推崇，而是由他自身独特的精神秉性所决定。只是这种认识在当时的思想环境下还无法展开合理性的论证，也还没能形成完备的知识体系，仅仅体现为一种不合群的思想潜流存在。

事实上，当社会思潮中某一种因素被强调得特别明显，产生的功能格外突出时，另外一些潜伏的思想也会慢慢被激活，相对于正当其道的潮流形成一种反作用力。当然，我们不能把这种反作用理解为"反动"，力与力之间应该是共存的，互为补充的，这样才会实现基本的平衡。毫无疑问，新时期伊始鲁迅符号的重建也必然在这种"力"的消长中呈现出变化。《人民日报》是国家主流意识形态的喉舌与晴雨表，过去30多年间对鲁迅的重要评价和诠释无不来自此。可是，1986年鲁迅逝世五十周年，《人民日报》没有为纪念鲁迅发表社论，10月19日的重要篇幅发布的是"纪念左权诞辰八十周年"和"悼念黎玉"的文字。在整个周年祭期间，《人民日报》也没有组织有关鲁迅纪念活动

---

① 李何林：《鲁迅和党的关系》，《北京日报》1981年9月20日第3版。

② "神化"问题是鲁迅研究界以及思想界、文化界都不愿承认，也无法承认，但又不得不落入其中的尴尬。论者以为，"神化"不是指人的变形、莫须有的抬高和不切实际的夸大，而是引申为一种高度、一种样态，后文有专节论述。

的集中的宣传报道。^①较之鲁迅，左权和黎玉当属更为正宗的政治人物，符合《人民日报》的规制。权威党报的这一安排寓意深远，客观上传递出"政治优先"已经淡出鲁迅符号建构标准化的信息。长期以来受到阶级论驱逐和压制的"人"，开始回到社会正常发展轨道中，鲁迅研究界也在提出"回到鲁迅那里去"的口号，改革开放思潮带来的大众文化的兴盛终于为重新孕育鲁迅符号提供了新的历史可能性。

二、"凡人"对"神"的误读

在14世纪西方文艺复兴先哲那里，人本主义对"人"的大写首先体现为对神权的蔑视，体现在对人之为人的自我信仰体系的建构。现代中国五四新文化运动深受西方人本主义的影响，五四新文化的精神实质就是人性的解放，是对人的个性的尊崇，对压抑禁锢人性和人的个性的传统文化的反抗。经历了"文化大革命"之后，新时期的文学一开始就是回到五四文学这一原点的。人的主体性理论照亮着文学理论领域内的各个问题的探讨，人的基本人性、七情六欲、悲欢离合，乃至人性中的畸形因素、病态因素，也开始在大写的"人"的旗号下渗透到文学的各种题材中。正是在这种人性复苏的思潮中，公共领域中的鲁迅符号也开始由"政治化"向"人格化"转型。《安徽文学》1985年第12期上刊发了署名阳刚的文章《鲁迅是人非神》，阳文并未就"人"与"神"展开辨析，而是讲述了鲁迅的爱情经历和婚姻生活，以此作为鲁迅是凡人的证据，认为毛泽东对鲁迅的评价体现的无非是"往鲁迅身上涂饰金片的浮夸风"。《鲁迅是人非神》遭到了康文的驳斥（《人民日报》1986年8月13日），但康文并不是从理论和事实上去推翻阳刚的观点，所做仅仅是从道义上捍卫鲁迅的英雄品格。就当时的情况来看，阳文将高度政治化的鲁迅还原为"凡人"形象的尝试并非是对鲁迅的矮化，其目的也谈不上排斥无产阶级政治甚至否定马克思主义的倾向。它所努力的方向是为国民解脱极"左"政治的枷

————

① 1986年鲁迅五十周年祭期间，只有零星的几篇介绍鲁迅研究进展文章（撰文者如学者白桦、张梦阳、陈漱渝），以及对法国鲁迅研究学者米歇尔·露阿的专访，《人民日报》没有显现出强烈的政治干预意识。

锁，恢复人性的尊严，所以借鲁迅这个标杆人物的定位问题，表达"人"也能成为瞻仰对象的理念。其论题潜台词应该是"鲁迅是人的伟大非神的伟大"，可见阳文基本立场带有善意，而不是贬抑。

与阳刚的思路比较接近的有沈卫威于1989年在河南开封出版的《心理学探新》杂志第4期上发表的文章《儿子与情人——鲁迅、胡适、茅盾婚恋心态与情结阐释》。王福湘曾对此文予以尖锐批评，认为此文用弗洛伊德精神分析学的"俄狄浦斯情结"分析比较三人的异同，制造"鲁迅和羽太信子曾是情人关系的谣言"，"全部推理是以造谣为前提，其中叙事的错讹显而易见，无须一一指出。这种把谣言和真话混杂在一起的文章，使人读后，糊涂人把谣言也当成真话接受"。[1]王福湘甚至极度悲愤地认为鲁迅所言的"造谣说谎诬陷中伤也都是中国的大宗国粹，这一类事实，古来很多，鬼祟著作却都消灭了。不肖子孙没有悟，还是层出不穷的做。不知他们做了以后，自己可也觉得无价值么。如果觉得，实在劣得可怜。如果不觉，又实在昏得可怕"[2]的现象并未结束。这种分歧，到王晓明《无法直面的人生——鲁迅传》的出版达到白热化。读书界对王著褒贬不一，有的赞许王著"对鲁迅的译释冲破了以政治和阶级为依据而分析一个人的思想精神的实用理性范式，升华到凸现他精神危机与内心痛苦的原生态层面"[3]，也有的认为王著"（所塑造的）作为中国文化革命主将和旗手的鲁迅形象（旧说），和陷进待死堂，只能碰壁而无法破壁的虚无、悲观的鲁迅形象（新说）还是如此地'非此即彼'，绝不融合"，"归根到底是他本人（指作者王晓明——引者注）的悲观主义情绪的产物"。[4]王晓明塑造的传主形象不同于此前任何一本传记，将鲁迅放还人间的可见性力透纸背，鲁迅不但成了"人"，而且还是被人间尘寰的"琐屑"弄得"心力交瘁"的"文人"，既不是"民众的导师"，也并不因其广博的智识与深邃的思想而拥有精神上的优越感。王晓明为他被世俗生活一次次地拉回到了无情而又无奈的

① 王福湘：《如此"权威"迷信不得》，《文学自由谈》1999年第4期。
② 鲁迅：《寸铁》，《鲁迅全集》第8卷，人民文学出版社2005年版，第111页。
③ 曹云：《世俗的文人 人文的世俗》，《中国现代文学研究丛刊》1995年第4期。
④ 唐韧：《虚无的磁场——王晓明对鲁迅的误读》，《文艺争鸣》1998年第4期。

现世编织了一系列纠葛，其中就有受到王福湘指摘的一个注释，王晓明沿用了千家驹关于鲁迅和羽太信子关系不同寻常的材料，[①]王福湘则认为借家庭问题夸大鲁迅思想性格和为人处世上的弱点，附和了千家驹"中共把鲁迅作为一个'神'来膜拜，完全是为了达到它的政治目的……他就可以与雷锋一样，成为'党的驯服工具'，并用来作为'整人'的武器"的谣诼。谣言的制造者和谣言的传播者"不过是暴露出他们的灵魂深处即意识的深层仍然存在着禁欲主义的反人性的传统文化心理，即'万恶淫为首'的道德观和价值观。从这种传统心理和观念出发，要败坏一个人的名声，最简捷的办法莫过于在与性有关的私生活上做文章，找出对方'生活作风'即'道德品质'的污点，或用比较'现代'的说法曰'人性的弱点'"。[②]

总体上看来，不把鲁迅当成神，而把他作为人来描写或来研究，无可厚非，但这些研究成果中通往"人"的渠道却是太有限了。在国民关于"人"的理论结构中，"人"的位格低于"神"的位格，只要是不完美的、有瑕疵的都接近于人，而超越性的、理想性的都接近于神。按照这样的标准，"人化鲁迅"很容易走向"凡人化"，即尽可能地为鲁迅找到平民化的生活坐标，证明鲁迅也具有普通人的人际关系、七情六欲、生老病死，似乎就完成了"人"的归位。另外，"人"的回归在整个20世纪都是探索型的，即并没有预定的轨道和目标，这种试探性的实践就不可避免地遭遇挫败，任何的碰壁对"人"的形成都会造成悲观情绪，也会将这种心理投射到"人的鲁迅"那里去。如果说"鲁迅之为鲁迅"，预示着"人"的最高评断，那么"鲁迅"的复现与"人"的存在就形成了互参。《无法直面的人生》加以渲染的"历史与现实的双重压迫"在20世纪上半叶和末期形成一种循环，鲁迅的形象也获得一种"世纪感"。[③]王晓明所不能放弃的理想本质上也是鲁迅所未弃置的信仰。"凡人"情结源于神话的渺茫和破碎，其内核是抵抗精神危机的现世精神，鲁迅形象的

---

① 千家驹：《鲁迅与羽太信子的关系及其他——也谈鲁迅研究》，《明报月刊》（香港）1992年1月号。

② 王福湘：《谣言惑众几时休》，《文艺理论与批评》2003年第1期。

③ 袁盛勇：《灵魂的倾诉与反思》，《开放时代》1999年第5期。

重塑没能显示期待视野中的伟大，但在精神沙化时代对这一形象的直视也匡正了人们的盲目乐观与自大。

三、"恶人"的双重背反

在基督教文化中，神魔是对立，但神魔又是一体的。神的代表耶和华和魔的代表撒旦，其命运始终连接在一起。这种文化寓言实则喻示了在人性的结构中，神性与魔性、善的意志与恶的力量也是联体互生，不可截然分割的。在新时期鲁迅形象的重构中，这一文化寓言体现的人性理解也得到清晰的展示。如果说让鲁迅回到人间的举措是对"神"的未完成的反思，那么，将其推向"恶人"形象则表达了大众对"神"的挑战，或者说对所谓的"神"的否定和真正的"神"的期待。

正是在此背景之下，刘小枫呈上了他的比较诗学论著《拯救与逍遥》。在当时诸多的文化反思著作中，这部著述有着超乎一般的影响力。它从价值现象学的立场出发，对中西文化进行了深层次的精神勘探。书中对中国传统的文化价值系统（儒、道、禅）进行了审视和拷问，对西方的科学理性主义和价值虚无的非理性主义进行否决和清算，并把各种价值取向的代表人物带入这场"剥落与颠覆"。[1]鲁迅作为20世纪中国的一个精神象征，当然也位列其中。刘小枫致力于解构的是作为"精神旗手"的鲁迅的"硬骨头精神"，他把鲁迅的思想特色总结为"阴冷"，指出"这阴冷从大荒山、无稽崖创造性转化而来，成了西化式逍遥（现代虚无主义）的同路人"。刘小枫把中国文化缺乏同情、爱心与祷告的冷硬气质，与《红楼梦》中的石头意象相对应，"大荒山、无稽崖创造性转化"就是说鲁迅所谓的"硬骨头"不过是强化了曹雪芹笔下石头的无情，再由"无情"进一步推出"恶"的实质："鲁迅精神本质上是政治性的，而非哲学性的"，"既然如此，人们称他为伟大的思想家又是什么意思？是不是思想富有政治性、战斗性就变得伟大了？政治性的思想难道就非得

---

① 宋一苇：《价值颠覆、价值追问与价值重建——读刘小枫〈拯救与逍遥〉》，《中国图书评论》1989年第2期。

如此恶？"。尤其对"肩起黑暗的闸门"的鲁迅，刘小枫认为那正是"灵魂越来越阴毒"的明证，所以"鲁迅的灵魂在怨恨中早熟，怨恨的毒素已经把人灵中一切美好的东西噬蚀净尽"，"如果不挪开鲁迅精神这道'黑暗的闸门'，中国精神有指望见到光明的未来？"。①在刘小枫的价值观念和价值定向中，有非常直接的标准：信上帝，以及基督精神带来的善与爱。从价值意识经验的内在结构来看，刘小枫并不是针对鲁迅精神而制定这一维度，他的结论是从中国精神传统的脉络流向中得出的，鲁迅只是被他用来证实中国文化中爱的缺失的一个批判靶子。成书于80年代的语境，中国道路的各种试错和寻路危机似乎让刘小枫有足够的勇气推翻历史理性主义、庄禅超脱主义以及无神论存在主义的种种价值观念体系，而他以西方十字架上的"神"来审判现代历史伪造的"神"，也可以说是学术界打破长期以来中国国民精神所受到的种种意识形态禁锢，切实地为个体生命寻求价值途径的一个思想冒险。不过，依然可以仿用刘小枫的反问语式提出的问题是，将鲁迅推入"伪神"与"恶人"的角色难道不也是贯穿着一种学理性的误解？第一，鲁迅的"恶"从本质上来讲是"以恶抗恶"，即鲁迅是以崇尚"诚与爱"为前提对恶的势力进行抗争，恶在鲁迅那里是作为一种方式与过程，而刘小枫将其作为目的与结果，这就是犯了逻辑上的错误。第二，鲁迅的"恶"不是信仰意义上的人性"恶"，而是属于理性认知范畴内的对具有话语权的文化传统的叛逆与反抗，也就是拜伦式的"争天抗俗"。鲁迅对一切信仰对象都以理智为基点，《科学史教篇》中所说"盖中世宗教景起，压抑科学，事或足以震惊"，就表达了他对实体化崇信的排斥。"不是凭铁链或任何外界力量就能强迫一个人的灵魂去信仰或不信仰，而只能用他自身不可取消的见解作出自己的判断"②是新教的实质，也应该是一切宗教的共性。鲁迅不信刘小枫所宣扬的上帝，也正在于他不盲目的迷信。第三，鲁迅的"恶"受尼采主义影响，但文化背景不同，尼采宣布"所有的神全都死

---

① 刘小枫：《拯救与逍遥》，华东师范大学出版社2011年版，第349、354、355、357、359页。

② ［英］托马斯·卡莱尔：《论英雄、英雄崇拜和历史上的英雄业绩》，周祖达译，商务印书馆2005年版，第142页。

鲁迅与20世纪中国研究丛书

了：现在我们祝愿超人长存"①，上帝的死亡摧毁了基督教超验的彼岸世界，代表绝对力量的"新人格"落入历史的虚无主义，而鲁迅的"恶"正是指向"奴性"的祛除。如果刘小枫"所说的'拯救'，是正视苦难，宏扬爱心，迈向超越"，"所说的'逍遥'，是漠视苦难，冷却爱心，自求超脱"，②那么，鲁迅的"恶"就绝不同于主张反社会、绝对"出世"的"逍遥"。第四，鲁迅的恶是"中间物"意识的产物。鲁迅对旧世界告别而又不驻足于新世界的思考，来自不以明确的主义为目标的对终极规范潜在遮蔽的戒除，"上帝"作为一种普世价值的终极关怀，对鲁迅而言无异于深刻的悖论，所以他也曾言自己不能喜爱陀思妥耶夫斯基。对一个没有宗教传统的民族而言，"上帝论"作为一种知识立场引入中国，客观上增加了精神的维度，可是想要深入国民灵魂却很难奏效。因而，刘小枫对鲁迅的"恶"人描摹没能引起信仰缺失的恐慌，但以神的名义加诸给鲁迅的"恶"，却在读书界和社会公共空间中持续发酵，释放出更大的破坏欲望。

　　葛红兵和朱大可都受到刘小枫"鲁迅形象"的影响。葛红兵在《为二十世纪中国文学写一份悼词》中对鲁迅的"私德"和"公德"予以一系列的批评，并由此否定鲁迅作为思想家与精神导师的价值："（鲁迅）为什么在'文革'期间成了惟一的文学神灵？他的人格和作品中有多少东西是和专制制度殊途同归的呢？他的斗争哲学、'痛打落水狗'哲学有多少和现代民主观念、自由精神相同一呢？鲁迅终其一生都没有相信过民主，在他的眼里中国人根本不配享有民主，他对胡适等的相对自由主义信念嗤之以鼻，因为他是一个彻底的个人自由主义者（'文革'中红卫兵那种造反有理的观念正是这种思想的逻辑延伸）。"③朱大可在《殖民地鲁迅和仇恨政治学的崛起》中牵强附会地解读鲁迅晚年的散文《死》，惊天动地地发现鲁迅是"仇恨政治学"创始者，并把鲁迅"遗言"牵强地比附为"'仇恨政治学'的意识形态"，遗言的七条即为

────────────────

　　① ［德］尼采：《查拉图斯特拉如是说》，钱春绮译，生活·读书·新知三联书店2007年版，第86页。

　　② 何光沪：《"这个世界需要爱"》，《读书》1989年第6期。

　　③ 葛红兵：《为二十世纪中国文学写一份悼词》，《芙蓉》1999年第6期。

"鲁氏仇恨政治学的七项基本原则"，并恶称为"鲁七条"，认为这不仅"是针对家族的最高指示"，而且对"中国的二十世纪政治运动产生极其深远的影响"。朱文还穿凿附会地总结出与"马克思的暴力学说（你先剥削压迫我，然后我才反抗），以及毛泽东的'人不犯我，我不犯人，人若犯我，我必犯人'的训诫，有着惊人的相似"，认为"'毛语'和'鲁语'胜利会师"，实现了"毛和鲁的仇恨政治学同盟，却成为极权主义与红卫兵话语的共同摇篮"。①葛红兵与朱大可继刘小枫之后掀起的这场对鲁迅的"恶人"化思潮，后来随着网络的发达迅速地在互联网上流行开来。由于互联网的虚拟性质和互联网发展初期的管理缺陷，互联网上发表言论的自由、随意与不负责任使得鲁迅的"恶人"化较之始作俑者有过之而无不及。总结起来有如下突出的特征：其一，从鲁迅的私人生活入手，删改拼凑史实，证实其莫须有的"嫉恨阴毒"人格（如利用鲁迅与朱安的关系、鲁迅入光复会对刺杀的顾虑等等）；其二，无视历史背景与文本语境的出入，直接将鲁迅"痛打落水狗""一个都不宽恕"的言论，等同于伦理学意义上的"怨恨"和政治学意义上的"复仇"，印证鲁迅思想的仇恨色彩是历史暴力的话语源泉；其三，抓住"文革"在一代人心目中的恶劣记忆，从鲁迅话语、意识中衍生出"文革"语汇、观念的关联，借国民对"文革"的反感，将鲁迅堆砌和渲染成一个作恶始祖。可以说，信息化时代里互联网的发达有力地改变了社会的传播方式，也在有力地改变着人们的思维方式和言语表达方式。但凡一个民族文化的象征符号，在文化多元发展的语境中势必会成为互联网上不断翻炒的话题，这是新媒体时代里鲁迅符号建构所面临的新课题。作为国民心态的晴雨表，作为国民精神素质的检测器，互联网上对鲁迅形象的"恶人化"贬损，究竟是鲁迅长期以来的"政治化"形象引发了国民的反感与吐槽，还是国民自身文化素质中的"恶"的根性在改造和创制一种新的鲁迅形象？这都是需要研究者深刻思考的问题。

　　历史的罪恶的确需要理论的反思，可是，鲁迅反思"恶"的理性却被刘小枫们声讨"恶"的非理性所掩盖。国民精神觉醒上最大的障碍是无知于或未

鲁迅与20世纪中国研究丛书

---

① 朱大可：《殖民地鲁迅和仇恨政治学的崛起》，《书屋》2001年第5期。

察觉酿造"文革"的症结，在对这个问题的反思与检讨中，鲁迅这个思想界最显著的标杆不可避免地卷入了"文革"后的"文革"审判中。"文革"的内部推动源于"红卫兵逻辑"，"是用一个领袖的头脑取缔亿万人的独立思考，以奴性荼毒个性，以簇新面孔的'道学'扼杀人性，以派性戕贼集体性，以'窝里斗'的冷酷取代人间博爱的温情"。①将鲁迅和"文革"捆绑在一起，既是对鲁迅也是对"文革"的误读。至于要求鲁迅对"文革"的灾难性后果承担罪责，更是违背历史逻辑和历史常识。"中国历史变革的惯例是：无论发生了怎样的历史灾难，只要揪出了'元凶'，再拉出几个阿Q式的协从者作替罪羊，历史就可以在一片控诉声、讨伐声和欢呼声中完成一次改朝换代……文革不是一个偶然的政治事件，也不是一个意外的历史事件。文革归根结底是一个种族事件，是种族劣根性所决定的一个不可避免的历史结果。因此，文革悲剧的历史答案应该写在每一个中国作家的心上，而不是写在某一个中国作家的脸上。如果可以指责哪一个当代作家是'文革余孽'，那么，文革以来的中国作家没有哪一个人有理由逃避这种指责。就是说，面对文革这样的民族性的历史灾难，每一个中国作家都应该是一个在线的忏悔者。忏悔不仅仅是指罪者的认罪与悔过，而且也是正直者和善良者为自己的选择所作的辩护与申诉。"②这段话包含的两层意思发人深思，首先是对"文革"要有符合理性的认识，其次是对自我要有深刻的反省意识，只有这样才能对历史和个人进行去蔽澄明的辨析。当代中国的公共舆论空间既无原罪信仰的约束，也缺乏更具责任感的现世信仰的引领，在"自力"与"他力"共同缺席的情况下，作为民族文化符号的鲁迅形象，不仅容易遭遇偏执化的学术解剖，而且更容易跌入消费性的大众文化的解构狂欢中。

刘小枫当然不是"恶人化"鲁迅形象的始作俑者，相较鲁迅生前逝后的污蔑文字而言，刘小枫的"恶人化"或许还可以说多少具有点诗学的意义。2001年，刘小枫又推出了《拯救与逍遥》的"修订版"，刘小枫自己在修订本

---

① 秦弓：《鲁迅："华盖运"何时休》，《鲁迅研究月刊》2000年第6期。

② 赵歌东：《走进鲁迅的尴尬——鲁迅与20世纪中国文学观察笔记之一》，《文艺争鸣》2001年第4期。

的引言中说到此版几乎是"重新写过"。不过，细细对照两个版本可见，刘小枫对鲁迅形象的"恶人化"刻画并未做任何的修订。如果说在80年代的视野下，在"文革鲁迅"带给人们的印象还没有得到应有的理性沉淀的情况下，对鲁迅的这种"恶人化"评价尚有情谅之处，那么，十余年过去了，在新世纪到来之后还在延续着这样的"恶人化"思维，是否意味着作者希望中国精神的未来彻底抛弃鲁迅这块"石头"呢？高旭东的《中西文学与哲学宗教——兼评刘小枫以基督教对中国人的归化》一书，其中对鲁迅形象的"恶"的问题提出了不同看法，值得学界关注。关于"恶"的评断，高旭东尤为推崇鲁迅的"摩罗精神"。他认为鲁迅的"恶"具有历史必然性，鲁迅"清醒而深刻地看到缺乏恶的否定性的中国文化的发展缓慢乃至停滞，为了打破东方的'静止不动'与'和谐团圆'，才想从西方输入恶魔的批判性力量，以便使中国文化在动态中加快发展"[1]。同时，高旭东也看到鲁迅的思想发展中，自身也在有意识地对"恶"进行扼制，譬如鲁迅就曾这样说过自己的"深刻"："所谓'深刻'者，莫非真是'世纪末'的一种时症吗？倘使社会淳朴笃厚，当然不会有隐情，便也不至于有深刻。"[2]高旭东强调，振奋中国国民精神向上的"恶"的"主体力量"与刘小枫诋毁的"伦理道德上的损人利己、腐化堕落"截然相反，所以，高旭东将鲁迅称之为"东方的文化恶魔"，高度评价鲁迅对整个中国国民思想进化的文学作用与哲学作用。这是一种具有针对性的文化对话，有助于共存鲁迅形象中外表和本质常常矛盾的一面，也有效地纠正了刘小枫对鲁迅形象的宗教一元论的错位解读。从时代精神的发展程度和所置身的文化特性来看，刘小枫以否认鲁迅不信基督教而堕入恶道的设想，企图建立耶和华造人与耶稣死而复生的事实，孕育国人的基督信仰，这显然是不合时宜。

---

① 高旭东：《鲁迅是阴冷、阴毒的无赖吗？——与刘小枫对话之一》，《鲁迅研究月刊》2003年第2期。

② 鲁迅：《〈信州杂记〉译者附记》，《鲁迅全集》第10卷，人民文学出版社2005年版，第490页。

四、"俗人"的文化心理投射

对刘小枫攻击"恶"却释放出更深重的"恶"这一现象,有学者指出"所竭力摈弃的'五四'和'文革'的单线条思维方式,恰恰完整地隐匿在该著的字里行间"①,这或许还流于情绪性反应的批评,刘小枫思维能否等同于"文革"思维有待商榷,但这种想象性论断的话语模式对国民非神思维的启发却不容忽视。非神应该是对政治圣化的祛魅,而不是摧毁权力装饰的同时解构掉作为"人"的本性,所以,鲁迅形象的非神化为鲁迅符号的建构提供了更平等的认识视角,于是,"恶人"形象的旁边紧紧挨着的就是"俗人"形象。

"俗化"鲁迅的逻辑更简单,采用当下的、瞬时的日常经验,并将其扩大为鲁迅的全部形象。例如,陈明远研究文化名人的经济背景,2001年由百花文艺出版社发行了《文化人与钱》,其中涉及鲁迅的收入问题。王锡荣认为陈文的"说法和计算方法其实是有很多问题",于是撰写了《"文豪"还是"富豪"——鲁迅究竟有多少钱》(《鲁迅生平疑案》,上海辞书出版社2002年版)予以求证。倪墨炎从统计、比价、生活水平、论证方法等方面一一批驳王锡荣的异议,他质问:"在2002年,月收入1.2万至4.5万元人民币,是'天文数字'?年收入四五十万元,就是'富豪'?这是谁定的标准?一旦成了'富豪',就'不是一个文豪'了,又是谁定的规矩?"于是他认为王锡荣文章的主题是"为了'保卫'鲁迅的'破帽遮颜过闹市'的'穷酸相'光辉形象,必须否定陈明远的说法"②。应当说三人的说法都是认真的,但对"穷"与"富"的各执一词,恰恰显示了新时代商品经济背景下鲁迅形象构建面临的新的对抗和挑战。陈明远依靠《鲁迅日记》,从鲁迅24年又5个月,8000多天的账目中证实了鲁迅"以他的脑力劳动所得,总收入相当于1995年人民币408万元以上,成为名副其实的'中间阶层'即社会中坚",进而否认了从小就接受"鲁迅吃的是草,挤出的是牛奶、血"的政治教育。按照陈明远的自述,70年

---

① 颜翔林:《暴力美学的象征》,《文艺争鸣》2009年第4期。

② 倪墨炎:《关于鲁迅的经济收入和支出》,《南京师范大学文学院学报》2009年第1期。

代在牛棚劳改就有了这种"算账"的念头，80和90年代又两次验算核实数据，为什么直到21世纪才抛出这本经济学意义上的鲁迅研究著作？科学的演算精神是一方面原因，论者认为更重要也更实际的原因是时代赋予了出版以契机，市场经济的活跃催生了公众对文学生态更为复杂的关注。从这个意义上讲，陈著的产生既是个人的洞见，也是经济规律使然。可是，对经济意识的崇媚又何尝不是与政治意识的服从具有同一的逻辑？王锡荣对其行为的辨析，并非不知道"破帽遮颜过闹市"写实了鲁迅和反动派周旋的姿态，和下半联"漏船载酒泛中流"相对称，是鲁迅对自己"潦倒"而坚持"中流击水""战斗精神"的"自嘲、自励、自豪"，而不单单是为了表现"穷酸相""穷相"！他对陈文的不满是因为他警觉到这个思路不是真正对鲁迅的还原，而是借鲁迅向这个时代媚俗，有可能引导鲁迅形象建构步入歧途。可是，倪墨炎对陈明远的支持，基于"在上世纪三十年代，南京国民政府查禁了鲁迅几乎全部的著译，企图在政治上和经济上困死鲁迅。但鲁迅的著译仍在通过种种渠道流向民众，致使鲁迅仍有不断的收入。这正是人民大众对鲁迅的信任、爱戴和支持。鲁迅晚年在层层压迫之下，收入仍然较丰，是有着深层的政治意义的"，如果说倪墨炎还是从更保守的意义上在维护鲁迅的话，那么他与陈明远之间大概已经有了一种不易察觉的错位。

陈明远的经济伦理制造了鲁迅的还俗，而真正让鲁迅"鄙俗化"加剧的是借陈明远结论进行恣意发挥的网民。第一种倾向认为，鲁迅之所以能够有"硬骨头"是因为"有钱"支撑。鲁迅一生的抗争以及为社会进步所做的贡献，都以"有钱"论之，成了理所当然，这就大大弱化了鲁迅精神的革命性、批判性。第二种倾向认为，鲁迅"有钱"自然也会做"有钱人"的事，过着"周家少爷"的生活，享受汽车、电影、美食，甚至还"召妓"。这些描绘源自今天的"有钱人"想象逻辑，掩盖了鲁迅收入富裕但生活并不奢华的事实，也无视鲁迅对青年和革命事业的接济和帮助。第三种倾向最无稽，认为鲁迅之所以能够这样"有钱"，是因为他是"汉奸"，不然何以住在租界里，还有那么多日本友人，受到日本人的保护呢？这一系列将鲁迅恶俗化的网络文字，使得鲁迅形象在网络这个新兴公共空间里日益模糊不清。虽然生存版图、社会指标和文化形态大大变易，鲁迅置身其间的言行空间也不可亲历、不可分享，但运用生活的某一个侧面来理解鲁迅精神，这和鲁迅当年所批评的"挂匾"其实没有二致。尤其是对鲁迅爱情和婚姻的重新讨论，各大社区网站前后都产生过影响力不凡的论争。被誉为国内最有民间立场、反映人生百态的天涯社区在2009年围绕网名"粉色叶子"的一篇《很雷、很杯具，这就是"鲁迅爱过的人"》的文章，对鲁迅、朱安、许广平三人关系展开论战。这是非常典型的名人隐私话题，在高点击率的背后，我们能够发现网民们并非纯粹地以鲁迅为主题而发表言论，大多数都是结合当代的社会现实论题而旁逸斜插。网民们并不考虑民国的法律情况、家族情况，拿来言说的不过是一个脱节的、孤立的鲁迅，或者说就是一个让大家发泄现实情绪的符号。认识鲁迅是谁，并不是推翻已有的鲁迅形象，创造一个完全不雷同历史已解读和已存在的鲁迅，那样的标新是对历史和鲁迅的俱不负责。鲁迅形象之所以成为民族人格的象征，如果是因为所谓的平常人的恶习、怪癖和缺陷，那就意味着民族文化的价值失范，当今网络的言语空间不惜把鲁迅推入如同当年四马路上小瘪三的生活评价体系中，则昭示出的就是因信仰系统故障而导致国民心灵结构畸形的可怕走向。

在21世纪的鲁迅形象建构中，主流意识形态的权力干预越来越少，这意味着时代对不同声音的包容力更强，包容的空间更广，文化上的多元认知也不再需要借招牌发表受压制的见解。裴毅然所讲的"90年代的学术研讨会上，我们这些学界后生们，只要稍涉鲁迅不足之处，便会招来一阵劈头盖脸的痛斥。以至于我认为即使从思想解放的角度，今天也有必要对鲁迅说道说道。或者痛痛快快招认了：就是想挑挑鲁迅的毛病，打破这最后的神话。这一念头，最近于冥冥中竟成了一种召唤。再说，如今毛泽东都能说得，何以鲁迅说不得？"[①]这种情况现在已经改观，留下的问题是真正有效地实现普及，以怎样的形象更能让国民接受。青少年作为最大的受众群体，他们作为接受者的同时也在充当传播者，对他们的影响应该格外慎重。而目前的情况是，伴随工业化程度的提高，消费欲望的极度扩张，传媒和舆论对娱乐性的强化与操控，深刻的思考和

① 裴毅然：《鲁迅问题》，《鲁迅研究月刊》2000年第10期。

深刻的人物进入公共空间已经成为一种困难。所以，即使是致力于推广鲁迅的研究专家或民间学者，也只可以从塑造鲁迅的"亲民"形象入手。钱理群一直在做中学生的鲁迅普及，也切实地推动了对鲁迅的重新认识和新时代背景下的理解，钱理群在回顾授课导入时谈到授课的效果，"鲁迅就从高坛上走下来了，学生觉得这个鲁迅竟然和自己的爸爸一样"①。毫无疑问，钱理群的引导真实而客观，然而，"爸爸"的感觉，与鲁迅当年所论"父亲"的感觉，中间横亘着难以跨越的距离。在中国式思维中，前者是现时型的，平易有余、威德不足，后者是历时型的，"维师尚父，时维鹰扬"，带有一种精神上的老道与持重。鲁迅作为"爸爸"的形象更易被孩子接受，但鲁迅的价值注定不只是海婴之父，而是"人之父"。陈丹青有他理解鲁迅的独特方式，符合他本人的成长背景和家庭环境。他在《笑谈大先生》中能完全撇开无数的"误解正解新说谬说"，重新诠释他的"大先生"，展示鲁迅的"好看"与"好玩"。"这张脸非常不买账，又非常无所谓，非常酷，又非常慈悲，看上去一脸的清苦、刚直、坦然，骨子里却透着风流与俏皮……可是他拍照片似乎不做什么表情，就那么对着镜头，意思是说：怎么样！我就是这样！""好玩"一词，则"能够超越意义、是非，超越各种大字眼，超越层层叠叠仿佛油垢一般的价值判断与意识形态，直接感知那个人"。在评价鲁迅一生的工作时，他说鲁迅"上进化论的当、上革命的当、上年轻人的当、上左翼联盟的当，许多聪明的、右翼的正人君子因为他上这些当而指责他，贬损他——可是鲁迅都能跳脱，都曾经随即看破而道破，因为他内心克制不住地敏感到黑暗与虚空，因为他克制不住地好玩"。②陈丹青最大的长处是在民国的语境中看待鲁迅，即使有偏颇得失，也传递了最直接的鲁迅形象：非神、非魔、非圣，是"是阜成门外与山阴路底的居民，是那些手稿与著作的主人"。

钱理群和陈丹青还原鲁迅形象的方法是对时代心灵日益平面化的包容，虽是一种与民众协商的举措，其中也饱含"向上"的力，即是以鲁迅的最高精

① 钱理群：《把鲁迅精神扎根在孩子心上》，《福建论坛》2005年第4期。
② 陈丹青：《鲁迅的好看和好玩》，《北京科技报》2005年7月27日第30版。

神境界为目的，指向最复杂意义丛生的理解宗旨。相比之下，陈鲁民的理解就庸俗化得多，针对"20世纪中国十大文化偶像"评选活动所列出的60名候选名单中，除了鲁迅、老舍、巴金、钱锺书等文学大师外，还有周润发、张国荣、周星驰、王菲等港台影视娱乐明星的现象，陈鲁民说"'娱乐明星'与'文化偶像'可以分一杯羹"，并以《红楼梦》由俗而雅的历史变化证明"雅文化"和"俗文化"可以转变，最后指出"既要让深刻厚重、代表着民族精神的雅文化大行其道，发扬光大；也应让轻松愉快、娱乐大众的俗文化占有一席重要之地，以共同装点繁荣社会主义文化的百花园"。①陈文发表于高中版的《新作文》上，将对高中生产生直接的影响，而全文自始至终未提鲁迅与所谓"文化偶像"的差异，反将其与金庸小说、周星驰《大话西游》电影相提并论，试图将鲁迅也转向"俗文化"。如果要通过鲁迅的庸俗化而获得更多的信众，那么信众所获得的一定不是真实的鲁迅。陈鲁民深知当前文化市场的潮流与动向，却对这种集体作秀行为极为赞赏，通过媒介的娱乐化行为把鲁迅打扮成无刺无骨的公众"明星"，这无异于把鲁迅推向鲁迅当年愤然攻击的"泯然众人矣"。

在媒体所作的大学生调查中，有一种明显的观点认为"如果非要以鲁迅来责罚全民族的每一个人的话，那应该是非常残酷的事情。我们更多的时候需要常人的生活。我们没有必要来追求那种悲剧式的精神境界"②，可是，常人的生活如果是以庸人的接受为前提，那么，取法其下的后果可想而知。而且，鲁迅真实形象的探求，是为了民族精神资源的寻找，如果因为对任何神圣倾向都保留巨大戒心，便放弃严肃的、真诚的、深刻的思想，则会削弱21世纪民族文化精神的形成和健全人格的确立。不能忽视的是这样一种说法，认为可以通过提高鲁迅在民众中的熟悉程度，进而来深入对鲁迅的认知，为这一说法做反面举证的正好是对鲁迅作品或鲁迅其人的改编。鲁迅诞辰120周年前后，中国话剧舞台上出现了鲁迅热，2000年冬天，在北京，林兆华编导的颇具实验性质

---

① 陈鲁民：《鲁迅与张国荣齐飞》，《新作文》（高中版）2004年第1、2合期。
② 郭运恒：《当代大学生看鲁迅》，《美与时代》2004年第12期。

的先锋话剧《故事新编》和张广天编导的"民谣清唱史诗剧"《鲁迅先生》相继面世，在深圳、广州，熊源伟策划的《故事新编之出关篇》登场亮相。这些戏剧的创意，多是从鲁迅作品中获得了某种启示，然而编导们却大多不喜欢呈现或解读鲁迅的具体作品，竟"不约而同地把自我阅读时的一点启示，当成了生发想象和展开联想的由头，并由此编撰出编导们自己的故事"。这样的创作似乎已成定式，2001年8月，由古榕编导的大型影像话剧《孔乙己正传》和郑天伟编剧、王延松导演《无常·女吊》在首都剧场的大小剧场同时亮相，给观众留下的印象似乎仍是与鲁迅作品的"若即若离，甚至是貌合神离"。《鲁迅先生》串联了芜杂的警句名言，试用了繁复舞台手段，但是除了对鲁迅有限的敬意之外，对于鲁迅的印象"却只有漫画化的面影"和附着其上的作者的所谓"革命性"，①被抽空了的却正是鲁迅极富个人特征的深刻思想。鲁迅的名字在前赴后继的作品创作中频频出现，可是这不是在联络鲁迅和国民的熟悉程度，违背鲁迅真实形象的传播只会让国民更陌生，甚至是原本熟悉的都会变得陌生。正如张广天自己所言，导演《鲁迅先生》，"不过是为了捉弄人，他们损鲁迅，我偏高歌他，甚至用'高大全'的方式'无耻'地说鲁迅好。我就是要恶心他们。《鲁迅先生》是鲁迅的皮毛也好，精髓也好，跟我有什么相干？我关心的是现在这些人，现在，他们又开始捧鲁迅了，如果有精力，我可能再拍一部捣乱的戏，就叫《鲁迅小子》。如果说我跟鲁迅有共通之处，就在于我能跟鲁迅对着干，我能跟所有我不服的人对着干。我是捣乱分子，大家喜欢什么我就反对什么。鲁迅也是这样。鲁迅是个特立独行的人，我也是。我们真要纪念他，就该怀疑他"②。很难想象这样的导演，这样的导演逻辑能够拍摄出怎样让大众熟悉的鲁迅剧目。真正的熟悉不是依靠频率而决定的，"反复就是力量"那是广告的逻辑，鲁迅不是广告式的精神速食，而是需要贴着灵魂的阅读、体验和思考。张广天一类人对鲁迅的所谓普及，从本质上来讲是在当下大众文化精神"娱乐至死"标准的推动下缺乏主体独立性的附和性言说，与所标

---

① 宋宝珍：《被谬托的悲哀》，《文艺报》2001年9月13日第3版。

② 张广天：《鲁迅其实跟我没关系》，《中国新闻周刊》2006年11月6日。

榜的"怀疑"精神、"奴性"斗争并无关联。这种借鲁迅的招牌分得市场份额一杯羹的行为,无异于鲁迅所批评过的"帮闲"者。他们提出的"切·鲁迅"(即将"切·格瓦拉"与鲁迅合体)与当年创造社编纂"堂·鲁迅"的逻辑一致,均是从表象上肢解了鲁迅精神,选取为己所用的成分行背离鲁迅之道。

庸俗化用马克斯·韦伯的话来说,即"世界不再令人着迷",庸俗化的鲁迅,则意味着超越性的精神引导不再存在。人性受到物质化与动物化的侵蚀,就会耽溺于低级趣味,失掉对庸俗的抗拒力。按照消费主义的逻辑塑造出庸俗化的鲁迅,再以这个形象来娱乐大众的低俗生活,是这个消费时代里公众文化生活品位集体性退化与降格的体现。任何时代,都需要一个灵魂人物,他可以是显现的,也可以是隐在的,但他必须以特殊的形式出现,这是社会各个阶层表达意志与思想的需要——鲁迅便是这个灵魂人物——哪怕荒诞到鲁迅的能指和所指完全对立,国民在借用这个名义的时候,仍然是坚定不移的。鲁迅受到苛刻的文字审查制度之害时,曾说过,一方面是有鲁迅之笔名或鲁迅之风格的文字一一被删除,不予发表,另一方面,却是类似鲁迅文风的稿子被传阅以及登载鲁迅文章的刊物或兴盛或被查封。这反映出鲁迅在国民接受意识中无法回避的特殊性,即无论标榜或诋毁鲁迅,鲁迅都始终存在于人类精神进程道路上,也包括21世纪以来的俗化取向。这既是鲁迅悲剧的宿命,也见证鲁迅将持续性地参与民族的现实生存。

鲁迅形象的问题,从形而上层面来看,是国民思想自由与民族精神成熟发展程度的衡量,从形而下层面看,则是国民实际参与社会政治、经济、文化的具体策略,从"政治化"进入"人格化"的鲁迅,是民族信仰在社会转型阶段中的重要标志,也是社会意识形态多元格局形成的直接结果。民族共同体在戒除了狂热的领袖崇拜与脱离了肤浅的阶级政治"乌托邦"之后,必然面临的问题就是精神的何去何从。在"人"的大纛之下,鲁迅形象建构中出现的"凡人化""恶人化"与"俗人化"倾向,充分地显现国民借助鲁迅走出精神困境却又深陷于精神囹圄的矛盾。宣称皈依鲁迅的人与复活鲁迅的人,诋毁鲁迅的人与娱乐鲁迅的人,他们所热衷执着于建构的鲁迅形象,根本上不过就是镜像化的自我而已。因为对"人"的理解在政治脱魅的前提下进行,所以不自觉地就走向暴露"人"的缺陷思路上去，难以把握作为"人"最本质的自由意志与独立品格。鲁迅形象在国民精神生活中作为一种绕不开的价值导向，受到国民信仰的改装。既是前进道路上的标牌也是行进道义的承担者。摩罗在最初认识鲁迅的时候认为，"为了抵御外部世界的伤害，他只有焕发起强大的蔑视、仇恨和敌意。这些蔑视、仇恨、敌意对消灭外部黑暗毫无作用，却反过来伤害自己"。应该说，摩罗体会到了鲁迅跟黑暗与虚无对抗时，那种普泛的人道主义精神与坚强的个体生命意志构成的张力。但摩罗内心受到历史理性主义的召唤，提出"我们是不是可以不像鲁迅那样被世界的黑暗伤害得如此之深？面对外部世界的黑暗，我们还有没有别的方式可以捍卫我们的生命意志，拯救我们受难的灵魂？换几种方式来面对外部世界的黑暗"。"面对外部世界的黑暗与下流，我们除了像鲁迅那样，用痛打落水狗的坚韧与冷硬予以批判和斗争之外，是不是还有另一种担当黑暗的方式，光明并不是黑暗的反义词，而是比黑暗高一个层面的东西。"①在为精神寻找出路的时候，摩罗认可的是"内在的光明"，认为悲悯和抚慰是民族救赎之路，但如果能够真正回到民族生存的语境中，在传统文化巨大的挟裹力、"十月革命"之后马克思主义强烈的干预力，以及西方自由主义持久的影响下，鲁迅精神的产生与延续不能假设，而鲁迅之外的精神资源同样存在其必要性，不能为此而否认这一资源本然的有效性。这种观点所具有的审视性说明，在鲁迅形象的建构中，无论是私人化的鲁迅，还是大众化的鲁迅，如果缺乏一种反思的力度，终将与真实的鲁迅擦肩而过。

鲁迅与20世纪中国研究丛书

268

---

① 摩罗：《面对黑暗的几种方式》，《北京文学》1999年第3期。

第七章　多元文化格局中的鲁迅资源建设

对现代文化多元格局的评价中，有一种观点颇具代表性。这种观点认为"它对差异的关注，对交流之困难的关注，对利益、文化、场所以及类似东西的复杂性与细微差别的关注，它在这些方面发挥了一种积极的影响"①，这一认识带有历史目的论的倾向，肯定了多元存在的文化空间的有益性与合目的性。一分为二地看，强调"差异性"，也意味着主流意识形态之外的价值建构的合理性，甚至可能包藏着对潜在的解构势力的妥协；解读"交流之困难"，包含着所谓"元体系""元标准"的取消；突出"复杂性与细微差别"，则暗合着历史意识的放逐与深度模式的拆除。可以说，这样一个文化多元格局是现代人必然的生存境遇，不能回避，也无从逃脱。不过，在这种文化格局中，个人信仰的建构往往成为置身其中备受考验的生存问题。多元的本质是对普遍主义和终极价值的疏离，而信仰从根本上来说，是一种超越性的"信念"和"确信"，这样，多元文化格局的存在对国民信仰的建构和发展，既是一种天然的保护屏障，但也暗含了一种逻辑障碍。就鲁迅符号在国民信仰建构中的资源意义而言，这种多元文化具有历史性。在建国前后一段相当长的时期内，体现为世俗文化与宗教文化的分野。而在20世纪90年代以后，多元的意义不仅体现在世俗与宗教的分野上，而且由于经济建设的巨大成功和市场经济观念的深入人心，改变了人们的思想观念和文化视野，互联网时代的到来和新媒体的变革，

---

① ［美］戴维·哈维：《后现代的状况：对文化变迁之缘起的探究》，阎嘉译，商务印书馆2003年版，第151页。

改变了人们日常生活中的联系与传播方式，思想观念与生活方式的双重变化构建起了包括世俗与宗教但又不止于世俗与宗教的新型的文化多元形态。这一章拟从宗教、世俗两个层面来分析20世纪多元文化语境中的鲁迅资源的利用与反思。

第一节　现代佛教界的鲁迅影响与资源利用

近十几年来，关于鲁迅与佛教文化之间的关系，鲁迅研究界已经有了非常深入和详尽的研究，当然这些研究主要是探讨鲁迅所受到的佛学的影响以及鲁迅对佛教及其文化的态度与印象，但是反过来问问，民国时期中国佛教界对鲁迅的印象如何，国内佛教界是否也受到鲁迅的影响呢？对这些问题，国内外鲁迅研究学者似乎还没有人去深入探究过。笔者近来做现代中国佛教文学史课题，阅读了大量的民国时期佛教刊物，接触到了不少民国佛教界知名人士的传记材料，对有关的史料和记载做了一些爬梳和收集，现整理出来贡献给鲁迅研究同好，以期引发对此问题的更进一步的探讨。现代佛教期刊有一百多种，其中不少思想新进、鼓吹改革的刊物与新文学作家的关系是比较密切的。现代佛教期刊上也有一些世俗文人或学者在佛教期刊上发表文章时曾引述鲁迅的观点和材料，如《狮子吼》第2期上发表的宋云彬文《谈玄奘法师》，在文章的篇首引用了鲁迅的"我们从古以来，就有埋头苦干的人，……这就是中国的脊梁"这段话作为题记。结尾说："我以为我们如果为求真而研究一种学说，信仰一种主义，都应有玄奘法师这种精神才成。凡有这种精神的人，才是中华民族的脊梁，才能担当得起复兴民族的大责任。"又如《狮子吼》第5、6、7期合刊上载有许之乔《中国小说戏剧与印度影响》一文，其中多次引用鲁迅的《中国小说史略》的结论来做论证，对鲁迅的小说史研究中的佛教材料也做了比较详细的梳理。本著所研究的主要对象是指鲁迅对佛教界的出家僧人的影响以及这些出家僧人对鲁迅的印象和对鲁迅资源的运用。据笔者对相关材料的整理归类，民国时期佛教界对鲁迅的印象以及佛教界对鲁迅精神资源的利用大致可以分为三种类型。

一、把鲁迅对佛教的亲近态度当作佛教界的荣誉

鉴于鲁迅在新文化运动中的威望，佛教界往往把鲁迅对佛教的亲近态度当作佛教界的荣誉。这方面特别要提到的就是发表在《觉有情》杂志第10卷5期上理素的《鲁迅先生的印经功德》一文。

鲁迅曾经为母亲在金陵刻经处刻印佛教《百喻经》，这在现在已是众所周知的事，但在三四十年代，除了鲁迅的少数知交，并不会有太多人知道。在这篇文章里，作者叙述了自己偶然看到这部刻经的因缘，详细记录了书末所印的四行字："会籍周树人施洋银六十圆敬刻此经，连圈计字二万一千零八十一个，印送功德书一百本，余资六圆，拨刻地藏十轮经。民国三年秋九月，金陵刻经处识。"为了佐证，该作者还将该经刻印的锌版的第一页和末页缩影附在文后。这篇文章值得注意的地方：一是文章一开篇就指出："现代中国新文化建设的巨匠故鲁迅（周树人）先生，他在中国新文化启蒙运动上的建设功绩，不但是一般新进的文化者所歌颂，即使是他的敌人，也无从否认他的伟大的。"这说明作者对鲁迅的新文化旗手的地位有明确的认识。二是作者不仅认识到鲁迅的地位，而且对鲁迅思想的特点也有自己的看法，他说，"关于他（鲁迅——引者注）的思想体系，一般人只知道他的'新'，而真正的'新'的精神总是趋向真理的"，而这个"真理"是什么，虽然作者没有明说，但从其行文落笔中似乎暗示就是佛法。所以作者称赞鲁迅"在这水深火热的半世纪来中国，鲁迅先生始终以他的千钧之力方便教化众生，时现金刚猛利精进相，引导人民对各色各样的邪魔作战"，认为"真理所在，趋之不群，这才是真正的'新'，这才是真正的'新'的伟大"。三是从鲁迅并没有对佛法持有反对的成见来反证鲁迅与佛法的因缘，作者说："鲁迅先生在他的毕生著作中对于不合理的迷信是打击不遗余力的，如他在《花边文学》中曾打击了'烧香拜龙、作法求雨……'。但这里值得注意的，乃是他说了'烧香拜龙'，而不是'拜佛'。再从反面来看，他虽然从未在文字中颂赞佛法，却也绝未批评过佛

法。以他这样一个充满了不容苟且的战斗精神的人，如果对于一种东西不以为然，他是决不肯长此沉默的。由此一点反证，可见鲁迅先生对于佛法也并不持有反对的成见。"佛教五戒中就有"不打诳语"一条，从作者用的"决不""从未"之类的词语来看，作者对于鲁迅的作品应该是比较熟悉的，或者说是看得比较多的，不然不会有如此信心满满的论断。

以今天所拥有的研究成果来看，作者的这一反证和论断基本上也是符合鲁迅的实际情况的。不过，作者尽管阅读过鲁迅的不少作品，但对鲁迅的生平却不太熟悉，以致在论文中将一个重要的史实弄错了。文章说："根据这个史料，我们可以知道鲁迅先生生前曾做过出资刊印《百喻经》及《地藏十轮经》等两种功德。按所识时日（民国三年秋九月），根据鲁迅年谱，适当鲁迅先生三十四岁（民三为西历一九一四年，鲁迅先生生于一八八一年）。其时他正在南京矿务学堂攻读矿务。金陵刻经处则为当年杨仁山老居士所主持。同处一地，获缘亲近，自然是可能的了。"这里显然有误，鲁迅在南京学矿务乃是1898年5月到1902年之间的事情，其时虽然杨仁山居士的金陵刻经处已经声名日隆，但鲁迅这段时间正热衷于严复翻译的进化论等新思潮，对佛学无意关注，也不会与金陵刻经处有什么因缘亲近。鲁迅在民国三年（1914）为母亲寿而做刻经功德，之所以选择金陵刻经处而不是选择就近的北京寺庙的刻经处，一方面是因为金陵刻经处的权威性与良好的声誉，另一方面也许是受到至交梅光羲居士的影响。其时，梅光羲也在北京教育部供职，与鲁迅是同事又是知交，在学佛上也多有往来。而梅光羲本人就是杨仁山的亲炙弟子，曾自言一生读不离佛书，行不离佛事。此文作者不是专门的鲁迅研究家，将鲁迅两个不同时期的事情扯到了一起，虽然是个错误，但其努力为鲁迅与佛教之间寻找亲近的因缘并引用鲁迅来为佛教增长声誉的殷殷用心，确实是在字里行间可以体会到的。

二、佛教界人士随机随缘谈论鲁迅

民国以来，一方面承近代佛教复兴运动的绪余，一方面受到现代新文化运动的冲击，佛教界自身的分化十分明显，新派和旧派之间对于新文化运动的态度是截然不同的。旧派僧徒死守僧俗界限，不闻时事，故步自封，自然对如火如荼的新文化运动置若罔闻。新派僧徒提倡入世精神，推动佛教走向人间，走向社会，也就必然地对身边发生的文化运动十分关切。尤其是以太虚为首的"人间佛教"的推动者们，他们非常明确地认识到佛教改革必须借助于新文化运动，佛教如果要走向社会，就必须认真深入地自觉介入当前民族文化建设的过程中去。所以他们一方面不断地为有关佛法的理解同胡适等新文学家进行辩论，一方面也同许多新文学家保持着友好的联系，在僧院教育中鼓励学僧适当地阅读新文学作家的作品。鲁迅作为新文学家的代表人物，无疑也就成了僧界人物谈论的一个话题。民国高僧常惺法师圆寂时，竺摩法师曾发表《佛坛巨星的陨落》一文表示哀悼。不久，他又在《华南觉音》第8期上发表《再悼惺公法师》一文，在这篇文章里他谈到了自己为什么要写《佛坛巨星的陨落》的因缘。他说："我曾写了一篇悼文，寄交泰县苇宗法师，题目为《佛坛巨星的陨落》，是仿柯灵君吊鲁迅先生的《文坛巨星的陨落》。因为我觉得鲁迅先生自五四新文化运动以来，在中国文化界尽了很大的力量，而我们的常惺法师，在民国以来的佛教新运动中，他站在领导的地位，占有相当的功绩。所以他的死对于佛教新运动的损失，也和鲁迅先生的死在新文化界的损失一样，于是我当时就袭了这标题，略寄我的哀思。"从这个对比中，可以体会到竺摩法师对鲁迅的敬重以及对鲁迅在新文化运动中的地位的认可。又如《海潮音》杂志第17卷8期上刊有净性和尚的《悼明心同学》一文，明心与净性是佛学院中的同学，净性在悼念这位同学时谈到了他的学养，他说："师在家乡的小庙中已对于佛文学打下稳固的基础，什么郁达夫、张资平、鲁迅、徐志摩……他简直不知道，温艳如《毛毛雨》一类诗歌词章，更不是他这没出人头地的所能解其万一，然而他对于法相唯识的教义确有相当研究的所得。"净性和尚在这里的用意是在夸奖明心的佛学根底，叹息佛教人才的人才中"新文学的人才多，教义的人才少"，但他的这种叹息恰恰有力地反证了当时的佛学院学僧中阅读鲁迅等新文学家的作品乃是一种时尚，一种风气。

当然，佛教界人士对鲁迅的看法也是见仁见智，有褒有贬，并非完全都是赞颂态度。《人海灯》杂志第3卷第10期刊登的暮笳白话散文《当黄昏来到这世界上的时候》谈到的明真和尚对鲁迅的印象就是如此。在这篇文章里，作者记录了明真和尚同自己的一段关于读书的对话：明真问："你喜欢看那一类的书，关于世俗的？"暮笳回答："随着时代的潮流，拉杂地看些文学方面的书。"明真又问："高兴看哪些作家的？"暮笳回答："鲁迅、郭沫若、郁达夫……这些红极一时的作家全看。"这时明真说："鲁迅太尖刻。不过这些世俗的东西，在我们佛教徒眼里，也只是一杯茶一支烟罢了。"明真和尚是著名的南岳住持，民国时期湖南四大高僧之一，在全国僧界中有很高的地位。据暮笳记载，明真对八指头陀的诗极为推崇，认为那才真是和尚的诗，清到极境了。"他没有读过很多书，他的诗全是从死参话头的禅定中得来。所以聪明智慧，是要把识海中风起浪涌的杂念，弄得渐渐单纯，渐渐明澈，像一潭止水，里头没有一粒微尘，一滴浊言，智慧的根株便潜伏在这里了。"由此可见，他的诗学趣味是比较保守传统的，以这种趣味标准去看鲁迅的风格，自然会有"太尖刻"的印象。值得注意的是，出家人不打诳语，像明真这样的得道高僧是不会随意品评世间人物的，他能评鲁迅就说明他也读过鲁迅。以明真这种地位，这种保守的诗学趣味，他也能去阅读鲁迅的作品，这就说明在那个新文化浪潮汹涌澎湃的时代中，佛教界中阅读过鲁迅的大小僧徒实在为数不少。

还要重点指出的是"人间佛教"运动的领袖人物太虚对鲁迅的印象。在《海潮音》第24卷7期上，太虚曾发表过一篇人物志忆的文章，其中有一节《忆鲁迅先生的一面》是专门谈论他的鲁迅印象的。文章不长，兹记录如下："十八年夏天，我从欧美游归。那时，我因为是厦门南普陀寺主持兼闽南佛学院院长，经过数月后，于秋季回到了厦门。寺中设盛筵与我洗尘，邀了十多位厦大的名教授来作陪，有顾颉刚、庄泽宣、沈尹默、孙贵定、缪子才、罗常培、陈定谟诸先生，而鲁迅先生也为其中一位。我也有旧识的，也有新会面的。入席时，推林校长和鲁迅先生坐在我的邻座，①那时我的学生芝峰、大

---

① 这里太虚的记忆有误，鲁迅给许广平的信中是这样记载的："入席，他们要我与太虚并排上坐，我终于推掉，将一位哲学教员供上完事。"这位哲学教员就是太虚也提到过的陈定谟，可见坐在太虚旁边的应是厦大校长林玉堂和陈定谟。鲁迅是当天所记，太虚所言则是十年后的回忆，鲁迅所记当然更为可靠。

醒、亦幻等，已在看鲁迅先生的书，学生已受了他的文学影响，但我却未见过他的书。所以当时寒暄一二语外，只林校长与我谈话。然有一沉默无言、傲然自得的人的面影，迄今仍留脑海。"这段文字记叙的是1926年10月21日，太虚法师与鲁迅唯一的一次见面。这篇文章发表于1943年，文章记叙的两个新文学作家一是许地山，一是鲁迅，之所以想到要写这两个人，可能是因为许地山是一个宗教史研究学者，太虚对他评价甚高，而鲁迅这时虽已过世，但其在新文学界的影响也越来越大。关于这段文字所透露的信息，我们觉得应该这样来解读：第一，它告诉我们新文学运动发展起来后，确实有一批佛学界的进步僧徒喜欢阅读鲁迅的作品，太虚点到的芝峰、大醒、亦幻等，都是太虚的得意门徒，后来成为推行新佛教运动的中坚力量，他们在后来的新佛教运动中非常重视对国民弱点的改造，这一特点不能不说是受到了鲁迅改造国民性思想的影响。第二，鲁迅为什么会给太虚"沉默无言、傲然自得"的印象呢？有青年学者认为这是鲁迅在席上以自己"一贯地冷漠和低调来应对热情的拥护者"的态度体现，这未必符合事实。我们认为鲁迅不愿在席间多言，这有远因也有近因。远因是鲁迅对于佛教的态度一向是重小乘而远大乘①，他不太相信那些积极奔走于世俗之中的大小和尚。而太虚为了佛教改革，提出"人间佛教"的口号，就是要将佛教推向世俗，推向社会，在20年代已经引起佛教界自身的议论和反对，这十多年来学佛很猛的鲁迅对这些肯定是有所了解的。近因则是在去赴宴的前一天下午，鲁迅对佛化青年会迎接太虚的提议——"拟令童子军捧鲜花，随太虚行踪而散之"②已经颇有讥讽之意。而鲁迅在席间看到一班教授"偏好问他佛法，什么唯识呀，涅槃哪"，也颇有"真是愚不可及"之感，鲁迅在十年前的那段时光里曾读过许多佛经，对佛法的认识早就超越了这种低级提问的阶段。所以，鲁迅本来不是那种多言之人，再加上这远因近因，他在席

---

① 鲁迅在几乎相同的一段时期内写的《庆祝沪宁克复的那一边》中曾说过："我对于佛教先有一种偏见，以为坚苦的小乘教倒是佛教，待到饮酒食肉的阔人富翁，只要吃一餐素，便可以称为居士，算作信徒，虽然美其名曰大乘，流播也更广远，然而这教却因为容易信奉，因而变为浮滑，或者竟等于零了。"

② 鲁迅：《两地书·五八》，《鲁迅全集》第11卷，人民文学出版社2005年版，第166页。

间不肯说话就是很自然的事情了。第三，太虚在这次会面中的态度如何？关于此，有青年学者认为当时"太虚是极希望与这位久仰大名的作家（当时鲁迅坐在太虚的邻座）作一个近距离的交流，但鲁迅的'沉默不言'让太虚的梦想落空了，因而也给太虚留下了鲁迅'傲然自得'的印象"。①这种说法未免有点过于戏剧化。读者应该注意到这段文字末尾中的"所以"这个语词的含义，太虚先说自己的学生在读鲁迅的书，但自己却没有读过。这个"所以"就是承接这一事实而来，也就是说没有读过鲁迅的书，也就没有共同感兴趣的话题，只能寒暄一二语。这说明太虚并不是被鲁迅的傲然自得所吓退，而是本来就没有共同话语所以不能多说，这在一个由各方人士凑集起来的公宴上，也是人之常情的事情，不必做过分的解读。倒是鲁迅在这次筵席之后，对太虚的印象有点好转，据孙伏园回忆，鲁迅对太虚的印象是"和易近人，思想通泰"②。在给许广平的信中鲁迅也记录了自己在赴宴之后对太虚态度有趣的变化，认为"太虚倒并不专讲佛事，常论世俗事情"③。可见在这个事件中，鲁迅真正着意讽刺的不是太虚，而是那些提议"令童子军手捧鲜花，随太虚行踪而散之"的趋奉者，问一些唯识、涅槃等等低级问题的"愚不可及"的大学教员以及"跪下大磕其头，得意之状可掬而去"的愚昧的乡下女人，这与鲁迅一贯的文化批评风格是一致的。

---

① 河西：《试论鲁迅与佛教的关系》，佛缘网，www.foyuan.net/article-104778-1.html。

② 《觉有情》1947年第187、188期合刊。此文原发表在1947年3月18日成都《新民报》（晚刊），《觉有情》杂志办太虚纪念专号，将之转录，转录时还特地将"和易近人，思想通泰"作为副标题醒目地突出来，可见编者对新文学旗手鲁迅对太虚法师的评价的重视。此文还谈到鲁迅在筵席的头一天，许多被邀请者到处搜求佛经来研读，以便次日与太虚法师谈话，鲁迅与孙伏园"窃笑他们真是'急来抱佛脚'"，鲁迅的这种窃笑也许是鲁迅对自己的佛学修养的自信的流露。孙伏园还谈到："次日晚饭时，我问鲁迅先生，午饭公宴太虚的情形，鲁迅先生说，太虚和易近人，思想通泰，所以谈得很有兴趣，谈的大抵是时事，一句也没有涉及佛学，很替开晚车的诸先生们叫屈。"这里的记载与太虚法师所忆及的"沉默无言"亦有冲突。

③ 鲁迅：《两地书·六〇》，《鲁迅全集》第11卷，人民文学出版社2005年版，第170页。

三、佛教徒在自己的文章中引用或者化用鲁迅的观点、形象和意象

由暮笳主编的《人间觉》半月刊，曾开辟《半月论坛》栏目，极力倡导新佛教运动，并对当时的僧界弊端进行尖锐的批判抨击。1936年下半年，第八届全国佛徒代表大会在上海召开，会议有一百多人参加，收到提案一百多件，会议开得轰轰烈烈，但也招来了许多非议，甚至指责会议"七十余万僧尼的慧命"，就这样给断定了。针对这些鼓噪，《人间觉》1936年9期发表了署名长空的评论《告"蹲在影子里张目摇舌的人"》进行回应。在这篇短论中，作者直率地批评佛教界好尚空谈不做实事甚至讥笑打击埋头苦干者的不良风气，"用纸笔的，用喉舌的，大的叫声，小的叫声，跟蚊子一样的唱成一团，可是事实上呢，却'只听楼梯响，不见人下来'"。然后作者引用了鲁迅的《随感录·三十八》一文中的观点，奉献给佛教界以作警示："现在时逢寒冬，在寒冽的氛围中，给大家的心窝里，吹这一点'热风'罢。下面录的是去世未久鲁迅先生的话，话说得很透彻，是对症的'药石之言'。"文中引用的是鲁迅对"个人的自大""合群的自大""爱国的自大"所做的分析。鲁迅赞许了"个人的自大"的独异和对庸众宣战的精神，认为一切新思想多由他们中出来，同时抨击了"合群的自大"与"爱国的自大"的党同伐异和对少数天才的压抑，他们没有什么特别的才能，只是仗着数目极多，"一顿乱噪，便可制胜"。这篇短论的题目中的"在影子里张目摇舌的人"这一短语就直接取之于鲁迅《随感录·三十八》中的原话。作者在这里将鲁迅的言论比为佛教界的"药石之言"，就在于他像鲁迅一样，深深感受到了启蒙者不被理解的寂寞与受到庸众围剿的悲哀，所以作者在短论的结尾中痛切地说："不幸得很，我们所多的，是人数众多的'乱噪'，是'蹲在影子里的张目摇舌'，在这唱成一团的嘤声中，我感觉寂寞了。"这篇社论无论是其表达的心情，还是其心境的表述方式，都可以看到鲁迅思想与笔调的深刻影响。现代佛教改革者们是十分重视僧界启蒙的，如陈维东在谈到"佛化新青年"的问题时就曾说到："新青年三个字连起来，他的读法有两种：一种的读法，就是新（的）青年，这个新字就是形容词的用法，一种读法，就是新（这些）青年，这个新字就是动词的用法，

所谓新（这些）青年，就是说以最近的最新的学说、思想、方法、教化等种种熏陶世界上的青年，使他们离脱那些陈腐的、不适用的、不新颖的种种学说、思想、习惯，变成一班少年中最新的人。"①有的佛教改革者深刻地认识到五四新文化运动的贡献和特点在于有一个重大的历史事件即五四运动，在于这个运动主要是青年参加。所以作者不仅认为"佛教的划时代革命运动事件发动的责任，也惟有寄托在有为的僧青年的两肩上"，而且大力呼吁"佛教也应来个五四运动"。②但是，在现代，佛教界的传统势力依然相当强大，陈陈相因的习气在宗教外衣的包裹下也十分浓厚，改革者们的声音不是被漠视就是被讥嘲，所以那些佛教改革的鼓吹者们与五四新文学运动的前驱者们有着相似的经历和心境。也许正是这种现代启蒙者们相似的经历与心境，使得这些方外僧徒在鲁迅的作品中找到了知音与同调。

现代佛教改革者们主张向僧徒启蒙，因而也是十分重视僧教育的。由月耀法师编辑的《觉群报》是一份主张改革佛教的报纸，尤其在僧教育的宣传上下了不少的功夫。在1947年12月号上，发表了等鸣写的《献给在学青年》一文，这篇文章可以看作是报纸的一篇社论，是写来鼓励、鞭策在佛学院学习的青年学僧的。文章开篇就化用了鲁迅的话来点明自己的主旨："鲁迅先生说：'要知二十年后的国家，只要看今日的孩子'。我们也可以这样说：'要知二十年后的佛教，只要看今日的僧青年'。"鲁迅关于中国的青少年教育，曾经发表过许多深刻的意见，这篇署名等鸣的社论所化用的是鲁迅1918年发表在《新青年》杂志上的《随感录·二十五》中的一段话，原文是："所以看十来岁的孩子，便可以逆料二十年后中国的情形，看二十多岁的青年，——他们大抵有了孩子，尊为爹爹了，——便可以推测他儿子孙子，晓得五十年后七十年后中国的情形。"这篇社论化用鲁迅这段名言来开头，一方面可以看到鲁迅的教育思想对僧教育运动的影响，另一方面从文章写法上看也是十分切题与有力的。尤其值得指出的是，这篇文章发表的时候鲁迅已经去世十一年了，在那个中华民

① 陈维东：《佛化新青年的说明》，《佛化新青年》1923年第1卷第8号。
② 石云：《佛教也应来个五四运动》，《觉音》1940年第15期。

鲁迅与20世纪中国研究丛书

族各种政治势力为了民族发展的不同道路的选择而决战的时代里，鲁迅虽然已经成为解放区的新文化建设的旗帜，但是在国统区鲁迅的思想及其作品甚至处在被压抑被禁锢的状态中，作者作为一个佛教徒，仍然大胆而且熟练地引用鲁迅在五四新文化运动中表达的观点来作为自己的论据，由此可见鲁迅的影响之深，也可以折射出现代佛教的改革者们是如何努力从五四新文化运动中吸取精神养料的。

竺摩法师在《觉音》杂志第16期（1940年）的《编后杂话》中谈到了宝乘和尚《来！吾语汝》一文写作的缘由。这是因为《觉音》第14期上发表了金陵大学学生杨寅官《请和尚们有以语我来》的文章，杨文谈到了自己对佛学的困惑，对当今佛教的不良观感，要求和尚出来回答他的疑问，语气颇具一种挑衅意味。竺摩说：“在本刊十四期发出不数日，忽接法师（宝乘——引者注）来信，谓读了杨君和编者的两篇文后，引动了他底卫教热忱，颇想写文答杨君云云。编者知道他的烟士披里纯来了，马上快函敦促，遂产生了这篇洋洋洒洒的大作，说理透脱，语意精警，使人读了踊跃欢喜。”这篇文章之所以“说理透脱，语意精警，使人读了踊跃欢喜”，其原因之一就在于宝乘法师在行文中巧妙地引用了鲁迅的作品。宝乘法师的《来！吾语汝》一文（《觉音》第15期，1940年7月）在对金陵大学学生杨寅官对佛教徒的质疑批评所做回答时，引用了鲁迅作品中的形象描写来批评社会毁辱妇女、贱视尼姑的现象。他说：“鲁迅先生的《阿Q正传》，关于此事，曾有深刻活现的描写。兹引述如下，以作例证：‘对面走来……也九分得意的笑’（中间引用已略——笔者注）。《阿Q正传》是我国新文学中最富有典型性的作品，我国人之侮辱尼姑普遍的特性，鲁迅先生能以高妙之笔，刻画描写，可称为典型中之最典型的。这很足以表现中国人轻慢侮辱僧尼的罪恶心理。”“夫所谓僧尼者，岂有天生和尚，自然尼姑？亦不过是各社会中诸色份子之所扮成。恰如阿Q和小D等，用一支竹篦，将辫子盘在头顶上，便自号为革命党人。以假乱真，何处不有？”竺摩对这一引用显然是十分赞赏的，所以他在这个编后记中进一步指出：“在今日的中国，对佛教怀着和杨君一样疑谤感愤的人是很多，举一个例，正像鲁迅的‘阿Q型’，依然遍地都是。所以证明法师此作，不但不白费力气，而且已博得许多读者的好评。"阿Q的欺侮尼姑本来是鲁迅刻画阿Q精神胜利法人格病态的一个经典细节，在这里却被佛教界用来批评"中国人轻慢侮辱僧尼的罪恶心理"的证据，这一利用十分贴切有力，而且不忤鲁迅原意，也可以算作是佛教界对鲁迅资源的一次经典性利用了。

在民国时期的佛教文学创作中，也有一些佛教文学作者能够化用鲁迅创作中的经典意象，学习鲁迅创作的技巧与方法。如《人间觉》半月刊第2卷11期上刊载行健的白话散文《狂呓》，设问如果要将自己的身体喂给动物，那喂给哪种动物为好呢？作者于是想到了鲁迅的名言，即"假使我的血肉该喂动物，我情愿喂狮虎鹰隼，却一点也不给癞皮狗们吃"[①]。当然，作者并没有顺着鲁迅的思路往下写，而是巧妙地反其意而用之，说自己准备将身体喂给野狗。因为野狗不像狮虎那样猛烈迅捷，胃口广大，它们吃食不多，而且缓慢，因而在喂给野狗吃的时候就可以享受和利用这一过程。"看它们先吃哪一块肉，就知道自己身上哪一块肉受欢迎。它们不能把自己一口吞下，就可以研究狗们的心理和吃法，也可以欣赏狗们为抢吃自己的哪一块肉而自相残杀。"作品借题发挥，嬉笑怒骂，颇有鲁迅杂文之风。另外如月如法师在从事佛教文学创作时，也比较注意学习鲁迅的创作方法，尤其是受到鲁迅《故事新编》的影响，"把旧掌故，偕作新的材料"[②]。他的《摩腾迦摄》《康僧会》等佛化小说，都是模仿《故事新编》的笔调写成的，以致敬诚法师在为创办《觉的文学》杂志而提的建议中，就把月如法师的创作当作佛教文学的典范加以提倡。

毫无疑问，就鲁迅在现代佛教界的印象和影响而言，这三种类型中以第三种类型更有价值，也更为重要。因为引用、化用鲁迅的思想观点和学习鲁迅的创作风格与方法，这不仅能够说明现代佛教界对鲁迅的认知程度，说明现代佛教界对鲁迅精神价值资源的利用关切，而且也能够比较充分地显示出在现代新文化思潮的冲击与影响下，千百年来以影响世俗文学而沾沾自得和故步自封的佛教文学，开始呈现出与现代新文学渐渐合流的发展趋向。1951年，虚云大

① 鲁迅：《半夏小集·七》，《鲁迅全集》第6卷，人民文学出版社2005年版，第619页。

② 敬诚：《创办〈觉的文学〉月刊的一个建议》，《海潮音》1942年第23卷第7期。

师在为新中国成立后第一家复刊的佛教杂志《圆音》月刊所写的复刊序言中说："公元一九四七年三月，本社同人，默审时机，认为欲救世界人心，须将佛法弘扬，欲将佛法弘扬须靠文字般若。文字的功用，在世法上成例至著。只如清末之《新民丛报》及近时鲁迅的文章，其影响世运如何，可说是尽人皆知了。"虚云是现代佛教界的大德，他一生经历晚清、民国而至中华人民共和国成立，他将鲁迅的文章与《新民丛报》并提来说明文字功用对世运人心的影响力，此文可以看作是这种合流趋势的一个见证，也可以看作是这种合流趋势从民国时期发展到中华人民共和国时期的一个承接点。从这个意义上来看，民国时期佛教界对鲁迅的印象以及对鲁迅精神价值资源的利用值得现代文学界予以深入的研究。

第二节　基督宗教界的鲁迅印象与资源利用

新时期以来，鲁迅研究逐渐走向多元化，且呈现出日益浓厚的个人审美倾向，探讨基督教文化对鲁迅精神的塑造成为这种多元化趋势发展的典型标志。这一类型的研究立足于鲁迅所受基督教影响，按照其行文来反映他的救世观、文化观和价值观，在鲁迅的意识形态中捕捉基督教文化色彩，寻找他与基督宗教的潜对话，对文本进行宗教学阐释的努力等等已经取得较为显著的成果。事实上，文化的影响是互动的，每一个文化因子都在吸纳营养的同时释放能量，因而，学术界也有必要关注基督宗教界是否也受到鲁迅的感染，而且这些影响以怎样的方式体现出来，其效应如何。在此，我们以正式受洗皈依的基督徒和他们的文字为研究对象，分四种类型来说明教徒们对鲁迅的态度与印象和对鲁迅资源的运用。

一、将鲁迅作为写作材料或叙述背景

最直接的运用类型是将鲁迅作为写作材料或叙述背景，用以促进教内文化反思和发展。上个世纪20年代初，由于五四爱国运动的影响和西方帝国主义

的加速侵略，中国民族主义运动高涨，基督教作为欧风美雨东渐中国的典型代表之一，受到强烈抵制，以学生为主力在中国知识界掀起了一场"非基督教运动"。1927年后，由于私人原因（与基督教南美监理会牧师宋耀如之女成婚）和政治原因（国共分裂后导致内战形成矛盾冲突的焦点转移），蒋介石调整了党内对基督教的态度，加之其他反对力量通过争议和辨识也能够区别对待宗教行为和战争行为，这些政策变化和认识上的提升在一定程度上缓解了之前对基督宗教的密集的攻击。值得指出的是，声势浩大的"非基督教运动"造成思想派别林立，一方面重创了在华基督教的宣传阵势，削弱了信徒的忠实度；另一方面也为教会提供了从内部改造的反省时机。那种认定基督教的绝对优越性和至上性、弃绝文化互通的见解被动摇，基督宗教界一些有识之士认识到了协调宗教文化认同与民族文化认同的重要性。调和派还看到了以文学的多样形式来扩大基督教传播渠道的有效性，他们开始重视中国新文学的发展，甚至在教会创办的刊物上发表有关新文学的研究成果。鲁迅作为新文学的旗手，受到教会人士的密切关注。磐基在《圣教杂志》1931年第8期上发表《我所看到过去的中国文坛》，提出"时代的不安，已把中国的文坛搅乱了"，他认为大多数的作品都不能给阅者一个正确的判断，只有极少数"完成了对于人生现实的一些贡献，如鲁迅（即周树人）"，并且适时地针对鲁迅刚刚结束与创造社等的论战给出了自己的评议："他们（左派批评家）只是要煽动鲁迅的作风转变方向，使新写实主义领域，更形扩大而且美妙"，最后得出结论"我们不能小觑鲁迅，而完全憧憬在'左派'的小说里，因为在现今文坛热闹中的寂寞之余，鲁迅作品还觉有些文学意味"。接着在第10期上发表了《公青对于现代文艺应有之态度》，他说，"现在是一个圣教遭难很剧烈的时代，现在是一个伪说邪理最猖獗的时代，一向居住在地窖里的中国青年们，也给现实的潮流激荡着"，于是指出"教友不能顺意阅看各种作品"，在文学爱好的前面必须有"圣教新法典一三九九条"作为标准，"道德方面不好的，宁可割爱"，所需要的只能是"拯救灵魂的艺术"，必须从"鉴赏文艺"走向"创作文艺"，学习的对象可以"让鲁迅来坐第一把交椅"。把这两篇文章联系来看：第一，借重文艺实现基督教复兴的目标很明确，并为此狠下了一番功夫去了解中国新文学的发生和发展情况，对鲁迅的文学成就极为肯定；第二，教会面临外界思想混乱、文学环境复杂的局面，因此必须肃清教内精神污染，在如此严苛的筛选条件下，鲁迅作品之所以过关，并成为推崇的文艺榜样，源于它能够"拯救灵魂""给予人们同情心"；第三，不仅观察到鲁迅的文学实践，还历时性地把握到了鲁迅创作的演变。虽然对左翼文学的认识有偏颇、不完整，但在对照中高度评价了鲁迅前期的现实主义创作风格，彰显了鲁迅早期作品的文学价值和艺术魅力。

闽南基督徒救国会宣传部主办的《救国月刊》创刊号（1933年第1卷第1期）上有一篇振宇的《认清我们今后救国的路线》，其中谈到"教育救国""实业救国""革命救国"都没有改变"亡国奴"的命运："开口闭口打倒帝国主义、资本家、军阀、贪官污吏、土豪劣绅……要打倒的一个也没有打倒，而应该打倒的却日渐增加，民众痛苦不但没有解除，而且日益增重，难怪鲁迅先生说'一代不如一代'。"暂且不论鲁迅在《风波》里用"一代不如一代"抨击的是国民劣根性的顽固与朽败，和振宇所要论述的对象并非一致，仅从作者的这个运用来看，逻辑严合，语义精准，而且可说是无可替换。振宇也完全可以去掉"难怪鲁迅先生说"，语法上也不会有丝毫误差，但他的强调恰恰借鲁迅的话否定和批判过去的救国路线，增加他关于"宗教救国—救拔路线"的合理性与必要性。只有对鲁迅作品熟悉到一定程度，才能实现为己所裁的活用。作者以鲁迅之言为结论，就如宗教徒的引经据典，在一定程度上说明了鲁迅在普遍的基督徒心里的地位和认同。

哪怕不关涉到基督教义或主张，只是基督徒的个人思考，也有基督徒习惯于用鲁迅观点作为素材源头。辛斤在《天风周刊》1945年第14期上发表了一篇《闲话张献忠杀人》，原意是说农民暴动的情感，往往是"借神秘的宗教号召党徒的张本"来"替天行道"，也借"震慑人心的利器"来"奉天杀人"，只有基督的"天"是仁爱的、人道的。其中有一段是这样写的："据鲁迅先生的看法，他也想做皇帝，不过后来知道李自成进了北京，接着是清兵入关，自己只剩了没落一条路，于是就开手杀，杀……他分明的感到天下已没有自己的东西，现在是在毁坏别人的东西了，如同我们不很爱惜别人的或公共的东西一样。"这显然是通过鲁迅对张献忠杀人心理分析的考证，进一步申说自己崇信基督教的理由。只是辛斤在录用鲁迅文字的时候根据自己的需要作了删除与合并，把原文的两段话组合为一段。辛斤看到的《病后余谈》，是经过检察官删改后的《病后杂谈之余》，鲁迅在《且介亭杂文·附记》里谈到《病后杂谈》与《病后杂谈之余》被"检查"的情况，30年代，他的文字越来越难以刊出，他自己还曾玩笑说杂志登了他的文章就是被"查封"的标志，而且鲁迅在去世前所写《"这也是生活"……》中再次谈起《病后余谈》，可见，这篇文章对他而言是有特定意义的。当时《文学》四卷二、三号连载出《病后杂谈》与《病后余谈》，因为有明显的"未完成"痕迹，就有好事者讥诮"鲁迅是赞成生病的"。在那么严格的检查制度下，辛斤不仅读而且运用鲁迅的文章，如果不是鲁迅的忠实读者，很难做到对被删减得那么厉害的文章都记忆犹新。而且从辛斤的题目、内容和成文来看，确实有些鲁迅之风。

　　同年，《天风周刊》第17期上刊发了流光的《向旧的堡垒进攻》，文章一开篇就引用了鲁迅在《我们要批评家》一文里说的一段话："……这些团体（指当时的文学团体——光），都说志在改革，向旧的堡垒取攻势的，然而还在中途，就在旧的堡垒之下纷纷自己扭打起来，扭得大家乏力了，这才放开了手，因为不过是'扭'而已矣，所以大创是没有的，仅仅喘着气。一面喘着气，一面各自以为胜利，唱着凯歌。旧堡垒上简直无须守兵，只要袖手俯首，看这些新的敌人自己所唱的喜剧就够，他无声，但他胜利了。"然后，作者明确地指出："这一段话，在现在，也还是值得我们深深地反省的。"如果不是预知是基督徒的特刊，基督徒的栏目，很难从以上的文字中看到教会文章的特点，流光所谈到的问题是在法西斯统治之下思想不自由，文学倾向得不到积极发展，出现复古逆流，有损宗教文艺的良性生长。而且这期刊物的头条便是《成都十七文化团体致重庆杂志界的一封公开信》，十七个团体里面包括天风周刊、诗圣地、福幼报月刊、女铎月刊四个基督教团体，可见当时言论限制已经从革命性进步刊物大大逼近普适性刊物，基督教徒也感到了压迫，也在抒发着不满。抗日战争即将结束，这个以战时检查为借口的制度也应该废除，流光大段引用鲁迅论断的背景就是在胜利即将到来，而刊物审查行为还未消亡的历史当口，杂志社自觉地举起了"拒绝原稿审查"的旗帜。流光在文章中提醒黑暗势力的强大以及新生力量的弱势与可能的歧途，号召从争取言论的自由到争取一切权利的自由，彻底地反抗旧恶势力的统摄。这类教会文章的发表，如果说是基督徒们在40年代所感受到的社会情势与鲁迅当时写作的环境何其相似，毋宁说鲁迅对于历史的洞悉和感悟是何等地深刻，足以跨越时代，撼动基督徒守教的灵魂。

二、与鲁迅在精神上形成共鸣

基督教徒从精神上与鲁迅形成共鸣，并且自觉将鲁迅的思想融入自己的言行中，这也是基督徒与鲁迅关系的一种表现。譬如谢道对基督经典教义的质疑。基督教有一派以中世纪圣芳济为代表的"唯爱主义者"，他们斥责罪人，但是主张用爱的方法来感化，即所谓的以善报恶，爱仇敌，转左脸，他们的生活以绝对爱为标准，而不看重一时的功效。谢道在《爱与宽恕》（见《天风周刊》1945年第13期）中说"我同意鲁迅先生的话，对敌人不宽恕，也不要求别人对自己宽恕，我们对一生的信仰，是生亦坚贞，死亦坚贞，我们不要那悔改式的'伟大场面'"。那他所布道"不宽恕"是否与基督博爱精神相悖逆呢？谢道进一步陈明其理由："专门讲泛爱，无所不爱，无原则、无目的的爱，讲起来是满嘴响，多动人呀，我们要爱世上一切的人，要宽恕一切的罪人，宽恕一切的敌人。其实，我们撕去这美丽的面巾，看看那真的货色，这不证明了他们的爱太多，或太丰富，而相反的，只是说明了他们自己的爱，只能像浮萍一样，在水上漂着，扎不下根。在本质上，这些论调，只是由于庸俗的中庸主义的结果：而在实际作用上，取消了爱，取消了基督的真理，取消了把基督的福音带到世界上的具体任务。"谢道写这篇文章时正值日本战败，社会上有一种舆论要大家看到"匪徒的眼泪和哭泣"，而这种呼声又借着基督宽恕的招牌推行，让身为基督徒的谢道有一种不能不说的冲动，哪怕是和传统的、正宗的教义冲撞，他也要在自我辩难中求获属于基督教的真正精神。鲁迅晚年提出"一个也不宽恕"，并非抹杀了他"俯首甘为孺子牛"的人道精神，恰恰相反，他对黑暗的绝对反抗，才巩固了他对光明的希望和捍守，使得他所奉行的"诚与爱"达到极致。谢道正是领悟了鲁迅这一爱的逻辑，才说出"我们不但不能宽恕，相反的，我们要求重重的审判他们，惩罚他们，让正义公理伸张，使基督的爱发扬光大，让全世界的人民睁开眼看见光亮！经上说：'凡杀人的，难免受审判'，而这审判者就是广大的人民自己；经上又说：'惟独亵渎圣灵的，总不能得赦免'，那诬蔑真理，扼杀真理，迫害真理的人，我们如何能赦免他们呢？！如何能宽恕呢？！基督对那些文士们，对那些'喜爱会堂里的高位，筵席上的首座，侵吞寡妇的家产，假意做很长的祷告'的人，都要说'这些人，要受重的刑罚'"。可以说，谢道在"爱"与"宽恕"问题上最为接近鲁迅，包括鲁迅的文化批判和人格操守，都演化在作为纯正基督徒的意志里面。

20世纪末期，伴随着互联网在中国的生发与普及，基督教的宣道渐渐在网络上铺展开。江登兴先后创办了"信仰之门""登兴的雅歌""登兴的角落"等网站和博客，竭尽全力地为个人福音和社会福音贡献自己的文字。他在多篇文章、多种场合提到鲁迅，已经不是将鲁迅作为一种谈资或佐证，而是当作一种衣钵的传承，在网络上形成巨大反响。在《信仰与现实危机》一文里，他认为鲁迅是中国精神史上最特殊最重要的人物，"鲁迅说以科技为文明，以富有为文明，或者说以议会制民主为文明，这一切都不够，根本在于立人。他看出了20世纪西方的局限性，看到他们这种经济的发展，或者说民主化以后的局限。鲁迅认为没有个人内在灵魂的拯救或超越的话，一切都是不够的"。进而从这个思路得出"心灵的重建"是中国现代化的根本问题。所谓心灵的重建，即提供对于人生意义的解释，和由此基础上完成的道德伦理的重建。江登兴认为，基督文化与鲁迅精神之所以能够实现沟通，有三个必要因素：一、基督宗教本身是一种心理体现，无论神学哲学强调"信仰的理性"或是"理性的信仰"，其根本建立在心灵的执行；二、鲁迅对进化论的接受和理解与当时许多文化先驱的不同即在于他认为进化的核心在于"人性的进化"，必须强调"精神"作用，在新文化运动和"左联"运动时期都以此为自己的信仰坐标，始终将心性的疗救作为立国的首要目标；三、在将近一个世纪之后，社会秩序以及人的心灵秩序并没有和鲁迅的时代有多大不同，问题没有和历史时间一同更替，因为"心灵的重建"是常常被忽略的问题，所以江登兴言说基督教的指向与鲁迅的精神倾向具备了同一性。江登兴在《能绝望是高贵的》中说："我们可以把他描写成一位举着盾牌的战士，盾牌的后方是生命的虚无，盾牌的前方是出路的虚无。战士要搏击的是双向的虚无……这种战斗就尤其惨烈。这样的鲁迅才配称中国在二十世纪的精神高峰。"在《双向的破碎》中说："如何使社会有温饱、公义、民主，如何使我们的内在心灵在存在的意义上有所依托，这两个命题最典型地反映在鲁迅先生的生涯中……然而20世纪中叶以后的中国人并没有坚持住这个绝望。"[①]这些文章对鲁迅的推崇与褒扬，完全不是一鳞半爪地从文字材料中找寻对应，而是实实在在地从一种生命的需要和精神的支持上来借用鲁迅的力量。基督徒对鲁迅的看重，前提应该是不能违背真主，不能有碍教义，从这个意义上说，鲁迅虽然说过"我又不学耶稣，何苦替别人来背十字架呢？"[②]，但他却身体力行做了"信仰的义士"，他的牺牲在基督徒心里被阅读且领受。

三、采用鲁迅的文学主题、结构以及观念进行创作

陈映真被誉为"台湾的鲁迅"，尽管后来他思想上倾向于马克思主义（这个转型也和鲁迅相似），但他的基督教徒的身份没有改变。他的小说《面摊》《凄惨的无言的嘴》《夜行货车》《赵南栋》与《药》《狂人日记》《故乡》都有着精神上的承袭。台湾白色恐怖时期，鲁迅著作属于禁书，陈映真在父亲的书柜里找到鲁迅的书悄悄地阅读，在《鞭子与提灯》中回忆自己阅读《呐喊》的历程："随着年岁的增长，这本破旧的小说集，终于成了我最亲切、最深刻的教师。我于是知道了中国的贫穷、的愚昧、的落后，而这中国就是我的；我于是也知道全心全意去爱这样的中国——苦难的母亲，而当每一个中国的儿女都能起而为中国的自由和新生献上自己，中国就充满了无限的希望和

① 江登兴的文章见于"信仰之门"，http://www.godoor.com/article/writer/jiangdengxing.asp。

② 鲁迅：《"意表之外"》，《鲁迅全集》第3卷，人民文学出版社2005年版，第518页。

光明的前途。"①在这里特别要谈到他的小说《我的弟弟康雄》，小说以姐姐的口吻叙述，一边阅读弟弟康雄的日记，一边反思自己新婚后的生活，"于是我这悲壮的浮士德，也毅然地卖给了财富"，姐姐的角色与《孤独者》中的魏连殳一样都是受着社会挤压的可怜虫，姐姐也如同魏连殳用自我摧毁的方式反抗异化变形的社会，她违背本性去换取那些她所厌恶的回报，"我答应这桩婚事，也许真想给我可怜的父亲以一丝安慰，叫他看见他毕生凭着奋勉和智识所没有摆脱的贫苦，终于在他的第二代只凭着几分秀丽的姿色便摆脱掉了"，再陷入更深的自我鄙夷，"这最后的反叛，却使我尝到一丝丝革命的、破坏的、屠杀的和殉道者的亢奋"。小说里有一个情节是姐姐与父亲去埋葬弟弟的坟场，"我回首望了望我的弟弟康雄的新居：新翻的土，新的墓碑，很丑恶的，于是又一只乌鸦像箭一般的刺穿紫灰色的天空里了"。②作为对照，看看鲁迅在《药》中的描写："忽听得背后'哑——'的一声大叫；两个人都竦然的回过头，只见那乌鸦张开两翅，一挫身，直向着远处的天空，箭也似的飞去了。"③祭坟的场景和人物几乎一致，借乌鸦所烘托的艺术效果都是残酷现实的无情、冷漠与无奈。

范学德90年代移居美国成为基督徒，在时空距离下回望中国的"文革"十年，写下《梦中山河——文革忏悔录》，他以"玩人"作为"文革"的总结。其中有一个人物"哑巴"，谁也不知道他的名字，人们"没感到需要用人名来称呼他这个人"，因为父母的地主身份和叔叔的"走资本主义道路的当权派"身份，哑巴"在我和我周围的人的心目中，他就不是一个人了，而成了一个不会说话的东西、怪物"，从"哑巴"到"怪物"身份，人们就有了"玩人"的理由——恰如《狂人日记》里给疯子定下罪名作为"被吃"的借口——"把'哑巴'当成了一个东西、怪物，这样，我们就可以任意对待他了"。范学德

① 陈映真：《鞭子与提灯》，《陈映真作品集》第9卷，（台北）人间出版社1998年版，第19—20页。

② 陈映真：《我的弟弟康雄》，《陈映真作品集》第1卷，（台北）人间出版社1998年版，第13—17页。

③ 鲁迅：《药》，《鲁迅全集》第1卷，人民文学出版社2005年版，第472页。

鲁迅与20世纪中国研究丛书

忍不住反问："当我和我们'玩'另一个人的时候，我还算是一个人吗？当我们根本就不把'玩人'当成一回事，这个世界还能称得上是人间吗？"鲁迅也借狂人之口问过："从来如此就对么？"由"玩人"的方式追踪到"玩人"的精神探索，范学德沿着"吃人"式的小说叙述走到了自我拷问与忏悔，竹内好认为鲁迅"回心"正因为有"原罪"的存在，范学德也在《梦中山河》中显示出中国人少有的罪感意识。正如鲁迅所说："不但剥去了表面的洁白，拷问出藏在底下的罪恶，而且还要拷问出藏在那罪恶之下的真正的洁白来。"①可以说，"玩人"的发现是继鲁迅"吃人"概括之后的又一历史揭露，"当有计划有步骤地打倒一个人的过程，也就是那个人被'玩'的过程"②，范学德在揭示出人类天性中"恶"的发泄之后，走向以基督为精神基点的生命救赎。

北村是当代作家里宣称自己信仰最虔诚、最彻底的一个，他最为纯熟的写作也来源于基督徒身份的诞生。1992年入教以来，先后创作《施洗的河》《玛卓的爱情》《公民凯恩》《公路上的灵魂》等小说，以人的灵魂、人性的探索为线索，关注人在追求终极价值时的心灵过程。他有一篇和鲁迅《伤逝》同名的小说，讲述一对青年男女对生活意义的找寻，如果抽取掉社会生活的部分，会发现超尘、李东烟和子君、涓生的精神生活本质一样！他们与物质世界有正面的冲突，一度也试图用希望来超脱窒闷的、乏味的现实，而最后两人都自杀了。五四运动落潮之后，鲁迅用《伤逝》展现了启蒙的困境，北村在90年代也体会着"理想主义"和"正面价值"的逝去，这才有了北村版的《伤逝》，以肉体的彻底陨灭作为灵魂的救赎。

四、在回忆、访谈、演讲等私人或公众场合谈及鲁迅

首先要提到的是清水安三，他1915年从同志社大学神学部毕业后到美国留学，获得神学博士学位，1919年以神父身份被派往中国。在他晚年，先后写了

---

① 鲁迅：《陀思妥夫斯基的事》，《鲁迅全集》第6卷，人民文学出版社2005年版，第425页。

② 范学德：《"哑巴"：失去了名字的人》，见《梦中山河——文革忏悔录》，《信仰网刊》2004年第18期。

两篇回忆鲁迅的文章：一篇是《值得爱戴的老人》，载于1967年5月号《文艺春秋》："我在中国的长时间居住中，虽然遇到过很多中国人，但是像鲁迅那样的平易近人、心地纯良、谈笑风生、见识高深的人还不曾有过。"①另一篇是《我怀念鲁迅》，载于《日本经济新闻》1976年10月19日（这一天是鲁迅的逝世40周年纪念日——笔者注）朝刊，"听说这次搜集与遗稿有关的很多东西的'鲁迅展览会'，十九日开始先后在仙台、东京、名古屋、神户、广岛举办，而我怀念之情绵绵不断"②。作为一个天主教神父，属于"神职人员"，和普通的"平信徒"是不一样的，前者的身份决定了比基督徒更严苛的宗教则律规范和更深厚的宗教惯性思维，清水安三的世界观里首先应该是"梵蒂冈"的情感标准，其次才是"人间"的情感标准，然而，我们在相隔近十年的两篇文章中间，感受到的却是"人间"标准多于"梵蒂冈"标准。一个非教人士，因为个人的谈吐、品行与思想赢得神父的认可，且在他离世四十年后还能产生这样的追思，可见鲁迅对于基督教内人士的影响，不是一时一地，而是具有跨地区跨文化跨时代的作用。

赛珍珠的传教生涯为她奠定了文学成就，后者让她在理解鲁迅的时候获得了普通传教士或普通外国人不能具备的视野，1954年出版《我的几个世界》谈到鲁迅的时候是这么说的，他"也许是第一个意识到：只要把自己的情感与自己的人民结合起来，就能摆脱简单模仿"。1972年又在《中国的过去和现在》再次提及，"许多优秀的中国作家写有关农民题材的作品，鲁迅就是其中非常有名的一位"③。在基督信仰中有两种类型，一是传播个人福音，如讲究灵修，注重一己的神学素养，二是传播社会福音，"本着基督出世的精神，去做入世的工作"④，很显然，赛珍珠是"属世"的一类。对国人的情感，一方面是镇江十八年的生活经历和观察所得，另一方面是《圣经》文化中爱与平等观念的浸染，鲁迅之文和鲁迅之人的存在，莫若是对这二者最好的糅合与展现。在她

① 王世家：《鲁迅回忆录》（下册），北京出版社1999年版，第1569页。
② 王世家：《鲁迅回忆录》（下册），北京出版社1999年版，第1570页。
③ 王卫林：《鲁迅评议中的赛珍珠》，《光明日报》2005年2月4日。
④ 王治心：《中国基督教史纲》，《史学年报》1940年第3卷第2期。

年轻的写作道路上，这样受惠于鲁迅之熏陶，①加深了她对文学和自身信仰的笃定，因此，才能在去国数年后对此念念不忘。

王鼎钧在散文《昨天的云》中回忆了大老师和二老师，二老师是王思玷，这个新文学发轫期的文学干将，1921到1924年连续在《小说月报》上发表了七篇小说，用王鼎钧的话是"每投一篇就发一篇"，足以见得王思玷的文学前途，但这样的文学青年却在1926年秋天不幸被反动武装杀害，时年仅31岁。王鼎钧评价王思玷的语言风格时说，"苍劲似鲁迅，沉实似茅盾"②。王鼎钧1949年去了台湾，70年代移居美国，此后称自己是"只有祖国没有家"的人，他论及故乡人来抒发自己的思念，而用鲁迅来夸自己的家乡人，则显示了即使成为基督徒之后，也并未遗忘早年的阅读体会，相反，对鲁迅文风的深刻印象证明了在时间的流逝和淘洗中，一些认识在不断地重复和深化，鲁迅便是这些认知中的轴心。

在当代宗教界享有盛誉的何光沪，先后撰写了四十余种基督思想文化丛书，他在2003年11月26日的北大讲座上，以"爱与存在"给教内外人士展示了他作为基督教徒对语言和生活关系的理解。他现场背诵鲁迅《自题小像》："灵台无计逃神矢，风雨如磐暗故园，寄意寒星荃不察，我以我血荐轩辕。"

---

① 对于这一点，很多学者持异议，认为鲁迅并不看好赛珍珠，甚至还以赛珍珠长时期被压制和抨击是源于鲁迅的批评为由，作为抬高赛珍珠"以德报怨"（在诺贝尔文学奖颁奖仪式上对《中国小说史略》的青睐，以及后来屡次对鲁迅的赞誉）的凭据。事实上，新中国成立初期赛珍珠的被斥命运，不可能是鲁迅一句话就能决定的，而且，新时期以来，随着赛珍珠在国内的地位上升，某些研究者对鲁迅私人信件中涉及赛珍珠的话断章取义，导致鲁、赛二人的关系得不到真正揭示，也是对历史的不尊重。鲁迅致姚克的信中关于赛珍珠有两点：一是，对中国的了解"不过一点浮面的情形"；二是，《水浒》的书名，取"皆兄弟也"之意"便不确"。这两句话被反复引用，然而这两个判断的背景、上下文统统被遮蔽掉。第一，为何鲁迅两次谈赛珍珠都是跟姚克谈？因为姚克在《申报》上发表过题为《美国人目中的中国》的文章，评论了两部美国人写的关于中国的书——斯诺的《远东的前线》和诺拉·沃恩的《寄庐》，姚克对二书的评价都不高，因此，鲁迅说"中国的事情，总是中国人做来，才可以见真相"，并非绝对指"布克夫人"，相反，鲁迅还充分地体谅到赛珍珠"生长中国的美国女教士的立场"，不是所谓的指责；说到翻译，也不全然说的赛珍珠所译失当，而是把赛珍珠作为敬隐渔的对比，敬氏"翻译却未必诚挚，因为他的目的是在卖钱，重译之后，错误当然更加不少"，所以结论应该是"布克夫人译《水浒》，闻颇好"，至于题目仅仅是个欠缺。

② 王鼎钧：《昨天的云》，浙江文艺出版社1996年版，第21页。

说明全诗没有一个"爱"字，但是却有大爱存焉。他说"反过来看，在爱字泛滥之处，不但有时候没有真爱，有时候还有罪恶，可怕的罪恶。但是，这些罪恶常常挪用、借用、盗用爱的名义"①。何光沪的意识中，鲁迅是作为有"爱"的代表而存在，并不是像一部分人所认为的"阴冷"，充满"怨恨的毒素"。

　　还有一类记忆不是出自某个基督徒或某个牧师，而是以基督教的名义来回忆鲁迅，将鲁迅的话作为格言来勉励或提醒基督人士。声称中国基督教唯一综合性周刊的《天风周刊》1945年开辟了一个栏目叫作《抄抄摘摘》，进行版面调整的时候，编辑有一段按语："'天风'吹去迷信、左道、异端，如'普世真光'。本刊对社会生活的基本主张是自由、平等、博爱，上帝为父，人类为兄弟，带着这个立场与使命，来发扬基督的思想，充实教会的力量，影响人类生命的各方面。"接连两期刊发的鲁迅格言，兹录如下："自然赋予人们不调和的还很多，人们自己萎缩堕落退步的也还很多，然而生命绝不因此回头。无论什么黑暗来防范思潮，什么悲惨来袭击社会，什么罪恶来亵渎人道，人类的渴仰完全的潜力，总是踏了这些铁蒺藜向前进。"（《热风·随感录六十六·生命的路》）"中国人的性情总喜欢调和，折中的。譬如你说，这屋子太暗，须在这里开一个窗，大家一定不允许的。但如果你主张拆掉屋顶，他们就会来调和，愿意开窗了。没有更激烈的主张，他们总连平和的改革也不肯行。"（《三闲集·无声的中国》）联系当时的社会情势可知，中国即将走完艰巨的十四年抗战，基督教会在这期间为人类和平事业做了许多努力，他们对自己工作的评价亟待世人首肯，因此选择了更通俗的一种布道言辞。耶稣之后，基督教内有三种布道方式，口头布道、行为布道和文字布道，三者之中又以文字布道为重心。《圣经》全书以其高洁的思想和正直的言论作为教义参照的不二之选，基督教刊物乃是传道的利器，编者采用鲁迅杂文中的话语即证明了当时鲁迅在教内和教外的影响。尤其是日本作为战败国传出"和谣"，举国上下都有不平声起，因而天风社选用了鲁迅的信条作为"合乎耶稣基督宣示的

鲁迅与20世纪中国研究丛书

292

---

① 何光沪：《爱与存在》，见于"约拿的家"，http://www.jonahome.net/bbs/dispbbs.asp?Id=31550&boardid=65。

恩典与真理"。

五、基督宗教界的"异声"

当然，基督教徒对鲁迅的认识和态度并不是一致的，有爱好崇拜者，也有非议和不屑者，后者以苏雪林和刘小枫最为典型。

苏雪林早年对鲁迅曾有恭敬的姿态与谦和的态度，1928年她将自己的《绿天》"谨赠"鲁迅，1934年她在《在国闻周报》上发表《〈阿Q正传〉及鲁迅的创作艺术》一文，高度地褒扬鲁迅的写作风格。但鲁迅逝世后，她便终生"反鲁"，不依不饶地从性情、思想、品性、作为等多个方面历数鲁迅"盘踞文坛十年所积的罪恶"。首先见于报端的是1936年11月18日苏雪林所写《与胡适之先生论当前文化动态》（通信），并12月14日胡适的回信一同发表在1937年《奔涛》的第一期，其中宣称"取缔鲁迅宗教宣传的问题"，接着在《奔涛》第二期上发表了为阻止蔡元培参加鲁迅治丧委员会所写的《与蔡孑民先生论鲁迅书》，其后（包括在台湾）撰写了一系列贬斥鲁迅的文章，所涉及的内容也都不脱离早期这些说法。主要认为"鲁迅病态心理将于青年心灵发生不良之影响"——百分之九十九的杂文都是对"正人君子"的"攻讦"，"似此偏狭阴险，多疑善妒之天性，睚眦必报，不近人情之行为"，必将使青年步鲁迅之后；"矛盾之人格不足为国人法也"——"鲁迅之得青年爱戴，在其左倾。然鲁迅思想，虚无悲观，且鄙视中国民族，以为根本不可救药，乃居然以革命战士自命"，并声称"鲁迅之左倾，非真爱于共产主义也，非确信赤化政策之足为中国民族出路也，为利焉耳，为名焉耳"。今天反观这些言论，笔者认为除了无中生有的贬低和谩骂之外，苏雪林对鲁迅的反对主要与自身信仰有关，倒不一定是后人所谓的"为党国效力"。从《棘心》这部自传体小说可以看出苏雪林是一个宗教观单纯的人，而且对信仰问题的思考往往出于理论需要，容易囿于教条的限制，即一旦尊奉便不可更易，缺少变通性和实践性。这种简单的思维逻辑容易得出粗暴的结论，正如她在《与蔡孑民先生论鲁迅书》中所言"且今日有共产主义，则无三民主义"，这种非黑即白的惯性思维让她对鲁迅的认识处于感性的、情绪化的阶段。我们往往留意于苏雪林对鲁迅尖锐的抨击言辞，疏于探究其背后的思维结构，而臆断她的政治用心和企图。她一直认定鲁迅是共产党塑造的"偶像"，甚至说"任何深宫重地，马克思、列宁、史大林、毛泽东走不进去者，鲁迅偶像可以自由进出……鲁迅偶像一入台湾，我敢保证：半年内文风丕变，一二年内，全台湾的智识阶级的心灵，均将屈服于共产主义之下"。由此可知，苏雪林讳莫如深的不是她引据的鲁迅的"心理""性格"等等，而是"鲁迅偶像"的传教力量——与她信仰相抵触的"主义"。而这一点，恰恰也从反面证明了鲁迅在这个基督徒内心中不可动摇的位置。

刘小枫自称是一个基督宗教的文化信徒，他在《拯救与逍遥》一书中指出，"鲁迅的洞见是：既然恶是生命世界的事实，必须且应该称颂恶，不可相信、祈告神圣的东西，除了人的生命权利，一切价值都是虚假的，它们帮助历史的恶扼杀生命"，鲁迅"改变的只是吃人的口实，屈从的却是吃人的事实"，其"精神的伟大，也在于他的自知之明，懂得所有的良善都是虚假，而他自己为了肩起黑暗的闸门，灵魂越来越阴毒"，所谓"救人"，"也许要救的是自己的灵魂的阴冷"。[①]刘小枫的这一评价建立在他的宗教逻辑之上——他用屈原的自杀证明了缺乏终极价值的恶性后果，再以道家的隐逸、学佛至成佛都是在强化世间黑暗，这种由肯定现实生命逐渐转化为逃避现实生命，到后来变成对现实生命的冷漠和离弃的文化，在他的宗教法则参照下变得丑恶、狰狞和恐怖，鲁迅既看透文化的腐朽，却没有走向基督的信仰，因而堕入虚无主义。将鲁迅"恶人化"，这是刘小枫的鲁迅论述的基本倾向，关于这一倾向的逻辑理路，在前面论述鲁迅形象的传播时已经做过分析。这里要进一步指出的是，刘小枫的鲁迅论断有三个方面的误读：其一，他对鲁迅的形象阐释缺乏整体性，往往使用片段的、具象的语句来拟定鲁迅的复杂而丰富的精神世界，比如对《铸剑》中黑衣人言论的引用，黑衣人的言语当然是鲁迅的夫子自道，但这种言语是特殊情景下的特定言说，不能整体性地代替鲁迅的观点。其二，他对鲁迅人生道路选择的心态把握有"以己度人"之嫌。刘小枫认为个体的悲观

① 刘小枫：《拯救与逍遥》，华东师范大学出版社2007年版，第328、337页.

与绝望导向人的基督宗教诉求，但是鲁迅的个体孤独交织着更为深厚的时代背景，关系着整个民族的生存与发展，因而鲁迅没有用宗教的皈依来取代自我责任的担当。其三，他以"善"与"爱"来否决鲁迅"以恶抗恶"的反抗，关注的是反抗的内容，是一种结论性的思维方式，而鲁迅的反抗意义，按照林贤治在《人间鲁迅》中的提法，反抗意义只能在过程中实现，产生的是反抗本体论的意义。刘小枫引进基督教神性价值，期冀在中国天、地、人三维之中增加信仰的维度，使中国现代文化的建构形成天、地、人、神四个维度综合平衡的态势，但他的思考中体现出的却是非此即彼的一元化倾向。这种倾向让他在接触中国精神发展史上的一些案例时（他也承认了鲁迅在精神史上的巅峰角色），疏于旁顾，因而将对象性批判化作了宗教式的审判，难免失去基督文化应有的兼容性和同情心，对文化比较与交流来说也是一种损伤。

　　基督宗教界对鲁迅或褒或贬的评价都对精神文化的传播和融合起到推动作用。第一种类型流于技巧上的借鉴，较多的是策略意义，第二、三两种类型相对更为重要，它所产生的效力是鲁迅精神作为再生资源的应用，第四种类型是一种创作的延续，保留了鲁迅对时代与人性的反思。基督教文化较之佛道文化，自身有严格的规范，难于像后者的玄化式换转，它自有"坚硬"的一面。而对鲁迅将近一个世纪的关注与利用，显示出在本土化过程中，感知国民信仰中可资开发和培养元素的敏锐程度。2006年纪念鲁迅逝世70周年的活动中，社会各界人士对鲁迅的当代价值做了全面的爬梳和整理，其中任不寐写作了《"鲁迅精神"70周年祭》，文中感言鲁迅精神就是"文化鸦片"，认为鲁迅"将命运、世界和邻居加给我们的伤害反射出来，一方面是发泄出来，另一方面是反击出来"，在反射的过程中"巩固着我们获得对伤害的精神胜利"，它不是"药"，因为"没有能力将黑暗或伤害对象化，它本身构成黑暗和伤害的一部分……养育着我们的情感暴力和话语暴力，并使这种精神暴力分享了政治暴力的荣耀和机会……完成'被压迫阶级'的'想象力执政'"。^①这一看法

　　① 任不寐：《"鲁迅精神"70周年祭——关于"鲁迅精神"复一位朋友》，见"基督网"，http://www.jidunet.cn/content/20070510/0510262R.007.html。

曾经在朱大可关于殖民地"仇恨政治学"中有过阐发,任不寐作为基督徒进一步添加了信仰的佐证。"对信仰的无知他们不相信被伤害的人真的宽恕他,因此为了先下手为强进一步主动巩固自己对他人的伤害。"从这种言论中可以看到,作者让鲁迅参与到基督文化观的方式是将鲁迅简约为一个信仰符号,并非真正读解鲁迅精神世界中引发国民信仰"共鸣"的质素,而是看中新世纪以来鲁迅精神作为"民族精神"的代言,意图通过扩大鲁迅不能走向基督教的损失而彰显基督教在新时代普及的重要性。鉴于这种精神需求,理论界更应深入地研究基督宗教界对鲁迅的印象以及对鲁迅精神价值资源的利用,从源头上对该问题给予正面的回答,也是为新的历史条件下宗教事业的发展做出具体的现实性预案。

第三节　后现代文化语境中的鲁迅资源反思

20世纪90年代以后,中国文化的建设一度深受西方后现代文化思潮的影响。经济建设的巨大成功和市场经济观念的深入人心,改变着人们的思想观念和文化视野,互联网时代的到来和新媒体的变革,改变着人们日常生活中的联系与传播方式,思想观念与生活方式的双重变化构建起了一种新型的文化多元形态。在这种多元形态中,理性与非理性、精神与物欲、心灵与肉体、建构与解构等等,各种不同的声音都在以不同的方式宣示着自己的存在。尤其是当消费主义唤醒了人们沉睡的物欲,并将其煽动到炽热化状态,大众已很难从平面的、短视的物质攫取中抬起头来仰视星空。信仰在民族文化建设中的位置不是被悬置,就是落入世俗崇拜的陷阱。在这种多元文化空间中,作为国民精神引导者的鲁迅符号无可避免地受到各种思想观念的挑战,甚至围绕鲁迅直接展开了精神道统以及社会道路的选择辩难。不过,人对信仰的依赖性是人的本质属性的体现,绝不会因时代和社会的变迁而消失。在多元文化格局下的信仰建构的探寻,哪怕是对民族文化符号的严格的重新审视,体现的也是大写的人对主体精神与理性价值的再次发现和确立。

鲁迅与20世纪中国研究丛书

一、精神需求与制度诉求的博弈

每一代人观念的产生、转变都不是凭空而来的结果，一定程度上取决于知识结构的延伸或重组，当然，也是对社会生活经历的一种反映。在看待一系列"正说""反说""重说""戏说"鲁迅的事件时，这是一条基本前提，需要辨析鲁迅资源与社会心理变化的关系。鲁迅与时代的碰撞，最具典型性的是他关于"个性解放"的思想，这是他改造国民性的理论基础，也是借"立人"而造就"人国"的启蒙策略。可是，在新旧世纪交接的时候，在回顾历史展望未来的历史关头，鲁迅的这一思想资源却遭遇了一场批判。这场批判以《书屋》杂志为阵地，以李慎之发表致舒芜的信为高潮。批判的源起是舒芜将自己撰写的《回归"五四"》著述赠予李慎之，其书后记中谈到"尊'五四'，尤尊鲁迅"，强调自己对鲁迅的信仰。李慎之回信并借此阐发了自己对鲁迅的不同意见，他的观点整合起来有如下三点：第一，鲁迅不能代表"五四"的全部。李慎之以"伟大领袖从心所欲的'个性解放'压杀我们这些凡人的'个性解放'的惨剧"为证，指出"如果说'个性解放'是五四精神的话，那么这个'个性解放'应当是争取中国人人都能做到的'个性解放'"，所以李慎之认为无论鲁迅"对自由的渴望何等强烈，争自由的战斗何等勇猛，但是对这套规范的认识和理解是很不够的"。第二，鲁迅对启蒙精神的理解不如胡适。李慎之说"启蒙应当有破与立两方面的意义，我现在的体会，大而言之，鲁迅主要的是'破'传统的战士……胡适则除了在'五四'运动初期也狠狠地'破'了一下以后，精力就主要转到'立'的上面去了"。他还补充说鲁迅也存在"立"的一面，那就是"冯雪峰与瞿秋白的介绍而向往的新世界"。第三，"五四"定下的建立像样的"民主"和在多数民众中确立"科学"精神的目标，由于"鲁迅的某些误导"造成了"五四"启蒙精神的偏离。[①]从文字上看，李慎之把20世纪的精神演进分成了两个阶段："五四"启蒙（"旧启蒙"）和"马克思主义启蒙"（"新启蒙"），而且后者超越前者。事实上，李慎之在做整

① 李慎之：《回归"五四"，学习民主——给舒芜谈鲁迅、胡适和启蒙的信》，《书屋》2001年第5期。

体的逻辑推演时，并未回到"五四"，并非从历史发生的现场，沿着时代的脉搏，做一种由古而今的符合史实规律的结论。相反，他立足当下的历史条件，以之为标准评价社会转型初创期的思想水平。李慎之非但没有意识到自己解读的错位性，而且还提出了"尼采与杰弗逊，到底谁对人类文明的贡献更大"这样的所谓世纪命题。李慎之认为"没有什么资产阶级民主和无产阶级民主的不同，也没有什么旧民主与新民主的不同，民主就是民主。无产阶级、资产阶级，其实都只是在极其狭窄而短暂的'时空条'中存在。只有极相对的意义。归根结底，人就是人"。这一观点既否认了民主逐步发展成熟的规律，也踩上了相对主义绝对化的死穴。公平地讲，如果没有历史的进步，李慎之不可能在公众刊物上无所顾忌地呼吁"民主启蒙"，而形成历史进步的合力中，恰恰就有鲁迅所信奉过的"尊个性而张精神"，也有鲁迅作为共产主义文化战士而斗争的革命实践。人们无法将错误的时代从历史发展的长河中抹去，也不能把推动历史进程的人物任意贬低。李慎之忧心于中国的专制隐患难以根除，大力宣扬民主，为了这一目的，他打捞出一度被历史湮没的提倡民主的精英胡适。用郜元宝的话说："政论受阻，立言不免矫激，又因为他在知识界影响巨大，遂将崇胡贬鲁之风推向新高。"在李慎之之后，文化界掀起了激烈的胡鲁之争。谢泳编纂成《胡适还是鲁迅》（中国工人出版社2003年），韩石山又趁势出版了《少不读鲁迅老不读胡适》（中国友谊出版公司2005年），邵建随之也将其2002年在《小说评论》专栏发表的文章结集推出《20世纪的两个知识分子——胡适与鲁迅》（光明日报出版社2008年）。这场与胡适和鲁迅的隔空对话，怎么看都是知识分子的自说自话。这样说不是一概否决其对话的意义，他们言说的立场和心态是值得关注和研究的，隔着八十年的"空"所阐释的学说、主义和信念究竟在怎样的层面上获得了对接以及跨时代的指导性，这是探究国民信仰重建必须正视的问题。

　　总体上看，持肯定胡适否定鲁迅的见解者基本上延续和发挥了李慎之的论证。比如李慎之谈到"实质民主有形式民主作保证"，邵建将其拓展为"在中国现代史上，自由主义从根本上来说是一种制度诉求。作为解放中国问题的'路径依赖'，是胡适而非鲁迅把建立一个自由主义的政治体制作为自己的终生追求，而英美宪政即其追求的样板"①。比如李慎之比较胡鲁说鲁迅是"日本留学生"，接受"半西方半东方的俄国的社会革命思想"，且"摆脱不了章太炎的影响"，因此"现代化思想天然有残缺"，而胡适是"天生的现代国家的美国的留学生"，所以"天然地站在历史的制高点上"；韩石山便发挥为"北大新派"与"旧派教员"两个阵营的思想分歧，新派教员指以胡适为代表的英美留学生，旧派教员则是曾师从章太炎的留日学生，用知识者群落的划分替代了知识谱系的分析。而李慎之所引伏尔泰"我完全反对你说的一切，但是我坚决保卫你发言的权利"的名言，即成为指摘鲁迅没有宽容意识的证据被反复运用。身处后现代文化多元的格局中，网民和普通大众的接受心理是开放的，甚至在一定程度上而言是无底线的，离经叛道、哗众取宠的所谓新锐观念往往容易成为网络上追捧和翻炒的对象。李慎之、谢泳、韩石山、邵建等扬胡抑鲁的结论及其思维方式，在民间尤其是网络上激发起了从鲁迅心性、修养、政见，到学术、道德、人格的厚污。为了捍卫作为精神标志的"民族魂"，思想界也有自觉地奋起反击者。其思维特点有两种：一是接着自由主义的话题往下说，证明鲁迅的思想中也有自由主义的血脉；一是逆向考证，推出真伪民主之说。值得注意的是，论战双方之所以急于争辩鲁迅和自由主义的关系，且不论究竟是何种关系，起码也反映出自由主义在这个时代不容忽略的分量。在20世纪中国，自由主义曾经成为一个话题并且深入意识形态层面，它的命运可谓生不逢时，历史上以否定的居多，但那时的自由主义并非和多元文化时代所说的自由主义是一个意义系统。瞿秋白所写《〈鲁迅杂感选集〉序言》的最后一节选入中学教材，编选者拟题为《鲁迅的精神》。80年代教学大纲里教授目标是让学生了解鲁迅杂文在思想内容方面的四个特色："最清醒的现实主义""'韧'的战斗""反自由主义"和"反虚伪的精神"，这里说的"自由主义"，是指"封建统治阶级常常采取的那种颠倒黑白、混淆是非、歪曲真象、调和阶级斗争的手段和行为"。②显然，这是主流意识形态范畴内讨论的"自

---

① 邵建：《误读鲁迅（一）》，《小说评论》2002年第1期。

② 司瑞昌：《关于〈鲁迅的精神〉教学参考资料》，《承德师专学报》1982年第4期。

由主义"，直指为"折中、公允、调和、平正之状可掬"的"中庸之道"。实际上，瞿秋白评价鲁迅的依据在于《论费厄泼赖应该缓行》，鲁迅的用意很直接，反对以公平的口号来掩饰欺压、剥削、不平等，针对的是精神奴役的被美化。但李慎之为首的"拥胡派"意不在此，他们高调宣扬的是与苏联式社会主义相对的英美式自由主义，目的不仅在于社会制度的建设，而且也关系到民族精神的构建。如果按照梁启超"器物制度文化"三个改革的等级划分，他们所做的一抑一扬的工作根本上就是在两个不同定义域内的比较，他们以鲁迅致力于体制外的批判而未参与体制内建言献策，就认定其"知识意志的绝对自信"，就是伯林谓之的"独断式的确定感"和哈耶克谓之的"致命的自负"，①这本质上就是取消鲁迅一生倡导并力行的精神界之战斗的先进性。伯林谈黑格尔的感知模式时，强调了一种"特殊的理解力"，他认为"只有看到整体的人才能发现这一点。但只有整体——如果它意识到了自身——才能把自己当做一个整体"，②意味着从整体性建立理解模式，以确定独断的必然性和有效性。在这个层面上说，鲁迅即使有"独断式的确定感"也与他的精神结构和文化结构中的整体意识不可分离。而且，知识论上的确定与否，与精神的自由是否能构成自由主义的对立面，扬胡抑鲁者并没有给出有力的佐证。邵建谈到哈耶克"主张个人自由的依据，主要在于承认所有的人……都存有不可避免的无知（inevitable ignorance）"。据此，无知是一种"知识的限度"，它是每个人都难以超越的，是"自由主义的理由"。首先，鲁迅的启蒙从来不是做一种知识的普及，不是从知识结构上侵扩或援助国民，相反，他更愿意作为盗火者，哪怕如人之子被钉于十字架；其次，鲁迅的历史中间物意识，以及在此意识之下的所有生命践履和文字实践，都印证着邵建所引用的哈耶克的"无知"理论和"不确定"属性；第三，哈耶克作为古典自由主义代表，在论述自由的时候，同样对"自由放任"做了辩证思考，对民主则更是深刻反思。"民主本质上是一种手段，一种保障国内安定和个人自由的实用装置。它本身绝不是一

---

① 邵建：《tolerance的胡适和intolerance的鲁迅》，《开放时代》2005年第1期。

② ［英］以赛亚·伯林：《自由及其背叛》，赵国新译，译林出版社2011年版，第78页。

贯正确和可靠无疑的。我们绝不能忘记，在一个专制统治下往往比在某些民主制度下有更多的文化和精神的自由——至少可能想见，在一个非常整齐划一和教条主义地推行多数民主的政府统治下，民主制度也许和最坏的独裁制度同样暴虐。"①其实，哈耶克的这种思辨，鲁迅早在世纪初写的《文化偏至论》中就已经不断地申述过。当然，发生在20世纪中国历史进程中的专制或者专制的变形，深深地刺痛了渴望自由的知识分子，但是仅仅把自由的无从落实归结于鲁迅之类智者的"致命的自负"，一来并非实事求是，二来也是树立了错误的靶向。

抑鲁者奉哈耶克为圭臬，可知哈耶克也曾说过："把民主看成受到威胁的主流价值，而专心于此的流行做法，并非不存在危险。它在很大程度上要对一种错误的和无稽的信念负责，这种信念就是，只要权力的最终来源是多数人的意志，这种权力就不会是专横的。许多人以这种信念来获得的这种虚假的保证，是对我们面临的危险普遍缺少认识的重要原因。"②在多元化时代，个体的存在感变得比以往任何时候都重要和凸显，但存在的形式和手段却因为众声喧哗而相互难以通约。当谋求共识出现困境时，选择同一的反对对象成为和解的渠道，所以，尽管如何抵达民主并没有获得具体的探讨，但是对鲁迅的否定却成为"虚假的保证"。他们称鲁迅早期以个性解放争自由，特别是对"众数"的警惕抛弃了自由主义的实现路径，而鲁迅后期投身共产主义，为最广大无产阶级的自由而革命是背离了自由主义的制度诉求，所以，鲁迅没有胡适那样的自由主义。准确地讲，鲁迅谈物质精神之辨，做文明制度的评比，不是在根底上反对科技进步与民主政体，而是批评只讲物质或只追求民主制度的片面性。在鲁迅的意识里，个人主体精神的进化才是关键，他在最不自由的中国却写下对自由认识的最深刻的文字，关于做稳了奴隶的时代和想做奴隶而不得的时代的洞悉，不是一个简单的呼唤民主就能产生。鲁迅的确是体制外的批判，

---

① ［英］弗里德里希·奥古斯特·冯·哈耶克：《通往奴役之路》，王明毅、冯兴元等译，中国社会科学出版社1997年版，第92页。

② ［英］弗里德里希·奥古斯特·冯·哈耶克：《通往奴役之路》，王明毅、冯兴元等译，中国社会科学出版社1997年版，第93页。

但是他认识到自由和权利不是被给予的，而是要依靠主体内部反省觉悟而得，其改造作用是能够渗透进体制内的，这种主义自然不是胡适样式的。鲁迅作为一个思想家的贡献，必然不是中国现代的激进主义西化派所能比肩，更不是渐进主义保守派所能比拟。

把胡适作为自由主义的代表人物进行论说，本身就包含了两层含义：其一，胡适在大陆命途多舛，建国后一直被作为流毒肃清，自由主义也与之境遇相同，为胡适争取历史定位也在于为自由主义留出成长空间。构建鲁迅作为胡适参照物的这一对立关系，目的并非存异，而在于求同，追求的是同等的待遇，有学者还论证胡适也有"硬骨头"，其逻辑就在以胡适获得鲁迅的地位而推举所代言的自由主义。其二，社会发展到允许禁言的人物发声，用鲁迅的话说，已经是到"托言众治"的程度，那么这个号称自由主义的流派中，其精神指向究竟是什么？是不是真如他们所标榜的那样是中国社会发展的唯一正确路径？而鲁迅是否就走到了自由主义的对立面？对这个问题的回答必须回到社会变动的实质中去，对中国知识分子而言，努力促进社会走向自由、民主、公正达成了共识，然而，对什么性质的自由、什么理念的民主以及什么方式的公正却发生了严重分歧。这个分歧从改革的内部爆发，所以对一系列基本概念进行重新评价和历史分析，鲁迅对20世纪中国社会进程的重大问题都发挥着或隐或现的影响。以鲁迅来展开对这类问题的探讨，无疑是战略上的考虑先行，以鲁迅来论争改革合法性和过去借鲁迅来占领思想阵地，其逻辑何其相似。

二、"告别革命"或者告别正义

在被称为自由主义的阵营里并非有着统一的原则和主张。按照许纪霖的划分，这一阵营既有政治上相当保守而在市场上非常激进的发展至上的经济自由主义，也有注重宪政改革和个人权利的政治自由主义，还有兼顾自由与平等的左翼的自由主义或社会民主主义，他们有一个共同性或者就是这一共性带来了看待鲁迅的相同视角，即都在反思基础上来裁定历史。其反思涵括相当广泛的背景，从以自律的市场制度为基础的古典自由主义，到边沁和密尔以"最大多数人的最大幸福"为功利标准的新自由主义，从90年代苏联式社会主义的退出，到现代中国根据"个人自由""社会公道"两大原则建立在英美和苏联两大壁垒之间的"第三条道路"。这些考量一方面强调政治法制化以保障经济活动的自由，从而实现个体的自由，另一方面也意识到经济秩序的建立必须要考虑自我与社会的相互依存关系，即对共和主义的民主的内化。对照史实，鲁迅并没有对经济活动的方式或政治制度的形式有过具体鲜明的陈述，而胡适由杜威到罗斯福的研究和仿效，方案中却有对"自由的社会主义"的明确设计，这是自由主义知识分子崇胡适、贬鲁迅的一条重要依据。这当然是事实，说明在探索社会主义自由的现代化过程中，重提胡适就和重提鲁迅一样也具有必要的意义与价值。但笔者认为，鲁迅虽与经济无涉，虽然并没有对经济活动的方式或政治制度的形式有过具体鲜明的陈述，但是他信念中对自由的探求，对经济市场的自由度的思考，甚至比那个研究过杜威与罗斯福的胡适具有更深刻的反省力量。

自由主义思潮的吸引力得自它为经济体制与政治体制改革提供的理性基础的那种方式，迎合了多元文化时代处于价值困惑中的国民，知识分子冀望的这种自由主义在做胡鲁对比时流露出来的那种生吞活剥却显示出潜在的隐患，即把中国问题理解为一种纯粹的制度批判，他们希望找到新的模式取代陈旧体制与意识形态，根子上是一种化约逻辑。事实上，鲁迅是反对化约主义的，即使是整体性的反传统，他也保持对全盘西化的警惕，自始至终都是从自我批判开始，这是他个人主体性的坚持和显现，其伴生的否定意识使他对任何一种现成的主义持怀疑态度，这一点是最具文化启示性的。自由主义者所使用的话语是否具有主体性呢？按照福柯话语生产的运作理论，任何一种话语权都必然造成排斥程序，完成对权力意志的阐释。自由主义者在声言民主、讨檄"左"的传统时还是以一个群体的名义发言，暗含着一种伪自由成分的在场。鲁迅早期信仰中有显明的尼采印记，尤其是对群体的疏离，与权力的紧张关系，提供了一种独立话语的条件，这种源于生命体验的理解介入政治话语所激活的个体性，正是自由主义可资借鉴的质素。

文化语境的形成往往是多种合力的结果。按照后结构主义理论多元格局包含反中心与反主流的要求，知识分子在此格局中一方面对既往核心价值观进行清点、辨识和处置，另一方面，那些根深蒂固的意识、观念又与新问题、新情况纠缠在一起，时时卷土重来，不过所占的精神比重、思想份额有所变化。近代以来，"革命"一词在中国的流行和地位不容置疑，虽然其内涵和外延在历史的进程中已经多次改变，但谈及革命仍然能够获得话题的优先权。因此，对革命的话语实行解构成为后现代主义的文化目标和文化象征，这一姿态在李泽厚、刘再复那里体现得最为显著。两人在1995年出版了对话录《告别革命——回望二十世纪中国》（香港：天地图书有限公司），该书序言中写到："影响二十世纪中国命运和决定其整体面貌的最重要的事件就是革命。我们所说的革命，是指以群众暴力等急剧方式推翻现有制度和权威的激烈行动。（不包括反对侵略的'民族革命'）……这些行动在当时有其各种主客观原因或理由，但到今日，是应该予以充分反省，总结和接受其经验教训的时候了。对二十世纪中国来说，这可能才是最根本的反省。我们决心'告别革命'，既告别来自'左'的革命，也告别来自'右'的革命，二十一世纪不能再革命了，不能再把革命当做圣物那样憧憬、讴歌、膜拜，从而再次悲歌慷慨地煽动群众情绪，最终又把中国推向互相残杀的内战泥潭。"对李、刘二人的"告别论"，思想界学术界追随和抗议的声音兼而有之。反对者以历史虚无主义斥之，针对其言论中"革命制造"论（中国近代以来反帝反封建的革命是少数人"制造"的）、"革命破坏"论（革命只是一种破坏性的力量，革命"破坏一切"）和"误入歧路"论（经济文化落后的中国选择社会主义道路是误入了歧路），指出其目的是通过否定革命来否定作为革命必然逻辑的社会主义道路，提出"更改历史的过去，更是为了影响历史的当下、虚构历史的未来，为中国的发展寻找没有历史依据的另类道路"。[①]认为"不是从历史发展的真实情形出发去诠释历史"，而是根据自己的主观需要对历史进行抽象论定，并以假设为前提推测"革命"和"改良"的根本对立，指出"马克思主义并不否定改良的作用和意义，但它反对夸大改良作用，更反对用改良代替革命，取消革命"。[②]

① 唐昆雄：《马克思主义与社会主义核心价值体系研究》，中国社会科学出版社2010年版，第209页。

② 龚书铎：《警惕历史虚无主义思潮》，人民教育出版社2006年版，第44页。

历史地看来，李泽厚、刘再复的"告别革命"论并不是一蹴而就的。1986年《走向未来》创刊号上李泽厚发表了《启蒙与救亡的双重变奏》，文中已经显露出对革命在中国启蒙背景中的反思，此后又陆续发表过个人的思索结论，"不能盲目崇拜革命，因为不是任何革命行动都是好的"①。如果说救亡和启蒙的变奏学说还较为温和，起着思想参照的作用，那么其后的"'革命。'在中国不一定是好事情。我觉得，通过八十年代末的巨变，中国有了一个很好的反思对象，是改变话语的时候了"②等等言论，则显然指向明确，起到的是对"革命"历史进程的批判作用。事实上，对革命的告别，在李、刘二人那里不是作为一个对策而出现，它所指向的是时代的思想命题，形成的基础既包括新民主主义社会革命的实践，也立足于思想解放运动之后新时期以来的社会动荡和裂变。他们质疑革命被赋予与生俱来的正义性，但他们也没有给出革命正义性的替代物，这就必然留下了思想的空白，用旷新年的话说，宣布"告别革命"，"并且以为终结了革命的时候，一场'革命'却已经悄悄地发生了"。③后一处"革命"有三层意旨：其一，经济转轨导致的社会结构"断裂"④，社会财富向少数人积聚，利益分化的日益严峻；其二，知识分子对后现代不同的应激反应正在逐步形成文化阵营的变化，"告别革命"与"躲避崇高"即为知识分子"kitsch（媚俗）"的行为表征；其三，知识分子内部出现反发展和反现代化的文化批判，通过聚结深层和原始的记忆，包括人性、理想、道德、价值、意义、终极关怀等等来反抗认识的逻辑。最后一重革命被旷新年称之为"搏杀自己呼唤出来的妖怪"，表现出他们认为非但不能"告别"，而且要重新研究被告别的对象，需看到作为"客观需要"的革命造成了知识者内心的紧张、焦虑和苦闷彷徨，同时，这些心理活动的状态反过来也影

① 李泽厚：《走我自己的路》，安徽文艺出版社1994年版，第480页。

② 李泽厚、王德胜：《关于文化现状和道德重建的对话》，《东方》1994年第5期。

③ 旷新年：《对"人文精神"的一点考查与批评》，《文艺争鸣》1995年第6期。

④ 孙立平：《断裂——20世纪90年代以来的中国社会》，社会科学文献出版社2003年版，第220页。

响历史进程的选择，①研究的对象和研究的过程共同构成正义的本质。

对"告别革命"论的批判，是新旧世纪交接时期一场十分重要的思想交锋。虽然彼此没有正面的驳难，但是针锋相对的立场却非常鲜明，而且批判的目的在于对正义性阐释的话语权的获取。柏拉图认为人的心灵有三个要素——理智、意志、情欲，三者处于协调状态时，就是个人正义，社会正义则是个人正义的放大，即体现理智的统治层、体现意志的军人层、体现情欲的工商业者阶层各安其位、各司其职、相互协调时，社会就处于正义的状态。我们认为，"告别革命论"的理论思维是围绕社会正义的角度而发，而旷新年、韩毓海等人为代表的文化批判则是从个人心灵秩序和结构来理解正义。两者都是转型期对社会现象驳杂变换的思考成果，但前者更像是罗尔斯所说的正义，李泽厚也多次承认罗尔斯对他的思想影响。2003年所写的《课虚无以责有》中，他就回顾了"一九九四年我正式提出两种道德的理论后，不久高兴地读到罗尔斯的《政治自由主义》，感到与他的'重叠共识'理论有近似处，要求'公德'从各种文化传统、宗教、主义中脱离出来"②。罗尔斯认为每个个体都在追求一些基本的善或价值，这些基本的善包括自由与权利、收入与财富以及自尊的社会基础等，个人必须通过社会合作，依靠社会结构来实现这些基本的善，按照社会正义进行分配才是最为合理的原则，并得出只有社会契约才能保障社会基本结构的正义，在此前提下才会有其他正义的结论。罗尔斯从个人自由出发来论述正义范畴和原则，把正义的对象提升到社会基本结构层面，也隐含着对个人正义的默认，"告别革命论"的所谓"正义"，未尝不能理解为对个人正义问题的解答。

但是，真正的正义不是拥有强权之后的公正诉求，而是如何保护作为弱势方的对公正、平等的渴念。鲁迅以韧的精神对现实和精神领域主奴关系的揭示和抵抗所捍卫的正是弱者的正义要求。在他的笔下充满了对正义的向往和执着，即使在接受马克思主义之后，晚年鲁迅的多篇文章均透露出他强烈的正义

---

① 韩毓海：《锁链上的花环·跋》，时代文艺出版社1993年版。

② 李泽厚：《课虚无以责有》，《读书》2003年第7期。

感，"除极富贵者和冥律无关外，大抵穷人利于立即投胎，小康者利于长久做鬼。小康者的甘心做鬼，是因为鬼的生活（这两字大有语病，但我想不出适当的名词来），就是他还未过厌的人的生活的连续。阴间当然也有主宰者，而且极其严厉，公平，但对于他独独肯通融，也会收点小礼物，恰如人间的好官一样"①，鲁迅将人间等级和权力复制在鬼的世界里，痛恨金钱和权势对人和鬼的倾轧，极力想塑造和寻找的是属于鬼魂的正义，"一般的绍兴人，并不像上海的'前进作家'那样憎恶报复，却也是事实。单就文艺而言，他们就在戏剧上创造了一个带复仇性的，比别的一切鬼魂更美，更强的鬼魂。这就是'女吊'……也叫作'吊神'。横死的鬼魂而得到'神'的尊号的，我还没有发现过第二位，则其受民众之爱戴也可想"②，女吊之所以取得民众的信任，在于权利体系对其既怕又恨，只不过潜在的奴性将统治者的怕与恨误认为是属己的怕与恨，村姑乡妇才散掉烟煤反对"讨替代"，鲁迅却在这种横死的义勇鬼那里看到复仇的希望，看到底层蕴含的正义的欲望和力量。

无论是以革命为正义，还是以告别革命为正义，围绕"告别革命"而展开的这一场思想论争对主流意识形态的革命话语都是一次重大的颠覆，因为他们都从根本上疏离了作为阶级斗争理论的传统的革命学说。在这场论争中，鲁迅符号又一次被推向风口浪尖。针对鲁迅在"革命模式"中被当作"工具""器具""玩具"和"面具"的现象，刘再复指出那种将鲁迅的局部上升为普遍性的政治原则和道德原则的本质，有两种原因：其一，如鲁迅塑造的狂人一样，"有一种变态心理，他老是觉得有人吃他，老是处于被吃掉的紧张状态，一过分紧张就会发狂"，雷同的"焦虑感和紧张感"也在革命中的人心里存在，所以就有对革命鲁迅误读误用的荒谬。其二，借福柯的"知识—权力"说，"现代社会的疯人院，愈来愈严酷，表面上是在疗治，但因为这种'疗治'就是被先验的'知识—权力'结构所控制，所以疗治的结果便造成更大的疯狂"。正如《狂人日记》"发现中国历史是被某种'知识—权力'所美化的（满嘴仁义

---

① 鲁迅：《死》，《鲁迅全集》第6卷，人民文学出版社2005年版，第633页。

② 鲁迅：《女吊》，《鲁迅全集》第6卷，人民文学出版社2005年版，第637页。

道德的）历史，而发现这一历史黑暗和说出这一历史缺陷（吃人）的人，反被认为是疯子和狂人。其实，被某种'知识权力结构'视为疯话的语言，正是正常人的语言"。[①]于此，正好解释他们所要解构的那个对象，不是告别"狂人"，而是告别对狂人的革命。如果说鲁迅在《破恶声论》中关于"伪士当去，迷信可存"的言论，寄托着他对正义之鬼的信赖，那么在当今"告别论"者"革命当去，批判可存"甚嚣尘上的时代，鲁迅关于正义的信念尤其值得我们深思。

三、多元时代中的鲁迅形象打造

90年代以来，鲁迅的话题依然同过去时代一样，不仅思想界、学术界和文艺界中有着持续的兴趣，而且在社会不同年龄、不同职业、不同阶层中也不断被翻炒。形形色色，林林总总，人们用各种不同的方式表达自己与鲁迅的精神联系，在当下这个经济、文化多元发展的时代里，尤其如此。在众多的鲁迅形象言说中，有几种趋向是值得鲁迅研究者们注意的。

第一种趋向是青少年在了解社会的过程中不自觉地回到鲁迅那里。初二的学生梁宏写到："当人们沉溺在商业的喧嚣中无法自拔时，当人们沉湎于纸醉金迷的花花世界中时，一颗浮躁的心怎能容得下先生那充满痛苦的灵魂拷问和锋利的匕首投枪？不读他，我们无法直面繁杂的人生；不读他，我们无法看到心灵深处的鄙陋；不读他，我们无法守住那片高洁的精神家园；不读他，我们无法具体而透彻地了解中国。"[②]高二学生严柳晴写到："我们是读着鲁迅长大的！我们也盼望着这句话让我们的脊梁更直更挺，但我们太缺乏底气。"[③]高三学生曹庞博写到："我没有背景。曾经有过的生活窘迫使得我对社会不公、秩序失调问题产生了浓厚的兴趣。在阅读了一大堆诸如《南方周末》《中国青年报》《现代化的陷阱》这类有关现今中国政治经济民生发展状

① 李泽厚、刘再复：《告别革命——回望二十世纪中国》，（香港）天地图书有限公司2004年版，第198页、68页、35页。

② 梁宏：《今夜，我想起了鲁迅》，《第二课堂》2003年第Z2期。

③ 严柳晴：《从鲁迅说起》，《中文自修》2005年第5期。

况的报刊、书籍后得出结论：个人的纵深发展，需要鲁迅；社会的正向发展，更需要鲁迅。"①还可以列举更多的学生作文，他们一边学着讲成人的语言，一边脱离不了稚气的词句，于他们的写作中，能够看到被习惯俗见染指的成分，但更多的是幼小心灵着实被鲁迅熏炙过的思考。第二种趋向是在网络言说中国民对一些人直接称之为"鲁迅"，如茅于轼、郎咸平先后被谓之"经济学界的鲁迅"②，这是来自民间的评价。对于经济学界的批判者，没有从经济学界自身的翘楚中，如凯恩斯、弗里德曼等等大师来冠名，却选择一个文学界、文化界的伟人来贴上身份标签，一方面是因为国民对这个身份的熟悉、重视和认可，另一方面应该是在他们的身上，冠名者也许的的确确看到了鲁迅遗风的传承。第三种趋向是遇到严峻社会问题时对鲁迅的呼唤，如《就腐败现象请教鲁迅先生》（佚名《散文百家》2005年第4期）、《就"北京人口准入"访鲁迅先生》（韩相柱《散文百家》2005年第8期），这是随意摘录的两篇杂文，报刊上类似的篇目非常多，互联网上用鲁迅文字做嘲讽、戏谑时政武器的更为频繁，涉及的问题也是方方面面，著文者自然明白搬出鲁迅对问题的实际处置并不会有显明改善，但鲁迅无异于一个准绳，防备底线被触碰的警戒。以上三种趋向在多元社会的出现，似乎表明鲁迅符号被扯入现实社会所存在的诸多问题，却不能指望他予以解决。事实上，换作另外的符号也不可能解决，耶稣也好、释迦牟尼也好，都解决不了现实的社会问题。但为什么所有的问题又都绕回到鲁迅那里呢？这是因为，鲁迅是在历史危机、社会危机、思想危机等多重困境中生成的，他未曾终止过寻路的探索，在寻路过程中积累了丰富的精神资源，能够供后来的被启蒙者参考与思索。这份资源，既不能用实用主义的态度继承，也不能陷于道德形而上去崇拜，因为前者割裂了信仰实践的动机和目的，鲁迅本人是为信仰而信仰，而非以信仰对象为终点的世俗化。后者易于走

① 曹庞博：《让鲁迅回归，是时候了》，《语文新圃》2004年第1期。

② 这种称谓并不鲜见，如：南木：《郎咸平：中国经济界的"鲁迅"》，《东北之窗》2006年第9期；赵永颜：《经济学界的鲁迅》，《中国邮政报》2004年2月14日；吴志菲：《茅于轼："经济学界的鲁迅"》，《中国人才》2008年第7期；姜猛：《茅于轼：中国经济学界的"鲁迅"》，《名人传记》2009年第3期。即使这个称号有跟风之嫌，但其始创者对二者关系的认定也绝非空穴来风。

向乌托邦式的神道设教，那又是鲁迅本人所反对的信徒制造。所以，鲁迅不愿意做青年的"导师"，不提倡青年信奉他，但他希望青年具备和他一样的怀疑意识与批判精神，以及在此生命经验之上的持恒与笃定。

越是文化多元的格局，经典的意义就越是显著，每一"元"文化都在创造性地转化经典，吸纳进自我阐释系统里。鲁迅的影像塑造从逝世后就受到关注，无论是对其作品的改编，还是对其本人的叙事。从60年代陈白尘、夏衍等人未完成的《鲁迅传》，到1981年王相武制作的纪录片《鲁迅》，从2000年张广天的"民谣清唱史诗剧"《鲁迅先生》，到2005年丁荫楠精心演绎的传记片《鲁迅》，每一个影像的背后都有文化的图谋。影像史上的"鲁迅"题材远远不止这四部，但这四部在不同的年代相对有代表性，尤其是后两部在思想自由度和个性自由度较高的社会氛围中孕育而成，更能反映出所集成的文化因子和所潜伏的文化欲望。在此，重点谈谈丁荫楠版本。丁荫楠在中国电影传承中位列第四代导演，以坚守艺术品位、传播人文理想形成他的史诗、正大的格调。之前，他拍摄过《周恩来》《孙中山》《邓小平》等伟人传记片，打造《鲁迅》的直接目的是希望以之抵抗日盛的电影世俗化潮流。但是，初衷和效果产生了一定的距离。论者拟从三个角度来梳理其传播和接受的出入：其一，作为鲁迅思想表征的突出特点，影片竭力构建鲁迅"孤独者"形象，选取了主人公独白的手段，但又辅佐以隆重的场面，让鲁迅活在群众的簇拥中，活在身边人透彻的理解中，这无疑就淡化了鲁迅的"孤独"；其二，影片对人物实施去伟人化，宣传中说，这是一部关于鲁迅先生爱的传记，荧幕上鲁迅是一个真爱自己家庭、儿子、妻子的好丈夫，是一个真爱朋友、爱学生的好先生，民族觉醒的启蒙者在家庭伦理剧的逻辑中转化为社会活动家；其三，影片没有正视鲁迅内在的精神冲突，而采用虚实结合的交织，思想者的自我矛盾和痛苦被虚化，日常生活被实化，这样即使表现鲁迅作为民族脊梁的精神，也难免成为一种无形的说教和灌输。《鲁迅》的整体设计受到当代人大众化情感需求的影响，当艺术接受客体沦为实实在在的消费者，艺术家也不可避免地从精英的身份走向匠人的身份，精神的创作降格为商业的生产和包装，这就使得言说对象和言说信念分裂，很难走到鲁迅的真实世界中去。丁荫楠在采访时曾表示，"我们不要把这部电影归结成政治宣传品，即使他的内容跟政治密不可分，然而，它却代表了世界普遍的人性：人是要追求自由、平等、博爱的。鲁迅的理想在他的生前实现不了，然而他却为了这个理想不停地工作，'肩住黑暗的闸门，放年轻人到光明的地方去'"①。这一目标实际可以看作普及和提高两个维度的建设，将鲁迅的理想作为国民的理想范式是普及意义上的提高，将鲁迅对待理想的方式和行为作为提高意义上的普及。即使观众在这场合谋并参与的观影中，放弃了对鲁迅精神的深度追问，客观上，文化传媒一定程度上也完成了受众群的扩大。不妨这么说，在与娱乐化对峙的实践中，理想派坚持返身回鲁迅那里找寻信仰，尽管鲁迅的加入时有形式上的改装，但或许这改装也是时代的一部分。

丁荫楠所拍的《鲁迅》还不能仅仅当作文化的一"元"来理解，因为多元社会并不是任意一"元"都平等而独立，在思想表述上有主流意识形态的引导，在生产方式上则有资本运作的制约。尤其是后者的强势介入，使得相当多的"元"自觉或者不自觉地甘于被操控与被扭曲。一本书、一部影视作品、一场综艺节目的产出，几乎无不受到出版资本和媒体资本的统治和支配。用韩毓海的话来讲，当下和20世纪30年代相仿，今天被出版、传媒控制打造出来"大众消费主义意识"便是刘呐鸥等人的"新感觉"，其直接结果就是瓦解阶级意识、民族意识，以至个人意识，形成葛兰西所说的"高度同质化"社会。"财政经济传媒集团"通过虚拟化（依赖虚拟的股票、传媒、出版资本）更加集中，民众则通过虚拟化成为城市"无差别的大众"，因而30年代鲁迅的被围剿和现今的被戏拟都在资本虚构这一模式中。鲁迅对都会主义的警惕和批判，对新的公共空间和思想阵地的构想，对如今的多元格局、多极社会才是真正的启示。鲁迅的那一"元"，有其独特生命体验的个体性，却更能够深入大众的灵魂中，他以民族生存为基本精神指向所建构的是属于中国的文化。在半殖民地半封建的旧中国，在混合着洋泾浜异国文化的上海租界，鲁迅对中国文化的创造能力的思考，绝不是以东洋或西洋为标准的文化繁荣，而是从中国本土的自身情况出发，思考中国的民族文化怎样去获得世界性视野。那么，所谓的"多

---

① 燕然：《以大师的名义向中国电影百年致敬》，《电影》2005年第5期。

元"文化格局从目前看来，更多的是与国际接轨的"元"，思维逻辑也没有彻底跳出"赶英超美"的桎梏，想在全球化时代保持民族主体性，鲁迅才真正提供了中国想象的资源。

确实，现有的后现代文化多元格局并非是成熟化的，准确地讲，还没有形成完备的新体系。这不是由某一种思想或文化就能产生或决定，它必然经历漫长的对抗、淘汰过程，至于什么时候抵达极盛阶段，还有待于文化的积蓄和发展。但现有的文化格局对旧秩序的瓦解是确定的，并且已经反映出内中肯綮部分的萎缩、荒芜与部分的萌芽、勃兴。因为后现代文化携带的转瞬即逝性，在这种过渡性的文化聚合状态中，价值构成基础颇为活跃，国民信仰易于受到不同文化阵营、文化场域的影响，价值取向的不定型又会导致社会无序化的加强，从而使革命性的多元时代处于无限延宕之中。恰恰在鲁迅身上，我们再度看到在思潮频繁更迭的时代，保有信仰和坚持正确的信仰将是多么紧迫和必需。关注鲁迅的精神世界，不仅仅是政体问题，也不在于革命方式或者参与社会活动的言论和手段，最本质的在于他个人的自由与理性的思考。鲁迅经历的是一个中西文化碰撞最激烈、社会组织机构矛盾最尖锐的年代，若是轻率地相信或依附一种价值观，所得结论则会是暂时的，也无从指导人的实践。鲁迅精神最突出的特征是他能够用自己的生命体验从世俗现象中把握人与世界的本质，并非是他早期引为信仰的进化思想、尼采主义，或者后期的马列学说本身。作为思想、主义、学说的理论本身只具备精神上的召唤力，它只有通过个人主体的实践，才能在个体的身与心的融合中焕发出强大的生命力。鲁迅以真诚和同情践履自己的信仰，从而才让崇拜者看到信仰在他身上所能达到的精神效力。鲁迅的意义在于所有触碰他的思想后的人都像是从痛苦的、着了魔似的昏睡中开始醒来，围绕他的思想做出积极响应，像是黑夜中见到了曙光。至于这道光芒怎样神奇地扩展千百倍，并不决定于他自身，而取决于接受它的民族心灵。鲁迅以个体生命融入民族命运，呈现出"否定性"的一面，但这种"否定"并不是引发理想和信仰缺失的不承认一切意义存在的否定，而是以自我否定为前提对权威的拒绝。在不能确定光明希望的状况下毅然前行探索地走下去。这种对精神主体性的坚守透露的反抗意味，正是鲁迅自身信仰最突出的特质。

第八章　鲁迅信仰问题的世纪论战

　　历次关于鲁迅信仰问题的论战，大都出现在社会急遽转型或思想矛盾激化时期。论战往往由同一个对象引发出方向不同、性质不同、价值理念不同的争议，一方面反映出鲁迅信仰本身的复杂性，另一方面也证实了鲁迅这一民族文化符号对国民精神建设的特殊影响。论战的意义不在输赢之争，而在于论战者真实地还原鲁迅介入民族现实生存的批判维度和观念立场的共同意愿，不断地深化着学术界乃至整个社会对鲁迅符号能指与功能的认识理解。对新时期以来各次相关论战的回顾和整理，无疑也有助于认清作为"民族魂"形象的鲁迅内在的丰富性和外在的指向性。

第一节　从"神像"化到"大话"像

　　粉碎"四人帮"之后，实践作为检验真理的唯一标准的讨论对思想解放和改革开放运动的展开起到了至关重要的作用。1978年7月17日到24日，中国社会科学院哲学研究所、《哲学研究》编辑部邀请中国国家机关与各省（市、自治区）的党校、大专院校、研究机关、新闻单位的部分理论工作者160多人举行讨论会，探讨理论和实践的关系问题。在开幕式上，中国社会科学院副院长邓力群首先讲话，他说，"同志之间，有不同意见，不但允许发表，而且允许保留。要造成一种风气，不要随便把一个人搞臭。打棍子的人，并不是自己有什么高明，只是表明他没有道理来说服人，只能用棍子、帽子来压服人"。

闭幕式上，周扬以社会科学院顾问的身份讲话，他肯定真理标准问题的讨论意义重大，他说，"科学没有禁区，如果设置了禁区，就是阻碍人类从必然王国向自由王国飞跃，开放禁区，就体现了党对科学的正确领导"①。在真理标准问题讨论的鼓舞下，文艺界也迅速展开了思想观念上的拨乱反正工作，在"文革"中被"四人帮"歪曲的上海文艺界30年代的问题被放在最显著位置。因为对于上海文艺界30年代问题的观念的拨乱反正牵涉两个具体问题：一是为"四人帮"借"国防文学"的口号和"四条汉子"的说法整垮的周扬等人平反，二是对周扬等当年"左联"中的党团工作负责人与鲁迅的关系重新进行历史性的评判。实际上，这两个要求有着更深刻的含义：不仅反对"文革"式地将鲁迅作为"棍子"和"帽子"，而且也不能因为以鲁迅为党的代言人就设置鲁迅研究的禁区。总之，就是要求对鲁迅的思想研究和历史评价需要有突破性的发展。

周扬说，"'四人帮'最大的颠倒是非，就是把我们和鲁迅先生在两个口号问题的争论，这种人民内部的争论，说成是敌我矛盾，说成是阴谋"②。关于30年代左翼文艺运动中的一些事件，冯雪峰于1966年8月10日写过《有关1936年周扬等人的行动以及鲁迅提出"民族革命战争的大众文学"口号的经过》的材料。这一材料的披露几乎成了引发争论的导火线。茅盾接触到此材料后，写了《需要澄清一些事实》一文，认为当年鲁迅受胡风蒙蔽，缺乏"知人之明"③。随后，茅盾又在10月17日《人民日报》发表文章指出，"鲁迅研究中也有'两个凡是'的问题"，文中批评了曲解《湘灵歌》是纪念杨开慧的"假说"，并解释了联名电贺长征胜利的史实，"没有必要从这一件事证明鲁迅是伟大的共产主义者"，对毛泽东是否列名鲁迅治丧委员会的问题也表示不以为然。茅盾最后强调"不要搞形而上学，不要神化鲁迅"。④茅盾的意图在于肃清鲁迅认知中的"左"倾意识，反对过分地夸大鲁迅与党和党的领袖的

① 李济琛：《千秋功过》，光明日报出版社1994年版，第410、411页。
② 荣天玙：《崇敬的思念》，人民文学出版社2005年版，第68页。
③ 茅盾：《需要澄清一些事实》，《新文学史料》1979年第2期。
④ 茅盾：《答〈鲁迅研究年刊〉记者的访问》，《人民日报》1979年10月17日。

亲密关系。茅文的刊出也激发了夏衍的反应，他发表于1980年第1期《文学评论》的《一些应该忘却而未能忘却的事》激烈地反驳冯雪峰，并指责鲁迅的说法与事实不符。这几篇文章使文艺界领导圈里小范围的争论迅速升级，在全国范围内引发了广泛而热烈的论战。

李何林最先表明了个人观点："有人认为凡是鲁迅骂过的人就一定糟糕，凡是鲁迅赏识的就好到底。我看并非如此。"他认为在鲁迅研究中已经发表的文章里面没有"两个凡是"，"借反对'神化鲁迅'之名来贬低鲁迅，或在鲁迅这个光辉的名字上抹黑，是徒劳的！"[①]。支持或认同茅盾看法的文章主要有：《不要"神化"鲁迅》（高畴，《文汇月刊》1981年第1期）、《要科学的评价鲁迅》（陈根生、文达，《群众》1981年第5期）、《论"费厄泼赖"应该实行》（王蒙，《读书》1980年第1期）等；赞成或倾向李何林观点的文章主要有：《所谓"神化鲁迅"》（王得后，《鲁迅研究资料》1980年第12期）、《对〈要科学地评价鲁迅〉一文的商榷》（刘福勤，《群众》1981年第5期）、《"神化"及其他》（靳文，《鲁迅研究资料》1980年第7期）等。综而观之，论战中各方所涉及的"神化"问题，其实并未触及鲁迅是不是"神"的实质性讨论，反而主要是指向是否将鲁迅供奉为"神"的后台这样一种现实性的考量。"两个凡是"的桎梏和"神化"的始作俑者在解放思想成为主流话语的时代已逐渐式微、成为众矢之的，茅盾顺应当时的政治大势和历史主潮控诉"文艺黑线专政论"，这体现的是重返主流话语的"文革"受害者们的价值取向。但是，同样受到"极左"政治迫害的胡风、冯雪峰等人，延续的依然是"极左"时代的评价。由此可见，论战中的"神化"体系的标准是双重的，起码不是彻底的、实事求是的判断。这时，徐懋庸1972年所写延安生活回忆录关于毛泽东对"两个口号"论争的看法由徐的夫人王韦再次提出来，"争论的性质，是革命阵营内部的争论，不是革命与反革命之间的争论。你们这边不是反革命"[②]。由此可知，论战中的所谓反"神化"还不是理论上的深入思考，

---

① 李何林：《鲁迅研究中也有"两个凡是"吗？》，《鲁迅研究资料》第4辑，1980年。

② 《晋阳学刊》编辑部：《中国现代科学家传略》第3辑，山西人民出版社1983年版，第423页。

也不是以恢复鲁迅本来面目为目的，而是停留在一种具体人事平反的层面，也就是借拨"四人帮"歪曲、利用鲁迅的乱，为"文革"中部分受迫害、受打压的人翻身正名。从当时的具体政治环境与政治任务上看，这种翻身正名当然是必要的，不过，从信仰形成原理的角度来讲，论战讨伐"泥塑木雕的偶像当作神来顶礼膜拜"的形象，而在具体的人事层面上，与鲁迅有朋友、师生、至交关系的人其实没有谁因"一人得道鸡犬升天"受到格外的优待，在抽象的道德层面，"鲁迅风""鲁迅杂文"等当时也在面临着过时和被淘汰的命运。"神化"应该谴责的是"不真实"的"圣像"，鲁迅并没有得到"神"的礼遇，恰恰是反对"神化"的人虚构了鲁迅的"神话"。

关于"神化"鲁迅的问题也引起了鲁迅研究界的重视。1981年6月15日至6月22日在西安举行纪念鲁迅一百周年诞辰学术讨论会，经过审慎的分析和探究，与会学者认为当时流行的所谓反对"神化"鲁迅的提法，"在概念上是含混不清的，在理解中是相当混乱的，在实践上是极为有害的，它不但不能确切、明确地概括鲁迅研究中存在的实际偏差，而且影响了鲁迅研究的深入进行和健康发展。四人帮其实质并不能用'神化'鲁迅加以概括。实际上，他们把鲁迅贬低到一个被动地接受马列主义思想改造的资产阶级知识分子的程度，不但否认鲁迅前期思想的独立价值和意义，而且把后期的鲁迅也只能当作党的方针政策的宣传员"。[1]同期，广东省鲁迅诞辰一百周年纪念会也谈到"还鲁迅本来面目"与"神化"鲁迅的问题，指出所谓"鲁迅本来面目"，应该是党中央和毛泽东同志先后在《告全国同胞和全世界人士书》及《新民主主义论》等著作中对鲁迅所作的中肯评价，对鲁迅的评价过高或过低，是方法论的问题，不能动辄指责为"神化"。有些与会者主张不提"神化"[2]这个词。信仰是人类原始情感的本质显现，对鲁迅其人以及他的精神怀有敬仰、敬慕的情感，把他置于引领者的角色，追随并服从他，是深受鲁迅熏浸而成长的一代人的自然反应，因此无法接受"神化"这种带有歧视性的贬义词。王元化的表达是对

---

[1] 宋建元、王富仁：《西安地区纪念鲁迅诞辰一百周年学术讨论会概述》，《鲁迅研究动态》1981年第6期。

[2] 《广东省纪念鲁迅诞辰一百周年学术讨论会纪要》，《鲁迅研究动态》1981年第6期。

"神化"的一种折中，"我们爱他，并不因为他是那个被漫画成为'神'的形象"，"而是因为他是一个在严格意义上的真正的人。他并没有超凡入圣。而是和我们一样的人。不过，他的心怀，他的睿智是我们难以达到的。他的成就，他的贡献，是我们难以企及的"。[①]这种折中说法是在道德层面上谈到了人与神的区别与联系。

　　"神化"的形成是民族心灵委顿、肤浅的表达，关注表面，仅仅看到鲁迅信仰的对象而无视对象自身的张力存在以及与外部世界的复杂联系，就不会进行怀疑、质问和思索，就会使得精神丧失对外界事物获得认识和信仰的途径。那为什么"神化"又能获得赞成呢？除开历史恩怨、时代矛盾，这事实上也是国民信仰结构中的内在机制在起着作用。"十月革命"之后，马克思主义传入中国，在众多的学说之中成为先觉的革命党人最优的选择，一方面是马克思主义有自身的时代进步性，更重要的是它在进入中国传统文化的时候暗合了民族思维中两种具有代表性的倾向：其一是与共产主义理想相对应的大同社会；其二是与革命推动社会进步相对应的以暴力手段解决阶级冲突的途径与方式。前者凸显为"尚和"，是目的，后者体现为"尚武"，是方法。但在20世纪的中国，目的和方法往往被混用，革命目标更多地是以暴力的方式来实现。因此，对马克思主义的接受，如果局囿在有限地吸纳其理论中切合于中国革命实践的部分，国民的信仰结构就难免呈现出片面化、极端化的特色。"尚和"是大传统，"尚武"是小传统，小传统融合于大传统才是文化的脉络，才符合文化的正常发展样态。而"文革"激进的、对抗性的逻辑遮蔽了国民基本的常识和理性，所以在那个时代里，对鲁迅精神的检视，往往不是走向鲁迅精神的内质，而是简单化地把鲁迅当作"文化革命"的造反的图腾与清除的工具，进而否定工具的超越性意义。

　　如果说80年代的"神化"论战针对的是依靠权力、荣耀、恐惧制造的"伪偶像"，在心理现象上有点类似痛恨"四人帮"殃及鲁迅的"憎恶和尚，恨及

　　① 王元化：《人格力量与思想力量——在上海鲁迅逝世五十周年纪念会上的讲话》，《文学报》1986年10月23日第3版。

袈裟", 附带着也剥落了鲁迅身上被加上的形形色色的政治烙印, 那么进入90年代, 国民信仰中的鲁迅问题关联的因素就更为复杂。因为"神化"概念的不清晰, 再加之所受非议颇多, 论战双方基本默认不再使用"神化"这个无效词语。王蒙首先用"崇高"代替了这个称谓, 在替王朔被斥"痞子文学"开解的时候, 王蒙找出的参照对象是"五四"以来作为"精英"的先知们, 他指出"我们必须公正地说, 首先是生活亵渎了神圣, 比如江青和林彪摆出了多么神圣的样子演出了多么拙劣和倒胃口的闹剧。我们的政治运动一次又一次地与多么神圣的东西——主义、忠诚、党籍、称号直到生命——开了玩笑"[①], 王蒙把与王朔"玩文学"相对应的鲁迅一代知识分子开创的"救世文学", 同政治的"伟光正"联系在一起, 显然已经出现了性质的错位。而一年之后参与王晓明等人发起的人文精神大讨论时, 王蒙更是进一步扩大了这个论调。"还有一种虚假的吓人的假前提, 如果我们的作家都是像王朔一样那怎么行? 当然不行。王朔只是一个作家, 他远远不是作家的样板或最高标杆。要求作家人人成为样板, 其结果只能是消灭大部分作家, 反过来, 我们的作家都是像鲁迅一样就太好了么? 完全不见得。文坛有一个鲁迅是非常伟大的事, 如果有50个鲁迅呢? 我的天! "[②]王蒙的惊呼引发王彬彬、刘心武、朱学勤等人或正或邪的攻击。从文字来看, 双方争议的是大师地位, 即鲁迅思想资源在国民信仰中所占份额; 从深层意思来看, 是知识界在经历了政治浩劫之后, 面临市场经济出现的集体性彷徨而产生的呐喊。王蒙代表的是进入"后文革"语境中一方面渴望依靠"世俗化"力量来消解政治阴影, 另一方面对"物质主义的享乐倾向和商业主义的拜金倾向"缺乏预见性警惕的"非鲁"派。从他们的见解和立场就能看到他们对鲁迅精神遗产的漠视, 鲁迅对政治和经济关系的辨析, 对现代都市化的冷峻态度其实早已有之, 他们对鲁迅的非议不过是他们跻身文化领域中的新一轮利益分割时推卸道义的引渡。王蒙的论战者大都是一些道德理想主义者, 对个人角色的体认延续了鲁迅做"社会的良心"的人文意识, 他们焦虑于

---

① 王蒙:《躲避崇高》,《读书》1993年第1期。

② 王蒙:《人文精神问题偶感》,《东方》1994年第5期。

知识分子边缘化的生存困境，对"二王"的非鲁倾向进行了尖锐批驳，这反映出国内市场经济时代下鲁迅精神资源面对的新的挑战。

即使论战牵扯到作家资历、气量和人品，有"私骂"的嫌疑，但都始终抓住"鲁迅"，来抢夺公共空间，也就表明鲁迅理所应当的精神合法性。但是，世纪之交的三次交锋却直接指向其存在的合理性。1998年新生代作家朱文将一份问卷分发给几十位年轻写作者，其中有两个问题："你是否以鲁迅作为自己写作的楷模？""你认为作为思想权威的鲁迅对当代中国文学有无指导意义？"[①]1999年问卷参与者葛红兵连续写作《为20世纪中国文学写一份悼词》和《为20世纪中国文艺理论批评写一份悼词》，批判鲁迅人格和作品与专制制度"殊途同归"。2000年，大型文学杂志《收获》第2期在开辟的"走进鲁迅"专栏中刊登了王朔《我看鲁迅》，王文以戏谑的口吻说，"什么时候能随便批评他了，或者大家都把他淡忘了，我们就进步了。中国有太多的神话，像我这样的红尘中人，若想精神自由，首先要忘掉还有一个'精神自由之神'"。这一系列的颠覆所要瓦解的已经不仅仅是过去所突出强调的鲁迅与无产阶级的合作关系，鲁迅为无产阶级的执政党代言的关系，以及鲁迅被绑架在无产阶级的领袖崇拜中的依附关系，而是非常明确地要消解鲁迅与我们所处的时代的关系，与我们自身的精神世界的关系。颠覆者颠覆和结束这一切关系的目的不仅是解构，而且是要"取而代之"，解构者们一哄而上的成果是文化资本的攫取，是消费经济时代里文化消费的制高点的夺取，这恰恰是后现代精神危机的伏笔。"断裂"事件有意识地设置"楷模""权威""指导"等倾向性明显的负面用语，本质是"利用政治市场上的投票表决、一致同意的方式，做文化难题的判定"，"看似有创意，实则落入前人的窠臼：施攻者先按照自己的想象设计鲁迅，把鲁迅打扮成一个正适合于攻击的面目，而拒绝去看鲁迅的真实"，"断裂者误把被人打扮的鲁迅当做真正的鲁迅"。[②]"悼词"事件和"《收获》"事件性质雷同，都是以鲁迅为精神隐患和精神障碍。当国民继承

---

① 朱文：《断裂：一份问卷和五十六份答卷》，《北京文学》1998年第10期。

② 秦援晋：《"与鲁迅断裂"是匪夷所思的宣言：心平气和说〈断裂〉》，《中华读书报》1999年5月19日第17版。

和弘扬抵制文化专制主义、坚持思想自由的鲁迅精神传统时，这似乎让颠覆者、解构者们感到了极大的不自在，感到受了道德的威压。这本身就是荒诞的，所以他们才采取了假想、反讽、夸张、戏拟甚至恶搞，做成"大话"的版本，故意拉开与"神圣"对阵的架势。

　　整个20世纪，神圣一直飘荡在中国国民的心灵上方，对神圣或称颂与追求，或唾弃与讨伐。究竟什么是神圣呢？从宗教学的角度来看，神圣包含着"不可抗拒的畏惧"，"完全相异的神秘"以及"无法终止的着迷"，①在类宗教的国民信仰中——无产阶级？政治革命？道德理想？个性解放？还是其他属于神圣的事物？在这些概念背后是不同的价值范畴，很难简单地脱离具体的时代语境和历史背景对其进行神圣与否的判断。但是，鲁迅却被轻易地置放在神圣与非神圣的台上，经受着口是心非的赞与骂。李建军说，不同的评价与态度"反映着我们时代的精神瘫痪和思想混乱之情状，而其中最主要的问题，就是信仰体系的缺失"②。信仰体系缺席的时候，有两类替代样式：一是"把次要的、有限的实体提升到终极的地位"，导致对"人的存在性本身的失望"的"偶像崇拜"；③二是将英雄或伟人视为精神和肉体上的一种"原型"，一种生存的"根据"，不令自己变成他的奴隶，而像是一种"兄弟关系"。④显然，第二种是正常的，能够作为信仰的补充形式。"神化"和"大话"之所以引起论战则是因为这两种方式都背离了信仰主体的本质。在这种怀疑、半信半疑的状态下，与其说是对历史上的鲁迅真身的亵渎，不如说是对鲁迅作为一种文化符号所象征的权威话语、理想主义、人文精神的嘲弄。

　　① ［德］鲁道夫·奥托：《论"神圣"》，四川人民出版社1995年版，第14、29、36页。

　　② 李建军：《一个问题的两个答案及其他》，《南方文坛》2001年第3期。

　　③ ［美］L. J. 宾克莱：《理想的冲突：西方社会中变化着的价值观念》，商务印书馆1983年版，第289页。

　　④ ［英］托马斯·卡莱尔：《论英雄、英雄崇拜和历史上的英雄业绩》，商务印书馆2005年版，第113页。

第二节　"费厄泼赖"的接受命运

有关"神化"和"大话"的论战是在宏观角度论战"可信"与"不可信"、"能信"与"不能信"的问题，与之同时，一些微观的论战也伴随鲁迅的信仰切实地介入社会若干重要问题而次第展开。具体地看，新时期以来改革开放进程中的制度建设和文化建设都与鲁迅这个精神上的民族符号密不可分。

新时期最早揭开民主问题讨论的当属王蒙，他在《论"费厄泼赖"应该实行》中对鲁迅进行反驳："五十多年以前，鲁迅先生提出了'费厄泼赖应该缓行'这一富于革命的彻底性的著名命题。当时，鲁迅先生大概不会想到，在解放以后的历次政治运动中，这一篇名作得到了特别突出的、空前的宣扬和普及。'费厄泼赖'在1957年要缓行，在1959年要缓行，在1964年、1966年、1973年直到1976年仍然要缓行。看样子，缓行快要变成了超时间、超空间的真理，快要变成了'永不实行'，从而根本否定了'缓行'了。"[1]这段话概括了全篇文章的意思：第一，残酷的、非理性的政治运动均是由缓行"费厄泼赖"所造成；第二，"费厄泼赖"精神是时代进步、社会昌明的必要前提；第三，鲁迅提倡"费厄泼赖"的缓行，对历史发展造成了停滞、倒退。王蒙深感于建国后政治斗争政治运动的过度，试图为社会重新步入正轨寻找指导思想，所以竖起了鲁迅这个靶子，希望由此建立制度保障来约束整人思想的泛滥。应该说王蒙的出发点是善意的，对鲁迅的抨击不是从人格上侮辱，不是从对象所想、所愿的动机上怀疑，而是就着文本、事象、所为进行批评，不能算作污蔑。王蒙的偏失仅仅是考虑问题的逻辑缺乏历史理性主义，所以其不足处也是时代的局限。但王蒙的思路却被后来者发展成为愈加片面的观点，包括他自己，后来也越来越落入偏执的一路。这些追随者最为典型的有两类：第一类认为鲁迅"反民主"，为专制主义提供了思想资源；第二类认为鲁迅绝不"宽容"，以"怨恨"美学制造了人性的黑暗。这两类都在自己的预设逻辑中将鲁迅信仰视为民族疑难问题的炮制者，从侧面也暗含着想在鲁迅那里找到解决症

---

① 王蒙：《论"费厄泼赖"应该实行》，《读书》1980年第1期。

结的突破口的意图。对这些争端应该予以深入地反思，不仅给论战一个合理的判断，而且为鲁迅符号在新时代的功能再造提供有益的借鉴。

第一类对王蒙说法的发挥当推谢泳。1998年3月，林贤治《人间鲁迅》一书再版，谢泳指出林书把鲁迅写成"最彻底的反专制反极权的勇敢战士"，还欠一个"满意的解释"：

> 这个困惑就是为什么鲁迅以反专制为基本追求而却总是被专制利用，鲁迅的悲剧不在生前而在死后，他差不多可以说是中国近代以来唯一一个没有被新时代否定的知识分子，这是为什么？鲁迅是最不愿意和官员打交道的，不像胡适那样，还想过去做政府的诤友，鲁迅是最看不惯胡适这一点的，然而奇怪的是鲁迅一直得到官方的首肯，而胡适却从来都是被骂的，为什么新时代愿意用一贯反专制的鲁迅来做为自己的旗帜，却不用一直想做政府诤友的胡适呢？就做文章这一点来说，胡适是明白的，他讲道理明白如话，相比之下，鲁迅是晦涩的，也就是说，胡适的那些话没有再阐释的可能，而鲁迅的话却可以被某种政治势力加以利用，因为鲁迅的许多话是可以另有所解的，文革中鲁迅语录也很盛行，政治势力是在利用鲁迅，但人们反过来想一想，他们为什么要利用鲁迅？在鲁迅的时代里，人们总认为鲁迅是拆台的，而胡适才是补台的，为什么一个以拆台为基本特点的人的思想总被利用，而一个总想补台的人的思想却不受欢迎呢？文革时期鲁迅的书是他同时代作家中唯一没有被禁的，也就是说我们生在新社会长在红旗下的人是读着鲁迅的书长大的，可为什么在中国最黑暗的年代里，那些读过鲁迅书的红卫兵战士连最起码的人道主义都不懂，学生打死老师的事几乎天天都在发生，这一切是从何而来的呢？在那个年代里鲁迅的书是可以完整地读到的，他有全集在，那么多读鲁迅书的人怎么就不学好呢？鲁迅是反专制的，可专制偏偏又只找着了鲁迅，这是为什么？①

---

① 谢泳：《鲁迅研究中无法回避的问题》，《岭南文化时报》1998年7月20日。

谢泳的疑问并非新见，问题设置中也多有缠绕，论战者很容易找到漏洞。①其实，是否与官场交往也好，是补台还是拆台也好，是人道还是反人道也好，谢文的核心词语是"专制"，谢文绕来绕去要表达的潜台词就是鲁迅思想有专制的成分，或者说鲁迅思想属性是专制性的思想。专制与民主是对立的，在早期鲁迅确实对"民主"的问题进行过深入的思考。1907年鲁迅写作的《文化偏至论》，就是对西方民主政体的主要形式"立宪国会"的强烈的批判。这时鲁迅的思想建立在进化论和尼采主义的信仰上，他在文中倡导的是"掊物质而张灵明，任个人而排众数"。鲁迅所认为的"众数"是"若信至程度大同，必在前此进步水平以下。况人群之内，明哲非多，伧俗横行，浩不可御，风潮剥蚀，全体以沦于凡庸"，而且在不具备独立人格和自由思想的民族推行立宪与国会，"见异己者兴，必借众以陵寡，托言众治，压制乃尤烈于暴君"。②鲁迅从国民自治水平和社会舆论监督两个方面预见到没有实质的"德先生"无力争取到政治制度革命的胜利，所以才深刻地揭露出"无主名无意识的杀人团"的虚伪性和破坏力。民主政治的实现取决于思想成熟和经济发达的程度，半殖民地半封建的中国社会不可能依靠单纯的政权形式更新取得人的解放，鲁迅看到了伦理化政治转向政治化伦理的潜在威胁。从根本上来说，谢泳等人所言的"民主"侧重物质利益政治利益的对立和斗争层面，而鲁迅所言的"民主"侧重思想意识、价值观念和文化品格的距离和分歧层面。并且或者说也是最易忽略的一点，鲁迅谈论民主除开"众数"的道德考虑之外，还立足于更宽泛的范围（即人类文化思想发展的背景），"同是者是，独是者非，以多数临天下而暴独者，实十九世纪大潮之一派……递夫十九世纪后叶……乃有

　　①　曹振华：《也谈鲁迅被专制利用问题》，《鲁迅研究月刊》1999年第1期。文中以"被评价者的价值和业绩决定了鲁迅不可能被否定""新旧时代和新旧政府的差异影响了鲁迅和胡适的不同命运""在利用鲁迅时真正被利用的并不是鲁迅，而是毛泽东和红卫兵""'文革'中发生违反人道的事来自鲁迅早就批判的国民性的劣根性"等答案回敬了谢泳的迷障。陈辞犀利，条理清晰，当然，论辩的文体决定了内容只能是在方向上给予反驳，但具体的细节上还缺乏严密的推证。这也说明了，谢泳问题意识并不牢固，最大的影响是再次提出了鲁迅和"专制"的关系。

　　②　鲁迅：《文化偏至论》，《鲁迅全集》第1卷，人民文学出版社2005年版，第52、46页。

新神思宗徒出，崇奉主观，或张皇意力，匡纠流俗，厉如电霆……以自有之主观世界为至高之标准而已"，这意味着鲁迅对西方资本主义文化核心和基本内容的"民主"思想作了一次真正现代意义上的对照和比较。鲁迅倾向于现代主义运动中的"个人"学说，而这个"个人"又是鲁迅"人立而后凡事举"的前提。在这个意义上，鲁迅对奴役个人的专制制度理解为精神的奴化，这才是他提出国民性理论的理路所在。鲁迅的"费厄泼赖"缓行说，根底在其坚韧的批判精神，既是针对反对社会变革的势力，也指向自我奴性的不觉醒。谢泳等人把鲁迅"痛打落水狗"精神，贬为"专制"的文化态度，正是用其所谓自由主义的价值尺度，对鲁迅人格精神抱以不"费厄泼赖"的历史偏见。

第二类对王蒙说法的发挥者当推路文彬。路文彬从启蒙者和被启蒙大众的关系入手，提出"中国百年来的启蒙实践，一直就是单纯的批判理性实践，对于民族个性抑或文化质量，除了摧毁几无建设。所以，在启蒙这块专属于精英们的'飞地'里，我们能够目睹到的只是一片废墟，感受到的则是一种极具破坏力的恶的情感。值得我们注意的是，这块飞地上的废墟在日益增多，恶的情感也在日益膨胀，但它所产生的效果却是令人尴尬的，以至于我们不得不要怀疑，这场旷日持久的启蒙运动启蒙的究竟是谁"。他认为梁启超系统论述过中国民众的人格弱点，中国民众毫无好转，鲁迅批判火力胜于梁，结果还是一样，因此不是民众出了问题，而是启蒙方式的问题。"他那近乎恶毒的打击手段，甚至连启蒙对象的基本自信都难以滋生，还遑论什么使其自觉？"路文彬列举了《药》《狂人日记》《阿Q正传》等一系列针砭国民性痼疾的小说为证，指出启蒙者对启蒙对象不满情绪加剧，"这种情绪积蓄至极点，便是怨恨心理的爆发。而随着怨恨这种恶之情绪的深化，主体的理智能力渐遭毁坏，便开始愈发怀疑自己当初的努力，收敛所有给予对象的善之关怀，并将其彻底否定。拯救不成，索性促其灭亡，于是认同转向怀疑，希望变成绝望，热爱蜕变为了憎恨"，得出怨恨导致启蒙无效的结论。路文彬还引证斯宾诺莎"爱的哲学"、舍勒"阶级仇恨"、尼采"奴隶道德"等理论，证实鲁迅其人的"怨恨心理""卑贱意识"以及"反情感"等种种精神品格，进而推导"从怨恨到自我怨恨，以及对于民族传统文化的刻骨之仇，我们可以看见鲁迅民族信心崩溃的全部过程。这也是整个华夏民族彻底丧失自信，长期堕入自卑自贱心理的不幸开始"。这一切"削弱着一代又一代青年之于民族文化的认同，阻碍着他们和国家之间那种共生的情感体验"，而今天鲁迅还在知识分子那里产生"魔力效应"，就缘于"怨恨"话语本身固有的某种心理疗愈功效。"他们借助鲁迅实现的只不过是一种内心不满的宣泄。他们对于鲁迅的偏爱，实际上表达的不过是心理激愤的冲动。"①路文彬这篇文章首先在网络上发布，在北大中文系的现当代论坛上，点击率一直居高不下。用陈晓明的话说是"如此直言不讳地批评鲁迅而没有遭遇灭顶之灾，这也堪称奇迹。近十年来，试图在鲁迅头上动土的人不少，无不以被人民辱骂得粉身碎骨而告终。只有路文彬写了文章而能安然无恙"。当然，陈晓明也提出了相异看法，"我不同意把鲁迅的这些富有个性的批判现实的战斗精神看成是病症，对鲁迅所处的时代的政治、文化、人格的批判，我以为不能就此把鲁迅归为'怨恨自贱'一类，如果歌颂赞美那个时代，理解那个时代又如何？那同样的逻辑则被一棍子打为堕落文人或御用文人"。②陈晓明是从正面的思路在完善路文彬的观点，比如他以探求的方式问到："什么样的批判具有历史正当性？什么样的批判是历史必然的要求？什么样的批判是'怨恨自贱'？"陈漱渝则从反面的思路辩驳路文彬的观点，第一，人类情感不能如路文彬那样简化"爱是善，是强者的品质；憎是恶，是一种理当否定的情感报复"，鲁迅的创作实际和生活实际都反映出对民族国家、弱势群体、进步青年等各种范畴的爱。第二，对爱憎情感进行道德评价，应该从同一个内在精神结构上发生的，对鲁迅的认识是"割裂开来予以褒贬"。③陈漱渝也较为中肯地承认"中国的启蒙者置身于军阀割据、外侮频仍、哀鸿四野、饿殍遍地的国度"，"政治变革、经济变革和文化变革的要求都挤在了同一条狭窄的时间隧道里，相互磕碰就成了一件难以避免的事情"，鲁迅等人面对相当多体质和精神均已硬化的国民，他们为了"矫枉"而不惜"过正"，出

---

① 路文彬：《从怨恨到自贱——论鲁迅启蒙思想的当代历史局限》，《书屋》2003年第1期。

② 陈晓明：《持有那种感悟、灵性和立场》，《南方文坛》2006年第6期。

③ 陈漱渝：《究竟是谁的局限》，《书屋》2003年第8期。

现表面的"偏谬"，正如恩格斯评价伏尔泰、狄德罗，"没有能够超出他们自己的时代所给予他们的限制"，把鲁迅定性为"怨恨自贱"是难以成立的。应该说这是一场"论"而不"战"的纷争，双方都没有采取过激的言辞，做情绪性反应。其一，因为存在一个大前提，即文化的多元主义渐入人心，多元主义本身的特质就是宽容，所以在关于鲁迅是否宽容这个话题上能够出现不同的声音。其二，鲁迅本人也确在怨恨的表象下存有宽容的心质，而且，"怨恨"和"宽容"本身就是在思维定式和道德伦理两个不同层面上得出的表述，双方的分歧并不在于究竟是主张怨恨还是宽容，而是路文彬认为需要用宽容抵制怨恨，而陈漱渝等人认为宽容和怨恨可以并存。其三，路文彬把鲁迅作"怨恨自贱"定性时，缺乏恰当和必要的阐述，以此未经充分论证的立论为前提评价鲁迅的批判事业，有失公正，并不"宽容"，而"怨恨自贱"这一定位被别有用心者炒作，形成了不良的舆论压力，有损鲁迅"批判国民性工程"评价，当然这是余绪。

第三节　"拿来主义"的接受风波

"费厄泼赖"缓行论在制度建设的层面探讨较多，"拿来主义"则在文化建设上出现较多的非议。对新时期知识分子而言，文化继承上面对着的是两种文化传统：一是作为古典历史传承的民族文化，一是在马克思主义中国化实践过程中创立起来的无产阶级文化。前者经历了五四新文化运动的批判，在"打倒孔家店"的呼声中体系崩塌，为西方文化的进入腾出了地方；后者通过30年代左翼文学运动和40年代延安文艺运动的实践，在无产阶级政权建立之后获得了文化意识形态领域的正宗地位。思想"解冻"之后，改革开放的行政指令和思想浪潮相互作用，势必对两种形态的文化继承都造成影响。关于鲁迅"拿来主义"的论战也是在此背景下产生。

1986年为了纪念鲁迅逝世五十周年，10月19日至24日在北京举行了"鲁迅与中外文化"学术讨论会，在开幕式上，时任中国社会科学院文学所所长的刘再复有一发言，他说："对传统的文化反省和文化批判包括三个层面：一是对传统政治结构的反省和批判，二是对传统文化理论体系和观念体系的批判，三是对传统文化在社会心理中的历史积淀和它所造成的精神创伤，即民族形式弱点的反思和批判。"他说，古代知识分子是局部的（如王船山、戴震等）、由"理"而"势"的（如东汉太学生）反省，但鲁迅是整体的、反"理"的，因为鲁迅看到"封建专制的结构和封建文化基础的一致性"，他发现"封建之'理'即封建意识形态已经不仅仅作为一种理论形态束缚人们的头脑，而且已经积淀为民族的无意识侵蚀着民族的灵魂和造成民族的巨大的心灵创伤"。所以，鲁迅对封建文化采取了"彻底批判的逆向思维"，并找到了"批判的价值尺度即对人的尊严和价值的尊重"，即新文化最基本的出发点，但并未完成它的总体建设。原因在于五四时期的中国"大工业生产体系还没有建立，整个社会还处于小生产的汪洋大海之中，封建主义的传统还十分强大，社会还非常封闭，在这种土壤中，中国自身不可能自发地、独立地产生一种先进的文化理论体系和文化观念体系。也就是说，原来自身的社会基础和文化基础还不足以产生一种适合于民族更新需要的全新文化结构和全新的精神文明系统。因此，创造新的精神文明系统的工作就不能仅仅通过对旧文化的认识和批判，还必须借助外来的文化助力"，鉴于此，鲁迅提出了"拿来主义"这个由传统向现代转化的内在机制。"这种结构的重新组合，不是全盘抛弃传统，也不是全盘西化，而是以雄大的气魄去容纳中西文化的冲突，使我们传统中的各种文化要素发生变化，并在新的结构系统中获得新的位置新的系统质。"刘再复强调，"如果没有鲁迅的偏激，就没有我们昨天的重大突破，就没有我们今天的从容不迫"，所以不能只认识到鲁迅的偏激，必须"充分地理解这种偏激的历史具体性和历史正义性"[①]，才能真正认识鲁迅文化批判的伟大意义。五年之后，在1991年纪念鲁迅110周年诞辰的时候，黄源对这个会议的主旨以及刘再复的致辞进行了严厉的批评，他说，"会议的主调是用人道主义精神研究鲁迅，不提鲁迅和帝国主义文化侵略的斗争，不提鲁迅为创建无产阶级新文化所采取的

---

① 刘再复：《沿着鲁迅开辟的文化方向继续探索》，《文学报》1986年10月30日第3版。

是非鲜明的态度"。黄源指出，"他（鲁迅）晚年处理中外文化，已是一个共产主义者，用的是马克思主义的武器"，而刘再复等人却"根据某种需要把违背客观实际的东西强加给鲁迅"。①在黄源看来，这种"违背客观实际的东西"就是19世纪式的资本主义的人道主义话语。黄源认为，"鲁迅走了一条从民主主义者到共产主义者的路，他晚年对马克思主义是坚定不移的"②，鲁迅信仰的发展道路是无产阶级信念的最终战胜。由这种思想认识出发，黄源对五四时期的鲁迅信仰是不认可的，对鲁迅的"拿来主义"也有他自己的解读。他认为，在鲁迅那里，即使是"拿来"，也是拿来的"十月革命"送来的"马克思主义"，而不是资产阶级民主思想。

刘再复和黄源对鲁迅"拿来主义"的理解，代表了80年代"态度同一性"下接受改革的两种思维方式。对经历了"文革"的中国国民来说，改革包含两层意思：第一，改革是共产主义式革命进程中一个阶段，具有毛泽东时代革命的天然神圣性；第二，改革是转变集权体制，打破意识形态封闭性的必要手段。由此，对"拿来主义"特征的改革是支持和拥护的。但是，进行什么样模式的改革在国民心目中却并非一致。刘再复向人道主义话语寻找资源，在以经典马克思主义为资源的黄源看来就是思想阵地的失守。而事实上，这两种精神资源的内部联系却被批评者忽略了。黄源认为改革的模式应该在马克思主义一元化思想指导下实施，刘再复认为马克思主义的意识形态应该得到更多"启蒙"资源的补充。新时期宣扬"人的觉醒"让知识界有重回五四道路的复归感，新启蒙主义这种续接五四新文化的价值判断使得客观上对建国之后的意识形态形成一种批判立场，通过潜在的否定以取得自身存在的正当性。但是，"人道主义"思潮在新中国的发展并非完全断裂，在50—70年代就有"文学是人学"等观念曾被作为修正主义遭到多次批判。可见事实上人道主义思潮虽然被置于禁区，但仍然以一定的形式透过主流意识形态的规训而坚韧地表现着，新时期的思想解放运动所实现的是将这种地下的格局移到地表，从隐性转变为

---

① 黄源：《不能搞指导思想多元化》，《文艺报》1991年10月5日第3版。

② 黄源：《精神文明建设的典范——鲁迅》，《文艺理论与批评》1987年第1期。

显性，本质上还是一种延续关系，谈不上截然的对立。黄源把程度问题理解成性质问题，这是在政治层面上做出的定性，这种批评方式命定了他与刘再复的论战是一场无法持续的文化对话，实际上这场论战也未能取得真正富有建设性的成果。

1992年开始，邓小平"南方讲话"引发了中国社会改革的新一轮浪潮。向市场经济重心的全面转移，这一社会经济体制的改革的迅猛发展，再加上光影技术带来的文化产业的走向前台，政治革命的神圣性、政治中心时代的英雄符号受到了前所未有的挑战。作为激进主义的代名词，革命的实践和革命的理论遭到双重的审思乃至消解，80年代的"保守"和"激进"发生了外延与内涵的转变。在新的价值谱系下面，五四新文化运动成了供人清算与反思的重大题材。1988年9月，在纪念香港中文大学成立25周年的活动里，余英时做了一场《中国近代思想史上的激进与保守》的演讲。他提出近代以来的中国历史就是从康有为、孙中山直到毛泽东的不断激进化的历史，"文革"就是激进主义的最高峰，"五四"与"文革"是20世纪历史上"激进化"的一个循环。[1]伴随着90年代知识分子对自身命运的反思，余英时的这一观点在知识界产生了强烈共鸣，林毓生1986年底出版的《中国意识的危机》也重新受到关注。林著提到中国思想史最显著特征之一是激烈反传统主义，并指出"'全盘否定传统主义'却直接引发了'全盘西化'那种大概只能产生在中国的怪论"。[2]接着，陈来在《东方》杂志创刊号上发表了《二十世纪文化运动中的激进主义》，认为"五四"彻底反传统的激进主义带来了很大的负面影响，与"文革""文化热"构成20世纪一脉相承的三大运动。于是，这些反省在指向具体的史实时，陈寅恪、吴宓、辜鸿铭等被奉为国学大师，成为名噪一时的文化英雄，而新文化运动领导人如陈独秀、"只手打孔家店"的吴虞等均受到批评，鲁迅也被置于审判台上。针对世议，王景山以"拿来主义"为切入点，对鲁迅的改革思想和开放意识做了深入细致的分析与还原，认为鲁迅的"拿来主义"有时代的紧

---

① 余英时：《钱穆与中国文化》，上海远东出版社1994年版，第201页。

② 林毓生：《中国传统的创造性转化》，生活·读书·新知三联书店1988年版，第149页。

迫性，"改革思想源于他早年坚信的进化论，源于他对外国的识见，源于他对历史的洞察和对现状的思考。在鲁迅看来，改革不是一时一地一事的权宜之计，而是历史前进的需要，社会发展的必然。鲁迅一生身处面临的社会现实，更使他深感改革的极端迫切性。须知，鲁迅诞生之日，正是我国社会向半殖民地、半封建社会急速转化之时"。王文还就"拿来主义"不是"全盘西化"给出自己的理由："早在一九〇七年所作《文化偏至论》中，他就反对在向外国学习时的'偏至'，亦即反对在这个问题上的片面化、绝对化。开放，向外国学习，自然首先是为了'洞达世界之大势'。但何取何舍，却须经过仔细的'权衡较量'。一定要'去其偏颇，得其神明'，然后拿到中国来实行，才能完全融合在一起。要而言之，鲁迅认为，'外之既不后于世界之思潮，内之仍不失固有之血脉，取今复古，别立新意'，我们的国家才能'雄厉无前，屹然独立于天下'。"①不过，王景山的这种推论是从对外的角度对鲁迅的文化态度做了辩护，对内还是无法回答对鲁迅彻底反传统的指责。而且，在90年代日益高涨的"国学热"文化氛围中，王景山的声音很快就被埋没了。

最让知识分子觉得刺眼，难以从情感和学理上接受的是张伟国刊于香港《联合报》1994年9月8日《余英时访谈录之三》中余英时对鲁迅的批判："他没有正面的东西，正面的东西什么都没有"，"没有一个积极的信仰，他要代表什么，他要中国怎么样，他从来没有说过，尽是骂这个骂那个的"，这种腔调被房向东说成是"与梁实秋所说，几乎是一个模样"。②黄健从鲁迅认识与把握传统价值观念的思维逻辑和鲁迅完成思想文化观念现代转换之后的思想特点两个角度对余英时进行了回应。黄健借汤因比"文化'边际人'"的理论说明鲁迅"不但是'在'而'不属于'一个社会，而且还'在'而'不属于'两个社会"，其中，"在"决定了鲁迅的文化观生成机制受到文化境况的制约，"不属于"决定了鲁迅对现实人生的超越精神，既表现为对待传统价值观念的批判和继承，也表现为对西方文化价值观念的吸收和取舍。"在"而"不

---

① 王景山：《鲁迅改革思想和开放意识》，《首都师范大学学报》1993年第1期。
② 房向东：《情急失态——余英时对鲁迅的咒骂》，《鲁迅研究月刊》2000年第6期。

属于"的特殊身份让鲁迅意识到"反叛传统、批判传统是合理地继承传统、创造性地转换传统的必要前提，也是对传统价值观念进行革命性改造的必要前提"。而且，鲁迅反叛、批判的目的在于建构，他以西方文化为参照系，根据近代中国建构新文化的实际状况，从18世纪以来的西方启蒙主义文化思潮和19世纪末20世纪初出现的西方现代主义文化思潮中，吸取了"人"的观念，确立起"立人"思想。因为"在"，所以"反抗"，因为"不属于"，所以"独异"，这是鲁迅最具价值的"自成品格"。[①]黄健从正面回答了余英时对鲁迅彻底反传统的批评，既有历史的纵深感，也有宽广的文化视野。袁良骏则是从反面驳斥了余英时等人所谓的国学观。袁良骏以鲁迅的文本、鲁迅与"学衡派""封建复古派"等人论战的具体语境以及"保存国粹"在当年的动机和恶劣影响等为依据，指出余英时等人重提的"国粹"和"我们今天所要保存、提倡和发扬的中华传统文化的精华，即所谓真正的'国粹'，完全是两码事"，鲁迅等五四新文化先驱们"揭露、抨击的是假'国粹'、真糟粕"。[②]对全盘否定五四新文化运动，攻击陈独秀、胡适、鲁迅等新文化运动先驱人格的行为，袁良骏斥之为"可笑的历史的片面"。[③]双方论战的焦点始终没有脱离"反传统"，对余英时的否定大多是从强调中国传统文化对现代化的阻碍出发，其思考逻辑仍然没有超脱80年代二元对立的思维模式。"改革"依然笼罩在"革命"的理解中，强调政治、文化与社会的根本转变，企图通过彻底改造现实世界的方式实现现代化，即使是政治层面的温和变革，在文化思想层面上，也坚持认为中国传统应该予以创造性的转化。这种思维模式孕育于笛卡儿、黑格尔、卢梭等人的唯理主义，这个知识论结构奠定了人类对自我理性的崇拜，使人类对自己掌握真理的完整体系并对世界进行设计拥有绝对的自信。

90年代，顾准遗著的被发现，顾准对民主的反思，对黑格尔哲学的批判，

---

① 黄健：《历史的"中间物"及其使命意识——兼论鲁迅与新儒家文化观的本质差异》，《长白论丛》1997年第1期。

② 袁良骏：《此"国粹"非彼"国粹"也——鲁迅与"国粹"脞谈》，《鲁迅研究月刊》1998年第10期。

③ 袁良骏：《超越"五四"，超越"新儒学"》，《中国研究》1995年12月号。

以及对经验主义的再认识，再次启发了公共思想界对激进主义的反省，林毓生关于"全盘否定传统主义"引发"全盘西化""怪论"的观点得到更广泛的响应，同时，林毓生对鲁迅与传统文化关系的评价也引发讨论。黄健针对林毓生"借思想文化以解决问题的途径是'五四'全盘反传统之所以产生的重要因素"的观点，指出"这种近于悖论式的逻辑程序，其实并不在乎情绪上的激进与否，更重要的还在于强调要通过思想文化观念的透视，来对传统文化的思想、观念和价值标准体系，作出深刻的剖析与批判"，而鲁迅正是"以近代西方文化为参照系，获得整体上的反叛传统的意识，导致了鲁迅反传统的激进态度"，而且这种整体上的反叛传统的意识和激进的态度也是"对先前维新派人士思想和主张的修正与发展"。①黄健将鲁迅的意识、态度、策略放置于中西文化交流碰撞的大历史中，证实其存在的合理性，并进一步指出了林毓生评述鲁迅"一方面既有全盘性的反传统思想，但另一方面却从知识和道德立场献身于一些中国的传统价值"这种说法的缺陷。第一，鲁迅在拒绝中国传统的同时又与某些成分保持积极的联系，不是无意识的不觉，更不是静态化的矛盾显现；第二，鲁迅是有目的地赋予传统某些认知符号以新意，使之成为新文化因子，从而促成新文化的建构；第三，鲁迅之所以呈现出一种文化"寻根"的意识，是因为其主观介入，使得批判活动体现为一种动态的反应机制。所以，鲁迅作为历史的"中间物"性质，决定了鲁迅在中西文化冲突之中对待传统的双重态度和视角，整体上的反叛传统并非是全盘否定传统。钱理群则从"传统"的范畴出发，对民族文化是否断裂给出了更高层面的见解，他认为"民族文化"，不应该只局限于"古代文化传统"，或"儒学一家"，把逐步形成的"现代民族文化传统"，尤其是珍贵的"鲁迅的传统"淡化掉。鲁迅不是"断裂民族文化传统"的"罪人"，是他"发现了新的奴役的再生产与再建构"，对"要求牺牲个体精神自由的'国家至上'、'民族至上'的'国家主义'思潮"保持了绝对的警惕，而后者恰恰是"共和国历史上几代人"长期甘作

---

① 黄健：《中西文化冲突与鲁迅的双重文化选择意识》，《社会科学战线》1994年第1期。

"驯服工具"，陷入"新奴隶主义"的惨痛的生命体验与记忆。抛弃了鲁迅的传统，则难以走出原始的"奴隶时代"，这关系着"新世纪的中国文化的战略选择问题"，也是从根本上实现中国的"现代化"的问题。[1]钱理群的思路真正理解了鲁迅提倡"拿来主义"的目的，也真正深入地阐发了鲁迅彻底"反传统"的初衷及其意义，从而在"人"的现代化的思想高度上对20世纪政治以及文化层面的激进主义与保守主义之争给予了澄清，做出了评判。

随着后现代主义思潮的传入，解构主义在中国的兴起，余英时、林毓生等人开启的对鲁迅反传统的批评又有了新的补充。冯骥才在《收获》杂志2000年第2期上发表《鲁迅的功与"过"》，文章写到"鲁迅的国民性批判本源于西方人的东方观。他的民族自省得益于西方人的旁观"，国民性后边透露出"传教士们陈旧又高傲的面孔"。冯文掀起了鲁迅研究界和公共知识界的热议。[2]其中，高旭东从文化整体的角度反驳了冯骥才，他回顾了90年代初，香港的《法言》文化杂志曾约稿请求他"重估鲁迅的反传统主义"，他没有迎合"新儒家"弘扬传统文化的主旨，反而在看到刊物上有文章谈"五四激进的反传统主义成为毛泽东文化大革命的灵感来源"，写作了《五四与文革：两个迥然相异的文化运动》予以论辩。他认为有必要重新反思鲁迅。第一，就情感层面来谈，"身居海外的华人学者"，对传统的怀恋因而"对鲁迅的不满"可以理解，国内一些人，如冯骥才并没有那样的生存背景，却"向海外学人的鹦鹉学舌"；第二，就理论层面来谈，作为解构主义的后殖民主义思潮，本应对"颠覆了中国传统"的鲁迅有"认同感"，因为"解构主义颠覆了西方逻各斯中心主义的传统"，然而冯骥才"不去颠覆传统与现实的主流话语，反而去颠覆鲁迅"，令人"感到有点滑稽"。高旭东提及两个形象的改造：其一，一个"以非正统主流而成为其文化巨人的人，后来被奉为文化正统"；其二，一个"自

① 钱理群：《绝对不能让步》，《鲁迅研究月刊》1998年第1期。

② 涉及的文章较多，较为典型的有：张全之《鲁迅与"东方主义"》，余杰《鲁迅中了传教士的计？》，郑欣淼《鲁迅改造国民性思想溯源》，张梦阳《〈中国人气质〉对鲁迅的影响》，分别从殖民文化、"自我中心主义"、国民性改造的历史成因，以及传教士书籍多种角度反驳了冯骥才观点。见陈漱渝编：《鲁迅风波》，大众文艺出版社2001年版。

称以袒露其内心的阴暗面而难以磨灭的黑也似的恶魔式的文豪，后来被打扮成了神并能对后来的历次运动未卜先知"。很显然，人为的改造就是人们误读鲁迅的原因。鲁迅的本质被高旭东理解成"文化恶魔"一样具有"颠覆性的否定力量"，所以鲁迅对文化的选择以"非常识""非理性""非正统"为标准，鲁迅对国民性的揭露也是给"性善平和的中国输入了一个恶魔"的结果。①这些观点在"拿来主义"的运用上，以西方文化"恶"的传统所显示的正义力量实现了对国内那些"伪解构主义"批评家的结构。但也有的观点在批驳冯骥才时又落入另一种藩篱，如杨春时认为，"由于对现代性的焦虑，在现代性接受过程中就遇到了民族主义、国家主义、民粹主义和理想主义的抵抗，这四种主义也成了中国现代性的陷阱。中国知识分子往往不能超过这四个陷阱，从而造成中国现代性的失落、现代化的延迟"，鲁迅也存在"现代性焦虑"，有"失去民族特性的恐惧"，由于"中国现代性的外源性，现代化事实上等同于西化。而建立现代民族国家又需要民族主义，民族主义必然拒斥西方文化"，于是，在《阿Q正传》中塑造了"假洋鬼子"这一反面形象，"表露出对西化的某种厌恶"。②《阿Q正传》中的"假洋鬼子"形象体现了鲁迅"对西化的某种厌恶"，这恐怕与鲁迅的原意不符。且不说鲁迅命名为"假"，已经包含着对国民学不到西方文化的精髓，只是得其皮毛的现象的焦虑，即使在民族主义这个问题上，鲁迅的态度也是十分鲜明的，他多次谈及怕国人被挤出"世界人"的恐惧，体现出的正是他对抱有国粹主义和民族特性观念的国民保守性的忧虑。

20世纪后半叶"亚洲四小龙"的经济崛起引发了国际学术界的重视，经济持续增长作为民族复兴的重要因素在国内改革开放的理论和实践上都得到了突出的强调。理论界普遍认为，东亚独特的文化模式造就其经济奇迹，东亚抓住并利用好国际机遇，采取了正确的经济政策，也充分发挥了国家宏观调控功能显示的制度优势。而对东亚经济起飞的种种不同的研究模式有一个前提却是

① 高旭东：《重估鲁迅》，《鲁迅研究月刊》2000年第10期。
② 杨春时：《中国现代性的四个陷阱》，《粤海风》2004年第3期。

基本一致的，这就是强调儒家文化是"亚洲四小龙"乃至整个东亚经济崛起的精神支柱。改革开放时代中国社会的中心工作是经济建设，而经济建设中衍生出来的理论问题也很快反映到文化思想领域中来。政治经济领域内对"新儒家"思潮的关注使得批评文化激进主义的一方获得更广泛的支持。当然，并不是觉悟到古老的文化传统与文化象征物对民族现代生存的意义，就一定转向对"五四"以及"新启蒙"的反叛。李书磊就对持新儒学理论的思想史家所谓的反传统原因提出了新的解释：其一，多数反传统参与论者都是青年学子，"青春与青年时期力比多躁动以及这种躁动所受到的风俗与制度的压抑使人产生了一种难以平复的愤怒"，这种愤怒得到了新文化精神的鼓励与强化，遂成为一种强大的对中国传统的批判激情；其二，鲁迅对孔学持否定态度，但"那态度的激烈却不全是针对孔子与儒学"，更多的倒"针对的是一些与儒学并无真正关系的人物，即以军阀为代表的强权者"，这些"杀人如麻的武人来提倡非战厌武的儒学，真是对儒学最刻毒的讽刺，也是对儒学最恶毒的栽害"，鲁迅"以抨击儒学来表达他对这些强权者的无限憎恨与蔑视"。[①]抓住反传统思想的主体心理特征以及反传统对象的本质属性，李书磊这种调适式思维在如何沟通激进主义和保守主义观念上面提供了一种非对抗性的可能，这种思维方式也许能够帮助反思者们跳出文化认同理论的束缚，在一种更高的对话层面上思考传统与现代的复杂关系。

在这场持续的论战中，各方的学术背景、观察角度和现实关怀存在着较大差异，许多问题在争论中自说自话，没有构成良好的交流，也就难以在对话中达成共识。譬如关于鲁迅是不是只讲毁坏不讲建设这一点，论战各方也大都各执一面，不及其他。其实，鲁迅的确是从"建设"的意义上"毁坏"铁屋子，关于破坏与新建的辩证思想他早已谈过，"寇盗式的破坏"就是"狂暴的强盗"，不过是"志在掠夺或单是破坏、仅因目前极小的自利，也肯对于完整的大物暗暗的加一个创伤"；"奴才式的破坏"也是在前面打着鲜明好看的旗子"占些目前的小便宜"；这两种都让人仇恨，只有"先觉的破坏者"才是革新

---

① 李书磊：《重看鲁迅批孔》，《战略与管理》2001年第1期。

所需要的，因为他内心充满"理想的光"，①鲁迅属于第三类。鲁迅显然不是一个纯粹的理想主义者，他一度信服进化主义，但他从不认可通过淘汰手段就能实现"黄金世界"，他始终是在整体立场上本质性地来观照人类进化和世界发展，因而他不是简单反叛或延续式的"彻底反传统"，也不是简单照搬或移植式的"拿来主义"。可以说，对鲁迅等新文化中坚分子制造文化激进主义而产生社会恶劣政治后果的看法，无论是从学理的论证，还是从历史的考证上都不能成立。值得一提的是，改革开放的政治格局保障了学术自由讨论的权利，而法治与秩序的观念也越来越深入社会精英和民间大众的思想，论战的双方对平和、理性的改革取向都形成基本的认同，即使被斥之为激进主义的代表们也不会毫无怀疑地赞同激进主义，保守性的文化价值认同也逐步取得了广泛的社会心理基础。

① 鲁迅：《再论雷峰塔的倒掉》，《鲁迅全集》第1卷，人民文学出版社2005年版，第203页。

结语　信仰纯粹性与鲁迅精神的当代意义

　　通过上述种种历史的考察和思想的阐析，我们可以完全确定地认为，鲁迅之所以能够成为20世纪中国的一位文化巨人，原因当然是综合的，复杂的，但是从个体生命发展的层面上看，主要成因则在于鲁迅是一个真正有信仰的人。这种信仰当然不是宗教信仰，而是指鲁迅在自己生命中的某些重要历史阶段中，为自己的生命行为所赋予的存在意义。鲁迅一生中曾多次谈到他自己的信仰以及他对信仰的看法，各路史家也曾从个人信仰的角度对鲁迅的一生进行概括，其中最著名，也最流行的当然是瞿秋白在《〈鲁迅杂感选集〉序言》中所作的经典论断："从进化论进到阶级论，从绅士阶级的逆子贰臣进到无产阶级和劳动群众的真正的友人，以至于战士。"瞿秋白作这一总结时，鲁迅尚在世，瞿秋白牺牲时，鲁迅不仅为瞿秋白整理遗稿，而且将瞿秋白当作"斯世当以同怀视之"的知己，可见鲁迅对瞿秋白的论断是首肯的。此后，鲁迅的信仰历程是从进化论者发展为阶级论者、从个人主义发展为集体主义、从民主主义发展为共产主义、从封建地主阶级的逆子贰臣发展为无产阶级的文化战士，这一表述模式在很长的一段历史时期内，一直是鲁迅信仰及其发展概括的经典模式。近20年来，思想界与学术界对这一经典模式的权威性和准确性开始有所动摇，有所质疑。贬抑鲁迅者对鲁迅的这一信仰发展评价甚低，而尊崇鲁迅者也有不少人认为在鲁迅的信仰中并不存在这样一个划时代的变化，鲁迅从始至终都是一个以个性主义为思想中心、以立人为目的、以国民性改造为己任的启蒙主义者。无论贬抑还是尊崇，都对后期鲁迅的以阶级论和集体主义论为核心内容的马克思主义信仰的确立不以为然，甚至有人还认为后期鲁迅的左倾是一种政治投机。我们认为，这种动摇与质疑的思想倾向之所以会产生，排除某些恶意的攻击不论，其中一个很重要的原因就是论者对鲁迅信仰的纯粹性认识不足或者说无意认识。通过对鲁迅自身信仰的建构及其演变历史的考察与分析，通过对鲁迅符号与20世纪中国国民信仰建构的关系的梳理与反思，可以清晰地得出这样的结论：无论是早期的"进化论—尼采主义"，还是后期的马克思主义，鲁迅的信仰建构都不仅仅是一种观念的信奉，而且是具有血肉性的生命体验；都不仅仅是个人心灵的精神家园的寻找，而且是与时代的大精神大需求紧密联系在一起；都不仅仅是停留在个人智慧的展示上，而且充分地体现出个人在行为上的强大的践履力。这种信仰的血肉性、信仰的需求度和信仰的践履力，就是鲁迅个人信仰的纯粹性的体现，是鲁迅个人信仰建构的特征的体现，也是鲁迅信仰与20世纪中国国民信仰建构的紧密关系的精神基础，对当代中国国民信仰的建设具有高度的理论与现实的启示意义。

一、信仰的血肉性

信仰是一种思想观念，但不纯粹是思想观念。说其是思想观念，是因为在人类历史上各种具有信仰力的宗教与主义，都有一套或严密或宽松的思想体系作为信仰的基础。说其不纯粹是思想观念，是因为在人类的精神结构中，思想观念处于意识的最外在的层面，因而思想观念的变化最为频繁和快速，这与信仰所要求的恒定性与坚守性是不免矛盾的。信仰当然是一种激情，没有情感的投入，就不可能产生信仰，而情感投入的程度如何也决定着信仰力的大小与强弱。[①]但信仰也绝不仅仅只是一种激情，因为没有理性引导和制约的激情往往会使信仰力的喷发变得盲目而畸形。所以，真正的信仰乃是思想与激情的血肉交融。换言之，信仰不仅来自思想体系的外来的影响与灌输，更是来自内在生命体验对于某种思想体系的一种充满渴望的需求。真正的信仰乃是信仰者的整

———

① 近代学者蘡德义在他的《宗教心理学》中曾把信仰者的情感列为宗教之所以成立的四大要素之一。

鲁迅与20世纪中国研究丛书

体的生命活动，必然与信仰者血肉的生命体验息息相关、丝丝相连。瞿秋白在《〈鲁迅杂感选集〉序言》中阐述他的经典论断时，曾明确地提到鲁迅的家道中落对鲁迅信仰形成的影响："他的士大夫家庭的败落，使他在儿童时代混进了野孩子的群里，呼吸着小百姓的空气，这使他真像吃了狼的奶汁似的，得到了那种'野兽'性。"这一分析无疑天才地洞察到了鲁迅的生命体验对其信仰形成的至关重要的意义。家道中落固然使少年鲁迅尝尽了人生的冷暖，看透了世态的炎凉，使鲁迅更加直接地接触到了下层群众的生活，也使鲁迅在后来接触俄罗斯文学时自然而然地亲近那些被损害被侮辱的人们。正如中国现代革命史上许多信仰马克思主义的革命先驱者都是从破落的封建地主大家庭叛逃出来投入革命的时代激流一样，少年时代的家道中落中所得到的生命体验无疑也是鲁迅走向马克思主义信仰的第一步。

不过，从生命体验这一角度看，家道中落的锥心感受肯定不是鲁迅最后走向马克思主义的唯一动力。鲁迅是一个特别善于反思的思想家，但值得指出的是，所谓反思在鲁迅那里不仅仅是一种观念的推演活动，而且是伴随着对所经历的生命事件的血肉性的生理反刍的个人体验。鲁迅的这种反刍活动对鲁迅小说中的某些极其个人化的启蒙意象如"吃人""看客""剪辫子"等等意象塑造，具有极为重要的意义，"鲁迅小说中的这些著名意象之所以成为中国现代小说启蒙主义的经典意象，主要在于这些意象既是公共的，更是个人性的，它们是鲁迅从自我灵魂深处挖掘出来的，是鲁迅精神世界中的情绪固结与梦魇的艺术性释放"①。民元以后到1918年鲁迅参与新文化运动这段时间，这是鲁迅生命活动的蛰伏期，也可以说是鲁迅生命活动中的第一个反刍期。早在南京学习矿务和水师时期，鲁迅就已经接受了进化论的影响，后来留学日本，在进化论的基础上鲁迅又接受了尼采主义，并以此构成了自己的"进化论—尼采主义"的信仰体系。这个信仰体系曾经促使鲁迅发出启蒙的呐喊，迈出了他的影响社会革命实践的第一步，但失败的结局使鲁迅一时陷入沉默与蛰伏，这一信仰体系也就不能不在这一个反刍期中经受鲁迅自己的质疑与反思。在这段

---

① 谭桂林：《鲁迅小说启蒙主题新论》，《鲁迅研究月刊》1999年第1期。

时间里，鲁迅曾同一帮朋友学佛，并被称为在朋友中"学佛最猛"的人，鲁迅自己也曾说过"释迦牟尼真是大哲，我平常对人生有许多难以解决的问题，而他居然大部分早已明白启示了。真是大哲"①的话。进化论讲竞争，讲等级，宣扬优胜劣败，适者生存，而佛教讲众生平等，宣扬布施忍让、慈悲宽容，两者在基本思路与人生趋向上是完全背道而驰的。这一点可以从五四新文化运动前后一些佛教的思想家如太虚、唐大圆等不断撰文用佛法批判达尔文的进化论学说的行为中得到证明。当然，鲁迅与当时活跃在社会上的一般政治家、实业家、教育家、宗教家们不一样，他的兴趣集聚在文化改革上，而且他对中国的文化特性与国民性特征已经形成了自己独特的见解，有独特的生命体验。尼采主义本来就是一种以破旧立新为目的的文化理论，而佛教文化作为中国传统文化中的一部分，它对中国国民性的形成也起到了重要的作用。因而从文化救国的理念上，鲁迅在钱玄同的鼓动下投入到五四新文化运动中，选择了"进化论—尼采主义"而不是佛学思想作为自己的思想武器，也就是很自然的事了。在这段蛰伏时期里，一方面，鲁迅购买了大量的佛经来阅读，另一方面，那本从日本带来的德文版的《查拉图斯特拉如是说》也长期保存在他的书橱里，②鲁迅的精神结构中无疑是被"进化论—尼采主义"和佛法这两种富有信仰力的思想交织纠缠着。按照鲁迅在《呐喊·自序》中的说法，他似乎是有意识地将读佛经来当作消弭尼采主义信仰的"麻醉法"，而且"也似乎已经奏了功"，但透过鲁迅这种宛转自谦的表述，我们确实能够体味到"进化论—尼采主义"信仰在他灵魂中的执着，以致鲁迅虽然说到自己"坐在槐树下，从密叶缝里看那一点一点的青天"，虽然说到自己"或者也还未能忘怀于当日自己的寂寞的悲哀"，但一旦看见真正的机会到了，立刻就为他渴望已久的新文化运动贡献出了"狂人"这一"尼采式"的"精神界之战士"的形象。尽管如此，我们也应该看到，鲁迅对佛学的亲近本身就已经包含着对"进化论—尼采主义"信仰体系的质疑，体现着自己精神结构中"进化论—尼采主义"这一信仰构架的动

鲁迅与20世纪中国研究丛书

① 许寿裳：《亡友鲁迅印象记》，人民文学出版社1953年版，第44页。
② 周遐寿（周作人）：《鲁迅的故家》，上海出版公司1953年版，第390页。

摇，而鲁迅在与钱玄同对话时提出的"铁屋子"的隐喻中所透露出的痛彻肺腑的绝望感，以及鲁迅在《呐喊·自序》中所描写的自己在S会馆里"坐在槐树下，从密叶缝里看那一点一点的青天"时的茫然，也都可以说明鲁迅在这段生命反刍期中对自我信仰的不断地、细致地咀嚼。这些精神景象告诉人们，鲁迅在大革命时期对于"进化论—尼采主义"信仰的轰毁并不是一个突如其来的事件，更不是一种跟随时代风向的"投机"行为，这一精神事件的动因其实早在民元以后的那段生命的反刍期就已经潜伏着了。

在现代文学史上，不少作家如周作人、田汉等都曾谈到自己内心中的"贵族主义"与"平民主义"这两种信仰力量的交战，我们认为，这两种信仰力量的交战在鲁迅的心灵中尤其激烈与深刻，而关于鲁迅的信仰转变与发展的认识也应该从这种交战中去寻找它的趋向。因为，所谓"贵族主义""平民主义"其实不仅仅是一种思想观念，而且也是一种与生命的生理性有关的气质与血性。① 鲁迅出生于官宦人家，贵族血性与生俱来，但从小家道中落，年幼时即亲身体味下层百姓的拮据屈辱的生活，平民气质也逐渐滋长。贵族血性重自由、尊个性，而平民气质则重平等、好同情。正如鲁迅一直非常崇拜的英国诗人拜伦一样，鲁迅的一生中，贵族血性与平民气质可以说是始终交织在一起的，它们在鲁迅的生命活动中彼此消长但从未完全丧失，其相互的交织与消长共同构成了鲁迅信仰生成与发展的生理性基础。瞿秋白《〈鲁迅杂感选集〉序言》曾引用了罗马神话莱谟斯兄弟的故事。莱谟斯的父亲是战神，他强奸了莱亚·西尔维亚公主，生下了莱谟斯兄弟。莱谟斯兄弟一出娘胎就被抛在荒山野岭中，是一只母狼用奶喂养了他们。所以吃过狼奶的莱谟斯兄弟的肉体生命中既有神性的血液，也有"野兽性"的滋养，他们的生命结构就是神性与兽性二极的渗入与融合。瞿秋白讲述这个神话故事，是用来回答他所提出的"鲁迅是谁"的问题的，这说明鲁迅在瞿秋白的心目中就是一个具有贵族性与平民性这二重血性的文化战士，他的论述的思路也显然是从鲁迅生命的血性基础出发

---

① 周作人有时也把这种"贵族主义"与"平民主义"换言之为"绅士气"和"流氓气"，从中可以看到他对于这两种主义的理解也不仅仅是指思想观念，而且也是包括生命气质与血性的。

的。确实，从鲁迅生命的血性基础上看，在五四新文化运动时期，鲁迅持"进化论—尼采主义"信仰，这是"贵族气"占了上风，但他的气质与血性中的平民主义倾向则使鲁迅最终没有陷入尼采的"渺茫"，而将关切的目光始终倾注在"被损害被侮辱者"的人们身上。同样，在第一次国民革命失败之后，鲁迅成为无产阶级的文化战士，这是平民主义的自然发展，但正是鲁迅生命中的"贵族血性"为鲁迅保留了一份自由的心态，一种独立的眼光和一种敢于表达自己观点的勇气。在这个意义上看鲁迅的信仰生成与发展，也足以证明鲁迅的信仰乃是他的一种整体的生命活动，必然地与他的血肉的生命体验息息相关，丝丝相连。

　　鲁迅在"轰毁"自己的"进化论—尼采主义"信仰、确立起马克思主义信仰之后，有两段自述的话是很值得研究者玩味的。一段话是他在谈到同"革命文学"运动中的后辈们进行论战时，曾表示感谢对手挤着自己看了"几种科学底文艺论，明白了先前的文学史家们说了一大堆，还是纠缠不清的疑问。并且因此译了一本蒲力汗诺夫的《艺术论》，以救正我——还因我而及于别人——的只信进化论的偏颇"①。鲁迅说自己阅读和翻译这些马克思主义的艺术论是"从别国里窃得火来，本意却在煮自己的肉的，以为倘能味道较好，庶几在咬嚼者那一面也得到较多的好处"②。另一段自述是鲁迅在说明自己虽然并非"无产者"，但相信唯无产者才有将来时所说的一段话。"我时时说些自己的事情，怎样地在'碰壁'，怎样地在做蜗牛，好像全世界的苦恼，萃于一身，在替大众受罪似的：也正是中产的智识阶级分子的坏脾气。只是原先是憎恶这熟识的本阶级，毫不可惜它的溃灭，后来又由于事实的教训，以为惟新兴的无产者才有将来，却是的确的。"③这两段话都涉及了鲁迅对自己的信仰发展的描述，前者提到了"煮自己的肉"，后者提到了"事实的教训"，这种说法不是随兴而言的，它饱含着鲁迅对自我信仰建立中的自我生命体验的重要性的认

———————

　　①　鲁迅：《序言》，《鲁迅全集》第4卷，人民文学出版社2005年版，第6页。

　　②　鲁迅：《"硬译"与"文学的阶级性"》，《鲁迅全集》第4卷，人民文学出版社2005年版，第214页。

　　③　鲁迅：《序言》，《鲁迅全集》第4卷，人民文学出版社2005年版，第195页。

知。尤其是这个"煮"字，很形象地说明了鲁迅自我信仰生成和发展过程中的肉体生命的重要意义，既体现着信念内涵的融汇性，也体现着信念内涵与自我身体血肉的相凝性。这个"煮"字，即是鲁迅在《野草》中的抉心自食，是鲁迅在个人情感上的"彷徨于无地"，是鲁迅作为公共知识分子独自咀嚼的人生渺茫的大悲苦，是鲁迅在旧的方去未去，新的方生未生的时空格局中的独自远行与精神漂泊。因而鲁迅一旦确立了新的信仰，就不只是得到一种新的理论知识，不只是得到一种新的思想体系，而是自我生命中焕发出的"极致的、飞扬的大欢喜"。

二、信仰的需求度

之所以以整个生命来投入信仰，是因为鲁迅深切地意识到人的生命需要信仰。早在第一次启蒙时代，鲁迅在《破恶声论》一文中就高调地阐论了信仰对于民族和个体的重要性。他认为信仰是人的本性所需，"夫人在两间，若知识混沌，思虑简陋，斯无论已。倘其不安物质之生活，则必有形上之需求"。而宗教的产生就充分地体现了人的本性需求。但信仰并非宗教所独有，非宗教者也可以通过各种形式确立自己的信仰，譬如，"属望止一二士，立之为极，俾众瞻观，则人亦庶乎免沦灭"。"立之为极"就是指的为众人树立模范仿效的样板，就是能够带领众人前行的信仰的承载者，这种"极"，可以是宗教，也可以是一种信念，一种主义。在鲁迅对信仰问题的阐述中，我们必须注意到这样两个特点：一是鲁迅特别强调信仰的诚实性，在这方面，鲁迅用了"内曜"与"心声"两个概念来说明，"内曜者，破黮暗者也，心声者，离诈伪者也。人群有是，乃如雷霆发于孟春，而百卉为之萌动，曙色东作，深夜逝矣！"。这就是说，真正的信仰必须发自信仰者内心的自然明亮与通透，必须是从信仰者灵魂深处自然流出的对信仰的生命回响。二是鲁迅也特别强调了信仰的坚定性，他希望那种能够"立之为极"的士，自己本身不仅是信念和主义的创立者，而且必须是所创立的信念或主义的坚定的信仰者，"惟向所信是诣，举世誉之而不加劝，举世毁之而不加沮。有从者则任其来，假其投以笑骂，使之孤立于世，亦无憾也"。无论是诚实，还是坚定，要求的都不仅仅是一种思想的皈依，而且是整个生命（包括思想与激情）的投入。正是基于这种信仰观，鲁迅虽然反对"定宗教以强中国人之信奉"，但他还是不惜为宗教做了辩护，因为历史上各种宗教的信仰，就是一种要求信仰者整体生命投入的信仰，所以，"虽中国志士谓之迷，而吾则谓此乃向上之民，欲离是有限相对之现世，以趣无限绝对之至上者也。人心必有所冯依，非信无以立，宗教之作，不可已矣"。①为了强调这种信仰的诚实与坚定性，鲁迅甚至在论文中大声疾呼："伪士当去，迷信可存。"

确实，真正的信仰能够为人的生命提供一个存在的理由，为生命的目的赋予一种意义。鲁迅无疑是那种敏感气质的、生命力强旺的人，也就是鲁迅自己所言的那种善于"内曜"者。而越是敏感、越是生命力强旺的"内曜"者，就越是需要为自己的生命活动寻找意义，一旦这种意义被自觉意识到，它就会化作这个生命的血肉，而与这个生命相始终。鲁迅一生都在寻找这个生命的意义，从走异路逃异地到学医强国再到弃医从文疗救国民的心灵，从进化论到托尼学说再到马克思主义，这个寻找的过程明显地显示出了鲁迅生命的自我调整与更新的过程。这种寻找的努力与结果当然有外界因缘的牵引与影响，也有理论的学习与知识的积累，但更主要的动力无疑是鲁迅自己的生命主体所发生的内在的变化。鲁迅的身边曾经活跃过一些年轻的共产党员，这些人无论从资历还是从年龄上都不太可能对鲁迅的信仰构成具有决定意义上的影响，"革命文学"的论战可以说是鲁迅信仰转变的一段关键时期，而在这段时间内，对鲁迅进行各种批判甚至人身攻击的恰恰大都是一些少壮派的布尔什维克。所以，鲁迅在度过一段最迷茫的信仰危机之后，最终选择了马克思主义信仰，引在延安的共产党人为同志，这是鲁迅从自己的个体生命经验中得出来的结果，这里既包括鲁迅在家道中落后所体验到的人性炎凉，包括鲁迅在与最底层的农民交往

鲁迅与20世纪中国研究丛书

---

① 清末民初时期，西方的科学思想已经逐渐在国内蔓延开来，鲁迅写于同时的《科学史教篇》《人之历史》等论文也是在向国内思想界灌输科学思想知识的一种启蒙努力，但鲁迅在《破恶声论》一文中声称"伪士当去，迷信可存"，并且在论文中还对当时一些所谓的新派人士毁伽兰建学校的行为进行了批评，由此可见鲁迅对国民信仰建构问题的重视。

过程中所感受到的被损害被侮辱者的悲哀，也包括鲁迅对辛亥革命中的"咸与维新"、五四新文化阵营的分化等等重大历史事件的深刻失望，包括鲁迅在现代文化批判和国民性改造的启蒙运动中与现代公共知识分子之间的种种恩怨所带来的情绪郁积，当然也包括鲁迅在其文学阅读过程中所受到的苏联文学的精神与情感上的浸润与熏陶。正是这种种与鲁迅的生命活动紧密相关的体验，从意志力、情绪和心理倾向上共同造成了鲁迅马克思主义信仰形成的精神基础，而且也清晰地说明了鲁迅从"进化论—尼采主义"的信仰者前进到马克思主义信仰者，这两个阶段的衔接是一种内在血脉相连的发展式的衔接，而不是断裂式的或者转折式的衔接。

　　毫无疑问，这种熔铸着个体生命经验、散发着血肉气息的精神基础保证了鲁迅信仰的纯粹性特征。即使是从生活常理的角度我们也可以看到，在鲁迅的信仰形成过程中，丝毫没有私利的考量，他当时已是能够以版税过上中产生活的自由作家，他无须以此来为自己谋取私利。而且，在中国共产党正在遭受压迫和屠戮的时代里，公开宣称自己信仰马克思主义，引共产党人为同志，不仅不会带来私利，甚至招来杀头之祸。鲁迅对此是有清醒认识的。鲁迅也不是被逼上梁山，作为一位文化界的"精神战士"，自从在《新青年》上发表"随感录"从事社会文化批判以来，鲁迅在同文化上新老中西各种论敌的论战中几乎都是赢者，其笔锋所向披靡，无坚不克，影响社会人心甚为巨大。鲁迅无须通过转变信仰而为自己政治投机，也无须通过融入群体来扩大自己的文化影响力。鲁迅后期的马克思主义信仰的形成，正如他在弃医从文后"进化论—尼采主义"信仰的形成一样，是一种来自内心深处与生命体验深处的道德律令。这种道德律令的生成机制、意识品质和表现形式在鲁迅的散文诗剧《过客》中表达得最为典型。这里有两种象征意义值得我们注意，首先是这种在不断召唤"过客"的"前面的声音"，这声音也许是从前面某一个地方发出的，因为"过客"确实听到了它的召唤，但也许就是从"过客"自己内心中发出的，因为老翁和小女孩并没有听到有什么声音，所以所谓"前面的声音"其实并不是指某一具体的呼唤声，而是隐喻人类向上向前的追求真善美的先验意志，这种先验的主体意志就是人类的道德律令。①其次是"过客"永远行走的生命形态，不管前面是"坟"还是"花园"，不管是老翁的善意慰留，还是小女孩的温情布施，"过客"都无法选择地、踉踉跄跄地闯入夜色之中，不断地走在自己的命定之途。如果说"前面的声音"乃是"过客"生命深处的信仰，那么，不断行走、不断寻找与追求就是"过客"在奉行自己的信仰方面所表现出的践履力与实践形式。《野草》被鲁迅自诩为自己的哲学，"过客"通常被指认为鲁迅的夫子自道，由"过客"的形象我们可以深切地领悟到鲁迅在自我信仰构成与践履方面的非同凡响。

三、信仰的践履力

以自我内心中的道德律令来诠注自己奉行的信仰（这种思想方式类似于中国学术思想史上的"六经注我"），以不断行走、不断追求的命定形态来践履自己的信仰，这就是鲁迅在思想信仰上的一个突出的特点。这种特点可以说贯穿了鲁迅一生的信仰活动，它使鲁迅所持的信仰在某种意义上超出于任何世俗的、功利的团体利益和党派观念。所以，鲁迅对那个时代中发生的革命性事件都是持热烈的欢迎态度的，他深知在中国改革是多么地艰难，哪怕一点点改革的意愿都是值得鼓励，值得前驱者的期许的，但是鲁迅同样对每一次具体的革命事件都抱有或严厉或温和的批评态度，鲁迅对现代史上的革命的宗旨与目的往往抱持肯定的态度，但鲁迅对革命后的前景，对革命中的过程，他却从来并不乐观。他不相信革命家预约给人们的将来的黄金世界，他也知道革命成功之后没有谁来请莎士比亚吃黄油面包，革命不是罗曼蒂克，革命中有污秽，也有流血。在"左联"时期，鲁迅对"左联"的纲领与目的十分明确，对左联的工作也卖力地支持，对共产党在左翼文化运动的领导地位有充分的信念，但是

鲁迅与20世纪中国研究丛书

---

① 李玉明在其《过客》的解读中，将这种"前面的声音"理解为"潜藏于鲁迅翰厚的心灵世界中的关于人生的一种信念，一种饱含着激情的价值尺度"（见《〈人之子〉的绝叫：〈野草〉与鲁迅意识特征研究》，北京大学出版社2012年版，第93页），这一观点也是将所谓"前面的声音"具象化为鲁迅的信仰，并且"饱含着激情"一语，也涉及了鲁迅信仰构成的生命体征。

鲁迅对具体代表共产党在"左联"中的领导人物如周扬、田汉等人的作风与处事，无论公开场合还是在私下语境里都有比较严厉的批评。通常而言，现实生活中的重要事件的发生，其理想形态与具体的操作层面往往是不相吻合，甚至南辕北辙的，正是在这个意义上，由于鲁迅忠诚于自己的信仰，忠诚于自己生命深处所生发出来的道德律令，所以鲁迅对于现代社会革命的态度是十分复杂的，在革命的目的与纲领上他是一个坚定的拥护者，而在革命的具体操作层面与手段方式层面，他又始终是一个批判者，或者说始终保持着一个清醒的批判者的角色。

这种复杂的身份意识，对同一个信仰共同体中的同志和对鲁迅自己都是一个很严峻的考验。对信仰共同体中的其他同志而言，对这种批判者应该具有足够高的境界和足够大的胸怀来包容他，信任他，因为恰恰是这种批判者能够发出真正清醒和独特的声音，帮助信仰共同体中的决策者在信仰指引的道路上避免迷失方向。而对鲁迅自己而言，这种纯粹信仰势必给鲁迅的精神主体带来巨大的分裂。这种分裂一方面是坚守，一方面是质疑；一方面是共同信仰，一方面则是个人的独特体验。当然，这两方面的对抗与博弈也会给鲁迅的精神世界带来巨大的张力。在五四新文化运动时期，社会先进知识分子的共同信仰是个性主义，但从五四新文化运动的几个代表人物的个体生命素质来看，胡适是理性个性主义，鲁迅却是一个感性个性主义，所以他并不斤斤计较于个别社会问题的探讨，而是将自己的关注视点聚焦在礼教"吃人"这种具有震撼力的社会事件上。30年代左翼知识分子的共同信仰是马克思主义，但周扬等人是行为实践型马克思主义者，鲁迅则是思想批判型的马克思主义者。所以，在30年代文化界的马克思主义者阵营里面，鲁迅虽然像五四时代一样以"听将令"作为自己愿意做的事情，但他所听的这个将令是自己内心所奉行的信仰，而不仅仅是团体党派的具体命令。他从不亦步亦趋地听从左翼文化阵营中那些掌握着实际权力的当权派的指令行事，依然遵从着自己长期以来已经形成的行事原则、判断标准，尤其是始终坚持着自己素来就擅长的社会文明批判。毫无疑问，这种博弈给鲁迅后期的精神世界带来了无可避免的精神紧张和心灵焦虑，但同时也给鲁迅的社会文明批判带来了一种新的、超越五四的意义深度。

鲁迅去世后，毛泽东关于鲁迅代表着中国新文化的方向的评价使得鲁迅成为中国共产党的文化旗帜。建国以后，基于主流意识形态的学术正统性的需要，鲁迅的影响不仅普及于文学文化等方面，而且渗透到了国家政治与教育的层面，因而鲁迅从"进化论—尼采主义"进而成为无产阶级文化战士的信仰发展，被突出地强调成为一种具有标志性的历史事件，并且被用来说明中国共产党对先进知识分子的巨大的影响力以及中国现代进步知识分子在自我人生道路上的正确的选择。这种立论当然是没有错的，但是一旦这种立论被推到了至高无上的程度，被说成必须如此别无他选的唯一性质，甚至被用来贬抑打压不同的选择者时，鲁迅的信仰发展这一伟大的历史事件就难免沦落成为一件充满是非的历史工具。改革开放以来，不少人把"极左"时代里的一些意识形态上的荒诞事件归咎于鲁迅，甚至看轻乃至贬抑鲁迅信仰发展的意义，似乎肯定鲁迅后期是一个马克思主义者就是低估了鲁迅在中国现代文化思想史上的价值，这同样不是一种实事求是的学术态度。我们认为，在鲁迅的个人信仰问题的认识上，一方面必须坚持以事实为准绳的原则，看到鲁迅思想朝向马克思主义的发展，看到鲁迅的马克思主义信仰在他后期的依然复杂纷繁的思想体系中所处的核心地位；另一方面也应该坚持历史的原则，在历史的具体情境中，鲁迅并不是因为后来成为马克思主义者了才成为一个伟大的文化巨人，而是作为一个文化巨人，他在自己的生命体验的驱动下最后在个人信仰上选择了马克思主义。既然是个体的生命体验作为原始的驱动力，鲁迅的选择对时代、对个人而言，都是一种伟大而崇高的历史事件，但并非一定代表着某种必然性。所以，我们可以用崇仰的心来对待这一伟人的伟大历史事件，却不应该向极左时代那样为了一个既定的政治结论而将鲁迅信仰的发展神化或圣化。

确立了这样一种历史评价的态度，我们就能够更加深入地认识到鲁迅信仰的纯粹性对当下社会国民信仰建构的启示价值。关于这一点，我们认为有两个问题应该予以明确：第一，马克思主义并不是只有共产党员才可能信仰，而马克思主义信仰也并非共产党的专利，20世纪以来西方许多的马克思主义者并非共产党的组织成员，在中国也有不少的不在组织的马克思主义信徒，鲁迅就是这样的知识者的代表，而恰恰是这种不在组织的马克思主义信徒，往往鲜明地体现出人类信仰的纯粹性与高贵性。第二，我们应该清醒地看到鲁迅以自我内心中的道德律令来诠注自己奉行的信仰，以不断行走、不断追求的命定形态来践履自己信仰的这种信仰力的特征。我们认为，鲁迅在20世纪30年代成为一个马克思主义者，引共产党人为同志，这是在争取国家富强、民族解放的时代里，一个伟大的民族文化旗手与一个伟大政党在消除人类的不公正、不平等现象和解救大多数被损害被侮辱的下层劳动者这一思想基点上的历史性的相知相遇。这是鲁迅思想发展的自然趋势，当然也是中国共产党在文化思想战线上的伟大胜利。但是，中国共产党在这一历史事件上的伟大胜利不仅仅是体现在获得了一个可以作为标杆的文化旗手，更不是体现在获得了一个可以嵌在文化思想战车上的、能够发生巨大效用的革命的"螺丝钉"，而是体现在党在自己的事业中获得了一份建立在共同信仰基础上的自我批判与自我反思的思想资源。对于一个政党而言，来自敌对势力的批判与攻击是不可计数的，但是来自共同信仰基础上的自我批判与自我反思的思想资源却是稀少的，可遇而不可求的，因而更是难能可贵。在破坏旧世界的时代是如此，在建设新世界的时代里更是如此。理解了这一点，也就真正理解了鲁迅信仰的历史价值与鲁迅精神的当代意义。

参考文献

报刊论文

［英］傅兰雅主编：《格致汇编》1892年第7卷第4期。

唐才常：《哀唐烈士也》，《知新报》第129册，《苏报》1900年8月1日。

蔡元培：《对于新教育的意见》，《临时政府公报》第13号，1912年2月11日。

陈独秀：《敬告青年》，《青年杂志》1915年第1卷第1号。

汪叔潜：《新旧问题》，《青年杂志》1915年第1卷第1号。

陈独秀：《法兰西人与近代文明》，《青年杂志》1915年第1卷第1号。

陈独秀：《抵抗力》，《青年杂志》1915年第1卷第3号。

陈独秀：《答李大魁信》，《青年杂志》1915年第1卷第3号。

陈独秀：《吾人最后之觉悟》，《青年杂志》1916年第1卷第6号。

易白沙：《孔子平议（上）》，《青年杂志》1916年第1卷第6号。

陈独秀：《新青年》，《新青年》1916年第2卷第1号。

易白沙：《孔子平议（下）》，《新青年》1916年第2卷第1号。

陈独秀：《我之爱国主义》，《新青年》1916年第2卷第2号。

陈独秀：《宪法与孔教》，《新青年》1916年第2卷第3号。

刘叔雅：《军国主义》，《新青年》1916年第2卷第3号。

陈独秀：《孔子之道与现代生活》，《新青年》1916年第2卷第4号。

陈独秀：《驳康有为致总统总理书》，《新青年》1916年第2卷第2号。

蔡元培：《蔡孑民先生在信教自由会之演说》，《新青年》1917年第2卷第5号。

陈独秀：《再论孔教问题》，《新青年》1917年第2卷第5号。

高一涵：《一九一七年预想之革命》，《新青年》1917年第2卷第5号。

胡适：《藏晖室札记》，《新青年》1917年第2卷第5号。

吴虞：《家族制度为专制主义之根据论》，《新青年》1917年第2卷第6号。

陈独秀：《旧思想与国体问题》，《新青年》1917年第3卷第3号。

吴虞：《儒家主张阶级制度之害》，《新青年》1917年第3卷第4号。

恽代英：《论信仰》，《新青年》1917年第3卷第5号。

蔡孑民：《以美育代宗教说》，《新青年》1917年第3卷第6号。

陈独秀：《复辟与尊孔》，《新青年》1917年第3卷第6号。

胡适：《易卜生主义》，《新青年》1918年第4卷第6号。

蔡元培：《欧战与哲学》，《新青年》1918年第5卷第5号。

吴虞：《吃人与礼教》，《新青年》1919年第6卷第6号。

蔡元培：《大战与哲学》，《新潮》1919年第1卷第1号。

傅斯年：《人生问题发端》，《新潮》1919年第1卷第1号。

傅斯年（孟真）：《心气薄弱之中国人》，《新潮》1919年第1卷第2号。

孟真（傅斯年）：《社会的信条》，《新潮》1919年第1卷第2号。

江绍原：《最近代基督教义》，《新潮》1919年第1卷第5号。

罗家伦：《通信》，《新潮》1919年第2卷第4号。

罗家伦：《一年来我们学生运动底成功失败和将来应取的方针》，《新潮》1919年第2卷第4号。

田汉：《惠特曼的百年祭》，《少年中国》1919年第1卷第1期。

王光祈：《少年中国之创造》，《少年中国》1919年第1卷第2期。

王光祈：《少年中国学会之精神及其进行计画》，《少年中国》1919年第1卷第6期。

田汉：《新罗曼主义及其他》，《少年中国》1919年第1卷第12期。

田汉：《少年中国与宗教问题》，《少年中国》1920年第2卷第8期。

希真：《霍普德曼传》，《小说月报》1922年第13卷第6号。

成仿吾：《真的艺术家》，《创造周报》1923年第27号。

陈维东：《佛化新青年的说明》，《佛化新青年》1923年第1卷第8号。

郭沫若：《雅言与自力——告读〈查拉图司屈拉〉的友人》，《创造周报》1923年第30号。

［俄］托洛茨基：《东方革命之意义与东方大学的职任》，郑超麟译，《新青年》1924年第4号。

郭沫若：《生活的艺术》，《时事新报·艺术》1925年5月12日。

王铸：《鲁迅先生被人误解的原因》，《京报副刊》1925年第5期。

尚钺：《鲁迅先生》，《京报副刊》1925年第11期。

徐志摩：《迎上前去》，《晨报副刊》1925年10月5日。

徐志摩：《关于下面一束通信告读者们》，《晨报副刊》1926年1月30日。

高长虹：《游离》，《京报副刊》1926年第431期。

［俄］托洛茨基：《苏俄之前途：托洛斯基对苏维埃实验之推测》，方岳译，《新生命》1929年第2卷第8期。

黎平：《俄国革命中之托洛茨基主义》，《新思想月刊》1930年第7期。

［俄］托洛茨基：《"一九零五年"绪论》，王灵皋译，《读书杂志》1933年第3卷第2期。

林翼之：《"翻译"与"编述"》，《申报·自由谈》1933年7月31日。

大圣：《关于翻译的话》，《申报·自由谈》1933年8月13日。

穆木天：《从〈为翻译辩护〉谈到楼译〈二十世纪之欧洲文学〉》，《申报·自由谈》1933年9月9日。

穆木天：《论重译及其它（下）》，《申报·自由谈》1934年7月2日。

林默：《论"花边文学"》，《大晚报·火炬》1934年7月3日。

宗珏：《吊鲁迅先生》，《读书生活》第4卷第12期，1936年10月25日。

李芳兰：《为什么哀悼鲁迅先生》，《潇湘涟漪》1936年11月第2卷第8期。

权华：《关于鲁迅先生》，《潇湘涟漪》1936年11月第2卷第8期。

以羣：《鲁迅先生是为哪个死的？》，《大家看》1936年第1卷第1期。

傅东华：《悼鲁迅先生》，《文学》1936年11月1日第7卷第5号。

欧阳凡海：《关于鲁迅的基本认识商榷》，《文学》1936年11月1日第7卷第5号。

韦君宜：《哀鲁迅》，《清华周刊》1936年11月1日第45卷第1期。

王统照：《噩耗》，《光明》1936年11月1日创刊号。

鹿地亘：《与鲁迅在一起》，《光明》1936年11月1日创刊号。

巴金：《一点不能忘却的记忆》，《中流》1936年11月5日第1卷第5期。

陈子展：《我们所以哀悼鲁迅先生》，《中流》1936年11月5日第1卷第5期。

蒋牧良：《悼鲁迅先生》，《中流》1936年11月5日第1卷第5期。

李蕤：《悼鲁迅先生——死者倘不埋在活人的心里，那就真真死掉了》，《中流》1936年11月5日第1卷第5期。

吴克刚：《忆鲁迅并及爱罗先珂》，《中流》1936年11月5日第1卷第5期。

萧乾：《朦胧的敬慕——纪念鲁迅先生》，《中流》1936年11月5日第1卷第5期。

郑振铎：《鲁迅先生并不偏狭》，《中流》1936年11月5日第1卷第5期。

山本实彦：《鲁迅的死》，《国闻周报》1936年11月9日第13卷第44期。

佐藤春夫：《月光与少年——鲁迅的艺术》，《国闻周报》1936年11月9日第13卷第44期。

雪苇：《导师的丧失》，《中流》1936年11月20日第1卷第6期。

高淑英：《悼我们的导师》，《小说家》1936年12月1日第1卷第2期。

鲁迅与20世纪中国国民信仰建构

洪基：《鲁迅孤僻吗？》，《时报半月刊》1936年12月1日第2卷第4期。

王仁济：《鲁迅近年思想及其著述》，《时报半月刊》1936年12月1日第2年第4期。

王任叔：《鲁迅先生的转变》，《中流》1936年12月5日第1卷第7期。

赵俪生：《鲁迅追悼会记》，《清华副刊》1936年第45卷第1期。

〔日〕室伏高信：《论鲁迅》，赫戏译，《现代青年》1936年第5卷第2期。

〔俄〕托洛茨基：《给法国工人的一封公开信：史达林的背叛与世界革命》，《斗争》1936年第1期。

许钦文：《在对鲁迅先生的哀悼中》，《中流》第1卷第5期。

许钦文：《铁门相见时的鲁迅先生》，《中流》第1卷第6期。

许钦文：《祝福书》，《中流》第1卷第7期。

许钦文：《鲁迅先生的肥皂》，《文季月刊》第2卷第1期。

许钦文：《鲁迅先生与新书业》，《青年界》第10卷第4号。

章乃器：《我们应该怎样纪念鲁迅先生》，《多样文艺》1936年第16期。

艾思奇：《学习鲁迅主义》，《文艺突击》1937年第1卷第1期。

郭沫若：《持久抗战中纪念鲁迅》，《春云月刊》1938年第4卷第6期。

毛泽东：《论鲁迅》，汪大漠笔录，《七月》1938年第3卷第10期。

天佐：《文艺的游击战》，《文艺》（半月刊）1938年第2卷第2期。

秉仁：《鲁迅先生逝世三周年纪念》，《中学生》（战时半月刊）1939年第10期。

巴人：《怎样对坏人斗争》，《文艺阵地》1939年第4卷第1期。

耳耶：《“现在中国人为人的道德”》，《刀与笔》1939年创刊号。

景宋：《“鲁迅风”与鲁迅》，《鲁迅风》1939年第1期。

金堂：《鲁迅逝世三周年纪念在重庆》，《七月》1939年第4集第3期。

罗荪：《谈鲁迅精神》，《读书月报》1939年第1卷第1期。

荃麟：《纪念鲁迅先生六十年诞辰》，《现代文艺》1940年第1卷第5期。

石云：《佛教也应来个五四运动》，《觉音》1940年第15期。

王治心：《中国基督教史纲》，《史学年报》1940年第3卷第2期。

雪苇、汶重：《鲁迅思想认识的断片》，《七月》1940年第6卷第12期。

胡风：《鲁迅如果还活着》，《文学创作》（桂林）1942年第1卷第1期。

敬诚：《创办〈觉的文学〉月刊的一个建议》，《海潮音》1942年第23卷第7期。

荆有麟：《莽原时代——研究鲁迅的资料断片》，《抗战文艺》1942年第7卷第6期。

［日］鹿地亘：《鲁迅魂》，欧阳凡海译，《文艺生活》1942年第2卷第4期。

陈雨：《写给纪念鲁迅的青年》，《光华周报》1945年10月21日第1卷第6期。

叶未明：《九年之祭》，《光华周报》1945年10月21日第1卷第6期。

张漫云：《信鲁迅与吃鲁迅》，《光华周报》1945年10月21日第1卷第6期。

［日］小田岳夫：《鲁迅的上海生活》，《文艺春秋》1946年第3卷第4期。

默涵：《怎样学习鲁迅先生》，《群众》（香港）1948年第2卷第41期。

冯雪峰：《鲁迅创作的独立特色和他受俄罗斯文学的影响》，《新华周报》1949年第1卷第2期。

胡风：《鲁迅还在活着》，《人民文学》1949年第1期。

《基督徒在新中国应负的责任》，《金陵神学志》1949年第25卷第2期。

陆祁：《鲁迅精神不容歪曲》，《人民教育》1952年3月号。

郭沫若：《纪念鲁迅的造反精神》，《红旗》1966年第14期。

许广平：《毛泽东思想的阳光照耀着鲁迅》，《红旗》1966年第14期。

东方红战斗队：《我们鲁迅兵团向何处去？》，《红旗》1967年第4期。

闻赞先：《学习鲁迅，做"斗私，批修"的闯将》，《人民日报》1967年10月19日第4版。

师学文：《辨潮流，反潮流——学习鲁迅的大无畏革命精神》，《人民日报》1973年9月19日第3版。

杭宪文：《鲁迅——反孔斗争的伟大战士》，《浙江日报》1973年12月12日第3版。

陈胜长：《鲁迅·托洛斯基（Trotsky）·革命的"同路人"》，《联合书院学报》1973年第11期。

柳迟：《学习鲁迅"永远进击"的精神——读〈庆祝沪宁克复的那一边〉杂感二题》，《中山大学学报》1975年第5期。

薛侃：《永远进击，直至最后胜利——读鲁迅杂文〈庆祝沪宁克复的那一边〉》，《天津师院学报》1975年第4期。

杨铁山：《发扬"永远进击"精神——读〈庆祝沪宁克复的那一边〉有感》，《新疆日报》1976年2月3日第2版。

焦庆胜：《胜利属于"永远进击"的人们——学习鲁迅〈庆祝沪宁克复的那一边〉》，《安徽日报》1976年5月9日第2版。

长岭炼油厂检修大队工人理论小组：《胜利时不忘"进击"——读鲁迅〈庆祝沪宁克复的那一边〉有感》，《湖南日报》1976年5月27日第3版。

长垣县工农通讯员学习班：《凯歌声中切莫忘却"永远进击"——读鲁迅〈庆祝沪宁克复的那一边〉》，《河南日报》1976年6月22日第2版。

司燕中：《"永远进击"——读鲁迅杂文〈庆祝沪宁克复的那一边〉》，《广西日报》1976年7月25日第2版。

陈淑瑞：《不停顿地向走资派进攻——读〈庆祝沪宁克复的那一边〉》，《济南日报》1976年8月22日第2版。

北京工艺美术工厂鲁迅学习小组洪广思：《心怀革命大目标永远进击不休战——学习鲁迅为共产主义奋斗终身的革命精神》，《北京日报》1976年10月19日第3版。

青岛市工人理论组文史组：《不断地向党内资产阶级进击——读鲁迅杂文〈庆祝沪宁克复的那一边〉》，《大众日报》1976年10月19日第3版。

上海师范大学大批判组：《誓同革命营垒里的"蛀虫"斗到底！——读鲁迅后期的书简》，《文汇报》1976年10月19日第3版。

社论：《学习鲁迅永远进击》，《宁夏日报》1976年10月19日第1版。

《学习鲁迅向阶级敌人向修正主义永远进击　本市工农理论队伍积极展开学习研究宣传鲁迅活动》，《北京日报》1976年10月19日第1版。

北京卫戍区某部李国祥、任文锁、陈祖山：《爱憎分明　永远进击》，《北京日报》1976年10月20日第3版。

北京汽车制造厂工人理论研究所鲁迅研究小组：《长期作战永远进击——读〈庆祝沪宁克复的那一边〉》，《北京师范大学学报》1976年第4期。

张杰：《学习鲁迅无限热爱伟大领袖和导师毛主席》，《破与立》1976年第6期。

聂荣臻：《恢复和发扬党的优良作风》，《红旗》1977年第9期。

徐向前：《永远坚持党指挥枪的原则》，《人民日报》1977年9月19日。

陈云：《坚持实事求是的革命作风》，《人民日报》1977年9月28日。

胡福明：《实践是检验真理的唯一标准》，《理论动态》1978年5月10日。

李泽厚：《略论鲁迅思想的发展》，《鲁迅研究集刊》1979年第1辑。

茅盾：《需要澄清一些事实》，《新文学史料》1979年第2期。

茅盾：《答〈鲁迅研究年刊〉记者的访问》，《人民日报》1979年10月17日。

李何林：《鲁迅研究中也有"两个凡是"吗？》，《鲁迅研究资料》1980年第4辑。

王蒙：《论"费厄泼赖"应该实行》，《读书》1980年第1期。

白鸥：《普罗米修斯与鲁迅》，《云南日报》1981年9月20日第4版。

李何林：《鲁迅和党的关系》，《北京日报》1981年9月20日第3版。

孟庆春：《取天火给人类的鲁迅》，《吉林日报》1981年9月20日第4版。

邵泉：《马克思主义只是"研究对象"，不是"信仰对象"吗？》，《北京日报》1981年9月21日第4版。

《广东省纪念鲁迅诞辰一百周年学术讨论会纪要》，《鲁迅研究动态》1981年第6期。

宋建元、王富仁：《西安地区纪念鲁迅诞辰一百周年学术讨论会概述》，《鲁迅研究动态》1981年第6期。

司瑞昌：《关于〈鲁迅的精神〉教学参考资料》，《承德师专学报》1982年第4期。

朱嘉栋：《关于鲁迅的棺材》，《鲁迅研究动态》1983年第6期。

邢孔荣：《论鲁迅的创作生涯》，《青海湖》1985年8月。

王元化：《人格力量与思想力量——在上海鲁迅逝世五十周年纪念会上的讲话》，《文学报》1986年10月23日第3版。

刘再复：《沿着鲁迅开辟的文化方向继续探索》，《文学报》1986年10月30日第3版。

黄源：《精神文明建设的典范——鲁迅》，《文艺理论与批评》1987年第1期。

汪晖：《鲁迅研究的历史批判》，《文学评论》1988年第6期。

袁良骏：《鲁迅与现代文化名人评价问题》，《光明日报》1988年7月24日。

何光沪：《"这个世界需要爱"》，《读书》1989年第6期。

［日］北冈正子：《鲁迅留日时期关联史料探索》，《鲁迅研究动态》1989年第11期。

宋一苇：《价值颠覆、价值追问与价值重建——读刘小枫〈拯救与逍遥〉》，《中国图书评论》1989年第2期。

芝恩：《关于"拉普"领导人就马雅可夫斯基之死给斯大林的信》，《苏联文学》1989年第1期。

［日］伊藤虎丸：《鲁迅早期的尼采观与明治文学》，《文学评论》1990年第1期。

王培萱：《试论鲁迅人格精神的现代内涵——与〈知识分子的鲁迅之爱〉、〈知识分子的鲁迅之争〉二文商榷》，《文艺理论与批评》1991年第4期。

黄源：《不能搞指导思想多元化》，《文艺报》1991年10月5日第3版。

蒋荷贞：《〈斯巴达之魂〉是鲁迅创作的第一篇小说》，《鲁迅研究月刊》1992年第9期。

千家驹：《鲁迅与羽太信子的关系及其他——也谈鲁迅研究》，（香港）《明报月刊》1992年1月号。

许纪霖：《激进与保守的迷惑》，香港《二十一世纪》1992年6月号。

程致中：《迎接新世纪的曙光——鲁迅接受马克思主义的主观条件》，《河北学刊》1993年第6期。

王景山：《鲁迅改革思想和开放意识》，《首都师范大学学报》1993年第1期。

王蒙：《躲避崇高》，《读书》1993年第1期。

黄健：《中西文化冲突与鲁迅的双重文化选择意识》，《社会科学战线》1994年第1期。

李泽厚、王德胜：《关于文化现状和道德重建的对话》，《东方》1994年第5期。

王蒙：《人文精神问题偶感》，《东方》1994年第5期。

薛毅、钱理群：《〈孤独者〉细读》，《鲁迅研究月刊》1994年第7期。

曹云：《世俗的文人　人文的世俗》，《中国现代文学研究丛刊》1995年第4期。

陈漱渝：《鲁迅著作出版现状之我见》，《鲁迅研究月刊》1995年第10期。

旷新年：《对"人文精神"的一点考查与批评》，《文艺争鸣》1995年第6期。

钱理群：《读两篇奇文的联想》，《鲁迅研究月刊》1995年第10期。

袁良骏：《超越"五四"，超越"新儒学"》，《中国研究》1995年12月号。

袁良骏：《新时期鲁迅研究成果不容否定》，《鲁迅研究月刊》1995年第10期。

黄源、史荓：《谈〈警惕歪曲、污蔑、贬损鲁迅〉》，《鲁迅研究月刊》

1996年第5期。

　　黄健：《历史的"中间物"及其使命意识——兼论鲁迅与新儒家文化观的本质差异》，《长白论丛》1997年第1期。

　　《戊戌变法》（资料丛刊）第三册，转引自广东地方史志办：《南海文史资料》1997年第30辑。

　　钱理群：《绝对不能让步》，《鲁迅研究月刊》1998年第1期。

　　唐韧：《虚无的磁场——王晓明对鲁迅的误读》，《文艺争鸣》1998年第4期。

　　谢泳：《鲁迅研究中无法回避的问题》，《岭南文化时报》1998年7月20日。

　　袁良骏：《此"国粹"非彼"国粹"也——鲁迅与"国粹"脞谈》，《鲁迅研究月刊》1998年第10期。

　　朱文：《断裂：一份问卷和五十六份答卷》，《北京文学》1998年第10期。

　　曹振华：《也谈鲁迅被专制利用问题》，《鲁迅研究月刊》1999年第1期。

　　葛红兵：《为二十世纪中国文学写一份悼词》，《芙蓉》1999年第6期。

　　摩罗：《面对黑暗的几种方式》，《北京文学》1999年第3期。

　　秦援晋：《"与鲁迅断裂"是匪夷所思的宣言：心平气和说〈断裂〉》，《中华读书报》1999年5月19日第17版。

　　谭桂林：《鲁迅小说启蒙主题新论》，《鲁迅研究月刊》1999年第1期。

　　王福湘：《如此"权威"迷信不得》，《文学自由谈》1999年第4期。

　　袁盛勇：《灵魂的倾诉与反思》，《开放时代》1999年第5期。

　　张永泉：《关于鲁迅与〈答托洛斯基派的信〉的关系的疑问》，《鲁迅研究月刊》1999年第3期。

　　房向东：《情急失态——余英时对鲁迅的咒骂》，《鲁迅研究月刊》2000年第6期。

　　高旭东：《重估鲁迅》，《鲁迅研究月刊》2000年第10期。

裴毅然：《鲁迅问题》，《鲁迅研究月刊》2000年第10期。

秦弓：《鲁迅："华盖运"何时休》，《鲁迅研究月刊》2000年第6期。

储伊宁：《近代江苏鸦片贸易的形成过程及其基本特征》，《江海学刊》2001年第2期。

李建军：《一个问题的两个答案及其他》，《南方文坛》2001年第3期。

宋宝珍：《被谬托的悲哀》，《文艺报》2001年9月13日第3版。

李慎之：《回归"五四"，学习民主——给舒芜谈鲁迅、胡适和启蒙的信》，《书屋》2001年第5期。

李书磊：《重看鲁迅批孔》，《战略与管理》2001年第1期。

朱大可：《殖民地鲁迅和仇恨政治学的崛起》，《书屋》2001年第5期。

赵歌东：《走进鲁迅的尴尬》，《文艺争鸣》2001年第4期。

邵建：《误读鲁迅（一）》，《小说评论》2002年第1期。

陈漱渝：《究竟是谁的局限》，《书屋》2003年第8期。

高旭东：《鲁迅是阴冷、阴毒的无赖吗？——与刘小枫对话之一》，《鲁迅研究月刊》2003年第2期。

梁宏：《今夜，我想起了鲁迅》，《第二课堂》2003年第Z2期。

李泽厚：《课虚无以责有》，《读书》2003年第7期。

路文彬：《从怨恨到自贱———论鲁迅启蒙思想的当代历史局限》，《书屋》2003年第1期。

王福湘：《谣言惑众几时休》，《文艺理论与批评》2003年第1期。

陈鲁民：《鲁迅与张国荣齐飞》，《新作文》高中版2004年第1、2合期。

曹庞博：《让鲁迅回归，是时候了》，《语文新圃》2004年第1期。

范学德：《"哑巴"：失去了名字的人》，见《梦中山河——文革忏悔录》，《信仰网刊》2004年第18期。

郭运恒：《当代大学生看鲁迅》，《美与时代》2004年第12期。

杨春时：《中国现代性的四个陷阱》，《粤海风》2004年第3期。

朱健国：《批判过鲁迅的人谈鲁迅》，《文史博览》2004年第8期。

赵永颜：《经济学界的鲁迅》，《中国邮政报》2004年2月14日。

王卫林：《鲁迅评议中的赛珍珠》，《光明日报》2005年2月4日。

陈丹青：《鲁迅的好看和好玩》，《北京科技报》2005年7月27日第30版。

钱理群：《把鲁迅精神扎根在孩子心上》，《福建论坛》2005年第4期。

邵建：《tolerance的胡适和intolerance的鲁迅》，《开放时代》2005年第1期。

严柳晴：《从鲁迅说起》，《中文自修》2005年第5期。

燕然：《以大师的名义向中国电影百年致敬》，《电影》2005年第5期。

陈晓明：《持有那种感悟、灵性和立场》，《南方文坛》2006年第6期。

南木：《郎咸平：中国经济界的"鲁迅"》，《东北之窗》2006年第9期。

〔日〕吉田富夫：《周树人的选择——"幻灯事件"前后》，李冬木译，《鲁迅研究月刊》2006年第2期。

张广天：《鲁迅其实跟我没关系》，《中国新闻周刊》2006年11月6日。

安文军：《病、爱、生计及其他——〈孤独者〉与〈伤逝〉的并置阅读》，《中国现代文学研究丛刊》2008年第6期。

吴志菲：《茅于轼："经济学界的鲁迅"》，《中国人才》2008年第7期。

姜猛：《茅于轼：中国经济学界的"鲁迅"》，《名人传记》2009年第3期。

刘澍：《当银海遭遇冰山——〈武训传〉的消失与〈鲁迅传〉的夭亡》，《同舟共进》2009年第7期。

倪墨炎：《关于鲁迅的经济收入和支出》，《南京师范大学文学院学报》2009年第1期。

颜翔林：《暴力美学的象征》，《文艺争鸣》2009年第4期。

葛涛：《巴金谈电影剧本〈鲁迅传〉佚文考释》，《博览群书》2010年第7期。

林贤治：《孔子、鲁迅、传统与反传统》，《读书》2010年第9期。

葛涛：《1961年3月6日北京〈鲁迅传〉座谈会记录》，《现代中文学刊》2011年第4期。

田刚：《鲁迅〈答托洛斯基派的信〉考辨》，《东岳论丛》2011年第8期。

赵京华：《日本友人致钟敬文书简（8封）》，《鲁迅研究月刊》2011年第7期。

葛涛：《茅盾谈电影剧本〈鲁迅传〉的两则佚文考》，《现代文学研究丛刊》2012年第4期。

袁盛勇：《鲁迅思想的遗憾——从他与周扬的根本分歧谈起》，《文艺争鸣》2012年第11期。

著　述

［清］朱寿朋：《光绪朝东华录》（光绪二十六年）第四卷，1900年版。

［清］陈作霖：《金陵通纪》（光绪三十三年刊本影印），1907年版。

胡适：《胡适文存》，上海亚东图书馆1924年版。

韦素园、李霁野：《文学与革命》，北新书局1928年版。

向培良：《十五年代》，上海支那书店1930年版。

南京史志馆：《南京文献》第9号，1947年版。

戈宝权：《十二个》，时代出版社1951年版。

许寿裳：《亡友鲁迅印象记》，人民文学出版社1953年版。

周遐寿：《鲁迅的故家》，上海出版公司1953年版。

张枏、王忍之：《辛亥革命前十年间时论选集》第1卷（上册），生活·读书·新知三联书店1960年版。

中联部编译：《托派第四国际资料》第2辑，商务印书馆1963年版。

［俄］托洛茨基：《文学与革命》，王凡西（惠泉）译，（香港）信达出

版社1971年版。

［日］敷波重治郎：《在仙台的鲁迅记录》，平凡社1978年版。

陈独秀：《实庵自传》，王开玉、杨森：《安庆史话》，安徽人民出版社1981年版。

乐黛云编：《国外鲁迅研究论集》，北京大学出版社1981年版。

薛绥之主编：《鲁迅生平史料汇编》第二辑，天津人民出版社1982年版。

薛绥之主编：《鲁迅生平史料汇编》第四辑，天津人民出版社1983年版。

《晋阳学刊》编辑部：《中国现代科学家传略》第3辑，山西人民出版社1983年版。

［美］L. J. 宾克莱：《理想的冲突：西方社会中变化着的价值观念》，商务印书馆1983年版。

田汉：《母亲的话》，湖南人民出版社1983年版。

卞之琳：《人与诗：忆旧说新》，生活·读书·新知三联书店1984年版。

蔡元培：《蔡元培全集》，中华书局1984年版。

列宁：《列宁全集》，人民出版社1985年版。

章炳麟：《章太炎全集》，上海人民出版社1985年版。

周国平：《尼采：在世纪的转折点上》，上海人民出版社1986年版。

［德］尼采：《查拉斯图拉如是说》，楚图南译，湖南人民出版社1987年版。

周作人：《自己的园地·贵族的与平民的》，岳麓书社1987年版。

林毓生：《中国传统的创造性转化》，生活·读书·新知三联书店1988年版。

冯光廉：《鲁迅小说研究》，天津人民出版社1989年版。

梁启超：《饮冰室合集·文集》，中华书局1989年版。

南京市下关区文史资料研究委员会编：《下关文史》第一辑，南京出版社1992年版。

［匈］卢卡奇：《历史与阶级意识》，杜章智等译，商务印书馆1992年版。

［英］弗雷泽：《永生的信仰和对死者的崇拜》，李新萍译，中国文联出版公司1992年版。

张锡金：《人生哲语：信仰说》，安徽人民出版社1992年版。

韩毓海：《锁链上的花环》，时代文艺出版社1993年版。

李济琛：《千秋功过》，光明日报出版社1994年版。

李泽厚：《走我自己的路》，安徽文艺出版社1994年版。

余英时：《钱穆与中国文化》，上海远东出版社1994年版。

［德］鲁道夫·奥托：《论"神圣"》，四川人民出版社1995年版。

蒋赞初：《南京史话》，南京出版社1995年版。

王鼎钧：《昨天的云》，浙江文艺出版社1996年版。

夏中义：《新潮学案——新时期文论重估》，生活·读书·新知三联书店上海分店1996年版。

陈安林、陆纪林：《南京百年风云（1840~1949）》，南京出版社1997年版。

陈白尘：《对人世的告别》，生活·读书·新知三联书店1997年版。

厉平主编：《解冻年代——中国三次思想解放备忘录》，经济日报出版社1997年版。

孙宝寅：《科技传播导论》，清华大学出版社1997年版。

［英］弗里德里希·奥古斯特·冯·哈耶克：《通往奴役之路》，王明毅、冯兴元等译，中国社会科学出版社1997年版。

陈映真：《陈映真作品集》，（台北）人间出版社1998年版。

宋育仁：《泰西各国采风记》，见《郭嵩焘等使西记六种》，生活·读书·新知三联书店1998年版。

王世家：《鲁迅回忆录》，北京出版社1999年版。

［俄］勃洛克：《知识分子与革命》，林精华等译，东方出版社2000年版。

葛兆光：《七世纪至十九世纪中国的知识、思想与信仰世界》，《中国思想史》第二卷，复旦大学出版社2000年版。

［美］李欧梵：《铁屋中的呐喊》，尹慧珉译，河北教育出版社2000年版。

中国革命博物馆编：《近代中国报道　1839—1919》，首都师范大学出版社2000年版。

曹聚仁：《我与我的世界》，北岳文艺出版社2001年版。

陈漱渝编：《鲁迅风波》，大众文艺出版社2001年版。

郜元宝编：《尼采在中国》，上海三联书店2001年版。

［美］戴维·哈维：《后现代的状况：对文化变迁之缘起的探究》，阎嘉译，商务印书馆2003年版。

孙立平：《断裂——20世纪90年代以来的中国社会》，社会科学文献出版社，2003年版。

贾植芳、陈思和主编：《中外文学关系资料汇编》（下册），广西师范大学出版社2004年版。

李泽厚、刘再复：《告别革命——回望二十世纪中国》，（香港）天地图书有限公司2004年版。

太虚：《太虚大师全书》影印版（第25、29卷），宗教文化出版社2004年版。

［以］J. F. 塔尔蒙：《极权主义民主的起源》，孙传钊译，吉林人民出版社2004年版。

［德］尼采：《历史的用途与滥用》，陈涛、周辉荣译，上海人民出版社2005年版。

鲁迅：《鲁迅全集》（全18卷），人民文学出版社2005年版。

［美］默罗爱德·韦斯特法尔：《解释学、现象学与宗教哲学——世俗哲学与宗教信仰的对话》，郝长墀选编，中国社会科学出版社2005年版。

荣天玙：《崇敬的思念》，人民文学出版社2005年版。

［英］托马斯·卡莱尔：《论英雄、英雄崇拜和历史上的英雄业绩》，周祖达译，商务印书馆2005年版。

龚书铎：《警惕历史虚无主义思潮》，人民教育出版社2006年版。

［德］尼采：《朝霞》，田立年译，华东师范大学出版社2007年版。

［德］尼采：《查拉图斯特拉如是说》，钱春绮译，生活·读书·新知三联书店2007年版。

［德］萨弗兰斯基：《尼采思想传记》，卫茂平译，华东师范大学出版社2007年版。

刘小枫：《拯救与逍遥》，华东师范大学出版社2007年版。

鲁迅：《鲁迅译文全集》（全8卷），福建教育出版社2008年版。

［美］桑塔亚纳：《怀疑主义与动物信仰》，张沛译，北京大学出版社2008年版。

［日］伊藤虎丸：《鲁迅与终末论》，生活·读书·新知三联书店2008年版。

［丹］克尔恺郭尔：《非此即彼》，中国社会科学出版社2009年版。

沈鹏年：《行云流水记往》，上海三联书店2009年版。

尹德翔：《东海西海之间：晚清使西日记中的文化观察、认证与选择》，北京大学出版社2009年版。

钟叔河编：《周作人散文全集》，广西师范大学出版社2009年版。

贺桂梅：《"新启蒙"知识档案》，北京大学出版社2010年版。

［俄］托洛茨基：《托洛茨基文选》，郑异凡编，人民出版社2010年版。

唐昆雄：《马克思主义与社会主义核心价值体系研究》，中国社会科学出版社2010年版。

王富仁：《中国文化的守夜人——鲁迅》，人民文学出版社2010年版。

陈山榜评注：《劝学篇·张之洞》，吉林出版集团有限责任公司2010年版。

［法］古斯塔夫·勒庞：《乌合之众——大众心理研究》，严雪莉译，凤凰出版社2011年版。

黄怀军：《现代中国的尼采阐释与思想启蒙》，知识产权出版社2011年版。

刘小枫：《拯救与逍遥》，华东师范大学出版社2011年版。

〔英〕以赛亚·伯林：《自由及其背叛》，赵国新译，译林出版社2011年版。

周令飞主编：《鲁迅影响故事》，人民文学出版社2011年版。

〔澳〕张钊贻：《鲁迅：中国"温和"的尼采》，北京大学出版社2011年版。

李玉明：《"人之子"的绝叫：〈野草〉与鲁迅意识特征研究》，北京大学出版社2012年版。

〔以〕S. N. 艾森斯塔德：《大革命与现代文明》，上海人民出版社2012年版。

〔法〕路易·阿尔都塞：《保卫马克思》，顾良译，商务印书馆2013年版。

〔俄〕托洛茨基：《托洛茨基自传》，张俊翔译，人民文学出版社2013年版。

汪卫东：《鲁迅与尼采的相遇》，张钊贻主编：《尼采与华文文学论文集》，八方文化创作室2013年版。

徐贲：《怀疑的时代需要怎样的信仰》，东方出版社2013年版。

〔波〕伊萨克·多伊彻：《先知三部曲：武装的先知》，王国龙译，中央编译出版社2013年版。

〔法〕皮埃尔·马利：《信仰、欲望与行动》，许铁兵译，中国社会科学出版社2015年版。

鲁迅与20世纪中国研究丛书

后　记

　　自从上个世纪90年代开始研究新文学与宗教的关系，研究的对象中就往往包含一些具有信仰的作家，所思考的问题也经常与信仰问题联系在一起。从这些研究对象身上，我感觉到了一个鲜明的特点，这就是：凡是有信仰的作家，不管是严格的宗教信仰，还是一般意义上的人生哲理上的信仰，往往都具有坚定的原则，都具有明确的底线，什么事能干，什么事不能干，什么事应该做，什么事不应该做，他们都明明白白、清清楚楚。人常说，疑则多忧，忧则多变，犹豫来犹豫去，难免岁月蹉跎，一事无成。而那些有信仰者，哪怕是迷信，往往以信仰为根基，无忧无惧，一往无前，也就容易形成大格局，做成大事业。所以，2011年6月，我正在剑桥大学亚洲与中东研究院做访问学者，晓进兄打来越洋电话，要我牵头组织学术团队去竞标国家社科基金重大项目"鲁迅与20世纪中国研究"，我想到的第一个子课题就是鲁迅与20世纪中国国民信仰的建构。

　　鲁迅是一个有信仰的人吗？我们的回答当然是。平时读鲁迅，经常被其中的一些与鲁迅日常生活相关的小细节所感动。譬如《热风·无题》中写到自己去买"黄枚朱古律三文治"，店伙计的防范和被识破后的惭愧，使鲁迅也"惭愧"起来，"这种惭愧，往往成为我的怀疑人类的头上的一滴冷水"。鲁迅写自己"夜间独坐在一间屋子里，离开人们至少也有一丈远了。吃着分剩的'黄枚朱古律三文治'，看几叶托尔斯泰的书，渐渐觉得我的周围，又远远地包着人类的希望"。又如《"这也是生活"……》，写鲁迅去世前20来天的一个夜里，大病似乎有所转机，鲁迅喊醒许广平开开电灯，给他看来看去地看一看。许广平没有懂得鲁迅的意思，担心灯光影响鲁迅休息，不去开灯。鲁迅只好躺在床上，在夜色里观看四周。这时，"街灯的光穿窗而入，屋子里显出微明，我大略一看，熟识的墙壁，壁端的棱线，熟识的书堆，堆边的未订的画集，外面的进行着的夜，无穷的远方，无数的人们，都和我有关"。每一次重读到这样的细节，我的心里都会充溢着温暖，都真切地感受到了鲁迅心灵里放射出的生命的炽热。这哪是一个虚无主义者的心胸呢？它分明就是一个特别敏感而又坚韧的人格体现出的生命的关爱。看一个人的格局，固然要看雷霆万钧的关键时刻，风口浪尖的节骨眼上，但一个人的日常生活细节，则往往更能真实地表现出这个人的生命的深度。鲁迅在日常生活中体现出来的这种生命关爱，就是他的生命中自有其信仰的确证。正如那位"过客"，无论怎样困顿，怎样决绝，他的心里始终有一个前面的声音在召唤着他；也如那位"狂人"，无论怎样惊怵，怎样疑惧，"将来是容不得吃人的人"的这一念头始终支撑着他的信仰，安放着他的灵魂。

当然，尽管鲁迅曾经喜欢佛学，亲近佛家，也曾说过"伪士当去，迷信可存"之类的褒扬宗教的话语，但鲁迅从来不是宗教徒。所谓信仰的含义，只能是宽泛意义上的，是指他在处理自己的行为方式、在进行价值判断等方面所坚守的一系列信念与准则。但凡理性达到正常程度的人，处理自己的行为方式、进行价值判断时都会抱持一定的信念与准则，但这些信念与准则是否能上升到信仰的程度，还得看执行者对这些信念与准则的自觉、认真和坚持的程度。而这三者，认真尤其重要。在对待自己的信念上，鲁迅是一个极其认真的人，他早年信奉进化主义，所以为了年轻人，他愿意拼命地做，哪怕结出来的乃是苦果；年轻人向他攻击，他也隐忍，别人射他四五枪了，他才偶尔回他一枪。后来热衷启蒙主义，哪怕本心上对铁屋子里的呐喊前景充满绝望，但鲁迅还是愿意听从前驱者的将令，投入思想界的吹灭"长明灯"的战役，决不妥协，也不中庸，要么全有，不然宁无。30年代鲁迅左转，"曾惊秋肃临天下，敢遣春温上笔端"，在死亡和鲜血中考验信仰的定力。那时的鲁迅，不仅用借来的火煮自己的肉，而且早就从勃洛克、梭波里、叶赛宁等诗人的命运中照见了自己的

鲁迅与20世纪中国研究丛书

身影。但即便如此，他依然像喝狼奶长大的莱谟斯兄弟一样，义无反顾地前行，践履着自己的历史使命。认真是信念上升至信仰的必备条件，鲁迅长期认为中国读书人缺乏认真精神，此亦一是非，彼亦一是非，观音庵里可以侍奉关圣帝，一边谈科学，一边去扶乩。所以他毕其一生，都在倡导傻子精神，都在攻击虚伪人格。正是这种认真精神，鲁迅成就了自己的信仰型人格。近百年来，人们不断地在言说他，但你可以说他尖刻，说他阴暗，说他孤冷，就是没有人能说他虚伪。

正是怀着对鲁迅这种信仰型人格的深深崇拜，我们以一种充沛的学术激情开始了这一课题的研究与写作。在这本著作中，我们试图梳理鲁迅自己对信仰的观点，考察鲁迅自身信仰力形成的历史状况和发展历程，并且将鲁迅视为一个20世纪中国的信仰事件，考察和分析作为一个曾经深深影响、迄今仍在影响着中国社会与文化的文学家，鲁迅成为"民族魂"之后与20世纪中国国民的信仰建构的各种关系，以及这种关系的演变历史。以此回应当代中国社会精神文化发展的理论需求，回应当代中国文化界对重建人文精神、重构民族道德体系等问题的充满焦虑的呼唤。研究的目标也许过于宏大，但我们自信是尽了自己的努力，至于这种努力是否达到了预设的目标，这已是需要读者们来评判的事。

最后还想说几句的是，与杨姿教授的这次学术合作，已经超越了章节写作上的分工与拼凑，它是一种真正对流起来了的精神沟通。几乎书中的每一个章节我们都曾有过认真的讨论，每一次学术上的讨论推进着我们对鲁迅的认识，也加深着我们对鲁迅的敬仰，对鲁迅作品的喜爱。2012年秋天，杨姿到南京师大来从事博士后研究，她不仅担负起了这个重大项目的日常组织工作，而且满心欢喜地投入到了鲁迅信仰建构历史的研究中，曾经为掌握一手资料，在北图看缩微胶卷看到呕吐还在坚持。转瞬间，五年已经过去。杨姿不仅协助我完成了这一子课题的研究，她自己也在鲁迅研究方面发表了一系列的专题论文，还独立获得了一个以鲁迅为主题的国家社科基金项目，成为近年来鲁迅研究界一位引人瞩目的后起之秀。先师王富仁先生曾经说过，从事鲁迅研究，对于研究者而言，最大的收获不仅是能得到一种学术上的提升，而且能得到一种生命的